Sr. Karin

GOLDMANN

Buch

Liz Ward ist fest davon überzeugt, daß man alles haben kann: eine glänzende Karriere, eine glückliche Ehe, ein erfülltes Familienleben. Bislang lief auch alles prächtig; die Kinder sind zufrieden, ihr Mann unterstützt ihre Karrierepläne und betont immer wieder, wie stolz er auf sie ist und daß er nie ein »Heimchen am Herd« wollte. Da erhält Liz die Chance ihres Lebens: Sie wird Programmchefin des neuen Fernsehsenders Metro TV. Mit einer Mischung aus Neid und Bewunderung verfolgen ihre Freundinnen ihren strahlenden Aufstieg und wie Liz ihr Leben samt Familie und Beruf im Griff hat. Sie hat alles erreicht, wovon die junge moderne Frau von heute träumt. Doch allmählich beschleicht Liz das Gefühl, einen großen Fehler begangen zu haben. Und sie ist es leid, immer so zu tun, als fordere ihre Karriere keine Opfer von ihr. Als sie dann noch herausfindet, daß ihr Mann sie mit einer anderen betrügt, schockiert sie ihre Umwelt mit einer unerwarteten Entscheidung.

Autorin

Maeve Haran ist selbst erfolgreiche Produzentin zahlreicher Fernsehshows im englischen Privatfernsehen und Mutter von zwei Kindern. Sie weiß also, worüber sie schreibt, wenn sie die Probleme der modernen »Karriere-Mütter« zum Thema macht. Maeve Haran lebt mit ihrer Familie in London, wo sie sich nun ganz dem Schreiben widmet. *Alles ist nicht genug* ist ihr erster Roman und wurde in England zu einem sensationellen, von der Presse heiß diskutierten Erfolg.

Außerdem von Maeve Haran im Goldmann Verlag erschienen:

Liebling, vergiß die Socken nicht. Roman (42964)

Wenn zwei sich streiten. Roman (43055)

MAEVE HARAN

ALLES IST NICHT GENUG

ROMAN

Aus dem Englischen von
Gabriela Prahm

GOLDMANN VERLAG

Deutsche Erstveröffentlichung

Die Originalausgabe erschien unter dem Titel: »Having It All«
bei Michael Joseph/Penguin Group, London

*Für Georgia und Holly, die in mir
den Wunsch weckten, mein Leben zu ändern,
und für Alex, der mich dazu aufforderte.*

Umwelthinweis:
Alle bedruckten Materialien dieses Taschenbuches
sind chlorfrei und umweltschonend.
Das Papier enthält Recycling-Anteile.

Der Goldmann Verlag
ist ein Unternehmen der Verlagsgruppe Bertelsmann

Umschlaggestaltung: Design Team München
Umschlagfoto: Frank Schott, Köln
Satz: Uhl + Massopust, Aalen
Druck: Elsnerdruck, Berlin
Verlagsnummer: 41398
Lektorat: Ursula Walther/AK
Herstellung: Heidrun Nawrot/sc
Made in Germany
ISBN 3-442-41398-2

5 7 9 10 8 6

1

Liz Ward, ehrgeizige leitende Angestellte und treibende kreative Kraft bei Metro Television, erwachte, als sich völlig unerwartet eine Hand unter das Oberteil ihres Seidenpyjamas schob und ihre linke Brust streichelte.

Für zehn Sekunden hielt sie die Augen geschlossen und gab sich der wohligen aufkeimenden Erregung hin. Als sich eine zweite Hand in ihre Pyjamahose stahl, bog sie als Reaktion darauf den Rücken durch, wandte den Kopf zur Seite und warf einen Blick auf den Wecker.

»Mein Gott! Schon zehn nach acht!« keuchte sie, stieß unsanft Davids Hand zurück und sprang aus dem Bett. »Um Viertel nach neun habe ich eine Verabredung mit Conrad!«

Sie ließ den Pyjama einfach zu Boden fallen und stürmte ins Badezimmer. Auf dem Treppenabsatz blieb sie wie angewurzelt stehen und lauschte. Stille. Immer ein schlechtes Zeichen. Was, zum Teufel, trieben Jamie und Daisy?

In leichter Panik stieß sie die Tür zu Daisys Kinderzimmer auf. Jamie hockte in seinem neuen Batman-Outfit, das er verkehrt herum anhatte, neben Daisy in deren Kinderbettchen und versuchte seiner protestierenden Schwester das Batman-Cape umzulegen. Über den Fußboden verstreut lagen sämtliche Strümpfe aus Daisys Sockenschublade.

Schuldbewußt blickte Jamie auf. »Die haben wir gebraucht. Sie muß Strümpfe anhaben, wenn sie Robin sein soll. Stimmt's, Daisy?«

»Ich bin Robin«, bestätigte Daisy.

Liz hätte ihn am liebsten angebrüllt, es war schon Viertel nach acht, und er würde noch zu spät zur Schule kommen, doch dann riß sie sich zusammen, denn schließlich war es ihre Schuld gewesen, weil sie so lange mit David herumgebummelt hatte, statt aufzustehen. Und so gab sie ihm voller Schuldgefühl einen Kuß und hetzte zurück ins Schlafzimmer, nahm ihr Kostüm aus dem Kleiderschrank und betete innerlich, daß Daisy es nicht mit schmierigen Schokoriegel-Fingern ruiniert hatte. Die Frauen bei Metro TV, angefangen von der vamphaften Chefredakteurin der Unterhaltungsabteilung bis hin zu der Lady, die die Toiletten reinigte, sahen stets so aus, als seien sie gerade dem Cover der *Vogue* entsprungen, und Liz hatte ihre liebe Mühe, da mitzuhalten.

David hatte sich mit verletztem männlichen Stolz unter die Bettdecke zurückgezogen. Ohne Erbarmen zog Liz die Decke weg und hielt ihm Jamies Schuluniform hin. »Komm schon, Daddy, du kümmerst dich um Jamie. Ich ziehe Daisy im Badezimmer an.«

Wieder schaute sie auf die Uhr. Acht Uhr fünfundzwanzig. O mein Gott! Die Freuden einer berufstätigen Mutter.

Als sie dann die Treppe herunterkam, unter einem Arm Daisy und unter dem anderen den Bericht, den sie eigentlich letzte Nacht noch im Bett hätte lesen sollen, war David noch immer in die Zeitung vertieft. Wie üblich ließ er dem Chaos auf dem Frühstückstisch seinen Lauf und machte nur sich selbst Toast, ohne es den anderen anzubieten. Wie hatte Donne nur behaupten können, ein Mann sei keine Insel? Beim Frühstück waren alle Männer Inseln, ganz für sich und abgeschottet von einem Meer weiblicher Aktivität.

Noch immer schmollend, weil sie ihn abgewiesen hatte, war er an diesem Morgen sogar noch schweigsamer als sonst, die Nase tief in der *Financial Times*. Plötzlich schob er ihr die Zeitung durch die übliche Spur aus zermanschten Bananen, Coco-Pops und hochkant gestellten Trainer-Tassen zu.

»Schau dir das mal an. Ist ein Artikel über Metro drin. Conrad sagt, daß er jetzt endlich einen Programmchef benennen will.« Er hob die Stimme, um Daisys Gekreische zu übertönen und Jamies hartnäckiges Nörgeln, doch endlich zu ihm zu schauen, während er unsicher auf seinen Stuhl kletterte, und rief ihr über das Gedudel eines Kylie-Minogue-Songs aus dem Radio des Kindermädchens hinweg zu: »Warum bewirbst du dich nicht für diesen Job?«

»Ich?« Liz wünschte, ihre Antwort hätte weniger wie ein Hilferuf geklungen. Erst vor wenigen Wochen hatte sie als Head of Features bei Metro Television angefangen; der Sender hatte gerade eine der kommerziellen Frequenzen in London erhalten, und jetzt freute sie sich darauf, in den drei bis zum endgültigen Sendebeginn verbleibenden Monaten endlich einmal in aller Ruhe ihre Ideen ausführen zu können.

»Ja, *du*. Elizabeth Ward. Talentierte Produzentin. Urheberin eines ganz neuen Stils der Programmgestaltung. Zweifache Mutter.« David begeisterte sich an dem Thema. »Eine Frau als Programmchef wäre ein brillanter Publicitycoup für Metro. Bei keiner der anderen TV-Stationen ist eine Frau an der Spitze.« Voller Enthusiasmus sprang er auf und kam auf sie zu. »Die Neunziger sind das Jahrzehnt der Frau, um Himmels willen! Und du bist die klassische Frau der Neunziger. Eine schillernde Karriere *und* Kinder! Du wärst perfekt!«

Kein Wunder, daß er einen so guten Chefredakteur abgibt, dachte Liz liebevoll. Das war seine große Stärke – Leute zu Dingen zu überreden, die sie gar nicht machen wollen. Aber er kannte Conrad Marks nicht, Metros australischen Eigentümer. Für Conrad taugten Frauen nur zu einem. Bei sich daheim, wo Männer Männer waren und Frauen ausgedehnte Reisen nach Europa unternahmen, hatte er seinen Chauvinismus zu vollendeter Form geschliffen. Nie im Leben würde er einer Frau Einfluß und Macht überlassen.

»Da kennst du Conrad aber schlecht.«

Sie zuckte zusammen, als sie an die Einweihungszeremonie für Metros hochglanzgestylten neuen Bürokomplex vor zwei Tagen dachte. Irgendwie hatte Conrad es fertiggebracht, die Herzogin von York zu überreden, die Ehrung vorzunehmen. Fergie war in einer ihrer Mode-Katastrophen erschienen, einem kurz geschnittenen Dirndl-Ding, mit dem sie besser auf den oberen Hängen des Montblanc geblieben wäre, wo es hingehörte. Conrad hatte die meiste Zeit der Einweihungsfeier damit zugebracht, ihr in den Ausschnitt zu gaffen, und sie war kaum außer Hörweite, als er seinem Sekretär deutlich vernehmbar zuflüsterte: »Hast du die Titten der Herzogin gesehen? Die glücklichen königlichen Gören!«

Conrad würde niemals eine Frau an die Spitze von Metro TV berufen.

»Ich bin auch eher jemand, der Ideen hat, und nicht so sehr die knallharte Ausführende.« Liz versuchte, einen Schluck von ihrem Kaffee zu nehmen und Jamie davon abzuhalten, sich die Nase an seiner Schuluniform abzuwischen. »Mir fehlt dieser Killerinstinkt.«

»Du versucht es nur nicht energisch genug, das ist alles.« Liz konnte die leise Frustration in seiner Stimme hören. Er war so anders als sie. Seiner selbst so sicher. Fünfunddreißig und bereits Chefredakteur der *Daily News*, Logan Greenes guter Junge, der Erbe des ganzen Greene Imperiums. Hin und wieder beurteilten die Leute David nach seinem jugendlichen guten Aussehen und unterschätzten ihn. Sie bereuten das ausnahmslos.

Aber David hatte immer gewußt, was er wollte. Noch weiter nach oben kommen. Raus aus Yorkshire und fort vom Landhaus seiner Eltern. Erfolg haben. Und den hatte er. Mehr als er sich jemals erträumt hatte. Und er konnte nicht verstehen, warum sie sich weigerte, es ebenso zu machen.

Er schaute auf seine Armbanduhr und stand auf. »Wir haben die Neunziger, denk dran. Das heißt miteinander und nicht gegeneinander. Killerinstinkt – so was ist out. Von uns wird jetzt erwartet, daß wir das Weibliche endlich respektieren. Intuition. Sensibilität.«

»Blödsinn. Versuch das mal Conrad zu erzählen.«

Er beugte sich vor und küßte sie neckend. »Nein. *Du* wirst es ihm erzählen.«

Liz wischte Daisy das Müsli aus dem Haar, wehrte die klebrigen Hände ab, die nach ihrem Kostüm griffen, und küßte ihre Tochter sanft auf den Nacken. Widerwillig reichte sie sie dann weiter an Susie, das Kindermädchen, und versuchte Jamie dazu zu überreden, ihr Bein loszulassen, damit sie ihre Aktentasche checken konnte. Wie üblich quängelte er und klammerte sich wie eine Klette an sie.

Auf dem Weg hinaus schaute sie noch einmal kurz prüfend in den Flurspiegel. Gar nicht mal so übel für sechsunddreißig. Sie könnte gut etwas Gewicht loswerden, aber damit würde sie letzten Endes nur etwas von ihren Kurven einbüßen. Zum Glück hatte sie sich letzte Woche einen dezenten Haarschnitt machen lassen, der sie zwar nicht unbedingt wie eine Frau aus den Neunzigern aussehen ließ, aber immerhin auch nicht mehr wie eine aus den Siebzigern. Und der rauchige Lidschatten, zu dem ihr Friseur sie überredet hatte, verlieh ihren Augen einen sinnlichen orientalischen Look, mit dem sie sehr zufrieden war. Es hieß ja immer, Brünette würden länger jung aussehen. Naja, zumindest behaupteten die Brünetten das.

Sie schaute auf die Uhr und verspürte einen kurzen, aber vertrauten Anfall von Panik: Sie würde zu spät zum Termin mit Conrad kommen, der Hoover mußte in die Werkstatt, und dann fiel ihr ein, daß Susie heute den Wagen haben wollte. Wie hatte David sie genannt? Die klassische Frau der Neunziger? Was für ein schlechter Witz!

Wie üblich nahmen nur zwei Frauen am wöchentlichen Creativ-Meeting teil: Liz und Claudia Jones, Metros Unterhaltungschefin. Liz war durch London gerast und, weil der Lift überfüllt war, die Treppen hoch gehetzt und kam geschafft und völlig außer Atem im dritten Stock an. Glücklicherweise war Andrew Stone, Metros Nachrichtenchef, ebenfalls zu spät dran, und so gelang es ihr, in den Raum zu schlüpfen und sich zu setzen, ohne daß es allzusehr auffiel.

Es bedeutete, daß sie auf ihren Kaffee verzichten mußte, für den sie jetzt glatt einen Mord begangen hätte, aber wenigstens konnte Claudia keinen ihrer üblichen vernichtenden Blicke auf die Uhr werfen. Schick, Single und kinderlos, hatte Claudia das Motto »Der Job vor allem anderen« zu ihrer Religion gemacht.

Als Liz ihr quer durch den riesigen Vorstandsraum einen Blick zuwarf, konnte sie nicht sagen, was sie am meisten an Claudia verabscheute: die Art und Weise, wie sie es schaffte, stets so auszusehen, als sei sie soeben dem Schaufenster von Harvey Nicols entstiegen; oder wie unverfroren sie es ausnutzte, eine Frau zu sein, um zu kriegen, was sie wollte; oder daß es ihr an jeglicher Begabung fehlte.

Claudia war die Sorte Mensch, die anderen die Ideen klaute und selbst dann das Lob dafür einheimste. Sie liebte es, eine Frau in einer Männerwelt zu sein, und wollte nur sehr wenigen Frauen gestatten, diesem Club ebenfalls beizutreten. Und Liz hatte das unbestimmte Gefühl, daß das auch für sie galt.

Bei Metro ging ferner das Gerücht um, daß Claudia einen besonders guten Draht zu Conrad Marks habe. Und hin und wieder, so die Gerüchte, schloß das auch ihren Körper mit ein.

»Nettes Kostüm«, beglückwünschte Claudia sie. Liz schaute sie überrascht an. Nettigkeiten waren gar nicht Claudias Art. »Armani, stimmt's?«

Die Blicke der Anwesenden wandten sich interessiert Liz zu und musterten sie von Kopf bis Fuß.

Claudia schmunzelte unerwartet. »Nur schade um den Rükken.«

Liz schaute entsetzt über ihre Schulter, wo, wie ein greller Schmuck aus der Post-Punk-Ära, Daisys halbes Frühstück klebte.

Auf der Damentoilette fand sich nichts, womit sie es hätte abwischen können. Toilettenpapier würde es nur noch schlimmer machen und das schwarze Jackett mit weißen Fusseln verschmieren, und das Abrollhandtuch war zu kurz. In einem plötzlichen Geistesblitz griff sie in ihre Brieftasche und holte ihre American Express Karte hervor. Damit würde es gehen.

Als sie wieder in den Sitzungssaal zurückkehrte, war Conrad bereits eingetroffen. Sie huschte auf ihren Platz und hoffte inständig, daß er es nicht bemerkte. Manche hoffen vergeblich.

»Wie ich gerade sagte, Liz« – er machte sich nicht mal die

Mühe, zu ihr herüberzuschauen –, »ganz sicher fragen Sie sich alle, wen ich als Programmchef auf meiner Liste habe. Es gibt zwei Kandidaten, beide aus unseren Reihen. Ich schätze mal, daß Sie wissen möchten, wer das ist.« Er schaute sich im Raum um und genoß die Neugier auf den Gesichtern. »Der erste ist Andrew Stone.« Stumme Zustimmung, als der Name des beliebten, aber ein wenig unorganisierten Leiters der Nachrichtenredaktion fiel. »Und Nummer zwei ist...« Er grinste wölfisch, spielte mit ihnen und weidete sich an der Spannung im Raum: »Metros Unterhaltungschefin: Claudia Jones.«

Liz hatte das Gefühl, als sei soeben ein Kübel Eiswasser über ihr ausgeschüttet worden, doch es machte sie klar im Kopf und ihren Verstand scharf wie eine Rasierklinge. Sollte Claudia den Job bekommen, wäre das ihr, Liz Wards, Ende. Das durfte sie nicht zulassen. Sie mußte kämpfen.

Aber wie? Programmchef war ein Full-time-Job, bei dem man alles geben mußte. Sie hatte zwei kleine Kinder und sah die beiden weiß Gott schon jetzt selten genug. Würde sie Metro leiten, bekäme sie sie überhaupt nicht mehr zu Gesicht.

Aber gut möglich, daß Claudia den Job gar nicht bekam, vielleicht entschied sich Conrad für Andrew. Sie schaute zu Andrew, der wie ahnungslos dasaß und albern grinste, während er seine Unterlagen zusammensuchte. Als er sich nach vorn beugte, sah sie, daß sein Hemd nur auf der Vorderseite gebügelt war, und ihr fiel ein, daß seine Frau mit einem Ex-Kollegen durchgebrannt war und daß Andrew nun die alltäglichen Dinge des Haushalts auf die harte Tour lernen mußte.

Sie sah, daß Claudia jetzt direkt zu ihr herüberschaute und schmunzelte. Natürlich mußte sie gewußt haben, daß Liz übergangen worden war. Nur deshalb hatte sie es ausnahmsweise unterlassen, sie vor versammelter Runde zu blamieren.

Und angesichts ihres selbstsicheren, katzenhaften Grinsens wußte Liz mit absoluter Sicherheit, daß Conrad den Job ganz sicher nicht Andrew geben würde. Er würde ihn Claudia geben.

Vor einem Monat, als sie ihre vielversprechende Stelle bei

der BBC hingeschmissen und bei Metro angefangen hatte, wollte sie mithelfen, diesen Sender zum aufregendsten im britischen Fernsehen zu machen. Herausfordernd. Neu. Aufregend. Anders als die anderen. Und wie würde es unter Claudias Leitung aussehen? Billig. Schlampig. Nachgemacht. Berechenbar.

Liz saß regungslos da, von Panik ergriffen. Als das große Schauspiel vorüber war, fingen alle an, ihre Papiere zusammenzusuchen und den Raum zu verlassen. Sie gratulierten Claudia und Andrew, als sie aufstanden. Der günstige Moment verstrich.

Plötzlich vernahm Liz ihre eigene Stimme, überraschend ruhig und beherrscht, durch das aufgeregte Gemurmel hindurch. »Da Sie offenbar der Ansicht sind, daß eine Frau als Programmchef eine gute Sache wäre, Conrad, möchte ich mich ebenfalls um diesen Job bewerben.«

2

»Kann ich bitte die Vertriebszahlen der letzten zwei Wochen haben, Julie?«

David versuchte möglichst beiläufig zu klingen. Bis jetzt war niemandem außer ihm aufgefallen, daß eine kleine Anzahl *News*-Leser zum Konkurrenzblatt *Daily World* abgewandert war. *Er* aber hatte es bemerkt, und was er sah, gefiel ihm ganz und gar nicht. Leserverluste bei Zeitungen hatten die dumme Angewohnheit, sich zu einer wahren Fluchtwelle zu entwikkeln, wenn man das Phänomen nicht rechtzeitig stoppte; und er wollte sich genau ansehen, wann und wie es angefangen hatte, ehe er sich Logans Gebrülle anhören mußte.

David nahm sich eine Ausgabe der *Daily World* und rollte die Augen himmelwärts. Es hätte ihm nicht so viel ausgemacht, wenn sie Leser an die *Sun* verlieren würden – nein, das stimmte nicht, es würde ihn natürlich ärgern, aber letzten Endes war es einfach ein beschissenes Blatt. Aber die *World* war purer Dreck – halb Porno, halb Lügengeschichten.

Allein schon dieser Aufmacher: ICH WURDE VON EINEM UFO GEKIDNAPPT. Das war typisch für den Mist, den die *World* ausbrütete. Haarsträubende Storys, die sie nie nachprüften, weil sie von vornherein wußten, daß es Scheiß war. »Wahre« Geständnisse. Schnappschüsse aus der Luft von Joan Collins oder Prinzessin Di beim Sonnenbaden. Nur ihre Klatsch-Kolumnistin, Steffi Wilson, die war wirklich gut. Eine Hexe, ganz klar, aber immerhin verstand sie was von ihrem Job.

David stand auf und stopfte die *Daily World* so heftig in den Papierkorb, daß er umkippte. Es war Zeit für die erste Redaktionssitzung des Tages, und sie würden gottlob richtige Storys diskutieren. Aber wie lange noch? Wenn es ihm nicht gelang, die Flut abwandernder Leser aufzuhalten, dann wußte er, was kommen würde – Logan würde verlangen, daß die *News* zurückschlug. Mit denselben Waffen wie die *World*.

»Uiii, Mom! Du siehst ja aus wie Mrs. Thatcher!«

Jamie stand splitternackt in der Tür und beäugte Liz inmitten des Kleiderhaufens, der sich bei ihrem vergeblichen Versuch aufgetürmt hatte, wenigstens halbwegs wie eine resolute Karrierefrau auszusehen für den wichtigsten Moment ihres Lebens.

Fast eine halbe Stunde lang hatte sie sich durch ihre Garderobe gewühlt und gewünscht, sie wäre nicht so voller Desaster: grauenhafte Ausverkauf-Schnäppchen; Steghosen, die ihren Po wie den eines Sumo-Ringers aussehen ließen; violette Tops im Trainingsanzug-Stil. Wenn sie doch nur neutrale Sachen gekauft hätte, wie es die Zeitschriften rieten. Dann würden all ihre Fehlkäufe wenigstens zusammenpassen.

Ihre letzte Chance war ein beigefarbenes Nadelstreifenkostüm aus Leinen gewesen, zwei Jahre alt, mit Power-Schultern und einem knielangen Rock. Ein Fingerbreit weiter über das Knie, und selbst sie würde zugeben müssen, daß es zu altmodisch war. Nein, es sah passabel aus. Sie zog den Reißverschluß zu und versuchte, nur ja nicht daran zu denken, was Claudia tragen würde.

Letzte Nacht hatte sie zwei Stunden lang vor einem leeren Blatt Papier gesessen und gedacht: Was soll ich denn morgen bloß erzählen?

Und dann war sie drauf gekommen. Das Problem der Privatsender waren die Zuschauer. Der Zuschauer des Kommerz-TV war alt und wenig anspruchsvoll. Eher Otto Normalverbraucher. Die BBC hatte sich auf clevere Weise die jüngeren, wohlhabenderen Zuschauer geangelt – die Martini-Trinker und BMW-Fahrer –, aber die waren genau das Publikum, das die Anzeigenkunden wünschten. Irgendwie mußte sie auf einen Dreh kommen, diese Zuschauer zu gewinnen.

Als David gegen zwei Uhr morgens hereinkam und fragte, ob sie nicht ins Bett käme, war sie derart in ihre Programmpläne vertieft gewesen, daß sie verwundert aufgeschaut hatte. *Ich will diesen Job!* wurde ihr mit einem plötzlichen Schub an Begeisterung klar. *Ich will ihn unbedingt!*

Nun, am hellichten Tag verließ sie der Mut. Würde sie ihre Ideen nur Conrad allein präsentieren oder dem gesamten Vorstand? Als zehn Minuten später der Taxifahrer läutete, war es fast eine Erlösung. Sie schaute zu David hinüber und beschloß, ihn nicht zu wecken, weil er im Moment so erschöpft wirkte, und ging auf Zehenspitzen zur Tür.

»Hey«, protestierte eine verschlafene Stimme unter der Bettdecke. »Ist heute nicht der große Tag?« Davids zerknittertes Gesicht tauchte grinsend unter der Bettdecke hervor. »Du kannst doch nicht los ohne einen Kuß als Glücksbringer. Ich wette, Claudia kriegt einen.« Er grinste aufreizend.

Liz setzte sich auf die Bettkante und strich ihm durchs Haar. Sie hatte sich Sorgen um ihn gemacht letzte Nacht. Er hatte schweigsam und bedrückt gewirkt. »Bist du okay, Schatz?« Sie nahm seine Hand und küßte sie.

Für den Bruchteil einer Sekunde war er versucht, ihr von der Sache mit den Verkaufszahlen zu erzählen, verwarf den Gedanken aber sofort wieder. Er benahm sich wie ein egoistisches

Stück Scheiße. Dies war ihr großer Augenblick. Was sie jetzt brauchte, war ein klarer Kopf. Lächelnd zog er sie zu sich, bemerkte aber im letzten Moment ihr schimmerndes Lipgloss.

»Was hätte wohl Bogey bei Lipgloss getan?« Er beugte sich drohend zu ihr.

Sie duckte sich lachend weg, doch er packte sie, plötzlich ganz ernst.

»Und jetzt hör mir genau zu, mein Mädchen. Du bist brillant, und du bist wunderschön. Denk immer daran. Und du wirst Claudia in die Tasche stecken. Los, jetzt ab mit dir. Und vergiß nicht, mich anzurufen und mir zu erzählen, wie es gelaufen ist.«

In die Wärme seiner Liebe gebettet, fühlte sie, wie ihr Selbstvertrauen zurückkehrte. Sie blieb an der Tür stehen und blies ihm einen Kuß zu, doch er war schon wieder unter der Bettdecke verschwunden und sogleich eingeschlafen. Noch immer lächelnd lief sie zum wartenden Taxi; ihre Nervosität und Zweifel waren vergessen.

Als sie auf der Rückbank des Minitaxis Platz genommen hatte, fragte sie den Fahrer, ob es ihm etwas ausmachen würde, das Radio leiser zu drehen. Wenn sie in aller Ruhe ihre Notizen zwanzig Minuten lang durchsehen würde, wäre sie bestens vorbereitet. Doch der Fahrer nahm ihre Bitte zum Anlaß für einen munteren Plausch.

»Schöner Tag, was?«

»Sehr schön. Hören Sie, wenn es Ihnen nichts ausmacht...«

»Metro Television, ja? Hab' ich noch nie von gehört.«

Bleib ruhig, sagte sie sich selbst, früher oder später wird er schon mit seinem Gefasel aufhören müssen. Doch da irrte sie. Als sie das Gebäude von Metro TV an der Battersea Bridge erreichten, war Liz kurz vor einem Schreianfall und mit den Nerven am Ende. Und der Kerl schwafelte, noch während er ihr die Wagentür aufhielt, weiter davon, was er von sich überschneidenden Filmen und fehlenden Natur-Sendungen hielt. Liz schwang sich so hastig aus dem Taxi, daß sie sich an der Tür die Strumpfhose zerriß.

Als sie ihr Büro erreichte, war es Viertel nach neun, und sie war nahezu hysterisch. Viv, ihre Sekretärin, immer die erste an ihrem Schreibtisch in diesem Stock, war bereits dabei, Kaffee aufzusetzen.

Liz ließ sich auf einen Drehstuhl fallen. Wortlos zeigte sie auf ihre Laufmasche; es war die einzige Strumpfhose, die sie dabeihatte. Claudia hätte sicher noch ein Paar in ihrer Schublade, sechs Paar, zusammen mit dem Dildo und der Peitsche, mit der sie ihre männlichen Kollegen bändigte. Alles, was Liz hatte, war eine alte Tüte Fertigsuppe und einer von Daisys Schnullern.

Verdutzt schaute sie ihre Sekretärin an. Viv streifte ihre blaß beigen Le-Spec-Strümpfe ab, hier mitten im Büro, wo zum Glück niemand außer ihnen war.

»Bitte schön. Nur gut, daß ich unter dem Solarium war. Sie können sie dringender gebrauchen. Das ist Ihre *große Chance.*«

Viv schob den Rock über ihre langen Beine und zog sich die Schuhe wieder an. »Und wenn Sie die Meinung aus der Tippsen-Abteilung interessiert – wir nehmen an, daß Conrad die Schnauze gestrichen voll hat von Claudia Jones; sie hat ihn zu derb und zu oft ins und aus dem Bett gestoßen. Und Andrew Stone ist so ein Schlappschwanz, daß wir glauben, daß nicht mal Conrad ihm den Job geben wird. Und deshalb meinen wir, daß Sie eine echte Chance haben.«

Strumpflos holte Viv ihnen beiden einen Kaffee und ließ Liz sprachlos zurück. Woher bloß wußten die Sekretärinnen das alles? Fünf Minuten später wirbelte Liz in ihrem Nadelstreifenkostüm mit dazu passenden Le-Spec-Strümpfen herum. Mit jedem Schluck heißem Kaffee spürte sie, wie ihr Mut zurückkehrte. Ihren sorgfältig ausgearbeiteten Vortrag umklammernd und innerlich ganz ruhig, war sie schließlich bereit, in Conrads Büro zu gehen.

Im Lift traf sie auf Andrew, der gerade einen Zeitungsausschnitt las und noch nervöser aussah als sonst. Armer Andrew. Er war einer dieser Männer, die schwitzten wie Richard Nixon beim Lügendetektortest. Sie wußte, daß sein Handschlag sanft und klamm sein würde und sein Atem leicht nach Curry roch, auch wenn er sich die Zähne geputzt hatte. Kein Wunder, daß seine Frau ihn verlassen hatte.

Noch immer ganz vertieft in seinen Artikel bemerkte Andrew plötzlich, daß sie schon im vierten Stock waren und Liz bereits ausstieg. Er stürzte auf die Tür zu, als diese sich wieder schloß, und versuchte, die Türen auseinanderzudrücken, während seine Mappe auf den Boden fiel und sich seine Notizen und Presseausschnitte über den Flur verteilten.

»O Jesus!« wimmerte er. »Das darf doch auf keinen Fall durcheinanderkommen!«

Liz hörte die Panik in seiner Stimme, schenkte ihm ein kurzes Lächeln des Mitgefühls und half ihm, seine Unterlagen aufzusammeln. Während sie auf dem Fußboden herumkrabbelten, öffneten sich die Türen des Fahrstuhls erneut, und Claudia kam heraus. Plötzlich war der Korridor mit dem herben Duft von Giorgio erfüllt, so übertrieben und unmöglich zu ignorieren wie Claudia selbst. Verdammte Claudia! Wie schaffte sie es nur immer wieder, einen im ungünstigsten Moment zu erwischen?

»Hallo, Lizzie Darling. Hi, Andrew. Steht nicht extra auf.« Claudia ging um sie herum, wobei ihr Zehn-Zentimeter-Absatz nur knapp Andrews Hand verfehlte. Ihr kurzer dunkler Pagenkopf schimmerte, als sie in einem knallroten maßgeschneiderten Kostüm mit Goldknöpfen an ihnen vorbeischarwenzelte – die Farbe ihrer Lippen und Fingernägel exakt dazu passend

Und das Schlimmste dabei ist, dachte Liz ärgerlich, als ein bewundernder Sales Executive Claudia die Tür zu Conrads Büro aufhielt, daß sie nichts bei sich hat. Keine Unterlagen. Keinerlei Notizen. Sie würde ihre Präsentation mit leeren Händen machen!

Liz reichte Andrew den letzten seiner Presseausschnitte und gab sich alle Mühe, nicht entmutigt zu sein. Denn genau das bezweckte Claudia ja. Sie war so unvernünftig stolz darauf gewesen, daß sie ihre Notizen auf eine einzige Seite reduziert hatte, und dann kam Claudia hereinstolziert und hatte alles im Kopf. Zum Teufel mit ihr! Bleib ruhig! Du bist diejenige mit den Ideen – nicht Claudia. Claudia weiß doch nur, wie man Agenten aufreißt und das Ego von Stars massiert. David hatte recht. Claudia würde im Traum keine Strategie für den Sender einfallen, mit der sie es schaffen konnte.

Liz strich ihren Leinenrock zurecht, der ganz zerknittert war vom Bücken, wischte sich eine Haarsträhne aus dem Gesicht und hielt Andrew die Doppeltür auf, damit er nicht wieder alles fallen ließ.

Vor Conrads Büro saß Claudia und nippte an einer Tasse schwarzen Kaffee; die Beine in halterlosen schwarzen Strümpfen, keusch zu einer Seite gebeugt, sah sie genauso aus wie die Illustration zu einem dieser nervtötenden Artikel, wer in fünf Jahren die Top-Jobs haben würde.

Die Tür öffnete sich, und Conrad erschien. »Wir wären dann so weit für Sie, Claudia.«

Seelenruhig stellte Claudia die Tasse ab und stand auf.

Liz sah ihr nach und stellte fest, daß nicht eine einzige Knitterfalte in ihrem Jackett war, und sie verspürte einen Anflug von Wut und Neid. Wenn Claudia doch nur stolpern oder vergessen würde, was sie sagen wollte – vielleicht gar irgendwelchen Blödsinn vorschlagen oder die Sache mit den Marginalkosten mißverstehen würde –, wenn sie doch nur *irgendeine* Art von Menschlichkeit verriete.

Aber Claudia war kein Mensch. Sie war ein Alien in einem roten Kostüm, bei dem jeder Schritt, jede Bewegung einprogrammiert war, kalkuliert, geplant. Würde man dieses selbstgefällige Gesicht zerkratzen, fände man wahrscheinlich keine Adern und Knochen vor, sondern Drähte und Elektroden.

Als Claudia die Tür hinter sich schloß, sprach Liz ein stilles Stoßgebet. Zwar glaubte sie nicht, daß es half, und auch nicht, daß Gott ihren Gefühlen unbedingt beipflichten würde. Aber sie tat es trotzdem.

Am Lächeln auf Claudias Gesicht, als sie wieder herauskam, erkannte Liz, daß ihr Gebet nicht erhört worden war. Es verriet, schlicht, doch subtil, daß Conrad und der Vorstand ihre Programmchefin bereits gefunden hatten und daß jedes weitere Gespräch nur noch stattfinden würde, um die Form zu wahren.

»Wie ist es gelaufen?« hörte sich Liz gegen ihren Willen fragen.

»Nicht übel. Wirklich nicht übel.«

Liz wußte, was Claudia damit sagen wollte, nämlich: Warum verabschiedet ihr euch nicht, ihr armen Schlucker? Ihr erspart euch damit doch nur eine Blamage!, und versuchte sich auf das zu konzentrieren, was sie sagen würde.

Sie mußte nicht lange warten. Wieder öffnete sich die Tür, und plötzlich war sie an der Reihe, langsam auf dem Bratspieß gedreht zu werden, während Metros Vorstand gewürzte Fragen wie Spieße in ihr zartes Fleisch stach.

Es waren insgesamt fünf, alles Männer, und außer Conrad, der in Hemdsärmeln und mit roten Hosenträgern dasaß, sahen sie grau und großstädtisch aus. *Geldmänner.* Überall hieß es, daß es die Buchhalter seien, die heutzutage das Fernsehen leiteten. Die höchste Auszeichnung war es nicht länger, einen Preis zu gewinnen, sondern unter dem veranschlagten Budget zu bleiben.

Als Liz sich setzte, war sie aufs neue von Conrads Präsenz beeindruckt. Er mochte klein sein, aber man spürte immer, wenn er einen Raum betrat, selbst bevor man ihn überhaupt gesehen hatte. Es war, als würde der Energiepegel hochschnellen. Conrad besaß eine Ausstrahlung, als seien Millionen und Abermillionen Atome in einen zu kleinen Körper gepackt worden, die nun alle platzten, um da wieder rauszukommen. Man hatte das Gefühl, sich die Hände an ihm wärmen zu können.

Doch als er Liz dann dem Vorstandsvorsitzenden von Metro, Sir Derek Johnson, und zwei weiteren Mitgliedern des Vorstandes vorstellte, spürte sie, wie ihr Blick zu dem fünften Mann im Raum hingezogen wurde. Er war groß, wirkte gewandt und aalglatt, ein typischer Großstädter, aber keiner von denen mit Porsche und Autotelefon, sondern einer von der Sorte, die noch immer navy-blaue Nadelstreifenanzüge und schlichte Krawatten trugen und daran glaubten, daß ein Versprechen etwas ist, das man auch einzuhalten hat. Liz hatte nicht gewußt, daß es noch welche von ihnen gab.

Irgendwie kam er ihr bekannt vor, und sie war so sehr damit beschäftigt, ihn anzustarren, daß sie gar nicht die Namen der anderen beiden Männer in Anzügen mitbekam. Schließlich war der fünfte Mann an der Reihe.

»Und hier haben wir unser kürzlich neu berufenes Mitglied im Vorstand, einen der aufstrebenden Sterne der Square Mile, ein Wunderkind der Finanzen und wagemutiger Venture-Kapitalist, Mark Rowley.«

Liz spürte, wie ihr Nacken rot und fleckig wurde, was jedesmal passierte, wenn ihr etwas plötzlich sehr peinlich war. Mark Rowley! Es konnte nicht derselbe sein! Mit erschreckender Klarheit und in schmerzlichem Detail kehrte die Erinnerung an einen Abend vor sechzehn Jahren zurück.

Sie hatte Mark Rowley auf einer Dinnerparty kennengelernt, nicht lange nachdem sie David zu erstenmal in Oxford begegnet war. Mark war achtzehn, so wie sie, ein Junge von der Public School, der gerade bei Lloyds angefangen hatte, zuvorkommend, schüchtern, zurückhaltend. Mark schien nicht sonderlich interessiert am Stadtleben, sein ganzer Enthusiasmus galt seinem Hobby und seiner Leidenschaft, der Territorial Army. Er war ruhig und ernsthaft, ganz das Gegenteil von David, der darauf brannte, ein Journalist zu sein, und jeden verachtete, der einen eigentlich ungeliebten Job verrichtete, besonders aber einen Jungen von der Public School, der seine Kicks kriegt, wenn er Soldat spielt.

Doch dann hatte Mark Liz zu einem Zeremonien-Dinner seines Regiments in der Goldsmith's Hall eingeladen, und sie hatte eingewilligt. David war furchsteufelswild, als er davon hörte, und sie hatte seine Eifersucht genossen.

Marks Freunde waren ihr nicht besonders sympathisch gewesen, sie kamen ihr spießig und prahlerisch vor, aber sie hatte Mark gemocht. Sie war gerührt, daß er kein Hehl daraus machte, wie stolz er auf sie war, und unentwegt erfreut lächelte, weil sie an seiner Seite war. Und doch gab es in ihren achtzehnjährigen Augen gleichzeitig etwas an seiner Unbeholfenheit und Unschuld, was sie abstoßend fand, so als wüßte er nicht, wie man küßt. Und sie fragte sich schließlich, ob er auf dem Heimweg einen plumpen Annäherungsversuch unternehmen würde.

Nach dem Dinner waren sie in den wunderschönen gepflasterten Innenhof gegangen, Marks Freunde und Offiziere plauderten und scherzten, ehe sie in ihre Wagen stiegen und davonfuhren. Liz bekam die Verabschiedung kaum mit, weil der ramponierte Mini heranrauschte. Auch ohne einen Blick auf die wilde Lockenmähne oder die herausfordernden blauen Augen wußte sie, daß David hinter dem Steuer saß.

Und in einem Akt der Grausamkeit, den sie noch heute bedauerte, hatte sie sich von Mark verabschiedet und war in den Wagen gestiegen. Als sie durch das Rückfenster schaute und ihn dort auf dem Pflaster stehen sah, umringt von seinen Freunden, die entweder peinlich berührt waren oder lachten, bemerkte sie, wie verletzt er war, und den Schmerz in seinem Blick hatte sie über die Jahre nicht vergessen.

Er hatte sich natürlich völlig verändert. Die linkische Schüchternheit war schon vor langem unter mehreren Schichten kultivierten Charmes begraben worden. Der Junge von der Public School, der Manöver in Salisbury Plain geliebt hatte, war nun in der Welt der Konzerne. Für einen Moment überlegte Liz, ob es wirklich *ein und dieselbe* Person sein konnte. Schließlich hatte er es sich bis jetzt nicht im mindesten anmerken lassen, daß er sie wiedererkannt hatte.

Und dann schaute Mark in ihre Richtung; für einen Moment trafen sich ihre Blicke, ehe er die übrigen Personen im Raum überflog. Er ließ sich nichts anmerken, doch sie wußte jetzt, daß er es war. Und unter der kühlen Fassade spürte sie, daß er sich sogar mit noch größerer Klarheit an jenen Abend erinnerte als sie. Schnell senkte sie den Blick auf ihre Notizen.

»Also, Liz«, Conrads Stimme vertrieb ihre Erinnerungen. »Nun haben Sie die Gelegenheit, uns mit Ihren Vorstellungen für unseren Sender zu begeistern.«

Den Blick fest auf Conrad geheftet, schaffte es Liz, ihre Worte zu finden. Und während sie ihre Vorstellung von Programminhalten wie Drama und Comedy umriß und ihre Pläne für das laufende Programm und Dokumentationen, konnte sie spüren, wie ihr Enthusiasmus die steife Formalität der Situation durchdrang; sie heimste sogar das äußerst seltene Lächeln der Ermutigung ein. Und mehr noch – man schien ihr wirklich zuzuhören, und an den Fragen erkannte sie, daß sie ernst genommen wurde. Erleichtert atmete sie innerlich auf.

»Fein, Liz«, schnitt Conrad schließlich ihren Vortrag ab. »Ich denke, es steht außer Frage, daß Sie sehr beeindruckend sind, was die kreative Seite betrifft, aber Fernsehen in den Neunzigern ist ein hartes Geschäft. Wir Privatsender haben kein Monopol mehr auf die Werbung. Wir kämpfen an allen Fronten: die BBC, Video, und jetzt kommen auch noch die Satelliten-Sender und wollen ein großes Stück vom Kuchen. Wir werden nur überleben, wenn wir konkurrenzfähig sind.« Er hielt inne, und sie wußte, daß jetzt der Knackpunkt kam. »Sagen Sie, Liz, von welchem Budget würden Sie für das Programm ausgehen? In groben Umrissen, versteht sich.«

Liz versuchte verzweifelt, die Finger von der Löschtaste in ihrem Kopf zu lassen, die aus schlaflosen Nächten und ständiger Müdigkeit herrührte und manchmal vernichtete, was sie in wichtigen Momenten sagen wollte. Letzten Endes hatte sie mit dieser Frage gerechnet. Die halbe letzte Nacht hatte sie mit einem Taschenrechner zugebracht; also würde sie genau wissen, wovon sie sprach.

Ihr war immer bewußt gewesen, daß Ideen für das Programm die leichteste Übung waren. Das war ihre Stärke. Doch wenn es um das liebe Geld ging... Man kann Steven Spielberg persönlich sein, aber wenn man nicht das finanzielle Wissen eines Finanzberaters hat, wird man diesen Job nicht kriegen.

Sie schaute in die ernste nadelgestreifte Runde, und ihr wurde klar, daß sie gar nicht wirklich an Fernsehen interessiert waren. Alles, worum sie sich scherten, war die Frage, wieviel Profit Metro abwerfen würde, wenn man nur endlich die ermüdende und lästige Notwendigkeit, auch noch ein Programm machen zu müssen, abgehakt hatte. Fernsehen war nichts weiter als eine Möglichkeit unter anderen für sie, so wie Grundbesitz oder Aktien. Allein Conrad hatte zuvor mit Fernsehen zu tun gehabt, wenn man Channel 88, den beknacktesten Sender Australiens, überhaupt Fernsehen nennen konnte.

Sie wußte, sie wollten eine Zahl von ihr, wenigstens einen Anhaltspunkt. Und sie wußte auch, daß es Wahnsinn wäre, ihnen diese Summe zu nennen; es wäre eine finanzielle Fessel, die sie noch bitter bereuen würde, wenn sie den Job bekam.

»Ich weiß, daß die Zeiten hart sind, Conrad, aber mich zu diesem Zeitpunkt festnageln zu lassen, wäre dumm. Ich will es mal so sagen: Die Summe würde realistisch sein.«

Das war ein pures Ausweichmanöver, und sie wußten es.

Sie spürte, daß das Gespräch beendet war. Conrad erhob sich. »Vielen Dank, Liz. Das war sehr hilfreich.«

Sie stand auf und schüttelte Hände. Mark Rowley hatte noch immer nicht auch nur im mindesten erkennen lassen, daß sie sich kannten. Liz begann sich zu fragen, ob er nicht vielleicht doch jemand anders war.

Andrew lächelte ihr mitfühlend zu, als sie herauskam. Claudia war bereits gegangen, wahrscheinlich, um die Klatschkolumnisten mit der Nachricht ihres bevorstehenden Erfolges zu füttern.

Doch als sie schon halb den Korridor hinunter war, fiel ihr auf, daß sie ihre Tasche in Conrads Büro vergessen hatte, und sie verfluchte sich für diese alberne weibliche Obsession, dieses Ding ewig und überall mit sich herumzuschleppen.

Die Hand zum Klopfen erhoben, lauschte sie an der Tür, um möglichst keinen ungünstigen Moment zu erwischen. Durch die dünnen Wände, die jedem hier ein Greuel waren und schon für so manche Verärgerung gesorgt hatten, hörte sie, wie drinnen ihre Vorstellung diskutiert wurde. Zu ihrer Überraschung schienen sie ihr alle durchaus gewogen. Mit einer Ausnahme.

Mark Rowley verkündete in abgewogenem, weltmännischem Ton, wie seine Meinung dazu lautete: Bockmist.

Liz stand wie angewurzelt vor Wut da. An seiner Stimme konnte sie erkennen, daß sie nicht falsch gelegen hatte. Er war der Mann, den sie vor so vielen Jahren brüskiert hatte. Und er hatte ein gutes Gedächtnis.

Ihr erster Instinkt, geboren aus ihrer Abneigung gegenüber Auseinandersetzungen, war, ihre Tasche zu vergessen und wieder zu gehen. Aber dann fragte sie sich, wie sie David klarmachen sollte, daß sie davongelaufen war.

Ohne anzuklopfen und ihnen Zeit zu lassen, das Thema zu wechseln, öffnete sie die Tür und betrat den Raum.

»Ich bin's noch mal, Gentlemen. Bitte entschuldigen Sie. Ich hab' das hier vergessen.« Sie langte nach ihrer Handtasche. »Und wenn ich eines noch sagen dürfte...« Sie schaute in die versammelte Runde und bemühte sich, bewußt locker und betont zu klingen. »Mein Vorschlag ist kein Bockmist.« Sie lächelte. »Aber was sollte ich auch anderes sagen, nicht wahr? Es gibt nur einen Weg, das endgültig herauszufinden. Geben Sie mir den Job.«

Sie griff nach ihrer Handtasche und zog eine Mappe mit Kalkulationen heraus, an denen sie vergangene Nacht gearbeitet hatte, und drückte sie Mark Rowley in die Hand. »Dies ist eine detaillierte Aufstellung des Budgets, das ich benötige, um Metro zu Londons Top-TV-Station zu machen. Alles darüber hinaus werde ich eigenhändig aufbringen durch Sponsoren und Co-Produktionen.«

Auf dem Weg zur Tür drehte sie sich um und lächelte.

»Sehen Sie? Kein Bockmist.«

Auf der Damentoilette wusch sich Liz das Gesicht mit kaltem Wasser und versuchte, sich zu beruhigen. Was machte es schon, daß sie einen Narren aus sich gemacht und jede Regel gebrochen hatte, als sie noch einmal da reingegangen war? Sie war sowieso nicht der Typ für eine Programmchefin. Sie hatte es gegenüber David eingestanden, und es war die Wahrheit. Die letzten paar Tage waren eine hübsche Phantasie gewesen. Die Welt der Vorstandsetagen paßte viel eher zu Menschen wie

Claudia, die andere ausnutzten; und solche wie Mark, die ihren Groll hegen und es jemandem noch nach fünfzehn Jahren heimzahlen konnten. Und sie waren dort sogar willkommen!

Vielleicht sollte sie nach Hause fahren und zusammen mit Jamie und Daisy zu Mittag essen. Sie brauchte jetzt ein bißchen unverdorbene Gesellschaft, um den Ärger wegzublasen und die Wut, die noch immer in ihr brodelte.

»Wer will denn auch Programmchefin werden? Iiiiich... *nicht.*« Es klang ganz und gar nicht wie Frank Sinatra in *High Society*, als Liz' Sekretärin versuchte, sie mit Kaffee und einem Doughnut zu trösten, der aussah wie die gesamte Tagesration an Kalorien während einer Diät. Liz lächelte dankbar und langte zum Telefon, um zu Hause anzurufen. Mist! Der Anrufbeantworter war eingeschaltet, und ihre eigene Stimme, viel beeindruckender als im wirklichen Leben, lud sie dazu ein, eine Nachricht auf Band zu hinterlassen. Sie bat Susie anzurufen, sobald sie zum Mittagessen zu Hause eingetroffen seien.

Fünf Minuten später klingelte das Telefon, und sie nahm hastig ab, in der Hoffnung, daß es Susie war. Wenn sie sich beeilte, könnte sie in einer halben Stunde daheim sein.

Doch es war nicht Susie. Es war Conrad, der sie bat, für fünf Minuten nach oben zu kommen, und der sie davon in Kenntnis setzte, daß sie zu einer Entscheidung gekommen waren.

3

Vor Conrads Büro wartete bereits Andrew, doch zu Liz' Überraschung war von Claudia weit und breit nichts zu sehen. Conrad steckte den Kopf zur Tür heraus und bat Andrew als ersten herein.

Der Stapel Hochglanzmagazine auf dem Tischchen vor ihr bestärkte noch das unbehagliche Gefühl, im Wartezimmer eines Zahnarztes zu sitzen. Liz las solche Zeitschriften nicht, aber um jetzt nicht völlig nervös zu werden, blätterte sie ausnahmsweise ein bißchen darin herum.

Ungefähr auf der Hälfte eines fesselnden Artikels über Karrierefrauen, die sich als unorthodoxes Mittel gegen Streß selber Schnitte in die Arme zufügten, traf Liz der volle Horror ihrer Lage. Völlig ausgeschlossen, daß Andrew den Job bekam. Der gehörte längst Claudia. Und während Andrew sich vielleicht noch durchringen könnte, zu bleiben und dann eben für Claudia zu arbeiten, war das für *sie* unmöglich. Die Wahrheit war, sie würde kündigen müssen.

Keine fünf Minuten waren verstrichen, als sich die Tür erneut öffnete und Conrad erschien, den Arm um Andrews hängende Schultern gelegt.

Conrad schaute sich überrascht um – sicher hatte er Claudia erwartet. Aber die wußte wahrscheinlich, daß das Resultat in umgekehrter Reihenfolge verkündet wurde, und machte auf cool. Er blickte auf die Uhr und zuckte mit den Achseln. Nun war Liz an der Reihe. Sie erhob sich, holte tief Luft und betrat bedächtig den Raum, die Augen stur geradeaus, um Mark Rowleys Blick auszuweichen. Während der letzten Minuten hatte sie sich den Kopf zermartert, aber nun war ihre kurze Ansprache anläßlich ihres Rücktritts perfekt und parat.

»Bitte setzen Sie sich, Liz.« Zu ihrer Verwunderung deutete Conrad auf den Platz neben ihm auf dem Sofa und nicht auf den Stuhl, auf dem sie während der Befragung gesessen hatte. Sie setzte sich und versuchte klaren Kopf zu behalten; sobald das hier vorüber war, würde sie nach Hause zu den Kindern fahren.

Plötzlich machte es sie fürchterlich wütend, diese vertrauliche, kumpelhafte Art dieser fünf Männer, die Claudia den Job geben würden, weil sie dem Image des zähen Luders entsprach, was sie so einschüchternd, aber auch aufregend fanden, während man sie, die um so vieles talentierter war, überging und als Bockmist-Tante abtat.

Es mochte ein weiterer verhängnisvoller Fehler sein, der sie als »hysterisch« oder »aggressiv« brandmarken würde, jene beiden Begriffen, mit denen üblicherweise jede Form weiblichen Aufbegehrens diskreditiert wurde, aber das scherte sie nicht. Es würde ihr großen Spaß machen, ihnen mal ins Gesicht zu sagen, daß es im Busineß mehr als nur die männlichen Werte gab, und sicher auch bessere.

»Conrad...« Kampfbereit hob sie das Kinn. »Ich weiß, was Sie mir sagen wollen. Aber gestatten Sie mir zunächst selber noch ein, zwei Sätze.«

»Nur zu. Schließlich werden wir Ihnen von jetzt an alle zuhören müssen.«

»Was ich sagen wollte, ist...« Sie hielt inne, weil sie plötzlich begriff, was sein Satz bedeutete. »Sie meinen...?«

»Aber sicher. Schauen Sie nicht so überrascht. Ich hab' doch immer gewußt, was Sie auf dem Kasten haben, wenn es um Programmgestaltung geht. Meine Güte, deshalb habe ich Sie doch auch eingestellt. Aber Ihr Zahlenmaterial, das hat uns alle verblüfft. Besonders Mark hier.« Er grinste Mark an, der unschuldig wie ein Lämmchen lächelte. »Meinen Glückwunsch. Wir möchten Ihnen hiermit den Job als neue Programmchefin von Metro TV anbieten.«

Als Conrad Liz dann aus dem Vorstandsraum geleitete, hatte sich Claudia endlich doch zu einem erneuten Erscheinen herabgelassen, aber ihr aufreizendes Lächeln, mit dem sie Conrad bedachte, wurde nicht erwidert. Die Gerüchteküche der Tippsen-Abteilung hatte also wie üblich richtig gelegen. Er *hatte* die Nase voll von Claudias Forderungen. Sie hatte es übertrieben. Ihre Ansprüche auf den Job als Programmchefin zum Beispiel. Sie war eine talentierte Managerin, aber ihre Ideen waren lausig.

»Claudia, würdest du bitte einen Moment hereinkommen?«

»Ich fasse es nicht, daß du mir das antun willst, Conrad.«

Claudia sprach mit ihm, als seien die anderen Männer gar nicht existent. Sie wußte, daß sie ihr Glück in letzter Zeit arg strapaziert und er sich ihr auf subtile Weise entzogen hatte, doch sie hatte angenommen, daß er es tat, weil eine Affäre ziemlich heikel und unklug wäre, wenn sie Programmchefin war. Sie war davon ausgegangen, daß er von sich aus auf Distanz ging und ihre Beziehung vielleicht sogar beenden wollte. Aber was hätte das schon gemacht, wenn sie den Job bekommen hätte?

Vor drei Stunden hatten sie noch miteinander im Bett gelegen. Und jetzt erzählte er ihr, daß er den Job, *ihren* Job, gerade Liz Ward gegeben hatte.

Sie war so fuchsteufelswild, daß sie für einen Augenblick daran dachte, ihn hier vor allen bloßzustellen. *Das ist aber nicht das, was du mir gestern nacht versprochen hast, als ich auf deinem Gesicht saß, Conrad, Schätzchen.* Die Anspannung stand ihm ins Gesicht geschrieben. Er versuchte, das Gespräch voranzutreiben, damit er sie hier endlich rausbekam und sich nicht länger der Gefahr aussetzte, daß sie etwas tat oder sagte, was er bitterlich bedauern würde.

Vielleicht hoffte er ja, daß sie ohne laute Worte ging, vielleicht sogar die Kündigung einreichte, wie es die liebe Lizzie getan hätte. Aber Claudia hatte nicht die Absicht zu kündigen. *Es sind immer die Frauen, die gehen.* Diese Warnung hatte sie von einer Arbeitskollegin bekommen, als sie sich zum erstenmal auf eine Affäre mit einem im Büro einließ. Doch fünf Jahre später war sie diejenige, die noch immer hier war. Und er derjenige, der gefeuert worden war. Seine Frau war ihm auf die Schliche gekommen und hatte ihn vor die Tür gesetzt. Als Claudia ihm dann ebenfalls die Tür vor der Nase zuschlug, ließ er sich eine Weile in Bars hängen, und es dauerte keine sechs Monate, und er wurde gefeuert.

Und als nächstes würde Liz an der Reihe sein, das Feld zu räumen. *Sie* würde bleiben, und zwar als Programmchefin. Sie *wußte* es. Und diese Gewißheit war es, die ihr den Kopf vor Wut schwirren ließ, wie kurzsichtig diese fünf armseligen willensschwachen Kerle entschieden hatten. Liz Ward war es nicht vorbestimmt, Metro Television zu leiten. *Sie* war diejenige.

»In Ordnung, Conrad, es ist deine Entscheidung.« Claudia strich ihr aufreizendes rotes Kleid glatt und stand auf. »Gratuliere zu Ihrer Wahl, Gentlemen. Hoffentlich werden Ihre Erwartungen nicht enttäuscht.«

Liz lief die drei Treppen zu ihrem Büro hinunter, fest davon überzeugt, daß dort bereits ein Anruf auf sie wartete, mit dem man ihr mitteilen würde, daß alles ein Irrtum gewesen sei. Doch der Jubel, der losbrach, als sie hereinkam, konnte nur eines bedeuten: Die Nachricht war schon rum. Sie hatte den Job tatsächlich.

Ein ohrenbetäubendes Ständchen »For She's a Jolly Good Fellow« setzte ein, und jemand drückte ihr einen Plastikbecher mit lauwarmem Champagner in die Hand, während sie noch immer benommen und ungläubig dastand.

Sie hatte es geschafft! Sie hatte es tatsächlich hingekriegt! Sie würde die erste Programmchefin bei einer der großen Fernsehsender in England sein, vielleicht sogar in der Welt! Und sie würde Erfolg haben. Sie würde diesen Piranhas in Nadelstreifen schon beweisen, daß eine Frau kein Biest sein mußte, um einen Sender zu leiten!

Sie griff zum Telefon und versuchte David zu erreichen, doch der war in einer Besprechung, und so hinterließ sie bei seiner Sekretärin eine Nachricht für ihn.

»Würden Sie ihm bitte ausrichten, daß die neue Programmchefin von Metro Television ihn heute abend gern zum Essen einladen möchte?«

Fast konnte sie das Lächeln der Sekretärin am anderen Ende der Leitung hören, als sie versprach, es ihm auszurichten.

»Und nun erlauben Sie mir einen Toast! Auf das heißeste Paar der Medien. David Ward, Chefredakteur der *Daily News* und eines Tages, wer weiß, vielleicht sogar ein bißchen mehr als das...« Logan Greene, Medienmogul und einer der hundert reichsten Männer der Welt, hob sein Glas auf sie und David. »...und auf seine wundervolle Frau Elizabeth, frisch ernannte Programmchefin einer der nettesten kleinen Lizenzen zum Gelddrucken – Metro Television!«

Liz fühlte sich geschmeichelt, daß Logan diese Party im Ritz schmiß, um ihre Ernennung zu feiern. Sie wußte, daß dies das Siegel der Zustimmung von Logan Greene bedeutete und Davids Weiterkommen auf der Karriereleiter des Konzerns. Früher hatte Logan kaum je mit ihr gesprochen, doch nun brachte er einen Toast auf sie aus. Das nannte man Macht.

Ein Kellner blieb stehen und schenkte ihr Glas mit Jahrgangs-Champagner nach. Sie schaute zu der mit Girlanden geschmückten Decke, den Plastiken und vergoldeten Möbeln und lächelte. Liz Ward hatte es geschafft. Sie wünschte nur, ihre drei besten Freundinnen könnten jetzt hier sein, um mit ihr zu feiern. Seit ihrem Abschluß an der Universität vor vierzehn Jahren teilten sie jede Beförderung und, Gott sei Dank, jeden Mißerfolg. Und sie hätten das hier heute abend genossen.

Sie spürte, wie David ihr den Arm um die Hüfte legte, stolz und glücklich über ihren Erfolg. »Ich wußte, daß du es schaffst! Conrad besitzt mehr Sachverstand, als ich angenommen habe.« Er küßte zärtlich ihren Nacken. Liz nahm seine Hand und hielt sie an ihre Wange. Sie wußte, daß alle im Raum ihr zusahen – aber was soll's? Das war *ihr* großer Moment, und sie hatte hart genug dafür gearbeitet. Sie schaute in die Gesichter, die ihr voller Bewunderung entgegenstrahlten, und verspürte einen aufregenden Stich. So also fühlte sich der Erfolg an. Und zum erstenmal im Leben wurde ihr klar, wie berauschend es war. Sie schaute zu David auf und streichelte wortlos seine Hand. Doch David sah sie längst nicht mehr an. Sein Blick war auf einen großspurigen jungen Mann am anderen Ende des Raums fixiert, der sich gerade mit Logan unterhielt.

David schwang herum und unterbrach, reichlich müde, wie Liz fand, das Gespräch hinter ihm. »Bert, was, zum Teufel, hat der Stellvertretende der *World* hier verloren? Er ist der *Feind*.«

Der Leiter der Nachrichtenredaktion schaute verlegen drein. »Ist er nicht mehr. Logan hat ihn als Berater angeheuert. Hast du das nicht gewußt?«

»Laß mich in Ruhe, Jamie, *bitte!*« Liz bemerkte die Gereizheit.
»Wann werden Sie heute abend zurück sein?« Liz versuchte, den schmollenden Ton des Kindermädchens zu ignorieren, als sie einen angebissenen Apfel aus ihrem Aktenkoffer nahm, den Daisy frühmorgens fürsorglich dort verstaut hatte. Montagmorgen war immer fürchterlich, und Susie war ärgerlich, weil sie Abend für Abend babysitten mußte. Wenn doch nur David hin und wieder früher heimkommen könnte, doch das stand für ihn völlig außer Frage. Er mußte im Büro bleiben, um die Zeitung ins Bett zu bringen, wie er es nannte. Oft blieb er jetzt sogar noch länger in der Redaktion, und wenn er dann heimkam, war er zu müde, um noch etwas anderes zu tun, als sofort ins Bett zu fallen.

»Um acht, Susie. Versprochen.«

Susie sah sie skeptisch an.

Liz war seit Wochen nicht mehr vor zehn oder elf zu Hause gewesen. Aber es gab so viel zu tun. Sie war es nicht gewohnt, mit riesigen Budgets umzugehen. Sendepläne für ganze Wochen aufzustellen, die Präsentation für die Presse zu planen, die Verhandlungen mit den großen Werbekunden zu überwachen. Sie war müde und ausgelaugt. Und Jamie und Daisy fehlten ihr mehr, als sie sich einzugestehen wagte. Doch sie wußte, wieviel auf dem Spiel stand, und sie mußte nicht nur beweisen, daß eine Frau das alles hinkriegen konnte, sondern daß sie es auf *brillante* Weise schaffte.

»Wenn wir erst auf Sendung sind, wird alles leichter«, beschwichtigte sie. »Dann wird alles etwas ruhiger, und ich kann wieder früher zu Hause sein.«

»Klar.« Nicht zu überhören, daß Susie ihr nicht glaubte. »Aber bis dahin sind es noch zwei Monate! Und müssen Sie dann nicht auch weiterhin so hart arbeiten?«

»Das wird schon gehen. Mach du einfach deinen Job weiter, ja?«

Liz hätte nicht so barsch sein sollen – schließlich drehte sich ihr Alltag und das Leben ihrer Kinder um dieses eine Mädchen, aber Susie hatte nun mal genau an ihren wunden Punkt gerührt.

Würde es wirklich besser werden, wenn sie auf Sendung waren, oder machte sie sich da nur etwas vor?

Ach, verdammt! Es gab schon genug, was sie um den Schlaf brachte, da konnte sie sich nicht auch noch den Kopf zerbrechen, ob sie nun das eingeschnappte Kindermädchen beleidigt hatte! »Natürlich wird es dann leichter.« Liz versuchte sich selbst zu überzeugen, während sie dies sagte. »Ich werde mein eigener Boß sein und kann mir meine Zeit besser einteilen.«

Susie verzog nur kurz die Augenbrauen, sagte aber nichts. Sie mochte Liz und wollte nicht gefeuert werden. Der Haushalt der Wards war lustig und interessant, und sie wußte, daß beide, David und Liz, einander und die Kinder liebten. Sie war schon bei genügend anderen Familien gewesen, um zu wissen, wie *selten* das war. Aber *sie* liebte Jamie und Daisy auch. Das war ja das Problem. Und sie konnte etwas sehen, wofür Liz blind war aufgrund ihrer neuen Besessenheit von ihrer Arbeit: Sie und David arbeiteten so viel, daß sie Jamie und Daisy dabei vernachlässigten.

Seit Wochen mußte sie die beiden abends ins Bett bringen, und auch wenn das zusätzliche Geld, das sie verdiente, großartig war, ertrug sie es kaum, den beiden Kleinen jeden Abend sagen zu müssen: »Nein, Mummy kommt jetzt noch nicht nach Hause«, und dann in ihre enttäuschten Gesichter zu sehen. Es war an der Zeit gewesen, das mal anzusprechen.

Liz saß da und tat so, als würde sie in einer Akte lesen. War Jamie wirklich unglücklich? Sie wußte, daß sie ihre Kinder im Moment ein wenig zu kurz kommen ließ. Aber nicht mehr lange. Die Dinge würden wieder besser werden. Es war die Herausforderung ihres Lebens, und es mußte hinhauen. Dann würde schon sehr bald wieder alles in Ordnung sein. Oder?

Liz ließ den Blick über den Raum schweifen, wo sich bereits die Journalisten drängelten. Sie wollten hören, ob Metro TV nun wirklich etwas anderes zu bieten haben würde als das übliche Unterhaltungs-Mischmasch und die billigen Seifenopern, was den Vorgänger, Capital TV, letztlich die Lizenz gekostet hatte.

Bis jetzt war es prima gelaufen. Metros Paket aus neuen Stars und frischen Programmen war freundlich aufgenommen worden, was natürlich genausogut heißen konnte, daß sie vorhatten, es in ihrem jeweiligen Blatt zu verreißen. Bei der Presse konnte man nie sicher sein.

Liz holte tief Luft, schlug mit einer Gabel an ihr Weinglas und bat um Aufmerksamkeit. Sie hatte ihre Ansprache den ganzen Tag geübt, aber beim Fernsehen zu arbeiten war, wie sie festgestellt hatte, etwas ganz anderes, als selber im Scheinwerferlicht zu stehen.

»Großartig. Sie waren einfach *verdammt* großartig!«

Liz lächelte schwach. Es hatte sie selbst das letzte bißchen an Energie gekostet, Metros neues Programm der Presse zu präsentieren, und nun, da es vorüber war, wollte sie nur noch schlafen, eine ganze Woche lang, oder besser noch einen ganzen Monat. Conrad nahm ihren Arm und schob sie auf einen feierlichen Drink in sein Büro, obwohl Liz doch nichts anderes wollte als nach Hause zu Jamie und Daisy.

Es war sechs Uhr nachmittags, und wenn sie sich beeilte, könnte sie noch rechtzeitig da sein, um sie ins Bett zu bringen. Also ignorierte sie Conrads mißmutigen Blick und eilte die Treppen hinunter, sämtliche acht Stockwerke bis zur Parkgarage.

Sie erwischte den Feierabendverkehr, und sämtliche Ampeln in London schienen sich gegen sie verschworen zu haben. Warum hatte sie Susie nicht angerufen und gebeten, die Kleinen noch aufbleiben zu lassen? Wie ein Feigling kam sie sich vor, als ihr klarwurde, daß sie es nicht getan hatte, weil es ein Eingeständnis dem Mädchen gegenüber gewesen wäre. Außerdem sollte es eine Überraschung sein. Während sie um die Ecken jagte und jede Ampel bei Dunkelgelb nahm, spürte sie, wie aufgeregt sie war. In fünf Minuten würde sie ihre Lieblinge in den Armen halten.

Es war zehn nach sieben, als ihr Wagen mit quietschenden Reifen vor dem Haus zum Halten kam; mit klopfendem Herzen eilte sie die Treppe hinauf und malte sich den Jubel aus, wenn sie sie sahen.

Doch alles war mucksmäuschenstill; nur Susie kam aus dem Bad, mit einigen von Daisys Sachen auf dem Arm. »Liz!« Sie lächelte verlegen wegen des Gesprächs am Morgen. »Also *heute* habe ich gar nicht mit ihnen gerechnet. Wie ist es bei der Präsentation gelaufen?«

Liz wußte, daß Susie nur versuchte, den Angriff von heute morgen wiedergutzumachen, aber mit dem Kindermädchen über ihre Arbeit zu reden war das letzte, wonach ihr jetzt zumute war. Daisy und Jamie drücken und knuddeln und ihnen eine Geschichte vorlesen, das war alles, was sie wollte.

»Prima war's. Wo sind die beiden?«

Susie sah aus, als hätte sie ein schlechtes Gewissen. »Im Bett. Tut mir leid. Aber sie waren so hundemüde, da habe ich sie schon früh hingelegt.«

Es war wie ein Tritt in die Rippen. Sie hatte sich so sehr danach gesehnt, die beiden zu sehen. Sie ging zu Jamies Tür und öffnete einen Spalt. Er lag freigestrampelt auf dem Rücken, die Arme zur Seite ausgestreckt, sein dunkles Haar wirr und zerzaust wie bei einem kleinen hübschen Punk; er schlief tief und friedlich den selbstvergessenen Schlaf der Kinder.

Für einen Moment dachte sie daran, ihn aufzuwecken, aber dann wurde ihr klar, wie egoistisch das von ihr wäre. Also begnügte sie sich damit, ihn ein kleines bißchen zu herzlich zu drücken, in der Hoffnung, er würde dann sowieso wach werden oder sie wenigstens verschlafen anlächeln. Aber das tat er nicht.

Und so saß sie neben ihm auf der Bettkante und strich ihm über das Haar. Er wirkte glücklich genug. Oder machte sie sich wieder etwas vor? Leise schlich sie aus dem Zimmer, um sich einen großen Drink zu gönnen. Den brauchte sie. Gott sei Dank war morgen Wochenende, und sie und David würden endlich mal wieder beide zu Hause sein.

Einige Augenblicke lang lag Liz halbwach in ihrem großen Bett, sah den Sonnenstrahlen zu, die an den Seiten der Jalousien ins Zimmer fielen, und streckte sich. Sie würden den ganzen Tag für sich haben. Swimmingpool, Abenteuerspielplatz, Puppentheater, Pizza im Park. Meine Güte! Was um alles in der Welt hatten sie getrieben, als sie noch keine Kinder hatten? Eigentlich unfaßbar, daß sie die Tage mit irgendwas rumgekriegt hatten. Und dann fiel es ihr wieder ein. Liebe machen. Mit den Zeitungen im Bett liegen. Ein kurzer Abstecher zum Delikatessenladen, handgemachte Pasta und Pesto-Soße zum Abendessen einkaufen. Lunch bei Julie's. Zur Portobello Road düsen, Antiquitäten aufstöbern.

Natürlich wußte sie, daß sie es ihren kinderlosen Freundinnen nie im Leben würde erklären können – aber das Lustigste daran war, daß ihr all das nun ziemlich öde vorkam!

Wie auf ein Stichwort stürzte Jamie ins Zimmer, mit nacktem Hintern, nur mit seinem Pyjamaoberteil und einem Paar ihrer hochhackigen Schuhe. Daisy, die natürlich unbedingt mitmachen mußte, hatte sich einen Papierkorb über den Kopf gestülpt und ihren Schlafanzug von oben bis unten mit Filzstift bemalt.

»Wo ist Daddy?« fragte Liz leise und zog sich die Decke über den Kopf, plötzlich fand sie den Gedanken an Lunch bei Julie's *ohne Kinder* wieder ziemlich verlockend.

»Da Da Da Daaaa!« ertönte eine Stimme vor der Schlafzimmertür. Jamie und Daisy hielten sich die Hände an die Ohren, als David mit einem Frühstückstablett und den Zeitungen hereingetanzt kam.

Das Tageslicht blendete Liz, als er die Jalousien hochzog, und sie langte nach der *Daily Mail,* um zu sehen, wie Metros Presse-Präsentation aufgenommen worden war. Aber David war schneller, zog die TV-Seiten heraus, zerknüllte sie und warf sie aus dem Fenster; zu Jamie und Daisys größtem Vergnügen, denn die beiden machten sich sofort über den Rest der Zeitung her, ganz begeistert von diesem verbotenen neuen Spiel.

»Hey!« protestierte Liz und sprang aus dem Bett. David schubste sie wieder hinein.

»Kein Fernsehteil heute. Heute wirst du dich mal entspannen. Dein Problem ist, daß du das Fernsehen für lebenswichtig hältst.«

Liz lachte und lehnte sich gegen die Kissen. »Ist es nicht, was?«

»Nein, ist es nicht«, pflichtete David bei.

»Es ist sogar noch wichtiger!«

David schnappte sich ein Kissen, schwang sich auf sie, und hockte dann mit dem Kissen auf ihr, bis sie kreischend um Gnade flehte.

Plötzlich fühlte sie eine Hand unter ihrem Nachthemd, die ihre Brust liebkoste. Obwohl Jamie und Daisy im Zimmer waren, reagierte sie darauf und spürte ein unerwartetes Verlangen.

»David!« schalt sie ihn freundlich. »Nicht vor den Kindern!«

»Hast recht.« David kletterte aus dem Bett und nahm beide Kinder liebevoll, aber fest bei der Hand. »Kommt mal mit Daddy mit.« Er führte sie aus dem Zimmer und die Treppe hinunter. »Daddy hat ein Video für euch.«

Als sie im Wohnzimmer waren, hörte sie ein lautes Bühnenflüstern. »Hier habt ihr zwei Packungen Smarties. Aber nichts Mummy verraten.« Und schon kam er wieder die Treppe hoch.

Verschmitzt lächelnd schloß er die Tür hinter sich ab.

»Also, Mrs. Ward, wo waren wir stehengeblieben?«

Als er aufs Bett sprang, sah sie seinen Schwanz aus seinen Boxershorts hervorlugen und unterdrückte ein Kichern.

Aber sie hörte schon bald auf zu lachen, als seine Hände wieder unter ihrem Nachthemd verschwanden und eine mit ihrer Brustknospe spielte, während die andere zärtlich in die ihn willkommen heißende Feuchte zwischen ihren Beinen glitt. Und nach einigen Sekunden vergaß sie alles. Das Fernsehen. Das Kindermädchen. Selbst ihre mütterlichen Pflichten, als sie sich beide erregt und leidenschaftlich aneinander klammerten.

Der Orgasmus stieg auf, war nur noch Sekunden entfernt, als es plötzlich an der Tür klopfte und Jamie von draußen rief: »Dad! Dad! Das Video ist zu Ende!«

Liz spürte, wie David zusammensank wie ein Ballon, aus dem die Luft entwich.

»Sag mal...« Er brach lachend auf ihrer Brust zusammen und hielt Liz fest. »Wessen Idee war das eigentlich, Kinder zu bekommen?«

»Und, wie ist sie denn so, deine neue Chefin?« Steffi Wilson, Klatschkolumnistin und Star-Interviewerin der *Daily World*, entging nicht, wie Claudia beim Wort Chefin zusammenzuckte. »Hab' gehört, die Schreiberlinge sollen sich direkt überschlagen haben bei der Präsentation.«

Steffi rückte etwas näher zu ihrer alten Freundin Claudia Jones, mit der sie hier in Harry's Bar saß, und bestellte sich noch einen Bellini. Die köstliche Mischung aus Champagner und Aprikosensaft erinnerte sie immer an die Spesen-Reisen nach Venedig. Aber natürlich nicht mehr, seit sie bei der *World* angefangen hatte. Die waren nur daran interessiert, Leute auf die billige Tour fertigzumachen. Aber wenigstens bezahlten sie blendend dafür.

Steffi kannte Claudia schon seit fünfzehn Jahren – sie waren zusammen zur Schule gegangen. Nicht Roedan oder das Cheltenham Ladies College. Sie beide waren gute, alte Mädchen der Southend Grammar, und das schuf eine Verbundenheit, wie es keine noch so exklusive Privatschule jemals vermocht hätte. Sie waren die beiden einzigen, die es aus der Vorstadt mit den Netzvorhängen und dem Air-Wick-Mief bis in die bunten Lichter der Großstadt geschafft hatten.

»Ja.« Claudia gab sich Mühe, sich ihre Wut nicht anmerken zu lassen, nicht mal gegenüber Steffi. »Hab' ich auch gehört.«

»Also, was ist schiefgelaufen? Ich dachte, du hättest deinen Yankie-Zwerg so an deiner Pussie, daß der Job praktisch schon dir gehört hat.«

»Hab' ich auch gedacht, und dann macht diese verdammte Liz Ward einen auf Superwoman, und der ganze Vorstand fällt drauf rein.«

»Wie unangenehm. Und wie ist sie so? Hab' noch nie was von

ihr gehört. Das Übliche, schätze ich mal. Ehrgeiziges Karriere-Weib? Konto bei Brown's, Firmen-Mercedes, Fitneß mit der eigenen Trainerin, Urlaub im Club Med?«

Claudia lachte hohl, als sie an Liz' Outfit mit der Kinderkotze auf der Schulter dachte. »Eher Kaufhaus-Kaufrausch, Familien-Volvo und Häuschen in Devon.«

Claudia kippte ihren Bellini und grinste. Sie hatte eine Eingebung gehabt. Steffi war auf dem besten Wege, sich einen Namen als hinterhältigste Schreiberin der Branche zu machen.

»Weißt du, du solltest ein Interview mit ihr machen. Ein Stephanie-Wilson-Special. Würde dich interessieren. Ich bin mir sicher, wenn du die mächtigste Frau des Fernsehens ein bißchen ankratzt, dann triffst du auf eine kleinbürgerliche Mutti, die unbedingt raus will. Sie sollte sich besser um eine Schule für ihre Bälger kümmern und nicht versuchen, einen Fernsehsender zu leiten. Ist doch nur eine Frage der Zeit, bis sie selbst draufkommt.« Sie konnte sehen, daß Steffi angebissen hatte. Steffi verabscheute Karrieremütter ebensosehr wie sie.

Claudia neigte sich noch näher zu ihrer Freundin und schaute sich kurz um, ehe sie fortfuhr: »Vielleicht kannst du ihr dabei helfen, daß sie ein bißchen schneller draufkommt.«

»Damit du dann in ihre Maud Frizons Größe 6 treten kannst?« Steffi erwiderte Claudias Lächeln über den Rand ihres Glases hinweg.

»Haargenau.«

»Und was schlägst du vor, wie ich sie dazu kriege, das alles zu beichten?«

»Weiß ich doch nicht. Du bist der Schreiberling. Wirf ihr doch vor, daß sie eine miserable Mutter ist.« Claudia trank ihren Bellini bis auf den letzten Tropfen aus. »Besser noch: Bring irgendwelche schmutzigen Dinge über sie in Erfahrung. Sprich mit ihrem Kindermädchen. Liz hat schon gejammert, daß das Kindermädchen die Schnauze voll hat.« Steffi überlegte einen Moment. Diese Story war gar nicht mal übel. TV-MOGUL VERNACHLÄSSIGT IHRE KINDER. Und die *World* liebte nichts mehr, als den Leuten vom TV einen überzubraten. Besonders wenn die in Frage kommende TV-Persönlichkeit obendrein auch noch zufällig mit dem Chefredakteur des Konkurrenzblattes verheiratet war.

»In Ordnung, Darling.« Steffi stieß mit ihrem Glas an Claudias an. »Mal sehen, was ich da machen kann.«

4

»Dreißig ... fünfundzwanzig ... zwanzig ... noch fünfzehn Sekunden bis zur Sendung ...«

Liz stand mit angehaltenem Atem auf der Galerie der Sendezentrale, als der PA den Countdown gab. In fünfzehn Sekunden würde Metro TV zum erstenmal auf Sendung sein – es war der zugleich schrecklichste und aufregendste Moment ihres Lebens.

»Studio bitte einrichten«, mahnte der Studioleiter die Techniker, die müßig in Zeitungen blätterten und für Liz' Geschmack das Ganze ein bißchen zu locker angingen.

»Zehn Sekunden bis zur Sendung. Neun. Acht. Sieben. Sechs. Noch fünf. Drei. Zwei. Eins. Trailer abfahren ... Okay Herrschaften, das war's. Wir sind drauf!«

Liz sah sich Metros brillanten Trailer zum tausendstenmal an, so kam es ihr wenigstens vor, und fand ihn immer noch gut – die Kamera als Beobachter auf dem Streifzug durch London, Zeuge von Highlife und Elend, von Vernissagen und Verbrechen, Parties und Politik, und alles in einer Fahrt, ungeschnitten. Der Trailer würde mit Sicherheit für Furore sorgen. Die ganze Stadt würde knobeln, wie sie das hingekriegt hatten, und morgen würde *TV Week* mit einem Standbild daraus aufmachen.

Als der Trailer mit dem sicher bald vertrauten Metro-Logo, einem roten, von einem Blitz durchzogenen M, endete, setzte sich Liz und schloß die Augen. Oben erwartete sie eine Riesenparty, die Bosse von Metro, Journalisten und Werbegrößen. Sie stand auf. Erst jetzt bemerkte sie, daß alle anderen im Studio sich ebenfalls von den Plätzen erhoben hatten und Standing ovations darbrachten.

»Hot-News, Lizzie! Die Telefone stehen nicht mehr still!« überfiel Conrad sie gleich an der Tür.

»Sämtliche Zeitungen im Land wollen ein Interview mit Ihnen«, unterbrach Cindy, Metros PR-Frau. »Inklusive der Supplements und Frauen-Mags. Schätze, die nächsten Tage sind Sie ausgebucht...«

Liz fühlte sich, als hätte sie soeben schlechte Neuigkeiten vom Arzt erhalten. Die Hektik der vergangenen Tage, als das Programm den letzten Schliff erhalten hatte, war ein einziger Alptraum gewesen. Sie hatte öfter die Sonne über dem Fluß aufgehen sehen als in ihren jungen, wilden Tagen in Oxford. Und sie war nicht mehr wild, sie war einfach nur müde.

Als sie dann allerdings in ihrem neuen, eilig ausgesuchten sonnengelben Kostüm von Arabella Pollen, für das sie mehr als ihren gesamten Jahresetat für Kleidung ausgegeben hatte, für die Fotografen vor der Flußkulisse posierte, kam sie sich doch ungeheuer chic und charming vor. Und als Cindy ihr dann auch noch ein Glas Champagner reichte, machte ihr der Job langsam sogar wieder Spaß.

Cindy wollte mit ihr die Liste der geplanten Interviews durchgehen, nachdem die Fotografen zurück zu ihren Blättern gehastet waren, um die Shots noch unterzubringen.

»Ich hoffe, Sie haben noch etwas Energie aufgespart. Die werden Sie nämlich brauchen. Für heute sind vier Interviews abgemacht, zwei oder drei morgen, für die Magazine. Hier sind Ihre Termine.« Cindy gab ihr eine getippte Seite. »Die *Daily Mail* um zwei, der *Guardian* gleich danach, um halb vier, *Today* um fünf. Dann will ITN noch zwei, drei kurze Zitate für die Nachrichten.« Cindy sah auf den Block und fügte etwas unbehaglich hinzu: »Ach ja, Steffi Wilson von der *Daily World* will auch ein Feature über Sie bringen.« Sie lächelte Liz ermutigend zu. »Ich fand nicht unbedingt, daß es in ihre Sparte fällt, aber bei vier Millionen Lesern, wer sagt da schon nein... Kennen Sie Steffi?«

»Nur ihrem Ruf nach. Wird sie nicht auch die ›Königin der Giftspritzen‹ genannt?«

»Ja, das stimmt. Sie ist gerade dabei, sich einen Namen als die neue Julie Burchill zu machen, und scheut auch nicht davor zurück, über Leichen zu gehen. Sie bat jedenfalls um einen Termin morgen abend. Sie kommt zu Ihnen nach Hause, um dem Ganzen ein bißchen Farbe zu verleihen. Soll ich lieber auch kommen?«

»Nein, nein. Das kriege ich schon hin.« Liz hörte sich zuversichtlicher an, als sie sich fühlte. »Ich bin jetzt schließlich jemand.«

»Wenn Sie's sagen«, Cindy klang entnervend besorgt. »Das müssen Sie auch sein.« Als sie Liz die Interviewliste gab, fragte sie sich, ob Liz den Artikel in der aktuellen *Press Gazette* gelesen hatte, in dem stand, daß die *Daily World* sich anschickte, der *News* den Rang als Boulevardblatt Nummer eins abzulaufen.

Steffi warf einen Blick in den Rückspiegel ihres vor Jamies Vorschule geparkten Wagens. Es war ein Kinderspiel gewesen. Sie hatte lediglich die Handvoll Privatschulen heraussuchen müssen, die für ein aufstrebendes Medienpärchen und ihren Sprößling in Frage kamen. Dann hatte sie angerufen und sich erkundigt, ob Jamie als Schüler eingetragen war. Mehr nicht. Jetzt mußte sie nur noch so tun, als würde sie eines der Kinder abholen. Das Dumme war, sie sah einfach nicht aus wie ein Kindermädchen oder eine Mutti. Eher wie eine High-Class-Madame. Na ja, sie würde einfach so tun, als sei sie die nette Tante.

Sehr gut, da vorn warteten bereits zwei Mamis, und eine sah nach ihrem perfekten Opfer aus. Derart füllig und schrill gekleidet konnte es sich nur um eine Berufsmutti handeln, die überzeugt war, daß ein Kind die ersten einundzwanzig Jahre ausschließlich unter der Fuchtel der Mama stehen müßte. Zweifellos brachte sie ihren Kindern das Lesen, Schreiben und Klimpern von Mozartsonaten noch vor ihrem zweiten Geburtstag bei. Und so, wie Steffi ihre Genossinnen kannte, würde die Dame sich sicher nur allzugern einmal über eine berufsmäßige Mutter auslassen.

Sie beobachtete, wie die Frau sich zu ihrer Freundin beugte und sich wiederholt verstohlen umschaute, während sie ihr etwas ins Ohr flüsterte. Perfekt, dachte Steffi, eine weltklasse Klatschbase, wenn ich jemals eine gesehen habe.

Mit Sicherheit wußte in einer solch kleinen Vorschule jeder alles über die schmutzige Wäsche der anderen. Mit einem honigsüßen Lächeln stellte Steffi sich als Sophies Tante vor. Es gab immer eine Sophie in einem Haufen kleiner Rotznasen.

Steffi lehnte sich an den Zaun. »Haben Sie heute auch Jamies Mom in den Zeitungen gesehen? Toll, wie sie das macht, mit diesem neuen TV-Sender. Muß ein harter Job sein. Und dann noch zwei Kinder...«

Die Klatschbase, die selber eine in der Sackgasse steckengebliebene Karriere in der Werbebranche für ihre India-Jane aufgegeben hatte, versteifte sich sichtlich. »Na ja, ich bedaure die Kleinen schon. Die kriegen ihre Mutter ja kaum zu sehen. Sie kann nicht schnell genug wieder in ihr albernes Auto steigen, wenn sie sie abgesetzt hat. Und von ihrem Engagement hier will ich gar nicht anfangen.« Sie legte der Wirkung halber eine Pause ein und neigte sich dann ganz nahe zu Steffi, die unwillkürlich zurückweichen wollte, um der Duftwolke aus Windeln und Bäuerchen zu entkommen. »Sie hat sich weder beim ›Abend im Mittelalter‹ noch beim Familienquiz *und auch nicht* beim Gummistiefel-Weitwurf-Wettbewerb zugunsten des Fonds für die Kleinkinder-Bibliothek blicken lassen. Und ich, als Organisatorin, muß es schließlich wissen.«

»Ist das zu fassen.« Steffi bemühte sich, angemessen schokkiert zu klingen.

»Gott weiß, warum sie sich überhaupt welche angeschafft hat. Aber sie hat ja Susie. Einfach ein wundervolles Kindermädchen. Und ein Fels in der Brandung. Obwohl Susie es auch kaum noch aushält.« Sie senkte die Stimme dramatisch und kam noch näher. »Susie denkt ernsthaft daran zu kündigen, wissen Sie. Es geht einfach über ihre Kräfte.«

Susie schob den Buggy mit Daisy, so schnell es ging, die Straße hinunter und fluchte dabei leise in sich hinein. Sie würde zu spät kommen, um Jamie von der Schule abzuholen.

Als sie schließlich ankam, waren schon fast alle anderen Kinder fort. O Gott, da hinten stand auch noch diese fürchterliche Maureen Sonstwie... Und wer war die aufgetakelte Person neben ihr in dem pinkfarbenen Kostüm? Susie hoffte, sie würden sie nicht sehen. Vergebens.

»Susie, kommen Sie doch mal. Darf ich Ihnen Sophies Tante vorstellen? Sie ist neu hier und kennt noch niemanden.«

Steffi wandte sich lächelnd an Susie. »Ja, das stimmt. Ich kümmere mich einige Wochen um Sophie und kenne hier noch keine Menschenseele. Ach, Sie hätten nicht vielleicht Zeit und Lust, sich von mir zu einem Kaffee einladen zu lassen, dann könnten wir gemeinsam einen Schlachtplan für mich entwikkeln. Sie kennen doch bestimmt alle hier.«

Susie errötete leicht, geschmeichelt über die Annahme, sie könne die Seele der Gemeinde sein.

»Gleich hier um die Ecke habe ich eine nette Patisserie entdeckt«, lockte Steffi. »Wollen wir uns nicht dort kurz zusammensetzen?«

Susie dachte an ihre Diät – und dann an Cappuccino und Erdbeertörtchen im Le Gourmet, und das war doch zu verlokkend. Sie war schon früher mit anderen Kindermädchen in dem Café gewesen, aber die Preise dort waren derart gesalzen, daß sie es aufgegeben hatten. Und sie war eingeladen.

»Einverstanden«, sagte Susie, »aber ich muß erst noch Jamie holen.« Die Lehrerin machte eine scharfe Bemerkung bezüglich der Uhrzeit, und zudem hatte sich Jamie von allen Tagen ausgerechnet diesen ausgesucht, um seine Turnschuhe zu verlieren. Susie war so wütend und durcheinander, als sie wieder zurückkam, daß ihr gar nicht auffiel, daß Sophies Tante glatt vergessen hatte, Sophie abzuholen.

Und ihr sollte auch erst abends zu Hause vor dem Fernseher einfallen, daß es in Miss Sloanes Vorschule gar keine Sophie gab.

Als Steffi Wilson am nächsten Abend bei Liz erschien, hatte diese bereits vier Interviews hinter sich und war müde und zerstreut. Mittlerweile bedauerte sie bitterlich, einem Interview zu Hause zugestimmt zu haben, ganz besonders dieser Frau, die bekannt war für ihre Art, ihre Interviewpartner hereinzulegen. Plötzlich kam es Liz so viel aufdringlicher vor – allein der Gedanke, daß Steffi die Gelegenheit haben würde, in ihrer Garderobe und ihren Badezimmerschränken herumzuschnüffeln! Zum erstenmal verstand sie, warum so viele Stars darauf bestanden, in anonymen Hotelzimmern interviewt zu werden. Doch jetzt war es zu spät. Es läutete bereits an der Tür.

Liz brachte ein schmales Begrüßungslächeln zustande und hoffte inständig, Steffi würde ihr ihre Nervosität nicht anmerken.

Steffi musterte ihr Gegenüber, setzte ein strahlendes Lächeln auf und beschloß, Liz zu hassen. Claudia vermutete wahrscheinlich, daß Liz sich nach Heim und Herd sehnte, doch Steffi entdeckte nichts, was darauf schließen ließ. Für sie sah Liz schlicht wie ein weiteres Exemplar dieser Spezies von Superfrau aus. Gott, die waren heutzutage aber auch an jeder Ecke anzutreffen!

Während Liz eine Flasche Wein holte, warf Steffi einen Blick in die Küche und saugte den Anblick der unzähligen Fotos auf den blaßgelben Elementen in sich ein. Warum mußten berufstätige Mütter einen eigentlich immer mit den Bildern ihrer blöden Blagen erschlagen, als seien sie eine Art Trophäe? Und dies ist unser Jimmy, Anno 83, ausgestopft und aufgestellt.

Oder brauchten sie das etwa als Gedächtnisstütze, weil sie ihre Kinder so selten sahen? Aber wenn sie sie wirklich so vergötterten, warum überließen sie sie dann Teenagern wie Susie?

Wenn Steffi Kinder hätte, würde sie sofort aufhören zu arbeiten. Ihrer Meinung nach konnte man nur eines richtig machen. Zum Glück hatte sie keinerlei Intention, Nachwuchs zu bekommen.

Ihr Blick fiel auf eine Pinnwand aus Kork. Ha! Da hingen sie ja, in ihrer ganzen Pracht, die zehn Gebote berufstätiger Mutterschaft: Einkaufslisten, Babysitter-Termine, wann abholen und wann abliefern bei Musikunterricht, Tennisunterricht. Tanzunterricht... Und wahrscheinlich auch noch Suzuki-Geige und Mini-Mensa.

Jesus, was für ein Leben! Bestimmt plante Liz das Mittagessen auf drei Monate im voraus, buchte Verabredungen mit ihren Kindern und trug ihren Mann alle zwei Wochen dienstags zum Bumsen ein.

Als sie sich so umsah, wuchs in Steffi der Entschluß, ein für allemal mit dem Mythos Karrierefrau *und* Mutter aufzuräumen. Es wurde Zeit, daß ihnen mal jemand den Marsch blies und sie in der Presse schlecht wegkommen ließ, anstatt ihnen andauernd die Füße zu küssen. Sie war es absolut leid, sich ständig Lobhudeleien auf Karrieremütter anhören zu müssen, die in jeder anderen Frau, die zufällig nicht vom Wochenbett aus ein multinationales Unternehmen leitete, Minderwertigkeitskomplexe erwecken mußten. Steffi lächelte boshaft. Wahrscheinlich würde sie dafür befördert werden, wenn man bedachte, mit wem Liz verheiratet war.

Liz bemerkte Steffis Blick auf die Pinnwand und schalt sich innerlich. Sie hatte die Listen schon längst abnehmen wollen. Sie ließen ihr Leben wie eine militärische Operation aussehen – das war es auch, aber Steffi Wilson sollte das besser nicht erfahren. Was machte die Giftspritze der *Daily World* wohl daraus?

Für einen Augenblick sah Liz sie fasziniert an. Steffi war der Inbegriff einer Fleet-Street-Tratsch-Tarantel: Mitte Dreißig, Strähnchen im Haar, dunkelbrauner Teint von zu vielen Solariumgängen als Kur gegen Kater, Make-up Marke Joan Collins 1968 und mehr Klimperschmuck als eine indische Tempeltänzerin, riesige Ringe an jedem einzelnen ihrer Finger mit den blutrot lackierten Nägeln. Bestimmt war sie der Meinung, daß Kinder nach der Geburt ersäuft gehörten.

Liz kannte die Sorte: Gemeinheit war ihr Markenzeichen. Hier war Vorsicht angebracht.

»Es macht Ihnen doch nichts aus, wenn ich rauche.« Ohne eine Antwort abzuwarten, kramte Steffi ein Päckchen Mentholzigaretten mit Goldfilter und einen tragbaren Aschenbecher aus ihrer geräumigen Vuitton-Umhängetasche hervor.

Heutzutage lebte man als Raucher, laut Steffi, ja so gefährlich, daß es besser war, man hatte sein Zubehör gleich dabei.

Steffi nahm einen großen Schluck Weißwein und zückte den Notizblock. Sollte es irgendwelche Risse in dieser hübschen Fassade geben, dann würde sie sie finden. Im Moment war es jedoch besser, die Lady in Sicherheit zu wiegen, um später leichter zuschlagen zu können.

»Nun, Liz«, begann sie mit einem breiten Lächeln, »wie ist es, die mächtigste Frau beim Fernsehen zu sein?«

Okay, dachte Liz, wir fangen also auf die sanfte Tour an. Denk an dein Motto, Liz – *Mutter sein ist ein Vorteil.*

»Großartig. Nun ja, die Bezeichnung ›mächtigste Frau beim Fernsehen‹ ist eine Erfindung der Medien. Dennoch, der Job ist super. Ich bin die erste Frau überhaupt, die einen der großen Sender leitet.« Liz hoffte, daß ihre Antwort nicht eingebildet und selbstzufrieden klang, sondern enthusiastisch und tatendurstig. »Es hat mich sechzehn Jahre gekostet, um dahin zu kommen, wo ich jetzt bin, aber nun kann ich endlich Programm gestalten. Vor allem zeigt es, daß auch eine Frau mit Kindern eine solche Position ausfüllen kann.«

»Kann sie das wirklich?« warf Steffi ein. Eigentlich hatte sie warten wollen, bis Liz entspannter war, aber das Stichwort war einfach zu gut. »Das muß doch unheimlich anstrengend sein. Erfordern Kinder nicht dauernde Kompromisse? Befürchten Sie nicht, daß der Spreizschritt zu groß wird?«

Manchmal fühlte sich Liz, als sei sie bereits im Spagat, aber das mußte sie ja nicht ausgerechnet Steffi Wilson auf die Nase binden.

»Unsinn«, entgegnete sie barsch. »Es kommt darauf an, ob man organisieren und delegieren kann. Ich habe ein wunderbares Kindermädchen.«

Ein wunderbares Kindermädchen, das mit dem Gedanken an Kündigung spielt, weil die Kinder ihre Mutter nie zu sehen bekommen, dachte Steffi zynisch.

»Aber ein Job wie Ihrer erfordert doch bestimmt hundertprozentigen Einsatz, schaffen Sie das denn immer?«

»Ich bin immer tausendprozentig bei der Arbeit. Wenn ich morgens aus dem Haus gehe und die Tür hinter mir schließe, vergesse ich mein Privatleben.«

Lügnerin, Lügnerin, schmeiß nur alle Sachen hin. Sie befand sich auf gefährlichem Terrain, und es war besser, den Notausgang zu suchen. Lenk sie ab. Wechsle das Thema. Versuch es mit Sexismus am Arbeitsplatz, mit irgendwas.

»Wie schon gesagt, ich konzentriere mich voll auf meine Arbeit. Lediglich geschäftliche Verabredungen zum Lunch, keine Drinks nach der Arbeit. Daß man mindestens bis zehn Uhr abends im Büro bleiben muß, gehört doch sowieso in die Kategorie längst überholter Macho-Ethik. Nichts gegen Männer, aber finden Sie nicht auch, daß sie viel zuviel Zeit mit Ausgehen und Angeben vertrödeln?«

Doch Steffi ließ sich nicht irreführen. »Sicher. Trotzdem – Sie haben bestimmt nicht viel von Ihren Kindern. Vermissen Sie sie nicht?«

Liz schwieg. Steffi Wilson nahm einen weiteren großen Schluck Wein. So kam sie nicht weiter. Liz war viel zu gut vorbereitet, wahrscheinlich von Metros Pressetante getrimmt. Sie sah ihr wunderschönes Interview schon den Bach runtergehen, aber sie wäre nicht Stephanie Wilson, wenn ihr nicht noch etwas einfallen würde. Jedenfalls würde sie nicht *noch* ein langweiliges Porträt einer Karrierefrau schreiben. Zeit, ans Eingemachte zu gehen. Das Kindermädchen hatte sich als sehr nützlich erwiesen, als sie erst einmal von Cappuccino auf Weißwein umgestiegen waren.

»Wie oft sehen Sie Ihre Kinder denn nun?«

Liz glaubte, eine subtile Veränderung in Steffis Ton wahrzunehmen, aber wahrscheinlich bildete sie das sich nur ein. »Wir haben morgens eine ganze Stunde für uns, wenn die Kinder zu uns ins Bett gekrabbelt kommen. Diese Zeit ist sehr kostbar für uns.«

Sooft kommt das auch nicht mehr vor, wie mir dein kleines Kindermädchen gesteckt hat, dachte Steffi bei sich.

»Und wie ist es abends? Bringen Sie sie ins Bett?«

»Aber sicher.« Liz bemühte sich, nicht rechtfertigend zu klingen. »Jedenfalls sooft es mir möglich ist.«

»Und wie oft ist das?«

»Ich sagte Ihnen bereits, sooft ich kann.« Worauf wollte die Frau hinaus?

»Einmal in der Woche? Zweimal?«

Langsam wurde Liz ärgerlich. »Ich dachte, Sie wollten ein Interview über ...«

»Über *Sie.* Dieses Interview sollte von Ihnen handeln. Und das tut es. Also, Sie sehen Ihre Kinder zwei oder dreimal in der Woche morgens für eine Stunde. Und wie steht es mit Aufführungen, Konzerten und so weiter?«

»Dasselbe. Wann immer es mir möglich ist.«

»Wann immer es Ihnen möglich ist.« Steffi klang sarkastisch. »Sie waren weder bei dem ›Abend im Mittelalter‹, dem Familienquiz, noch beim Gummistiefel-Weitwurf-Wettbewerb dabei. Habe ich recht?«

Liz war verblüfft. Woher wußte diese Frau das?

»Verraten Sie mir, Liz, haben Sie nicht manchmal das Gefühl, Ihre Kinder zu vernachlässigen?«

Liz sprang schäumend vor Wut auf. »Das ist eine Unverschämtheit. Natürlich vernachlässige ich meine Kinder nicht!«

»Da habe ich aber etwas anderes gehört. Mir wurde gesagt, Ihre Kinder könnten froh sein, wenn sie Sie an manchen Tagen überhaupt zu Gesicht bekommen.«

»Woher, zum Teufel, wissen Sie soviel über mich und meine Familie?«

»Gerüchte, Liz. Gerüchte sind mein Job, wissen Sie. Haben

Sie manchmal Schuldgefühle, weil Ihre Kinder Sie so selten sehen?«

Schuldgefühle! Was wußte diese rotkrallige Hexe schon von Schuldgefühlen? Für die war das doch nur ein Wort. Liz lebte seit Monaten unter diesem Druck, Abend für Abend, wenn sie über den Programmplänen brütete und sich nichts sehnlicher wünschte, als Daisy auf die runden Wangen zu küssen und Jamie eine Gutenachtgeschichte vorzulesen.

Liz wurde wirklich wütend. Was nahm sich diese aufgetakelte Kuh heraus, sie eine Rabenmutter zu schimpfen? Sie mußte dringend Luft schnappen, sonst rutschte ihr noch etwas heraus, was sie später bereuen könnte.

»Entschuldigen Sie mich einen Moment«, sagte Liz frostig. »Ich glaube, ich habe meinen Sohn oben weinen hören.« Sie lief die Treppe nach oben und stieß mit Susie zusammen, die bleich und den Tränen nahe an der Brüstung stand.

»Liz, wer ist diese Frau?«

»Die Klatschtante von der *Daily World.*« Als Liz Susies Gesichtsausdruck sah, klangen erste Anzeichen von Panik in ihr an. »Warum?«

»O Gott, Liz! Es tut mir so leid!« Susies Tränen brachen sich Bahn. »Sie hat gesagt, sie sei die Tante von einer von Jamies Freundinnen, und dann hat sie mich zum Kaffee eingeladen.«

Liz wurde übel. »Und was hast du ihr alles erzählt?«

Aber Susie schluchzte zu heftig, um antworten zu können.

»Schon gut, Susie. Ich komme schon zurecht. Du gehst jetzt wohl besser wieder auf dein Zimmer.«

Liz kühlte sich die Stirn eine halbe Minute am Geländer, um sich über ihre Situation klarzuwerden. Steffi Wilson hatte ihre Informationen also von Susie – und, wie es schien, auch von anderen Müttern aus der Vorschule. Sie plante, Liz in die Pfanne zu hauen, soviel stand ebenfalls fest. Herzlose Mutter läßt Kinder für Karriere im Stich. Und sie hatte ihre Hausaufgaben gemacht. Liz versuchte, nicht in Panik zu verfallen und ihre Möglichkeiten abzuwägen.

Sie könnte alles abstreiten, aber das würde Steffi nicht daran hindern, die Story zu bringen. Sie könnte ihr mit einer Verleumdungsklage drohen, aber Liz war schon immer der Meinung gewesen, daß vor Gericht zu gehen keine gute Lösung war. Wenn es zu einem Prozeß käme, würde der Rest der Pressemeute alles noch einmal aufkochen.

Für einen kurzen Moment erschien Liz die Situation ausweglos. Dann hatte sie eine Idee. Es gab doch noch eine Möglichkeit. Sie konnte die Wahrheit sagen. Daß sie es leid war, so zu tun, als wäre es einfach, Kinder und Karriere unter einen Hut zu bringen, und daß sie es satt hatte, ständig mit einem schlechten Gewissen herumzulaufen. Dies war das fünfte Interview heute, und bislang hatte sie ihren Spruch brav aufgesagt: Nein, Mutterschaft stellt keine Probleme dar, im Gegenteil, durch sie verlor sie den Bezug zur Realität nicht. Nur, daß das nicht stimmte. Sie sah ihre Kinder ja kaum noch. Ganz zu schweigen von ihrem Mann.

Vielleicht war es Zeit für die Wahrheit. Daß man die Frauen für dumm verkauft hatte. Alles haben zu können, war ein Mythos, eine gefährliche Lüge. Natürlich konnte frau Karriere und Kinder haben, dabei sollte man allerdings ein winziges Detail nicht unerwähnt lassen: Welchen Preis frau dafür bezahlte. Für Steffi war diese Version bestimmt ein gefundenes Fressen. Langweilig war sie jedenfalls nicht.

Liz ging langsam nach unten, setzte sich Steffi gegenüber und schenkte sich noch ein Glas Wein ein. Sie würde es brauchen.

»Also, Sie waren gerade dabei, mir vorzuhalten, ich würde mich vor Schuldgefühlen verzehren, und ich wollte es abstreiten.« Sie nahm einen Schluck. Der Wein und die Erleichterung, sich endlich einzugestehen, was ihr Erfolg sie kostete, machte sie ganz schwindelig. »Aber ich gebe Ihnen recht. Ich ersticke an meinem schlechten Gewissen.«

Steffi bemühte sich, möglichst gelassen zu wirken, aber innerlich jubelte sie. Das darf doch nicht wahr sein! Die Fassade bröckelt! Sie konnte den Knüller förmlich riechen. Dem Ressortleiter würde einer abgehen. Allein, wenn man bedachte, wie peinlich das alles für Liz' Ehemann sein würde.

Liz hielt einen Moment inne, überlegte, wo sie ansetzen sollte. Jetzt, da sie gesprungen war, gab es so viel zu sagen. Die Worte sprudelten nur so aus ihr heraus, ein Niagarafall von Kummer und Schuldgefühl.

»Die Wahrheit ist – ich habe meine Kinder seit drei Monaten nicht mehr zu Bett gebracht. Wenn ich Glück habe, sehe ich sie morgens eine halbe Stunde, bevor man Jamie, der mir wie eine Klette am Bein hängt, von mir abpflückt, damit ich zur Arbeit gehen kann.«

Pause. Sie sah Jamie vor sich, wie er sich sein kleines Gesicht an der Scheibe in der Haustür plattdrückte, wenn sie morgens aufbrach. Nach fünf Minuten beruhigte er sich wieder, sagte Susie, und Liz wußte, daß es stimmte. Trotzdem verfolgte dieses Gesicht sie.

Steffi sah von ihrem Notizblock auf, besorgt, Liz könnte es sich noch anders überlegt haben. Diese Story war Dynamit. Aber Liz schien ihre Anwesenheit kaum wahrzunehmen. »Ich habe einen Vierzehnstundentag und bringe nicht selten noch Arbeit mit nach Hause. Dann diese durchgearbeiteten Nächte. Ich bin erschöpft. Ich bin mit den Nerven am Ende und habe das schlechte Gewissen praktisch abonniert. Wenn ich morgens die Tür hinter mir ins Schloß fallen lasse, würde ich manchmal am liebsten in Tränen ausbrechen.« Sie nahm das Glas und leerte es in einem Zug. »Tatsächlich kommen mir manchmal Zweifel, ob dieser Job nicht der Fehler meines Lebens ist.«

Steffis Blick bohrte sich in Liz. Claudia würde sich naß machen, wenn sie das hier zu hören bekam.

»Und was werden Sie tun, wenn sich herausstellen sollte, daß Sie sich zuviel aufgeladen haben?« Steffi war zum erstenmal wirklich an einer Antwort interessiert.

Liz fuhr mit dem Finger auf dem Rand des leeren Weinglases entlang. »Dann werde ich wohl kündigen, schätze ich.«

»Und wie denkt Conrad Marks über das alles?«

Steffi wußte alles über Conrad. Claudia hatte sie über seine Gewohnheiten aufgeklärt – außerhalb und innerhalb des Schlafzimmers.

»Er weiß nichts davon.« Plötzlich hatte Liz eine dunkle Vorahnung. »Noch nicht.« Und dasselbe galt, wie ihr schockartig klarwurde, für ihren Ehemann.

Steffi klappte den Block zu und trank ihren Wein aus. Sie würde die Story noch per Autotelefon durchgeben, bevor Liz die große Reue überkommen konnte.

Liz stand in der Tür und sah zu, wie Steffi in ihren neonrosa Golf GTI, eine Sonderanfertigung, kletterte. Was hatte sie nur getan? Was würde Conrad dazu sagen?

Die große Woge der Erleichterung, sich endlich die Wahrheit einzugestehen, die sie überflutet hatte, ebbte langsam ab und ließ sie mit dem schrecklichen Gefühl zurück, soeben eine entsetzliche Dummheit begangen zu haben.

Aber – hatte sie eine Wahl gehabt? War es nicht an der Zeit gewesen, daß jemand sagte, wie es wirklich ist?

5

Liz hörte Davids Schlüssel in der Haustür. Sie mußte ihm sagen, was sie getan hatte. Jetzt, sofort. Ob er es verstehen würde? Er hatte sich so für sie gefreut, als sie den Job bekommen hatte. Wie würde er reagieren, wenn sie ihm sagte, daß sie soeben ihre gesamte Karriere aufs Spiel gesetzt hatte?

David tapste in die Halle und fiel fast über Daisys Babystuhl. Eine Flasche Champagner klemmte unter seinem Arm. Einen Augenblick starrte er irritiert auf das Durcheinander, dann sah er Liz, kam zu ihr und küßte sie.

»Na, mein Superstar... Du hast dich phantastisch in der *News* geschlagen.« Er klang ungeheuer stolz. »Am besten hat mir der Spruch gefallen, daß die Neunziger das Jahrzehnt der Frau sind – hätte glatt von mir sein können.«

Liz schloß die Augen. Alles, was sie gesagt hatte, war gelogen gewesen. Vier Interviews lang hatte sie die Vorzüge der berufstätigen Mutterschaft gepriesen. Und in einem hatte sie die

Wahrheit gesagt. Sie nahm ihm die Aktenmappe ab und stellte sie neben den Spiegel. »Schatz, ich muß dir unbedingt was sagen.«

»Später.« Er küßte ihren Hals und knöpfte die Jacke ihres gelben Kostüms auf. »Erst haben wir etwas zu feiern.« Er war offensichtlich bereits mittendrin in der Feier. »Komm, wir nehmen den Champagner mit nach oben.«

Es war das erste Mal seit Tagen, daß sie ihn entspannt erlebte. Vielleicht war Sex jetzt genau das richtige für sie beide. Es war schon zehn Tage her, seit sie sich das letzte Mal geliebt hatten. Bitte, warte bis nach Sendestart, hatte sie abends gemurmelt, wenn sie todmüde ins Bett gefallen war.

Für eine Sekunde wollte sie darauf bestehen, sofort mit ihm zu reden, nicht später, aber sie wußte auch, daß Augenblicke wie dieser kostbar waren. Während sie noch dastand und mit sich rang, fiel ihr einer der Sprüche ihrer Muttter ein: »Sex ist das Öl, das den Motor der Ehe am Laufen hält.«

Erschöpft folgte sie David nach oben. Er war bereits nackt, als sie das Schlafzimmer betrat, und kam mit einem langstieligen Glas in jeder Hand auf sie zu. Als sie das Glas geleert hatte, setzte sie zu einem weiteren Versuch an, ihm zu sagen, was ihr vorhin passiert war.

»Nicht jetzt«, murmelte er, nahm ihr das Glas aus der Hand und stellte es auf den Nachttisch.

Sie fing an, sich auszuziehen.

»Nein, laß es an«, befahl David ihr. Sein Atem ging flach und stoßartig. Sie konnte seine Erregung spüren, die auch kaum mehr zu übersehen war, als er Liz aufs Bett legte und ihr grob den Rock hochschob, sich ebenso plötzlich auf den Rücken fallen ließ und sie mitzog, so daß sie rittlings auf ihm saß – den Rock über die Hüften geschoben und in derselben Aufmachung, in der sie die Interviews gegeben hatte.

Sie hatte ihn noch nie so erregt erlebt. Als sie ihn ansah, glaubte sie zu wissen, warum. Es war ihr Erfolg, der ihn anmachte. Der Gedanke, daß er, David Ward, Arbeitersohn, mit seiner einflußreichen Frau Liebe machte. Für einen kurzen

Moment war sie gerührt von seiner Naivität, seinem ungebrochenen Glauben an die Früchte des Erfolges. Sie wußte, daß dies sein Antrieb war, was ihm Energie gab, und gleichzeitig fürchtete sie, daß es ihm den Blick auf die Realität verstellte und darauf, daß ein Preis für diesen Erfolg gezahlt werden mußte, und daß sie es war, die ihn zahlte – sie und die Kinder.

Sie sah auf sein hübsches Gesicht, als sein Körper vom Orgasmus geschüttelt wurde, und begriff, daß eine Kluft zwischen ihnen entstehen würde, wenn sie ihm nicht sofort erklärte, warum sie Steffi Wilson dieses Interview gegeben hatte. Sie mußte mit ihm über ihre Zweifel und Ängste reden, bevor er sie morgen früh in der *Daily World* nachlas. Behutsam ließ sie sich von ihm heruntergleiten und legte sich neben ihn.

»David«, sagte sie mit fester Stimme und strich ihm dabei über den Rücken. »Ich muß dir etwas sagen ... ich bin gar nicht so glücklich, wie es aussieht. Um ehrlich zu sein, habe ich in den letzten Tagen die ganze Charade nicht selten satt gehabt. Und das habe ich heute Steffi Wilson erzählt. Ich hatte keine Wahl. David, du mußt das verstehen ... David?«

Sie beugte sich über ihn, sah seine geschlossenen Augen und hörte ihn leise schnarchen. Er schlief, tief und zufrieden.

»Was, zum Teufel, haben Sie sich dabei gedacht?« Conrad knallte die Ausgabe der *Daily World* mit solcher Wucht auf ihren Schreibtisch, daß der Kaffee überschwappte.

In riesigen Lettern schrie die Schlagzeile ihr entgegen: IMMER WENN DIE TÜR HINTER MIR INS SCHLOSS FÄLLT, MUSS ICH WEINEN, SAGT TV-CHEFIN

»Was soll der Mist?« schnauzte Conrad. Liz hatte ihn noch nie so aufgebracht erlebt. »Ich habe sie als Galionsfigur von Metro eingestellt. Sie sollten eine Frau mit Selbstvertrauen, Ehrgeiz und Mut verkörpern, die dieses Unternehmen durch die Neunziger führt. Und jetzt kriege ich statt dessen diese Heulsuse, die ihre Kinder keine fünf Minuten allein lassen kann? Wer weiß, wie wir jetzt in der Öffentlichkeit dastehen!« Er äffte ihre Stimme nach: »Wenn sich Karriere und Kinder nicht vereinbaren lassen, werde ich wohl kündigen müssen – was soll diese Scheiße?«

»Es ist die Wahrheit, Conrad, das ist alles.«

»Und wie, bitte, kann man so dämlich sein, ausgerechnet Steffi Wilson die Wahrheit auf die Nase zu binden?«

»Ich fand, das mußte mal gesagt werden.«

Er beugte sich plötzlich zu ihr hinunter. »Stimmt das? Stimmt der Mist über – ich heule, wenn die Tür hinter mir ins Schloß fällt?«

»Natürlich stimmt das nicht. Ich habe lediglich gesagt, daß es mir manchmal schwerfällt, von meinen Kindern getrennt zu sein.«

»Sehen Sie, Baby, wenn Sie den Streß nicht aushalten, müssen Sie eben wieder zurück an den Herd.«

Langsam wurde Liz ebenfalls wütend. »Ich habe nicht vor, zurück an den Herd zu gehen, Conrad. Darum geht's auch nicht.«

»Und worum, verdammt noch mal, geht es dann?« Einen Augenblick lang starrten sie sich an. Wut war etwas, was Conrad akzeptierte. Es war ein männliches Gefühl.

»Es geht darum, daß Sie ganz bewußt einer Frau den Job gegeben haben, aus Publicity-Gründen. Und jetzt müssen Sie damit leben. Ich bin *tatsächlich* eine Frau und liebe zufällig meine Kinder. Und ich sehe nicht ein, warum ich das Gegenteil behaupten sollte. Aber das disqualifiziert mich nicht für diesen Job. Sie können sicher sein, ich bin gut bei meiner Arbeit. Aber – zu meinen Bedingungen.«

Conrad drehte sich um und ging aus dem Zimmer. An der Tür machte er noch einmal kurz halt. »Das hoffe ich, Liz. Ich hoffe, daß Sie das sind. Und jetzt kümmern Sie sich gefälligst wieder darum, diese Firma zu leiten, verstanden? Und – keine Interviews mehr.«

Er knallte die Tür zu.

Eine halbe Minute später steckte Viv, ihre Sekretärin, den Kopf zur Tür herein. Sie lächelte mitfühlend. Wahrscheinlich hatte sie jedes Wort durch diese dünnen Wände gehört.

»*Cosmopolitan* hat sich gemeldet. Ebenso wie *Elle*, die *Daily Mail* und *Hello*. Sieht ganz so aus, als hätten Sie einen Nerv getroffen.«

Liz wollte mit niemandem sprechen. Sie hatte bereits alles gesagt. Jetzt wollte sie die ganze verdammte Sache vergessen und sich wieder um ihren Job kümmern.

»Ach ja, und diese schreckliche Steffi Wilson hat auch noch mal angerufen. Sie meinte, es würde Sie vielleicht interessieren, daß die *World* morgen eine Folgestory bringt. Sie haben so viel Resonanz auf den Artikel bekommen, daß sie zwei Seiten Leserbriefe abdrucken wollen.«

Liz ließ den Kopf in die Hände sinken. Conrad würde ausflippen.

»Habt ihr das Interview mit Liz heute in der *World* gelesen?« Melanie Mason nippte an ihrer Margarita und schaute nervös über die Schulter, als könnte ihnen jemand zuhören.

Es war Mels Idee gewesen, sich mit ihren Freundinnen hier im Groucho Club zu treffen, um Liz' Triumph zu feiern. Als Redakteurin von *Femina*, der Bibel der berufstätigen Frau, ließ sie sich von Zeit zu Zeit ganz gern an den In-Plätzen der Medienmeute Londons sehen, und nichts war mehr in Mode als der Groucho Club. Allerdings hatte sie den Vorschlag gemacht, *bevor* Liz dieses Interview gegeben hatte. Wenn Mel geahnt hätte, wie heiß Liz jetzt gehandelt wurde, hätte sie ganz sicher einen Ort gewählt, der weniger überlaufen war von schleimigen Klatsch-Kolumnisten und Mediengroupies.

Mel musterte ihre beiden Freundinnen über den Rand ihrer getönten Brille. Britt war wie immer mega-gestylt, in ihrem strengen schwarzen Kostüm und mit der neckischen kleinen Kette aus bunten Glasscherben.

Britt hatte auch eine neue Frisur, wie Mel auffiel. Sie trug das blonde Haar jetzt kurz. Gott, es verlieh ihr tatsächlich einen verletzlichen Zug. Erstaunlich, wie das Äußere täuschen konnte. Britt war der einzige Mensch, den sie kannte, der wie eine Frau aussah und sich wie ein Mann benahm.

»Die hat doch nicht mehr alle, so was zu sagen.« Britt schnippte mit den Fingern eine Kellnerin heran und orderte eine Flasche Lanson. Dann wühlte sie in ihrer Chanel-Tasche nach ihrer Brieftasche.

Mel grinste. Britt ließ sich nie die Chance entgehen, ihre goldene Amex zu präsentieren. »Ist nicht nötig, daß du sofort zahlst, Britt«, machte Mel sie aufmerksam.

Britt errötete irritiert. Sie haßte es, wenn sie eine Benimmregel verletzte und damit riskierte, daß man ihr trotz der sündhaft teuren Kleidung und ihres snobistischen Benehmens ihre Herkunft anmerkte. Sie steckte die Kreditkarte wieder ein. Sie mußte endlich diese dumme Angst abschütteln, nicht genügend Geld bei sich zu haben.

»Ich fand es ziemlich mutig, was sie gesagt hat.« Zwei Köpfe schwangen in Ginnys Richtung, die an einer Virgin Mary nippte. Sie mußte heute abend noch mit dem Wagen nach Sussex.

Ginny strich sich eine Strähne ihres dünnen, hellen Haars aus dem Gesicht und nestelte an ihrem Ohrring. Sie hatte sehr sorgfältig überlegt, was sie heute anziehen sollte, und sich für das einzige Kostüm in ihrem Kleiderschrank entschieden, um sich das Aussehen einer berufstätigen Frau zu geben. Aber kaum hatte sie den Club betreten, wurde ihr klar, daß sie keinesfalls in diese Welt gehörte. Hier trugen alle Pechschwarz, und die Röcke endeten unisono zehn Zentimeter über dem Knie, und nicht in Wadenhöhe wie ihrer. Die Frauen hier würden eher sterben, als sich in die Obhut von Giovanni, Meistercoiffeur von East Grinstead, zu begeben. Die Empfangsdame hätte ihr ebensogut gleich einen dieser Sticker anstecken können, die man bei Konferenzen bekam: GINNY WALKER, HAUSFRAU.

»Hallo, Mädels. Wartet ihr etwa auf jemanden?«

Die Freundinnen waren derart vertieft in ihre Diskussion, ob Liz dieses Interview hätte geben dürfen oder nicht, daß sie ihr Eintreffen gar nicht bemerkt hatten. Ganz anders die übrigen Gäste des Clubs. Mel sah, wie sie einander anstießen und hinter vorgehaltener Hand tuschelten. Ob es Liz nun gefiel oder nicht – sie war mit einem Schlag berühmt geworden.

»Sieh mal einer an«, neckte Mel sie und reichte ihr ein Glas von Britts Champagner, »wenn das nicht unsere tränenreiche TV-Chefin ist... Was hat dich aufgehalten? Hast du dich noch ein bißchen bei *Wogan* ausgeheult?

»Mel, mach 'nen Punkt, okay? Ich habe mein Fett schon von Conrad weggekriegt.«

»Und, überrascht dich das?« Mel rückte auf dem Sofa, um ihrer Freundin Platz zu machen. »Ich meine, du kannst kaum erwarten, daß er begeistert ist, oder?«

»Ich habe es nicht für oder gegen Conrad getan«, sagte Liz matt. Sie wünschte, sie würden über etwas anderes reden, aber offensichtlich waren, egal wohin sie kam, alle nur an diesem einen Thema interessiert.

»Und für wen hast du es dann getan?« fragte Britt bemüht, gelassen zu klingen. Tatsächlich war sie stinksauer auf Liz. Es war typisch für ihre Freundin, einen Job abzustauben, für den jede andere gemordet hätte, um ihn dann noch nicht einmal zu schätzen. Statt dessen mußte sie ihre Klappe aufreißen. Soweit sich Britt erinnern konnte, hatte Liz immer alles geschenkt gekriegt: Privatschule, Ferien im Ausland, ein Auto, sogar David, den besten Studenten seines Jahrgangs. Sie hatte nie, wie Britt, um irgend etwas kämpfen müssen. Und auch wenn Liz es gewesen war, die sie, Britt, die Kleine aus der Grundschule, in ihren elitären Zirkel an der Uni aufgenommen hatte, wußte sie es doch nie, warum Liz das getan hatte. Sie wurde das Gefühl nicht los, daß Liz ihr einen Gefallen getan hatte, und sie haßte es, wenn man ihr etwas schenkte.

Liz' Ton klang gefährlich: »Ich habe es ganz allein für mich gemacht. Ich habe es satt, weiterhin so zu tun, als wäre es ein Kinderspiel. Wie fühlt man sich, wenn man am Tag permanent Entscheidungen auf höchster Ebene treffen muß, während man nachts nicht schlafen konnte, weil das Kind Bauchweh hatte? Wie soll das gehen, die Tür hinter sich zu schließen und einfach nicht mehr an die Kinder zu denken?« Sie wandte sich Mel zu.

»Weißt du, was ich neulich in deiner verdammten Zeitschrift gelesen habe? Einen Artikel darüber, daß man seine Kinder im Büro nicht erwähnen soll, weil Männer das auch nicht tun, und daß man roten Nagellack auftragen soll, weil man dann nicht mehr so nach Hausfrau aussieht.«

Mel wirkte ertappt. »Findest du nicht, daß du die Sache ein bißchen überspitzt darstellst? Es gibt viele berufstätige Mütter. Tatsächlich gehört sogar die Mehrzahl der Leserinnen von *Femina* dieser Gruppe an.«

»Und, sagt ihr ihnen die *Wahrheit?* Du hast ja noch nicht einmal Kinder, Mel, und Olivia gibt Katzen den Vorzug, verdammt. Ihr seid es doch, die das Image der Frau mit dem *Wall Street Journal* in der einen und dem Baby an der anderen Hand fördern, die tagsüber den Vorstand leitet und trotzdem abends rechtzeitig zu Hause ist, um Baby in die Wanne zu stecken. Laß es dir von mir gesagt sein, Mel: Dieses Bild ist Blödsinn.«

Mel sah beschämt in die Runde, nippte an ihrer Margarita und verteidigte dieses eine Mal ihre geliebte Zeitschrift nicht. Olivia McEwan, Gründerin und Herausgeberin von *Femina,* hatte neuerdings die Familie entdeckt, und plötzlich durften nur noch Fotos gebracht werden, auf denen glückliche kleine Krabbler auf ihren Karrieremuttis herumturnten. Olivia hatte beschlossen, daß Kinder das waren, was Werbeleute ›sexy‹ nannten.

Gerade vorhin war der neueste Artikel über Mütter in Führungspositionen auf ihrem Schreibtisch gelandet, und keine der Mütter, die darin zu Wort kamen, jammerte so wie Liz.

»Ich war schon immer der Meinung, daß man sich entscheiden sollte.« Britt leerte den Champagner und trommelte mit den Fingern gegen das Glas. »Willst du Karriere machen, kannst du eben keine Kinder haben. So einfach ist das.«

»Für dich schon«, fauchte Liz. Britts lässiger Ton ging ihr allmählich auf die Nerven. »Du willst ja gar keine Kinder.«

»Mein Gott, Britt«, warf Mel ein. »Dieser Spruch stammt doch noch von der letzten Generation. Wir wollten es anders machen, schon vergessen? Wir wollten alles haben.«

»Vielleicht haben wir uns geirrt.« Langsam begann Britt sich zu langweilen. Sie bestellte noch eine Flasche Champagner.

»Das wollen wir nicht! Liz hat einen Fehler gemacht, das ist alles!« Wütend wandte sich Mel an Liz; sie hatte vergessen, wo sie sich befanden. »Und ich hoffe, daß du auch mal darüber nachdenkst, wie sehr du uns Frauen mit deinem kleinen Egotrip geschadet hast!«

Ginny beobachtete mit Entsetzen, wie sich die Situation zwischen den beiden Freundinnen zuspitzte. Sie war schockiert über die Bitterkeit, die dieses Thema hervorrief. Bislang hatte sie sich rausgehalten. Was wußte sie schon über das Problem Kinder und Karriere?

Sie war von Anfang an Hausfrau gewesen. Hatte ihr Talent verschwendet, wie ihre Mutter ihr ständig auf die Nase band. *Du hättest Malerin werden können,* lautete der übliche Spruch. Aber Kinder waren nur für so kurze Zeit klein. Kaum hatte man sich umgedreht, waren sie groß und aus dem Haus. Überhaupt, sollte ihre Mutter nur reden. Sie war ja als Chirurgin so beschäftigt gewesen, daß sie sich nie um Ginny und ihren Bruder kümmern konnte. Ihren Kindern sollte es einmal anders gehen.

Sie konnte nicht anders, es tat ihr gut, daß Liz scheinbar solche Schwierigkeiten hatte. Sie fühlte sich dadurch ein wenig besser. Selbstverständlich würde Liz nie etwas an der Situation ändern. Sie hatte keine Ahnung, was es hieß, Ganztagsmutter zu sein; wußte nicht, wie gelangweilt die Leute reagierten, wenn man ihnen sagte, was man machte, und wie sich auf Partys die Leute von einem abwandten, auf der Suche nach jemand Interessanterem. Es machte Ginny wütend, wie wenig der Status einer Mutter wert war.

Selbst wenn man Spaß daran hatte, Hausfrau und Mutter zu sein, wurde man ständig abgewertet. Sie liebte es, ihr Zuhause gemütlich zu gestalten, sich um Amy und Ben zu kümmern, und es erfüllte sie, der Mittelpunkt der Familie zu sein, und trotzdem hatte sie in der Anwesenheit von Karrierefrauen immer das Gefühl, langweilig zu sein – selbst hier, mit ihren besten Freundinnen.

»Was hast du denn jetzt vor?« fragte sie Liz.

»Ich weiß es nicht, wirklich nicht. Abwarten, wie es sich entwickelt. Vielleicht verbirgt sich ja unter Conrads Macho-Gehabe doch ein neuer Mann, der Fürsorge und Sensibilität für genauso wichtig hält wie Ehrgeiz und Durchsetzungsvermögen. Wer weiß, vielleicht gibt er sogar nach und läßt mich ab und zu meine Kinder sehen.«

»Vielleicht auch nicht.« Britt leerte ihr Glas.

»Jetzt hört aber auf, Mädels.« Liz nahm den Champagner und schenkte ihnen nach. »Schließlich sind wir zum Feiern hergekommen und nicht zum Trauern – wenn ich mich recht erinnere. Was gibt's zu essen?«

»Wo soll's hingehen, Mrs. Ward?« Der Chauffeur hielt ihnen die Tür des Groucho Club auf und half ihnen beim Einsteigen in den glänzenden Jaguar XJ6.

»Notting Hill, bitte, Jim. Meine Freundin hat ihren Wagen dort stehen.«

Britt lehnte sich zurück und strich über das weiche, cremefarbene Leder der Sitze. Sie atmete tief ein. Der Duft von Leder war in einem Jaguar immer intensiver als in anderen Autos. Sie begriff einfach nicht, warum Liz mit dem, was sie hatte, nicht zufrieden war. Teufel noch mal – wie viele Frauen bekamen schon einen Jaguar mit Chauffeur zu ihrem Job dazu?

»Dieser Wagen ist einfach göttlich. War es schwer, ihn zu ergattern?«

Liz lachte. »Um ehrlich zu sein, hätte ich lieber einen Kombi gehabt. Du hättest mal Conrads Gesicht sehen sollen! Das ist ein Familienauto! Ich gebe Ihnen einen schwarzen XJ6 mit beigen Lederbezügen. Den gleichen, den LWTs Programmchef fährt. Ich kann es unmöglich zulassen, daß Sie wie eine Mutti aus Surbiton durch die Gegend kurven.«

Typisch, dachte Britt bitter. Sie konnte einfach nicht anders, als Liz' Verachtung für die kleinen Annehmlichkeiten des Erfolges auf sich zu beziehen.

Britt musterte Liz neugierig. »Was sagt denn eigentlich dein Göttergatte zu der Beichte – und dann auch noch in der *World!*

Kann mir vorstellen, daß er ganz schön sauer war, besonders wenn was an den Gerüchten dran ist, daß die *World* die *News* überholen will.«

Das war es also! Deshalb war David so unansprechbar gewesen. Mein Gott, warum hatte er ihr nichts davon gesagt? Und sie hatte ausgerechnet gegenüber der *World* plaudern müssen. Und morgen sollte eine Fortsetzung erscheinen ... Das würde er ihr niemals verzeihen! Liz war froh, daß es dunkel war und Britt das Entsetzen in ihrem Gesicht nicht erkennen konnte.

»Um ehrlich zu sein, Britt, ich weiß es nicht. Wir hatten noch keine Gelegenheit, darüber zu reden.«

Britt hob eine ihrer nachgezogenen Augenbrauen. Sieh mal an, in dieser perfekten Ehe gab es anscheinend doch ein paar Probleme ...

6

»Mum, wo ist Daddy?« Eine kleine Hand zog ihr die Bettdecke weg, unter der sie sich wie ein Maulwurf verbuddelt hatte.

Sie schreckte hoch und sah auf den Radiowecker. Acht Uhr, David war bestimmt schon joggen. Jetzt blieb keine Zeit mehr für ein vernünftiges Gespräch. Sie hätte es ihm gestern nacht sagen sollen, als Jim sie vor ihrem stockdüsteren Haus abgesetzt hatte, aber da hatte er schon geschlafen. Wie ein kleiner Junge hatte er ausgesehen.

Sie hatte kurz überlegt, ob sie ihn wecken sollte, aber er war zu nichts zu gebrauchen, wenn man ihn aus dem Schlaf holte.

Sie sprang aus dem Bett und sah aus dem Fenster. Es war ein wunderschöner Tag. Nicht, daß sie viel davon hatte. Sie warf einen Blick in Daisys Zimmer, aber das Kindermädchen mußte sie schon mit zum Frühstück genommen haben.

»Jamie, los, raus aus dem Pyjama, rein in die Shorts. Draußen ist echt schönes Wetter.« Sie faßte nach ihm, doch er war schnell und duckte sich, schlüpfrig wie ein Aal.

Liz wollte ihn fangen, er verbarrikadierte sich hinter dem Schminktisch und rief: »Will nicht! Ich will nicht!« Ihre Ungeduld wuchs. Jeden Morgen dasselbe Spiel. Manchmal konnte sie es einfach nicht fassen, daß ein fünfjähriges Kind so dickköpfig sein konnte. Einen Löwen dazu zu bringen, durch einen brennenden Reifen zu springen, war nichts im Vergleich dazu, Jamie zum Anziehen zu bewegen.

»Jamie, komm raus da!« Er trat und brüllte, als sie sich nach vorn beugte und ihn aus seinem Versteck zerrte. Um ein Haar hätte sie sich dabei den Rücken verrenkt. Dann versuchte sie, ihn mit allen Tricks dazu zu überreden, sich umziehen zu lassen: Sie lenkte ihn ab, redete mit ihm, versprach ihm Belohnungen. Am Ende gebrauchte sie jedesmal rohe Gewalt.

Bleib ruhig, sagte sie sich immer wieder, verlier jetzt nicht die Nerven. Es ist deine Schuld, nicht seine. Er kriegt dich ja nie zu sehen. Sie fühlte sich ausgelaugt und war mit den Nerven am Ende, obwohl es erst Viertel nach acht morgens war.

Schließlich trug sie Jamie einfach nach unten, um Zeit zu sparen, und bemerkte dabei verärgert, daß auf der Matte bereits ein großer brauner Umschlag auf sie wartete. Das mußte das Script zu dem umstrittenen Dokumentarfilm sein, den sie morgen ausstrahlen wollten. Die Rechtsanwälte hatten inhaltliche Bedenken angemeldet, und Liz würde es auf dem Weg zur Arbeit durchlesen müssen, um zu beurteilen, ob sie recht hatten.

Als sie in die Küche kam, sah sie als erstes David im Trainingsanzug – er las die *World*.

Scheiße, dachte Liz.

Er hob den Blick. »Sieht so aus, als hättest du einen ziemlichen Wirbel veranstaltet.«

Der bittere Unterton war kaum zu überhören.

»Mummy!« Jamie zerrte an den Falten ihres Rockes. »Mummy, darf ich das Planschbecken aufblasen?«

»Ja, natürlich. Sag Susie, sie soll dir helfen. Geh schon, sie ist auf der Veranda und füttert Daisy.« Jamie verschwand durch die Flügeltüren.

David ließ die Zeitung sinken. »Wie lange ist das schon am Kochen?«

Liz setzte sich neben ihn. »Kann ich nicht sagen. Ich war mir selbst bis zu diesem Interview nicht darüber bewußt. Die blöde Kuh hat mir nachspioniert und alle Register gezogen, um zu beweisen, wie schlecht ich als Mutter bin. Sie hat sogar in Jamies Vorschule rumgeschnüffelt, und eine von diesen Supermütter hat ihr gesagt, ich würde meine Kinder vernachlässigen. Sie wollte mich ans Kreuz nageln, deshalb habe ich mich dazu entschieden, ihr meine Version zu erzählen.«

Aus gutem Grund erwähnte sie nichts über Susies Rolle bei all dem. Liz hatte noch nicht entschieden, was sie mit Susie machen sollte, aber sie wußte, daß David sie auf der Stelle feuern würde.

»Du hast dich ein bißchen an Steffi Wilsons Schulter ausgeheult, wie?« Die Verachtung in seinem Ton durchtrennte ihre Nerven wie eine Rasierklinge. Sie war nicht ganz unschuldig daran, daß er so reagierte. Immerhin hatte sie sich lange Zeit nicht einmal selbst eingestanden, daß sie sich entzweigerissen fühlte. Konnte sie ihm einen Vorwurf machen, daß er wütend war, es aus der Zeitung erfahren zu müssen, dazu noch aus dem Konkurrenzblatt?

»Ich schätze, du weißt, wie lächerlich du mich damit gemacht hast.«

Sie konnte sehen, daß er sich nur wegen Susie und der Kinder zurückhielt. »Meine Frau hat eine Midlife-crisis, und ich bin der letzte, der es erfährt.« Er knallte die Zeitung auf den Küchentisch. »Du hättest wenigstens uns die Story geben können, statt der verdammten *World*.«

Liz sah ihn an, enttäuscht, weil es ihm anscheinend nur darum ging, wem Liz Ward ihre Seele verkaufte. Er schien zur Zeit nur noch an seine Zeitung denken zu können.

»Tut mir leid, daß es nicht die *News* war.« Sie konnte selbst hören, wie bitter ihre Antwort klang. »Wenn ich meinen Rücktritt einreiche, komme ich vielleicht zuerst zu dir.« Aber das war bei David fehl am Platz.

»Ganz London weiß, daß die *World* dabei ist, uns zu überholen. Logan hat Mick Norman als ›Sonderberater‹ an Bord geholt. Der wartet nur drauf, ins Spiel zu kommen, und du servierst denen deine bewegende Story auch noch auf dem silbernen Tablett.«

»Kann sein, daß ganz London Bescheid weiß – nur ich nicht. Weil du mir nichts mehr erzählst, David. Ich weiß nichts von deinen Problemen. Vielleicht wäre das alles nicht passiert, wenn du mir was gesagt hättest!« Sie wußte, daß sie unfair war, aber sie spürte plötzlich einen brennenden Zorn. »Und außerdem bist du so sehr mit deinem Auflagenkrieg beschäftigt, daß es dir gar nicht aufgefallen wäre, wenn ich *tatsächlich* eine Midlife-crisis hätte!«

David neigte sich zu ihr. »Tut mir leid. Das war wohl ziemlich egoistisch von mir.«

»Und ich habe keine dämliche Midlife-crisis. Ich vermisse die Kinder. Das ist alles.«

Wie aufs Stichwort kam Jamie hereingerauscht und fand seine Eltern in einer Umarmung.

»Mum... Mum! Kommst du dir das Planschbecken anschauen?«

»Jamie, ich rede gerade mit Daddy, Liebling. Ich komme gleich, okay?« Armer Jamie, ständig buhlte er um ihre Aufmerksamkeit. Sie strich ihm liebevoll übers Haar.

Als David sie beide so sah, fühlte er Schuldgefühle in sich aufsteigen. Sie gaben so ein schönes Bild ab. Jamie kam ganz nach ihr, mit seinem dunklen Haar, den strahlendblauen Augen – im einen Moment wild, im nächsten schüchtern. Daisy schlug in seine Richtung. Die stämmige blonde Daisy, die immer wußte, was sie wollte, und es sich auch holte. David war nicht sicher, ob er Liz wirklich verstand. Sie schien so oft ihre Meinung zu ändern.

»Es tut mir leid, Liebling, aber ich muß jetzt los.« Er legte den Arm um sie beide und bereute, daß er so wütend gewesen war. Er liebte seine Frau und war fasziniert von ihr. »Wir reden später weiter, okay?«

»Okay.« Liz küßte ihn, aber sie verspürte einen Stich dabei. Er verstand nicht wirklich, was in ihr vorging. Und wann sollten sie reden? Wann kamen sie beide überhaupt mal dazu, sich zu unterhalten? Einer von ihnen machte immer Überstunden, und beide waren sie völlig von Geschäftsbesprechungen und wichtigen Entscheidungen in Beschlag genommen.

Sie ging mit Jamie an der Hand in den Garten. Erst neun Uhr, und es war schon sehr heiß. Der Himmel war wolkenlos blau. England war wie ein fremdes Land. Treibhauseffekt. Globale Erwärmung. Gut möglich, daß sie die Polarkappen zum Schmelzen brachte und Hurrikans in der Karibik verursachte, aber in Holland Park ließ es sich neuerdings nicht schlecht aushalten.

Susie hatte das Planschbecken aufgebaut und in den Schatten unter einem Apfelbaum aufgestellt. Daisy stand am Rand, nur mit einem Sonnenhut bekleidet. Sie setzte an, mit ihren krummen kleinen Beinchen ohne Hilfe hineinzusteigen. Liz lachte, nahm sie hoch und küßte die zarte Haut zwischen den schmalen Schultern. Sie ertappte sich neuerdings, Daisy am liebsten andauernd küssen zu wollen. Daisy würde nicht mehr lange ein Baby bleiben. Die Speckringe an den Handgelenken und der plumpe Po würden bald verschwunden sein. Sie konnte jetzt jeden Tag die Schwelle vom pummligen Baby zum quirligen Kleinkind überschreiten.

Sie betrachtete wohlwollend die Szene, die sich ihr bot. Hier war alles so behütet und einladend, die Sonne sickerte durch die Blätter. Draußen auf den Straßen würde der Teer bald schmelzen, Hunde schnüffelten im Müll herum, und die motorisierte Gesellschaft verfluchte sich gegenseitig im täglichen Krieg auf Londons Straßen.

»Was habt ihr heute vor, Susie?«

Das Mädchen rieb Sonnencreme auf Daisys Schultern und hob den Blick. »Es ist so schön heute, daß ich gedacht habe, wir bleiben im Garten und veranstalten ein kleines Picknick.«

Für einen kurzen Augenblick hatte Liz einen Einblick in die geheime Welt von Kindern mit ihren Kindermädchen, von

Picknicks und Planschbecken, zu der sie, als berufstätige Mutter, keinen Zugang hatte. Sie seufzte. Es war Zeit, zur Arbeit zu fahren.

Wie gewöhnlich wandte Daisy das Gesichtchen ab, als Liz ihr einen Abschiedskuß geben wollte, und hielt sich an Susie fest. Und wie gewöhnlich klammerte sich Jamie an ihr Bein und weigerte sich loszulassen. »Mummy, bleib hier, Mummy. Geh nicht weg. Bitte, Mummy. Bleib hier!«

David kam aus der Küche, in seinem modisch geknitterten Leinenanzug. Jamie rannte zu ihm und zog ihn zum Planschbecken.

»Wann bist du heute abend zurück?« fragte Liz, obwohl sie die Antwort bereits kannte. Er konnte doch nicht gehen, bevor die Zeitung im Bett war, und danach konnte er die Crew unmöglich im Stich lassen, wenn sie noch auf ein oder zwei Drinks einkehrten. Natürlich nicht.

»Spät, schätze ich. Logan hat für abends noch eine Besprechung angesetzt.« Das war die halbe Wahrheit. Logan hatte eine Krisensitzung wegen des Auflagenrückgangs einberufen, aber Liz hatte im Moment selbst genug auf dem Teller.

Liz wandte sich verärgert ab. Wieso war immer sie es, die früh heimkommen mußte? Aber der Ärger verrauchte schnell. Daisy, glücklich, ihren Daddy zu sehen, hatte angefangen, ihn naß zu spritzen und ruinierte dabei den Anzug.

»Daisy, böses Mädchen!« rief David aufgebracht, aber als er sah, wie sich auf ihrem kleinen Gesicht Entsetzen ausbreitete, hob er sie aus dem Planschbecken und drückte sie an sich, naß und glitschig, wie sie war.

»David, du wirst doch ganz naß!«

Er grinste verschmitzt. »Dann nimm du sie doch!« rief er und scheuchte Liz unter Daisys vergnügtem Quietschen über die Terrasse. Susie konnte über das kindische Benehmen nur den Kopf schütteln. Schließlich griff sie ein und nahm ihm Daisy ab.

Liz holte ihre Aktenmappe. Sie wunderte sich immer wieder, daß David die Kinder so lieben konnte, wie er es offensichtlich tat, und sie trotzdem, sobald er die Tür hinter sich schloß, vergaß. Es mußte etwas mit den Hormonen zu tun haben. Warum fühlte er sich nicht schuldig, wenn er sie allein ließ, fragte sie sich zum tausendstenmal. Wenn Logan ihm das Angebot machen würde, für drei Wochen nach New York zu gehen, würde er ohne zu zögern ja sagen. Sie stieg in ihren neuen Wagen. Die Sitze waren bereits glühend heiß. Wie kommt es, fragte sie sich, daß die Tatsache, Kinder zu haben, diese einschneidende Veränderung der Perspektive bei Frauen bewirkt? David liebte die Kinder ebenfalls, da war sie sich sicher, und trotzdem hatte er sich hinsichtlich seines Ehrgeizes nicht so verändert wie sie. Es gehörte anscheinend zu den großen Mysterien der Welt, daß Frauen mit Zähnen und Klauen darum kämpften, wie Männer behandelt zu werden, um dann, wenn sie Kinder bekamen, festzustellen, daß sie eben doch zu einer anderen Spezies gehörten.

Sie erinnerte sich daran, eine Freundin gefragt zu haben, wie das Leben mit Kindern sei, als sie mit Jamie schwanger gewesen war. Sie hatte mit der üblichen Auskunft über durchwachte Nächte und Verlust von Freiheit gerechnet. Aber diese Freundin hatte überraschend geantwortet: »Du kannst dir nicht vorstellen, wie aufregend es ist. Diese atemberaubende Vorfreude wenn man nach Hause kommt, weil dein Baby auf dich wartet wie ein Liebhaber.«

Und von all ihren Freundinnen hatte diese als einzige recht behalten. Nichts hatte Liz auf die Leidenschaft, die Intensität vorbereitet, die sie für Jamie empfand. Als sie ihn am Tag nach seiner Geburt, eingewickelt in ein Umhängetuch, angesehen hatte, glaubte sie, daß es so sein mußte, weil diese Liebe so selbstlos war. Diese Art Liebe ist komplex und einengend zugleich. Ein Baby braucht einen. Und die Liebe, die man spürt, ist einfach und rein.

Und doch war es ihr zu ihrer eigenen Verblüffung erstaunlich leichtgefallen, wieder zu arbeiten, als die Zeit gekommen war. Kleine Babys bedeuten harte Arbeit und Aufopferung, und für Liz war es beinahe eine Erlösung, die Tür zu der Welt von

Sterilisierapparaten, Windeln und den ständigen Gesprächen über Babys schließen zu können. Sie konnte ohne rot zu werden behaupten, nicht mehr an ihn gedacht zu haben, wenn sie im Büro war.

Und dann war Daisy gekommen. Kußmund-Daisy, Speckwangen-Daisy, mit ihren blauen Kulleraugen, immer lachend und glucksend, eine wahre Frohnatur. Diesmal hatte sie länger Pause gemacht. Einen langen, wunderschönen Sommer lang hatten sie Zeit gehabt, ihren Rhythmus zu finden und sich kennenzulernen. Und plötzlich war es gar nicht mehr einfach gewesen, die Tür zu diesem Teil ihres Lebens zu schließen und sich zusammen mit dem Busineß-Kostüm von Jaeger auch die dazugehörige Mentalität wieder anzuziehen.

Sie mußte sich zusammenreißen und aufhören mit diesen Gedanken. Wie viele Frauen bekamen schon zweihundert Riesen im Jahr plus Aktienanteil an Metro, der sie ernsthaft reich machen konnte, plus so viele Trips nach New York und L.A., wie sie wollte, plus eigenen Chauffeur? Und dazu kam noch, daß der Job interessant war und sie zu einer der einflußreichsten Figuren in der TV-Branche machte. Liz Ward hatte wirklich Erfolg. Das bißchen Schuldgefühl und Bedauern war kein zu hoher Preis dafür, oder?

7

»In Ordnung, Herrschaften, wir wollen eines unmißverständlich klarstellen. Das neue Motto bei Metro lautet: Profit geht vor Programminhalt!«

Mit Grausen hatte Liz dieser Sitzung entgegengesehen, bei der Conrad den leitenden Köpfen eben diese waschen wollte, was seiner Meinung nach Fernsehen in den Neunzigern bedeutete. Der Großteil der Anwesenden kam vom kommerziellen Bereich der BBC, wo es mehr oder minder akzeptiert war, Bildungsfernsehen zu produzieren. Conrad dagegen hatte seine Wurzeln in den gröberen Gefilden des australischen Rundfunks, wo das Fernsehen privatisiert war, nicht subventioniert wurde und man bis aufs Messer um jeden Zuschauer kämpfte.

»Nun, Ladies und Gentlemen, aus der beschaulichen, subventionierten Welt des britischen Fernsehens kennen Sie zwei Arten von Programm: zum einen ein wertvolles und zum anderen ein solches, das Einschaltquoten bringt. Ich möchte nun noch einmal betonen, daß es in Zukunft nur noch *eine* Art geben wird, und da Sie gut in Ihren Jobs sind, muß ich wohl nicht extra sagen, *welche*. In Zukunft werden selbst die Artsy-fartsy-Shows ihr Publikum haben müssen – oder man kann das schlicht vergessen.«

Liz machte sich einen Vermerk, sich nach der Besetzung von Metros neuer »Agatha-Christie«-Serie zu erkundigen. Wenn sie den Regisseur in Ruhe machen ließe, würde er die Hauptrolle wahrscheinlich glatt mit einem Mitglied der Royal Shakespeare Company besetzen, während die Produzenten auf Joan Collins beharrten. Sie würde versuchen müssen, beide Seiten zufriedenzustellen und eine passende *und* berühmte Darstellerin zu finden.

Als sie wieder aufschaute, traf sie der Blick von Sam Powell, der ihre Position als Head of Feature übernommen hatte. Er fragte sie stumm: Das werden Sie sich doch nicht bieten lassen, oder? Doch was nützte es, jetzt die Hölle loszutreten? Damit würde sie Conrad nur verärgern und überhaupt nichts bewirken. Sie würde bei ihm um einzelne konkrete Projekte kämpfen.

»Sehen Sie, ich weiß, daß Leutchen wie Sie, mit Ihren Doktortiteln, insgeheim denken, daß ich dort drüben im Aussieland Mist produziert habe. Stimmt. Aber es war *erfolgreicher* Mist. Und wie jemand Schlaues einmal bemerkt hat: Es ist noch keiner auf die Schnauze gefallen, weil er den Geschmack der Zuschauer *unterschätzt* hätte.«

Liz sah sich um. Das Entsetzen auf den Gesichtern hatte beinahe etwas Komisches. Was hatten sie denn gedacht, mit wem sie es bei Conrad zu tun hatten? Etwa mit einem bescheidenen kleinen Mann, der zur besten Sendezeit Wagner brachte?

»Und deshalb – so widerwärtig Ihnen das auch aufstoßen mag – denken Sie ans Publikum, an Einschaltquoten. Wenn Sie keine fünf Millionen zusammenkriegen, vergessen Sie Ihr Programm.«

Allmählich dämmerte Liz, daß der Mangel an Zeit für ihre Kinder nicht der einzige Haken an diesem Job war. Von oben würde Druck von Conrad kommen wegen der Einschaltquoten und des Profits, und von unten würden die Programmgestalter um Qualität und Standard kämpfen. Und sie stand zwischen den Fronten, Liz Ward, die mächtigste Frau in der TV-Branche. Oder etwa doch nur der Schinken auf dem Sandwich?

»Meine Freundin Liz Ward, die neue Chefin von Metro, ist der Ansicht, daß wir unseren Leserinnen einen Haufen Mist andrehen und daß ›alles haben zu können‹ nur ein Mythos ist, ein Schwindel und ein gefährlicher dazu.«

Alle Gesichter am Konferenztisch von *Femina* wandten sich mit Entsetzen und Unglauben Mel zu, als hätte sie soeben verkündet, daß multiple Orgasmen nicht existierten und Männer gern Hausarbeit verrichteten.

Wieder einmal hatte sich *Feminas* komplette Belegschaft zu einer dieser endlosen Konferenzen zusammengefunden, die Olivia für so lebenswichtig hielt, um nicht den Bezug zur Aktualität zu verlieren. Es bestand für alle Anwesenheitspflicht, angefangen vom Geschäftsführer bis zum Grafiker. Im stillen fand Mel, daß es die reinste Zeitverschwendung war, aber das würde sie Olivia natürlich nie sagen.

»Ach, dann meint deine Freundin also, daß *Femina* ihre Leserinnen in die Irre führt.« Olivias Stimme klang scharf und schrill, als fürchte sie eine Palastrevolution. Mel mochte die Chefredakteurin sein, aber *sie* war noch immer die Herausgeberin, und daran wollte sie für niemanden hier im Raum einen Zweifel lassen. »Und du stimmst ihr zu?«

Ja, was *glaubte* sie eigentlich? Mels Blick wanderte über die

Titelblätter von *Femina*, die jeden Zentimeter der Wände des Konferenzraumes ausfüllten und bis zurück in die Sixties datierten, als Olivia die Zeitschrift gegründet hatte. Die Galerie dieser Titelbilder war wie eine Bilddokumentation der weiblichen Emanzipation.

Als die Zeitschrift anfing, waren Frauen noch Hausfrauen, und *Femina* hatte ihnen geholfen, hinter dem Herd hervorzukommen; dann hatte sie sich hinter die Pro-Abtreibungs-Lobby gestellt und den Kampf um gleiche Löhne unterstützt. Doch das war längst Geschichte, und die Heldinnen waren vergessen. Die jungen Frauen betrachteten gleiche Bezahlung als völlig selbstverständlich, und Germaine Greer trat bei *Wogan* auf. Die Feministinnen der Sechziger waren bereits genauso fern und Teil der Historie wie die Suffragetten.

In den Siebzigern hatte *Femina* den Sex entdeckt und den G-Punkt gefunden, und selbstverständlich hatte die Zeitschrift schon immer Karriere gepredigt. Doch das Motto für die Achtziger hatte geheißen: Frau kann alles haben, Karriere und Familie. Wie würde die Botschaft für die Neunziger lauten? Daß frau sich doch entscheiden mußte? Der Gedanke war lächerlich. Liz hatte absolut und zweifellos unrecht.

Mel wußte, daß alle auf eine Antwort von ihr warteten.

»Natürlich stimme ich ihr nicht zu. Wenn sie im Recht wäre, hieße das, unser ganzer Kampf wäre umsonst gewesen.«

»Ich bin erleichtert, das zu hören.« Olivia sah ihr in die Augen. »Einen Moment lang hatte ich schon befürchtet, du könntest den Glauben an uns verloren haben.«

Mel schäumte. Natürlich hatte sie den Glauben nicht verloren. Liz' Attacke gestern abend hatte sie ins Mark getroffen. Es hatte sie mehr verletzt, als sie zugeben wollte. *Femina* war ihr Leben. Sie stand voll und ganz hinter der Zeitschrift und lebte nach ihren Prinzipien. Verdammt, sie glaubte sogar an die Horoskope! Und dazu gehörte einiges, wenn man die fette alte Schachtel kannte, die sie verfaßte.

»Schön.« Olivia bedachte die Gläubigen mit ihrem süßesten gelifteten Lächeln. »Kommen wir zum nächsten Punkt.«

»Warum...« meldete sich eine Stimme vom anderen Ende des Tisches, »warum diskutieren wir das Thema nicht ein bißchen eingehender, ehe wir weitermachen? Ich finde, wenn ich das als Mann bemerken darf, daß Mels Freundin nicht ganz falsch liegt.«

Mel beugte sich vor, um zu sehen, wer es wagte, das Orakel herauszufordern. Es war keine Stimme, die sie kannte. Schließlich konnte sie inmitten der vielen Schultern und Ellenbogen das Gesicht ausmachen. Es war ein freier Mitarbeiter, der erst seit kurzem für *Femina* schrieb. Sein Name war Garth soundso...

Zirka fünfundzwanzig, glänzendes, dunkles langes Haar, zu einem Pferdeschwanz zusammengebunden, humorvolle braune Augen und milchkaffeefarbene Haut, die der tiefe V-Ausschnitt seines schneeweißen Hemdes verlockend freigab. Mel ertappte sich bei der Spekulation, ob sein ganzer Körper in diese Farbe getaucht war. Nur leider würde er, wenn er so weitermachte, nicht mehr so lange da sein, daß sie das herausfinden konnte. Sie kannte Olivia. Der leiseste Anschein unloyalen Verhaltens, und man konnte sich einen neuen Job suchen.

Sie versuchte ihm mit den Augen zu signalisieren, daß er dabei war, Selbstmord zu begehen, doch er sah nicht zu ihr. Seelenruhig schaute er Olivia an.

»Ich meine, wir haben doch keine Angst, dabei eventuell auf die Wahrheit zu stoßen, oder? Es würde ja nicht automatisch bedeuten, daß *Femina* sich geirrt hat, sondern vielmehr, daß die Frauen wieder einen Schritt weitergegangen sind. Vielleicht sind sie dabei auf das gestoßen, was Männer schon die ganze Zeit wußten: daß Arbeit nicht der Heilige Gral, das wiedergefundene Paradies und Club Med in einem ist.«

»Dann sind Sie also der Meinung, daß sich Frauen um Küche und Kinder kümmern sollten?« Die Schärfe in Olivias Ton hätte jeden anderen Mann in Stücke geschnitten. Garth ignorierte sie einfach.

»Nein, natürlich nicht. Aber finden Sie nicht auch, daß die ganze Spirale überdreht ist? Ich meine, sehen Sie sich doch an.«

Er deutete in die Runde. »Sie können sich mit Recht emanzipiert nennen, dennoch sind Sie nicht weniger angekettet als Ihre Mütter. Ich sehe Sie doch morgens erschöpft von den vielen Überstunden ankommen und abends, wenn jeder halbwegs vernünftige Mann bei einem Glas Wein relaxen würde, hetzen Sie zum Supermarkt.«

Mel mußte ein Kichern unterdrücken, als sie das Entsetzen auf den Gesichtern rund um den Tisch sah. Vielleicht war diese erste Ansprache auch gleichzeitig seine letzte bei *Femina*, aber er hatte sein Publikum sichtbar getroffen.

»Sie haben von den Männern den Ehrgeiz übernommen, tragen aber weiterhin die Verantwortungen der Frauen. Gibt Ihnen das nicht zu denken? Ich meine – wo bleibt die Lebensfreude dabei, das gelegentliche wohltuende, notwendige bißchen Egoismus und das Sich-selbst-Verwöhnen? Okay, Sie fahren vielleicht einen BMW, aber ist das Leben wirklich leichter geworden? Tut mir leid, daß ich ein Spielverderber bin, aber ich finde, daß berufstätige Mütter das schlechte Ende erwischt haben.«

»Dann finden Sie, daß *Femina* ihre Leserinnen irreführt?« Olivias Stimme klang jetzt wie ein trockener Martini auf Eis.

»Um ehrlich zu sein, ja.«

Dummer, dummer Junge. Er präsentierte sich, mit Apfel im Mund und Zwiebel im Hintern, Olivia auf dem Silbertablett. Mel konnte kaum hinsehen. Sie verabscheute es, wenn Blut floß.

»Es könnte sich tatsächlich«, fuhr Garth jedoch unbeirrt fort, »ein neuer Trend abzeichnen, den wir bislang nur übersehen haben. Vielleicht haben wir es mit *dem* Thema der Neunziger zu tun. Und wie mir scheint« – er schenkte den verstummten Damen der Runde ein entwaffnendes Lächeln – »hat *Femina* bisher noch immer gewußt, wann der Zeitpunkt einer Veränderung gekommen ist – wenn sie sie nicht sogar selbst mit herbeiführte. Ich finde –« und dieses Lächeln galt jetzt Olivia allein – »daß *Femina* dieses Thema zu ihrem eigenen machen könnte.«

Clever, dachte Mel. Führte sie in Versuchung, die erste einer neuen Philosophie zu sein. Sie hielt den Atem an.

Olivia wandte sich ihm ganz langsam zu, auf den Lippen das Lächeln einer Gottesanbeterin, die soeben ihren Lunch verdaut. »Es tut mir leid, junger Mann, aber ich bin nicht überzeugt. Die Frauen von heute werden keinesfalls von Arbeit versklavt, sie macht sie *unabhängig*. Und nun sollten wir wirklich zum nächsten Punkt übergehen. Wir haben schon genug Zeit mit diesem Thema verschwendet.«

Mel tauschte einen vielsagenden Blick mit Garth. Auch wenn er im Unrecht war – er war das Köstlichste, was ihr seit Monaten über den Weg gelaufen war.

Britt Williams sah auf ihre Uhr und fluchte. Zweiundzwanzig Uhr, und sie würde mindestens noch eine Stunde brauchen. Das Dumme an der Selbständigkeit war, daß man schon selbst Arbeit investieren mußte, weil es sonst niemanden gab, der es freiwillig tat.

Einen Moment lang dachte sie an ihre leere Wohnung. Für gewöhnlich betrachtete sie sie als einen Ort, wo sie ihre schmutzigen Socken herumliegen lassen konnte und ihr niemand vorschrieb, die Zahnpastatube von der Mitte her auszudrücken, doch nicht so heute abend. Wahrscheinlich war der Kater nur noch nicht ganz abgeklungen. Liz' Auftritt gestern abend hatte sie jedenfalls darin bestärkt, daß sie sich richtig entschieden hatte, als Single zu leben – nur, falls sie einmal unsicher wurde. Sie beneidete Liz nicht im mindesten um ihren Lebensstil: Für Britt war das nichts als geben, geben und immer nur geben. Und sie selbst bevorzugte das Nehmen. Und wenn das hieß, daß eine leere Wohnung wartete, dann war das eben der Preis dafür. Und Sex war wirklich nicht das Problem. Der war ganz einfach zu haben, auf Geschäftsreisen und bei Konferenzen, und vor allem ohne Verpflichtungen.

Sie erinnerte sich wohlig schaudernd an das Wochenende mit dem italienischen Filmproduzenten, letzten Monat in Cannes. Sie waren die ganzen sechsunddreißig Stunden nicht aus dem Bett gekommen. Er war der unglaublichste Liebhaber, den sie je gehabt hatte, und er hatte sie stundenlang an den Rand der

Ekstase getrieben, bis er überhaupt erst an sein eigenes Vergnügen gedacht hatte. Sicher, sie war ein wenig geschockt gewesen, als er das Natrium Amytal hervorzauberte. Aber dann hatte sie sich gesagt, daß sie sich wenigstens ein kleines Abenteuer gönnen konnte, wenn schon keine Beziehung daraus wurde. Und, das mußte sie zugeben, die Wirkung war phantastisch. Als sie schließlich das Bett verließen, hatte er sie zärtlich geküßt und sich ihre Telefonnummer notiert. Sie sagte sich immer wieder, er würde ja doch nicht anrufen. Trotzdem blieb sie drei Tage und Nächte in der Nähe des Telefons sitzen. Es hatte sie nicht überrascht, daß er nicht anrief. Schließlich lautete das Motto: keine Verpflichtungen. So hatte sie es gewollt. Oder nicht?

Wenn sie sich die Geschäftsbilanzen ansah, lohnte es sich jedenfalls. Vor vier Jahren hatte sie die Idee zu der Videoproduktionsfirma gehabt, und sie waren mit einem kargen Kredit von fünfzigtausend an den Start gegangen. Jetzt setzte sie sieben Millionen jährlich um.

Danke, Britt Williams ging es nicht übel. Ihr fiel ihre Heimatstadt ein, mit den verlassenen Minen, dem zugrundeliegenden tristen Gefühl, dem Fehlen von Energie. So ein deprimierender kleiner Ort. Es gab nicht mal einen Supermarkt. Und das in diesem Jahrzehnt! Sie wußte einfach nicht, wie ihre Eltern es dort noch immer aushalten konnten.

Bei dem Gedanken an ihre Eltern spürte sie die vertraute Verbitterung. Sie waren so verbohrt! Man könnte annehmen, sie wären stolz auf sie – aber, nein! Sie glaubten an den Sozialismus und das, was sie »solide Werte der Arbeiterklasse« nannten. Sie würden nicht einmal ihr Haus vom sozialen Wohnungsbau kaufen, weil sie so etwas unmoralisch fanden! Dad war so sehr damit beschäftigt, die freie Marktwirtschaft zu verdammen, daß er die guten Dinge, die sie in den letzten zehn Jahren – gerade für Leute wie ihn – hervorgebracht hatte, nicht sehen wollte. Dieses ewige Gerede von Arbeitslosigkeit und Ungleichheit. Jedesmal, wenn sie nach Hause fuhr, gab es Streit. Deshalb fuhr sie auch nicht mehr. Nicht, daß es sie zu der winzigen Hütte, in der alles so alt und schäbig war, hinzog.

Sie dachte an ihr ausgebautes Lagerhaus in Canary Wharf, mit diesem phantastischen Blick auf die Docks. Ihr Vater haßte es. Er war einmal dagewesen im Zuge einer Minenarbeiterversammlung und vor Wut völlig außer sich geraten, über die Yuppies, die die alten Docks zu Yachthäfen mit schicken Weinbars verfremdeten. Er war nie wieder gekommen.

Sie sammelte ihre Unterlagen ein. Plötzlich hatte sie keine Lust mehr auf Arbeit. Außer ihr war niemand mehr im Büro. Sie schloß ab und fuhr in die Tiefgarage. Dort wartete ein roter Porsche Carrera auf sie, *das* Symbol des Erfolges. Sie hatte ihn sich selbst geschenkt als Belohnung dafür, daß die Geschäfte so glänzend liefen. Liebevoll strich sie über den glänzenden Lack und dachte bei sich, daß sie wahrscheinlich die einzige Besitzerin eines Porsche war, deren Vater sich dafür schämte.

Ihre Eltern wären bestimmt glücklicher gewesen, wenn sie irgendeinen Monteur aus der Gegend geheiratet und drei brüllende Bälger mit ihm gezeugt hätte. Na ja, das würde wohl nicht geschehen. Nicht jetzt. Niemals. Heirat war das letzte, woran sie dachte. Man mußte sich doch nur Liz anschauen – schüttete dieser Steffi Wilson ihr Herz aus, ohne daß David etwas von ihren Zweifeln geahnt hatte. Und Britt hatte angenommen, daß sich die beiden alles erzählten. Das bewies doch wieder einmal, daß man sich nur auf einen Menschen wirklich verlassen konnte: auf sich selbst.

Obwohl es schon spät war, ließ sie das Dach herunter und die Sommernacht herein. Draußen vor ihrem Bürogebäude spielte Sohos obligatorischer Flötist Greensleaves auf den Stufen der St.-Anne's-Kirche, und an der Ecke Shaftesbury Avenue tappte ein Sax-Mann den Takt zur Swingband-Begleitung aus dem Ghettoblaster. Die Gerüche der Stadt zogen vorbei, China-Imbiß, Vindaloo, Hot Dogs. Es war diese exotische, gewagte Mixtur, die Atmosphäre von Menschen, die auf Messers Schneide lebten, die London so besonders machte und einem das Gefühl gab, nicht fünfhundert, sondern fünftausend Kilometer von der Heimatstadt entfernt zu sein.

Die Fahrt durch die Stadt war so schön, daß sich Britt mit

einemmal einsam fühlte. Auf den Gehwegen vor den Pubs drängten sich Menschentrauben, und Britt hatte unwillkürlich das Gefühl, hier fände eine riesige Party ohne sie statt.

Es war in einer Nacht wie dieser gewesen, als sie bei einem Umtrunk in einem Innenhof in Christ Church David kennengelernt hatte. Als die einzigen »Northerner« inmitten einer Horde piefiger »Etons« und deren albernen Freundinnen hatten sie sich gefunden, ohne bekannt gemacht worden zu sein, und hatten sich dann mit einer »geborgten« Flasche Champagner abgeseilt. In den beiden darauffolgenden Monaten war sie mit David so glücklich gewesen wie in den gesamten drei Jahren Oxford nicht – bis zu dem Tag, als er ihr sagte, er müsse sich mehr auf sein Studium konzentrieren. Sie wußte, daß das nur eine höfliche Art war, sich zu verabschieden.

Je mehr sie sich dem Ostteil der Stadt näherte, desto menschenleerer wurden die Straßen. Sie fragte sich, wie David das alles wohl aufnehmen würde. David, der ihr so viel ähnlicher war als Liz. Sie hatte niemals verstehen können, warum er Liz ihr vorzog.

Armer David, wenn etwas an den Gerüchten dran war, hatte er momentan bestimmt schlaflose Nächte. Wie kam er damit zurecht, daß seine Frau ausgerechnet in einem Augenblick, in dem er selbst unter derartigem Druck stand, ein solches Brimborium veranstaltete? Aber wahrscheinlich war Liz so sehr mit Metro und den Blagen beschäftigt, daß sie gar nicht wahrnahm, wie unsicher David sein mußte. Das war das Problem, wenn man unbedingt Kinder und Karriere haben mußte. Es blieb einem überhaupt keine Zeit mehr, an die Partnerschaft zu denken. David brauchte im Moment bestimmt ebensoviel Aufmerksamkeit und Unterstützung wie Jamie und Daisy. Aber so, wie sie David kannte, war er viel zu stolz, um etwas zu sagen.

Und sie kannte David gut. In diesen phantastischen zwei Monaten, ehe er Liz traf, hatte sie ihn mehr als gut kennengelernt. Manchmal dachte sie, daß es die schönste Zeit ihres Lebens war.

Britt griff nach einer Kassette, steckte sie in den Recorder und drehte die Lautstärke voll auf. Eric Clapton sang »Wonderful Tonight«. Ein Geschenk von David, kurz bevor er Liz kennenlernte.

8

Liz schaute zum zweitenmal innerhalb der letzten halben Stunde auf die Uhr. Mein Gott, nahm diese Besprechung denn überhaupt kein Ende? Darauf konnte auch nur Conrad kommen, für Freitagnachmittag halb sechs eine Routinekonferenz anzusetzen.

Unten in der Halle wartete Susie bereits, mit Jamie und Daisy in Schlafanzügen. Und draußen parkte Davids Mercedes, bis unter die Motorhaube vollgepackt mit Lebensmitteln, Reisedecken, Teddybären und Gummistiefeln. Wie alle sechs Wochen wollten sie übers Wochenende in das kleine Landhaus in Sussex fahren, das Liz von ihrer Großmutter geerbt hatte.

David kam nach. Er würde es so lange wie möglich hinauszögern. Er haßte diese Wochenenden, die Einladungen zum Drink bei irgendeinem langweiligen Colonel, die Liz nicht ausschlagen mochte.

Liz war sehr gern dort. Als ihre Großmutter noch lebte, war sie oft zu Besuch gewesen in diesem Ziegelhaus mit Reetdach und hatte viele glückliche Erinnerungen an Streifzüge durchs Hügelland und Ausflüge zu der fünf Kilometer entfernten Küste. Und heute tat sie nichts lieber, als ihre City-Kleidung aus- und Jeans und Gummistiefel anzuziehen, um dann mit den Kindern im Garten zu buddeln.

Außerdem würden an diesem Sonntag ohnehin keine öden Cocktailparties auf sie warten. Sie waren bei Ginny zum Essen eingeladen – Mel und Britt würden auch kommen.

Mel betrachtete Garths Gesicht auf dem Kissen neben sich und suchte nach Spuren der Reue. Sie hatte mit dem Gedanken gespielt, sich davonzustehlen, solange er noch schlief, um dem Risiko zu entgehen, er könnte aufwachen und bedauern, daß sie noch da war. Doch momentan schlief er noch friedlich und sah dabei so wunderschön aus, daß sie es nicht fertigbrachte, aufzustehen und zu Ginny zu fahren. Sie überlegte, ob sie ihn mitnehmen sollte. Doch die kritische, gnadenlose Neugier ihrer Freundinnen konnte ihn in diesem zarten Stadium ihrer Beziehung womöglich verschrecken.

Sie konnte sich nicht mehr genau daran erinnern, wie sie im Bett gelandet waren. Sie erinnerte sich allerdings noch daran, daß sie ihn mit ihrem Wagen mitgenommen hatte, um sich dann furchtbar mit ihm zu streiten und ihm vorzuwerfen, er und Liz würden mit ihrer Theorie die Frauenbewegung um zwanzig Jahre zurückwerfen.

»Tut mir leid, das überzeugt mich nicht.« Darauf hatte er schelmisch gegrinst und sie den linken Blinker betätigt und den Wagen vor eine grelle Weinbar gelenkt, brechend voll mit stinkreichen Arabern und Autohändlern. Der Champagner schmeckte widerlich und war unverschämt teuer; sie tranken zwei Flaschen davon. Und Mel war noch immer nicht von seiner Argumentation überzeugt.

»O je«, seufzte er und sah sie dabei mit gespielter Bestürzung an. »Was kann ich nur tun, um Sie zu überzeugen?« Und dann hatte er einfach ein Taxi herangewinkt und, ohne sie zu fragen, dem Fahrer seine Adresse genannt.

Im Taxi war sie sich wie ein gieriges kleines Mädchen auf einer Feier vorgekommen, bei der das Buffet so verlockend aussah, daß sie am liebsten alles auf einmal nehmen wollte. In ihrer Erinnerung vergaß sie sogar ihr festes Prinzip, niemals mit in die Wohnung eines Mannes zu gehen. Mel fühlte sich so verwundbar, wenn sie die Kleider ablegte, daß sie sich nur in einer vertrauten Umgebung entspannen konnte, wo sie alles inszenieren und das Licht dämmen konnte, damit es ihr schmeichelte; wo ihr Kimono, der ihre Fettpölsterchen verdeckte, neben dem Bett lag, und wo keine Mitbewohner unerwartet ins Zimmer platzten.

Aber in dem Moment, als sie Garths Wohnung betreten hatte, war das alles vergessen – bis auf das Gefühl, wie sehr sie ihn begehrte.

Und Garth war eine Offenbarung gewesen.

Er schien instinktiv zu wissen, was sie anmachte, ohne fragen zu müssen. Wo hatte er das alles nur gelernt? fragte sie sich, kurz bevor sie aufhörte, auch darüber nachzudenken. Vielleicht nahmen die Mädchen heutzutage tatsächlich die Ratschläge von *Femina* ernst und sagten den Männern, was sie im Bett wollten. Mel war verblüfft. Sie mochte die Chefredakteurin der Bibel für die moderne Frau sein, aber so ziemlich das einzige, worum sie einen Mann im Bett gebeten hatte, war, das Licht zu löschen.

Und er war nackt tatsächlich so umwerfend gewesen, wie sie es erwartet hatte. Wenn so der neue Mann aussah, dann wünschte sie, sie hätte nicht so viele Jahre mit dem alten Modell vergeudet.

Trotzdem, als sie sein Gesicht betrachtete, erkannte sie, daß es da eine winzige Kleinigkeit gab, die sie beunruhigte und an ihrem Unterbewußtsein nagte. Sie holte sie schließlich an die Oberfläche. Es war das Gefühl, daß trotz allem Spaß, den sie miteinander gehabt hatten, eine gewisse Distanz zwischen ihnen geblieben war. So lustvoll und befriedigend der Sex an sich gewesen war, irgendwie schien er ihr mehr von Kunstfertigkeit als von Leidenschaft inspiriert.

»Er hat waaas getan?«

Liz versuchte, ihre schockierte Verwunderung nicht zu sehr durchklingen zu lassen, während sie in die Runde schaute. Eigentlich hatte es nicht mehr als ein entspanntes Essen bei Ginny werden sollen, und jetzt bekamen sie die Fortsetzung des Kamasutra zu hören – mit Mel und ihrem neuen Liebhaber als Held und Heldin.

Mein Gott, schalt Liz sich, du hörst dich *prüde* an. Vielleicht war sie eifersüchtig. Nur weil sie und David immer zu erschöpft waren für mehr als die Fünf-Minuten-Nummer in der Missionarsstellung. Wenn sie daran dachte, daß sie es früher im ganzen Haus getrieben hatten, auf der Treppe, dem Küchentisch. Aber das war im Zeitalter V.d.K. gewesen. Vor den Kindern.

Sie fragte sich, was die anderen wohl davon hielten. Ginny warf nervöse Blicke zu den Kindern im Planschbecken, doch die machten viel zuviel Lärm, um etwas von dem Gespräch mitzukriegen. Gavin grinste vielsagend und suchte ihren Blick. Ginny wandte sich ihm zu und zwinkerte. Offensichtlich hatten die beiden ebenfalls keine langweilige Nacht hinter sich.

Davids Miene war mißmutig. Er konnte Mel nicht ausstehen. Er fand sie schrill und unsensibel. Natürlich hatte er recht, aber das machte Mel ja gerade aus.

Britt saß leicht abseits, mit diesem Ausdruck auf dem Gesicht, der einen zum Wahnsinn treiben konnte – Kenn' ich alles, hab' ich längst gemacht. Wahrscheinlich nahm sie an, dachte Liz boshaft, daß ihre schwedische Abstammung sie zu einer Autorität in Sachen Sex machte.

Einen Moment wurde Liz' Blick von Britts Beinen angezogen; lang und goldenbraun und aufregend ragten sie aus ihren Designer-Shorts. Nicht ein einziges Haar entstellte die sonnengebräunte Seidigkeit. Wie oft ließ sie sie enthaaren? fragte sich Liz und versteckte ihre eigenen, die sie plötzlich an gerupfte Hühnerschenkel erinnerten, unter ihrem Sommerkleid und hoffte, daß niemand diese Geste bemerkte, besonders Britt nicht. Und wie kam sie nur zu diesem braunen Teint? Im Solarium oder in den Bett-Pausen an wilden Wochenenden in Acapulco?

Britt machte sich ständig irgendwohin auf in die Sonne mit einem Kerl, von dem sie dann nie wieder etwas hörte. Sie mochte ihre Männer mächtig, älter und vorzugsweise verheiratet. In diesen Fällen fielen die Geschenke üppiger aus. Sie kauften ihr Unterwäsche von Janet Reger und teure Armbanduhren und luden sie in Nobelhotels ein, in denen sie einem einen flauschigen, weißen Bademantel *schenkten.* Einer ihrer Lover, erinnerte sich Liz schmunzelnd, hatte ihr eine Wohnung mit eigenem Hintergarten geschenkt. Liz, zusammengepfercht mit zwei anderen in einem möblierten Zimmer am Earl's Court, hatte sich gefragt, woran es lag, daß sie selbst Narzissen und Black Magic bekam, Britt dagegen eine Wohnung mit drei Zimmern und einem begehbaren Kleiderschrank.

Liz schaute ein zweites Mal auf Britts Beine. Es waren die kleinen Annehmlichkeiten, die Besuche im Solarium und Termine zum Enthaaren, auf die man als erstes verzichtete, wenn man kleine Kinder und einen Job hatte. Warum fühlen wir uns haarlos eigentlich sicherer? fragte sie sich. Bei der gestrigen Presse-Präsentation war sie überzeugt gewesen, man könnte ihre Achselhaare durch das kostspielige neue Kostüm sehen. Und dabei war es nicht einmal absichtlich, es waren keine *feministischen* Achselhaare, kein Statement, sondern ganz einfach vernachlässigte, überlastete, nicht besonders gepflegte Achseln.

Die schlimmste Sorte von allen.

Mittlerweile schwelgte Mel in unerträglicher Selbstgefälligkeit. »Ach, er war großartig«, seufzte sie mit versonnenem Blick, »mindestens fünfundzwanzig Zentimeter lang.« Sie wartete auf Seufzer der Bewunderung. Doch es kamen keine. »Na gut, dann waren es eben dreißig.« Sie breitete die Hände aus, so daß es an einen dieser albernen Ballons erinnerte oder an einen ungewöhnlich großen Vibrator.

Alle lachten. Sie kannten Mel.

»Ich hab' mal einen Sexkatalog durchgeblättert« – Britt schlug die Beine aufreizend übereinander und wieder auseinander –, »da gab es Kondome in drei Größen: jumbo, giganto und super giganto.«

Mel kicherte über diese Eitelkeit des männlichen Ego. »Na ja, Garth ist super giganto«, verkündete sie stolz.

»Ich dachte, die Größe ist kein Thema.« David gab sich Mühe, nicht zu wichtigtuerisch zu klingen – vergeblich.

»Im Gegenteil«, kreischte Mel. »Das ist doch nur ein Mythos, den sich Männer mit Winz-Willies ausgedacht haben.«

David schaute neugierig zu Britt und fragte sich – wie es auch beabsichtigt war –, warum sie wohl einen Sexkatalog durchgeblättert hatte. Auf beunruhigende Weise entstand mit einemmal ein Bild von Britt vor seinem geistigen Auge, kitschig und stereotyp, und doch seltsam eindringlich: in einem schwarzen Gummikorsett, mit zehn Zentimeter Stilettos, einem Nazi-Käppi auf dem blonden kurzen Haar und einer Peitsche in der Hand. Er schaute weg, peinlich berührt, weil es ihn erregt hatte.

Ginny stand auf, um sich um das Essen zu kümmern, und Liz begleitete sie, weil sie unbedingt raus wollte aus dieser so sonderbar aufgeladenen Atmosphäre. Dieses ganze Gerede über Sex war ihr unangenehm. Dreimal in einer Nacht! Sie konnte sich schon gar nicht mehr daran erinnern, wann sie es mit David mehr als einmal gemacht hatte.

Wie schafften es andere Leute, die Leidenschaft in ihrer Ehe am Leben zu halten? Sie hatte mal von einem Paar gehört, das sich einmal die Woche verabredete – wahrscheinlich trugen sie den Termin in ihr Filofax ein – und dann mit einem Tablett Sandwiches und einer Flasche Wein ins Bett gingen.

Ob die einen Babysitter hatten? fragte sie sich müßig.

Als sie Ginny in die Küche folgte, wurde ihr wieder einmal schlagartig bewußt, welch ein wunderbarer Raum das war. Das Herzstück des Hauses, so einladend, daß man bleiben wollte, wenn man eintrat, für immer eingehüllt in der aromatischen Wärme.

Es war eine echte Traumküche mit köstlichen Gerüchen aus dem blauen Rayburn, mit blau-weißem Porzellan im Regal, einem Hundekörbchen neben einem Stapel alter Zeitungen zum Feuermachen und einem klapprigen Sofa mit einem darübergeworfenen Patchwork-Quilt.

Liz mußte an ihre eigene Küche denken, mit den Wand-zu-Wand-Einbauten und dem Ungetüm von Gefriertruhe-Kühlschrank aus Amerika, wo sie wirklich was von Großeinkauf verstanden, der Mikrowelle und jedem arbeitsparenden Gerät, das erhältlich war, dem Notizboard mit all den Dienstplänen, Listen und Instruktionen. Aber etwas fehlte. Und mit einem urplötzlichen Gefühl von Neid, den sie weder bei Mel wegen ihres Sex oder bei Britt wegen ihres Geldes empfunden hatte, wurde ihr klar, *was* es war.

Was Ginny gerade unter die Soufflés zauberte, war Liebe.

Mein Zuhause ist doch wie ein Hotel, dachte Liz wie im Schock. Ein elegantes, ordentliches, nettes Hotel. Weil keiner von uns wirklich dort wohnt. *Mein Zuhause hat kein Herz.*

Für einen Moment sah sie sich selbst darauf warten, daß Jamie aus der Schule kam, wie Ginny es bei ihren Kindern tat. Sie hörte ihn »Hallo, Mum!« rufen und spürte, als er in ihre Arme lief, daß seine Wangen kalt von der Winterluft waren.

Und wie würde es sein, wenn sie auf David wartete, ein Essen im Ofen, statt eines Fertigmenüs aus der Mikrowelle? Würde ihm das gefallen, oder würde er an der Liebe ersticken, die sie in den selbstgemachten Bohnen-Eintopf gemischt hatte?

Als sie eines von Ginnys gemalten Bildern nahm und diese komplizierte Schönheit betrachtete, fragte sich Liz, wie sie ihr je hatte leid tun können. Sie hatte immer geglaubt, Ginny würde ihr Talent für alberne Blumenbilder vergeuden und damit, jedes einzelne Möbelstück abzumalen, weil sie mit ihrer Begabung nichts Besseres anzufangen wußte. Nun war sie sich da nicht mehr so sicher. Alles mochte klein und trivial sein, aber Ginny hatte so viel in ihrem Leben: dieses behagliche Haus, ihre Blumenbilder, Gavin, ihre Kinder. Ginny war der Mittelpunkt ihrer Familie.

Liz schaute ihr zu, wie sie eine Soße für den Zitronenpudding anrührte.

»Weißt du, Ginny, ich beneide dich.«

Ginny ließ fast den Holzlöffel fallen, so überrascht war sie. »*Du* beneidest *mich*?« Das Erstaunen war ihr deutlich anzuhören. »Aber du bist doch die Überfliegerin. Du bist diejenige mit dem tollen Abschlußzeugnis, dem Job beim Fernsehen, dem attraktiven Ehemann. Ich bin nur Hausfrau, aber du ...«

»Ich weiß, ich weiß«, unterbrach Liz sie. »Ich bin die verdammte Superfrau, die alles hat. Das erzählen mir die Leute ständig.«

Ginny sah sie besorgt an. Noch nie hatte sie eine solche Bitterkeit bei Liz erlebt.

»Ist alles in Ordnung?« Sie hatte schon seit Monaten kein richtiges Gespräch mehr mit Liz geführt. »Was hältst du davon, wenn ich nächste Woche mal in die Stadt komme und wir irgendwo essen gehen und uns mal so richtig ausquatschen?«

Plötzlich wurde Liz bewußt, wie sehr sie sich danach sehnte, mit einem Menschen zu reden, der sie verstehen würde und der sie nicht für einen Freak oder eine Irre hielt, wie es Mel und Britt taten. Und sogar David.

»Das wär' echt toll.« Liz tauchte einen Finger in die Soße. »Okay. Ich werde mich jetzt zusammenreißen und mal sehen, wie weit die da draußen sind mit ihren Geständnissen einer sexhungrigen Chefredakteurin.«

»Sag ihnen, daß das Essen fertig ist, bist du so lieb?«

Liz ging durch die Schiebetür in den Garten. Vom hinteren Ende des Gartens drangen fröhliche Schreie aus dem Planschbecken, als Gavin die Kinder naß spritzte. Mel saß träumend da, wahrscheinlich mit der Überlegung beschäftigt, was ihr neuer Lover für die heutige Nacht alles in petto haben mochte. Britt, die auf einer Decke lümmelte, lachte David in seinem Korbstuhl an.

»Los, raus aus dem Wasser. Das Essen ist fertig«, rief sie den Kindern zu.

»Na komm, David.« Britt machte sich daran, ihn hochzuziehen. »Dann wollen wir doch mal schauen, was Mrs. Tiggy-Winkle aus ihrem Küchenschrank gezaubert hat.« Sie konnten sich beide kaum halten vor Lachen.

Ginny mit Beatrix Potters penibler Igel-Hausfrau zu vergleichen war so blöde treffend und doch gleichzeitig so elendig grausam, daß sich Liz dabei ertappte, wie sie sich umschaute, ob Ginny es gehört hatte. Sie stand auf der hinteren Türschwelle. Es konnte ihr nicht entgangen sein.

Fuchsteufelswild auf die beiden rannte Liz durch den Garten und zog Jamie aus dem Planschbecken.

Deshalb bekam sie es nicht mit, wie sich Britt, wenn auch nur für den Bruchteil einer Sekunde, an David rieb, als er aufstand. Und sie bemerkte auch nicht den erfreuten Blick, der über Davids Gesicht huschte.

Aber Ginny sah es.

9

Mist! Kein einziger Parkplatz im Umkreis von einer halben Meile rings um die Waterloo Station, und Liz war schon spät dran. Um halb neun sollte sie Ginny von der Bahn abholen, so hatten sie es verabredet. Ihr Tisch im Mon Plaisir war für eine halbe Stunde später bestellt, und sie würden es gerade so schaffen. Ihr blieb nichts anderes übrig, als unten am Fluß zu parken und zu laufen.

»Ham Se 'n Pfund für 'ne Tasse Tee, Missus?«

Gerade als sie die Unterführung zum Bahnhof betreten wollte, wurde Liz von einem Iren angesprochen, der allerdings gar nicht danach aussah, als würde Tee ganz oben auf der Liste seiner Lieblingsgetränke stehen. Außerdem, fragte sich Liz, während sie in ihrer Handtasche nach ein bißchen Kleingeld kramte, seit wann kostete eine Tasse Tee eigentlich ein Pfund, es sei denn, man gönnte sie sich auf der anderen Seite des Flusses im Savoy?

Sie war keine zehn Meter weiter, als ein zweiter Mann sie ansprach und ein dritter. So langsam wurde sie wütend, weil sich Ginny sicher längst Sorgen machte, und legte einen Schritt zu. Doch als sie hinunter in die Unterführung hastete, wurde ihr plötzlich bewußt, was an den letzten beiden Bettlern so ungewöhnlich gewesen war. Sie sahen nicht so aus wie die üblichen alten Penner, die man in jeder Stadt sah. Sie waren beide noch jung, kaum anders als jeder gewöhnliche Teenager.

Als sie um die Ecke bog und den großen Platz unter dem Rundbogen betrat, blieb sie erstaunt stehen. Sie hatte Cardboard City schon im Fernsehen gesehen; aber so lächerlich es auch war, weil sie immerhin einen TV-Sender leitete – sie hatte es noch nie mit eigenen Augen gesehen.

Sie wußte sofort, woher der Name kam. Obgleich es noch früh war, waren Hunderte Obdachlose, junge und alte, dabei, ihr Lager für die Nacht herzurichten, indem sie sich behelfsmäßige Unterkünfte aus Pappkartons bauten. Die alten Hasen unter ihnen hatten richtige kleine Häuschen errichtet mit einem Dach aus drappierten Decken.

Eine kleine Gruppe älterer Männer und Jugendlicher durchstöberte einen Berg abgetragener Mäntel, sicher aus einer Kleiderspende, damit jene, die keine Decken hatten, sich wenigstens damit wärmen konnten. Neben einem der massiven Stützpfeiler hatte jemand ein Feuer entfacht. Es wirkte fehl am Platze, als würde es nicht hierher in dieses seelenlose Niemandsland gehören, sondern in den behaglichen Kamin einer Villa der Jahrhundertwende.

Für einen Moment konnte Liz kaum glauben, daß sie in England war. In Brasilien vielleicht oder in einer bitterarmen Bananenrepublik, aber nicht in London, kaum eine Meile entfernt vom Unterhaus und dem Buckingham-Palast.

Als Liz daran vorbeieilte, um möglichst schnell zu den beruhigenden hellen Lichtern und der Flötenmusik des Bahnhofs zu kommen, wurde sie durch das bewegendste Bild aufgehalten, das sie je gesehen hatte. Es war ein Bett aus zwei alten übereinander gestapelten Matratzen; doch anders als die übrigen provisorischen Betten mit den zerschlissenen Schlafsäcken und schmuddeligen alten Mänteln, war dieses hier perfekt bezogen mit abgewetzten Laken und Decken, die akkurat gespannt waren, und einem mit Zeitungspapier ausgestopften Kopfkissenbezug. Daneben stand ein auf den Kopf gestellter Pappkarton als grobes, aber brauchbares Nachttischchen.

In all dieser Hoffnungslosigkeit und Verwüstung hatte jemand versucht, ein kleines Zuhause zu schaffen, einen Hafen für sich.

Als sie die Treppe hinauf zum Bahnhof taumelte, spürte Liz, wie ihr Tränen in die Augen stiegen, und sie wußte eines ganz sicher – Metro TV würde etwas unternehmen, um diesen Menschen zu helfen.

»Also, Lizzie, was ist los?« Ginny lächelte ihrer Freundin aufmunternd über den Tisch des Restaurant hinweg zu. »Das hat sich ja neulich gar nicht nach dir angehört.«

»Ich weiß.« Liz lächelte wehmütig. »Es ist nur, daß mich jeder für perfekt hält, dabei habe ich in Wahrheit solche Mühe, mein Leben in den Griff zu bekommen. Ich wollte ja immer Erfolg haben – jetzt habe ich ihn und bin gar nicht richtig glücklich. Hört sich echt verrückt an, aber es scheint mir nicht möglich zu sein, das alles auf die Reihe zu kriegen und noch Platz für mich selbst zu haben. Die Arbeit, die Kinder, der Haushalt, meine Freunde – ich bin ständig erschöpft. Manchmal habe ich das Gefühl, daß mein Leben irgendwie nicht richtig ist.«

»Kann dir denn David nicht helfen, wenn du so viel um die Ohren hast?«

»Ja, schon. Er hilft mir ja auch, aber er ist ein *Mann*, Ginny, und du weißt doch, wie Männer sind! Einmal in fünf Jahren fahren sie in den Supermarkt, und schon sagen sie: ›Aber ich gehe doch dauernd einkaufen!‹«

Ginny gluckste. »Ich weiß, was du meinst. Und wenn du das alles ein bißchen zurückschraubst?«

»Ich weiß nicht. Ich versuch's ja ständig, aber es ist so viel zu tun. Und irgendwie hat man das Gefühl, daß man in seinem Job nicht nur genauso gut sein muß wie ein Mann, sondern besser.«

»Ich weiß nicht, woher du diese Energie nimmst.«

»Ich auch nicht. Manchmal stelle ich mir vor, wie es wäre, wenn ich mich einfach in mein kleines Häuschen verkriechen würde, und dann sollen sie doch alle zusehen, wie sie ohne mich klarkommen.«

»Das würdest du nie im Leben tun. Du bist es doch gewöhnt, im Mittelpunkt zu stehen. Du würdest glatt umkommen vor Langeweile.«

»Meinst du? Glaubst du, das würde ich wirklich?« Für einen Moment wirkte Liz sehr ernst. »Schätze, du hast recht.«

Mel ließ das Band ihres Anrufbeantworters zurückspulen und hörte es ein weiteres Mal ab. Sie wußte, daß das völlig sinnlos war und keine Nachricht von Garth drauf war, aber irgendwie brauchte sie diese weiteren zwei Minuten fruchtlosen Hoffens. Vielleicht war ja doch ganz am Ende etwas drauf, und sie hatte es beim erstenmal nur überhört.

Nichts. *Gar nichts.* Dabei war jetzt schon eine Woche vergangen seit ihrer gemeinsamen Nacht. Eine ganze Woche, in der sie bei jedem Pieps des Telefons gesprungen war, sich jeden Morgen die Haare gewaschen hatte, für den Fall, daß er sich im Büro blicken ließ. Und sie war nicht ein einziges Mal mit ihrem Make-up zu Bett gegangen, sondern hatte sich jeden Morgen aufs neue frisch geschminkt. Doch das Telefon blieb stumm, und sie hatte das sonderbare Gefühl, daß er, sollte er tatsächlich bei *Femina* vorbeigeschaut haben, den Zeitpunkt absichtlich so gewählt hatte, daß sie ihm nicht über den Weg laufen konnte.

Dieser Druck brachte sie um. Wenn er nicht bis morgen anrief, würde sie die Janet-Reger-Schlüpfer, die sie extra gekauft hatte, in tausend Stücke zerfetzen und ihm per Post schicken.

Männer und Frauen verstehen sich ja *so* gut, dachte sie grimmig, ich betrachte das als Beginn von dreißig glücklichen gemeinsamen Jahren, und für ihn ist es eine One Night Stand.

Es war ja nicht so, daß er vielleicht ihre Nummer nicht mehr hatte – nicht mal das blieb ihr als Trost für ihren verletzten Stolz. Er schrieb schließlich für *Femina*, verdammt noch mal! Und außerdem hatte sie ihm ihre Nummer auf Band hinterlassen. Zweimal. Das war, im nachhinein betrachtet, vielleicht keine so gute Idee gewesen. Andererseits beschloß Mel – mit ihrem Optimismus, der auf dem Wissen gründete, daß auf jeden zur Verfügung stehenden Mann zehn sich gern zur Verfügung stellende Frauen kamen –, im Zweifel für den Angeklagten zu sein und anzunehmen, daß er gar nicht im Lande war. Unwiderstehlich zog es sie zum Telefon.

Vielleicht sollte sie ihm noch eine klitzekleine, wirklich kurze Nachricht hinterlassen, nur um ganz sicherzugehen.

Nach dreimaligem Läuten sprang der Anrufbeantworter an.
»Hi«, sagte Garths Stimme. »Hier spricht Garth. Ich bin im Moment leider nicht zu Hause. Bitte hinterlassen Sie eine Nachricht nach dem Pfeifton.«

Mel überlegte eine Sekunde. Irgendwas Nettes und Subtiles. Auf keinen Fall zu dick auftragen...

»Hi, Garth, hier spricht Mel. Es ist jetzt sieben Uhr, und *ich bin* zu Hause. Also, wenn du Lust hast, vorbeizuschauen und mich zu schänden, tu dir keinen Zwang an. Byeeeee.«

»Diese Serie über Obdachlose, Liz« – Conrad stieß mit seinem Stift gegen das Script, als sei es etwas Ekliges, das eine Katze von draußen reingeschleppt und auf dem Tisch im Vorstandszimmer abgelegt hatte – »scheint mir extrem langweilig zu sein und sehr, sehr kostenaufwendig.«

Okay, dachte Liz, auf geht's. Zwei Monate hatte sie jetzt diesen Job, und jede Woche geriet sie sich mit Conrad in die Haare, wenn es um seine Zustimmung zu etwas Anspruchsvollerem als noch einer Gameshow oder irgendeinem Unterhaltungsspektakel ging. Allmählich gelangte sie zu der Überzeugung, daß Britt recht gehabt hatte: Er wollte sie nur als Aushängeschild haben; und jetzt, da Metro auf Sendung war und der Laden lief, fing er an, sie schlicht und einfach für eine Nervensäge zu halten.

Ihr war von Anfang an bewußt gewesen, daß es nicht leicht werden würde, diese Serie durchzuboxen. Dabei war es gar nicht so, daß sie ständig versuchte, einem unwilligen Publikum ernste Programme aufzudrücken. Einige ihrer Projekte hatten sich als spektakuläre Erfolge entpuppt, und Metros Einschaltquoten waren hoch genug, um selbst den skeptischsten Werbekunden zum Strahlen zu bringen.

Doch bei diesem Projekt war sie felsenfest entschlossen, es auch zu realisieren.

Seit sie an jenem Abend mit eigenen Augen Cardboard City gesehen hatte, wußte sie, daß Metro etwas gegen diesen Skandal tun mußte, und das hieß, im eigenen Haus damit anzufangen. Aber sie mußte Conrad ebenfalls davon überzeugen. Und nicht nur um der armen Menschen willen, die sie an jenem Abend gesehen hatte, sondern auch um ihrer selbst willen. Sie *mußte* eine Entscheidung zu ihren Gunsten erzwingen. Und dafür sorgen, daß alle ihren Sieg mitbekamen. Sie schaute auf die fünf Ressortleiter, die um den Tisch versammelt saßen. Wie der Rest der Belegschaft auch, wollten sie wissen, wer das Ruder führte. Sie oder Conrad. Und sie wollten es bald wissen.

»Ach, kommen Sie, Conrad.« Liz entschied sich, es zunächst auf die charmante Tour zu versuchen. »Wir bringen doch schon so viele Gameshows, daß sich unsere Werbekunden wie im Paradies vorkommen. Wir dürfen dabei aber unser Image als verantwortungsbewußter Sender nicht vergessen. Haben Sie sich denn mal angeschaut, wie es dort unten aussieht?« Die Erinnerung an dieses mitleiderregende Bett verfolgte sie seit Tagen. »Zigtausende Menschen sind gezwungen, auf der Straße zu leben. Junge Menschen, nicht irgendwelches Gesindel, sondern Menschen, die einfach Pech gehabt haben. Sie leben in Pappkartons! Und ich rede nicht von Saõ Paolo oder Mexiko City, sondern von Westminster! Eine Meile vom verdammten Parlament entfernt.«

»Und *Sie* haben sich diese armen Verlierer selber angeschaut, ja?«

Liz erkannte nicht, in welche Falle sie gerade lief. »Ja. Ich war bei der Waterloo, um eine Freundin abzuholen, und ich konnte nicht glauben, was ich da gesehen habe. Es war wie in der Dritten Welt.«

»Aha. So ist es also. Unsere frischgebackene Programm-Chefin springt mal eben aus ihrem Jaguar mit Chauffeur...« Er machte eine Pause, als ein nervöses Kichern ertönte.

Du Bastard! dachte Liz wütend. Ich wollte überhaupt keinen bescheuerten Jaguar!

»...und dann stolpert sie mitten hinein in die Hölle für fünf schmerzliche Minuten, ehe sie dann weiterfährt ins Savoy oder nach Covent Garden, und jetzt will sie wie Lady Bountiful die ganze Welt wissen lassen, welches Leid sie erfahren hat. Tja,

Sie kommen ein bißchen spät damit, meine Liebe. Die Welt weiß nämlich längst von Cardboard City, und es kümmert sie einen Scheißdreck. Jedes Jahr pünktlich zu Weihnachten taucht es in den Nachrichten auf. Sind Sie vielleicht zu sehr damit beschäftigt, Baby zu baden, um die Nachrichten zu verfolgen? Damit kriegen Sie keinen mehr hinter dem Ofen vor. Ein uralter Hut. Gegessen. Und Sie wollen, daß ich Hunderttausende von Pfund für eine Serie verplempere, für die sich kein Mensch interessiert.«

Conrads bevormundender Ton erweckte in ihr den Wunsch, ihm einen Tritt zu verpassen. »Es sollte sie aber interessieren. Weil es nämlich sehr wichtig ist. Und die Menschen würden sich auch dafür interessieren, so wie *wir* es aufbereiten würden«, konterte Liz zornig. Wie konnte er es wagen, darauf anzuspielen, daß ihre Pflichten als Mutter sie zu sehr von ihrem Job ablenken könnten? »Wir würden es ihnen praktisch live in die Wohnzimmer bringen.«

»Und wie das, bitte schön?«

»In dem wir einen von unseren Reportern hinschicken, der mit den anderen dort lebt, ebenfalls ohne einen Penny in der Tasche. Das filmen wir dann mit einer versteckten Kamera. Er könnte uns berichten, wie es ist, ganz unten zu sein, und gleichzeitig erhalten wir einige Einblicke, die selbst Sie bewegen würden, Conrad.«

»Mein liebes Mädchen«, erwiderte Conrad seidenweich, »Sie sollten in die Politik gehen und nicht beim Fernsehen arbeiten.«

Es hatte keinen Sinn. Sie sah ihm an, daß er sich bereits entschieden hatte. Unmöglich, ihn noch umzustimmen, ganz gleich, was sie auch vorbringen mochte. Es wurde gemunkelt, daß er auf einen Ritterschlag spekulierte. Und das würde er sich für alle Zeit abschminken können, wenn er die Regierung in Verlegenheit brachte, indem er das Elend auf der eigenen Türschwelle zeigte.

»Nach eingehender Überlegung, was dieses Thema betrifft, denke ich« – er grinste wölfisch –, »daß es eine Scheißidee ist.«

Conrad schob mit dem Stift das Script beiseite, als würde es den ekelerregenden Gestank von Armut und Niederlage verbreiten. »Und deshalb werden wir das Ganze vergessen. Ich habe entschieden, das Geld einem anderen Ressort zukommen zu lassen.«

Er sah Claudia an und grinste. Liz hatte gehört, daß die beiden wieder zusammen waren. Ohne Zweifel war das hier eine abgekartete Sache, und wenn man beobachtete, welche Blicke sie austauschten, wußte man auch, wo sie den Plan ausgeheckt hatten.

Liz spürte, daß alle Augen auf sie gerichtet waren. Jeder hier im Raum wußte ebensogut wie sie selbst, daß dies eine Herausforderung an ihre Autorität war. Sie mußte jetzt handeln und ihn irgendwie dazu bringen, doch noch klein beizugeben, oder ihre Glaubwürdigkeit war endgültig im Eimer. Bis Mittag wäre ihre Niederlage im ganzen Haus Gesprächsthema Nummer eins. Dann könnte sie ebenso gut gleich ihren Schreibtisch räumen und gehen.

»Das ist aber schade, Conrad«, sagte sie ganz ruhig.

»O ja, Liz. Und warum?«

»Weil ich gestern abend bei einer Presseveranstaltung zufällig Ben Morgan von der IIC begegnet bin.« Sie lächelte in die versammelte Runde. »Wie Sie sicher alle wissen, ist Ben Morgan derjenige, der Metro die Lizenz erteilt hat. Und er ist auch derjenige, der darauf zu achten hat, ob wir unsere Auflagen erfüllen.« Sie wandte sich wieder Conrad zu. »Er sprach mit den Medienkorrespondenten des *Guardian* und der *Sunday Times*. Sie wollten von ihm wissen, wie er denn sicherzustellen gedenke, daß Metro das Versprechen auf anspruchsvolle Programme auch einhält. Ben meinte, er würde uns genaustens im Auge behalten, und fragte mich, was wir in Planung hätten.«

Liz nahm einen Schluck von ihrem Kaffee. Der war zwar längst kalt, aber sie wollte Conrad warten lassen.

»Und was haben Sie ihm darauf geantwortet?« Conrad versuchte, seine Verärgerung zu verbergen.

»Daß wir gerade eine hübsche Stange Geld in eine Dokumentations-Serie über Obdachlose stecken. Er war sehr angetan. Das ist nämlich ein Thema, an dem ihm äußerst gelegen ist.« Sie stellte ihre Tasse ab und sah Conrad direkt an. »Sein Sohn ist mit sechzehn von zu Hause ausgerissen, wurde heroinabhängig und landete in Cardboard City. Ich schätze, das gibt einem eine persönliche Sicht auf diese Dinge. Er kann es kaum erwarten, daß die Sendung ausgestrahlt wird.«

Liz versuchte, die zuckenden Gesichter ringsum zu übersehen. Conrad stand auf und verließ den Raum – Claudia im Schlepptau. Kaum war die Tür hinter den beiden ins Schloß gefallen, ertönte Applaus rund um den Tisch. Liz lächelte. Die erste Runde war an sie gegangen. Aber es war ein gefährliches Spiel, das sie spielte. Sie *hatte* Ben Morgan gestern abend zwar getroffen, aber er war viel zu beschäftigt gewesen, um über konkrete Programmideen zu reden. Und soweit sie wußte, war sein Sohn gesund und munter, lebte im reichen Villenvorort Surrey und wurde nach Strich und Faden von seinen Eltern verwöhnt.

Bin ich wirklich wie Mrs. Tiggy-Winkle? Ein bemitleidenswertes kleines Wesen, das versucht, ein Nest fernab der Realität zu bauen? Ginny hob ein kleines Bett auf und stellte es zurück in Amys Puppenhaus. Amy nahm immer sämtliche Möbel aus den kleinen Zimmerchen und türmte sie im Wohnzimmer auf.

Im Haus war es nervtötend still. Ben war in der Schule, und Amy hielt ihren Mittagsschlaf. Wenn ein Kind schlief, war die Stille so intensiv, daß es fast unheimlich war. Sie nahm an, es lag daran, daß man dann auf das kleinste Geräusch achtete.

Britts spitze Bemerkung ging ihr einfach nicht aus dem Kopf. Aber vielleicht hatte Britt ja recht. Vielleicht brauchte sie noch etwas anderes in ihrem Leben. Aber was? Irgendeine Halbtags-Geschichte? Auf keinen Fall sollte es ihr so wie Liz ergehen, die in derart viele Richtungen gerissen wurde, daß ihr keine Zeit blieb, auch nur irgend etwas zu genießen. Ginny fand wieder zu der ihr eigenen Gelassenheit zurück. Sie überlegte, welche Möglichkeiten ihr blieben. Dann fiel ihr das andere ein, was ihr

Sorgen gemacht hatte. Der Blick zwischen David und Britt. Wahrscheinlich hatte das nichts zu bedeuten. Ginny wußte selbst, daß sie nicht sonderlich versiert in den Gepflogenheiten der eleganten und schicken Welt war. Trotzdem bekam sie eine Gänsehaut. Vielleicht war ihre kleine Welt doch gar nicht mal so schlecht.

Conrad saß Liz gegenüber in diesem Michelin-besternten Restaurant, das er mit so großer Sorgfalt ausgesucht hatte, und bedachte sie mit einem breiten Grinsen. Das Meeting mit Panther Running Shoes war glänzend gelaufen. Da konnte er ihr glatt die gestrige Sache mit Ben Morgan verzeihen.

Alles war haargenau so über die Bühne gegangen, wie er es geplant hatte, von dem Moment an, als der von Panther geschickte Helikopter sie beide abgeholt und nach Swindon zum Hauptsitz der Firma geflogen hatte, wo sie den Vormittag damit zugebracht hatten, den größten Sponsorship-Deal in der Geschichte des britischen Fernsehens unter Dach und Fach zu bringen.

Zu Conrads großer Freude hatte Panther zugestimmt, drei Millionen Pfund für das Privileg zu berappen, exklusiv Metros neues Sportquiz zu sponsern. Und da Conrad ihre Produktionskosten ein bißchen aufgepäppelt hatte, würde Metro einen kräftigen Profit machen – und selbstverständlich er persönlich auch, vorausgesetzt, er ging sehr diskret vor. Gebrauchen konnte er das zweifellos gut. Einige seiner anderen Konzerne machten gerade eine kleine Durststrecke durch. Natürlich war das nur eine zeitlich begrenzte Maßnahme. Ein kleines Darlehen gewissermaßen, bis die Dinge wieder besser liefen.

Er betrachtete Liz und grinste. Nach der Geschichte mit Cardboard City war er nervös gewesen und hatte befürchtet, sie könnte jetzt die Jungfrau markieren, die ihre Unschuld verteidigte, und den ganzen Deal noch vermasseln. Doch stattdessen hatte sie sich hervorragend geschlagen. Tony Adams, Geschäftsführer von Panther, hatte ihr aus der Hand gefressen. Sie hatte ihn sogar davon abgebracht, alle zehn Sekunden nach einer Ermäßigung zu fragen. Natürlich kannte sie die wahren Produktionskosten nicht, und es gab auch keinen Grund, sie ihr je zu verraten.

Einen Moment musterte er Liz, während sie ihre Bestellung aufgab und höflich Tony Adams Anekdoten lauschte. Nicht zu übersehen, daß dieser Mann auf sie flog. Aber ein kleines sexuelles Knistern hat großen Geschäftsabschlüssen noch nie geschadet. Und er mußte zugeben, daß sie wirklich eine sehr attraktive Frau war, wenn sie sich Mühe gab.

Na gut, er hatte sie als Aushängeschild benutzt, während er den Sender ganz allein zu leiten gedachte, und in letzter Zeit hatte sie sich so eigensinnig aufgeführt, daß er sich schon gefragt hatte, ob es nicht klüger wäre, ihr eine Abfindung zu zahlen. Aber jetzt war er nicht mehr ganz so sicher. Eigentlich paßte sie gar nicht mal so schlecht in seine Rechnung. Er hatte Grips, was die Finanzen betraf, und die Fähigkeit, ein komplettes Arschloch zu sein, während sie die Integrität besaß, um das alles etwas abzumildern. Und die Belegschaft betete sie an. Selbst dieser Mutter- und Karriere-Mist brachte ihnen eine Menge Interesse in der Öffentlichkeit ein.

Keine üble Kombination, dachte er und schenkte ihr Glas nach. Gar nicht mal so übel. Er sah sich um, in dieser fast obszönen Opulenz des Restaurants mit den vergoldeten Stuckdecken, und beugte sich zu Liz.

»Das mag jetzt nicht der passende Ort sein, aber ich möchte Ihnen sagen, daß ich mich entschieden habe, grünes Licht für die Serie über die Obdachlosen zu geben. Sie kriegen dreihunderttausend als Budget.«

Liz konnte es nicht glauben. Das waren fünfzigtausend mehr, als sie veranschlagt hatte! Sie versuchte, es ganz cool aufzunehmen, aber sie konnte sich ein Grinsen nicht verkneifen. Sie hatte gewonnen!

In ihrer Aufregung hatte sie gar nicht bemerkt, wie der Oberkellner besorgt zu ihr herüberschaute und das Garderoben-Mädchen anwies, Liz' Mantel zu holen.

»Mrs. Ward…« Er stand an ihrem Tisch, offensichtlich alles andere als erfreut über seine Pflicht. »Ihr Pilot möchte, daß Sie zum Helikopter kommen. Da ist ein dringender Anruf für Sie aus London.«

Liz sprang auf und folgte ihm. An der Art und Weise, wie er sich zusammenriß, damit seine Miene keinerlei Regung verriet, konnte sie erkennen, daß es sich um etwas Ernstes handeln mußte.

10

»Schwester, können Sie mir sagen, wo ich meinen Sohn finde?« Liz gab sich alle Mühe, die Panik in Schach zu halten. Ein hysterischer Anfall würde Jamie nicht helfen. »Er wurde heute morgen von einem Wagen angefahren.«

Unbewußt schaute die Krankenschwester auf die Uhr. Fünf Uhr nachmittags. Mrs. Ward hatte sich offensichtlich Zeit gelassen. Aber sie hatte schon so ziemlich alles miterlebt in diesem Krankenhaus: Mütter, die ihre Babys aussetzten oder sich weigerten, sie zu stillen, Rabenmütter kranker Kinder, die es vorzogen, sich die Zeit mit Drinks zu vertreiben, als sie mit Besuchen zu vergeuden. Doch das war selbst für sie neu. Die Geschäftsfrau, deren Terminkalender zu voll war, um ihren verunglückten Sohn noch unterzubringen. Sie schaute auf Liz' teures Kostüm, ihren Kaschmir-Mantel und das handgearbeitete Ledertäschchen und beschloß, daß sie da doch die abgerissenen Mütter bevorzugte, die ihre Besuchszeit in Pubs verbrachten. Wenigstens hatten die eine Entschuldigung.

Liz sah der Schwester die Mißbilligung auf dem Gesicht an, als sie ihre Liste checkte, und verspürte den Wunsch, ihr eine zu kleben. Was nahm diese Frau sich raus? Verstand sie denn nicht, daß Liz innerlich tausend Tode starb? Daß sie seit diesem Anruf vor zwei Stunden von ihrer hysterischen Sekretärin, die ihr den ganzen Vormittag über vergeblich nachgejagt war,

Himmel und Hölle in Bewegung gesetzt hatte, um jetzt hier zu sein?

»Kinderstation, dritter Stock.« Die Schwester wandte sich dem nächsten Besucher zu.

»Wie geht es ihm?«

Die Krankenschwester schaute erneut ostentativ auf ihre Uhr. »Keine Ahnung, meine Werteste. Da müssen Sie schon die Stationsschwester fragen.«

Zu sehr außer sich, um auf den Fahrstuhl zu warten, lief Liz die Treppen hinauf und fand sich vor einem Schilderwald mit nicht zu entziffernden Zeichen wieder. MB1. MB3. John Hazelbury Station. Nirgendwo stand etwas von einer Kinderstation, und niemand war da, den sie hätte fragen können. Sie hastete den schier endlosen Korridor hinunter, vorbei an hoch aufgestapelten Pappkartons mit Einweg-Nierenschalen und Kathetern, und kämpfte gegen ihre Tränen der Verzweiflung an. Doch dann plötzlich hatte sie ihr Ziel erreicht.

»Jamie Ward, bitte«, japste sie völlig außer Atem. Die Schwesternschülerin am Eingangstresen deutete zum hinteren Ende des Raumes.

»Wie geht es ihm?« Die junge Schwester wirkte durcheinander und erklärte, daß sie selbst gerade erst gekommen sei.

Sie wollen es mir nicht sagen, dachte Liz und suchte besorgt die Betten nach Jamies Gesicht ab. Sie hielt den Atem beim Anblick einer kleinen von Kopf bis Fuß bandagierten Gestalt an, aber nein, es war Gott sei Dank nicht Jamie. Dann entdeckte sie seinen Namen über dem Bett. Das Herz blieb ihr stehen, und sie verspürte eine Eiseskälte. Es war leer. ›O mein Gott, o mein Gott, o Gott. *Bitte* mach, daß er nicht... ich tue auch alles. Ich werde ihn nie wieder allein lassen...‹

»Mummmmmmiiiiiiiii!« Ein kleiner Tornado mit Schürfwunden auf dem ganzen Kopf fegte auf sie zu. Jamie hatte einen Lastwagen aus Legosteinen in der Hand. »Schau mal, was Daddy und ich gebaut haben!«

Liz wirbelte herum und schloß ihn so fest in die Arme, daß er keine Luft mehr bekam.

»Au, Mum, du tust mir weh!« beklagte sich Jamie.

»Hallo, Fremde. Viel zu tun gehabt im Büro?« Liz sagte sich, daß es wahrscheinlich die große Erleichterung war, die David derart taktlos sein ließ, aber sie hätte ihn trotzdem am liebsten umgebracht dafür. »Mit dem jungen Mann hier ist alles in Ordnung, bis auf eine dicke Beule am Kopf. Vielleicht ist ihm das eine Lehre, besser auf die Autos aufzupassen, ehe er losrennt. Der Arzt meinte, er hätte großes Glück gehabt.«

»Warum, um Gottes willen, hat mir denn niemand gesagt, daß er nicht schlimm verletzt ist?« Liz versuchte, den sich windenden Jamie festzuhalten. Ihre Besorgnis wandelte sich zu Wut.

»Weil niemand wußte, wo du steckst. Eure kleine Gipfelkonferenz war ja so geheim, daß der Boß von Panther nicht mal seiner Sekretärin gesagt hat, wo sie stattfindet.«

Plötzlich war all ihr Ärger verflogen, und sie küßte Jamie unter Tränen.

»Ich hatte da sein müssen. Ich hätte sie nicht Susie überlassen dürfen. Es sind *meine* Kinder.«

»Ach, jetzt hör aber auf, Liz. Das hätte bei dir genauso wie bei Susie passieren können.« David nahm Jamie aus ihren Armen und küßte ihn. »Tschüß, mein armes Unfallopfer. Daddy muß wieder los und die Zeitung ins Bett bringen. Mummy fährt mit dir nach Hause.« David wischte Liz die Tränen aus den Augen und gab ihr einen Kuß. »Hör um Himmels willen auf zu heulen. Es war nicht dein Fehler. Ich kenne dich doch. Fang bloß nicht an, das als Strafe Gottes für eine berufstätige Mutter zu sehen.«

Liz lächelte schwach. Er hatte ja recht. Sie durfte nicht albern sein. Wie er gesagt hatte, es hätte ebensogut passieren können, wenn sie dabeigewesen wäre. Und dennoch verstand er nicht wirklich, was sie am meisten schmerzte: daß sie nicht dagewesen und nicht zu erreichen war, als ihr Kind sie gebraucht hatte. Jamie hätte sterben können, während sie Hunderte von Meilen weit weg in einem Helikopter gesessen und Geschäfte ausgeheckt hatte.

»Tut mir leid, Conrad, aber ich *brauche* diesen freien Tag morgen. Ich muß Jamie für den Rest der Woche zu meiner Mutter bringen. Der Arzt hat gesagt, daß er jetzt vor allem Ruhe braucht.«

»Kann sich das verdammte Kindermädchen nicht um ihn kümmern? Ich dachte, dazu sind die da.«

»Das Kindermädchen bleibt in London und versorgt Daisy. Beide Kinder wären zuviel für meine Mutter.«

»Aber was ist mit dem Panther Deal? Morgen werden die Verträge unterschrieben.«

»Aber da ist doch alles geklärt. Und für die Unterschrift brauchen Sie mich ja wohl nicht. Nehmen Sie doch ein Page Three Girl mit. Panther würde eine Bikini-Mieze viel besser finden als mich.«

»Sie vertrauen Ihnen.«

»Sorry, Conrad, aber das ist wichtig.«

»Und der Panther Deal nicht?«

»Nicht so wichtig wie die Gesundheit meines Sohnes, nein.«

»Ich verstehe.«

»Ach, ja?«

Sie wußte, daß dies ein weiterer Makel auf ihrem recht rasch verschmutzenden Image als Karrierefrau war, aber zum Teufel damit! Nach dem Unfall hatte sie sich selbst das Versprechen gegeben, für Jamie dazusein, wenn er sie brauchte. Und morgen brauchte er sie.

Als sie durch die wunderschöne und friedliche Landschaft von East Sussex zum Haus ihrer Mutter fuhr, fühlte sie, wie die Schuldgefühle und die Anspannung abklangen. Sie hatte diesen Landstrich schon immer geliebt. Und nun, im Licht des späten Septembers, der die Blätter an den Bäumen vergoldete, erschien ihr Metro wie eine besonders fiebriges Phantasiegebilde.

Als sie in die Einfahrt von Five Gates Farm bog, verlangsamte sie das Tempo, um sich ihr altes Zuhause anzuschauen. Five Gates Farm war ein prachtvolles elisabethanisches Gutshaus mit jahrhundertalten rosafarbenen Ziegelsteinen.

Als Liz das friedliche Haus in seiner ruhigen Umgebung betrachtete, unverändert seit Hunderten von Jahren, fragte sie sich, warum sie je fortgegangen war. Es war ein glückliches Zuhause gewesen. Wenn sie heimkam, war ihre Mutter immer da und erwartete sie bereits auf dem unteren Treppenabsatz zur Terasse. Und wenn sie das Haus verließ, kam ihre Mutter auch jedesmal mit bis vor die Tür.

Liz sah ihre Mutter auf der Treppe stehen, so wie früher, so wie immer, und sie winkte und lächelte. Mit einem Mal fiel Liz wieder ein, weshalb sie diesen Frieden und die Schönheit hinter sich gelassen hatte. Es war ihr zu behaglich und geborgen geworden. Sie hatte sich damals nach einem lauten und aufregenden Leben und nach der Gefahr und dem Trubel der Großstadt gesehnt. Und nun hatte sich der Kreis geschlossen.

Ihre Mutter eilte die Stufen hinunter und auf den Wagen zu.

»Hallo, mein Liebling! Wie geht's Jamie? Und wie hat dein gräßlicher Chef die Neuigkeit aufgenommen, daß du heute schwänzt?« Ihre Mutter gab ihr einen Kuß und half ihr, Jamie aus dem Auto zu bugsieren.

»Er war fuchsteufelswild.«

»Arme Lizzy. Ich werde dir helfen, Jamie auf das Sofa zu legen. Dann haben wir noch ein bißchen Zeit und können die Bantams vor dem Tee füttern.«

Nachdem ihre Kinder das heimische Nest verlassen hatten, hatte Liz' Mutter mit der Zucht von Bantamhühnern begonnen. Neben Kuchenbacken für die Pfarrhaus-Feste und Stickereien für Wohltätigkeitsbasare füllte dies ihre Tage seit dem Tod ihres Mannes aus. Und zu Liz' Erstaunen wirkte sie vollkommen glücklich.

Liz gab Jamie einen Kuß und bettete ihn zärtlich auf das Sofa. Es schien ihm schon besser zu gehen, aber er war noch immer sehr blaß. Ein paar Tage hier würden ihm guttun. Ein kurzer Aufenthalt könnte *ihr* selbst auch nicht schaden, aber das stand völlig außer Frage.

Draußen im Stall sah Liz zu, wie ihre Mutter aus einem uralten Korb Futter verstreute und die prächtig gefiederten

Hühner herbeikamen; manche pickten ihr die Körner sogar aus der Hand. Ihre Mutter streichelte die Tiere und gurrte, sowie Liz es tat, wenn sie versuchte, Daisy in den Schlaf zu wiegen. Mit einemmal verspürte sie eine tiefe Traurigkeit, daß sie ihre Mutter so selten sah und daß es so viele Dinge in ihrem Leben gab, für die ihr keine Zeit blieb.

Ihre Mutter spürte ihre Stimmung und nahm ihren Arm, um sie zum Hennenhäuschen zu führen. »Komm, ich muß dir etwas wirklich Wundervolles zeigen.« Sie öffnete die obere Hälfte der hölzernen Tür und beugte sich über die untere Hälfte. Liz tat es ihr nach. Dort unten hockte auf einem Strohhaufen eine alte Henne.

»Die habe ich aus der Legebatterie eines benachbarten Hofes. Ich habe den Bauern gefragt, ob er nicht ein Huhn für mich hätte, das die Eier ausbrütet, wenn es die Legehenne selbst nicht tut.« Sie warf der Henne eine Handvoll Futter hin. »Als ich sie bekommen habe, konnte sie nicht mal selbst nach Futter scharren. Sie wußte nicht, wie das geht.« Stolz schwang in der Stimme ihrer Mutter. »Und sieh sie dir jetzt mal an!«

Liz schaute erneut zu der mitleiderregenden, schütteren Henne, die so lächerlich stolz auf ihren kurzen Moment geborgter Mutterschaft war. Und sie spürte Tränen in ihren Augen. Tränen für ihre eigene verlorengegangene Mutterschaft und für all die Dinge, die sie in ihrem Leben vermißte. Frieden. Geborgenheit. Zeit. Spontaneität.

Liz' Generation hatte immer ein wenig Mitleid mit ihren Müttern gehabt. Sie schienen zu einem öden Leben ohne echte Erfolge verurteilt zu sein – dazu, im Garten zu sitzen und Tee zu trinken, während die Männer das aufregende Leben der großen weiten Welt genießen konnten. Es hatte Liz so ungeheuer wütend gemacht, daß Frau so lebten – welch eine Vergeudung!

Aber wer hatte wirklich mehr vom Leben? Ihre Mutter, die sich aussuchen konnte, was sie mit ihrer Zeit anfing, und der Mittelpunkt dieser dörflichen Gemeinde war? Oder sie selbst: viel Macht und Einfluß mit ebensoviel Streß und Druck, ein

Spitzengehalt, aber nie genug Zeit, um dieses Vermögen auszugeben?

»Mum, wie denkst du über mein Leben?«

Ihre Mutter warf den Bantams noch etwas Futter zu. Diese Frage schien ihr unangenehm zu sein. »Willst du, daß ich ganz aufrichtig bin?«

»Natürlich«, antwortete Liz, ohne allerdings zu wissen, ob sie das auch wirklich wollte.

»Wenn du wirklich die Wahrheit hören willst – ich finde, du verschwendest dein Leben. Du hast großen Erfolg, und ich bin stolz auf dich. Aber du hast nie Zeit für die wirklich wichtigen Dinge. Du vergißt Geburtstage, meinen zum Beispiel letztes Jahr.« Liz schloß die Augen bei dieser Erinnerung. Sie war so beschäftigt gewesen, aber sie wußte, daß das keine Entschuldigung war. »Und du arbeitest ununterbrochen. Selbst am Wochenende bringst du dir noch Arbeit mit nach Hause. Du hast nicht mal Zeit für die Erziehung deiner Kinder. Ich weiß, daß es heutzutage so ist, aber dir entgeht so vieles dabei.« Eleonor ergriff Liz' Hand und lächelte reuevoll. »Und was das Schlimmste ist – du scheinst niemals *Spaß* zu haben.«

Liz hörte das Telefon im Hintergrund klingeln, und ihre Mutter ließ ihre Hand los, sicher erleichtert, einen Grund zu haben, ins Haus zu gehen.

All die Jahre, dachte Liz bitter, hat mir meine Mutter leid getan, und nun muß ich erfahren, daß ich ihr leid tue. Was machen wir Frauen nur falsch?

»Es war deine Sekretärin, Schatz. Ich soll dir ausrichten, daß es besser wäre, wenn du ins Büro kommst. Da ist irgendwas mit Conrad im Busch.«

Liz starrte auf das Budget für *Cardboard People* und grübelte, was genau Conrad im Schilde führte. Gestern, als sie in Sussex gewesen war und er freies Feld gehabt hatte, hatte er eine Kopie des Budgets angefordert, und zwei Stunden später hatte auch der Produktionsleiter um eine Ausfertigung gebeten.

Seit drei Monaten, solange sie diesen Job nun hatte, mußte

sie sich mit Conrad darum streiten, anspruchsvolle Projekte realisieren zu können, und er hatte gegen jeden einzelnen ihrer Vorschläge sein Veto eingelegt, mit Ausnahme dieses einen. Es war ihr erster und einziger Sieg gewesen. Wenn sie den auch noch verlor, hatte sie alles verloren.

Als das Telefon auf ihrem riesigen mattschwarzen Schreibtisch summte, war sie so sehr in Gedanken versunken, daß sie zusammenzuckte. Es war ihre Sekretärin, die sie daran erinnerte, daß sie zum Lunch mit Britt verabredet war.

Zum erstenmal hatte Liz das Gefühl, sie lieber nicht sehen zu wollen. Britt war nur auf etwas aus. Sie wollte in die TV-Produktion einsteigen und hoffte, daß die ›Alte-Freundinnen-Schiene‹ ihr dabei von Nutzen sein könnte.

Liz betrachtete das kühle, ruhige Gründekor im L'Escargot. Hier zu sein, brachte Liz jedesmal die gute Laune zurück, und sie kam sooft es ging ins L'Escargot – besonders, wenn sie eingeladen war.

Heute würde Britt zahlen, und als Liz ihrem langen Sermon lauschte, erkannte sie endgültig, daß es so etwas wie einen kostenlosen Lunch nicht gab.

»Wir haben da diese großartige – echt *großartige* Idee für eine Gameshow«, ereiferte sich Britt. »Ich weiß, daß du sofort zuschlagen wirst, ehe man bei der BBC Wind davon kriegt.« Zu Liz' Bestürzung ließ Britt ihr vortrefflich zubereitetes Hauptgericht, das sie gerade bestellt hatte, kalt werden, während sie redete wie ein Wasserfall. »Das ist das Beste, was mir seit Jahren untergekommen ist... richtig nett, für die ganze Familie, aber auch lustig und wild und –«

»Britt«, unterbrach Liz sie verlegen. Britt benahm sich ja wie eine Vertreterin, die das Schielen kriegt, weil ihr nur noch ein Abschluß zur großen Urlaubsprämie fehlt. »Ich bin's, Liz, eine deiner ältesten Freundinnen. Vergiß doch mal das ganze Geklapper und erklär mir klipp und klar, worum es geht.«

»Fein.« Britt war eingeschnappt und nahm eine halbe Gabel von ihrem Essen. »Das Ganze trägt den Titel *Du glaubst, Du hättest ein Problem*. Drei Kandidaten werden aus dem Publikum herausgepickt. Na ja, jeder im Publikum hat irgendwelche persönlichen Probleme, und diese Probleme erzählen sie einer Prominentenrunde, die ihnen dann Ratschläge gibt. Der Rest des Publikums stimmt darüber ab, welchen davon sie befolgen sollen. Natürlich soll das auf der lustigen Schiene laufen, mit viel Humor und Gelächter und so. Nicht zu heavy. Die Prominenten sind keine Experten, sondern Komiker, Schauspieler, so was in der Art.«

»Also noch eine von diesen ›Selbsterniedrigungs-und-Hinrichtungsspektakel-mit-wahrem-Schicksal‹-Shows, stimmt's?«

»Wieso?«

»Weil es letztes Jahr ganz groß angesagt war, die Persönlichkeiten von Leuten vor Millionen Menschen auseinanderzunehmen und sie wie komplette Idioten dastehen zu lassen. Aber das ist längst passé.«

»Ach. Na ja, wir haben noch andere Ideen.«

»Deine Taglierini Quatro Formaggi mit Wildtrüffeln werden kalt, Britt.«

Britt bedachte sie mit einem vorwurfsvollem Blick und spielte mit ihrer Gabel. »Du willst meine Ideen gar nicht hören, was?«

Geschickt wechselte Liz das Thema. »Morgen abend gibt Metro eine große Party. Da könntest du jede Menge nützlicher Kontakte knüpfen.« Und wie ich dich kenne, dachte Liz bei sich, wirst du dir den nützlichsten von allen raussuchen und mit nach Hause nehmen. »Warum schaust du nicht einfach vorbei?«

»Okay.« Britt lebte auf. »Hört sich vielversprechend an.«

Im Taxi blätterte Liz den Ordner mit Vorschlägen, den Britt ihr überreicht hatte, durch. Ihrer Meinung nach war alles davon langweilig und phantasielos, aber dann fiel ihr wieder ein, daß sie Britt nur wegen ihrer Freundschaft versprochen hatte, den Ordner an Conrad weiterzureichen, damit der sich eine Meinung dazu bilden konnte. Sie hoffte nur, daß ihr das nicht noch mal leid tun würde.

»Ach komm, Bert! Meine Güte, es muß doch was für den Aufmacher geben, das ein bißchen mehr Sex versprüht als ausgerechnet Yuppie-Bettler?!« David wandte sich wütend an den Nachrichtenredakteur. »Yuppie-Bettler sind schon seit Tagen auf der Titelseite der *Sun*. Wo ist *unsere* Story? Die, die kein anderes Blatt hat? Scheiße, wir sind eine Tageszeitung und nicht das beschissene *Readers Digest*!«

David schaute in die ernsten Mienen von Reportern und Redakteuren und war drauf und dran, die Beherrschung zu verlieren. Ihre Idee für die Titelstory war schlicht Mist. Keiner von ihnen erkannte eine gute Story der guten alten Art, nicht mal, wenn sie sie in den Arsch biß. Das Problem war, daß die meisten von ihnen direkt von der Universität oder Journalistenschule zur *Daily News* gekommen waren, vielleicht hatten sie gerade mal ein paar Monate bei einem Lokalblatt reingeschnuppert, ehe sich sich dann für zu einzigartig für die Provinz gehalten und sich um einen Job bei einem der großen überregionalen Blätter beworben hatten.

Nicht ein einziger von ihnen, dachte David ärgerlich, hatte je nach einer Story *suchen* und sie mühevoll wie ein Puzzle aus Gerüchten, Interviews und knochenharter Plackerei zusammenbasteln müssen. Sie würden niemals wissen, wie es ist, bei klirrender Kälte in irgendeinem gottverlassenen Kaff von Tür zu Tür zu rennen, um ein paar Brocken unerläßlicher Informationen zu kriegen. Sie waren noch nie gezwungen gewesen, eine nichtsahnende Frau mit der Nachricht zu konfrontieren, daß ihr Mann gerade auf der M25 ums Leben gekommen war, oder einen homosexuellen Stadtrat vor Frau und Kindern bloßzustellen.

Nicht, daß David es genossen hätte, so etwas zu tun, oder es je genießen würde, aber es machte einen zäh. Es erinnerte einen daran, daß der Journalismus von der Straße kam. Das hatte eben nichts mit Presseinformationen der Regierung oder von sonst wem zu tun; man mußte danach buddeln und den Rücken krumm machen, und manchmal, wenn auch nur sehr selten, stieß man dabei auf etwas wie Watergate. »Brian hat eine gute

Story über ein Großmütterchen, die einen Vergewaltiger mit der Hutnadel aufgespießt hat«, schlug Bert nervös vor.

»Das ist keine gute Story«, giftete David zurück. »Das ist eine *großartige* Story. Alles drin und dran, wonach wir suchen. Mut. Humor. Sex. Ich kenne die Geschichte. Hab' sie gestern im *Star* gelesen.«

Bert suchte unbehaglich nach einer Idee.

»Ich sitze da gerade an einer Sache, die es bringen könnte.«

David wirbelte herum, um zu sehen, von wem dieser Satz kam. Es war eine junge, noch neue Reporterin, die erst vor kurzem vom *Northern Echo* gekommen war. David glaubte sich daran zu erinnern, daß ihr Name Susan war. Nein, irgendwas Lustiges. Suzan. Genau. Vielleicht brachten ja die beim *Echo* ihre Schreiber dazu, hin und wieder mal nach draußen zu gehen.

»Okay. Schießen Sie los.«

»Geht um Korruption bei der Polizei. Ich habe einen Tip bekommen, daß ein Officer im Dezernat für Schwerverbrechen Leute fit macht. Scheint zu stimmen. Ich glaube, ich bin ziemlich dicht dran, es zu knacken.«

Zum erstenmal an diesem Tag wirkte David interessiert. Und ihm wurde klar, warum er sich an Suzan erinnerte. Nicht wegen ihres lustigen Namens. Sondern weil sie atemberaubend war. Er versuchte, nicht so sehr auf ihr blendendes Aussehen zu achten, sondern sich auf das zu konzentrieren, was sie sagte, und vermied daher sicherheitshalber jeden Blick auf ihre langen Beine, die sie alles andere als zu verstecken versuchte in ihrem schwarzen Mini. »Wie dicht?«

»Nicht dicht genug, David«, mischte sich Bert ein. »Tut mit leid, Suzan. Es ist eine gute Story, aber sie ist noch nicht komplett. Wenn wir die jetzt bringen, vermasseln wir die ganze Sache. Es braucht noch Zeit.«

Suzan wirkte enttäuscht. David lächelte ihr zu; er erkannte in ihrem Hunger ein Echo seiner selbst vor fünfzehn Jahren und wollte nicht das einzige Zeichen von Eigeninitiative an diesem Vormittag auch noch entmutigen.

»Also haben wir nicht eine einzige brauchbare Story an der Hand?«

David sah sich einer Wand des Schweigens gegenüber, als ein Dutzend oder auch mehr Journalisten auf ihren Stühlen erstarrte und ein jeder wünschte, einen echten Reißer im Ärmel zu haben, um Davids Lob einzuheimsen.

»Da wäre eventuell noch was...«

Davin konnte nicht verstehen, weshalb Bert so zögerlich damit rausrückte. »Und? Was?«

»Das hier. Norman hat sie heute morgen angebracht.« Er zog eine Serie Schwarzweißfotos aus einer Mappe. Es waren nicht gestellte Aufnahmen eines abgemagerten Mannes auf dem Krankenbett. Als Davis sie nahm, erkannte er, das es Fotos von Jim Johnson waren, bis vor kurzem noch Englands Topkomiker, der einzige, der ein ausverkauftes Haus brachte, ganz gleich wo und wann.

»Jim Johnson liegt im Sterben. Man sagt, daß er Aids hat.«

Bert wirkte verlegen. »Sieht ganz so aus.«

»Wo um alles in der Welt, hat Norman die Fotos her?«

»Von einem Freelancer.«

»Und warum hat er sie nicht an die *World* verhökert? Die *World* zahlt doppelt soviel wie wir. Ich werde dir sagen, warum. Weil nicht mal die beschissene *World* so tief sinken würde. Mein Gott, Bert, das kommt doch niemals in Frage.«

Bert war erleichtert. »Okay, okay. Ich dachte nur, ich sollte es erwähnen.«

»Richtig. Du hast es erwähnt. Sie können sich alle wieder an die Arbeit machen. Bleibt nur zu hoffen, daß die Regierung bis zum Nachmittag noch irgendeinen Krieg erklärt. Komm in einer Stunde in mein Büro, okay? Dann gehen wir noch mal durch, was wir haben. Ach, und Bert, sieh doch bitte zu, daß dann was *Brauchbares* auf dem Tisch liegt.«

David wanderte in seinem Büro auf und ab und verpaßte dem Papierkorb einen so derben Tritt, daß der Inhalt sich im ganzen Zimmer verteilte. Dann streifte er sein Jackett ab, setzte sich hinter den Schreibtisch, knipste den Bildschirm an und ging das Angebot der Nachrichtenagenturen durch. Er mußte eben selbst einen verdammten Aufmacher finden.

Es war Monate her, daß er die Ärmel hochgekrempelt hatte, und er war gerade in eine vielversprechende Story über eine Gruppe tatkräftiger Muttis vertieft, die ihre Wohngegend eigenhändig von Schlägertypen gesäubert hatten, als das Telefon klingelte.

»David«, schnurrte Logan Greenes Assistentin mit seidenweicher Stimme, die über ihre unglaubliche Tüchtigkeit hinwegtäuschte, »würde es Ihnen was ausmachen, auf einen Sprung hochzukommen. Logan möchte Sie sprechen.«

Logan strahlte über das ganze Gesicht, als David an seine Tür klopfte, also stimmte etwas nicht. Und er war nicht allein. Mick Norman lehnte an seinen Schreibtisch, als sei es sein eigener.

»David, nur rein. Ich wollte mit Ihnen mal in aller Ruhe über diese Fotos von Jim Johnson reden.«

David spürte, wie er sich verspannte. »Was wollen Sie wissen, Logan? Wir werden sie nicht verwenden, weil es eine grobe Verletzung der Privatsphäre des Mannes wäre. Meine Güte, außerdem würden wir damit gegen das Gesetz verstoßen. Am Sterbebett eines Menschen aufzutauchen und sein letztes Röcheln auf Band aufzunehmen, genau das soll ja mit dem neuen Gesetz verhindert werden.«

»Aber da gibt es ein Schlupfloch«, meldete sich Mick Norman zu Wort. »Ich hab' mit dem Fotografen gesprochen. Er ist da nicht einfach eingedrungen. Er hatte die Erlaubnis der Krankenschwester. Das Gesetz verbietet nur unbefugtes Eindringen. Also können wir die Fotos auch verwenden.«

»Und wieviel hat dieser angebliche ›freie Fotograf‹ der Krankenschwester dafür bezahlt, daß sie ihn reinläßt? Oder glauben Sie etwa, daß sie es aus lauter Herzensgüte getan hat, weil sie die Methoden der Boulevardpresse so sehr bewundert? Meine Güte, Logan, die ganze Sache stinkt doch zum Himmel!«

»Wir brauchen diese Fotos, David«, erklärte Logan ganz ruhig. »Die *World* ist dabei, den Fußboden mit uns abzuwischen. Wir müssen den Leserschwund stoppen.«

»Aber doch nicht, indem wir ekelhafte Fotos von jemandem bringen, der im Sterben liegt. Die Leute lieben Jim Johnson, Logan. Er ist eine Institution. Sie wollen ihn *so* nicht sehen, derart abgemagert und mit Wunden am ganzen Leib. Das Ding geht nach hinten los. Wissen Sie noch, daß die *World* einmal das Foto des Opfers im Brentwood-Vergewaltigungs-Fall gebracht hat? Das Mädchen, das von dieser Gang mißbraucht und mißhandelt worden ist? Die Leute waren so angeekelt, daß das Blatt dadurch Leser *verloren* hat. Und genau das wird uns auch passieren.«

Mick Norman sah aus, als wolle er etwas sagen, aber plötzlich gab ihm Logan ein Zeichen, den Mund zu halten. »In Ordnung. Vielleicht haben Sie recht. Wir werden die Fotos nicht bringen.«

David sah Logan verwundert an. Warum hatte er so plötzlich nachgegeben? David wollte gern glauben, daß es seine Argumente waren, die ihn überzeugt hatten, doch dazu kannte er Logan zu gut. Es mußte ein anderer Grund dahinterstecken, den David nicht kannte. Noch nicht.

Weil er annahm, daß das Gespräch damit beendet war, stand er auf und wandte sich zum Gehen. Er war auf halbem Weg zur Tür, als Logan noch einmal das Wort ergriff. »David?«

»Ja, Logan?«

»Wir brauchen einen Knaller. Schnell.«

»Ich weiß, Logan. Ich weiß.«

David beobachtete Liz, die über ihren Schminktisch gebeugt saß und sich für die Party herrichtete. Sie sah wunderschön aus in letzter Zeit. Der Erfolg stand ihr gut. Sie hatte nie große Probleme mit ihrem Äußeren gehabt, dennoch hatte sie in letzter Zeit ein bißchen mehr Geld für neue Kleider ausgegeben, und sie standen ihr fabelhaft.

Er wünschte trotzdem, sie könnten auf diese Party heute

abend verzichten. Die Sache mit Logan vom Nachmittag spukte ihm noch immer im Kopf herum, und das letzte, wonach ihm jetzt war, war Small talk mit einer Bande aufgeblasener TV-Produzenten. Wenigstens würde es gegen neun ausgestanden sein, und sie könnten sich aus dem Staub machen und irgendwo etwas Vernünftiges essen. Glücklicherweise gab es auf den Partys von Metro ausreichend zu trinken, so konnte er sich immer noch vollaufen lassen, wenn es zu öde werden sollte.

Zärtlich strich er Liz eine Locke aus dem Nacken und küßte sie. Zu seinem Erstaunen zuckte sie zurück.

»Was ist los?«

»Tut mir leid. Ich bin ein bißchen schreckhaft. Wegen Conrad. Er führt irgendwas im Schilde, und ich habe keine Ahnung was. Immer wenn ich mich um Qualität bemühe, überfährt er mich und behandelt mich wie eine Nervensäge. Britt hatte recht. Er wollte mich nur als Aushängeschild. Jetzt hat er festgestellt, daß er mich nicht so einfach übergehen kann, und will mich loswerden.«

»Ach, komm. Dich zu verlieren wäre eine Katastrophe für Metro – es würde nicht besonders gut aussehen.«

»Vielleicht. Aber für mich könnte es gut sein.« Sie schaute ihn im Spiegel an und fragte sich, ob er sie verstand.

Doch seine Miene war verschlossen und verärgert. »Warum *das* denn? Du verdienst ein Vermögen, alle beneiden dich...«

»Es ist nur, daß ich ununterbrochen arbeite. Ich sehe die Kinder ja kaum noch. Gott weiß, was ich damit bei ihnen anrichte.«

»Den beiden geht's prima. Die blühen richtig auf. Sie vergöttern Susie.«

»Meinetwegen, dann geht es eben darum, was es bei *mir* anrichtet. Ich scheine doch nichts anderes mehr zu tun, als zu schuften und mich mit Conrad zu streiten. Was ist mit Spaß? Freunde besuchen? Oder Gutenachtgeschichten vorlesen?«

»Vielleicht ist das der Preis des Erfolges.«

»Dann komme ich allmählich zu der Überzeugung, daß es ein viel zu hoher Preis ist.«

Für einen beunruhigenden Moment erkannte David, worauf dieses Gespräch hinauslief. Liz hatte die Nase voll von ihrem Job und wollte ihn womöglich hinschmeißen – ausgerechnet jetzt, da er selbst jeden Tag damit rechnen konnte, gefeuert zu werden. Und diese Angst ließ ihn heftig reagieren.

»Meine Güte, Liz. Man muß eben Opfer bringen, wenn man sich einen Lebensstil wie unseren leisten will. Man muß kämpfen für das, was man haben will.«

Liz sah sich in ihrem gestylten Schlafzimmer mit dem riesigen Bett und dem Baldachin aus Stoffen von Osborne & Little um.

»Vielleicht will ich das alles gar nicht mehr so sehr.«

David saß auf der Bettkante und zog sich wütend die Schuhe an. »Aber ich! Du hast immer alles gekriegt. Dein ganzes Leben lang haben deine Eltern Geld für dich ausgespuckt. Geld für deine Ausbildung, dein Auto, Ferien, neue Kleider. *Meine* nicht, weil sie es sich nämlich nicht leisten konnten. Und deshalb will ich selbst für all das kämpfen. Okay, Conrad ist ein Arschloch. Aber Arschlöcher haben auch ihr Gutes. Man muß nur lernen, *mit* ihnen zu arbeiten, statt die ganze Zeit gegen sie. Komm ihm hin und wieder ein Stück entgegen und gib ihm, was er will, und er wird dasselbe für dich tun.« David verachtete sich selbst für seine Heuchelei. Hatte er denn Logan gegeben, was der von ihm gewollt hatte? Nein, er hatte auf das Recht bestanden, anständig zu bleiben; und jetzt verlor er die Beherrschung, weil Liz genau dasselbe tat.

»Und wenn ich es nicht kann?«

David mußte für einen Moment an die hohe Hypothek denken und das Schulgeld, an das Geld für das Kindermädchen und die Putzfrau, und er kam sich vor wie sein Vater, als der sein Konto um zwei Pfund überzogen hatte und deshalb ein Magengeschwür bekam. Er wußte, daß er ihr eigentlich sagen sollte, daß sie nicht ganz so abgesichert waren, wie sie annahm, aber vielleicht würde sie ihn dann verachten. Von Männern wurde erwartet, daß sie sich um die Finanzen für die Familie kümmerten, das war ihr Job.

»Liz, denk nicht mal drüber nach! Du würdest es doch gar nicht zu Hause aushalten. Keine fünf Minuten, und du würdest wieder ins Büro rennen!«

»Ginny scheint es zu gefallen. Und meiner Mutter auch.«

»Und was ist mit *meiner* Mutter? Sie war ihr ganzes verdammtes Leben lang von meinem Vater abhängig, statt ein eigenes Leben zu haben. Das ist doch ganz sicher nicht das, was du willst, oder?«

»Ich weiß nicht. Wäre das denn so furchtbar?« Sie sah ihm in die Augen – er wirkte argwöhnisch.

»So war das aber nicht abgemacht zwischen uns.«

»Wann haben wir das denn je besprochen?«

»Das war nicht nötig. Wir haben es beide gewußt.«

»Tja, dann sollten wir vielleicht jetzt darüber reden.«

»Jetzt gehen wir auf eine Party, vergessen? Deine Party. Man erwartet dich dort. Du bist die große Nummer, vergiß das nicht, die einflußreichste Frau in der TV-Branche.«

»Keine Angst«, antwortete Liz bitter, »das vergesse ich schon nicht.«

»Er denkt, daß ich so werde wie seine Mutter.« Liz trug noch eine Schicht leuchtendroten Lippenstift auf in der Damentoilette von Metro TV und beobachtete Britt, die ihr Kleid glatt strich. Das war die einzig plausible Erklärung für Liz, weshalb er so barsch und verständnislos gewesen war. Vielleicht lag es auch am Ärger um die Verkaufszahlen – gut möglich, daß es viel ernster war, als er zugab, aber David hatte noch nie zugelassen, daß sich sein Job negativ auf sie beide auswirkte. Seit sie verheiratet waren, hatte er es sich zur obersten Regel gemacht, Liz niemals mit seinen Problemen zu belasten. Manchmal wünschte sie, er würde es tun. Sie haßte die Vorstellung, er könne im stillen leiden, ohne sich ihr anzuvertrauen. Aber so war David eben, und sie hatte schon vor langer Zeit die Erfahrung gemacht, daß man einen Menschen nicht ändern konnte. Man mußte ihn lieben, so wie er war.

Trotzdem sollte sie ihm vielleicht diesmal einen Anstoß geben. Es war einfach zu wichtig, um es unter den Teppich zu kehren. Wenn sie heute abend wieder daheim waren, würde sie ein ernstes Gespräch mit ihm führen. Wenn er berufliche Sorgen hatte, konnte sie ihm vielleicht helfen.

Liz steckte ihren Lippenstift weg und betrachtete Britt. Sie sah sensationell aus. Liz schnupperte das moschusartige, sexy Aroma von *Animale*, dem Parfüm, das Britt immer benutzte. Sie hatte also noch etwas vor heute abend.

»Und, wirst du so?«

Britt bemerkte, daß ihre Freundin sie beobachtete, und fragte sich, was Liz wohl gerade dachte. Sie wirkte in letzter Zeit so gedankenverloren. Dabei sah sie selbst heute abend umwerfend aus, auch wenn sie sich Sorgen machte wegen David. Warum schnappst du ihn dir nicht, fährst mit ihm nach Hause und vernaschst ihn? Das wird ihn von der Arbeit ablenken, wollte sie ihr gerade vorschlagen, als ein plötzlicher Anflug von Eigeninteresse sie davon abhielt.

»Werde ich wie?«

»So wie seine Mutter.«

»Ach, um Gottes willen, Britt. Natürlich nicht! Seine Mutter ist eine nervtötende Hexe, die sich selbst aufgeopfert hat und der Familie die Schuld dafür gibt.«

»Und David hat sein Leben lang Angst, daß eine Frau von ihm abhängig sein könnte?«

»Ja.«

»Wie gräßlich von ihr.«

»Ist ja auch egal. Sag bloß kein Sterbenswörtchen davon zu David. Er ist leicht reizbar im Moment.«

»Selbstverständlich nicht. Würd' ich nicht mal im Traum dran denken.«

Liz bürstete ein letztes Mal ihr Haar und ging dann zur Tür.

Wie interessant, dachte Britt im stillen. David ist also leicht reizbar im Moment.

11

Britt ließ sich ein langstieliges Glas mit Weißwein von einem Kellner geben und betrat den überfüllten Raum. Sie liebte solche Auftritte und erschien oft absichtlich etwas später, um die größtmögliche Wirkung zu erzielen. Sie genoß es, wenn die Leute bei ihrem Anblick ihr Gespräch unterbrachen und überlegten, wer sie wohl war.

Einen Moment lang herrschte befriedigendes Schweigen, während sie so dastand, an ihrem Wein nippte und nach Liz Ausschau hielt. Doch von Liz war weit und breit nichts zu sehen. Statt dessen starrte ein kleiner, kraftvoller Mann ungeniert in ihre Richtung. Britt bemerkte seine wenig beeindrukkende Körpergröße und unmodische Kleidung und war drauf und dran, ihn mit Verachtung zu strafen. Doch dann fiel ihr auf, welche Autorität von ihm auszugehen schien und daß anscheinend alle Umstehenden um ihn bemüht waren.

Der Mann löste sich aus der Gruppe und kam auf sie zu. »Hallo, junge Lady.« Er sprach das Wort »Lady« aus wie »Leidy« und war demnach weder Engländer noch sonderlich gebildet. »Suchen Sie jemanden? Ich bin Conrad Marks, ich leite diesen kleinen Laden hier.«

Britt schmunzelte. Dafür, daß er jedem auf die Nase band, *er* würde Metro leiten, hätte Liz ihn glatt umgebracht. »Britt Williams. Ich bin eine gute Freundin von Liz Ward.«

»Aha. Sagen Sie, habe ich nicht gerade heute vormittag eine Mappe mit Ideen von Ihnen auf den Schreibtisch bekommen?« Er starrte auf Britts Dekolleté. »Übrigens, sehr gute Ideen. Sehr originell. Haben mir gut gefallen.«

Dabei hatte er in Wahrheit die Mappe nicht mal angerührt, aber das würde er nachholen, nun, da er sie gesehen hatte.

Liz, die beobachtet hatte, wie Conrad sich an Britt ranschmiß, und ihr zu Hilfe kommen wollte – bis ihr aufging, daß Britt gar nicht gerettet werden wollte –, hatte die letzten Sätze wohl oder übel mitangehört. Wovon redete Conrad da? Britts

Ideen waren fürchterlich. Sie hoffte inständig, daß es der Inhalt seiner Hose war, der sprach.

Zu ihrem großen Vergnügen sah sie, daß Claudia aus der anderen Richtung auf sie zugeschossen kam. Offensichtlich war sie der Meinung, daß sich Conrad nun lange genug mit Britt unterhalten hatte. Arme Claudia, sie war ziemlich raffiniert, aber mit Britt konnte nicht mal sie mithalten.

Claudia hakte sich bei Conrad ein und bugsierte ihn in eine ungefährliche Ecke des Raums, so weit weg von Britt wie möglich. Liz verschwendete niemals auch nur einen Deut an Sympathie für Claudia, die blöde Kuh – und dennoch, jede Frau tat einem unweigerlich leid, wenn Britt ein Auge auf ihren Mann geworfen hatte.

Liz spürte eine Hand auf ihrem Ärmel. »Ein Anruf für Sie, Mrs. Ward.« Erstaunlich, wie es die Zentrale immer wieder schaffte, einen aufzuspüren.

Für einen Moment kam sich Britt etwas verloren vor und sah sich nach einem vertrauten Gesicht um – leicht enttäuscht, daß David anscheinend doch nicht hier war –, als jemand sie von hinten ansprach.

»Na, was hältst *du* von diesem Ausbruch an *Mutter*manie, oh, du meine glühend heiße Königin aller Yuppies?«

Sie fuhr fast zusammen, so überrascht war sie. Er war also doch hier. Absurd jung und gut sah er aus, wie er da an ein weißes Bistrotischchen gelehnt stand und jeden Kellner mit einem vollen Tablett Drinks anhielt.

»David, du bist ja besoffen.«

»Nur ein paar Drinks gegen meine Probleme. Du hast meine Frage noch nicht beantwortet.«

Britt schaute ihn an. Er war noch immer so attraktiv wie eh und je. Sie wußte selbst nicht, warum Männer, die sich mit aller Leidenschaft ihrer Arbeit widmeten, sie so sehr anmachten – vielleicht, weil sie sie als Gleichgesinnte erkannte. Und selbst jetzt hatte David eine Art, sie mit einem spöttischen Blick zu bedenken, der wie eine Rasierklinge durch ihre kühle Fassade schnitt und ihr das Gefühl gab, wieder achtzehn zu sein. Bei jedem anderen hätte sie das für einen Flirt-Versuch gehalten, aber David war noch nie der Typ für einen Flirt gewesen. Und sie hatte nicht angenommen, daß ausgerechnet er, von all den Männern, noch etwas für sie übrighaben könnte, seit sie vor so vielen Jahren auseinandergegangen waren. Aber als sie ihn nun ansah, fragte sie sich, ob da nicht vielleicht doch noch ein Funke glomm. Nur ein winzigkleiner Funke, der wieder aufflammen könnte – zu einem Flirt vielleicht oder sogar zu einer netten heimlichen Affäre. Nichts Ehe-Bedrohendes, Liz war schließlich ihre Freundin, und David war Liz auch viel zu sehr ergeben, was die ganze Idee irgendwie sicherer machte, aber vielleicht könnten sie beide ein bißchen Spaß haben, zumindest für ein Weilchen.

Und Liz mußte ja nichts mitbekommen. Britt hatte immerhin reichlich Erfahrung, wenn es um diskrete Affären ging. Und David sah aus, als könne er ein wenig Aufmunterung gebrauchen. Sie beobachtete, wie er ein weiteres Glas Wein hinunterkippte, und erkannte etwas, das Liz entgangen war; daß er, auch wenn er nie darum bitten würde, Bestätigung brauchte.

»David, weißt du eigentlich, daß es jetzt fünfzehn Jahre her ist, seit ich das letztemal mit dir ausgegangen bin?« sagte Britt leise und neigte sich zu seinem Ohr. »Und daß ich dich noch immer für toll verdorben halte und auf dich stehe?«

Er schaute auf, offensichtlich nicht sicher, ob er sich nicht verhört hatte. »Tust du das? Danke. Liz leider nicht mehr, wie es aussieht.« Britt hörte die Verbitterung in seinem Ton. »Im Moment bin ich ziemlich weit abgerutscht auf ihrer Prioritäten-Liste. An erster Stelle kommt Metro, dann die Kinder. Ich bin gerade mal die Nummer drei.«

Ach, Selbstmitleid, dachte Britt. Männer, die armen Kerle, müssen immer das Zentrum unseres Universums sein. Lachhaft eigentlich, doch man ignorierte das auf eigene Gefahr. O Liz, was bist du doch für ein dummes Mädchen.

»David, hier steckst du.« Liz tauchte aus dem Nichts auf. »Ich habe Susie versprochen, um halb zehn zurück zu sein. Sie will noch zu einer Party. Kommst du?«

David sah verärgert aus. Das einzige, worauf er sich bei dieser gottverdammten Party gefreut hatte, war das Dinner. Bis er Britt über den Weg gelaufen war.

Er trank sein Glas aus und dachte an das, was Britt gerade gesagt hatte. »Nein, Liebes. Mir ist eben eingefallen, daß ich noch mal kurz in die Redaktion muß.« Das war glatt gelogen, und er war selbst nicht mal sicher, warum er diese Lüge benutzt hatte. Normalerweise log er Liz nicht an.

Sie gab ihm einen Kuß auf die Wange und kämpfte sich durch die Menschenmenge.

David beugte sich leicht angetrunken zu Britt. »Hab' ich gesagt, ich bin die Nummer drei auf der Liste? Vergib mir, ich meinte Nummer *vier*. Ich habe doch glatt das verdammte Kindermädchen vergessen.«

Britt lächelte milde. »Armer David.« Ihre Stimme besänftigte und streichelte. »Warum seilen wir uns nicht ab, gönnen uns einen Drink, und du erzählst mir, was du auf dem Herzen hast?«

Mist! Liz hatte sich gerade ihren Mantel und die Handtasche aus ihrem Büro geschnappt, als ihr einfiel, daß sie Conrad versprochen hatte, ihm heute abend noch eine Aufstellung der Produktionskosten für die Agatha-Christie-Serie zu geben. Sie würde ihm die Mappe einfach beim Rausgehen unter der Tür durchschieben.

Als sie vor seiner Bürotür in die Hocke ging, um die Akte hindurchzuschieben, stellte sie fest, daß die Tür gar nicht abgeschlossen und nur ganz leicht angelehnt war, und dann vernahm sie sehr eigenartige Geräusche da drinnen. Der ganze Korridor lag im Dunkeln, und für einen Augenblick wünschte Liz, sie hätte Licht gemacht, doch die Schalter waren dermaßen blöd konstruiert, daß sie nie den richtigen fand.

Vorsichtig öffnete sie die Tür ein paar Zentimeter und tastete nach der Schnur. Im selben Moment ertönte ein Rascheln und Scharren aus dem Büro, und Conrads Stimme ließ sie wissen, daß das Büro besetzt war.

Für den Bruchteil einer Sekunde stand Liz wie angewurzelt da und zog, fast unbewußt, die Kordel. Claudia blinzelte in das grelle Licht, ihr Höschen um die Knöchel, während Conrad hastig seinen Hosenschlitz schloß. In ihrer Panik griff sich Claudia einen Papierkorb und stülpte ihn Conrad über den Kopf.

Liz konnte sich nicht zusammenreißen und brach in schallendes Gelächter aus, als sich Zigarrenstummel, Plastikbecher und zusammengeknülltes Papier über Conrads Schultern verteilten. »O Claudia, wie galant!« kicherte sie. »Aber du hättest ihn besser *dir* aufgesetzt. Conrads Schwanz würde ich doch immer erkennen.«

Als sie heimkam, wartete Susie bereits im Flur auf sie. Und in der Sekunde, als sie die rebellische Miene des Mädchens sah, wußte sie, daß Susie ganz sicher nicht vorhatte, zu einer Party zu fahren – sie wollte einen Showdown.

»Es tut mir leid, Liz, aber ich halte es nicht mehr aus. Sie haben gesagt, die Dinge würden sich zum Besseren wenden, wenn Metro auf Sendung ist, aber es ist nicht besser geworden«, warf Susie ihr vor, noch ehe Liz den Mantel abgelegt hatte. »Es tut mir leid, daß ich mit dieser gräßlichen Frau gesprochen habe, aber das hat auch nichts geändert. Ich meine, Sie sind weiterhin nie zu Hause!«

Liz versuchte, sich zusammenzureißen. Erpressung, darauf lief das hier hinaus, und Liz hatte nicht vor, sich erpressen zu lassen. Susie wollte offensichtlich mehr Geld. Gut, aber warum sagte sie es dann nicht geradeheraus?

»Susie ...« Liz gelang es, sich ihre Verärgerung nicht anmerken zu lassen, »wenn du der Ansicht bist, daß wir dir mehr zahlen sollten, dann laß uns, um Himmels willen, morgen darüber reden.«

»Sorry, Liz, aber es geht mir nicht ums Geld.«

Verdammt noch mal! Ihr gerade mal zwanzig Jahre altes Kindermädchen klang geduldig und herablassend – als sei sie die Erwachsene und Liz ein ungezogenes Kind.

»Ich mag Sie und David wirklich, und nach der Geschichte

mit der Zeitung hatte ich das Gefühl, ich würde es Ihnen schulden, noch zu bleiben, aber ich fürchte, ich bringe es nicht mehr über mich, Jamie und Daisy jeden Abend sagen zu müssen, daß Sie noch nicht nach Hause kommen.«

Mein Gott. Sie meinte es ernst. Liz wurde schlagartig nüchtern, alle Entschlossenheit war wie weggeblasen bei der Vorstellung, sie könnte Susie tatsächlich *verlieren.* Ausgeschlossen, daß sie ging! Doch nicht ausgerechnet jetzt, wo sie sie so sehr brauchten! Sie war ein Teil der Familie. Jamie vergötterte sie. Nun gut, manchmal sagte sie Sachen, die ihr nicht zustanden, aber das tat sie doch nur, weil sie sich Sorgen machte!

»Susie . . .« Liz bemühte sich, nicht allzu flehend zu klingen. Bei Kindermädchen war es nicht anders als bei Männern – sie wenden sich ab, wenn man sie zu sehr will. »Du weißt, wie sehr wir alle dich schätzen. Du bist ein großartiges Kindermädchen, und Jamie und Daisy haben sich unglaublich rausgemacht, seit du bei uns bist. Es wäre doch eine echte Schande, das alles wegzuschmeißen. Vielleicht können wir noch jemanden einstellen, der dir etwas Arbeit abnimmt. Ein zweites Kindermädchen zum Beispiel.«

»Liz, tut mir leid. Aber darum geht es auch nicht. Der Punkt ist, daß die beiden *Sie* brauchen. Ich habe mir alles reiflich überlegt und möchte gern am Ende des Monats aufhören. Wenn Sie morgen eine Anzeige in *The Lady* aufgeben, erscheint sie nächste Woche. Annahmeschluß ist drei Uhr nachmittags. Ich habe da heute angerufen.«

Mein Gott, es war ihr ernst! Sie meinte es tatsächlich ernst!

»Susie, ich hatte schon lange das Gefühl, daß wir dir nicht genug bezahlen, wenn man bedenkt, welche Verantwortung du trägst. Wie wär's mit hundertfünfzig Pfund?« Das wären fünfzig Prozent mehr, aber was machte das jetzt schon?

Susie bedachte sie mit einem triumphierenden Blick. »Sorry, Liz, aber das würde nichts ändern. Das Geld interessiert mich nicht. Mich interessieren nur, ob die Kinder glücklich sind.«

O Gott, das sollte *sie* sagen, und nicht Susie. Susie würde gehen, und wie um alles in der Welt sollte sie bis zum Monatsende ein neues Kindermädchen finden?

Als sie die Tür ins Schloß fallen hörte, schlug Liz die Hände vors Gesicht. Sie kam sich überhaupt nicht mehr stark vor.

»Mrs. Ward, meinen Sie, Sie hätten einen Moment Zeit?« Die Leiterin von Jamies Vorschule tauchte plötzlich aus dem Nichts auf, gerade als Liz Jamie absetzen wollte. Was wollte die alte Schachtel? Liz hatte doch nicht etwa wieder vergessen, die Monatsgebühr zu überweisen?

Die Frau ließ Liz in ihrem Büro Platz nehmen und blätterte effektvoll einige Akten durch. »Ich finde, es ist an der Zeit, das Gespräch mit Ihnen zu suchen. Wir machen uns ziemliche Sorgen wegen Jamie. Er wäscht sich ständig die Hände. Sechsmal gestern. Ich hoffe, Sie finden es nicht impertinent, daß ich frage, aber gibt es daheim vielleicht irgendwelche Probleme?«

Liz konnte es nicht glauben. Jamie sollte sich sechsmal die Hände gewaschen haben? Zu Hause tat er das nie. Sie hatte ja schon Mühe, ihn auch nur in die Nähe eines Waschbeckens zu kriegen. Plötzlich wurde sie von Panik ergriffen. Natürlich, Susie verließ sie. Hatte sie ihm vielleicht etwas gesagt? O Gott, wenn er *jetzt* schon so reagierte, wie würde es erst sein, wenn sie wirklich gegangen war?

»Wie wär's mit EIGENTOR FÜR FUSSBALL-ROWDY als Schlagzeile für den Fußball-Fan, der einem aus der eigenen Mannschaft eins mit 'ner Flasche übergezogen hat? Die Burschen bei der *World* werden sich glatt anpissen, weil sie da nicht drauf gekommen sind ... David? Willst du jetzt die Schlagzeile mit dem Fußball-Fan oder nicht?«

Der Redakteur betrachtete David überrascht. Für gewöhnlich verwarf er die ersten Vorschläge und kam dann selbst mit etwas Besserem. Doch heute schien es ihm völlig schnuppe zu sein, was sie auf die Titelseite brachten.

David versuchte, seine Gedanken auf die Nachrichtenkonferenz zu konzentrieren. Das Problem war nur, daß er nicht aufhören konnte, an Britt zu denken. Nichts war passiert, letzte Nacht – sie hatten nur zusammengesessen und geredet. Himmel, es tat ihm fast leid, was er da gestern abend alles gesagt hatte – Dinge über sich und über seine Mutter. Er hatte sich alles von der Seele geredet wie schon seit Ewigkeiten nicht mehr. Sogar von seiner Auseinandersetzung mit Mick Norman hatte er ihr erzählt.

Er war selbst erstaunt, welch große Erleichterung es gewesen war, all das einem anderen Menschen zu erzählen, besonders einer Person, deren Zukunft nicht davon abhing, ob er seinen Job behielt oder nicht. Es war ihm leichtgefallen, mit Britt zu reden, obwohl er immer angenommen hatte, daß sie nach der Universität zu einem knallharten Miststück geworden war, aber das war sie ganz und gar nicht.

Es hatte einen kurzen Moment gegeben, als er Britt abgesetzt und sich über sie gebeugt hatte, um ihr die Wagentür zu öffnen, da hätte er sie um ein Haar geküßt. Doch sie war aus dem Wagen gesprungen und hatte ihm die üblichen »Laß uns Freunde sein«-Küßchen auf die Wangen gehaucht. Sie war Liz' Freundin, ganz klar. Und er liebte Liz, auch wenn sie im Moment kaum noch Zeit für ihn zu haben schien. Deshalb war er froh, daß letzte Nacht nichts passiert war. Das war er doch, oder?

Er mußte sich zusammenreißen. Er benahm sich ja wie ein alberner Schuljunge. Er hatte Bert nicht mal genau zugehört – weiß der Himmel, welcher Schlagzeile er zugestimmt hatte. Würde ihm ganz recht geschehen, wenn sie mit derselben Titelstory rauskamen wie die *Sun*. Zum erstenmal, solange er zurückdenken konnte, war er heilfroh, als die Konferenz endlich beendet war.

Gerade als er sein Büro betrat, summte das Telefon auf seinem Scheibtisch; seine Sekretärin war in der Leitung und fragte ihn, ob er mit Britt Williams sprechen wolle. David verspürte einen ungewohnten panischen Schub, begleitet von einer gehörigen Portion aufgeregter Freude. So hatte er sich schon seit Jahren nicht mehr gefühlt. Wollte er mit ihr sprechen? Ja, und ob er das wollte.

»Britt, grüß dich. Ich sitze hier und komme mir vor wie ein Idiot wegen gestern abend. Ich hab' schon seit Jahren nicht mehr solchen deprimierenden Mist vom Stapel gelassen. Du mußt dich ja zu Tode gelangweilt haben.«

»Stimmt. Ich bin mausetot.« Das zärtliche Necken in ihrer Stimme verursachte ihm eine Gänsehaut. »So gelangweilt, daß ich mir dachte, wenn ich schon rüberkomme wegen einer Pressegeschichte bei IBM, könnte ich dich doch fragen, ob du Lust auf einen gemeinsamen Lunch hast.«

Lunch. Jeder wußte, daß Lunch okay war. Harmlos. Nichts dabei. Aufregend. Voller Möglichkeiten. Der erste Schritt auf dem steinigen Weg ins Bett.

Als David wieder auflegte, fragte er sich eine Sekunde, warum Britt sich die Mühe gemacht hatte, ihm den Grund dafür zu nennen, weshalb sie bei ihm in der Gegend war. Seine Erfahrung als Journalist sagte ihm, daß unnötige Informationen gewöhnlich auf eines hindeuteten: auf eine sorgfältig gebastelte Lüge. Ganz spontan griff er zum Telefon und rief bei IBM an. Als er kaum eine Minute später den Hörer wieder auflegte, mußte er grinsen. Bei IBM war nichts bekannt von einer anberaumten Pressekonferenz.

Um Viertel vor vier schaute David auf seine Armbanduhr und spielte mit dem Gedanken, zurück in die Redaktion zu fahren. Wahrscheinlich warteten sie schon auf ihn. Ach, zum Teufel, schließlich war er der Chefredakteur.

Britt schlug vor, ihn mit ihrem Porsche zurückzufahren. Hatte er sich das nur eingebildet oder war das wirklich eine versteckte Einladung gewesen, die er in ihren Augen gelesen hatte? Ein paarmal während des Essens hatte ihr Fuß seinen unter dem Tisch berührt, und einmal, als sie aufstand und sich entschuldigte, hatte ihr Oberschenkel seinen gestreift.

Er wurde nicht schlau aus ihr. Die Signale wirkten so konfus. Eine Minute die coole Freundschaft. In der nächsten das, was er bei jeder anderen als Aufforderung aufgefaßt hätte. Mein Gott, worüber zerbrach er sich eigentlich den Kopf? Er liebte Liz, und es war völlig ausgeschlossen, daß er sich mit ihrer besten Freundin einließ. Das war nichts weiter als eine typische Phantasterei von einem, der gerade fünfunddreißig geworden war und dessen Frau nicht mehr sonderlich interessiert zu sein schien. Offensichtlich suchte er Bestätigung. Das war erbärmlich, wirklich. Er würde Britt sagen müssen, daß es besser war, wenn sie sich nicht mehr sahen.

Doch als sie dann im Wagen saßen, war die Atmosphäre derart aufgeladen, daß es gefährlich war. Und er sagte etwas, wovon er wußte, daß es ihm leid tun würde. »Weißt du, gestern abend, als du ausgestiegen bist...« Britt schenkte ihm ihr geheimnisvolles cooles Lächeln. »Da wußte ich nicht, ob ich erleichtert oder enttäuscht sein sollte.«

Britt sagte kein Wort.

Es hatte also gewirkt. Es wirkte immer. Bausch den Augenblick so richtig schön auf, und dann schnell raus. Sich zu ergeben, das war nicht der richtige Weg, um bei einem Mann zu erreichen, daß er einen begehrt. Was die Begierde wirklich hochpeitschte, war, wenn man unerreichbar für ihn war. Besonders wenn er sich, wie in Davids Fall, eigentlich gar nicht bewußt war, daß er scharf auf einen war.

Zwei Minuten später fuhr Britt in die Tiefgarage der *Daily News* und hielt, um David rauszulassen. Für einige Sekunden herrschte Schweigen zwischen ihnen, verführerisch und leicht verlegen. Dann hatte sich David anscheinend zu einem Entschluß durchgerungen. Forsch öffnete er die Wagentür, und Britt beugte sich zu ihm und hielt ihn fest. Sie drehte sein Gesicht zu ihrem und küßte ihn, hart und unmißverständlich.

David musterte sich eingehend im Badezimmerspiegel. War er wirklich so attraktiv, wie Britt behauptet hatte? Er wünschte, er könnte aufhören, ständig an sie zu denken. Seit diesem Kuß spukte sie in seinem Kopf herum, ganz gleich, wie sehr er sich auch bemühte, sie aus seinen Gedanken zu verbannen. Aber er mußte der Tatsache ins Auge sehen, daß Britt nur ein Symptom für ein echtes Problem zwischen ihm und Liz war.

Es kam immer seltener vor, daß sie miteinander schliefen, und wenn, dann war es hastig und automatisch. Es war seine Schuld ebenso wie ihre. Monatelang hatte er sich gesagt, daß erfüllender Sex vielleicht gar nicht so wichtig war, daß es nur eines von den Dingen war, die man aufgab, wenn Kinder kamen. Aber nun wußte er, daß er damit falsch gelegen hatte. Er wußte mit absoluter Sicherheit, daß seine heftige Reaktion auf Britt einen ganz schlichten Grund hatte: Sie war willig und Liz nicht.

Während er sich den Bademantel überstreifte, beschloß er, daß er und Liz wirklich etwas für ihre Ehe tun mußten.

Liz saß auf dem Bett, vollständig bekleidet, und starrte vor sich hin.

»Was ist los?« Für einen kurzen Augenblick der Panik dachte er, sie könnte dahintergekommen sein – und wenn schon, dann würde wenigstens alles mal offen auf den Tisch kommen. Schließlich gab es nichts, wofür er sich schämen müßte. Noch nicht.

»Es geht um Jamie.«

Das hätte er sich denken können. Es war ja nicht so, daß er Jamie nicht liebte, er *liebte* ihn ja. Mehr als alles andere. Aber ging es nicht immer um Jamie? Oder um Daisy? Oder auch um diesen verdammten Conrad?

»Seine Lehrerin sagt, daß er sich andauernd die Hände wäscht. Sechsmal gestern.« Sie drehte sich zu ihm, und ihre Stimme klang plötzlich sehr ernst. »David, sie hat mich gefragt, ob bei uns vielleicht was nicht stimmt. Das ist doch nicht so, oder?«

David schaute in Liz' gequälte Augen und verspürte plötzlich ein erdrückendes Schuldgefühl. Sie stand wegen Conrad bei der Arbeit und zu Hause wegen Susie unter Druck. Vielleicht war es unvernünftig von ihm, zu erwarten, daß sie sich wie Linda Lovelace aufführte im Bett.

»Nein, alles in Ordnung«, log er. *Außer, daß ich nicht damit aufhören kann, ständig an deine beste Freundin zu denken.*

Sie streckte die Arme nach ihm aus, und er eilte zu ihr und

hielt sie fest. Unter der Fassade der Karrierefrau war sie so verletzlich. Für einige Momente drückte er sie an sich, überrascht und leicht beschämt, als er feststellte, daß ihre Verletzbarkeit ihn erregte. Zärtlich ließ er eine Hand unter ihre Seidenbluse gleiten und spürte, wie Liz sich verspannte.

»Tut mir leid, David«, murmelte sie. »Aber die Sache mit Jamie, und daß Susie uns verlassen will... mir ist wirklich nicht danach.«

David spürte, wie die alte, vertraute Verbitterung zurückkehrte. Er ließ Liz los und stieg ins Bett. Kurz darauf war er eingeschlafen. Und mit dem Schlaf kam ein eindringliches Bild einer schlanken Blondine in einem schwarzen Korsett und mit zehn Zentimeter langen Hacken. Diesmal hatte sie keine Peitsche, sondern breitete die Arme aus und hieß ihn willkommen.

12

David wartete hinter Britts Porsche in einer dunklen Ecke der Parkgarage und warf einen Blick auf die Uhr. Fünf vor halb acht. Die Sekretärin hatte gesagt, daß Britt das Büro um halb acht verlassen würde. Für einen Moment verließ ihn der Mut. Was machte er hier eigentlich? Was, wenn er die Signale falsch gedeutet hatte?

Als er das Klackern ihrer hohen Hacken auf dem Betonboden hörte, wußte er schlagartig, was ihn hergetrieben hatte und was auch sie wollte.

Als Britt nach ihren Autoschlüsseln kramte, trat er aus dem Schatten und packte sie von hinten, einen Arm um ihren Nacken geschlungen. Gerade als sie schreien wollte, drehte er sie herum und küßte sie heftig und lange. Dabei sah er für den Bruchteil einer Sekunde in ihren Augen die Begierde aufblitzen. Ihm wurde bewußt, wie lange es schon her war, daß er eine so überwältigende, erotische, animalische Lust verspürt hatte.

Ohne ein Wort stiegen sie beide in ihren Wagen und fuhren auf direktem Weg nach Canary Wharf.

Liz starrte auf die Uhr der Mikrowelle, während sie darauf wartete, daß die Milch heiß wurde. David war noch immer nicht zu Hause, und so hatte sie beschlossen, sich eine heiße Milch und die letzte Folge des TV-Thrillers zu gönnen, von dem sie ganz begeistert war. Seit Wochen wurde es immer später, bis David nach Hause kam. Und dann war er so gereizt – nicht nur ihr, sondern auch den Kindern gegenüber –, daß sie manchmal direkt wünschte, er wäre noch im Büro geblieben. Sie mußten ja wirklich Probleme haben bei der *News*.

Als sie ins Bett schlüpfte, sah sie sich selbst, in Bademantel und Hausschuhen und mit einer Tasse heißer Milch in der Hand, und erschrak. Sie sah aus wie ihre Mutter. Kein Wunder, daß David kaum noch daheim war.

Plötzlich wurde sie furchtbar wütend, weil alles so unfair war. Frauen hatten ständig das Gefühl, attraktiv sein zu müssen, während die Männer erst gar nicht versuchten, schön zu sein. In ihren Augen schien es völlig auszureichen, ein Mann zu sein. Warum kam es nie vor, daß David sechs verschiedene Boxershorts anprobierte, um herauszufinden, in welcher er am verführerischsten aussah? Dieser Gedanke heiterte sie wieder auf, und sie lächelte, als sie in ihre Kommode langte, ein elfenbeinfarbenes seidenes Nachthemd hervorholte und es überzog. Dann bürstete sie sich das Haar und legte etwas Chanel Nr. 5 auf. Die heiße Milch paßte zwar nicht so recht zum Bild einer Sirene, aber zum Teufel damit.

Stunden später war David noch immer nicht zu Hause, und sie schlief ein.

»Liz? Liz, hörst du überhaupt zu?« Claudia, die blöde Kuh, riß sie aus ihren Grübeleien. »Oder sollen wir lieber verschwinden, damit du in aller Ruhe weiter aus dem Fenster starren kannst?«

Der sarkastische Ton brachte sie endgültig in die Gegenwart zurück. Sie waren gerade dabei, eine neue Serie zu besprechen, bei der Claudia die ausführende Produzentin war. Es ging um moderne Ehen, und zu Liz' großem Erstaunen war die Geschichte nicht nur faszinierend, sondern auch sehr clever gestrickt. Eine prächtige Idee, die umwerfende Komikerin Wendy Black als Moderatorin auszuwählen. Die Entscheidung, nicht nur berühmte und bekannte Personen über die Ehe zu befragen, sondern auch ganz normale Menschen, war einfach brillant.

Nun war Claudia gerade dabei, den absoluten Clou der Sendung zu erklären: eine Art Test für die Zuschauer vor der Mattscheibe – »Woran kann ich erkennen, ob mein Partner/meine Partnerin fremdgeht?«

Ohne sich etwas dabei zu denken, ging Liz die einzelnen Fragen auf dem Bogen durch, den Claudia ihr gereicht hatte. Sie war ein großer Fan solcher Tests, wie es sie massenhaft in den Frauenzeitschriften und Beilagen der Sonntagsblätter gab.

Kommt Ihr/e Partner/in in letzter Zeit öfter später als sonst heim? TREFFER.

Ist Ihnen an seinem/ihrem Verhalten eine ungewöhnliche Veränderung aufgefallen, für die Sie keine Erklärung haben? TREFFER.

Klingelt das Telefon und niemand meldet sich am anderen Ende? Mein Gott, das war gestern abend passiert. TREFFER.

Plötzlich spürte Liz, wie sich ihr Magen in blankem Entsetzen verkrampfte und ihr ganz schlecht wurde. *Dieser Test beschreibt haargenau Davids Verhalten.*

Wieso war ihr das nie aufgefallen? Warum war sie froh gewesen, einmal Zeit für sich zu haben, anstatt sich zu fragen, wo David an all diesen Abenden gesteckt hatte? Sie war nie auf den Gedanken gekommen, seine Erklärungen – Besprechungen und Ärger in der Redaktion – zu hinterfragen. David hatte eine Affäre! Es hätte nicht offenkundiger sein können, wenn sie ihn mit der anderen auf dem Fußboden im Wohnzimmer erwischt hätte.

Claudia musterte Liz neugierig. Sie war plötzlich ganz blaß geworden, und selbst ihre Lippen hatten jede Farbe verloren.

Hatte Claudia also richtig gelegen mit David und dieser Blondine, die ein Auge auf Conrad geworfen hatte. Wie es aussah, war sie, Claudia, noch mal glimpflich davongekommen.

Für einen kurzen Augenblick tat Liz ihr leid. Schmerz und das Wissen, betrogen worden zu sein, standen ihr deutlich ins Gesicht geschrieben. »Bist du okay, Lizzie?« fragte sie zuckersüß. »Doch nicht etwa zu sehr mit den Gedanken zu Hause, hoffe ich.«

»Alles in Ordnung, Lizzie?« Liz konnte Ginny die Besorgnis anhören, und es war fast zuviel für sie. Ausgerechnet an diesem Wochenende hatte Ginny sie, Mel und Britt zu sich eingeladen, weil sie, wie sie andeutete, ihnen etwas Wichtiges sagen wollte.

»Alles bestens«, log Liz. Aber das war es weiß Gott nicht. Sie fühlte sich miserabel. Nach ihrer schrecklichen Erkenntnis war sie nach Hause gefahren, hatte sich hingelegt und auf David gewartet.

Sollte sie ihn ganz unverblümt damit konfrontieren? Vielleicht sah sie alles ja viel dramatischer, als es war, und bildete es sich nur ein? Doch in ihrem tiefsten Innern wußte sie, daß es nicht so wahr. Und ihre Instinkte trogen sie nur selten.

Als sie dann David endlich die Treppe hinaufkommen hörte, war es fast Mitternacht, und sie wußte, daß sie die Dinge auf keinen Fall einfach weiterlaufen lassen durfte. Sie mußte *etwas* sagen. Also fragte sie ihn, wo er denn gewesen sei und ob es vielleicht Probleme gäbe. Doch statt es zuzugeben und sie um Verzeihung zu bitten, reagierte er gereizt und ausweichend.

In der Vergangenheit hatte sie sich manchmal gefragt, warum einige ihrer Bekannten Affären einfach ihren Lauf ließen. Sie hatte schon immer gewußt, daß sie niemals so handeln würde, falls es ihr einmal passieren sollte. Es konnte nur ein Entweder-Oder geben. Sie würde wissen wollen, woran sie war, ja oder nein. Und wenn sich herausstellen sollte, daß es eine andere gab, dann würde er seine Sachen packen können. So einfach war das.

Aber nun sah sie, daß es so einfach eben doch nicht war, weil man nie wirklich sicher sein konnte. Männer sagen nicht einfach: »Na gut, erwischt. Ich geb's zu, ich hab' meine Sekretärin gebumst.« Nein, sie stritten es ab oder weigerten sich schlicht und einfach, darüber zu reden. Und weil man trotz allem innerlich irgendwo unsicher ist, atmet man erleichtert auf. Im Zweifel für den Angeklagten. Weil man nicht anders kann. Weil so viel auf dem Spiel steht: die Liebe, die Kinder, die Hypothek auf dem Haus, der gesellschaftliche Status, all der Komfort.

»Bist du *sicher*, daß alles in Ordnung ist?« Ginny setzte sich zu ihr auf die Armlehne des Sessels.

Liz lächelte gequält. Nach und nach faßte sie sich wieder. »Es geht mir gut, Ginny, danke.«

Trotz ihres Unwohlseins bemerkte Liz eine unterdrückte Aufgeregtheit an Ginny, die sie gar nicht von ihr kannte.

»Wenn das so ist, dann denke ich, ist es Zeit für meine große Ankündigung.« Sie stand auf und wandte sich ihnen allen zu, fast so, als würde sie eine Konferenz leiten. »Die Neuigkeit, die ich für euch habe, lautet: Ich werde mich selbständig machen«, verkündete sie begeistert. »Und zwar mit einer Agentur, die Stellen für Frauen vermittelt, die in Teilzeit arbeiten wollen!«

Wäre Ginny nicht so überschwenglich gewesen, hätte es sie glatt verletzen können, mit welch sprachlosem Erstaunen ihre drei Freundinnen sie anstarrten. Ginny! Die perfekte Hausfrau! Königin der Heimchen! Die Frau, die das Einmachen zu einer Kunstform verwandelt hatte!

»Ginny, das ist ja großartig!« Liz war die erste, die ihre Freundin umarmte. »Wie lange brütest du das denn schon aus?«

Ginny wich absichtlich Britts Blick aus. »Seit ein paar Monaten. Natürlich fange ich erst mal ganz bescheiden an. Ich habe vor, das zunächst halbtags zu machen, aber es ist ein Anfang. Dauernd habe ich gelesen, wie gern man die Frauen wieder in die Arbeitswelt zurückholen würde, und mir ist klargeworden, wie viele meiner Bekannten Interesse daran hätten, vorausgesetzt eben, daß es als Teilzeit möglich ist. Also habe ich mich entschlossen, es zu probieren. Meine Bank hat mir letzte Woche grünes Licht gegeben.«

Mel war noch immer völlig verblüfft. »Sag mal, meinst du wirklich, du kriegst das hin?«

»Und« – Britt nahm das elegante Bein vom Knie und lächelte leicht amüsiert – »welchen Namen soll dein mutiges neues Unternehmen tragen?«

Ginny drehte sich um und sah sie zum erstenmal an; der leicht abfällige Ton war ihr nicht entgangen.

»Ich dachte« – Ginny nahm einen Schluck Kaffee und stellte die Tasse bedächtig ab –, »ich könnte es *Mrs. Tiggy-Winkles* nennen.« Ein halb verschlucktes Kichern von Liz und Mel. »Aber dann fand ich, daß sich das nach einem bemitleidenswerten Geschöpft anhört, das sich ein Nest baut, um der Realität zu entfliehen. Also habe ich die Idee verworfen.« Ginny lächelte gelassen. »Du bist doch Expertin, wenn es um Markennamen geht, Britt, stimmt's? Was hältst du denn von *Woman Power?*«

Prima! dachte Liz im stillen. Sie genoß die Situation so sehr, daß sie darüber glatt ihre Probleme vergaß. Wenn Ginny es schaffte, ihr Leben in den Griff zu kriegen, warum sie dann nicht auch? Sie würde hier und jetzt damit anfangen. Wenn es erst einmal offen auf dem Tisch lag, konnte es nur noch halb so schlimm sein.

»Wenn wir schon dabei sind ... Ich habe auch eine Neuigkeit für euch.« Alle schauten sie an und erwarteten von ihr die feierliche Bekanntgabe, daß die meteoritenhafte Karriere der Liz Ward einen weiteren Fortschritt gemacht hatte. Doch das war es ganz und gar nicht, was Liz ihnen zu sagen hatte. »David betrügt mich, und ich weiß, verdammt noch mal, nicht, was ich tun soll.«

Britt verschluckte sich an ihrem Kaffee. Ginny schaute in ihre Richtung und sah, wie sich ein kaffeebrauner Fleck auf ihrem Calvin-Klein-Kleid ausbreitete. Hatte sie also richtig vermutet.

»Also«, fuhr Liz fort und hatte das Gefühl, daß alles schon

nicht mehr ganz so bedrückend war, »was soll ich machen? Rausfinden, wer sie ist?«

»Na, und ob«, ermunterte Mel sie. »Zieh los und kampier in ihrem Garten, zerschlitz ihr die Reifen! Mach ihr die Hölle heiß!«

Ginny ließ Britt nicht aus den Augen.

»Wenn ich an deiner Stelle wäre« – Britt versuchte, den Kaffeefleck mit ihrer freien Hand zu verdecken –, »würde ich mir keine Gedanken deswegen machen. Vergiß es.« Sie setzte ihr sphinxhaftes Lächeln auf. »David vergöttert dich. Ich schätze, du bildest dir da was ein.«

»O nein.« Liz schüttelte den Kopf. Jede Frage dieses albernen Tests geisterte ihr noch im Kopf herum. »Ich bin mir absolut sicher, daß es keine Einbildung ist.«

Während Ginny über ihre Pläne plauderte, rührte Britt das köstliche Quiche auf ihrem Teller nicht an. Sie verspürte etwas Ungewohntes: Schuldgefühle. Und das gefiel ihr ganz und gar nicht. Meine Güte, es war doch nicht ihre Schuld, daß David sich an ihrer Schulter ausheulen wollte! Den Schuh mußte sich Liz anziehen. Sie hätte die Warnzeichen erkennen müssen.

Außerdem, man kann nicht jemanden heiraten, sich dann in einen anderen Menschen verwandeln und erwarten, daß es dem anderen nichts ausmacht. Wenn man an den Pfeilern einer Beziehung rührte, mußte man das Risiko akzeptieren.

Wie dem auch sei, zwischen ihr und David lief doch gar nichts Ernstes. Alles, was er wollte, war Sex und Bestätigung. Keine große Sache. Männer taten das doch ständig. Schon sehr bald würde er zu Liz zurückrennen, und in ein, zwei Jahren würde sie Scherze über die *Affäre* machen und darüber, wie gut es ihnen beiden getan hatte.

Er wäre nicht der erste abtrünnige Ehemann, den Britt als einen glücklicheren Mann zu seiner Frau zurückgeschickt hatte. Einfach lächerlich, daß sie sich schuldig fühlte. Wenn sie aufpaßten, mußte Liz auch nichts davon erfahren. Andererseits war es vielleicht doch besser, wenn sie ein wenig auf Sparflamme gingen.

Ginny reichte Britt das Tablett mit dem gebrauchten Geschirr und bat sie, ihr beim Abräumen zu helfen. Während des Essens hatte sie die ganze Zeit mit sich gerungen, ob sie etwas sagen sollte. Doch als sie gesehen hatte, wie Britt ihren Kaffee verschüttet hatte, entschied sie sich dagegen – offensichtlich wußte Britt ganz genau, daß sie großen Mist baute. Aber nun war sie wieder ganz die alte, arrogante Britt, und das fand Ginny unerträglich.

Manchmal fragte sie sich, warum sie sich eigentlich immer noch mit Britt abgaben. Nun gut, sie kannten sich seit ihrem ersten Tag an der Universität und hatten zusammen eine Menge Spaß gehabt, aber das war nun schon so viele Jahre her. Neuerdings ging Britt einem wirklich auf die Nerven. Zugegeben, wenn sie wollte, konnte sie sehr umgänglich sein, und sie hatte zweifellos eine Art, Dinge ins Rollen zu bringen. Die einzigen echten Freundinnen, die Britt hatte, waren Mel, Liz und sie, Ginny. Und selbst für sie gab es auf alarmierende Weise immer weniger Grund, sich auf die guten, alten Zeiten zu berufen.

»Britt...« Sie nahm Britt das Tablett wieder ab, ehe sie es fallen ließ. »Als Liz sagte, daß David sie betrügt – er betrügt sie doch mit dir, oder?«

Für einen Moment erstarrte Britt vor Schreck. Doch sie unternahm keinen Versuch, es abzustreiten. »Woher weißt du das?«

»Ich habe mitgekriegt, wie ihr beiden euch angesehen habt bei eurem letzten Besuch.«

»War das so offensichtlich?«

»Auf einen Kilometer Entfernung.«

»Und wie lautet jetzt dein freundschaftlicher Rat? Tu der armen Liz nicht weh? Die arme Liz ist die patenteste Person, die ich kenne, und ich mache mir viel mehr Sorgen um mich selbst.«

Mit einem unangenehmen Schock der Erkenntnis wurde Britt klar, daß es die reine Wahrheit war. Sie *machte* sich Sorgen um sich. Sie mußte an David denken und daran, daß sie in den letzten Wochen mehr und mehr Zeit miteinander verbracht hatten. Sie hatte unzählige Affären gehabt, und normalerweise beließ sie es bei zwei, drei Nächten. Doch mit David war es, ohne daß sie sich dessen bewußt gewesen wäre, ernster geworden als von ihr beabsichtigt. Sie hatte niemals vorgehabt, Liz auf Dauer den Ehemann auszuspannen – so wie David ganz eindeutig nicht beabsichtigte, Liz zu verlassen. Es ärgerte sie manchmal, wie sehr er ihr noch immer ergeben war, und das in fast jeder Hinsicht – außer im Bett. Das war Britts Domäne.

Vielleicht war es nun genug. Es war nett gewesen, aber nun geriet es allmählich außer Kontrolle. Wenn sie ihn das nächste Mal sah, würde sie es ihm sagen. Sie hoffte nur, daß er nicht schnurstracks zu Liz lief und sie um Vergebung bat. Männer waren so schwach. Sie konnten nicht die Klappe halten und mußten zu Mami rennen und alles ausposaunen. Auf diese Weise sorgten sie dafür, daß allen weh getan wurde.

»Liz, wäre es Ihnen möglich, daß Sie sich den kommenden Dienstagnachmittag freihalten, damit wir uns mal zusammensetzen und das Budget für *Cardboard People* durchsprechen?« Conrads schmalziger Charme verursachte ihr Unbehagen. Er führte ganz eindeutig etwas im Schilde. Sie wußte es. Er plante irgendeinen Coup für Dienstag, und sie mußte unbedingt herausfinden, was es war, um sich wehren zu können. Dieses Mal kämpfte sie nicht nur für die Menschen in Cardboard City, sondern auch um ihr eigenes Überleben.

Als sie sich die Unterlagen mit den Kostenaufstellungen vornahm, um zu sehen, wo Einschnitte im Budget möglich waren, ohne die ganze Angelegenheit zu ruinieren, begannen die Zahlen vor ihren Augen zu tanzen, und immer wenn sie versuchte, an die elektronische Grafik zu denken oder zu entscheiden, ob sie tatsächlich unbedingt einen Prop Man auf 5T benötigten, um zwei Pappkartons zu tragen, wanderten ihre Gedanken zurück zu David.

Er war so verändert gewesen in den letzten Tagen. Er kam jetzt schon um acht statt um elf nach Hause, und plötzlich schien er sich wieder zu freuen, sie zu sehen. Gestern abend hatte er ihr sogar Blumen mitgebracht. Sie hatte ihn geküßt, als er ihr die Blumen überreichte, aber würde sie ihm je wieder vertrauen können?

Liz beobachtete David, als er Daisy kitzelte und dann auf seine Schultern hob, und sie mußte lächeln. David stützte Daisy mit einer Hand und hielt Jamies mit der anderen fest. Die Herbstsonne spielte mit Daisys blonden Locken, während sie vergnügt mit dem Kopf wackelte.

Für einen Moment wünschte Liz, die Zeit möge stillstehen und diesen Anblick für immer einfangen: eine ganz normale Familie, die einen Nachmittag im Zoo verbrachte.

Als David bemerkte, daß Liz sie beobachtete, lächelte er ihr zu. Und sie erwiderte sein Lächeln. Was immer gewesen sein mochte, es war vorbei. Sie fühlte, wie die Erleichterung sie durchströmte. Die Kälte und Distanz zwischen ihnen war verschwunden. Es war, als sei sie zu einer Entscheidung gelangt. Sie würde wieder mit allem klarkommen: der Arbeit, mit Conrad und selbst mit dem Umstand, daß Susie sie verließ – solange sie glücklich waren.

»Eis! Eis, Mum!« Jamie zappelte vor ihr wie ein Frühlingslämmchen. Seine außergewöhnliche Sensibilität sagte ihm anscheinend, daß alles wieder im Lot war. »Komm, Mum, bitte!«

Liz ärgerte sich, als sie feststellte, daß sie ihre Handtasche im Wagen vergessen hatte. David hob Daisy über den Zaun auf den Abenteuerspielplatz gleich neben dem Gehege mit den Gorillas.

»Hast du Geld bei dir?«

»In meiner Jackentasche, da muß meine Brieftasche sein.« Er deutete auf die Lederjacke, die in der Kinderkarre lag. Summend langte sie nach der Jacke und spürte die Wärme der Nachmittagssonne auf ihren Schultern. Sie griff in eine der Taschen, doch da waren nur einige Münzen und eine Restaurantquittung. Ohne sich etwas dabei zu denken, warf sie einen Blick darauf und erstarrte. Es war eine Quittung des Les Amoureux, und sie war datiert auf den Dienstag letzter Woche, einem Abend, an dem David nach eigenen Aussagen bis spät in die Nacht hatte arbeiten müssen.

Sie brauchte keine befleckten Laken oder kompromittierende Fotos als Beweis für Davids Untreue. Das hier reichte. Sie kannte David. Das Les Amoureux war wohl kaum der Ort für geschäftliche Unterredungen. Liz erinnerte sich noch sehr gut daran, daß David sie an ihrem ersten gemeinsamen Abend vor so vielen Jahren dorthin ausgeführt hatte.

Sie mußte sich setzen. Alle Freude und Unbeschwertheit dieses Tages waren wie ausgelöscht. Sie konnte kaum glauben, wie sehr es sie schmerzte. Gerade als sie angefangen hatte, ihm wieder zu vertrauen.

»Fehlt dir was, Mum?« Jamie schlang die kleinen Arme um sie. Besorgt sah er Liz an und sagte dann mit dem herzlosen Egoismus eines Kindes: »Ich meine, du bist doch nicht krank oder so was? Du wirst doch wohl nicht mein Wett-Sackhüpfen verpassen, oder?«

Jamies Sportfest! Natürlich, dieser Drache von Lehrerin hatte ihr gesagt, wie erfreut sie seien, daß Jamie seine Angst überwunden habe und nun doch teilnehmen wollte. Sie hatte es völlig vergessen bei dem ganzen Durcheinander.

»Wann ist das denn?« Liz hatte schon eine ungute Vorahnung, als sie ihm das Haar zauselte.

»Dienstag!« Jamie tat so, als wäre schon jetzt Sackhüpfen dran. »Um drei Uhr!«

Liz hätte am liebsten losgebrüllt. Das war einfach nicht fair. Sie gab ihr Bestes, um ihre Familie zusammenzuhalten und ihre Ehe zu kitten – *womit* hatte sie das verdient?

Jamies Wett-Sackhüpfen war um drei Uhr nachmittags. Eine Viertelstunde vor Beginn ihrer Besprechung mit Conrad. Und zwar am anderen Ende von London. Sie würde sich für eines von beiden entscheiden müssen.

13

»Bedauere, Liz, aber ich fürchte, Conrad wird die Besprechung morgen unmöglich verschieben können.« Conrads persönliche Assistentin klang verständnisvoll, doch Liz ließ sich nicht blenden. Die Kleine brannte vor Ehrgeiz und würde alles dafür geben, selbst einen Fuß auf die Karriereleiter zu setzen. Unter ihrem puderzuckersüßen Ton brodelte sie vor Groll, weil Liz gegen die Regeln verstieß. Und es steckte der stille Vorwurf darin, weil sie es wagte, nicht bereitwillig alles zu opfern, wenn sie es bis ganz nach oben geschafft hatte. Schämen sollte sie sich.

Für einen Moment saß Liz da und starrte auf die Insignien ihres Erfolges – ein riesiges Eckbüro. Viele Leute bei Metro würden glatt einen Mord begehen für solch ein Büro mit seinem fünfzehn Stockwerke hohen Ausblick über den Fluß.

Sie mußte schmunzeln, als ihr Blick auf die beiden massiven schwarzen Ledersofas fiel. Ein Sofa im Büro zu haben, galt als essentielles Zeichen von Macht und Erfolg beim Fernsehen. Und sie hatte zwei davon. Conrad nur eins. Sollte das etwa heißen, daß sie auch doppelt soviel Macht und Erfolg hatte wie er? Sie mußte zugeben, daß Conrad der unbestrittene Sieger war, was Machtspielchen betraf. Tief im Innern fand sie, wie die meisten Frauen, keinen Geschmack daran und hielt es für verschwendete Zeit und vergeudete Energie. Sie würde sich lieber ganz auf ihren Job konzentrieren.

Doch allmählich begriff sie, daß man nicht weiterkam, wenn man nicht mitspielte. Was hatte sie denn auch erwartet, als sie um eine Verschiebung der Besprechung nachsuchte? Daß Conrad sagen würde: »Aber sicher, Liz, wir verschieben die Sitzung und sagen den anderen zwanzig Bescheid, damit Sie in aller Ruhe zum Sportfest Ihres Kleinen gehen können«? Meine Güte, dies war die knallharte Realität.

In einem Blitz der Eingebung erkannte sie, wie naiv sie gewesen war. Conrad hatte etwas vor, und sehr wahrscheinlich würde er eher sein Vorhaben durchziehen, wenn sie nicht dabei war. Alles in ihr schrie, daß es ein abgekartetes Spiel und diese Besprechung die wichtigste in ihrer Karriere war. Und mit beunruhigender Klarheit erkannte sie eines ganz sicher: Wenn sie überleben wollte, mußte sie daran teilnehmen.

Liz brachte Jamie in den Umkleideraum und half ihm dabei, sich umzuziehen. Rote Shorts, T-Shirt und die neuen Panther-Laufschuhe. Sie mußte schmunzeln, als sie die Schuhe auspackte, denn sie war selbst mit ihm losgefahren, um ihm diese Schuhe zu kaufen, und der Kult um diese Marke hatte sie umgehauen. Eine Auswahl von mehr als dreihundert verschiedenen Schuhen, doch Jamie fand diese sofort toll.

Sie sah Jamie an, während sie ihm die Schuhe mit einem Doppelknoten zuschnürte. Doch er erwiderte ihr Lächeln nicht und sah sie gar nicht an. Er saß nur lustlos da und reagierte nicht einmal auf ihre scherzhafte Bemerkung, man könne doch ein hartgekochtes Ei für das Wett-Eierlaufen nehmen.

»Ah, Mrs. Ward, ich bin froh, daß Sie hier sind.« O Scheiße, dachte Liz, nicht wieder diese Oberlehrer-Tour. Doch die Frau strahlte über das ganze Gesicht. »Ich möchte Ihnen sagen, wieviel Freude uns Jamie macht. Er hat sich sehr rausgemacht, hab' ich nicht recht, Jamie? Sie werden doch sicher nachher da sein bei seinem großen Auftritt?«

Jamie starrte auf seine Füße.

»Ich fürchte, es geht heute nachmittag nicht. Ich habe eine sehr wichtige Konferenz.«

»Verstehe.« Ihr Ton ging Liz durch und durch. Wie kann es denn eine Konferenz geben, schien sie damit zu sagen, die wichtiger ist als das Wett-Sackhüpfen des eigenen Kindes?

Schuldig. Warum fühlte sie sich eigentlich derart schuldig und mies, während David ohne den geringsten Skrupel zu einer Konferenz nach Manchester geflogen war und es völlig ausgereicht hatte, daß er Jamie versprach, ihn nächste Woche mal mit ins Büro zu nehmen? Und Jamie hatte es akzeptiert!

Er hatte gelächelt und gesagt: »Danke, Dad.« Sie dagegen sollte nicht so leicht davonkommen.

»Mach's gut, mein Schatz. Viel Glück nachher. Susie wird dasein, und sie geht hinterher noch mit dir zu McDonalds. Hast du Lust, einen Freund mitzunehmen?«

Jamie antwortete nicht. Er hatte sein Schnürband gelöst und tat so, als würde er es zuknoten. Liz strich ihm über das Haar und wandte sich zum Gehen.

An der Tür blieb sie stehen und winkte ihm zu, in der Hoffnung auf ein Zeichen der Vergebung. Doch Jamie hielt den Kopf gesenkt. Für den Bruchteil einer Sekunde sah er auf, und sie entdeckte, daß Tränen über sein Gesicht liefen.

»Liz, Sie haben ja ihr Sandwich nicht mal angerührt.«

Liz sah überrascht auf die kleinen Viertel mit geräuchertem Lachs auf Schwarzbrot, die sich bereits an den Seiten wölbten. Während der vergangenen Stunde hatte sie hier gesessen und versucht, sich Argumente zurechtzulegen, wie sie Conrad schlagen, *Cardboard People* retten und allen beweisen konnte, wer die kreativen Entscheidungen bei Metro TV traf. Doch alles, woran sie denken konnte, war Jamies tränennasses Gesicht.

Er war so ein sensibles Kind. Für einen Moment stellte sie sich vor, wie er sich wieder und wieder die Hände wusch, weil er das Gefühl hatte, daß Mummy und Daddy Streit miteinander hatten und es seine Schuld war.

Und plötzlich wußte sie, daß sie diesen Moment, der ihm so viel bedeutete, unmöglich verpassen durfte, ganz gleich, was es sie auch kosten mochte.

Zum erstenmal seit Tagen schien alles ganz einfach zu sein. Fast mußte sie vor Erleichterung lachen, als sie ihre Unterlagen zu einem Stapel zusamenraffte und zu ihrer Sekretärin sagte: »Viv, würden Sie bitte in Conrads Büro anrufen und ihm ausrichten, daß ich es nicht schaffe heute nachmittag.«

Viv sah sie verblüfft an. Dann verstand sie. »Was soll ich denen sagen?«

Liz wußte, daß ihr ein Rettungsring zugeworfen worden war. Das loyale Angebot, eine Notlüge zu gebrauchen. Ein Todesfall in der Familie. David und eine mysteriöse Krankheit. Doch sie wußte auch, daß es nicht einen Hauch einer Chance gab, daß Conrad darauf hereinfiel.

»Sagen Sie, daß ich mir ein Wett-Sackhüpfen anschauen muß und später wieder ins Büro komme.«

»Geht es denn nicht schneller? Können Sie nicht irgendeine Abkürzung nehmen?«

Der Taxifahrer schaute nach hinten, als er hörte, wie besorgt sie klang, und zuckte mit den Achseln. Er tat sein Bestes. Er hatte gelernt, sich die Verzweiflung mancher Menschen, irgendwohin zu kommen, nicht zu sehr zu Herzen zu nehmen. Sonst handelte man sich noch einen Herzinfarkt ein.

Vier Minuten nach drei, und Liz geriet allmählich in Panik. In der Stadt hatte die ganze Zeit Stoßverkehr geherrscht, und jetzt, kurz vor dem Ziel, verstopften Kombis und Range Rover die Straßen.

Als Liz auf die endlose Autoschlange schaute, hatte sie eine deutliche Vision, die ihr das Gefühl gab, ins Bodenlose zu stürzen. Sie hatte ihre Karriere weggeworfen und all die Menschen im Stich gelassen, die für sie arbeiteten, um zu Jamies Sackhüpfen zu fahren, und nun würde sie es verpassen. Während er herumhopste, sich vernachlässigt fühlte und sich sehnlichst wünschte, sie wäre bei ihm, würde sie ein paar hundert Meter entfernt im Stau stecken. Sie hatte alles vermasselt. Sie spürte die Tränen der Niederlage aufsteigen. Sie hatte bei ihrem Sohn versagt, ihre Ehe fiel auseinander, und sie hatte ihre Kollegen bei Metro im Stich gelassen, weil sie Conrad nicht aufs Kreuz gelegt hatte.

»Besser, Sie laufen das Stück, meine Liebe. Das kann hier noch Tage dauern.«

Der Rat des Taxifahrers drang schließlich zu ihr durch. Sie kramte in ihrer Handtasche und gab ihm einen Zehner, während er auf ihren engen Rock und die hochhackigen Schuhe starrte. »Da werden Sie wohl wie Prinzessin Di rennen müssen!«

Was redete der da? Doch dann fiel es ihr ein. Prinzessin Diana beim Sportfest ihres Sohnes. Sie hatte die Schuhe abgestreift und war barfuß gelaufen. Lächelnd gab Liz dem Taxifahrer ein dickes Trinkgeld und machte dann dasselbe. Sie rannte die letzten zwei, dreihundert Meter die schmutzige Straße entlang und auf den Sportplatz.

»Wo findet das Sackhüpfen statt?« fragte sie keuchend die einzige Lehrerin, die sie erkannte.

»Dort drüben. Aber da müssen Sie sich beeilen. Es hat schon angefangen.«

Atemlos stolperte Liz über den aufgeweichten Rasen, drängelte sich an Eltern und Kindern, Kinderwagen und Hunden vorbei, mit schlimmen Seitenstichen und dreckigen Füßen. Doch sie wußte, daß es jetzt nur eines gab, was zählte, und das war, zu Jamie zu kommen und ihn wissen zu lassen, daß sie ihm zusah.

Schließlich schaffte sie es ausgepumpt und japsend. Ungefähr zehn Kinder nahmen an dem Wetthüpfen teil, und sie konnte sehen, daß ein Junge bereits auf der Hälfte der Strecke war, wild untestützt von seinen Eltern. Ihr Blick huschte über die Gesichter der übrigen Kinder, doch in ihrer Panik konnte sie Jamie nicht darunter entdecken. O Gott, vielleicht hatte er einen Rückzieher gemacht!

Dann sah sie Susie, die brüllte und auf und ab sprang, und Daisy vor ihr im Kinderwagen machte munter mit. Da war Jamie ja! Dritter von hinten, zwischen einem fetten Jungen und einem Mädchen mit Brille.

Und dann endlich entdeckte er sie. »Mum!« rief er begeistert. »Meine Mum ist da!«

Für einen Moment dachte sie, er würde den Sack fallen lassen und zu ihr laufen. Doch statt dessen legte er einen plötzlichen Spurt ein und hüpfte wild, als hätte er glühendheiße Kohlen unter den Sohlen.

»Weiter, Jamie, du schaffst es!« brülle Liz so laut, daß das vornehme Pärchen neben ihr zusammenfuhr und sie mit einem vernichtenden Blick bedachte.

Jamie war jetzt Kopf an Kopf mit dem führenden Jungen. Mit einem übermenschlichen Satz sprang er durch die Luft und landete hinter der Ziellinie, genau eine Tausendstelsekunde vor dem völlig verdatterten Konkurrenten, der schon geglaubt hatte, das Rennen sei gelaufen, und sich selbstgefällig grinsend zu seinen Eltern umgedreht hatte, die seinen großen Sieg auf Video aufnehmen wollten.

Liz hob Jamie hoch und wirbelte ihn herum, dann küßte sie ihn ab, bis er kaum noch Luft bekam, während ihr Tränen des Stolzes, der Liebe und vor allem der Erleichterung, daß sie den Augenblick des Triumphes nicht verpaßt und ihre Karriere nicht völlig umsonst weggeworfen hatte, über das Gesicht liefen und ihr Make-up ruinierten.

Eigentlich hatte sie mit Protest gerechnet. Mit dem üblichen »Hey! Mum! Nicht!«. Doch zum erstenmal stieß er sie nicht weg. Sie fühlte seinen Arm um ihren Nacken und spürte, daß er sie so fest hielt wie sie ihn. Für einen Moment fragte sie sich, weshalb sie so lange gebraucht hatte, etwas zu begreifen, was ein Blinder gesehen hätte: Er brauchte sie, und sie mußte für ihn da sein. So einfach – oder auch schrecklich kompliziert – war das.

»Hallo, Liz«, schnurrte Claudia, als Liz aus dem Fahrstuhl stieg und auf Conrads Büro zuging, bemüht, ihre schmutzigen Schuhe unter dem Regenmantel zu tarnen. Claudia klang wie eine Katze, die nicht nur die Sahne hatte schlecken dürfen, sondern die ganze Mahlzeit bekommen hatte. »Du hast einiges verpaßt. Ich fürchte, deine Serie über Obdachlose ist gestorben. Zu langweilig. Conrad hat sich statt desen für eine brillante neue Gameshow entschieden. Es geht um persönliche Probleme der Leute.«

Um ein Haar hätte Liz schallend losgelacht. *Sie glauben, Sie haben Probleme?* war eine der drittklassigen Ideen, mit denen Britt angekommen war und die sie aus reiner Höflichkeit an

Conrad weitergereicht hatte. Wenn Conrad bereit war, *Cardboard People* für etwas derart Albernes fallenzulassen, dann gab sie nicht mehr viel auf Metro TV als ernstzunehmender Sender.

Während die letzten Teilnehmer der Besprechung aus dem Saal strömten, ohne Liz direkt anzuschauen, bemerkte sie, daß Conrad sie beobachtete. »Hätten Sie die Güte, mich in mein Büro zu begleiten?«

Die kleine Schar auf dem Flur stob pikiert auseinander, als ersichtlich war, daß der Showdown hinter verschlossenen Türen stattfinden sollte.

Conrad hielt Liz die Tür auf.

Für einen Moment mußte Liz an die Belegschaft denken, die sie brauchte, und an die Programme, die sie nie realisieren würde. Ohne sie würde Metro nichts als Mist produzieren. Doch was zählte mehr? Metro TV oder ihre Familie? Die Ironie an der Sache war, daß sie angenommen hatte, sich nie entscheiden zu müssen. Sie war überzeugt gewesen, daß Frauen beides haben können, Karriere und Familie. Vorstand und Babys. Bis heute. Heute war sie ein für allemal vor die Wahl gestellt.

»Wie war's beim Sportfest?« Sie wußte genau, daß Conrad sie mit diesem Ton verletzen wollte, doch es wirkte nur erbärmlich.

»Großartig.« Sie lächelte. »Jamie hat gewonnen.«

»Hat er das?« Conrad grinste wie ein Wolf. »Schön für ihn. Schade nur, daß seine Mutter verloren hat.«

Liz hielt seinem Blick stand, als sie sein Büro betrat.

»Das, Conrad, kommt ganz darauf an, wie man es sieht.«

Zu ihrer Überraschung sah sie Mark Rowley auf dem Sofa neben Conrads Schreibtisch sitzen. Leicht errötend nahm sie Platz. Einfach lächerlich, wie schwer es ihr fiel, ihm ungezwungen gegenüberzutreten, nur wegen dieser einen Geschichte während ihrer Studienzeit.

»Ich habe Rowley gebeten, zu bleiben und sich Ihre Erklärung anzuhören. Ich bin sicher, daß Sie unserem Vorsitzenden persönlich Ihre Geschichte erzählen möchten.«

»Aber ich habe es Ihnen doch schon gesagt, Conrad. Ich mußte zum Sportfest meines Sohnes. Er war in letzter Zeit etwas angeschlagen, und es war ihm sehr wichtig, daß ich bei ihm bin.«

»Hätten Sie Conrad nicht um eine Verlegung der Besprechung bitten können?« Mark Rowley klang unerwartet verständnisvoll. Sie hatte gehört, daß er selber Kinder hatte. Vielleicht konnte er sie verstehen.

»Das war ihm anscheinend unmöglich«, antwortete sie bissig.

»Also«, Conrads Stimme klang seidenweich, »ich bin jederzeit bereit, dieses eine Mal darüber hinwegzusehen, vorausgesetzt, ich bekomme eine offizielle Entschuldigung von Ihnen.« Er hielt inne. »Und selbstverständlich die Versicherung, daß so etwas kein zweites Mal passiert.«

Liz ahnte, daß ein Haken an der Sache war. »Das kann ich nicht versprechen, Conrad. Kinder halten sich nicht an Bürozeiten. Und das mit der Entschuldigung können Sie vergessen. Ich kündige hiermit. Selbstverständlich formuliere ich das auch gern schriftlich, wenn Sie darauf bestehen.«

»Ich denke, das wird nicht nötig sein. Ist doch auch peinlich für die Kollegen, finden Sie nicht?« Er schaute auf die Uhr. »Halb sechs. Wenn Sie sich beeilen, sind Sie noch rechtzeitig zu Hause, um die Kleinen in die Wanne zu stecken.«

Als Liz zum letztenmal zum Lift auf der Vorstandsetage ging, bemerkte sie, daß Mark Rowley ihr folgte. Sich nervös umschauend, holte er sie schließlich ein. »Liz! Liz!« Die Eindringlichkeit in seinem Ton erstaunte sie, und sie drehte sich zu ihm um.

»Tun Sie's nicht. Geben Sie ihm nicht die Befriedigung. Ich habe Sie beobachtet während der vergangenen drei Monate, und ich finde, Sie sind überragend. Sie wissen doch selbst, was passieren wird, wenn Sie gehen. Er wird Claudia Jones den Job geben.« In einer überraschenden Gefühlsregung nahm er ihren Arm. »Bleiben Sie, Liz! Ich werde den Vorstand dazu überreden, Ihnen Rückendeckung zu geben.«

Liz lächelte, überrascht und gerührt von seiner Indiskretion. »Tut mir leid, Mark, aber ich kann nicht. Ich kann nicht versprechen, daß so etwas nicht wieder vorkommt.«

»Und wenn schon! Jeder andere als Conrad hätte die Sitzung verschoben.«

»Tatsächlich? Ich bin mir da nicht so sicher. Auf Wiedersehen, Mark. Die letzten paar Monate waren die aufregendsten meines Lebens.« Sie lächelte. »Aber es ist Zeit für mich zu gehen. Ich kann Conrad einfach nicht mehr trauen.«

»Hallo, Liz. Damit haben wir ja gar nicht gerechnet, daß Sie schon so früh nach Hause kommen.« Susie war die erste, die Liz bemerkte, als sie durch die Badezimmertür spähte.

Daisy, noch immer rosig und plitschnaß vom Baden, krähte freudig und warf sich Liz in die Arme. Jamie, nackt bis auf die Siegermedaille, die ihm an einem Band um den Hals hing, war als nächster an der Reihe. »Mum! Mum! Ich hab' einen Cheeseburger gegessen. Und eine große Portion Pommes. Und ein Schoko-Milchshake. Und Apfelstrudel mit Eis!«

Susie wirkte leicht verlegen bei der Eröffnung eines solchen Alptraums von Abendessen. Liz lachte. »Genau das Richtige nach einem so anstrengenden Rennen.«

»War denn heute nicht Ihre wichtige Konferenz?« fragte Susie schüchtern.

»Ja. Ich hab's aber nicht mehr ganz geschafft.«

»Weil Sie bei Jamies Sportfest waren?« Susie trocknete Daisy ab. »Waren die sauer?«

Liz mußte an Conrads kalte Wut im Blick denken. »Ein bißchen. Sagen wir, ich werde von nun an viel mehr Zeit für die Kinder haben.«

»Warum bist du denn nicht bei der Arbeit, Mum?« Jamie baute sich vor ihr auf, um sich abtrocknen zu lassen.

»Weil Mummy eine Weile nicht zur Arbeit gehen wird.«

»Gar nicht? Morgen auch nicht? Und übermorgen?« Jamie war sichtlich aus dem Häuschen von dieser Ankündigung. »Und geht Dad denn noch zur Arbeit?«

Liz' kleine Seifenblase der Hochstimmung zerplatzte. David! Wie um alles in der Welt würde er darauf reagieren, daß sie den Job hingeschmissen hatte? Hätte sie ihn verstanden, wenn er durch Logan Greene in eine unmöglich hinzunehmende Lage gebracht worden wäre?

Plötzlich wurde sie wütend. Weshalb machte sie sich eigentlich Gedanken, wie *er* darüber dachte? Schließlich betrog er sie mit einer anderen Frau! Und nun, da sie ihren Job aufgegeben hatte, war es an der Zeit, diesbezüglich etwas zu unternehmen. Sie hatte viel zu ruhig reagiert, sie hätte zurückschlagen sollen und kämpfen müssen. Und genau das würde sie jetzt tun.

Wie konnte sie David klarmachen, was er mit seiner albernen Affäre riskierte? Sie mußte ihm zeigen, daß sein Frauchen und die Kinder nicht ewig zu Hause sitzen und auf ihn warten würden.

Sie drückte Jamie an sich und lächelte. Sie hatte eine Idee.

»Andy, vielleicht kannst du mir behilflich sein.« David mochte den Anzeigenleiter. Er war hilfsbereit und geradeheraus, und er schuldete David einen Gefallen. »Ich brauche eine Aufstellung der Anzeigenerlöse der überregionalen Ausgabe während der letzten Monate.«

Andy grinste. »Du auch, he? Ich hab' das gerade für Mick Norman zusammengestellt.« Er sah David neugierig an. »Ist also was an den Gerüchten dran.«

David warf einen Blick auf die Schlagzeile der aktuellen Ausgabe der *Daily News* und hörte nur mit halbem Ohr zu. »Was für Gerüchte sind das denn?«

»Daß Logan ein Billigblatt gegen die *World* ins Rennen schickt.«

David saß wie angewurzelt da. Natürlich. Das machte Sinn. *Deshalb* hatte Logan Norman an Bord gebracht. Nicht nur als Berater, um die *News* aufzupäppeln, sondern um ein völlig neues Blatt rauszubringen! Und nur deshalb hatte Logan wegen der Jim-Johnson-Fotos so schnell nachgegeben. Er wollte sie für das neue Blatt aufsparen!

Scheiße, und sogar Andy Warren hatte es vor ihm gewußt. Während Logan ihm, der er doch als sein Liebling galt, nicht ein Sterbenswörtchen verraten hatte, verdammt!

David spürte, wie eine Woge der Verachtung für Logan, für die *News* und die ganze beschissene Zeitungsbranche in ihm aufstieg. So fühlte es sich also an, wenn man versagt hatte. Er hatte den übermächtigen Wunsch, hier abzuhauen und sich vollaufen zu lassen.

Dann fiel ihm ein, daß Liz heute ihre wichtige Besprechung gehabt hatte und er heimfahren sollte, um zu erfahren, wie es für sie gelaufen war. Und Jamies Sportfest!

Dann mußte er an Britt denken, und ihm wurde klar, daß er sie ficken wollte wie noch nie – so lange, bis ihm ihre Freudenschreie in den Ohren dröhnten und ihm sagten, daß er kein Verlierer war. Er griff sich die Aktentasche, verließ das Gebäude und nahm sich ein Taxi Richtung Osten.

Je länger Liz darüber nachdachte, desto besser gefiel ihr der Plan. Es war erschreckend einfach. Wenn David heute nach nach Hause kam, würden sie nicht da sein. Das mußte ihm einen solchen Schock einjagen, daß er wieder zur Besinnung kam.

Aber wo sollten sie hin? Natürlich könnten sie zu Mel. Oder sogar zu Britt. Ginny oder ihre Mutter wohnten zu weit entfernt. Aber sie wollte ihren Freundinnen gegenüber lieber nicht zugeben müssen, wie miserabel die Dinge zwischen ihr und David standen.

»Komm, Jamie, heute ist dein Glückstag. Wir ziehen noch mal los, um zu feiern!«

Nach dem Baden sahen sie sich gemeinsam die *Sesamstraße* auf Video an und spielten drei Runden Schnipp-Schnapp. Dann war es Zeit aufzubrechen. Liz trug Daisy zum Wagen und setzte sie in den Kindersitz. Sie schnallte beide Kinder an und fuhr dann mit ihnen zur Pizzeria des Ortes. Jamie kämpfte tapfer gegen die Müdigkeit an und vertilgte ein Stück Pizza. Dann nickte er ein, die Tomatensoße noch über seine

Wangen verschmiert wie Blutflecken in einem Horrorfilm. Zärtlich wischte ihm Liz das Gesicht ab und brachte die beiden dann zum Wagen.

Viertel vor zehn war es jetzt; damit ihr Vorhaben Wirkung zeigte, mußte sie noch bis ein Uhr durch die Gegend fahren. Später als gegen Mitternacht kam David eigentlich nie nach Hause.

Zuerst fuhr sie nach Windsor und um den Windsor Great Park herum, wo sie für einen Moment anhielt, um sich aus der Ferne das nächtlich beleuchtete Schloß anzuschauen.

Gemächlich fuhr sie durch Richmond und Kew zurück. Zweimal legte sie einen Zwischenstop ein, um sich einen Kaffee zu gönnen, und handelte sich neugierige Blicke ein. In der Fleet Street kaufte sie die Abendausgabe der *Daily News*, erstaunt, wie geschäftig diese Gegend noch immer war, obwohl so viele Blätter rüber in die Docklands abgewandert waren. Schließlich war es ein Uhr morgens geworden, und sie fuhr, völlig ausgelaugt, nach Hause.

Sie hielt vor dem Haus, sah hinauf und erwartete eigentlich, ein besorgtes Gesicht am Fenster zu sehen, doch die Vorhänge waren überall geschlossen.

Für einen Moment gab sie sich der Vorstellung hin, daß David dort drinnen auf sie wartete und mit den Nerven am Ende war – in ihrer Phantasie telefonierte er herum, um sie zu suchen, und schwor sich, sich nie mehr mit diesem Mädchen zu treffen, wenn seine Familie nur wohlbehalten zurückkäme.

Während sie noch im dunklen Wagen unter der orangefarbenen Straßenbeleuchtung saß, hörte sie, wie die Haustür geöffnet wurde und jemand die Treppe hinunterkam. In weniger als einer Minute würde sie in seinen Armen liegen, er würde weinen, und sie würde ihm verzeihen.

Doch das besorgte Gesicht, das am Seitenfenster auftauchte, gehörte nicht David. Es war Susie. »Mein Gott, endlich sind Sie zurück.« Sie klang ganz schrill und atemlos vor Erleichterung. »David hat angerufen, gerade als Sie losgefahren sind.« Susie wich ihrem Blick aus und hob Daisy vom Rücksitz. »Ich soll ausrichten, daß es Probleme in der Redaktion gibt und daß er heute nacht nicht nach Hause kommt.«

14

Das erste, was Liz beim Aufwachen wahrnahm, war die sonderbare Stille im Schlafzimmer. Der Radiowecker war ausgestellt. Kein sanftes Schnarchen von David. Und was am bemerkenswertesten war – kein Gekreische und Gekrähe von Jamie und kein Weinen von Daisy.

Es war so anders als der übliche morgendliche Radau und Rummel, daß sich Liz für einen kurzen Moment fragte, ob sie überhaupt zu Hause war. Doch als sie sich im Halbdunkel umsah, fiel ihr Blick auf die vertrauten, geliebten Gegenstände in ihrem Schlafzimmer.

Wieder schaute sie auf den Radiowecker. Neun Uhr! Himmel, sie müßte längst im Büro sein! Doch dann fiel es ihr wieder ein. Sie mußte ja nicht mehr ins Büro. Und mit diesem Gedanken kehrten auch alle anderen Erinnerungen an den gestrigen Tag mit erschreckender, betäubender Deutlichkeit zurück.

Gestern war der Tag gewesen, an dem sie ihren Job hingeschmissen hatte. Und gestern hatte sich David entschieden, die Nacht in einem fremden Bett zu verbringen.

Für einen Moment wehrte Liz' Verstand den vollen Horror ihrer Situation ab. David hatte gesagt, es gäbe Probleme in der Redaktion. Es war doch bekannt, wie unberechenbar die Dinge bei einer Zeitung waren. Da gab es technische Probleme. Ärger mit den Gewerkschaften. Trouble wegen Verleumdungsklagen. Vielleicht hatte er ja doch nicht gelogen.

Für eine halbe Minute umkreiste Liz den Rettungsring, den David ihr zugeworfen hatte, und besah ihn sich. Sie könnte reinklettern und sich so lange treiben lassen, bis sie sich wieder stark genug fühlte, um an Land zu schwimmen. Und das war immer noch besser als zu ertrinken, oder?

Doch da gab es ein klitzekleines Problem: Ihr Instinkt und ihre Intuition, jede liebevolle gemeinsame Erinnerung, jedes Quentchen an Erfahrung aus zwölf gemeinsamen Jahren schrien in ihrem Inneren, daß er sie belogen hatte. David hatte die Nacht nicht in der Redaktion verbracht, sondern mit einer anderen Frau. Und plötzlich spürte Liz, wie sie wieder von einem schwarzen Loch der Depression und Verzweiflung aufgesogen wurde. Sie könnte damit fertigwerden, daß sie ihren Job verloren hatte, wenn es diese Affäre nicht gäbe. Und sie könnte damit klarkommen, daß David sie betrog, wenn sie nicht soeben ihren Job verloren hätte. Aber beides auf einmal zu verkraften war unmöglich, das schaffte sie nie und nimmer.

Eine Weile lag sie einfach nur da, starrte an die Zimmerdecke und wartete darauf, daß sich dort oben ein Riß bildete, wartete auf das Geräusch einstürzender Wände, darauf, daß ihr Zuhause zusammenbrach. Doch statt dessen vernahm sie ein Klopfen an der Tür. Wenn sie nicht reagierte, würden die da draußen schon aufgeben und wieder verschwinden. Aber sie gaben nicht auf. Klopfen und Kreischen, dann hörte sie Daisy rufen: »Mummy! Tür auf!« Irgendwie zog sie sich selbst wieder aus dem schwarzen Loch, das sie zu verschlingen drohte, und ging zur Tür.

Wie Licht, das die Schatten vertreibt, stürmten Jamie und Daisy ins Zimmer, und sie sah, daß Daisy einen kleinen Strauß Fresien in der Hand hielt und Jamie etwas Rundes. Hinter ihnen erschien Susie mit einem Tablett voll Croissants, und Liz roch frisch aufgebrühten Kaffee. Fast schüchtern überreichte Jamie ihr sein Geschenk – eine Rosette, auf der stand FÜR UNSERE MUM, WEIL SIE SO TAPFER WAR. WIR HABEN DICH LIEB. Und dann spürte Liz die Tränen. Sie weinte um sich selbst, um ihre Ehe und ihre kleinen Lieblinge, um all die Hoffnungen, die sie gehabt hatte, und den Schmerz, das alles in Trümmern zu sehen. Doch als Jamie und Daisy zu ihr liefen, um sie zu trösten, wurden es Tränen der Dankbarkeit, daß ihr trotz der Kostbarkeiten, die sie verloren hatte, noch immer so viel geblieben war.

Als sie die beiden fest an sich drückte, sah sie über ihre Köpfe hinweg Susie voller Mitgefühl lächeln. Für einen Moment war es ihr ein wenig peinlich, weil dieses Mädchen so viel über ihr Leben wußte. Zuviel. Ach, verdammt! Gerade jetzt konnte sie jede Freundin gebrauchen.

»Übrigens...« Susie lächelte verlegen. »Wegen meiner Kündigung. Jetzt ist das ja alles anders. In zwei Wochen wäre mein letzter Tag bei Ihnen, aber vielleicht wollen Sie ja, daß ich noch ein bißchen länger bleibe.«

Ehe Liz antworten konnte, hörte sie, wie jemand die Haustür aufschloß. Und beide wußten sie, daß es David war.

»Soll ich die Kinder mitnehmen?« Die behagliche Atmosphäre war zerplatzt wie eine Seifenblase; Susie sprang auf und hastete zur Tür, wohlwissend, daß gleich ein Gewitter losbrechen würde.

»Nein, ist schon in Ordnung. Laß sie ruhig hier.«

Wieso hatte sie das gesagt? Sicher wäre es besser, wenn Susie sie mit nach unten nahm.

Doch dann mußte sich Liz zu ihrer Schande eingestehen, daß sie ihren Schutz haben wollte. Wenn sie dabei waren, konnte nichts allzu Furchtbares passieren. In ihrer Anwesenheit konnte sie David nicht vorwerfen, sie betrogen zu haben, und er würde sie nicht verlassen können. Zum erstenmal erkannte sie, daß sie Angst hatte. Sie war nicht mehr die hochbezahlte TV-Chefin. Und wenn sie nun auch noch David verlor, wäre sie eine alleinstehende Mutter, die kämpfen mußte, um sich und die Kinder über Wasser zu halten. War sie stark genug, um dieses Risiko einzugehen?

Sie hörte David die Treppe heraufstürmen. Dann ertönte ein lautes Krachen, und sie hörten ihn brüllen und fluchen. Kurz darauf humpelte er ins Zimmer. Mit einer Hand rieb er sich das Knie, und in der anderen hielt er den Grund für seinen Sturz, Jamies Ghostbusters-Spuk-Exterminator.

»Meine Güte, Jamie. Du hast schon wieder dieses verdammte Mistding auf der Treppe liegen lassen!« polterte er.

Während sich Jamie in ihre Arme flüchtete, sah Liz, wie sich David aufs Bett fallen ließ und weiter sein Knie massierte.

»Daddyyyyy!« krähte Daisy und stürzte auf ihn, so herrlich

arglos, während Liz seines zerknitterten Anzugs gewahr wurde, der offensichtlich die Nacht über auf dem Fußboden eines fremden Schlafzimmers gelegen hatte, oder das leichte moschusartige Parfüm wahrnahm, das noch immer in seiner Kleidung hing und das ebenso Bände sprach wie das Schuldgefühl, das ihm an den Augen abzulesen war.

Als er Jamie schluchzen hörte, beugte sich David zu ihm und hob ihn hoch; das Gefühl der Reue machte sich breit. »Tut mir leid, daß ich dich so angebrüllt habe, mein Junge. Daddy ist ein bißchen müde.« Er mied Liz' Blick. »War 'ne harte Nacht in der Redaktion«, fügte er lahm hinzu.

Als sie die beiden so sah, verspürte sie den verzweifelten Wunsch, ihm glauben zu können, daß es die Müdigkeit und kein schlechtes Gewissen war, was ihn so empfindlich gemacht hatte.

Plötzlich traf es David wie ein Schlag. Es war zehn Uhr, und Liz lag noch im Bett. »Was ist los? Du müßtest doch längst im Büro sein. Bist du krank oder so?«

Sie war so wütend, daß sie erst gar nicht versuchte, sich zurückzuhalten. »Wenn du gestern abend die Mühe auf dich genommen hättest, nach Hause zu kommen, dann wüßtest du, daß ich gestern bei Metro gekündigt habe. Ich kann also so lange im Bett bleiben, wie ich will.«

»Du hast gekündigt?«

»Das habe ich gerade gesagt.«

»Du meinst, du hast einfach so einen Dreijahres-Vertrag über fast eine Dreiviertelmillion sausen lassen, und das alles nur wegen deines verdammten Ego? Obwohl du wußtest, daß du dann keinerlei Abfindung kriegst und daß du – *wir* – ohne einen Penny dastehen könnten? Na fabelhaft, *verdammt* fabelhaft!«

Außer sich sprang er auf und stürmte zur Tür. Ihm war klar, daß er sie nicht hätte anschreien dürfen und ihr vielmehr versichern sollte, daß alles in Ordnung war. Aber das war es eben nicht, verdammt noch mal. Sie hatte Metro aufgegeben, ohne vorher mit ihm darüber zu sprechen, und das ausgerechnet jetzt, wo er selbst jeden Tag den Job verlieren und gegen einen anderen smarten jungen Kerl mit Ellenbogen, den Logan von der *World* losgeeist hatte, ausgewechselt werden konnte. Dann würden sie beide auf der Straße stehen. Sie! Die von allen beneideten Überflieger!

»David«, sagte Liz ruhig. »Du hast mich nicht gefragt, warum ich es getan habe.«

Er blieb an der Tür stehen und drehte sich um. »Ist nicht notwendig. Ich kann's mir denken. Weil du so scharf darauf bist, meine Hemden zu bügeln.«

Liz zuckte zusammen. »Das ist nicht fair. Es geht nicht ums Hemden bügeln. Ich hatte eben einfach die Nase voll, ständig hin und her gerissen zu werden. Ich will für Jamie und Daisy da sein. Ich möchte dieses Haus zu einem Zuhause machen, auf das du dich freust, wenn du abends heimkommst.«

»Wenn wir nicht aufpassen, werden wir bald kein Zuhause mehr *haben*, worauf wir uns freuen können.«

Was sollte das heißen?

David machte sich nicht die Mühe, die Bemerkung zu erklären. Es war, als hätte die Tatsache, daß sie ausgestiegen war, einen nicht vermuteten Vulkan zum Ausbruch gebracht. »Wie oft muß ich dir das eigentlich noch sagen, Liz? Ich will nicht, daß meine Frau zu Hause hockt und versauert!« Er dachte an seine Mutter, die alle Freude aus seiner Kindheit gewischt und geputzt hatte. »Ich will eine Frau, die selbständig ist, eine Ebenbürtige. Ich will eine Frau, die ihr eigenes Leben führt. Ich habe keine Lust, mit meiner beschissenen Mutter zusammenzuleben.«

Liz wurde fuchsteufelswild. Wie konnte sie sich gegen diese erdrückende Märtyrerin verteidigen, die so getan hatte, als würde sie geben, und dann einen so hohen Preis dafür gefordert hatte, daß ihr Sohn noch immer dafür bezahlte? Und sie genauso.

»Liz, laß uns eines mal klarstellen. Du tust das nicht für mich. Du tust es für dich.«

Und plötzlich stellte Liz fest, daß sie darauf keine Antwort parat hatte. Er hatte ihren wunden Punkt getroffen. Sie hatte alles für einen Traum aufgegeben, den sie für einen gemeinsamen Traum gehalten hatte. Doch als sie Davids wutverzerrtes

Gesicht sah, wußte sie, daß sie sich geirrt hatte. Sie war die einzige, die ein anderes Leben wollte.

Als David aus dem Zimmer ging, fing Jamie an zu schluchzen. Er sah so verängstigt aus, daß Liz ihn in die Arme nahm. Ihre eigenen Sorgen verblaßten angesichts ihres sehnlichen Wunsches, ihn zu beschützen.

Und zum zweitenmal an diesem Tag fragte sie sich, was sie jetzt tun sollte. Sie mußte unbedingt mit jemandem reden. Und mit großer Erleichterung fiel ihr ein, daß sie für heute mit Mel zum Lunch verabredet war. Gott sei Dank gab es Mel. Sie war eine echte Freundin und obendrein witzig und gewieft. Wenn es jemanden gab, der Rat wußte, dann sie.

Liz tauchte im dampfend heißen Schaumbad unter und spürte, wie das parfümierte Wasser ihr Haar umspülte. Ein heißes Bad, und dann alle Zeit zu haben, sich zurechtzumachen, das war ein so ungewohnter Luxus für sie, daß sie fest entschlossen war, ihn ohne Rücksicht auf die gegenwärtige Situation zu genießen. Als nächstes hatte sie vor, sich smart zu stylen für ihr Treffen mit Mel. Um die trübe Laune loszuwerden, gab es nichts Besseres, als sich in Schale zu werfen.

Sie setzte sich an den Schminktisch und begutachtete den Schaden, den der Schmerz ihrem Gesicht zugefügt hatte. Es war noch immer ein wenig angeschwollen, aber mit etwas Optrex gelang es ihr, wenigstens die Augen nicht mehr so rot aussehen zu lassen. Ihr blieb gerade noch genug Zeit, sich zu frisieren und zu schminken, ehe sie aufbrechen mußte.

Eine dreiviertel Stunde später schaute Liz in den Dreier-Spiegel und war verblüfft. Niemand würde auch nur ahnen, daß heute der schlimmste Tag ihres Lebens war. Ihr Teint und ihr Haar schimmerten, und der Ärger und die Sorgen hatten sie sogar das eine oder andere Pfund verlieren lassen, das sie schon ewig hatte loswerden wollen. Nun paßte ihr das gelbe Kostüm noch besser als an ihrem ersten Tag als Programmchefin von Metro TV.

Für einen Moment starrte sie auf die elegante Frau, die ihr

aus dem Spiegel entgegenschaute, und mußte daran denken, daß David mit ihr in diesem Outfit geschlafen hatte. Sie hätte wissen müssen, daß ihre Wertvorstellungen auseinanderliefen. Er hielt Erfolg für einen Gott, den man anbeten und dem man sich mit Haut und Haar verschreiben mußte. Aber sie glaubte das nicht. Vielleicht war es schon so einfach.

Als sie auf die Straße trat, sah sie im selben Moment ein Taxi und winkte es sich heran.

Als der Taxifahrer sie vor dem Restaurant absetzte, starrte er Liz unverhohlen auf die Beine. Sie blieb auf dem Gehweg stehen und lächelte bitter. Von all den Restaurants in London hatte Mel ausgerechnet eines ausgesucht, das sich Menage à trois nannte.

Mel wartete schon. Sie sah jedesmal zu, daß sie fünf Minuten eher da war, um den Platz zum Raum hin zu ergattern, damit ihr ja nichts von den Vorgängen im Restaurant entging.

»Hey, du siehst großartig aus! Die Arbeitslosigkeit steht dir offenbar!« Liz schmunzelte über Mels unverblümte Bewunderung. Mel war immer der Meinung gewesen, daß sie sich nicht genug Mühe mit ihrem Äußeren gab. Nun, heute hatte sie sich Mühe gegeben.

»Und wie *geht's* dir? Hat ja etlichen Staub aufgewirbelt, daß du Conrad hast sitzenlassen.« Mel war ganz versessen darauf, alles darüber zu erfahren.

»Ach das.«

»Was soll das heißen ›Ach das‹? Die Leute im Groucho reden über nichts anderes.«

Liz' hatte noch nie Mels Besessenheit für den Tratsch unter der Medienmeute geteilt, und außerdem kam es ihr gemessen an den Ereignissen der letzten Nacht reichlich banal vor.

Britt trommelte gereizt mit den Fingern auf das Lenkrad ihres Wagens und kurvte zum drittenmal um den Block auf der Suche nach einem Parkplatz. Ihr war klar, daß sie besser nicht mit dem eigenen Wagen hergekommen wäre, weil ein Parkplatz in Knightsbridge so selten war wie ein Hauptgewinn in einem Preisausschreiben, aber sie brauchte das Auto hinterher noch, sonst kam sie zu spät zu ihrem Termin.

Als David sie vor einer Stunde angerufen hatte, wußte sie sofort, daß etwas nicht stimmte. Sein Schuldgefühl gegenüber Liz, weil er sie betrog, war ein Ärgernis, an das sie sich mittlerweile gewöhnt hatte, aber an diesem Morgen war es außer Kontrolle geraten. Er taugte nicht zum Ehebrecher. Den Tränen nahe hatte er geklungen, als er sagte, er müsse sie unbedingt sehen, und ihre Intuition sagte ihr, daß er ihr bei dieser Gelegenheit den Laufpaß geben würde.

Für einen Moment spielte sie mit dem Gedanken, einfach Gas zu geben und dem Schmerz aus dem Weg zu gehen. Vielleicht sollte sie ihn nur kurz anrufen und ihm die Nachricht hinterlassen, daß sie es nicht rechtzeitig geschafft hatte. Doch gerade als sie auf das Gaspedal treten wollte, fuhr ein Golf vor ihr aus einer Parklücke, und mit den Instinkten einer Londoner Autofahrerin wußte sie, daß dies mehr als nur ein Geschenk des Himmels war, und parkte rasch ein.

Nur wenige Schritte vom Eingang des Menage à trois entfernt. Das war zu schön, um wahr zu sein. Sie schwang die langen Beine aus dem Auto und ging hastig in Richtung Restaurant, während Davids Chauffeur gerade direkt davor den Wagen zum Halten brachte.

Im Speisesaal versuchte Mel, Blickkontakt mit dem Kellner zu bekommen. Das würde garantiert ein Zwei-Flaschen-Lunch werden.

»Also, was soll ich deiner Meinung nach tun?« Liz beugte sich näher zu Mel und bemühte sich, nicht zu laut zu sprechen. »Eine Konfrontation erzwingen? Ihn dazu bringen, daß er mir die Affäre beichtet? Oder einfach akzeptieren, daß wir jetzt unterschiedliche Wertvorstellungen haben und vielleicht der Zeitpunkt für eine Trennung gekommen ist?«

»Kinderkacke!« Mel donnerte ihr leeres Glas mit solcher Wucht auf die Tischplatte, daß die Gäste am Nebentisch nervös zu ihr herüberschauten. »Das hat doch nichts mit unterschiedlichen Wertvorstellungen zu tun. Der Junge bumst sich nur mal richtig aus, das ist alles! Nur das Timing ist absolut daneben. Er hatte höllische Schuldgefühle – geschieht ihm ja auch ganz recht, diesem Mistkerl! –, und du haust ihm noch eins über die Rübe mit deiner Neuigkeit, daß du alles aufgibst und nur noch für ihn da sein willst. Wo er doch gerade gehofft hat, daß du mal für eine Weile auf TV-Tour nach Honkong verduftest.«

Wie durch Zauberhand erschien eine zweite Flasche, ohne daß Liz mitbekommen hatte, daß Mel eine solche bestellt hatte. Aber Mel beherrschte die geheime Zeichensprache, die von allen Kellnern verstanden wird. Sie schenkte ihnen beiden noch ein Glas ein.

»Schau, Lizzie, was David braucht, sind ganz bestimmt nicht warme Hausschuhe und selbstgemachter Auflauf. Das würde ihn glatt umbringen. Was er braucht, ist Freiraum. Und wenn du all deine Sinne noch beisammen hättest, würdest du merken, daß er dich und die Kinder noch immer liebt.« Sie tätschelte Liz aufmunternd die Hand. »Alles, was er von der anderen will, ist, daß sie ihm den Schwanz abschleckt und ihm sagt, daß er der beste Liebhaber der Welt und aller Zeiten ist.« Mel nippte an ihrem Wein. »Ich weiß, daß es im Moment vielleicht nicht so aussieht, aber glaub' mir, das geht irgendwann vorbei. In ein paar Wochen ist er drüber weg. Die Ehefrau gewinnt immer. Du kannst mir glauben, ich muß es schließlich wissen. Ich habe oft genug gegen sie verloren! Achte auf die ersten Anzeichen. Er wird anfangen, nach Hause zu kommen, wenn es noch hell ist, und wenn mitten in der Nacht das Telefon klingelt, ist er genauso stinksauer wie du. Er legt sich zu dir ins Bett und fragt, ob du ihm einen heißen Kakao machst. *Dann* gibst du ihm die Peitsche mit deinen Kochkünsten. Ein, zwei Gourmet-Dinner vor dem Kamin, mit dem ein oder anderen Extra nach Wunsch als Dessert, und er wird es lieben, nach Hause zu kommen. Und wenn er das nicht tut, dann ist der Zeitpunkt gekommen, dich zu fragen, ob ihr unüberbrückbare Differenzen habt – nicht jetzt. Vertrau Tante Mel.«

Liz kicherte. »Aber ich weiß nicht, ob ich so einfach darüber hinwegsehen kann. Was ich nicht ertragen kann, ist dieses Gefühl der Ungewißheit. Wir sind immer ganz offen miteinander gewesen, haben immer über die wichtigen Sachen geredet. Er soll zugeben, daß er eine Affäre hat und sich deshalb so beschissen aufführt. Es wäre alles viel leichter, wenn es ganz offen auf den Tisch käme.«

»Machst du Witze? Natürlich wäre es das nicht! Das würde alles ruinieren! *Niemals fragen!* ist der einzige Ehe-Ratschlag, den meine Mum mir je gab. Mein alter Herr war der Warren Beatty von Golders Green, aber sie hat ihn nicht einmal gefragt, ob er ihr untreu war. Zugegebenermaßen hat sie daran gedacht, ihn ausspionieren zu lassen, aber das ist nur menschlich. Und dann dachte sie sich: Warum eine gute Ehe durch die Wahrheit ruinieren? Also hat sie es nicht getan.« Mel grinste. »Im nächsten Monat feiern die beiden ihren vierzigsten Hochzeitstag.«

»Aber, Mel, das ist ja grausam! Für unsere Mütter mag das ja in Ordnung gewesen sein, aber wir glauben doch an Offenheit und Aufrichtigkeit und wollen über alles reden, oder etwa nicht?«

»Natürlich tun wir das – wenn es uns in den Kram paßt.«

Liz nahm einen Schluck von ihrem Wein und dachte nach. So übertrieben das alles klang, es war eine Menge dran. Sicher lohnte es noch, um ihre Ehe zu kämpfen, oder? Wenn sie jetzt das Handtuch warf, würde David wahrscheinlich mit der anderen losziehen. Liz fühlte sich schon besser. »Du meinst also, daß in ein paar Wochen alles ausgestanden ist, Mel? Mel?«

Doch Mel antwortete nicht. Sie starrte auf einen Mann und eine Frau, die soeben das Restaurant betreten hatten und mit dem Rücken zu Liz darauf warteten, zu ihrem Tisch geführt zu werden. Erschrocken und erstaunt zugleich erkannte Liz, weshalb es Mel die Sprache verschlagen hatte.

Der Mann war David.

Und die Frau in seiner Begleitung hatte gerade Platz genommen und die riesige Speisekarte entgegengenommen. Alles, was Liz von ihr sehen konnte, war kurzes blondes Haar und ein teures weißes Kostüm.

Plötzlich lief es Liz eiskalt über den Rücken. Es hätte irgendwer sein können, David hatte an jedem Tag in der Woche Arbeitsessen, doch sie wußte instinktiv, daß dieser Lunch nichts mit der Arbeit zu tun hatte. Sie *war* es. Ihr Magen fing an, verrückt zu spielen. Und was jetzt? Ganz gleich, was Mel gesagt hatte, sie konnte unmöglich in aller Seelenruhe hier sitzen bleiben und so tun, als wäre nichts.

Keiner der beiden hatte Liz und Mel bis jetzt bemerkt, und als sich die Frau umdrehte, um den Ober etwas zu fragen, entdeckte Liz, daß es Britt war. Eine Welle wohliger, beruhigender Erleichterung durchflutete sie und hätte sie um ein Haar laut loslachen lassen. Lächelnd sprang sie auf und ging rüber zu den beiden. Sie wunderte sich, daß David nichts von seinem Lunch mit Britt erwähnt hatte. Aber es hatte ja auch heute morgen herzlich wenig Anlaß und Gelegenheit zu einer Unterhaltung gegeben.

Nur noch wenige Schritte von ihrem Tisch entfernt nahm sie die intensive moschusartige Note des Parfüms wahr, das Britt stets trug, und für einen Augenblick blieb Liz stehen und überlegte, warum es ihr jetzt so auffiel.

Plötzlich traf die Wahrheit sie wie ein Blitzschlag und mit solcher Wucht, daß sie um ein Haar das Gleichgewicht verloren hätte. Sie hatte es an Davids Kleidung gerochen. Und zum erstenmal wußte sie mit absoluter Sicherheit, mit *wem* David eine Affäre hatte.

David hatte sie entdeckt. Wie Mel saß auch er zu Stein erstarrt da, und was er gerade hatte sagen wollen, erstarb ihm auf den Lippen, während Liz auf ihn zukam. Für den Bruchteil einer Sekunde sah sie in seinen Augen eine Panik, die eine weitere Bestätigung war.

Niemals fragen. Das Rezept für eheliches Glück, das Mel von ihrer Mutter hatte, klang ihr nun wie Spott in den Ohren.

»Betrügst du mich mit Britt?« fragte sie laut.

Allgemeines Entsetzen im Restaurant; Britt fuhr herum.

David schwieg, und Liz mußte daran denken, welch miserabler Lügner er war. Das gehörte zu den Eigenschaften, die sie stets an ihm gemocht hatte. Sie hatte angenommen, das hieße, sie könne ihm vertrauen.

»Ich schätze, es war allein ihre Schuld.« Liz vermied jeglichen Blick auf Britt. Britt, das Miststück, Britt, die Verräterin.

Langsam hob David den Kopf und sah Liz direkt in die Augen. »Nein«, antwortete er mit müder Stimme, »so war es nicht. Es ist nicht allein ihre Schuld. Es tut mir leid, Liz, wirklich.«

Ihr ganzes Leben lang war es ihr schwergefallen, ihre Aggressionen zuzulassen, doch die Wut, die nun in ihr hochkochte, war willkommen und befreiend. Und obwohl sie nie etwas dergleichen getan hatte, nahm sie seelenruhig das langstielige Glas und schüttete David den Wein mitten ins Gesicht; auch Britts weißes Kostüm wurde dabei, wie sie mit Vernügen feststellte, in Mitleidenschaft gezogen.

Sie hörte sich selbst erstaunlich gefaßt sagen: »Ich denke, es ist besser, wenn du deine Sachen packst.«

Für einen Moment war David sprachlos. Wenn er doch nur sagen würde: Nein, Liz, laß uns darüber reden! Vielleicht gäbe es dann noch eine Chance, ihre Ehe zu retten.

Aber er sagte nichts.

»Ja«, krächzte er tonlos, und sie wußte, daß es zu spät war; was immer er für sie empfunden haben mochte – es war vorbei. »Ja«, wiederholte er. »Ist wohl das beste.«

Als Liz sich umsah, schauten die übrigen Gäste schnell wieder auf ihre Teller, doch sie wußte auch so, daß alle jedes Wort mitbekommen hatten. Sie riß sich zusammen, um ihre Würde zu wahren, und wandte sich von Davids Tisch ab. Wenigstens sehe ich gut aus, dachte sie völlig törichterweise, nicht wie eine arme, erledigte Ehefrau.

Die ganze Situation kam ihr so unwirklich vor, daß sie sich nicht gewundert hätte, wenn jetzt Applaus ertönt wäre.

15

Gnädigerweise waren alle ausgeflogen, als Liz heimkam. Sie hätte es jetzt nicht ertragen, Jamie und Daisy zu sehen, sie mußte mit sich allein sein. Mel war ihr nachgelaufen und hatte sie wieder ins Restaurant lotsen wollen, doch sie hatte sich geweigert. Es gibt Augenblicke im Leben, in denen einem niemand helfen kann, und das war einer von der Sorte.

Liz hatte sich tapfer geschlagen im Restaurant, als es darauf ankam, und jetzt wollte sie nicht mehr tapfer sein. Doch nun, da sie weinen wollte, ließen die Tränen sie im Stich, und sie lag auf dem Bett, *ihrem* Ehebett, betäubt und ausgebrannt, und betrachtete die Trophäen ihrer zerstörten Ehe. Hochzeitsfotos. Andenken von Urlaubsreisen voller Glück. Eine alte Karte zum Muttertag. Und dann sah sie auf dem Boden des Schlafzimmers das Spielzeug liegen, über das David am Morgen gestolpert war, und sie begann doch zu weinen. Tiefe, harte Schluchzer, schüttelten ihren Körper, bis ihr der Kopf schmerzte und ihr Hals rauh war. Sie sehnte sich so sehr nach ihrer Mutter und wußte doch, daß sie erwachsen und allein war und daß ihre Mutter ihr nun nicht mehr helfen konnte. Schließlich rollte sie sich zusammen wie ein Foetus und schlief ein.

Eine Stunde später erwachte sie wie ein Taucher, dem die Luft ausgegangen ist und der sich zurück an die Oberfläche kämpft, obwohl er genau weiß, daß dort oben eine schreckliche Gefahr auf ihn lauert.

Mein Gott, mein Gott, mein Gott. Mach, daß es nicht wahr ist! Laß nicht zu, daß mein ganzes Leben auseinanderbricht.

Und als sie aus dem Bett steigen wollte, traf sie die grausame Erkenntnis, daß das Schlimmste noch vor ihr lag: Sie mußte mit den Kindern reden. Doch was sollte sie ihnen sagen? Sollte sie die Wahrheit sagen oder eine sanfte Lüge benutzen, um ihnen den Schmerz zu ersparen?

Für einen Moment wurde sie von einer Woge der Bitterkeit überspült. Warum mußte immer sie die Scherben aufsammeln?

Weil du im Mittelpunkt deiner Familie stehen und der Dreh- und Angelpunkt ihres Lebens sein wolltest. Und dies ist der Preis, den du dafür zahlen mußt.

Langsam setzte sie sich auf und starrte auf die Uhr neben dem Bett. Vier Uhr. Susie hatte die Kinder offensichtlich mit nach draußen genommen. Ihr würde also wahrscheinlich noch gut eine Stunde bleiben, um Davids Sachen zu packen und ein Taxi kommen zu lassen.

Sie schloß die Tür zum Schlafzimmer ab, für den Fall, daß sie vielleicht doch früher zurückkamen und nachsehen wollten, wie es ihr ging und was sie machte. Sie nahm die Koffer aus dem Wandschrank und fing an zu packen.

Systematisch suchte sie den Raum nach Davids Kleidungsstücken ab, nach jeder Kleinigkeit und jedem Krimskrams, der ihm gehörte, so als wollte sie ihn und die Erinnerung an ihn aus ihrem Leben vertreiben. Doch als sie das letzte Hemd sorgfältig eingepackt hatte, schien er noch immer anwesend zu sein. Der Lastwagen aus Legosteinen, den er erst gestern zusammen mit Jamie zusammengebaut hatte, das kleine Häufchen Wechselgeld, das er immer aus den Hosentaschen leerte, damit sie nicht zu sehr ausgebeult wurden, selbst der leere Kleiderschrank erinnerten sie schmerzlich an David und an seine Energie und Direktheit. Zum zweitenmal setzte sie sich aufs Bett und begann zu weinen.

Doch dann nahm sie sich zusammen und zog die Reißverschlüsse an Davids Koffern mit ungewohnter Heftigkeit zu.

Sie hob die Koffer hoch und schleppte sie zur Tür. Schon halb aus dem Zimmer, fiel ihr Blick auf ein silbern eingerahmtes Foto, auf dem sie und die Kinder zu sehen waren. Rasch öffnete sie eines der Seitenfächer des Koffers und steckte das Bild hinein. Dann würde er sich wenigstens daran erinnern, was er verloren hatte. Was es ihn gekostet hatte, Britt zu bumsen. Und sie hoffte, ihm würde klarwerden, daß es das nicht wert gewesen war.

»Mummy, was machst du denn mit Daddys Sachen?«

Liz fuhr herum, als sie Jamies Stimme hörte. Sie hatte ihn gar nicht reinkommen hören. Und hatte sie nicht abgeschlossen? Gott, sie hatte die Tür zum Bad nebenan vergessen.

Langsam setzte sie die Koffer ab und schaute ihn an. Keines ihrer Management-Trainings hatte sie auf den schlimmsten Augenblick ihres Lebens vorbereitet.

»Komm und setz dich zu mir, Schatz.« Sie hob ihn auf ihre Knie und hielt ihn fest. Als sie ihm in die Augen sah, brach es ihr fast das Herz. Du wirst mir weh tun, nicht wahr? schienen sie zu sagen.

Sie hatte vorgehabt, ihm die Wahrheit zu sagen: daß Mummy und Daddy sich nicht mehr liebhatten. Doch jetzt wußte sie, daß sie es nicht fertigbrachte. Das hatte er nicht verdient. Eine Lüge wäre besser für ihn.

»Du weißt doch, wie beschäftigt Daddy ist, nicht wahr? Na ja, er wird geschäftlich eine Weile wegsein, deshalb habe ich die Koffer für ihn gepackt.«

»Wann kommt er wieder?«

»Das wird wohl eine Weile dauern, Schatz.«

»Wie lange?«

»Ein paar Monate. Aber deswegen mußt du nicht denken, daß er dich nicht mehr liebhat. Daddy hat dich sehr, sehr lieb.«

Jamie sah sie mißtrauisch an. »Laßt ihr euch scheiden?« Liz fuhr leicht zusammen. »Die Eltern von Tom lassen sich scheiden. Ihr Kindermädchen hat es Susie erzählt, und Katies Eltern haben sich auch scheiden lassen.«

Allmächtiger, was tun wir nur unseren Kindern an? fragte sich Liz, daß sie schon mit fünf Jahren von solchen Dingen sprachen?

»Mein Schatz, wir werden uns trennen.« Und unfähig, sich zurückzuhalten, fügte sie hinzu: »Für den Moment jedenfalls.«

»Weil ich heute morgen meine Ghostbusters auf der Treppe liegengelassen habe?«

»Nein, Liebling, nicht deinetwegen, großes Ehrenwort. Es hat nur mit Mummy und Daddy zu tun.«

Jamie starrte sie ungläubig an, als er vom Bett glitt und ohne ein weiteres Wort aus dem Zimmer huschte.

Einen Moment später war er schon wieder zurück, die Hände voll mit Spielzeug, das er vorsichtig auf ihrem Schoß ablud. »Wenn ich meine ganzen Ghostbusters Ben schenke, kommt Daddy dann zurück?«

Liz mußte sich abwenden, damit er ihre Tränen nicht sah. Seine Ghostbusters waren sein ein und alles.

Britt stand mit offenem Mund da, während der Taxifahrer zwei riesige Koffer, eine Reisetasche, ein ganzes Sortiment an Tennis- und Squashschlägern, eine Stehlampe und einen uralten, mottenzerfressenen Übermantel auf ihrem cremefarbenen Teppich zu einem großen Haufen aufstapelte und sie davon in Kenntnis setzte, daß zweiundzwanzig Pfund zu zahlen seien.

Für einen Augenblick spielte sie mit dem Gedanken, den ganzen Krempel in ein Hotel zu schicken, doch sie kannte David gut genug, um zu wissen, daß er schnurstracks zu Liz zurückkehren würde, wenn sie jetzt einen Fehler machte. Und auch wenn ihre Intentionen zu Beginn ihrer Affäre strikt unehrenhaft gewesen sein mochten, so war er ihr in den letzten Wochen doch mehr ans Herz gewachsen, als jeder andere Mensch, den sie je kennengelernt hatte.

Britt besah sich den Stapel an Gepäck im Flur und setzte sich auf den Fußboden. Mein Gott, was für ein Durcheinander! Sie konnte sich an keinen Tag entsinnen, der schlimmer gewesen wäre. Sie hatte Liz nicht weh tun wollen, und sie hatte ganz sicher nicht vorgehabt, ihre Ehe zu zerstören. Sie hatte sich eingeredet, daß eine kleine Geschichte, von der Liz nie etwas erfahren würde, niemandem Schaden zufügen würde. Doch dann hatte sie sich verliebt, verdammt! Und das ausgerechnet in den Mann ihrer besten Freundin. Sie. Die sich bei ihren Spielchen stets an die Regeln hielt, auch wenn es ihre eigenen Regeln waren und vielleicht nicht unbedingt der konventionellen Moral entsprachen. Aber Liebe ließ einen unvorsichtig und sorglos werden. Und sie hatte sie dazu gebracht, ihre oberste Regel bei verheirateten Männern zu brechen:

Verabrede dich niemals zum Essen in bekannten Restaurants und bitte die Männer niemals, über Nacht zu bleiben.

Und das hatte sie jetzt davon.

Liz saß an ihrem Schreibtisch und starrte ins Leere. Es war halb zehn, und sie fühlte sich erschöpft. Jamie hatte sich in den Schlaf geweint, und Daisy, die sich, ohne das alles zu verstehen, von seiner Traurigkeit hatte anstecken lassen, war nicht zur Ruhe gekommen, so daß Liz sie so lange hatte trösten und schaukeln müssen, bis auch sie endlich eingeschlafen war. Das war gerade zehn Minuten her.

Nun saß sie mit einem großen Glas Gin Tonic und einem Taschenrechner da und verschaffte sich einen Überblick über ihre finanzielle Lage. Sie hatte sich ohne Zweifel einen denkbar schlechten Zeitpunkt ausgesucht, Metro den Rücken zuzukehren. Ohne ihr Einkommen besaß sie noch etwa viertausend Pfund an Ersparnissen. In Anbetracht der Höhe der monatlichen Hypothek und der restlichen anfallenden Rechnungen würde das Geld keine fünf Minuten reichen. Was nun? Einen neuen Job beim Fernsehen suchen? Ausgeschlossen. Sonst wäre ja alles umsonst gewesen. Nun war es wichtiger denn je, sich ein neues Leben aufzubauen, das besser war als das alte. Sie mußte einen Weg finden, von ihren Ersparnissen zu leben, bis sie sich darüber im klaren war, was sie als nächstes tun würde.

Sie nahm einen großen Schluck von ihrem Drink. Vielleicht sollte sie in den sauren Apfel beißen und sich damit abfinden, daß sie dieses riesige Haus jetzt gar nicht mehr brauchten. Aber sich davon zu trennen kam ihr irgendwie so endgültig vor. Und obendrein wäre es keine Lösung aus ihrer jetzigen Finanznot. Es zu verkaufen würde ein halbes Jahr dauern, vielleicht sogar noch länger. Und dazu bräuchte sie Davids Einverständnis.

Natürlich war es gar nicht mehr erforderlich, daß sie weiterhin in London wohnten. Es gab nichts mehr, was sie hier noch hielt. Es war nett von Susie, daß sie anbot, noch etwas zu bleiben, aber Liz konnte sich selbst um die Kinder kümmern.

Sie brauchten sie jetzt mehr denn je. Und dann hatte sie eine Idee. Sie würde in das kleine Häuschen in Sussex ziehen! Dann wären sie ganz in der Nähe ihrer Mutter und nicht weit weg von Ginny. Und die Kinder liebten die Gegend dort. Es wäre, als würden sie nach Hause kommen.

Es war die perfekte Lösung. Ohne ihren Job und ohne David gab es keinen Grund, noch länger hierzubleiben. Außerdem mußten sie weg von den Erinnerungen an ihn. Und das Ganze hätte noch einen weiteren Vorteil: Sie wäre weit genug weg vom Schuß, um nichts mitzukriegen von den Tratschereien, wenn es sich in London zum allgemeinen großen Vergnügen herumsprach, daß die perfekte Ehe der beiden Medien-Überflieger in die Brüche gegangen war.

Für einen Moment fragte sie sich, wie sie wohl bei Metro ohne sie zurechtkamen. Ob Conrad inzwischen Claudia den Job gegeben hatte? Wahrscheinlich waren sie genau in diesem Augenblick im Groucho und stießen darauf an. Tapfer und entschlossen verbannte sie diesen Gedanken aus ihrem Kopf.

Sie machte sich daran, eine Liste der Dinge aufzustellen, die sie brauchten. Nun, da sie ihre Entscheidung getroffen hatte, gab es keinen Grund, noch länger Zeit zu vertrödeln. Gleich morgen würden sie fahren.

16

»Mum, hast du Zog, den bösen Herrscher der dunklen Galaxis, eingepackt?«

Liz kämpfte mit sich, um nicht die Beherrschung zu verlieren, und lud zum drittenmal den Wagen wieder aus. Zuerst hatte Daisy ihre heißgeliebte Decke vermißt, dann hatte Liz bemerkt, daß die Straßenkarte unter die Koffer geraten war. Und nun auch noch Zog. Insgeheim hoffte sie, daß er für immer verlorengegangen war, zusammen mit Thor, dem Gesichtslosen, und Yag, dem Herrscher aller Zoids. Doch gerade jetzt konnte Jamie jeden Freund gebrauchen. Sie fand Zog im Korb mit dem Reiseproviant und gab ihn Jamie.

Sie war froh, dieses Haus mit all den Erinnerungen, das nun so leer wirkte, zu verlassen. Aber als dann schließlich der Moment gekommen war, um Susie Lebewohl zu sagen, die ebenfalls ihre Sachen packen und zu ihren Eltern ziehen würde, spürte Liz die Tränen wieder aufsteigen. Susie winkte ihnen noch ein letztes Mal, dann fuhren sie los. Als Liz den Wagen durch den Mittagsverkehr mit den üblichen Staus und aggressiven Fahrern steuerte, fragte sie sich, was sie wohl von London vermissen würde. Die Galerien? Das Theater? Die vielen, bunten Läden?

Dabei war sie nie in Galerien gegangen und hatte nie die Zeit gehabt für einen Abend im Theater. Was also machten Menschen wie sie in dieser aufregenden, stimulierenden Stadt? Sie trafen sich zum Dinner mit anderen, die ebenfalls Kinder hatten, und dann wurde über Schulen, Krankenversorgung und den Schmutz auf den Straßen lamentiert. Und als sie durch die Straßen fuhr, kam es ihr fast so vor, als hätte man alles so arrangiert, um ihr den Abschied zu erleichtern. Sie sah einen Zehnjährigen, der seinen Freund mit vor Wut und Haß verzerrtem Gesicht schlug; ein junger Kerl in einem Sportwagen nahm ihr die Vorfahrt, und als sie aus Protest kurz hupte, kurbelte er das Seitenfenster runter und ließ einen Schwall übler Beschimpfungen auf sie los. Auf dem Gehweg sah sie einen Skinhead mit einer Bulldogge, die an der nietenbesetzten Leine zog und zerrte, um über den netten, kleinen Pudel einer alten Dame herzufallen. Und Liz verspürte ein unerwartetes Gefühl der Erleichterung, daß sie diese Stadt verließ, und die Anspannung fiel nach und nach von ihr ab.

Jamie und Daisy schliefen; und Liz öffnete das Seitenfenster, um die Nachmittagssonne hereinzulassen. Sie liebte das besondere Licht des Oktobers, und die Bäume wechselten bereits die Farben. Jahr für Jahr hatte sie sich vorgenommen, im Herbst zu ihrem Häuschen zu fahren und dieses Schauspiel zu genießen, doch irgendwie hatte sie es nie geschafft.

Hinter Lewes kam sie an eine Kreuzung, und als sie nach rechts Richtung Seamington abbog, fühlte sie, wie ihre Vorfreude wuchs. Auf der gegenüberliegenden Seite der schmalen Landstraße neigten sich die goldenen Zweige hoch über die Fahrbahn, als würden sie die Arme zur Begrüßung ausstrekken. Sie überholten ein Mädchen auf einem Pony, und es winkte ihnen zu. Auf dem Dach eines kleinen Kirchturms drehte sich ein Wetterhahn, der Wind jagte die Wolken vor die Sonne und färbte die weiten Felder der Downs in ein Patchworkmuster aus Licht und Schatten. Und sie stellte erfreut fest, daß die Teegärten noch nicht für den Winter geschlossen worden waren.

Und da war es, am hinteren Ende des Dorfes – das Reetdachhäuschen aus Ziegelsteinen, in dem ihre Großmutter während der letzten Jahre ihres erfüllten Lebens gewohnt und das sie Liz vererbt hatte. Natürlich konnte sie damals nicht ahnen, daß es einmal zu einem so willkommenen Unterschlupf für Liz werden würde.

Für einen Moment stand Liz da und betrachtete es eingehend. Als sie im Schatten dieses wunderschönen, friedvollen alten Hauses stand und die Astern und leuchtenden Chrysanthemen ansah, spürte sie, wie sich die Ruhe auf sie übertrug. Und sie wußte, daß nicht alles umsonst gewesen sein konnte. Alles mußte eine tiefere Bedeutung haben. Als Jamie losrannte und sie die noch immer schlafende Daisy aus dem Kindersitz hob, wußte sie, daß dies nicht das Ende ihres Lebens war, wie sie es in ihrem Jammertal angenommen hatte. Es war der Beginn eines neuen Lebens. So mußte es einfach sein.

»Meine Güte, Jamie! Hör bloß auf mit der Jammerei! Zieh los und spiel mit Sam.«

»Der is' nicht da.«

»Geh doch ein bißchen in den Garten.«

»Es regnet.«

»Dann zieh eben deinen Regenmantel über!« Liz versuchte, sich ihre Verzweiflung nicht anhören zu lassen.

»Den haben wir in London gelassen.«

Liz legte das Rezept für Bohnenauflauf beiseite und nahm Jamie in einem plötzlichen Anflug von Schuldgefühl in die Arme. Genau diesen Ton hatte sie doch in London lassen wollen, zusammen mit ihrem Job und dem damit verbundenen Streß. Statt dessen mußte sie erfahren, daß es ebenso anstrengend war, eine Mutter zu sein, wie einen Fernsehsender zu leiten. Wie konnte sie Jamie bloß derart anfahren? Er war nicht so glücklich hier draußen, wie sie es gehofft hatte. Sie hatte angenommen, daß er sich mit Sam – dem sechs Jahre alten Nachbarsjungen, mit dem er an den Wochenenden immer so gern gespielt hatte – und mit Ginnys Sohn Ben, der gerade mal fünf Minuten von hier entfernt wohnte, im Handumdrehen eingewöhnen würde. Sie würde mehr Geduld mit ihm haben müssen. Bald konnte er die Schule im Ort besuchen, und dann war er mehr mit Ben zusammen. Ganz sicher würde das helfen.

Liz setzte sich und dachte über das nach, was sie so gereizt machte. Zwei Wochen wohnten sie jetzt hier, und sie fühlte sich schon ausgelaugt. Seit Jamie vier Monate alt war, hatten sie ein Kindermädchen gehabt, und nun merkte sie mit Erstaunen, wie aufreibend der Alltag einer Vollzeit-Mutter war. Sie schien nicht mal mit dem Waschen und Bügeln zu Rande zu kommen. Wenn Daisy zum drittenmal am Tag frische Sachen brauchte, war immer noch was in der Maschine oder zum Trocknen auf der Leine.

Als es eine halbe Stunde später an der Haustür läutete, war Liz mit den Nerven am Ende. Daisy schrie seit einer halben Stunde ununterbrochen, weil sie einen wunden Po hatte, so daß Liz sie ohne Windel hatte umherlaufen lassen, und Jamie hatte das gesamte Spielzeugregal leergeräumt. Entsetzt schaute sie sich um, ehe sie Ginny die Tür öffnete. Wenn sie damals von der Arbeit nach Hause gekommen wäre und hätte eine derartige Szenerie vorgefunden, hätte sie Susie auf der Stelle gefeuert.

Ginny grinste nur und bahnte sich auf Zehenspitzen ihren Weg durch die Berge an Spielzeug und angebissenen Kekse bis zum Küchentisch.

»Ben hat heute keine Schule, und ich dachte, Jamie könnte gut ein bißchen Gesellschaft gebrauchen.«

Liz setzte sich zu Ginny an den Küchentisch und lächelte, als die beiden Jungen nach draußen verschwanden.

»Wie geht's dir?«

»Ganz gut«, log Liz, besann sich dann aber eines Besseren. Übertriebener Stolz war ein Teil ihres alten Lebens. »Ehrlich gesagt, ich bin ziemlich erledigt. Ich kann es gar nicht erwarten, bis ich die beiden endlich ins Bett stecken kann und mich in Ruhe mit dem größten Glas Wein der Welt in eine Ecke setzen kann. Ich hab' sogar schon daran gedacht, ihnen um halb fünf zu sagen, daß sie ins Bett müssen. Das Problem ist nur, daß Jamie die Uhr lesen kann.«

»Ach, sei froh, daß du solange durchhältst.« Ginny beugte sich verschwörerisch zu ihr. »Ich genehmige mir die Auszeit und den Wein manchmal schon mittags.«

Liz sah sie verblüfft an. »Aber bei dir sieht immer alles so mühelos aus. Die Kinder picobello. Das Essen wie im Restaurant. Selbstverfaßte Gutenachtgeschichten...«

»Meine Güte, das hört sich abstoßend an. Außerdem habe ich eine Geheimtaktik. Wenn mir das alles zuviel wird, sperre ich die beiden im Kinderzimmer ein und genehmige mir ein heißes Bad.«

»Ginny...!« Liz war empört.

»Ach, wart's nur ab. Weißt du, Ganztags-Mütter machen nämlich nicht immer alles nach Vorschrift. Die einzige Verwendung, die ich für Spocks Erziehungsratgeber habe, ist, damit nach Ben zu schmeißen, wenn er mal wieder die Blumen in Nachbars Garten geköpft oder Salz ins Goldfischglas getan hat.«

»Das hat er getan?«

»Letzte Woche. Der Goldfisch ist eingegangen. Ben sagte, es sei ein Experiment gewesen, um zu sehen, ob der Fisch nicht vielleicht doch Salzwasser mag.« Sie ergriff Liz' Hand. »Also, wie geht's dir? Mal *ehrlich*.«

»Du meinst, wie ich mit dem schlechten Gewissen fertigwerde, weil ich Jamie von seiner vertrauten Schule genommen oder weil ich David vor die Tür gesetzt habe? Oder weil ich eine so miserable Mutter bin? Wie's mir geht, willst du wissen? Prima geht's mir. *Ehrlich.*«

»Du solltest dir nicht solche Vorwürfe machen.«

»Und weswegen nicht?«

»Besonders nicht, weil du David rausgeschmissen hast. Was hättest du denn sonst tun sollen? Auch wenn es Britts Schuld war.«

»Und woher wissen wir, daß es Britts Schuld war?«

»Ist der Papst katholisch? Wir beide kennen Britt doch.«

»Ja, ich weiß, was du sagen willst. Aber, wie meine Mutter zu sagen pflegt: Es gehören immer zwei dazu.«

»Schon, aber sie hat ihn dazu ermutigt. Ich weiß es ganz sicher. Ich hab's mit eigenen Augen gesehen, als ihr alle bei uns zum Lunch wart.«

Liz war gerührt von Ginnys Entrüstung und Wut.

»Ich habe damals, als du uns erzählst hast, daß David eine Affäre hat, überlegt, ob ich es dir sagen soll. Aber Britt schien das Ganze ohnehin schon als erledigt zu betrachten.«

Einen Augenblick lang wurde Liz wieder wütend. Was war sie blöd gewesen, ihnen das alles zu erzählen und sie dann auch noch um Rat zu fragen.

»Fehlt er dir?«

»Ginny, er fehlt mir wirklich. Plötzlich erinnere ich mich nur an die guten Dinge, und alles Schlechte verblaßt immer mehr. Wenn ich nur an das Schnarchen und die Streitereien genauso oft denken würde wie an die Frühstücke im Bett und den Unsinn, den wir getrieben haben!«

Ginny stand auf und nahm sie in den Arm. »Arme Liz. Das hast du nicht verdient.«

Liz zuckte zusammen. Sie war es so gewöhnt, beneidet und bewundert zu werden, daß sie überrascht war, wie sehr es schmerzte, als Opfer betrachtet zu werden. »Ist ja auch egal ... Schluß jetzt mit dem Trübsal blasen. Erzähl mir lieber von WomanPower.«

»Oh, mit WomanPower läuft's prima. Absolut prächtig!«

Liz war so sehr mit ihren eigenen Problemen beschäftigt, daß ihr die Veränderung in Ginnys Ton gar nicht aufgefallen war.

Die Wahrheit sah, obgleich Ginny kein Sterbenswörtchen darüber verlor, so aus, daß es mit WomanPower alles andere als prächtig lief. Vor drei Wochen hatte sie im Zentrum von Lewes ein kleines Büro über einer Elektro-Handlung angemietet und darauf gewartet, daß es nun endlich losging. Doch nichts passierte, absolut nichts, und Ginny, unbedarft in solchen Dingen, wußte nicht, was sie unternehmen sollte, um ihr Geschäft in Gang zu bringen. Es wäre so viel einfacher, wenn sie einen Geschäftspartner hätte, der sie in Augenblicken wie diesem wieder aufrichten würde.

Trotzdem war es nach wie vor eine großartige Idee. Das sagte ihr jeder. Und es herrschte kein Mangel an Frauen, die halbtags arbeiten wollten und ganz versessen darauf waren, daß WomanPower ihnen einen Job besorgte. Es war nur so, daß es ihr bislang nicht gelungen war, die Arbeitgeber in der Umgebung dazu zu bringen, diese Frauen einzustellen.

»David?«

»Mmmmmm?« David öffnete widerwillig die Augen.

»Woran denkst du gerade?«

Na bitte, da war sie ja. Die Frage, die jede Frau jedem Mann früher oder später stellte, nachdem sie miteinander geschlafen hatten. In neun von zehn Fällen tischte der Mann als Antwort eine Lüge auf. Gewöhnlich dachte er: Wann kann ich mich hier endlich abseilen?, ganz gleich, ob bei einer Geschichte für eine Nacht oder nach zehn Ehejahren.

Als er vor zwei Wochen bei Britt eingezogen war, hatte er den vagen Verdacht gehabt, daß es ihr gar nicht recht so war. Doch seit diesem Moment hatten sie ständig Sex gehabt. Im Bett. Auf dem Fußboden. Auf der Designer-Couch. Vor allem auf der Designer-Couch. Britt stand auf Sex. Sie liebte es. Liz hatte mal gesagt, Britt würde wie ein Mann denken, und sie hatte eindeutig eine männliche Einstellung zum Sex – soviel und sooft wie möglich.

Was also war los? Warum war mit einemmal er es, der nach Ausreden suchte? Weil er ganz einfach nicht mehr wußte, was er wollte. Er wollte Britt und ihren Hunger nach ihm. Doch er vermißte seine Familie sosehr. Ihm war nicht bewußt gewesen, wieviel es ihm bedeutete, Vater zu sein und zu spüren, wie sich im ganzen Haus Aufregung verbreitete, wenn er die Haustür öffnete. Und dann war da noch der größte Schock von allen – die Entdeckung, daß seine Familie *ihm* das Gefühl der Geborgenheit gegeben hatte.

Britt musterte David eindringlich. Sie wußte, daß die Schlacht noch nicht geschlagen war. Sie hatte lediglich die erste Runde für sich entschieden und mußte erst Davids komplexe Persönlichkeit verstehen lernen, wenn sie den ganzen Krieg gewinnen wollte. Darin hatte Liz versagt, und deshalb hatte sie David verloren. Britt meinte, bereits den Schlüssel dazu gefunden zu haben: seine Unsicherheit.

An der Oberfläche mochte er draufgängerisch sein, er mochte aufblühen in der Welt des Wagemutes, doch in den gefährlich wirbelnden Wassern seines Unterbewußtseins brauchte er noch immer Bestätigung. Er wollte nicht nur Sex, sondern Trost und Streicheleinheiten für seinen intimsten Teil: sein Ego. Liz hatte das nicht erkannt, und das war ihr größter Fehler gewesen. Britt würde das nicht passieren. Doch fürs erste hatte sie seine Gedanken von der Vergangenheit abgelenkt und dafür gesorgt, daß er anfing, die Gegenwart zu genießen.

Langsam rieb sie mit samtweichen Fingern die Innenseite seines Schenkels, bis sie fühlte, wie er zuckte und sich zu ihr aufrichtete. Dann ließ sie ihre Zunge über seinen Bauch wandern, neckte und reizte seinen Schwanz, bis er vor Lust zu zucken begann und zu ihrem Mund drängte. Doch sie ließ ihn noch ein wenig zappeln, saugte zärtlich an seinen Hoden, steckte ihm einen Finger zwischen die Pobacken, bis er sich krümmte und sie grob an sich zog. Sie besorgte es ihm mit dem Mund.

Während sie an seinem Schwanz saugte und leckte, sah sie, daß er die Augen geschlossen hatte, und sie wußte, daß sich zumindest jetzt jegliche Gedanken an Liz und die Kinder in einem Rausch köstlicher, überwältigender Lust auflösten.

Liz beugte sich vor auf dem Bett, öffnete das kleine vergitterte Fenster und schaute über die Hügellandschaft hinweg zum Meer. Es war ein wunderschöner Tag. Zumindest das Wetter war auf ihrer Seite, und sie beschloß, das als einen Wink des Schicksals zu sehen, eine Bestätigung, daß sie sich richtig entschieden hatte, hierherzuziehen. Sie wußte zwar, daß jeder vernünftige Mensch darüber höchst amüsiert wäre, doch sie brauchte jedes gute Omen.

Sie konnte Jamie und Daisy nebenan lachen hören. Jamie war sicher in Daisys Kinderbettchen gestiegen, und jetzt schaukelten sie und kicherten. Gott sei Dank schienen sie sich allmählich einzugewöhnen. Natürlich fragten sie ständig nach David und wollten wissen, wann er sie endlich besuchte.

Von plötzlichem Tatendrang erfüllt, sprang sie aus dem Bett und zog ihren aprikotfarbenen Jogginganzug über – wie herrlich, keinen Gedanken an die passende Garderobe verschwenden zu müssen. Sie nahm Daisy aus dem Kinderbettchen, hüpfte die Treppe hinunter, Jamie im Schlepptau und öffnete die Eingangstür. Es war gar nicht kalt draußen. Ihr absolutes Lieblingswetter: strahlend und klar mit einem leisen Hauch des Herbstes, Sweatshirt-Wetter mit einer Spur Windjacke am Nachmittag. Für einen Augenblick standen sie alle in der Tür und sahen einem Wanderer zu, der auf den gegenüberliegenden Hügel kletterte. Er winkte ihnen so überschwenglich zu, daß er ebenso wie sie nur ein weiterer Großstadt-Flüchtling sein konnte. Liz winkte zurück und trug Daisy zu ihrem Stühlchen.

»Was möchtest du zum Frühstück, Jamie?«

Jamie beäugte die Körnersammlung auf dem Kühlschrank. »CocoPops.«

»Wir haben keine CocoPops, Schatz, die sind nicht gut für uns. Zuviel Zucker!«

Jamie wirkte geknickt. Er hatte schnell gelernt, die Schuldgefühle seiner Mutter auszunutzen, um ein paar verbotene Schätze zu bekommen. Aber heute hatte er Pech.

»Dann Cornflakes.«

»Haben wir auch nicht, Liebling.«

»Omi streut *Zucker* auf ihre Cornflakes!«

»Wir haben Weizenkleie, Weetabix und Shreddies.«

»Dann nehm' ich ein bißchen Shreddies und ein bißchen Weetabix und ein klitzekleines bißchen Weizenkleie...«

»Jamie –«

»»... und Banane obendrauf. Nur eine halbe.« Er sah seine kleine Schwester an, die sich gerade Saft über ihren Schlafanzug goß.

»Daisy kann die andere Hälfte haben«, bot er großzügig an.

Liz zählte bis drei und reichte ihm dann einen Teller Shreddies – ohne Banane.

Für Jamie war das eine glatte Kriegserklärung. Er warf sich auf den Boden und schrie und trat um sich. »Bei Susie durfte ich aber...«

Liz versuchte sich zu beherrschen. »Ist mir egal, was du bei Susie durftest. Ich habe dir Shreddies ohne Banane gegeben.«

»Ich *will* aber Banane...«

Etwa dreißig Sekunden rang Liz mit sich und wog ab, ob es sich lohnte nachzugeben, wenn dies einen Vormittag mit intaktem Nervenkostüm bedeutete. Sie hatte die Bücher über Kinderpsychologie gelesen. Sie wußte, wie wichtig es war, konsequent zu bleiben. Was würde wohl Ginny, die Supermum, jetzt tun? Standhaft bleiben und sich weigern, von den Erpressermethoden eines Fünfjährigen manipuliert zu werden? Natürlich würde sie das.

Jamie schrie noch lauter und lief bereits blau an. Liz strich die Segel und gab ihm eine halbe Banane. Was macht denn auch schon eine halbe Banane? Doch bereits in dem Moment, als sie sie in Scheiben schnitt, war ihr klar, daß es eine Menge ausmachte.

Auf wundersame Weise hatte sich Jamie vom Küchenfußboden erhoben und saß am Tisch, als könne er kein Wässerchen trüben.

»Mummy?«

Er klang so ernst, daß sie überrascht aufsah.

»Ja, Jamie?«

»Bist du jetzt mein Kindermädchen?«

»Nein, Jamie. Ich bin nicht dein Kindermädchen. Ich bin deine Mummy.«

»Aber du kümmerst dich doch um mich.« Die Verwirrung und das Staunen in seiner Stimme brachten Liz zum Schmunzeln. Armer Jamie! Er konnte sich nicht vorstellen, daß es Kinder gab, die von ihren Müttern umsorgt wurden! Was für eine verrückte Welt war das, in der alle Frauen, die Liz kannte, ihre Kinder kurz nach der Geburt irgend jemandem in die Hand drückten und an die Arbeit gingen!

Wenn sie ganz ehrlich mit sich selbst war – vermißte sie es nicht, den Rummel des Wettbewerbs und die Macht? Natürlich tat sie das. Aber nicht so sehr, wie es ihr gefehlt hatte, Jamie und Daisy zu sehen. Und als sie Daisy aus dem Stühlchen nahm und ihr einen Kuß auf den Hals gab, wußte sie, daß sie die richtige Wahl getroffen hatte, die einzig mögliche Wahl.

Und nun, da sie sich entschieden hatte, würde sie jede Minute genießen. Und gleich damit beginnen. Sie langte nach ihrer Jacke und ging zur Tür.

»Kommt mit, Kinder, wir gehen zum Strand!«

Gegen den von der Sonne erwärmten Fels gelehnt schaute Liz zu, wie Jamie und Daisy am weitgeschwungenen Strand bei Birling Gap nach Muscheln suchten. Vor zwei Tagen hatte ein Sturm gewütet, und so gab es viel zu finden auf den Kieselsteinen.

»Sieh mal, Mum, was ist das?«

Jamie gab ihr ein zartes Haus einer Strandschnecke, steinfarben und tadellos erhalten, und eilte zurück, um nach weiterer Beute zu suchen: Herzmuscheln und Miesmuscheln, ein Stück Perlmutt und an den Strand gespültes grünes Seegras. Doch es war Daisy, die einen echten Fund machte: eine perfekte Jakobsmuschel, makellos und von der See blankpoliert.

Als sie den beiden beim Spielen zusah, spürte sie die Sonne auf ihrem Rücken und den salzigen Wind in ihrem Haar.

Plötzlich war sie auf absurde Weise glücklich, so frei zu sein. Und zu Jamies und Daisys Erstaunen schnappte sie sich die beiden und rannte mit ihnen vor Freude kreischend zum Wasser.

Während daheim ein Brief auf sie wartete, der ihr neugefundenes Glück wie eine Seifenblase zerplatzen lassen sollte.

17

»Schau mal, Mum, der Briefträger war da!«

Liz nahm die Tasche mit den Muscheln aus dem Wagen und starrte dem Postboten verblüfft nach. Es wußten nur so wenige, daß sie hier waren, also erwartete sie auch keine Post.

Jamie rannte aufgeregt zum Haus und öffnete die Eingangstür. Auf der Matte lag ein handschriftlich adressierter Brief. Er hob ihn auf und starrte ihn an. »Da steht Daisys und mein Name drauf! Was meinst du, von wem der ist?«

Liz brauchte keinen Blick auf den Umschlag zu werfen – der Brief konnte nur von David sein.

Das Glücksgefühl verblaßte, und der vertraute Schmerz machte sich breit. Sie versuchte sich zusammenzureißen und sagte sich, daß es gut, sehr gut war, daß er schrieb – so war er nicht gänzlich aus ihrem Leben verschwunden, und darüber mußte sie eigentlich froh sein.

»Können wir ihn aufmachen, Mum?«

Liz setzte Daisy neben einen Korb mit Spielsachen auf dem Boden ab, schlitzte den Brief vorsichtig mit einem Messer auf und gab ihn Jamie.

»Liest du ihn mir vor, Mum?«

Sie hob Jamie auf ihren Schoß.

»Lieber Jamie, liebe Daisy, ich hoffe, Ihr habt eine schöne Zeit in Eurem Häuschen. Mummy und ich sind sehr traurig, daß wir für eine Weile nicht zusammen sein können...«

Liz hielt einen Moment inne. Was meinte er mit *für eine Weile*? Schrieb er das, weil er es so wie sie einfach nicht übers Herz brachte, ihnen die Wahrheit zu sagen? Plötzlich wurde ihr bewußt, wie schwer es David gefallen sein mußte, diesen Brief zu schreiben. Er wußte sicher, daß sie jedes Wort mit Verbitterung unter die Lupe nehmen würde. Sie mußte die Worte einfach so lesen, wie sie dastanden, und aufhören, sie schon beim Lesen zu analysieren.

Dennoch hatte sie einen Kloß im Hals, als sie weiterlas. »Mummy und ich möchten, daß Ihr wißt, daß wir Euch sehr, sehr liebhaben, egal was passiert, und ich werde Euch besuchen, sobald Ihr Euch ein wenig eingelebt habt.« *Wann würde das sein? Wann würden sie sich je ohne ihn irgendwo eingelebt haben? Dieses Jahr, nächstes Jahr, irgendwann, niemals?* »Sagt Mum, sie soll Euch einen dicken Kuß von mir geben. Ich liebe Euch. Euer Daddy.«

Das war alles. Keine Zeile an sie. Keine Nachricht, keine Erklärung oder Entschuldigung. Was hatte sie denn erhofft? Auf ein P. S. – »Sagt Mummy, ich liebe sie mehr als alles in der Welt, und die letzten Wochen waren die schlimmsten meines Lebens«?

Als Jamie sie aus ihren Gedanken riß, erkannte sie beschämt, daß ihr eigener Schmerz sie ganz hatte vergessen lassen, wie er sich fühlen mußte.

»Mum, wann fahren wir heim zu Daddy?«

»Ich weiß nicht, Schatz. Noch nicht so bald. Es gefällt dir doch hier, oder?«

Er lächelte tapfer, weil er wußte, welche Antwort sie erwartete.

»Ja, Mum, es ist toll hier.« Doch als er von ihrem Schoß rutschte und sich zu Daisy setzte, hörte sie ein leises, aber eindeutiges Schniefen. Er bemühte sich, Verständnis zu haben und seiner Mutter zu helfen, aber er war immerhin erst fünf.

Schnell wischte er sich die Tränen ab und schaute zu Liz auf. »Aber ich wäre lieber bei Dad.«

Liz stolperte in den Garten. Sie mußte einen Moment allein sein, sonst verlor sie den letzten Rest an Fassung und weinte vor Jamie. War es richtig gewesen, David so endgültig vor die Tür zu setzen? Nicht für sie, sondern für die Kinder? Zum erstenmal begriff sie, warum Paare »der Kinder wegen zusammenblieben«. Bislang hatte sie das für heuchlerisch und unmenschlich gehalten. Doch seit sie Jamies gequälten Gesichtsausdruck gesehen hatte, verstand sie plötzlich. Für Kinder war eine Scheidung unbegreiflich. Sie wollten, daß Mummy und Daddy wieder zusammen waren. Sie hatte gelesen, daß Kinder noch nach Jahren, selbst wenn die Eltern längst wieder verheiratet waren, von einer Versöhnung träumten und davon, die Macht zu besitzen, die Eltern wieder zusammenzubringen.

Liz arrangierte ein Sträußchen der letzten Astern aus dem Garten auf dem Küchentisch und lächelte. Die größte Offenbarung der letzten Wochen war ihre Entdeckung gewesen, wieviel Freude sie an den kleinen alltäglichen Ritualen fand – die Blätter zusammenzuharken, die Wäsche aufzuhängen, die Schubladen auszumisten und die Kissen aufzuschütteln. Da sie vorher nie die Zeit für den Haushalt gehabt hatte, war sie erstaunt, wieviel Spaß es ihr machte.

Eines Nachmittags ließ sie sich sogar dazu hinreißen, die elektrische Nähmaschine hervorzuholen, die sie schon vor Jahren gekauft, aber bis heute nicht einmal ausgepackt hatte, und nahm sich die Bedienungsanleitung vor. Solche Gebrauchsanweisungen zu lesen, war, wie sie schon bald festgestellt hatte, der Fluch einer alleinstehenden Frau. Schmerz und Einsamkeit hatte sie meistern können, doch niemand hatte sie je davor gewarnt, daß selbst für die simpelste Aufgabe vorher die Lektüre einer Bedienungsanleitung notwendig war.

Doch die größte Überraschung stellte sich ein, als sie bemerkte, daß sie sich angewöhnt hatte, Geld zu sparen. Ausgerechnet sie, die nie einen Blick auf ihre monatlichen Kreditkartenabrechnungen verschwendet und sich nie etwas dabei gedacht hatte, in teuren Restaurants zu essen, und nun stellte sie die Ketchup-Flasche auf den Kopf, um es ganz aufzubrauchen, und schmiß keine Plastiktüten weg, sondern verwendete sie noch einmal. Sie sagte sich, daß sie umweltbewußt lebte und im Herzen eine Grüne war, doch in Wahrheit war sie nur eines: geizig. Und sie liebte es.

Britt betrachtete David, der neben ihr schlief, und lächelte. Kaum zu glauben, daß er nun schon zwei Monate bei ihr wohnte. Sie hätte es nie für möglich gehalten, zwei Monate mit jemandem zusammenzuleben, ohne in den Wahnsinn getrieben zu werden – ein Wochenende war so ziemlich ein Rekord gewesen, und selbst dann war sie schon beim sonntäglichen Frühstück nervös und gereizt. Aber bei David war es etwas anderes gewesen. Zu ihrem großen Erstaunen hatte es direkt Spaß gemacht.

Er hatte natürlich einige lästige Angewohnheiten, zum Beispiel legte er seine Füße auf ihre weiße Couch – obwohl sie ja, dankbar für kleine Gefälligkeiten, zugeben mußte, daß er sich wenigstens vorher bequemte, die Schuhe auszuziehen. Aber dann ließ er sie notgedrungen stehen, und sie, die nie einem Mann die Sachen hinterhergetragen oder für ihn zusammengesucht hatte, sah sich dann genötigt, die Dinger tagelang anzustarren oder sie eigenhändig aufzuräumen. Er ließ auch ständig die Handtücher als feuchten Berg im Bad liegen und schleppte unbeirrbar Sträuße mit welken Chrysanthemen an, und das, obwohl sie ihn mehrfach darauf hingewiesen hatte, daß sie ihre Blumen jede Woche ganz frisch vom Floristen bei Heal's ins Haus geliefert bekam; aber er hatte Mitleid mit dem Blumenhändler vor seinem Büro, weil er vor kurzem von seiner Frau sitzengelassen worden war.

Manchmal fragte sie sich, ob sie vielleicht schon wegen ihres unterschiedlichen Sinns für Ordnung nicht zueinander paßten. Sie konnte nicht schlafen, wenn auch nur die Telefonbücher nicht in der richtigen Reihenfolge standen, während David es anscheinend gar nicht bemerkte, wenn die Wanne einen

Schmutzrand hatte und seine Socken überall herumlagen. Zu ihrem blanken Entsetzen hatte sie einmal sogar ein angebissenes Sandwich mit Ei und Tomatenketchup auf seinem Nachttisch gefunden.

Aber das würde sie ihm schon austreiben, wenn sie erst verheiratet waren. Denn eine Heirat, zu diesem Schluß war Britt gelangt, war die einzige Gewähr für das sichere Wissen, ihn halten zu können. Selbst ihr war die Ironie daran nicht entgangen, war er doch verheiratet gewesen, als sie ihm nähergekommen war, und es hatte ihn nicht davon abgehalten, seine Ehe für sie aufs Spiel zu setzen, aber sie wußte, daß er das alles ein zweites Mal nicht erleben wollte. Natürlich hatte sie ihr Vorhaben ihm gegenüber bis jetzt noch mit keinem Wort erwähnt, weil sie nicht sicher war, ob er die Trennung von Liz schon überwunden hatte. Was er im Augenblick brauchte, war noch mehr von dieser Medizin, die morgens und nachts verabreicht wurde: heftiger, den Verstand betäubender, explosiver Sex.

Behende schlüpfte sie unter das Laken und fing an, das weiche Fleisch an der Oberseite seiner Schenkel zu lecken. Sie spürte gleich, wie er sich regte und sich ihr im Schlaf entgegenreckte. Bedächtig ging sie auf alle viere und nahm seinen Schwanz in den Mund. Sie liebte es, wenn er so war: wie eine Schlange und schläfrig, darauf wartend, liebkost und gestreichelt zu werden, bis er zu der Härte angeschwollen war, die sie so gut kannte.

Doch heute stellte sie mit leichtem Unbehagen fest, daß sich kaum etwas rührte. Was machte sie falsch? Nur keine Panik, sagte sie sich und versuchte es mit der vertrauten Methode, indem sie sanft an seinen Hoden lutschte und saugte und die Spitze des Penis mit watteweichen Fingern massierte. Noch immer nichts.

Na ja, dachte Britt und kam unter dem Laken hervor, wahrscheinlich ist er einfach zu müde. Schließlich war heute Sonntag und letzte Nacht war ihr bisheriger Rekord gewesen. Dreimal, ohne Pause.

Ohne ein Geräusch glitt sie vom Bett und nahm ihre Sachen mit ins Bad. Sie würde ins Büro fahren und ihn schlafen lassen. Sie mochte es, einen Tag am Wochenende zu arbeiten, warum also nicht heute? Lautlos schloß sie die Badezimmertür hinter sich und drehte das Wasser auf. Und so bekam sie nicht mit, wie er die Augen aufschlug und zu seinem Buch griff, um zu lesen.

»Mistding, verdammtes!« Liz verpaßte dem eiskalten Aga einen Tritt mit dem Hausschuh. »Design-Klassiker, am Arsch!«

Der Aga war, wie sie sehr wohl wußte, das ultimative Objekt der Begierde für jeden Großstädter, dessen Herz für das Leben auf dem Land schlug. Für solche Menschen war es mehr als einfach nur ein Ofen. Es war eine Frage der Lebenseinstellung. Irgendwie stand er für alles Solide und Verläßliche und, naja, wie man sich das Landleben eben so vorstellte und zurechtstylte; vierundzwanzig Stunden am Tag pumpte er Wärme und heißes Wasser und verwandelte die Küche in ein behagliches, einladendes Nest.

»Mummy, warum schimpfst du denn mit dem Ofen?« Sie hatte gar nicht bemerkt, daß Jamie barfuß hinter ihr in die eiskalte Küche getapst war. Ausgerechnet gestern nacht, als das Wetter urplötzlich von Altweibersommer zu englischem Winter umgeschwenkt war, hatte sich der Aga entschlossen, den Geist aufzugeben – ein ausgesprochen günstiger Moment, war doch Mel für einen dreitägigen Besuch angekündigt.

Liz schaute bestürzt auf ihren Sussex-Pond-Pudding, an dem sie die ganze letzte Nacht gesessen hatte, bis Mitternacht hatte sie damit zugebracht, Nierenfett für den echten Nierenfett-Teig zu zerkleinern, den sie dann sorgfältig um die Zitrone und den braunen Zucker gewickelt hatte, um zu guter Letzt die Auflaufschale mit Gaze abzudecken. Nun mußte das Ganze eigentlich nur noch drei Stunden kochen.

Aber so schnell gab sie nicht auf. Jedenfalls nicht bei der Aussicht auf kalte Küche und ein ebenso kaltes Haus. Sie rief bei der Herstellerfirma an und verlangte den Geschäftsführer zu sprechen, den sie dann davon in Kenntnis setzte, daß er höchstpersönlich die Verantwortung dafür trüge, daß ihr Aga ausgefallen war und ihr Kleinkind sich deshalb wahrscheinlich eine Lungenentzündung zuziehen würde und sich das Asthma ihres Fünfjährigen bereits wieder bemerkbar gemacht hatte. Und für den Fall, daß ihn das noch nicht überzeugte, sofort jemanden herzuschicken, so fügte sie im Ton charmantester Erpressung hinzu, würde sie sich leider gezwungen sehen, ihre gute alte Freundin Esther Rantzen anzurufen, die Königin aller Warentester, und sie zu bitten, in einer ihrer nächsten Sendung doch mal etwas über »Firle Heizungsanlagen« zu bringen; und das wäre doch wirklich zu schade, nicht wahr?

Als der arme Kerl höflich erklärte, er habe keinen Reparaturservice mehr für diesen Tag frei, schlug Liz ihm vor, er könne auch gern persönlich vorbeischauen.

»Mum! Mum! Da draußen ist ein Bentley!«

Liz, noch immer in Nachthemd und Morgenmantel, lief zum Fenster und sah ein uraltes Vehikel vor dem Haus halten und einen noch betagteren Herrn aussteigen.

»Mrs. Ward, nehme ich an?«

Liz knöpfte schnell das Nachthemd zu und zog den Gürtel ihres Morgenmantels fest. Ein bißchen blanker Busen, und der alte Junge erlitt womöglich einen Herzinfarkt. Ehe er nach dem Aga sehen konnte.

»Hier, nehmen Sie doch das Kissen!« Er war derart arthritisch, daß er ganze fünf Minuten brauchte, um überhaupt in die Hocke zu kommen, und mit Sicherheit eine Ewigkeit, um wieder aufzustehen. Dankbar stopfte er sich das Kissen unter die Knie und steckte den Kopf in den Ofen. Mit Kopfschütteln inspizierte er die Technik, bis er schließlich zu dem Meßinstrument an der Seite gelangte.

»Aha.« Er zog sich auf die Füße. »Da haben wir ja das Problem.«

»Nun, das ist allein Schuld Ihrer Firma«, giftete Liz. So langsam fand sie Gefallen an der Rolle der empörten Hausfrau. Mel würde bald eintreffen, und im Haus war es noch immer eisig kalt. »Erst letzten Monat habe ich ihn warten lassen, und diese Dinger sollen ja angeblich ein Leben lang halten, sogar mehrere Leben lang…«

»Schon, aber nur, wenn man Öl einfüllt«, unterbrach er sie gelassen.

Liz hielt mitten im Satz inne. »Bitte?«

»Ich sagte, es ist kein Öl drin. Sehen Sie hier, die Anzeige, sie steht auf L. Das bedeutet…«

»Leer!« rief Jamie und fing an zu kichern.

»Sei still, Jamie.« Das war nicht fair. Sie hatte sich solche Mühe gegeben, sämtliche Bedienungsanleitungen zu lesen, aber die vom Aga war verschollen. Darum hatte sich David immer gekümmert. Sie wagte es kaum, dem alten Mann in die Augen zu sehen. »Wie schnell können Sie mir Öl liefern?«

»Frühestens in vierzehn Tagen.«

»O nein. Der Aga ist unsere einzige Möglichkeit zu heizen. Meine Kleine hat eine Lungenentzündung, und…«

»Ja, ja, und Ihr Junge hat Asthma«, fiel er ihr ein zweites Mal ins Wort, mit Blick auf Jamie und Daisy neben ihr, die vor Gesundheit nur so strotzten. »Ich habe für alle Fälle ein Faß im Kofferraum meines Bentley. Damit werden Sie ein paar Tage auskommen. Aber einfüllen müssen Sie es schon selbst. Haben Sie einen Trichter?«

Liz hätte ihn am liebsten geküßt. So viel lag ihr daran, daß das Haus einladend und kuschelig warm wirkte, wenn Mel kam. Als sie den Mann nach draußen begleitete, fragte sie sich, warum es ihr so viel bedeutete. Immerhin war Mel ihre beste Freundin. Sie würde es Liz bestimmt nicht übelnehmen, wenn sie sie im Nachthemd antraf und es eiskalt war im Haus. Sie würde es eher witzig finden und vorschlagen, auf einen Sprung ins Pub zu gehen.

Aber ihr würde es etwas ausmachen. Mel würde dann sicher denken, daß es ein Fehler gewesen war, hierher zu ziehen. Und sie wollte unbedingt allen zeigen, daß sie das Richtige getan hatte. Denn genau in diesem Moment wurde ihr bewußt, daß sie sich dessen selbst nicht so sicher war.

Geschlagene zehn Minuten mußte Liz das Haus auf den Kopf stellen, doch schließlich hatte sie einen Trichter gefunden und füllte vorsichtig Öl für drei Tage nach.

Während sie auf den Steinfliesen des Küchenbodens kauerte, hielt sie die Hand gegen den Ofen und spürte das erste schwache Glimmen von Wärme.

Sie hockte sich auf die Fersen und warf lachend den Kopf in den Nacken, als Jamie jubelte. Sie, die noch vor wenigen Wochen ein hoch technologisiertes Imperium geleitet hatte, glühte vor Erleichterung und Glücksgefühl, weil sie sich nicht von einem Monstrum aus Eisen hatte unterkriegen lassen, das vor einem dreiviertel Jahrhundert konstruiert worden war.

»Mum, deine Freundin ist da!«

»O nein! Das ist unmöglich!« Doch Jamie hatte recht. Mels Wagen bog in die Einfahrt ein, eine ganze Stunde zu früh, und sie lief noch immer in dem verschmutzten Jogginganzug herum, den sie übergezogen hatte, als sie dem alten Herrn geholfen hatte, das Ölfaß ins Haus zu tragen. Dabei hatte sie doch vorgehabt, ihre brandneue Jeans anzuziehen, und die Kinder sollten doch die bunten Outfits, die ihnen so prächtig standen, tragen, damit sie dem Bild von gesunden, rotwangigen Landkindern entsprachen.

Na gut. Hör auf, dich so albern zu benehmen, sagte sie sich und lief zur Tür, um Mel aus ihrem Firmen-BMW aussteigen zu sehen. Mel kam direkt von einer Konferenz und hatte noch ihr Kostüm an.

Für den Bruchteil einer Sekunde war Liz niedergeschlagen. In ihrem Fünfhundert-Pfund-Aufzug und ihrem BMW wirkte Mel wie eine Besucherin von einem anderen Stern. Und auch wenn es ein Stern war, den Liz freiwillig verlassen hatte – es gibt noch immer etwas, was man aus der guten, alten Heimat vermißt. Plötzlich und völlig unerwartet sehnte sich Liz nach der Gemeinschaft und Cliquenwirtschaft im Büro, dem Tratsch und den spitzen Kommentaren im Lift. Sie schaute an ihrem ölverschmierten Jogginganzug herunter. Wäre Mel eine halbe

Stunde später gekommen, hätte Liz sie picobello rausgeputzt, ganz die dezent-schicke Mama mit ihren zwei entzückenden Sprößlingen, an der Tür empfangen, während auf dem Herd ein köstlich duftender Sussex-Pond-Pudding nach Originalrezept blubberte: ja wenn, dann wäre diese Flutwelle von Neid, die sie jetzt zu verschlingen drohte, wahrscheinlich gar nicht aufgekommen.

»Liz!« Mel hatte sie endlich auf der Türschwelle stehen sehen. »Lizzie!« Und sie warf sich in die Arme ihrer Freundin. Als Mel die große Sonnenbrille abnahm, um Liz einen Begrüßungskuß zu geben, sah Liz, daß Mel das Monstrum nicht nur der Show halber aufgesetzt hatte. Ihre Augen waren rot vom Weinen. »Er hat nicht angerufen. Lizzie. Nicht ein einziges Mal in zwei Monaten. Und sobald ich bei *Femina* einen Raum betrete, ist er schon wieder raus. Er schickt jetzt sogar seine Artikel mit der Post, statt sie persönlich vorbeizubringen! Er geht mir aus dem Weg, ich weiß es. Ich hab' ihn bestimmt schon hundertmal angerufen! Ich weiß, ich sollte ihm nicht nachlaufen, Lizzie, aber er ist nun mal der wundervollste Mann, der mir seit *Jahren* untergekommen ist!«

Und mit einemmal, so als sei ihr eine schwere Last von der Brust genommen worden, erkannte Liz, daß auch eine erfolgreiche Karrierefrau nicht vor Kummer gefeit war. Selbst die Chefin eines Hochglanzmagazins konnte der einsamste Mensch auf der Welt sein. Nichts, nicht die Macht und das Geld, und auch nicht die Menüs in den schicksten Restaurants, *nichts* von alledem ist von Belang, wenn du einen Mann liebst und er dich gar nicht will.

»Ach, Mel!« Sie nahm ihre Freundin in den Arm und drückte sie fest an sich. »Es tut so *verdammt* gut, dich zu sehen!«

Britt schaute auf den Stapel an Arbeit, den sie nun, da das Büro verwaist und das Telefon endlich mal stumm war, hatte erledigen wollen, und gelangte zum Entschluß, daß es keinen Sinn hatte. Sie konnte sich einfach nicht konzentrieren. Jedesmal wenn sie sich etwas vorknöpfte, mußte sie an Davids schlaffen

Schwanz denken – ein Bild, das sie wirklich verfolgte. Vielleicht machte sie ja eine viel zu große Sache daraus. Schließlich hatte jeder hin und wieder mal Probleme. Vielleicht hatten sie es gestern nacht ganz einfach übertrieben. Sie mußte sich wirklich zusammenreißen.

Sie sah aus dem Fenster hinunter auf die menschenleeren Straßen. Alle waren jetzt zu Hause bei ihren Familien, mit Ausnahme der echten Workaholics, wie sie einer war. Sie hatte sich immer damit gebrüstet, wie hart sie arbeiten konnte – die ganze Nacht durch, wenn der Job es erforderte. Sie liebte es, damit zu prahlen, jeden Mann unter den Tisch arbeiten zu können. Früher oder später knickten sie ein. Der Lockruf von Frauchen oder Fernseher oder die verlockende Vorstellung der Bettdecke aus hundert Prozent Gänsedaunen waren am Ende immer stärker als alles andere. Nicht so bei Britt. Oder zumindest bis jetzt nicht. Plötzlich hatte sie keine Lust mehr, im Büro zu sein, auch wenn es heute wirklich notwendig gewesen wäre. Sie wollte es sich mit David auf dem Sofa gemütlich machen und in der Sonntagszeitung blättern, so wie alle anderen auch.

Meine Güte. Williams! schalt sie sich selbst. Nun krieg dich mal wieder ein, du wirst ja weich. Als nächstes sind dann Kinder und Kochbücher an der Reihe.

Aber es half alles nichts. Wenn sie ihn nicht im Bett haben konnte, wollte sie wenigstens bei ihm sein und neben ihm sitzen. Als sie einen Blick auf die Uhr warf, hatte sie eine plötzliche Eingebung. Halb sechs. Sie würde ihn zu einem frühen Abendessen einladen. Ihr Lieblingsrestaurant, Chinatown, das älteste chinesische Restaurant in London, war nur knapp eine Meile von ihrer Wohnung entfernt. Mit deutlich besserer Laune reservierte sie einen Tisch und fuhr nach Hause, um David zu überraschen.

»Mmmm ... was duftet denn da so großartig?« Mel beugte sich über den Aga und schnupperte.

»Die Spezialität des Hauses: Sussex-Pond-Pudding!«

»Soso, schon einheimische Rezepte, was? Ich bin *beeindruckt.*«

Mel schaute sich voller Bewunderung im Haus um, bemerkte die pinkfarbenen Rosen auf den Chintzvorhängen, die Flickenteppiche und die hübschen Holzmöbel. »Hübsche Vorhänge.« Mel verstand nicht sonderlich viel von Vorhängen. Das überließ sie alles ihrem Innenausstatter.

Liz errötete. »Die habe ich selbst genäht.«

»Wow! Ich sehe ja direkt schon die Schlagzeile vor mir! SCHOCKIEREND! TV-CHEFIN NÄHT IHRE VORHÄNGE SELBST!«

Liz kicherte. »Ex-TV-CHEFIN, bitte schön. Komm, jetzt zeig' ich dir meine Stangenbohnen.«

Sie schob Mel in den Garten und mußte lachen, als sie sah, wie Mel mit ihren hohen Hacken durch den Kohl und Rosenkohl stakste.

»Aus dir wird nie eine Frau vom Land.«

»Da hast du verdammt recht. Wenn ich mich weiter als eine Taxifahrt vom Groucho Club entferne, kriege ich glatt eine Krise.«

»Mum! Mum! Komm mal!« Liz wußte, daß Jamie eifersüchtig war und ihre Aufmerksamkeit wollte, aber Mel wiederzusehen war wie ein Geschenk des Himmels, also tat sie, als würde sie ihn nicht hören, und führte Mel weiter im Garten herum.

»Das sind meine Albertinen. Sie sind blaßrosa und blühen zweimal im Jahr. Ich versuche, sie zu überreden, um die Tür herum zu wachsen, damit es so aussieht wie auf den Schokoladenpackungen! Und das hier ist Rittersporn, den habe ich eigenhändig gezogen, und dann der Fingerhut und die Canterbury Bells. Und *die da* –« sie zeigte auf ein Häufchen blaßgrüner Blätter –« sind meine größte Errungenschaft: Cottage Lilien!«

Mel lachte, als sie hörte, wie stolz Liza klang, Gartenarbeit war für sie dasselbe wie Jogging – wenn sie das Bedürfnis danach verspürte, legte sie sich ganz ruhig hin und wartete, bis der Anfall vorüber war, aber sie konnte sehen, wieviel es Liz bedeutete. Und sie sah so gelassen und heiter aus, wie sie da in ihrem schmuddeligen Jogginganzug auf den Knien hockte und mit ihren Cottage Lilien und ihrem Rittersporn prahlte, als wären es Millionenverträge, die sie gerade an Land gezogen hatte!

So sehr sie Liz auch ins Herz geschlossen hatte, sie würde ihr ewig ein Rätsel bleiben. Als sie ihren Job hingeschmissen hatte, um fortan Ehefrau und Mutter zu sein, war Mel entsetzt gewesen. Es war ihr wie ein Sakrileg vorgekommen, die Macht und Privilegien einfach wegzuschmeißen, als sei das alles nichts wert, als würden nicht unzählige Frauen dafür *töten*. Und als David mit Britt losgezogen war, hatte Liz ihr leid getan, aber irgendwie erschien es ihr auch eine Art gerechter Strafe für diesen völlig verrückten, bescheuerten Schritt. Gib deine Karriere auf, um in der Küche zu werkeln, und dein Mann macht sich wie ein geölter Blitz aus dem Staub, und zwar mit der Karriere-Hexe, die du für deine Freundin hältst. Logisch, daß er so reagiert! Was hatte Liz denn erwartet?

Ein Zeichen der Zeit, das war es. Vor zwanzig Jahren verließ dich der Mann, wenn du es wagtest, als Frau Karriere zu machen. Jetzt ließ er dich sitzen, wenn du es wagtest, Hausfrau zu sein! Aber hier war Liz, ohne Ehemann und ohne Job; sie nähte Vorhänge, pflanzte Blumen an, kochte Sussex-Pond-Pudding – und das schien ihr auch noch zu gefallen!

»Vermißt du eigentlich nie die Arbeit?« fragte Mel neugierig.

Liz erhob sich. »Und wie! Vorhin zum Beispiel, als du mit deinem verdammten BMW und deinem Power-Outfit angeschwebt kamst! Plötzlich sehnte ich mich danach, du weißt schon, Leute anzuheuern und zu feuern, mal wieder ein paar Büro-Gemeinheiten zu hören oder zu erfahren, ob Conrad seine Frau wegen Claudia verlassen hat, und den Kick zu verspüren, ein brillantes Programm zu machen!«

Mel grinste erleichtert.

»Aber dann habe ich mich an die ganze Taktiererei, an die Zeitvergeudung und die endlosen Besprechungen erinnert, die irgendein Kerl für achtzehn Uhr angesetzt hat, weil er nicht nach Hause will! Es ist immer noch so, daß wir nur gewinnen, wenn wir uns an die Regeln der Männer halten, Mel! Wir werden sogar wie die. Wir haben ihre Aggression und ihr ewiges Konkurrenzdenken angenommen. Wir verwandeln uns in Britts, Gott bewahre. Wir haben gelernt, der Arbeit alles andere unterzuordnen und zu opfern.«

Sie pflückte eine der letzten Rosen und reichte sie Mel.

»Ich weiß, du findest das unglaublich, aber mir gefällt es hier. Ich habe hier etwas, das man freie Abende nennt! Ich kann jeden Morgen entscheiden, was ich den Tag über tun möchte. Ich habe etwas, was du nicht hast – ich habe *Zeit.* Zeit, um im Garten zu sitzen, zum Kochen, um mit den Kindern zu spielen, zum Lesen . . .«

»Mum! Mum!« Jamie steckte erneut den Kopf zur Tür heraus. »Es riecht hier drin so komisch.«

»Ich geh' besser mal kurz nachschauen. Wahrscheinlich spinnt er nur, aber man weiß ja nie. Bin in einer Sekunde zurück.«

Mel schlenderte durch den Garten und zum erstenmal fragte sie sich, ob Liz vielleicht recht hatte. Sie dachte an ihre Freundinnen, allesamt Karrierefrauen, ausgelaugt und von Schuldgefühlen geplagt, wenn sie Kinder hatten, oder schon taub vom Ticken der biologischen Uhr, wenn sie zugunsten des Erfolgs im Beruf darauf verzichtet hatten. Vielleicht lag Liz gar nicht so falsch. Es war Ketzerei, aber vielleicht auch nur die Wahrheit.

Plötzlich vernahm sie Kichern und Gackern aus der Küche und stakste zurück über den Rasen. Jamie und Daisy rollten sich auf dem Flickenteppich, während Liz einen angebrannten Topf umklammert hielt und so sehr lachte, daß ihr die Tränen über die Wangen liefen, als sie auf die verkohlten Reste des Sussex-Pond-Puddings zeigte.

»Na Gott sei Dank!« Mel grinste, schlang die Arme um Liz und mußte dann selber schallend lachen. »Vielleicht taugst du ja doch nicht zu einer bescheuerten Mutti!«

18

Zu ungeduldig, um auf den Fahrstuhl zu warten, lief Britt die Treppen zu ihrer Wohnung hinauf und malte sich Davids erfreutes Gesicht aus, wenn sie ihm gleich ihre Überraschung präsentierte.

Sie spähte um die Ecke zur Küche, doch er saß nicht an seinem angestammten Platz am Küchentisch, in die Zeitung vertieft oder über das Kreuzworträtsel gebeugt. Da hörte sie, daß oben im Wohnzimmer der Fernseher lief.

David lümmelte lang ausgestreckt auf der Couch und schlief tief und fest; zwar hatte er die Schuhe ausgezogen, doch dafür lagen so ziemlich sämtliche Sportseiten aller am Kiosk erhältlichen Zeitungen um ihn herum verstreut, und es schien ihn nicht im mindesten zu kümmern, ob die Druckerschwärze den schneeweißen Bezug ruinierte. Zwei leere Dosen Bier lagen neben ihm auf dem weißen Teppich, und im Fernsehen lärmte eine Fußballübertragung.

Britt sah sich überall nach der Fernbedienung um und beugte sich schließlich vor, um den Apparat dann eben per Hand auszuschalten. Doch mitten in der Bewegung hielt sie inne. Auf dem Kaminsims stand ein silbern eingerahmtes Foto, Davids erster Beitrag zum Dekor der Wohnung. Es war eine Aufnahme von Jamie und Daisy. Britt nahm das Foto, setzte sich und betrachtete es. Bezaubernd waren die beiden Kleinen. Für einen Moment plagte sie das schlechte Gewissen, das jedoch augenblicklich von ihrer kühlen Vernunft zerstreut wurde. Nicht sie hatte die Ehe beendet. Liz hatte es getan. Und während sie auf dem Foto nach den Ähnlichkeiten der Kinder mit David suchte, wurde sie von einer Wahrheit getroffen, die so offensichtlich war, daß sie kaum fassen konnte, weshalb es ihr nicht schon früher eingefallen war. Natürlich! Wie hatte sie es so lange übersehen können? *Das* war es, was nicht stimmte mit David – der Grund, warum sogar der Sex allmählich langweilig für ihn wurde –, seine Kinder fehlten ihm.

Für einige Minuten saß Britt schweigend da und fragte sich, was sie tun sollte, denn dieses Problem – das sah sie mit absoluter Klarheit – würde schon bald ihre Beziehung bedrohen und die Pläne für ihre gemeinsame Zukunft zunichte machen. Und während im Fernsehen der Torschrei des Publikums losbrach, erkannte Britt, daß es nur eine Lösung gab: Wenn sie wollte, daß David die Kinder vergaß, die er mit Liz hatte, dann mußte *sie* ihm eins schenken.

Darauf bedacht, ihn nicht aufzuwecken, holte sie ihr Filofax aus der Tasche hervor und schlug es auf. Britt liebte und lebte die Ordnung. Über die Jahre hatte sie jeden Penny festgehalten, den sie verdient, und jedes Pfund, das sie an Steuern gezahlt hatte, ebenso wie sie jeden Gegenstand und jede Ausgabe fein säuberlich aufgelistet hatte, die sie von der Steuer absetzen konnte, und zwar seit ihrem ersten Arbeitstag. Sie bewahrte die Telefonnummer von jedem auf, der ihr irgendwann noch einmal nützlich sein konnte. Und weil sie es satt hatte, bei jedem Arztbesuch nach dem Datum ihrer letzten Regel gefragt zu werden und es nie zu wissen, hatte sie während der letzten fünf Jahre auch diese Daten festgehalten.

Ihr Taschenrechner sagte ihr schließlich, daß ihr Zyklus in den vergangenen zehn Monaten jeweils exakt achtundzwanzig Tage gedauert hatte. Sie lächelte zufrieden. Das würde die Sache erheblich erleichtern. Dann markierte sie sorgfältig den vierzehnten Tag in ihrem Kalendarium. Das war kommende Woche. Morgen würde sie in die Stadt fahren, Champagner und seidene Dessous kaufen.

Auf der Mattscheibe fiel noch ein Tor, und die Fans flippten aus. Britt verzog angewidert das Gesicht. Verdammter Fußball! Und im selben Moment entdeckte sie die Fernbedienung auf Davids Brust. Sie richtete sie auf den Fernseher. David wurde durch die plötzliche Stille aus dem Schlaf gerissen. Als er Britt neben sich erblickte, zwang er sich zu einem Lächeln. Doch er war sich benommen bewußt, daß seine allererste Reaktion eine ganz andere gewesen war: Verärgerung und Gereiztheit, nicht mehr in der angenehmen Welt der Träume zu sein, und darüber, daß die Fußballübertragung nicht mehr lief. Doch was ihn am meisten geärgert hatte, war, Britt zu sehen.

»Hallo, Liebling.« Britt steckte rasch das Filofax weg und beugte sich mit einem seltsamen und sphinxhaften Lächeln zu ihm. »Ich habe eine zauberhafte Überraschung für dich...«

Vor Selfridges drängte sich eine kleine Schar auf Weihnachtsbummel, um einen Blick auf die weltberühmten Schaufensterdekorationen zu erhaschen. Doch nur einer von ihnen kämpfte gegen die Tränen an. Mehr als zwei Monate war es nun her, daß David die Kinder zum letztenmal gesehen hatte, und sie fehlten ihm mit jedem Tag mehr. Allein der Umstand, daß er sich schämte und Liz' Verachtung fürchtete, hatte ihn von einem Versuch abgehalten, sie wiederzusehen. Das und das Gefühl, daß es ihnen gegenüber fairer wäre, wenn er noch so lange wartete, bis die Dinge geklärt und geregelt waren.

Dann war er zufällig in der Oxford Street vorbeigekommen und hatte es entdeckt: einen gigantischen Ghostbusters-Aussteller. Und er hatte Jamies Gesicht vor sich gesehen, wie der begeistert dort hinaufschaute. Und auch wenn es drei Uhr nachmittags war an einem sonnigen, klaren Dezembertag, mußte er sich abwenden, weil er sonst in Tränen ausgebrochen wäre.

Britt beobachtete David voller Verdruß. Es war der vierzehnte Tag, und sie war nach Hause geeilt, um ein ganz besonderes Abendessen zuzubereiten und den Champagner auf Eis zu legen. Unter ihrem Lieblingskleid trug sie die neuerworbenen seidenen Dessous, und sie war sogar noch in der Videothek gewesen, um einen sexy Film zu besorgen, nur für alle Fälle.

Doch als sie ihn jetzt so ansah, wurde ihr klar, daß nicht mal ein ganzes Faß Champagner und ein Dutzend Pornos helfen würden. Er starrte unentwegt auf das Foto und hörte ihr überhaupt nicht zu. Ihr war sogar aufgefallen, daß er beim alljährlichen »Helfen Sie einem Kind aus London«-Spendenappell zu Weihnachten weggeschaut hatte.

Höchste Zeit, daß sie etwas unternahm. Aber was? Seine Sehnsucht, die Kinder zu sehen, wurde allmählich übermächtig. Sie konnte sich gut vorstellen, daß er sie sicher schon ein dutzendmal hatte anrufen wollen, aber gefürchtet hatte, Liz würde ihm nicht erlauben, mit ihnen zu sprechen. Vielleicht war es an der Zeit, daß er einen Versuch unternahm. Durchaus möglich, daß er dann in der Laune war zu dem, was sie nachher noch mit ihm vorhatte. Und allzu großen Schaden konnte so ein Telefonat nicht anrichten. Schließlich würde er, wenn alles klappte, schon bald etwas ganz Eigenes haben, um das er sich dann kümmern konnte.

»David, Darling«, Britt ging zu ihm und massierte ihm den Nacken, »warum rufst du Liz eigentlich nicht mal an und sagst ihr, daß du die Kinder sehen möchtest?«

Fast fühlte sie sich schuldig, als sie sah, wie sich seine Miene vor Dankbarkeit und Erleichterung aufhellte.

»Meinst du wirklich?«

»Klar. Ich finde schon.«

»Und es würde dir nichts ausmachen?«

»Natürlich nicht, Liebling.« *Und ob.* Aber es war die einzige Möglichkeit. Sie reichte ihm den Apparat und hoffte nur, daß sie es nicht bereuen würde.

Liz war gerade dabei, mit Jamie Weihnachtsschmuck zu basteln, als das Telefon klingelte. Jahrelang hatte sie Zeiungsartikel wie »Schmücken Sie den Flur mit Stechpalmenzweigen« oder »Mein selbstgefertigter Willkommenskranz« ausgeschnitten. Natürlich hatte kein einziger dieser Ratschläge je Verwendung gefunden.

Doch dieses Jahr war es etwas ganz anderes. Dieses Jahr würde sie, Jamie und Daisy zuliebe, eine Weihnachts-Extra-Überraschung zaubern. Den ganzen Morgen über waren sie im Wald gewesen und hatten nach Ästen und Tannenzapfen gesucht, die man laut Zeitschriftenartikel spielend leicht mit Draht zu Kränzen flechten und dann mit rotem Satinband schmücken konnte. Es würde eine fabelhafte festliche Dekoration abgeben. Sie hatte Ginny oft dabei zugesehen, wie sie mühelos Weizenähren zu Strohpüppchen geflochten und Blumen für ihre Duftmischungen getrocknet hatte. Da würde sie doch sicher so einen simplen Willkommenskranz hinkriegen.

Doch als sie am Küchentisch saß, mußte sie feststellen, daß es so einfach doch nicht war. Nachdem sie sich eine Stunde lang an Tannenzweigen die Finger wundgestochen und mit Tannenzapfen herumgewurschtelt hatte, hatte sie ein traurig aussehendes Etwas zustande gebracht, das nur entfernt an den beeindruckenden und prachtvollen Kranz in der Zeitschrift erinnerte.

»Macht nichts«, tröstete Jamie sie. »Können eben nicht alle Mums gut Sachen basteln.«

Sie wollte gerade eine passende Antwort darauf geben, als das Telefon klingelte. Sie schauten alle überrascht auf. Jamie sprang als erster auf. »Hallo. Wer spricht, bitte?« sagte er in vornehmer Rezeptionistenmanier, ehe er dann jeglichen Versuch, höflich zu klingen, aufgab und losbrüllte: »Daddyyyyy! Es ist Daddyyyyy!« und versuchte, Daisy abzuschütteln, die unbedingt den Hörer haben wollte.

Liz saß von ihren Gefühlen innerlich zerrissen da, während Jamie aufgeregt berichtete, was sich in den vergangenen fast drei Monaten alles zugetragen hatte. Sie war froh, daß David anrief, aber gleichzeitig wütend, daß er es erst jetzt tat. Sie freute sich für Jamie, weil er so lange mit seinem Daddy sprechen konnte, ärgerte sich aber, daß David nicht mit *ihr* reden wollte, der Feigling.

Jamie drehte sich zu ihr um, sein Gesicht glühte, so aufgeregt war er. »Mum, Mum? Dürfen wir mit Dad zum Weihnachtsmann? Bitteee!« Für einen kurzen Moment war Liz furchtbar wütend. Wie konnte sie jetzt noch nein sagen? Warum hatte er sie nicht zuerst um ihr Einverständnis gefragt, dann hätte sie eine Wahl gehabt. So konnte sie die Bitte unmöglich abschlagen. Aber wieso sollte sie das auch? Würde sie damit nicht nur die Kinder als Waffe einsetzen, weil sie so wütend war und sich übergangen fühlte?

Schließlich sagte Jamie etwas ängstlich zu ihr: »Mum, Dad fragt, ob er dich kurz sprechen kann.«

Genau das hatte sie gewollt, doch jetzt hätte sie am liebsten geschrien: »Sag ihm, er soll verschwinden! Sag ihm, er soll sich zu seiner Britt scheren und uns in Ruhe lassen!« Doch dann sah sie den flehenden Ausdruck auf Jamies Gesicht und nahm den Hörer.

Sie war sich mehr als bewußt, daß es ihr erstes Gespräch seit dem Tag im Restaurant war, und sie bemühte sich, Wut und Verbitterung aus ihrem Ton herauszuhalten. »Hallo, David. Jamie sagt, du möchtest die Kinder sehen?«

»Hallo, Liz.« Er klang ebenso reserviert und kühl wie sie, aber in ihrem Schmerz kam es ihr nicht in den Sinn, daß vielleicht auch er mit Gefühlen zu kämpfen hatte, mit denen er nicht umzugehen wußte.

»Wie geht's dir?«

»Gut.« Das Schweigen, das folgte, war die Bestätigung, daß sie beide wußten, daß es eine Lüge war. »Und wann willst du los mit den beiden?«

»Samstag? Würde das gehen?«

Für diesen Tag hatte Liz einen Besuch in der knallbunten Weihnachtsmann-Märchengrotte in Lewes geplant, aber das war natürlich nichts gegen Harrods oder Selfridges, wohin David mit den Kindern wollte. Und für einen Moment verspürte Liz den Zorn, den wohl jede Frau verspürt, die mit den Kindern sitzengelassen wird. Ihr blieb die Schufterei und der Supermarkt, und ihm war der große Auftritt vergönnt.

»Ja, ist okay.« Liz merkte, daß sie dieses Telefonat so schnell wie möglich beenden wollte. »Ein Zug kommt um halb elf an. Wir treffen uns an der Victoria Station.«

»Toll. Ich bringe sie dann mit dem Wagen nach Hause.«

»David ...«

»Ja?«

Doch Liz konnte die Frage, die in ihr brannte, unmöglich vor Jamie stellen.

»Nichts. Wir sehen uns dann Samstag.« Und sie legte auf. Sie wußte, daß sie bis zum nächsten Samstag nur an eines denken konnte, an eine einzige Frage: Würde Britt dabei sein? Ging die verdammte Britt mit ihren Kindern zum Weihnachtsmann? Einen kurzen Augenblick spielte sie mit dem Gedanken, David anzurufen und die ganze Sache abzublasen, aber Jamie und Daisy wären bitter enttäuscht. Außerdem mußte sie mit ihm über Geld reden. Bis jetzt hatte er die monatlichen Hypothekenrate Holland Park bezahlt, und sie hatte es weitestgehend geschafft, ihre Ersparnisse nicht anrühren zu müssen, doch das würde sie schon bald tun müssen. Es sei denn, sie würden sich der Realität ihrer Situation stellen und könnten sich dazu durchringen, das Haus zu verkaufen.

Britt sah, wie David den Hörer einhängte und sich von ihr abwandte. Sein reservierter Ton hatte sie nicht täuschen können: Nur zu gut wußte sie, daß das Fassade war. Er litt noch immer unter schrecklichen Schuldgefühlen. Was sie allerdings überraschte, war, daß Liz das anscheinend nicht bemerkte und ausnutzte.

Was sie während des Telefonats auf seinem Gesicht gesehen und in seiner Stimme gehört hatte, eröffnete ihr eine brutale Wahrheit: Wenn Liz David zurückhaben wollte, konnte sie das, wenn sie es richtig anstellte, auch erreichen. Jetzt gleich. Oder am Samstag. Und deshalb mußte Britt, verdammt noch mal, zusehen, daß sie nicht ins Hintertreffen geriet.

Glücklicherweise kannte sie Liz gut – Liz würde es ganz sicher nicht richtig anstellen. Dazu war sie zu stolz und sich nicht ausreichend im klaren darüber, ob sie ihn überhaupt zurückhaben wollte. Und bald war es zu spät.

»Wie geht's den Kindern?«

Der gepeinigte Ausdruck verschwand aus Davids Gesicht; er strahlte vor Glück und Anteilnahme.

»Toll! Sie haben sich wirklich gefreut, meine Stimme zu hören. Jamie hat mir alles erzählt, was er in den letzten Monaten gemacht hat.« Zum erstenmal seit Tagen schien seine Anspannung nachzulassen, und sein vertrautes jungenhaftes Grinsen war wieder da. Gott sei Dank. Dann war er jetzt bestimmt eher in der Stimmung. Sie war ein Risiko eingegangen, das sich offenbar ausgezahlt hatte. Vielleicht würden sie den Champagner gar nicht brauchen.

Sie sah ihm tief in die Augen und fing an, die winzigen Knöpfe ihrer Seidenbluse zu öffnen.

Liz stand mit einem Zugfahrplan im Flur; sie trug ihren neuen Übermantel mit Paspelverschluß und rang innerlich mit sich, ob sie sich trauen sollte, das dazugehörige russische Tschako aufzusetzen. Eine halbe Stunde hatte sie gebraucht, um sich zu entscheiden, was sie anziehen sollte; und auch wenn sie sich wieder und wieder gesagt hatte, daß er die Kinder sehen wollte, und nicht sie, verspürte sie dennoch den unbedingten Wunsch, ihn zu beeindrucken.

Sie wollte ihm zeigen, daß sie sich nicht hatte gehen lassen, daß ihre Ehe zwar Vergangenheit war, sie aber trotzdem noch immer blendend aussah, während die Männer sich hängenließen.

Sie lief die Treppe hinauf, um nachzusehen, ob sich Jamie und Daisy endlich fertig angezogen hatten. Als sie ihnen die Mäntel zuknöpfte, damit sie bei der Kälte draußen nicht froren, wurde ihr klar, wie sehr sie auch die beiden rausgeputzt hatte. Für einen kurzen Moment stimmte es sie traurig, daß das Treffen mit ihrem Vater ein Anlaß für Sonntagsstaat war und nicht, wie es eigentlich hätte sein sollen, für Turnschuhe und Alltagsaufzug.

An der Haustür zögerte sie kurz, dann langte sie nach dem Tschako. Wenn es übertrieben wirkte – Pech. Auf jeden Fall fühlte sie sich besser damit. Und sie konnte jedes nur erdenkliche Quentchen Selbstvertrauen gebrauchen.

Britt suchte genervt einen Sender im Autoradio. Sie schäumte vor Wut, weil David darauf bestanden hatte, daß sie im Wagen wartete, während er Liz und die Kinder vom Zug abholte. Früher oder später würden sie sich ja doch begegnen, und Britt war es lieber, wenn die Kinder dabei waren, dann müßte sich Liz zurückhalten. Doch David war eisern geblieben, und sie mußte sich fügen, sonst hätte er sie gar nicht mitgenommen. Ihm wäre es ohnehin lieber gewesen, wenn sie zu Hause geblieben wäre, das war ihr sehr wohl klar, doch sie traute ihm nicht, so ganz allein mit Liz, und außerdem wollte sie ihm beweisen, was für eine gute Mutter sie sein konnte, wenn sie wollte.

Deshalb kam es auch gar nicht in Frage, daß sie hier im Wagen sitzenblieb, außer Sichtweite. Britt nahm eine Zeitschrift vom Rücksitz, stieg aus, lehnte sich an den Kotflügel und blätterte in der Zeitschrift. Ein Taxi rauschte vorbei, der Fahrer pfiff, und Britt bedachte ihn mit einem eindeutigen Handzeichen.

David entdeckte sie zuerst. Er lief über den Bahnsteig auf sie zu und schlang die Arme um Jamie und Daisy, daß es ihnen fast den Atem verschlug. Zu ihrem Erstaunen sah Liz, wie nervös er war. Er schaute ihr ja nicht mal in die Augen. Aber als er es tat, glaubte Liz ein kurzes Aufflackern möglicher Bewunderung in seinem Blick zu bemerken, ehe er sich wieder den Kindern zuwandte.

Gott sei Dank war er allein gekommen. Und als sie ihn so sah, die Kinder im Arm, die Augen leuchtend vor Liebe, erkannte sie zum erstenmal, was ihn das alles gekostet haben mochte. Und sie lächelte.

Als sie den Bahnsteig entlanggingen, die Kinder in der Mitte, gab sich Liz für einen Moment der seltsamen Illusion hin, daß die letzten Monate nur ein böser Traum gewesen waren, daß sie eine ganz normale Familie auf einem Ausflug waren. Als sie aus dem Bahnhof kamen, wollte David sich von ihr verabschieden, aber Liz zögerte und sagte, daß sie mit zum Wagen kommen wolle.

Aber plötzlich spürte sie Davids Nervosität. Und als sie um die Ecke in die Buckingham Palace Road bogen, sah sie den Grund dafür. Britt stand an Davids Wagen gelehnt und blätterte in einer Ausgabe der *Elle*. In ihrem teuren Kostüm sah sie so elegant aus, daß sich Liz in ihrem russischen Mantel mit Tschako vorkam wie das Aschenputtel auf einem Ball.

Ohne ein weiteres Wort küßte sie die Kinder und ging zurück zum Bahnhof. Das Gespräch über die Finanzen würde warten müssen.

»Großer Gott! Seht euch diese Schlange an!« David mußte fast lachen, als er das Entsetzen in Britts Stimme hörte beim Anblick der vielen Menschen, die beim Weihnachtsmann anstanden. »Das kann ja Stunden dauern, bis wir da an der Reihe sind!«

Harrods' Weihnachts-Märchenhöhle war berühmt in aller Welt, und gut und gern die Hälfte der Erdenbewohner hatte sich ausgerechnet heute hier eingefunden.

Zwei Stunden auf engstem Raum mit Hunderten von kreischenden Kindern, die vor Aufregung, den Weihnachtsmann zu sehen, fast platzten, das entsprach nicht unbedingt Britts Vorstellung von Spaß.

»Warum gehst du nicht noch ein bißchen Geld unter die Leute bringen?« David machte keinen Hehl aus seiner Gereiztheit. »Ich bleibe mit den Kindern hier.«

Britt beschloß den versteckten Vorwurf, sie sei extravagant, zu ignorieren. Warum sollte sie es auch nicht sein, schließlich war es *ihr* Geld. Und sie arbeitete hart genug dafür. Außerdem würde sie nirgendwohin gehen. Heute wollte sie ihm trotz all seiner Zweifel beweisen, daß unter ihrer kühlen Schale ein großes, butterweiches Herz für Kinder schlug.

»Komm zu Britty!« Sie streckte die Arme nach Daisy aus, im vollen Bewußtsein, was für ein Bild sie beide abgeben würden, Blond in Blond. Doch Daisy klammerte sich wie ein kleiner verängstigter Koalabär an ihren Vater, als sei Britt eine angsteinflößende Frau, und heulte los.

Britt ließ die Arme sinken, lächelte nervös und wandte sich an Jamie. »Na, Jamie, was wünschst du dir vom Weihnachtsmann?«

Jamie antwortete wie aus der Pistole geschossen: »Ein MantaForce-Raumschiff mit Raketenrampe und zwanzig Space-Soldaten. Red Vipers sind die besten. Aber die Black Barracudas sind auch okay, wenn er keine Vipers mehr hat.«

»Echt? Dann stehst du wohl auf Raumschiffe, was?« Britt lächelte nachsichtig.

»Nee, auf Modelleisenbahnen.« Jamie verdrehte die Augen.

Britt dachte gerade darüber nach, ob sie soeben von einem Fünfjährigen veräppelt worden war, als sie sah, daß etwas aus Daisys Windel auf Davids Jackett tröpfelte. »David«, kreischte sie los. »Das Baby scheißt dich ganz voll!«

Drei Köpfe fuhren ruckartig herum bei diesem Verstoß gegen jegliche mütterliche Etikette. Eine Mutter mußte doch wissen, daß Babys nicht scheißen.

»Hier, nimmt du sie mal.« David drückte ihr Daisy in die Arme, um nach einer frischen Windel zu suchen. »Wo ist denn die Tasche?«

»Welche Tasche?«

David sah sie entsetzt an. »Die Tasche mit den Windeln. Sag nicht, du hast sie im Wagen gelassen...«

Britt hatte beim Anblick der Unmengen an Krempel, den Liz mitgeschickt hatte, kurzfristig entschieden, nur den Buggy für Daisy mitzunehmen. Sie war überzeugt, daß Liz übertrieben hatte. Auf Britts Armen wandelte sich Daisys Laune von entnervt zu hysterisch. Fluchend über Britts Unfähigkeit nahm David sie ihr wieder ab.

Britt starrte auf die Flecken auf ihrem beigefarbenen Kostüm.

»Schätze, dann wirst du wohl losgehen und ein Paket Windeln *kaufen* müssen«, zischte David.

Britt war erstaunt, daß Harrods so etwas wie Windeln überhaupt im Sortiment hatte. Es war die Art Ware, die diskret ganz hinten in der Kinderabteilung plaziert war. Doch zu Britts Verärgerung gab es Windeln nur in Packungen zu vierzig Stück.

Als sie sich mit dem riesigen Karton durch das Gewühl zurück zu David kämpfte, fragte sie sich unwillkürlich, ob ihr sorgfältig zurechtgelegter Plan nicht doch ein Fehler war. Gab es tatsächlich etwas, was dieses ganze Theater um Kinder wert war? War David es wert?

Als sie wieder zu ihnen stieß, war David fast ganz vorn in der Schlange angelangt. Er winkte Britt mit einer fröhlichen frisch gewickelten Daisy auf dem Arm zu. Er grinste die Mutter mit den drei Kindern neben ihnen an.

»Diese nette Dame hat sich erbarmt und uns mit einer Windel ausgeholfen.« Die Frau strahlte ihn an und warf dann Britt, der Inkompetenten, einen frostigen Blick zu. »Sie hat mir sogar Daisy abgenommen und die Windel für mich gewechselt.«

Mit finsterem Blick und dem sperrigen Karton in der Hand kämpfte sich Britt in ihrem noch immer befleckten Kostüm die letzten Meter bis zu ihnen vor. Ihr stand der Schweiß auf der Stirn.

»Gute Güte, Britt«, neckte David sie, ohne auf ihre Miene zu achten. »Du siehst ja aus wie eine abgekämpfte Mutter.«

Und dann waren sie endlich an der Reihe. Nach eineinhalb Stunden Schlangestehen nahm der Weihnachtsmann Jamie auf den Schoß und fragte ihn, was er sich zum Fest wünschte. Jamie zögerte einen Moment mit der Antwort.

»Nun, mein Junge? Was wünschst du dir?« wiederholte der Weihnachtsmann, etwas irritiert über diese unvorhergesehene Verzögerung. Der angeklebte Schnurrbart war verrutscht, und sein Atem roch leicht nach Wodka.

Unzählige Augenpaare entnervter Eltern, die ihre Sprößlinge auf dem Schoß des Weihnachtsmannes sehen wollten, damit sie endlich in den Tearoom gehen konnten, richteten sich auf sie, während Britt sich stirnrunzelnd fragte, ob sie wohl Schweißflecken unter den Achseln hatte.

Jamie sah sie an und sagte mit klarer Stimme: »Ich wünsche mir, daß die Lady meinen Dad in Ruhe läßt und daß er wieder bei Mummy und mir wohnt.«

Britt winkte ein Taxi heran; sie schäumte noch immer vor Wut, weil Jamie sie vor all diesen Leuten lächerlich gemacht hatte. Das war alles nur Liz' Schuld. Sie hatte ihn bestimmt darauf getrimmt, so etwas zu sagen, und ihm erzählt, wie böse die Frau war, die ihm seinen Daddy weggenommen hat, damit David weich wurde und nach Hause gerannt kam. Aber mit ein bißchen Glück war es dazu jetzt zu spät.

Als sie bei der Drogerie in Knightsbridge vorbeikamen, die noch spät geöffnet hatte, sagte sie dem Fahrer, er solle einen Moment warten, während sie hineinlief und einen Schwangerschaftstest kaufte, der – laut Angabe auf der Schachtel – zu achtundneunzig Prozent sicher war, vorausgesetzt, man war einen Tag überfällig. Und es waren bereits drei Tage.

David brachte Jamie und Daisy nach Hause und konnte kaum fassen, wie sehr sich das Häuschen verändert hatte. Als Liz ihnen die Tür öffnete und er das prasselnde Feuer im Kamin, die selbstgebastelten Weihnachtsdekorationen und das kleine Holzschränkchen mit dem hübschen Porzellangeschirr sah und den Duft von Zimt aus der Küche schnupperte, hatte er das Gefühl, ein richtiges Zuhause zu betreten. Nichts erinnerte mehr an die kalte und feuchte Bude, die sie früher freitagsabends schlecht gelaunt vorgefunden hatten.

Er schaute sich in diesem behaglichen Durcheinander um, sah den Stapel mit alten Zeitungen zum Feuer machen, die Patchworkdecke auf dem Sofa – nichts war etwas Besonderes oder Schickes, aber das ganze Haus verströmte eine gastfreundliche und gemütliche Atmosphäre.

Jetzt kam es ihm albern vor, daß er so panisch reagiert hatte, als sie die Arbeit aufgeben und eine richtiges Zuhause für die Familie schaffen wollte. Daran war nur seine Mutter schuld, die ihr Leben lang die Märtyrerin gespielt und alle mit ihrer falschen Fürsorge erstickt hatte. Als er Liz' Angebot einer Tasse Tee annahm, wurde ihm jedoch mit einemmal bewußt, daß ihn dieses behagliche Heim nicht an die schrecklichen Tage seiner Kindheit erinnerte, sondern an Britts Museum.

David setzte seine leere Tasse ab. Er wußte, daß es Zeit zum Aufbruch war, aber er hatte noch keine Lust zu fahren. »Hättest du etwas dagegen, wenn ich noch etwas bleibe und die Kinder in die Wanne stecke?«

Unbewußt sah Liz auf die Uhr. Schon sieben. Eigentlich hatte sie damit gerechnet, daß er viel früher nach London zurückfahren würde, und im Grunde war sie verärgert, daß er sich in ihr Leben schlich und es sich wie selbstverständlich auf dem Fußboden bequem machte, um mit Jamie Schnipp-Schnapp zu spielen, ganz so, als würde er immer hier wohnen.

Aber hatte sie sich nicht genau das gewünscht? Aus welchem Grund sonst hatte sie sich solche Mühe gegeben, das Haus behaglich zu machen? Sie hatte ja sogar etwas Zimt auf die Glut im Ofen gestreut. Ihr wurde klar, daß die starke, sensible Seite in ihr sagen wollte: »Nein, du darfst sie heute nicht baden. Weil es sonst nämlich so aussehen würde, als wäre in den letzten drei Monaten nichts geschehen.« Aber sie wußte auch, daß ein Licht erlöschen würde, wenn sie jetzt die Tür zuschlug, nicht nur für sie, sondern auch für Jamie und Daisy. Also sagte sie: »Ja, bade du sie heute, aber erwarte nicht, daß wir es gemeinsam tun.«

Als er mit den Kindern nach oben ging, vernahm sie aufgeregtes Kichern und Quietschen, wie sie es seit Monaten nicht von ihnen gehört hatte, und sie schaltete das Radio ein, damit es die sorgfältig begrabenen Erinnerungen, die ein glückliches Kinderlachen zurückbrachte, zerstreute.

Als David mit Jamie und Daisy auf dem Arm, beide blitzblank in Pyjamas, wieder in die warme, duftende Küche kam, verspürte er den überwältigenden Wunsch, sie um Vergebung und darum zu bitten, zurückkommen zu dürfen.

»Liz, ich muß mit dir reden. Nicht vor den Kindern...«

»Bei Britt scheint es dir ja keine Probleme bereitet zu haben, vor den Kindern zu reden – warum also bei mir?«

David merkte, daß sie ihn verletzen wollte, und er wußte, daß er es verdient hatte. »Es tut mir leid, Liz. Britt hätte heute nicht dabeisein dürfen.«

»Wie recht du doch hast!« Die Wut, die Liz die ganze Zeit unterdrückt hatte, kochte bei dem Gedanken an Britts selbstzufriedenes Lächeln wieder hoch.

»Liz, wir können uns unterhalten, wenn sie im Bett sind.«

»Nein, David.«

»Bitte, Liz.«

Für einen Moment war sie versucht nachzugeben, aber sie glaubte nicht, daß er sich geändert hatte. Wenn er es wirklich bereute, hätte er Britt nicht auf tausend Meter an die Kinder herangelassen! Allein diese Gefühllosigkeit verriet ihn schon.

»Es tut mir leid, David. Aber es gibt nichts, was wir uns zu sagen hätten.« Sie nahm ihm Daisy vom Arm und trug sie in ihr Bettchen.

David saß im Wagen vor dem Haus und sah zu dem einzigen kleinen Lichtschein in der rabenschwarzen Nacht – zum Schlafzimmerfenster. Warum nur, warum hatte er sich von Britt überreden lassen, sie heute mitzunehmen? Er hätte sie glatt umbringen können, als er sie gegen den Wagen gelehnt dastehen sah. Aber es war seine eigene Schuld gewesen, nicht ihre. Er hätte hart bleiben müssen.

Einen Augenblick lang spielte er mit dem Gedanken, wieder ins Haus zu gehen und Liz zu zwingen, ihm zuzuhören. Aber sie war zu zornig und abweisend gewesen – und alles nur wegen Britt.

Mit blitzartiger Klarheit sah David plötzlich die Antwort. Er mußte Britt verlassen. Dann vielleicht würde Liz ihm zuhören. Und in diesem Augenblick der Entschiedenheit erkannte er, daß er das ohnehin tun wollte. Ob Liz ihm nun vergeben würde oder nicht. Plötzlich fühlte er sich viel besser.

Britt saß im makellosen schwarz-weißen Bad ihrer Wohnung und starrte auf das schmale Röhrchen im Plastikhalter. Sie hatte soeben die zwei Tropfen Urin in die Lösung geträufelt.

In einer halben Stunde würde sie wissen, ob sie ein Kind von David erwartete oder nicht.

19

David schob seinen Plastikausweis in die elektronische Sperre des ausgeklügelten Sicherheitssystems von Canary Wharf und fuhr in die Tiefgarage. Als er seinen reichlich mit leeren Fruchtsaftkartons und zerknülltem Schokoriegelpapier verzierten Mercedes neben Britts makellosen Porsche einparkte, hatte er nicht mehr den geringsten Zweifel, daß ihr gar nichts anderes übrigbleiben würde, als seinen Standpunkt einzusehen.

Während der zweistündigen Fahrt durch die wunderschöne nächtliche Winterlandschaft hatte er nur einen Gedanken gehabt: Es sich bei Liz in dem alten Sessel neben dem Kamin bequem zu machen und so lange Schnipp-Schnapp zu spielen, bis sie beide todmüde ins Bett fallen würden. Verwundert und verwirrt mußte er sich eingestehen, daß ihm die behagliche und heimelige Atmosphäre, die sie geschaffen hatte, keineswegs als Bedrohung erschienen war. Im Gegenteil – er wünschte sich sehr, ein Teil dessen zu sein.

Sicher würde Britt einsehen, daß ihre Beziehung keine war, die sie beide aus freien Stücken gewählt hatten, sondern nur eine Affäre, die schiefgelaufen war. Schließlich hatte keiner von ihnen etwas Dauerhaftes im Sinn gehabt. Wäre Liz an jenem Tag in irgendein anderes Restaurant in London gegangen, wären er und Britt heute gar nicht mehr zusammen.

Sie hatten sich als Seelenverwandte gesehen, doch in Wirklichkeit hatten sie das Band des ihnen gemeinsamen Backgrounds überschätzt. Anfänglich hatte er geglaubt, Britt würde ihn besser verstehen, als Liz es jemals könnte, und daß die gähnende Kluft ihrer gesellschaftlichen Herkunft sie auf ewig voneinander trennen würde, ebenso wie Liz' Jugendjahre mit Tennisclub-Partys, Skiurlaub mit Mummy und Daddy und der ganzen Haltung, die Liz zusammen mit ihrem silbernen Löffel in die Wiege gelegt worden war. Doch als er vorhin mit ihr am Kamin gesessen hatte, war ihm klargeworden, daß er sich bei ihr soviel mehr zu Hause fühlte, als er das jemals bei Britt getan hatte.

Denn eines hatte David in den vergangenen Monaten erkannt. Er und Britt mochten denselben gesellschaftlichen Hintergrund haben, doch das hieß nicht, daß sie auch ein und dieselben Werte schätzten. Natürlich wollte er Erfolg, Macht und Reichtum haben, aber er wollte sie nicht so sehr wie Britt, und er war nicht bereit, alles dafür zu opfern. In der friedlichen und behaglichen Atmosphäre des Landhauses hatte er verstanden, warum Liz bereit gewesen war, so viel zu riskieren. Sie hatte, anders als er, gesehen, daß der Erfolg manchmal das Glück zerstört. Und für eine solche Philosophie hätte Britt nie genügend Zeit.

Doch sicher würde er selbst nie einsehen, daß der wahre Schlüssel zu ihrer Beziehung schlicht und einfach der Sex gewesen war und daß das keine Basis für ein gemeinsames Leben war. Letzten Endes hatte sie sich doch stets gesträubt, eine wirklich feste Beziehung mit irgend jemandem einzugehen. Wahrscheinlich langweilte sie sich längst und fragte sich, wann er endlich wieder seine Sachen packte, damit sie ihren nächsten Fang an Land ziehen konnte.

Und ermutigt durch diese Überlegungen, erinnerte er sich daran, daß sie ihn in letzter Zeit des öfteren mit einem seltsam abschätzenden Blick gemustert hatte, als wollte sie ihn auf eine ganz bestimmte Tauglichkeit hin prüfen – möglicherweise, ob ihm das Privileg zustand, mit ihr zusammen zu leben. Es war kein liebevoller Blick gewesen, sondern einer der kühlen Beurteilung. Wahrscheinlich fragte sie sich schon, wie sie ihn dezent dazu bekommen konnte auszuziehen.

Als David die Tür zum Fahrstuhl aufstieß, war er schon viel optimistischer. Und als er die Wohnungstür aufschloß, hatte er sich fast eingeredet, daß Britt eine Trennung auch für das Beste hielt.

Im ersten Moment nahm David an, daß Britt gar nicht zu Hause war, aber die Tür war nicht doppelt verriegelt und die Alarmanlage nicht eingeschaltet. Sicherheit war Britts oberstes Gebot, und es wäre unvorstellbar für sie, die Wohnung zu verlassen, ohne alles zu verriegeln und zu verrammeln; schließlich könnte ja ein weniger Begünstigter der Konsumgesellschaft reinschauen und ihre CDs mitgehen lassen.

Das Wohnzimmer war leer. Ebenso die Küche, obwohl David eine halbvolle Kaffeekanne entdeckte, die noch warm war. Rasch warf er einen Blick ins Arbeitszimmer. Das würde Britt ähnlich sehen, noch einen kleinen Schwung Arbeit in ihren Vierundzwanzig-Stunden-Tag einzuschieben. Doch diesmal zwinkerte ihm der Computer nicht mit seinem kleinen grünen Auge zu.

Im Schlafzimmer fand er sie dann schließlich, obwohl es erst halb zehn war; sie lehnte an einem Berg schneeweißer Kissen und trug ein ungewöhnlich keusches weißes Nachthemd. Statt ihres üblichen Glases Wein hielt sie demonstrativ Wasser in der Hand.

Plötzlich stieg eine dunkle Vorahnung in David auf. Was, zum Teufel, hatte sie vor? Britt liebte es, ihre Verführungen zu inszenieren, aber heute abend hatte die Atmosphäre etwas, das an den Nerven zerrte, seine Handflächen feucht werden ließ und ein Kribbeln in seinem Nacken verursachte. Und dann erkannte er, was es war. Zum erstenmal spielte Britt nicht die Hure, sondern die Heilige.

Bedächtig sah sie auf zu ihm. Sie langte zum Nachttisch und hielt David dann ein kleines Reagenzglas hin.

»Hallo, Daddy«. Sie lächelte. »Willkommen daheim.«

David setzte sich in das unbeleuchtete riesige Wohnzimmer und schaltete den Fernseher ein. Ein Bericht über irgendeinen Krieg in irgendeinem Land des Mittleren Ostens flimmerte über die Mattscheibe, doch David nahm die Bilder des Todes und der Verwüstung gar nicht wahr.

Britt war schwanger. Ein winziger Embryo, komplett ausgestattet mit dem genetischen Code, den er und Britt ihm gegeben hatten, war also in diesem schlanken, trainierten Körper dabei, sich weiter zu entwickeln und zu wachsen. Und er war der Vater. Er wußte, daß es gar keinen Zweifel gab.

Zum erstenmal fragte er sich, warum er nie auf den Gedanken gekommen war, daß Britt schwanger werden könnte; warum er nie, vom ersten Moment ihrer ungestümen und hemmungslosen Sexspiele an, über Verhütung mit ihr gesprochen hatte. Er war einfach davon ausgegangen, daß es für eine Frau wie Britt, die ihr Leben völlig unter Kontrolle hatte, undenkbar war, das Schicksal von kleinen Verkäuferinnen, Fabrikarbeiterinnen oder armen, kleinen Schülerinnen zu erleiden – eine ungewollte Schwangerschaft.

Aber *war* es denn überhaupt ein Zufall? Hatte er, völlig gefangen in seinem Verlangen nach Sex und Bestätigung, es glatt übersehen, daß Britt nur das Ticken der biologischen Uhr im Ohr gehabt hatte, wenn er ihr liebe Worte im Bett zuflüsterte?

Und jetzt war ein Baby unterwegs. Sein Baby. Für den Bruchteil einer Sekunde tat ihm der kleine Wurm unendlich leid.

Die schlichte Realität, daß Britt schwanger war, erinnerte ihn an eine krasse Wahrheit, der er sich nie zuvor gestellt hatte: Er hatte Liz und seine Kinder betrogen, und nun war er drauf und dran, Britt ebenso zu betrügen und zu verraten wie das winzige Wesen, das sich weder Vater noch Mutter ausgesucht hatte, und nichts vom Wirrwarr der Gefühle ahnte, das in neun Monaten losbrechen würde, wenn es strampelnd und schreiend auf die Welt kam und die bedingungslose Liebe seiner Mutter und seines Vaters forderte, wie es jedes Baby zu Recht tat. Würde Britt dann allein sein und diese Erinnerung an eine tote Beziehung zurückweisen?

Während Szenen der Gewalt und des Mordes lautlos im Fernseher flackerten, erkannte David eine weitere Wahrheit, die ihn gleichermaßen tröstete wie verletzte. Liz wollte nicht, daß er zu ihr zurückkam. In den Stunden, die sie heute gemeinsam verbracht hatten, hatte sie nicht im mindesten zu erkennen gegeben, daß sie sich darum kümmerte, was er tat.

Das machte es ihm irgendwie leichter, sich für das zu entscheiden, was ihm sein Anstand gebot. Er konnte Britt und das Baby nicht sitzenlassen. Er mußte bei ihr bleiben und dafür sorgen, daß die Beziehung funktionierte.

Er hatte gehofft, nach dieser Entscheidung Erleichterung zu verspüren, sich im moralischen Glanz der angenommenen Pflicht sonnen zu können. Doch statt dessen konnte er an nichts anderes denken, als an jenen wundervollen Tag, an dem sie erfahren hatten, daß Liz mit Jamie schwanger war. Monatelang hatten sie sich nichts sehnlicher gewünscht als ein Kind, doch nichts war geschehen. Jeden Monat hatte er mit Liz gefühlt, wenn sie unauffällig im Bad verschwand, um zu sehen, ob sie ihre Tage hatte, und dann leise weinend wiedergekommen war.

Dann hatten sie einen Test nach dem anderen gemacht. Angefangen mit der berüchtigten Spermaprobe. An einem bitterkalten Februarmorgen um neun Uhr war er zum Krankenhaus gefahren, wo man ihn in eine winzige Kabine geführt und gebeten hatte, eine kleine »Probe« zu produzieren. Und als dann der Befund kam, daß es ganz sicher nicht an seinem Sperma lag, hatte er sich so lächerlich stolz gefühlt, als hätte er soeben irgendeinen Preis verliehen bekommen.

Der Arzt hatte Liz aufgefordert, täglich ihre Temperatur zu messen und lauter kleine Punkte auf einer Tabelle zu verzeichnen, so daß man genau erkennen konnte, wann der Eisprung stattfand.

Sie waren schon fast soweit gewesen aufzugeben, als völlig unerwartet Liz' Regel ausblieb. Weil sie nicht wagten, dem Schwangerschaftstest aus der Apotheke zu glauben, waren sie ins Krankenhaus gefahren, und der liebenswürdige Stationsarzt, eher gewohnt, Unfruchtbaren schlechte Nachrichten zu überbringen oder mit bangem Herzen wartenden Teenagern zu eröffnen, daß sie entgegen ihrer Hoffnung doch schwanger waren, gab ihnen den Rat, zum Essen auszugehen und zu feiern. Sie würden nämlich ein Baby erwarten.

Zuerst hatten sie sich nur angesehen und kein Wort rausgebracht. Dann hatte David sie geküßt, hochgehoben und wie eine Braut auf seinen Armen aus dem Krankenhaus getragen; und sie waren jubelnd auf die Straße gelaufen. Passanten blieben stehen und lächelten – ihre Freude steckte jeden an.

Und dann hatte das Feiern begonnen. Liz sagte immer, daß Kind würde ja schon in ihrem Bauch champagnersüchtig.

Mit einem Anflug von Schuldgefühl wurde ihm klar, daß er Britt gar nicht gratuliert hatte. Er ging zum Kühlschrank und stellte fest, daß noch eine Flasche da war von dem Vorrat, den Britt vor ein paar Wochen angelegt hatte. Er zog die Flasche heraus, nahm zwei Gläser und ging damit ins Schlafzimmer.

»Auf das Baby!« Er lächelte und küßte ihren Bauch unter dem schneeweißen Nachthemd.

»Nein danke, Darling.« Britt hob die Hand, um das Glas abzuwehren, als sei es ein von Lucretia Borgia höchstpersönlich gemixter Drink. »Ist nicht gut für das Baby.«

Liz schaute noch einmal auf den Zugfahrplan und erstickte das Feuer im Kamin. London würde die reinste Hölle sein so kurz vor Weihnachten, aber sie hatte Jamie ein neues Rad versprochen, und er bestand darauf mitzufahren, überzeugt, daß sie ohne die Begleitung einer verantwortlichen Person todsicher das falsche kaufen würde oder mit einem öden Buch oder lehrreichen Video zurückkehrte. Nur gut, daß Ginny ihr Daisy für einen Tag abgenommen hatte.

Unweigerlich überlegte sie, was sie für David kaufen sollte, doch dann wurde ihr schockartig klar, daß ihm dieses Jahr Britt etwas schenken würde. Was das wohl sein mochte? Sicher nicht die langweiligen Socken und Unterhosen, die er sich immer von ihr gewünscht hatte. Sie konnte sich Britt einfach nicht in der Herrenunterwäsche-Abteilung bei Marks & Sparks vorstellen.

Als sie Jamie rief, fiel ihr Blick auf den Sessel, in dem David nur wenige Tage zuvor gesessen hatte, und sie wandte den Blick sofort wieder ab. David hatte so verändert gewirkt bei seinem Besuch, so entspannt und glücklich, mit den Kindern zusammen sein zu können, so sehr darauf bedacht, es ihnen recht zu machen und gute Laune zu verbreiten, daß es sie große Mühe gekostet hatte, seither nicht ständig an ihn zu denken.

Endlich kam Jamie herunter; sie schloß den Reißverschluß seines Anoraks und verriegelte die Haustür. Als sie über den gefrorenen Schnee zum Wagen gingen, fragte sie sich zum zehntenmal, worüber David mit ihr hatte sprechen wollen. Was war so wichtig gewesen, daß er es nicht vor den Kindern hatte tun wollen?

Sie lenkte den Wagen elegant in eine Parklücke vor dem Bahnhof in Lewes, eine Viertelstunde vor Abfahrt des Zuges, genügend Zeit also, um sich noch eine Zeitschrift und für Jamie ein Comic zu kaufen.

Am Kiosk entdeckte sie die neue Ausgabe von *Landleben* und wollte ein Heft aus dem Regal nehmen, zog jedoch die *TV Week* von letzter Woche aus Versehen mit heraus, und das Magazin fiel zu Boden. Als sie sich herunterbeugte, um es aufzuheben, starrte ihr Claudias Gesicht vom Titelblatt entgegen, und darunter stand in großen Lettern METRO TVs NEUE EISERNE LADY.

Einen Moment lang kämpfte Liz mit sich, ob sie das Magazin kaufen und sich Claudias Ansichten zu Gemüte führen sollte. Aber die würde sich ja doch nur darüber auslassen, wie kriminell ihrer Meinung nach Metro von ihrer Vorgängerin geleitet worden war. Und das würde Liz nur den Tag verderben. Also kaufte sie einen Schokoriegel und eine Ausgabe der *Vogue*. Schließlich war Weihnachten das Fest der *Freude*.

Als sie sich durch die Menschenmassen zur Spielwarenabteilung kämpften, erkannte Liz, welch ein Fehler es gewesen war, zwei Tage vor Weihnachten um die Mittagszeit zu Harrods zu gehen. Die Leute, die sich hier drängten, hatten Schaum vor dem Mund, waren bewaffnet mit Kreditkarten und zu allem bereit. Es war, als hätten sie den feierlichen Schwur geleistet, sämtliche Weihnachtseinkäufe an einem einzigen Tag zu erledigen oder bei dem Versuch ihr Leben zu geben.

Als sie die Ecke mit den Fahrrädern erreichten, schaute sich Liz erstaunt um. Unzählige unterschiedliche Modelle, mit Namen wie RoadRacer, Speedreamer oder Spiderbike. Doch Jamie wußte ganz genau, welches es sein mußte. Ein schwarzes Trackzapper mit roten Speed-Streifen und einem hydraulischen Sattel, den man hochkippen konnte, um bestimmte Kunststücke auf dem Rad zu vollführen. Mit Entsetzen stellte Liz fest, daß es nur noch ein einziges Exemplar gab. Und das wurde gerade von einem Siebenjährigen Probe gefahren, dessen Daddy aussah, als könnte er sich den ganzen Fahrradshop leisten und hätte noch immer Wechselgeld über.

Es hatte Liz exakt zweieinhalb Stunden gekostet, hierher zu kommen, und es würde wahrscheinlich weitere eineinhalb Stunden dauern, zu Hamleys oder Selfridges zu fahren. Dieses Rad erforderte guten Rat und drastische Aktionen.

»Kann ich es haben, Daddy? *Bitte?*« quengelte der Testfahrer.

»Schau mal, Jamie, ist das nicht ein Trackzapper?« fragte Liz mit lautem Flüstern. »Was haben die gleich noch gesagt in dieser Verbrauchersendung?« Sie tat so, als würde sie angestrengt nachdenken. »Ach ja. Sieht toll aus, aber in punkto Sicherheit nicht annähernd so gut wie das RoadRacer.«

Sie zwinkerte verschwörerisch und deutete auf die anderen Räder. Jamie verstand sofort, was gespielt wurde. »Ben hat so eins. Aber dann ist er damit hingeknallt, und sein Dad hat's zurückgegeben.«

Zu Liz unendlicher Erleichterung erschrak der Vater des anderen Jungen und zerrte seinen Sohn zu den angeblich weniger gefährlichen Modellen.

Während Liz gerade so lange abwartete wie nötig, ehe sie dann das wahrscheinlich letzte Trackzapper in London zur nächsten Kasse schob.

Ginny legte den Telefonhörer auf und starrte aus dem Fenster auf die Weihnachtseinkäufer auf der Straße. Und während sie dem Rasseln der Sammelbüchsen und dem blechernen Klang der Weihnachtslieder aus dem Lautsprecher auf der Stadthalle lauschte, drang ein weiterer trüber und besorgter Gedanken durch ihren Optimismus. Es war ja nicht so, daß WomanPower noch keinen Zugang zum Busineß hatte – die verheerende Kombination von Resturlaub, den die Büroangestellten verlieren würden, wenn sie ihn nicht bis Ende Januar nahmen, und dazu die »Krankmeldungen« aufgrund akuten Katers nach den alljährlichen wüsten Firmenfeiern führte dazu, daß es mehr Arbeit gab als Leute, die sie erledigen konnten.

Da gab es nur ein kleines Problem. Die meisten Frauen auf ihren Listen wollten nicht über die Weihnachtsfeiertage arbeiten. Vielleicht sollte sie anfangen zu beten. Die erste Rate ihres Bankkredits war in sechs Monaten fällig, und bis jetzt waren die Einnahmen ziemlich spärlich.

Sie schob die Unterlagen zu einem Stapel zusammen. Es hatte keinen Sinn, sich so trüben Gedanken hinzugeben. Schließlich war Weihnachten. Irgendwas würde sich schon ergeben.

Liz saß im Coffee-Shop vor ihrer Tasse Cappuccino und sah Jamie dabei zu, wie er ein Stück Torte verschlang. Gestärkt durch eine Cola, den Kuchen und den Schaum von ihrem Cappuccino, war er schließlich bereit zum Aufbruch.

Eine halbe Stunde mußten sie noch totschlagen, ehe ihr Zug von der Victoria Station abfuhr, und Liz beabsichtigte, diese Zeit damit zu verbringen, sich die für sie unerschwinglichen Prachtstücke im British Designer Room anzuschauen. Während sie die wundervollen, wilden und sündhaft teuren Kleider durchstöberte, beschäftigte Jamie sich damit, die Kleiderbügel klappern zu lassen und den mißbilligenden Blick der Verkäuferin zu ignorieren.

Liz hielt sich gerade ein Ballkleid von Victor Edelstein an, das ungefähr so viel kostete, wie ihr Häuschen wert war, als sie eine vertraute Stimme ihren Namen rufen hörte. Sie schwang herum und starrte direkt in die höhnische Miene der neuen Eisernen Lady von Metro Television.

»Wie *geht* es dir? Ich hab' mir ja *solche* Sorgen gemacht, als ich gehört habe, was passiert ist.« Liz entging nicht, daß Claudia alles andere als besorgt klang. »Wir haben dir wirklich die Daumen gedrückt. Wenn wir Frauen doch nur rechtzeitig erkennen würden, was für Bastarde die Männer eigentlich sind, dann wären wir um etliches glücklicher.«

Weil sie nicht wollte, daß Jamie irgend etwas mitbekam, schickte sie ihn zum uniformierten Majordomus, um mit ihm darüber zu reden, wie die Fahrstühle funktionierten.

»Natürlich hab' ich es kommen sehen, als sie an dem Abend bei der Metro-Party aufgetaucht ist. Wenn sie David nicht in die Klauen gekriegt hätte, dann wäre Conrad drangewesen. Ich kenne diesen Typ Frau. Eine ehrgeizige kleine Schlampe, die für jeden die Beine breitmacht, von dem sie glaubt, daß er sie auf der Leiter eine Stufe höher bringt.«

Liz unterdrückte ein Lächeln, als Claudia exakt sich selbst beschrieb, und suchte fieberhaft nach einer Ausrede, um sich zu entschuldigen. Das letzte, was sie wollte, war, die Affäre ihres Mannes in Harrods Designer Room vor dem faszinierten Publikum der Weihnachts-Shopper zu diskutieren.

»Claudia, es ist wundervoll, dich getroffen zu haben, aber ich fürchte, Jamie und ich müssen jetzt zum Zug.«

Claudia wirkte betroffen. Offensichtlich hatte sie sich auf eine längere Unterhaltung gefreut. Liz griff zu ihren Einkaufstüten und machte Jamie ein Zeichen. Doch Claudia ließ sie nicht so schnell vom Haken.

»Arme Lizzie. Muß ja schrecklich für dich gewesen sein, die Neuigkeit mit den beiden zu hören. Wir haben denselben Kurs im Fitneß-Studio, und sie hat es am Montag jedem auf die Nase gebunden.«

Erleichtert sah Liz, daß Jamie endlich zu ihr kam; in wenigen Sekunden würden sie sich auf den Wage machen können.

»Und welche Neuigkeit ist das?« fragte sie eher beiläufig und verdrehte die Augen, als Jamie bei der Rolltreppe stehenblieb und sich mit einem kleinen Jungen unterhielt.

Claudia beugte sich zu ihr vor und senkte die Stimme, bis

garantiert jeder um sie herum gebannt lauschte. »Das mit dem Baby.«

Zum erstenmal sah Liz Claudia direkt an. Wovon redete sie da, verdammt noch mal? »Welches Baby?«

»*Ihr* Baby. Britts und Davids. Im August ist es soweit.«

Liz spürte, wie sie urplötzlich erblaßte. Britts Baby. Britts und Davids Baby. Das konnte unmöglich sein. Britt haßte Kinder. Das war absolut lächerlich. Claudia mußte sich verhört haben.

»Sie hat es jedem erzählt. Gestern habe ich sie getroffen. Ihre Fitneßtrainerin hat ihr gratuliert und gesagt, sie würde bestimmt die fitteste Mutter in ganz London sein.«

Für einen Moment fürchtete Liz, sie könnte ohnmächtig werden. Nur der Anblick von Jamie, wenige Schritte entfernt, bewahrte sie davor, von dem schwarzen Loch, das sich unter ihren Füßen auftat, verschlungen zu werden.

»Liz?« Ganz kurz wirkte Claudia, als täte es ihr leid. »Liz, das hast du doch schon gewußt, oder?«

20

Liz lehnte sich gegen die Tür der Kabine und kämpfte gegen die Tränen. Nur der Gedanke an Jamie, der ahnungslos und fröhlich auf der anderen Seite der dünnen Sperrholztür auf sie wartete, bewahrte sie vor einem Zusammenbruch.

Sie konnte nicht fassen, wie weh es tat – mehr als damals in diesem Restaurant, schlimmer als die Trennung von David. Und zum erstenmal mußte sie sich eingestehen, warum: Bis vor fünf Minuten hatte sie irgendwo tief im Innern noch daran geglaubt, daß sie wieder zusammenkommen könnten.

Seit ihrer Kindheit kam es hin und wieder vor, daß sie aufwachte und auf unerklärliche Weise glücklich war. Es dauerte dann mehrere Sekunden, manchmal gar minutenlang, bis sie den Grund dafür erkannte: eine gute Nachricht, ein versprochenes Geschenk, ein Kompliment, Dinge, die in ihr Unterbewußtsein gerutscht waren, doch noch immer stark genug waren, um in ihr ein unerwartetes Gefühl der Freude zu entfachen. Und während sie an die Kabinentür im Erfrischungsraum bei Harrods gelehnt stand und versuchte, nicht daran zu denken, daß sich draußen wahrscheinlich bereits eine ungeduldig wartende Schlange gebildet hatte, erkannte sie, daß der Glaube an Davids Rückkehr während der letzten Monate tief in ihrem Innern geruht und Hoffnung ausgestrahlt hatte. Und nun war sie endgültig zerstört. Mit einem stummen Schrei des Schmerzes erkannte sie, daß sie nichts weiter war als eine verlassene Ehefrau, die sich trotz erdrückender Beweise nicht mit der Realität der Trennung abfinden konnte.

Und dennoch – sollte sie sich wirklich so sehr getäuscht haben? Sie hatte dieses innere Leuchten erst letzte Woche gespürt, als David die Kinder zurückgebracht hatte. Er war so anders gewesen, beinahe froh und dankbar, mit ihnen zusammen zu sein. Trotz der Spannung zwischen ihnen und obwohl sie sich so wegen Britt geärgert hatte, war seine Anwesenheit wie das verlorene und fehlende Teil im Puzzle ihres neuen Lebens gewesen.

Als es klopfte, schreckte sie heftig zusammen.

»Mum, Mum. Ist alles okay?«

Sie hörte die Angst in Jamies Stimme. Sie mußte sich zusammenreißen und durfte sich nicht auf *ihn* stützen, so verlockend der Gedanke auch war, aber *sie* war die Erwachsene und mußte stark sein.

Liz raschelte absichtlich laut mit dem Toilettenpapier und ließ die Spülung kräftig rauschen. Dann kramte sie in ihrer Handtasche nach einem Kleenex und dem Handspiegel und wischte, so gut es ging, die Spuren der Tränen fort.

»Sicher, Jamie. Alles in Ordnung.«

Die Wahrheit war, daß sie geglaubt hatte, David würde sie noch lieben. Nun, das war wohl ein Irrtum. David hatte sein altes Leben ausradiert und ein neues begonnen. Ob es ihr gefiel oder nicht, sie mußte sich der Realität stellen: Ein Baby bedeutete Bindung und Verpflichtung. Ein Baby war ein neuer Anfang.

»Aber du wirst doch nicht etwa stillen?« Weniger als hundert Meter von Harrods entfernt, in der Brasserie St. Quentin, ließ Britts Freundin Carla mit entsetztem Blick die Gabel in ihre Fisch-Terrine sinken.

»Natürlich nicht«, erklärte Britt. »Dann könnte ich ja nicht gleich wieder arbeiten.«

»Wie lange willst du pausieren?«

»Ich weiß nicht. Drei Wochen?«

»*So* lange?« Carlas Ton ließ keinen Zweifel daran, daß sie drei Wochen für mehr als nur ein wenig selbstmitleidig hielt. »Laura Wells von North TV hat nach zwei Wochen wieder gearbeitet, und meine Freundin Air Green, die Produzentin, schon nach zehn Tagen. Ich sag' immer –« Carla, bewußt kinderlos, nippte an ihrem Sauvignon und tätschelte Britt die Hand – »paß *bloß* auf! Kaum hast du dich umgedreht, bist du raus aus dem Geschäft.«

Ungläubig hörte David zu, als Britt und Carla ihre Liste von hochdotierten frischgebackenen Müttern vervollständigten, die sich darin übertrumpften, dieser lästigen Nebensächlichkeit, der Geburt ihres Kindes, so wenig Zeit wie möglich zu opfern.

»Wenn ihr meine Meinung dazu hören wollt, auch wenn ich nur der Vater bin, aber ich finde drei Wochen doch sehr lang.«

Britt und Carla sahen ihn verblüfft an.

»Naja, warum hockst du dich nicht einfach kurz über deine Aktentasche und schickst es dann mit dem Taxi nach Hause? Dann müßtest du nicht mal eine Konferenz unterbrechen.«

»Wenn die Männer die Kinder kriegen würden, gäbe es einen Gebärpool auf dem Herrenklo«, fauchte Britt zurück, ehe sie ihre Unterhaltung mit Carla fortsetzte.

»Wie ich schon sagte, drei Wochen höchstens, sonst rührt doch keiner mehr einen Finger, wenn ich nicht im Geschäft bin.« Britt wirkte erleichtert, daß jetzt alles besprochen war. »Wußtest du eigentlich«, vertraute sie Carla an, »daß es diese großartigen Schwestern gibt, die man anheuern kann? Die nehmen einem alles ab, sobald man aus dem Krankenhaus entlassen wird, sogar nachts das Aufstehen und Füttern.«

»Ist ja toll.« Carla bemühte sich, nicht mitleidig zu klingen, aber es gelang ihr nicht ganz. Arme Britt. Wird auch noch schwanger. Daß ausgerechnet ihr das passieren mußte. »Dann mußt du also die vollgeschissenen Windeln gar nicht selbst wechseln oder so was?«

»Nur an den Wochenenden. Aber ich werde mich umhören, ob ich nicht auch dafür jemanden finde.«

David, der bereits am zweiten Martini des Tages nippte, spürte wieder die schon vertraute Niedergeschlagenheit. Als Jamie damals zur Welt kam, hatten Liz und er es nie als unwillkommene Unterbrechung ihres prallen Terminkalenders betrachtet, im Gegenteil, es war schlicht und einfach der schönste Tag ihres Lebens gewesen.

Als Liz ihr Baby in den Armen hielt, hatte sie geweint vor Glück und Erleichterung, und David hatte sich auf die Bettkante gesetzt und sie beide umarmt, seine Familie. Es war ihm wie ein Wunder erschienen. Wo war nur all die Liebe geblieben?

Carlas nächste Frage holte David in die Gegenwart zurück.

»Hast du keinen Horror davor, fett wie eine Tonne zu werden?«

»Hab' ich gar nicht vor. Kein Brot, keine Kekse, keine Pasta. Und vor allem kein Alkohol. Bis zum sechsten Monat muß ich gar nicht zunehmen und danach ja auch nur ein paar Pfund.«

Deshalb also hatte sie seinen Champagner nicht gewollt; nicht aus Sorge um das Baby, sondern wegen ihrer verdammten Taille! Er schaute angewidert von Britt zu Carla. Zum Glück mußte er ohnehin Bert bei der *News* anrufen; Suzans Geschichte über die Korruption bei der Polizei hatte sich zu einer heißen Story entwickelt und stand kurz vor dem Durchbruch.

Er fand das Telefon im rückwärtigen Teil des Restaurants. Ärgerlicherweise war Bert nicht erreichbar, was wahrscheinlich hieß, daß er auf ein schnelles Bierchen bei »Dog and

Firkin« gegenüber war. David spielte kurz mit dem Gedanken, dort anzurufen. Doch die Story war zu heiß, um sie in einem Pub zu besprechen. Er würde Bert eben später noch mal anrufen müssen. Spontan versuchte er es unter Suzans direkter Durchwahl, wurde aber von einer Stimme vom Band begrüßt, die ihm wiederholt versicherte: »Vielen Dank für Ihren Anruf, wir verbinden Sie weiter.« Dann wechselte die Botschaft aus unerfindlichen Gründen plötzlich zum roboterhaften: »Leiderrr ist es uns nicht möglich, Sie zu verbinden. Bitte versuchen Sie es später noch einmal.«

Er wollte gerade einhängen, als er Britt und Carla auf sich zukommen sah. Doch sie suchten nicht ihn, sondern bogen zur Damentoilette ab. Er bekam genug von ihrer Unterhaltung mit, um wie angewurzelt stehenzubleiben.

»Und seit wann genau weißt du, daß du schwanger bist?«

»Seit letzter Woche.«

»Warst du da nicht baff? Also, mich hätte das glatt umgehauen. *Umgebracht* hätte mich das!«

»Ach, eigentlich war ich nur erstaunt, daß es ganze sechs Ficks gedauert hat. Ich habe nämlich gedacht, es würde gleich beim erstenmal klappen. Die Frauen in meiner Familie sind nämlich sehr fruchtbar. Es reicht, wenn wir einen Schwanz *sehen,* und peng, sind wir fällig für die Abtreibungsklinik.«

»Was soll das heißen, es hat sechs Ficks gedauert? Woher willst du das so genau wissen?«

Einen Moment lang fürchtete David, sie würden in der Toilette verschwinden, und er würde den Rest nicht mehr hören, aber dann ergriff Carla Britts Arm und hielt sie zurück.

Britt senkte die Stimme bis auf ein Flüstern ab. »Ach komm, Carla, du hast nicht ernsthaft geglaubt, daß es ein Unfall war, oder? Du kennst mich doch, ich überlasse nichts dem Zufall.«

»Aber genau deshalb *habe* ich ja gedacht, es war ein Unfall. Du meinst, es war Absicht?«

»Natürlich war es Absicht. Glaubst du, ich lasse mich aus Versehen schwängern? Ein paar Fläschchen Bollinger und tolle Unterwäsche – und schon war die Sache geritzt.«

»Das hat funktioniert?«

»Wie geschmiert.«

»Aber warum, um Himmels willen, wolltest du unbedingt schwanger werden?«

»Weil David seine Bälger noch immer furchtbar vermißt. Und die einzige Möglichkeit, ihn davon abzuhalten, zu ihnen zurückzulaufen, war, ihm auch was Kleines zu geben.«

Eigentlich hatte Liz vorgehabt, ein Geschenk für Ginny zu besorgen, vielleicht eine Fläschchen Parfüm oder eine andere Kleinigkeit. Obwohl sie schon an zweiter oder dritter Stelle in der Schlange stand, konnte Liz plötzlich nicht länger warten. Sie mußte unbedingt nach Hause, in die Geborgenheit ihres Häuschens, heim zu den scheußlichen Willkommenskränzen, um die vertrauten Dinge zu tun, die ihr Trost spenden konnten: ein Feuer entfachen mit dem Holz, das sie im Wald gesammelt hatten, Tee aufsetzen, die Gardinen zuziehen und so tun, als sei alles in Ordnung in ihrer kleinen kuscheligen Welt.

Als sie sich in die Schlange der erschöpften Weihnachtseinkäufer in Knightsbridge einreihte, die alle auf ein Taxi warteten, spürte Liz, wie sich eine kleine Hand in ihre schob. Dankbar erwiderte sie den Druck, lächelte und blickte hinunter.

Und sie sah, daß Jamie, ungeachtet, wie sehr sie sich bemühte, ihre Gefühle zu verbergen, wie immer verstanden hatte, daß etwas nicht stimmte, und versuchte, sie zu trösten.

Als Britt und Carla zum Tisch zurückkehrten, hatte David bereits die Rechnung kommen lassen.

»Aber wir haben ja noch nicht mal einen Blick auf die Dessertkarte geworfen«, bemerkte Britt verblüfft.

»Ich dachte, du willst auf deine Figur achten.« Britt entging die beißende Ironie in Davids Ton. »Ich habe die Rechnung kommen lassen, weil wir gleich gehen werden.«

»Du vielleicht. Ich jedenfalls nicht.«

»Wie du willst. Dann wirst du dir eben vor Publikum anhören müssen, was ich dir lieber unter vier Augen sagen würde.«

Britt grinste herausfordernd, völlig davon überzeugt, mit allem fertig zu werden. Wahrscheinlich hatte er nur schlechte Neuigkeiten von Bert aus der Redaktion. Vielleicht hatten sie dem Botenjungen seinen Job gegeben, während er beim Lunch war, oder so was...

»Ich gehe, Britt. Mir reicht's.«

»Sei nicht albern. Natürlich tust du das *nicht*. Wir beide erledigen gleich unsere ersten gemeinsamen Weihnachtseinkäufe.«

Aber Davids Miene war wie versteinert und ohne die Spur eines Lächelns. Was, um alles in der Welt, war nur los mit ihm?

»Ich habe gehört, was du zu Carla gesagt hast.«

Es sah fast komisch aus, wie das Lächeln auf Britts Zügen erstarb.

»Ich hätte wissen sollen, daß diese Schwangerschaft eiskalte Berechnung war.« Er erhob sich langsam und verharrte einen Moment. »Es tut mir leid, wenn das schwierig für dich wird. Selbstverständlich werde ich dich finanziell unterstützen, wenn du möchtest, aber ich kann diese groteske Charade nicht länger aufrechterhalten. Dieses Baby bedeutet dir nichts. Du weißt doch gar nicht, was es heißt, ein Kind zu lieben.«

»So, wie *du* deine Kinder liebst?« Dieses eine Mal reagierte Britt unbedacht. »Du hast sie gerade ein einziges Mal in drei Monaten gesehen.«

Davids Miene verzerrte sich vor Wut und Schmerz.

Britt erkannte, daß sie einen Fehler gemacht hatte, und versuchte es mit einem Rückzieher. »David, ich hab's nicht so gemeint. Es tut mir leid.«

»O doch, du hast es genau so gemeint. Du wolltest mich verletzen, und das ist dir gelungen. Wie du schon ganz richtig sagtest – bei dir ist nichts dem Zufall überlassen. Mach's gut, Britt. Und zerbrich dir nicht den Kopf über meine Sachen, du kannst sie mir später schicken lassen.«

Britt wägte ihre Situation ab und entschied sich, cool zu bleiben. Es gab nichts, was einen Mann mehr vergraulte, als eine bettelnde Frau. Außerdem würde er sie sowieso nicht wirklich verlassen. Nicht jetzt. Er war wütend, das war alles. Sie hätte sich selbst ohrfeigen können, weil sie Carla gegenüber den Mund so weit aufgerissen hatte. Egal, in ein paar Stunden würde er sich schon wieder abreagiert haben.

Gelassen wandte sie sich von ihm ab und bestellte einen Cappuccino. David verließ ohne ein weiteres Wort das Restaurant und ging in Richtung Knightsbridge und Harrods davon.

Britt sah in Carlas entsetztes Gesicht. »Keine Angst, ich kenne ihn. Der kommt zurück. Beladen mit Schuldgefühlen und Weihnachtsgeschenken.«

Liz schaute aus dem Zugfenster, während Jamie mit dem Kopf auf ihrem Schoß schlief. Und wie er da so lag, in all seiner Schwäche und Abhängigkeit von ihr, verspürte sie einen Schub wie nach einem starken Drink. Sie blickte in sein kleines Gesicht; das dunkle, kurzgeschnittene Haar stand wie immer nach allen Seiten ab. Im Nacken hatte er eine einzelne lange Locke – seit seinem zweiten Lebensjahr hatte Liz diese Locke nicht abgeschnitten. Als sie ihm über das Haar strich, wußte sie, ganz gleich, was auch geschehen mochte, sie würde es überleben um seinet- und Daisys willen. Ihre Liebe zu ihnen würde sie immer wieder auf die Beine kommen lassen.

Sie mochte Angst davor haben, sich dem Leben zu stellen, nun, da sie wußte, daß David nie mehr zurückkehren würde und sie vielleicht für immer einsam war, und doch mußte sie ihnen zuliebe stark sein. Auch wenn man innerlich schrie und weinte, mußte man für die Kinder stark sein. Doch es vermochte nicht den Schmerz zu lindern, und als sie in die Dämmerung schaute und daran dachte, daß David vielleicht in diesem Moment Geschenke für Britt und das Baby kaufte, schloß sie die Augen und versuchte, die Qual auszulöschen.

Als der Zug im Bahnhof von Lewes einfuhr, wurde ihr bewußt, daß sie eigentlich gar nicht nach Hause wollte. Das Haus würde dunkel und leer sein, und sie würde immer das Bild von David vor Augen haben, wie er am Kamin gesessen und mit Jamie Schnipp-Schnapp gespielt hatte. Sie entschied sich, den

Wagen vom Parkplatz zu holen, den größten Tannenbaum, den sie finden konnten, zu kaufen und dann Daisy von Ginny abzuholen. Sie würden noch ein bißchen bei ihr bleiben, Tee trinken und die Kinder baden. Erst danach wollte sie heimfahren und den Weihnachtsbaum schmücken.

Ein Weihnachtslied summend, marschierten Jamie und sie zum Wagen; und irgendwie kam Liz das Leben nun nicht mehr ganz so furchtbar vor.

David legte die paar hundert Meter von Harrods zur Parkgarage in Hans Crescent im Laufschritt zurück und verstaute die vielen Geschenke im Kofferraum. Für einen Moment saß er in der dunklen Stille und rang mit sich. Dann schließlich ließ er den Motor an und fuhr los. Als er zur Ampel am oberen Ende der Sloane Street kam, zögerte er und schaute die Straße zum Trafalgar Square hinunter, die ihn, wenn er nach Osten abbog, zu Britts Wohnung in Canary Wharf bringen würde.

Aber er hielt sich links und fuhr zur Schnellstraße M4, die nach Sussex und zu Liz führte.

Während Liz' Zug durch die Kälte des Spätnachmittags rauschte, sah David auf die Uhr an seinem Armaturenbrett. In zwanzig Minuten würde er Seamington erreichen. Und während er den Fuß aufs Gaspedal drückte, um keine Zeit zu verlieren, hatte er die plötzliche Eingebung, daß alles in Ordnung kommen würde. Diese Gewißheit war so intensiv, daß er laut lachen mußte.

Zum erstenmal seit Monaten hatte David das Gefühl, als sei er aus einem scheinbar unentrinnbaren Alptraum ohne Hoffnung, ohne Licht, ohne eine Chance, jemals wieder glücklich zu werden, erwacht. Aber endlich hatte er die Antwort entdeckt. Es war alles ein fataler Fehler gewesen, ein schrecklicher Irrtum, und es war seine Schuld gewesen. Sein Platz war bei seiner Familie und bei Liz, und er würde es schon schaffen, daß sie das auch erkannte.

Sicher prasselte ein Feuer im Kamin, und im Haus war es

warm, und es duftete nach Tannenzweigen und Äpfeln und vielleicht sogar nach Pfefferkuchen. Ein Tannenbaum würde da sein. Wenn er dann an die Tür klopfte, würde Liz ihm öffnen, Jamie und Daisy neben ihr, und irgendwie, mochte sie auch noch so sehr protestieren, würde er sie davon überzeugen, daß ihm alles furchtbar leid tat und daß sie ihm verzeihen mußte. Wenn er seine Argumente, die er sich noch gar nicht zurechtgelegt hatte, vorgebracht hatte, würde sie ihn mit offenen Armen aufnehmen und ihm vergeben, und sie würden eine glückliche Weihnacht verbringen. Ungeduldig gab er noch mehr Gas.

Doch als er den Wagen am Ende der Auffahrt abstellte, merkte er, daß etwas nicht stimmte. Noch immer zwanzig Meter vom Haus entfernt, sah er, daß kein blaßgrauer Rauch aus dem Schornstein in den dunkelblauen Winterhimmel stieg, und es waren keine heiteren, aufgeregten Stimmen aus dem Häuschen zu hören.

Er ließ die Geschenke im Wagen und lief zum Haus. Verzweifelt versuchte er, die emporsteigende Panik zu unterdrücken. Er konnte nichts hören, außer dem Knirschen seiner Schuhe auf dem gefrorenen Untergrund. Als er dann doch ein seltsames Klopfen vernahm, blieb er stehen, bis er begriff, daß es von seinem rasenden Herzen herrührte.

Er stand vor dem dunklen und leeren Haus. Der Schmerz in seiner Brust war so intensiv, daß er meinte, einen Herzanfall zu erleiden. Welche Ironie das doch wäre! Der Verlorene kehrt zurück und stirbt auf der Türschwelle. Aber ihm wurde rasch klar, daß er lediglich die bittere Enttäuschung spürte, die ihn wie einen Tritt vor die Brust getroffen hatte. Liz und die Kinder waren nicht zu Hause.

Verzweifelt versuchte er, die Haustür zu öffnen, doch sie war doppelt verriegelt. Das tat Liz nie, wenn sie nur kurz aus dem Haus ging.

Dann kam ihm eine Idee. Seine Schlüssel. Vielleicht hatte er seine Hausschlüssel mit. Er lief zurück zum Wagen und durchwühlte seinen Aktenkoffer. Aber dann fiel ihm ein, wo sie waren – im kleinen Schränkchen neben Britts Bett.

Er saß im unbeleuchteten Auto und fragte sich, wohin sie wohl gefahren sein mochten. Zu Ginny? Aber dann hätte sie die Tür nicht doppelt verriegelt. Zu ihrer Mutter? Natürlich, warum war er nicht schon früher darauf gekommen? Sie mußte zu ihrer Mutter gefahren sein, statt Weihnachten hier allein zu verbringen.

Für einen kurzen Moment spielte er mit dem Gedanken hinzufahren. Dann dachte er an Eleanor und ihre kalte vornehme Eleganz, und ihn verließ der Mut. Liz verehrte ihre Mutter und fand sie herzlich und liebevoll, doch David hatte nie das Gefühl gehabt, daß sie diese Liebe einem Fremden entgegenbrachte, der zudem noch aus einfacheren Verhältnissen kam. In ihren Augen war er doch nur ein Kerl aus dem Norden, der ihnen ihre wunderschöne Tochter gestohlen hatte, obwohl sie einen Banker oder Börsenmenschen hätte heiraten können. Und nun hatte er sein Verbrechen noch verschlimmert, indem er sie verletzt und sitzengelassen hatte.

Nein. Er konnte unmöglich dorthin fahren. Und außerdem war es nicht der geeignete Ort, um Liz von der Aufrichtigkeit seiner Absichten zu überzeugen, wenn ihre Mutter um sie herum war.

Ihre Mutter würde, wie es jede Mutter täte, ihr schlicht und einfach sagen, daß sie sich nur dazu überreden ließe, ihm zu verzeihen, um kurze Zeit später wieder verletzt zu werden. Eleanor würde gar nicht bereit sein, zu erkennen, daß ihre Tochter auch ihren Teil dazu beigetragen hatte, daß ihre Ehe in die Brüche gegangen war.

Wenigstens die Geschenke könnte er unter das Vordach stellen, dann würde Liz wissen, daß er hiergewesen war. Vorsichtig lud er sie aus dem Wagen und trug sie zum Haus. Der bunte Stapel sah reichlich unpassend aus unter dem unbeleuchteten Vordach, als seien die Sachen an eine falsche Adresse geliefert worden. Außerdem waren sie ein sehr auffälliger Hinweis, daß niemand im Haus war. Er konnte sie nicht dalassen. Er mußte sie mitnehmen und sie nach Weihnachten herbringen.

Als er die Sachen wieder zusammenpackte, verspürte er den

dringenden Wunsch, etwas zu hinterlassen, eine Nachricht vielleicht, um sie wissen zu lassen, daß er hiergewesen war. Aber was sollte er schreiben? Nein, er mußte persönlich mit ihr sprechen, um ihre Einwände auszuräumen und sie mit seinen Argumenten und seiner Liebe zu überzeugen. Und dazu wäre ein Überraschungsangriff das beste Mittel.

Als er wieder zurück zum Wagen ging, wurde ihm schlagartig bewußt, daß er gar nicht wußte, wohin er jetzt fahren sollte.

Zurück zu Britt wollte er auf keinen Fall, und wenn er in sein eigenes Haus fuhr, würde sie ihn dort finden. Wenn er den Hörer neben den Apparat legte, würde sie persönlich kommen und vor dem Haus warten. Er kannte Britt. Für den Bruchteil einer Sekunde wurde er sich der Ironie bewußt, daß er hier vor Liz' Haus wartete, wie Britt vor seinem warten würde.

Und was war mit seinen Freunden? Er mußte doch Freunde haben, zu denen er fahren konnte. Doch wie ein Schock traf ihn die Erkenntnis, daß es niemanden gab, der ihm so nahe stand, daß er ihn zwei Tage vor Weihnachten überfallen konnte. Seinen gesamten Freundeskreis hatte er mit Liz geteilt, und indem er sich von ihr getrennt hatte, war sein Name aus deren Adreßbüchern gestrichen worden.

Dann fiel ihm ein, wohin er gehen konnte und wo Britt ihn ganz sicher nicht finden konnte. Niemand würde ihn dort finden. In plötzlicher Panik griff er in seine Jackentasche. Ja, er hatte den Schlüssel dabei.

Er würde Weihnachten ganz allein verbringen und darüber nachdenken, was er mit dem Rest seines Lebens anfangen sollte, wenn Liz ihm nicht verzeihen und ihn nicht zurückhaben wollte.

21

Es war schon nach sechs, als Liz schließlich den Wagen vor dem Haus abstellte und Daisy, frisch gebadet und im Schlafanzug, nach oben in ihr Kinderbettchen trug.

Als sie wieder herunterkam, kam ihr das Haus entsetzlich leer vor. Sie knipste sämtliche Lampen an und machte die Küchentür auf, damit sich die Wärme des Aga im Wohnzimmer ausbreitete. Dann ging sie vor dem Kamin in die Hocke, froh, daß sie das Holz aufgeschichtet hatte, bevor sie aufgebrochen war; sie hielt ein Streichholz an das Anmachholz, das knisterte und knackte, als die Scheite Feuer fingen und sich der leichte Duft von Äpfeln im Raum entfaltete.

Ihr Blick wanderte über die Weihnachtsdekorationen und den Willkommenskranz an der Eingangstür, und sie mußte lachen. So übel sah er eigentlich gar nicht aus. Zwar nicht unbedingt so beeindruckend wie auf dem Zeitschriftenfoto, aber trotzdem recht hübsch.

Sie lief zum Auto, und als sie das Licht unter dem Vordach einschaltete, blitzte etwas neben der Tür auf. Sie bückte sich und entdeckte, daß es ein Stück silbernes Band war, wie man es benutzte, um teure Geschenke zu dekorieren. Sie hatte oft genug dabei zugesehen, wie die Verkäuferinnen ein Geschenk mit derartigem Band verzierten und dann mit der Innenseite einer Schere daran entlangzogen, damit es sich kringelte. Eigenartig. Doch ohne weiter darüber nachzudenken, steckte sie das Band in ihre Manteltasche und half Jamie dabei, den Weihnachtsbaum aus dem Wagen zu laden.

Britt saß nervös auf dem riesigen Sofa und überlegte, was sie tun sollte. Es war schon fast sieben, und noch immer war David nicht aufgetaucht. Während der vergangenen zwei Stunden hatte sie jeden Moment damit gerechnet, daß er zur Tür hereinspazieren würde, vielleicht etwas schroff, aber reumütig. Und sicher würde sie ihn davon überzeugen können, daß das, was sie getan hatte, ihm eigentlich schmeicheln müßte, weil es aus Liebe zu ihm geschehen war und weil sie ihn mehr brauchte als Liz. Liz war eine Kämpfernatur. Ihr fiel es leichter, sich ein neues Leben ohne ihn aufzubauen. Und David würde das sicher einsehen.

Britt trank die vierte Tasse Kaffee und schaute zur Küchenuhr. Es war ja noch früh.

»Bäh, Mum, das schmeckt eklig.«

Mit untrüglichem Geschmack tauschte Jamie den Schoko-Weihnachtsmann mit der merkwürdigen Cremefüllung gegen einen Schneemann aus weißer Cadburyschokolade um. Die Dekorationen vom Weihnachtsbaum zu naschen war eine uralte Tradition in Liz' Familie. Als sie selbst noch ein Kind gewesen war, war das ihre liebste Belohnung gewesen, wenn sie ihrer Mutter beim Schmücken des Baumes half.

Und als sie zusammen mit Jamie den Christbaumschmuck auspackte und begann, die Glaskugeln und Knallbonbons, die roten Seidenschleifen und kleinen glänzenden Schächtelchen, die aussahen wie winzige Geschenke, an den Baum zu hängen, war sie trotz all der äußeren Umstände so aufgeregt wie früher.

Sie liebte Weihnachten, und sie war froh, daß sie es dieses Jahr hier in ihrem Landhaus verbringen würden. Am zweiten Weihnachtsfeiertag waren sie bei Ginny eingeladen, und am ersten Feiertag würde ihre Mutter zum Lunch kommen, sicher mit Unmengen an Geschenken für ihre Enkelkinder.

David jedoch hatte nichts geschickt. Plötzlich stieg eine Woge der Bitterkeit in ihr auf, weil er anscheinend zu sehr mit Britt und dem Baby beschäftigt war, um seinen Kindern Geschenke zu kaufen. Sie konnte es kaum fassen, daß er so herzlos war, obwohl er wußte, wieviel ihnen Geschenke bedeuteten. Doch damit sie nicht in ihre enttäuschten Gesichter sehen mußte, was ganz sicher der Fall gewesen wäre, hatte sie ihnen zusätzlich einige Geschenke gekauft und sie hinter dem Regal versteckt für alle Fälle. Morgen würde sie sie einpacken und so tun, als seien sie von ihrem Daddy.

Als Jamie die letzte Kugel aufgehängt hatte, packte Liz die Lichterkette aus und befestigte sie am Baum. Das war ihr der liebste Moment. Manche Leute fanden die bunten, blinkenden Lichter ja geschmacklos, aber ihr war das egal. Blinkende Weihnachtslichter waren ein Teil ihrer Kindheit. Sie löschte das Licht im Zimmer, und Jamie stellte sich neben sie für die große Zeremonie, mit der Weihnachten eingeläutet wurde.

»Augen zu, Jamie. Jetzt kommt der große Moment.«

Und mit hoheitsvollem Charme hob Jamie das Kinn, schloß die Augen und betätigte den Schalter. Zweiundzwanzig farbige Lichter erstrahlten, und sie beide umarmten und küßten sich.

Britt schaltete den Fernseher ein und versuchte etwas zu finden, das sie von David und der Tatsache, wie spät es bereits war, ablenken würde. Sie redete sich ein, daß er bestimmt noch in die Redaktion gefahren oder bei einer Betriebsfeier in irgendeinem Restaurant hängengeblieben war – gut möglich, daß er in seiner momentanen Stimmung gerade irgendwo in einer Kneipe hockte und sich heillos besoff.

Und dennoch hatte sie in der letzten Stunde gegen den Impuls ankämpfen müssen, einen Rundruf zu starten. Sie nippte an ihrem entkoffeinierten Kaffee und versuchte mit aller Macht zu ignorieren, daß auf der Liste der Telefonnummern, unter denen er vielleicht zu erreichen war, *eine* an erster Stelle stand. Die von Liz.

»Zeit fürs Bett, Jamie. Komm, Schatz, es war ein anstrengender Tag.«

»Mum?« Jamie sah zu ihr auf. »Darf ich Dad anrufen? Vielleicht fährt er ja Weihnachten weg. *Bitte*...«

Liz spürte, wie sie erstarrte. Sie konnte ihm die Bitte kaum abschlagen, aber was sollte sie Jamie und Daisy sagen? Wenn sie das Baby unerwähnt ließ, würden sie wahrscheinlich von David davon erfahren, und dann müßte sie sich anhören, wie glücklich sie klangen.

Wie die böse Fee bei Dornröschens Taufe kam sie sich vor,

als sie schließlich zum Hörer griff und Britts Nummer wählte. Gut und gern zehnmal ließ sie es läuten, ohne daß jemand abnahm. Erleichtert aufatmend wollte Liz gerade wieder einhängen und Jamie sagen, daß niemand da war, als sich doch noch jemand am anderen Ende der Leitung meldete.

Britt hatte den ganzen Abend neben dem Telefon verbracht, doch als es endlich läutete, schreckte sie davor zurück, als könnte es sie angreifen. Wenn David vorhatte, zu ihr zurück zu kommen, dann wäre er einfach aufgetaucht, nüchtern oder betrunken. Das Telefon konnte nichts Gutes bedeuten – nur, daß er heute nicht mehr zurückkommen würde. Oder daß er überhaupt nicht mehr zurückkam.

Sie würde einfach nicht abnehmen.

Aber das Läuten eines Telefons unbeantwortet zu lassen setzt eine Entschlossenheit voraus, die nur wenige Menschen haben, und Britt stellte fest, daß sie nicht dazu zählte. Beim zwölften Klingeln hob sie ab. »Hallo?«

Als Liz Britts Stimme hörte, flammten die Wut und all die nicht ausgesprochenen Vorwürfe des Betrugs, daß sie es gewagt hatte, das heilige Tabu der Freundschaft zu brechen, erneut in ihr auf. Sie wollte das Gespräch mit Britt so knapp wie möglich halten.

»Hallo, Britt. Ist David da? Jamie möchte ihm ein frohes Fest wünschen.«

Britt fiel ein Stein vom Herzen, daß ihre schlimmste Befürchtung nicht eingetroffen war. David war also nicht zu Liz zurückgelaufen.

»Tut mir leid, er ist nicht da.« Jetzt, da sie wußte, daß er nicht bei Liz war, dachte sie gar nicht daran, ausgerechnet Liz gegenüber zuzugeben, daß sie keine Ahnung hatte, wo er steckte.

»Weißt du vielleicht, wann er zurückkommt?«

»Keine Ahnung. Er wollte Weihnachtseinkäufe erledigen. Wahrscheinlich ist er irgendwo auf ein Glas Wein eingekehrt, um den Feierabendverkehr abzuwarten.«

Liz wollte das Gespräch auf jeden Fall beenden, bevor Britt die Chance hatte, von dem Baby anzufangen.

»Ja, bestimmt. Könntest du ihm bitte ausrichten, er möchte Jamie morgen anrufen? Er will seinem Vater nur kurz frohe Weihnachten wünschen.«

Kurz nach zehn Uhr fuhr David den Mercedes in die Park Lane Garage, händigte dem Aufseher den Schlüssel aus und lief über die Straße zum Grosvenor House, wo Logan Greene eine kleines, aber feines Appartment besaß, das er für geschäftliche Zwecke nutzte, um ausländische Geschäftspartner oder hin und wieder seine Gespielinnen zu bewirten. David hatte darüber nachgedacht, aber es erschien ihm wenig wahrscheinlich, daß Logan hier mit einer spärlich bekleideten Sekretärin auftauchen würde, die er auf einer der vielen Büroparties innerhalb der weitverzweigten Greene Communications abgeschleppt hatte.

Morgen war Heiligabend, und David nahm doch an, daß Logan Greene, der alte Patriarch, bei seiner Familie in ihrem bescheidenen Dreißig-Zimmer-Anwesen am River Bray sein würde.

Als das Telefon zum zweitenmal an diesem Abend klingelte, wußte Britt, daß es diesmal nur David sein konnte, und so brauchte sie ungewöhnlich lange, bis sie endlich begriff, wer wirklich am anderen Ende der Leitung war.

»Hallo, Britt. Hier spricht Conrad Marks.«

Britt schaute auf die Uhr. Es war halb elf. Für einen Moment nahm sie verwirrt und verärgert an, er könnte eine Nachricht von David für sie haben. Sie konnte sich zwar kaum vorstellen, daß David sich an Conrads Schulter ausheulte, aber man wußte ja nie. Vielleicht waren sie sich im Groucho Club über den Weg gelaufen.

»Sie wundern sich wahrscheinlich, warum ich so spät noch anrufe?«

»Ein wenig schon.«

»Sorry, aber ich bin ein Nachtmensch. Ich möchte sie fragen, ob Sie wohl morgen in mein Büro kommen könnten. Es gibt etwas, das ich mit Ihnen besprechen möchte, und ich hätte das gern unter Dach und Fach, oder wenigstens auf dem Tisch, ehe wir uns alle in den Schoß der Familie zurückziehen.«

»Und an welche Uhrzeit haben Sie gedacht?« Britt war noch immer ganz durcheinander.

»Wann immer es Ihnen paßt.«

»Um die Mittagszeit?« Bis dahin würde sich David bestimmt gemeldet haben, und wenn nicht, dann war es auch nicht verkehrt, wenn er sah, daß sie nicht auf ihn wartete.

»Wunderbar. Ich werde mir den Termin freihalten und alles andere absagen. Wir sehen uns dann morgen. Schlafen Sie gut.«

Britt saß noch fast eine Minute mit dem Hörer in der Hand da. Was hatte Conrad Marks mit ihr vor? Als sie den Hörer auflegte, wurde sich Britt mit Erstaunen bewußt, daß sie den ganzen Tag kein einziges Mal an ihre Arbeit gedacht hatte.

Liz wachte früher als sonst auf und drehte sich, bis sie mit den Zehen die Vorhänge zur Seite ziehen konnte. Mit großer Freude hatte sie festgestellt, daß sie, wenn sie auf der linken Seite des Betts lag und sich das Kissen in den Rücken stopfte, durch das Fenster einen Teil des Gartens sehen konnte, einen Zipfel des Obstgartens und einen schmalen Streifen des gegenüberliegenden Feldes, ohne daß sie extra aufstehen mußte.

An diesem Morgen sprühte sie vor Energie. Es gab noch so viel zu erledigen für den Heiligabend. Sie schlüpfte in ihren dicken Morgenmantel und ihre Plüschmokassins und tapste leise hinunter. Dank des Aga, der inzwischen aufgefüllt worden war, war es kuschlig warm in der Küche, und sie lehnte sich gegen den Ofen und wartete darauf, daß das Teewasser im Kessel kochte. Tapfer kämpfte sie dagegen an, von den Minzküchlein zu naschen, die sie gestern abend noch gebakken hatte, und als sie den Kampf schließlich aufgab, tat sie es mit schlechtem Gewissen, aber schließlich war ja Weihnachten.

Mit der Tasse Tee ging sie wieder ins Schlafzimmer, um sich

noch fünf friedliche Minuten zu gönnen, öffnete das befrorene Flügelfenster und beobachtete, wie sich der Morgennebel verzog und klaren blauen Himmel freigab.

Und während ihr Blick über das friedliche Tal schweifte, fragte sie sich, wo David dieses Jahr Weihnachten verbringen mochte. Vielleicht in irgendeinem noblen Hotel? Zu Hause jedenfalls nicht. Britt würde den ganzen Trubel um Weihnachten nicht zulassen.

»Hallo, Britt. Nehmen Sie doch bitte Platz. Darf ich Ihnen ein Glas Wein anbieten?«

Conrad selbst nippte an einem eleganten dreieckigen Glas. Britt lag ein »Nein danke, ich bin schwanger« auf der Zunge, doch irgendein Instink riet ihr, diese Information besser für sich zu behalten. »Nein danke, Conrad. Aber ein Perrier wäre phantastisch.«

Während Conrad ihr ein Mineralwasser mit Eis und einem Scheibchen Zitrone einschenkte, fragte sie sich erneut, aus welchem Grund er den roten Teppich für sie ausrollte. Nun gut, ihm hatte das Konzept für *Sie glauben, Sie haben Probleme?* gefallen, und sie arbeiteten zur Zeit an weiteren Ideen für Metro, aber bis heute waren sie wie jeder andere unabhängige Produzent behandelt worden, mit anderen Worten, wie eine etwas lästige kleine Firma, die für den angesehenen und bedeutenden Sender Metro Programme produzieren *durfte.*

Und jetzt das. Britt ahnte, daß Conrad sie nur deshalb so hofierte, weil er ihr etwas aufschwatzen wollte, woran sie kein Interesse hatte. Vielleicht brauchte er sie, um zusammen mit Metro irgendeinem zum Gähnen langweiligen Ausschuß zu bilden, der einzig und allein dazu da war, die Großen und Guten zu beeindrucken. Britt hatte sich immer davor gedrückt, endlose Stunden unbezahlter Arbeit zu investieren, nur um ein gutes Bild in der Branche abzugeben, aber vielleicht war es an der Zeit, das eigene Profil ein wenig aufzupolieren. Der einzige Grund nämlich, weshalb man heutzutage in irgendeinem Ausschuß saß, war der, daß man Kontakte knüpfen konnte, die einem eines Tages etwas einbringen konnten, einen besseren Job zum Beispiel. Aber Conrad würde sie ganz sicher nicht abends um halb elf anrufen und sie am 24. Dezember in sein Büro einladen, nur um sie dann zu fragen, ob sie Interesse hätte, in irgendeinem Ausschuß zu sitzen.

Und dann fiel es ihr wie Schuppen von den Augen, was das ganze Brimborium sollte: Er ließ die Muskeln spielen und führte sich auf wie ein liebestoller Gorilla, weil er sie ins Bett kriegen wollte.

Britt mußte sich ein Lächeln verkneifen angesichts seines schlechten Timings für diesen Versuch. Hier saß sie, schwanger und ohne die geringste Idee, wohin sich der Vater ihres Kindes verabschiedet hatte. Sie konnte sich keinen ungünstigeren Zeitpunkt für eine Affäre vorstellen.

Aber Britt sollte sich zum erstenmal täuschen. Wie sehr Conrad sich auch von ihrer erotischen Ausstrahlung angezogen fühlte, heute war er rein aufs Geschäftliche aus.

»Sicher haben Sie sich schon gefragt, warum ich Sie so kurz vor Weihnachten zu mir gebeten habe, nicht wahr?« Conrad machte eine Pause und ließ die Frage im Raum stehen. Britt wünschte, er würde endlich dieses Laienspiel sein lassen und zur Sache kommen. Sie verspürte eine leichte Übelkeit. Wenn er sich an sie ranmachte, könnte sie ja sagen: »Toll, aber würden Sie bitte fünf Minuten warten? Ich muß nur eben mal kotzen...«

Sie nippte an ihrem Perrier und zog mit einer absichtlich keuschen Geste ihren Rock tiefer. »Ja, das habe ich mich tatsächlich gefragt.«

Conrad lachte, er genoß die Situation sichtlich, beugte sich über den Tisch und nahm Machtposition Nr. sechs ein: Sieh immer zu, daß du größer als dein Gegenüber wirkst, und suche den direkten Blickkontakt.

»Habe ich Ihnen schon gesagt, *wie* gut meiner Meinung nach *Probleme* laufen wird?«

»Doch ja, das ist mir zu Ohren gekommen. Ich freue mich, daß es Ihnen gefällt.«

Conrad nahm eine Akte vom Tisch. »Erraten Sie vielleicht, was das hier ist?«

O mein Gott, wollte Britta sagen, sind wir hier bei *Was bin ich?*

»Nein, Conrad. Ich habe nicht die leiseste Ahnung.«

»Das ist eine Analyse von MacKinnon's, der Unternehmensberatung. Die haben Ihre Produktionsfirma gecheckt, Britt.« Er wußte, daß er jetzt ihre ungeteilte Aufmerksamkeit hatte, und grinste. »Und ich muß sagen, man lobt Sie und Ihre Management-Fähigkeiten in höchsten Tönen. Von einem Fünfzigtausend-Pfund-Startdarlehen auf zehn Millionen Umsatz innerhalb von drei Jahren, das ist eine reife Leistung. Und der Reingewinn kann sich auch sehen lassen. Sie sind eine clevere Geschäftsfrau.«

Britt suchte verzweifelt nach einer passenden Erwiderung. Verdammt, worauf wollte Conrad nur hinaus? Wollte er sie etwa aufkaufen? Was konnte eine Analyse wie diese gekostet haben? Zehn Riesen? Unsinn, für diese Summe faßten die bei MacKinnons nicht mal einen Kugelschreiber an. Zwanzig hatte er mindestens hinblättern müssen.

»Ich fühle mich geschmeichelt, daß Sie diese Meinung von mir haben.«

»Nicht ich, Britt, die von MacKinnons sind der Meinung, und das zählt viel mehr. Ich hätte mich vielleicht von Ihrer unbestreitbaren Aktivität beeindrucken lassen, doch die grauen Männchen von MacKinnons sind zu diesem Ergebnis gelangt, ohne Sie auch nur gesehen zu haben.« Conrad nippte an seinem Wein und lächelte anerkennend. »Wie Ihnen sicher bekannt ist – Buchhalter haben keine Seele. Sie hätten also nackt daliegen können, mit einer Bilanz in den Händen, und alles, was die Burschen wahrgenommen hätten, wären die Zahlen gewesen.«

Britt ignorierte die Wendung, die das Gespräch genommen hatte und steuerte zurück auf sicheres Terrain. »Und warum haben Sie und MacKinnons ein so plötzliches Interesse an meiner bescheidenen Firma?«

Britt hatte mit einer ausweichenden Antwort gerechnet oder

zumindst mit dem Vorschlag, jetzt die Finanzberater hinzuzuziehen, und deshalb traf die Bombe, die Conrad hochgehen ließ, sie völlig unvorbereitet.

»Weil ich erst sicher sein wollte, daß Sie Ihr Geschäft verstehen, ehe ich Ihnen den Posten als neue Programmchefin von Metro anbiete.«

Unbewußt fing Britt an, an den Fingernägeln zu knabbern. »Sie wollen *mich* als neue Programmchefin?«

»Ja. Selbstverständlich muß der Vorstand noch zustimmen, aber da sehe ich keine Probleme. Nicht, wenn ich denen das hier präsentiere.« Er tätschelte die Akte auf dem Tisch vor sich.

»Aber Sie *haben* doch eine Programmchefin.«

»Eine *kommissarische* Programmchefin«, korrigierte Conrad. »Das ist der Unterschied.«

Also war Claudia schon halb aus der Tür. Vielleicht hatte sie ihre Pflichten im Bett ihres Herrn und Meisters zu sehr vernachlässigt, weil sie zu beschäftigt war.

»Aber wieso ich?«

»Britt, Sie überraschen mich. Ich hätte nicht gedacht, daß Sie der bescheidene Typ sind.«

Britt begriff, daß sie gerade dabei war, die Chance zu vermasseln. Sie hätte nicht so überrascht klingen dürfen. Warum sollte er ihr nicht die Leitung von Metro anbieten? Weil sie keinerlei Ahnung von Programmgestaltung hatte, deshalb.

»Ich habe in erster Linie an Sie gedacht, weil Sie eine Geschäftsfrau sind. Aber mit *Sie glauben, Sie haben Probleme?* haben Sie bewiesen, daß Sie auch Programm machen können. Und das ist eine sehr seltene Kombination, glauben Sie mir. Sehen Sie, Britt, ich brauche jemanden, der etwas von Finanzen versteht. Ich habe es satt, mich mit einem Haufen idiotischer Linker rumzustreiten, die von sich glauben, sie hätten das gottgegebene Recht, *mein* Geld durch den Gully zu jagen, und alles im Namen ihrer beschissenen Kreativität. Die nennen das hochwertige Produktionen. Für mich ist das reine Geldverschwendung.«

Er tätschelte erneut den Aktendeckel. »Wissen Sie, Britt,

keines der von Ihnen produzierten Programme hat den Etat überschritten, und es sind gute Shows.«

»Aber, wie heißt es doch so schön: Man gewinnt keinen Blumentopf damit, unter dem Etat zu bleiben.«

»Tja, bei mir gewinnen Sie einen damit. Und zusätzlich erhalten Sie die Chance, ein Wunder zu vollbringen und den ganzen Sender unter dem angesetzten Etat zu leiten. Ich gebe Ihnen zehn Prozent der Einsparungen als Prämie.«

Britt lauschte seinen Worten wie gebannt. Es war ihm ernst. Es war ihm tatsächlich ernst. Jesus, wenn sie das schaffte, war sie reich!

»Wie auch immer, Sie müssen sich nicht gleich entscheiden. Denken Sie über Weihnachten in aller Ruhe über mein Angebot nach, und dann werde ich Sie dem Vorstand vorstellen.«

Als Britt spürte, wie ihr ein Kribbeln über die Haut lief, wußte sie, daß sie keine Sekunde darüber nachdenken mußte. Sie wollte den Job schon jetzt. Zum Glück hatte sie ihm nichts von ihrer Schwangerschaft erzählt. Sie mußte den Vertrag unterzeichnen, ehe er es herausfinden konnte.

Erst als sie sich von Conrads Ledersofa erhob, noch immer ganz benommen und vor Euphorie schwindelig, wurde ihr bewußt, daß der Job, der ihr soeben angeboten worden war, vor nicht allzulanger Zeit Liz gehört hatte.

Kaum hatte Britt einen Fuß in ihre Wohnung gesetzt, hetzte sie zum Anrufbeantworter. Die rote Leuchtanzeige verriet ihr, daß drei Nachrichten auf Band waren. Eine davon mußte von David sein. Mit klopfendem Herzen ließ sie das Band zurückspulen.

Die Nachricht war von ihrem Büro; es ging um Details eines kürzlichen Deals mit IBM für die Erstellung eines Firmen-Videos. Ungeduldig betätigte Britt die Vorlauftaste bis zum Anfang der zweiten Nachricht. Es war Conrads Assistentin, die Britt bat, sie möge sich doch bitte den 4. Januar als Termin zur Vorstellung vor dem Aufsichtsrat von Metro TV notieren. Conrad hatte keine Zeit vergeudet.

Blieb also nur noch eine Nachricht. Mit angehaltenem Atem wartete sie auf den Anfang. Zu Beginn verriet ihr ein langes Schweigen auf Band, daß es nur David sein konnte, der überlegte, was er sagen sollte, wie er sich entschuldigen könnte. Sie spürte, wie ihr Tränen in die Augen stiegen, und wurde sich bewußt, daß sie in ihrer Sorge beide Hände vor den Mund hielt.

Doch es war nicht David. Es war die Stimme einer Frau, zögerlich und verlegen, hörbar ungeübt im Umgang mit Anrufbeantwortern. »Hallo Britt. Hier spricht Mrs. Williams. Deine Mutter. Könntest du uns bitte anrufen, Schatz? Es würde Vatis Weihnaaaaa...« Das Band hatte sich mitten in ihrer Nachricht abgeschaltet.

Nun flossen Britt die Tränen über die Wangen, und sie nahm eines der Kissen von ihrer schneeweißen Couch und vergrub hemmungslos schluchzend ihr Gesicht darin. Wohl an die zwanzig Minuten weinte und weinte sie, bis ihr die Wimperntusche das Gesicht verschmierte und das Kissen voller schwarzer Flecke und Reste ihrer künstlichen Wimpern war. Sie wußte genau, daß sie weinte, weil sie einsam und schwanger war, und sie weinte wegen ihrer Mutter, mit der sie schon seit Monaten nicht mehr gesprochen hatte und deren Leben so anders war als ihres.

Allmählich faßte sie sich wieder und langte nach der Schachtel mit Tüchern, die neben dem Sofa stand für den Fall, daß etwas verschüttet wurde. Ohne dem verschmierten Kissen Beachtung zu schenken, griff sie zum Telefon und rief zu Hause an.

Zuerst glaubte sie, es sei niemand daheim, doch dann fiel ihr ein, daß ihre Mutter wahrscheinlich gerade die Treppe am Eingang putzte oder die Wäsche im Garten auf die Leine hängte. Schließlich hob jemand ab.

»Hallo, Mum, ich bin's, Britt. Mumm, ich komme Weihnachten nach Hause.«

Am anderen Ende der Leitung entstand ein erstauntes Schweigen, als ihre Mutter die unerwartete Nachricht aufnahm.

»O Britt!« Ihre Mutter klang begeistert. »Liebes, das ist ja großartig!«

Als Britt endlich London und das Verkehrschaos hinter sich gelassen hatte, fühlte sie sich besser.

Sie mußte sich eben mit der unangenehmen Tatsache abfinden, daß David offenkundig nicht vorhatte zurückzukommen. Aber dann gab es auch keinen Grund mehr, das verdammte Kind zu kriegen. Sie würde Conrads Angebot annehmen und sich in aller Verschwiegenheit einen Termin in der Klinik geben lassen. Und wenn jemand sie auf das Baby ansprechen sollte, würde sie antworten, daß sie es verloren hatte. Sie würde sogar noch Mitgefühl dafür ernten.

Wieder wesentlich munterer gab sie einem Ferrari-Cabrio vor ihr die Lichthupe. Der Wagen wechselte auf die mittlere Spur und verlangsamte das Tempo, bis Britt mit ihrem Porsche auf gleicher Höhe war. Es war ein attraktiver junger Kerl, der sich ausschüttete vor Lachen.

Plötzlich blitzte die Lichthupe des Ferrari hinter ihr auf, und dann setzte er zum Überholen an. Britt zuckte genervt mit den Achseln. Als Blondine mit Porsche war sie ja an solche Mätzchen gewöhnt.

Normalerweise scherte sich Britt um solche Spielchen nicht. Doch heute war ihr danach, dem Kerl zu zeigen, was für ein Schlappschwanz er doch war. Es war eine rein instinktive Entscheidung, ein Impuls aus ihrer Verachtung gegenüber Verlierern. Sie zeigte dem Wagen vor ihr die Lichthupe, und als der auf die mittlere Spur auswich, gab sie Gas und zog röhrend vorbei; der Ferrari hinterher.

Drei oder vier Meilen lang machten ihnen alle Platz auf der Überholspur, und Britt genoß das Gefühl der Geschwindigkeit und der Perfektion, mit der die Maschine des Porsche lief.

Ein uralter Range Rover vor ihr, gebaut wie ein Panzer, wollte einfach nicht zur Seite; am Steuer saß ein alter Knabe mit Käppi und Schnauzer und fuhr seelenruhig seine Hundert, während Britt und der Ferrari ihn ständig anblinkten.

Verärgert über dieses kleine Männchen, das kein Recht hatte, die Überholspur zu blockieren, brach Britt eine der obersten Regeln auf der Autobahn, scherte aus und überholte auf der Innenspur. Der Ferrari folgte ihr nicht, sondern blieb dicht hinter dem Range Rover.

Plötzlich verlor der alte Mann die Nerven und bog, ohne sich umzuschauen, auf die mittlere Spur, direkt vor Britts Nase. In ihrer Panik sah sie die winzige Lücke auf der Kriechspur, riß ruckartig das Lenkrad herum und scherte hinüber, in der Hoffnung, daß hinter ihr kein Auto kam.

Doch es kam eins. Britt wagte nicht hinzuschauen, aber sie hörte das gräßliche Quietschen und Kreischen von Bremsen. Keine drei Meter hinter ihr kam ein Wagen ins Schleudern und geriet mit dem hinteren Teil auf die andere Spur der dicht befahrenen Autobahn. Wie erstarrt wartete Britt auf den Zusammenstoß und das fürchterliche Krachen.

22

Der Crash blieb aus. Statt dessen sah Britt entsetzt, wie der Fahrer des Wagens, den sie zum Bremsen gezwungen hatte, verzweifelt versuchte, sein Auto wieder unter Kontrolle zu bekommen. Mit schlingerndem Hinterteil und quietschenden Reifen hätte er um ein Haar das Fahrzeug auf der Nebenspur gerammt, doch dann zog er zur Seite, und die Gefahr war vorüber.

Britt setzte auf die Standspur und hielt an. Der Fahrer kam hinter ihr zum Stehen. Er war bleich und zitterte. Seine Frau umarmte ihn und weinte. Britt erkannte, daß es ein junger Mann war, Ende Zwanzig, der am Steuer des zerbeulten Renault 5 saß. Auf dem Rücksitz kauerten zwei kleine Kinder, und die Ablage war vollbepackt mit Weihnachtsgeschenken.

Britt wußte, daß sie diesen Anblick niemals würde vergessen können, ganz gleich wie sehr sie es auch versuchen mochte.

Sie ließ das Seitenfenster herunter und beugte sich aus dem Wagen. Ihr Atem ging stoßweise, der Schock saß tief und schmerzte, ihre Lippen waren blutleer. *»O mein Gott«*, stammelte sie und schnappte nach Luft. *»Ich hätte fast diese Familie umgebracht – und mein Baby.«*

Sie öffnete die Fahrertür und übergab sich auf den Standstreifen.

David saß in Logan Greenes luxuriösem Appartment und grübelte, ob er es wagen sollte, bei Liz' Mutter anzurufen. Er sehnte sich danach, mit Liz und den Kindern zu sprechen; er wollte ihnen sagen, daß er sie nicht vergessen und versucht hatte, ihnen die Weihnachtsgeschenke zu bringen.

Für einen Moment wünschte er, er hätte doch eine Nachricht hinterlassen oder wäre zu Liz' Mutter gefahren, um sie dort aufzusuchen. Er hätte ja nicht versuchen müssen, sich da mit ihr auszusprechen, aber wenigstens hätte er ihr gezeigt, daß er sie noch immer liebte.

Er nahm seinen ganzen Mut zusammen und wählte die Nummer der Five Gates Farm.

Liz' Mutter verstaute ihren Koffer im Wagen und legte das Geschenk für Jamie auf die hintere Ablage. Sie war entsetzt gewesen, als Liz gesagt hatte, daß er sich eine Kreatur namens Teenage Mutant Hero Turtle wünschte. Und fast gestorben wäre sie, als man ihr dann sagte, daß es nur noch den Sewer Swimmin' Donatello gab. Das Original hätte sich glatt im Grab umgedreht! Was war nur mit dem guten alten Winnie Puh? Dem Himmel sei dank, daß Daisy noch viel zu klein war, um zu wissen, was sie wollte.

Trotz der kühlen Temperaturen streifte sie den Mantel ab, faltete ihn und legte ihn auf den Beifahrersitz – sie haßte es, im Mantel zu fahren –, schaute zur Sicherheit noch einmal nach, ob ihre Handtasche im Wagen war und ging zurück zum Haus, um sich ein letztes Mal umzuschauen. Die Fenster waren alle verschlossen, die Zentralheizung gedrosselt, so daß sie nur nachts lief, um Rohrbrüche durch gefrorene Leitungen zu verhindern, und die Hintertür war verriegelt.

Sie verschloß die Eingangstür doppelt und ging zum Wagen. Als sie sich vorsichtig hinter das Steuer setzte und ihr Rheuma verfluchte, das sie daran erinnerte, daß sie nicht mehr zwanzig war, meinte sie, im Haus das Telefon klingeln zu hören.

Bedächtig stieg sie wieder aus und ging zum Haus, bemerkte dann aber, daß sie die Schlüssel in ihrer Handtasche auf der vorderen Ablage vergessen hatte. Ungewöhnlich heftig fluchend ging sie zurück zum Wagen und fummelte hastig am Reißverschluß der Handtasche. Schließlich fand sie die Schlüssel und eilte dann so schnell, wie ihr Rheuma dies zuließ, wieder zum Haus. Sie hatte gerade den Schlüssel ins Schloß gesteckt, als das Telefon verstummte.

»Britt, Liebes, willkommen daheim!«

Ihre Mutter nahm ihr schüchtern den Koffer ab, trat zurück in den Eingangsflur des kleinen Reihenhauses, das den anderen Häusern dieser unscheinbaren modernen Siedlung glich wie ein Ei dem anderen, und stellte ihn auf dem abgewetzten Teppich mit Blumenmuster ab.

Im selben Moment, als Britt eintrat, nahm sie den vertrauten Geruch dezenter, ehrbarer Armut wahr.

Ihre Mutter berührte sie nicht, kein Handschlag zur Begrüßung und ein Küßchen schon gar nicht.

Britt musterte ihre Mutter, die nervös schwatzte. Sie wirkte noch abgekämpfter und blasser als sonst. Wahrscheinlich hatte sie zu Ehren ihres Besuches das ganze Haus auf Vordermann gebracht und sich dumm und dusselig geputzt.

Zu ihrem Erstaunen behauptete ihre Mutter doch tatsächlich, die Hausarbeit zu mögen, und sie hatte sich so gut wie keinerlei Arbeit sparende Haushaltsgeräte angeschafft.

»Komm rein und sag deinem Vater guten Tag.« Britt legte die Handtasche ab und bemerkte erst jetzt, daß ihr Vater sie nicht wie sonst an der Tür begrüßt hatte. Sie folgte ihrer Mom in das kleine Wohnzimmer und machte sich innerlich auf die schroffe

Begrüßung und den Schlagabtausch gefaßt, der über kurz oder lang folgen mußte. Ob es fünf Minuten dauerte oder fünf Stunden, sie wußte, daß sie früher oder später mit ihrem Vater aneinandergeraten würde, während ihre Mutter wie ein emsiges Bienchen bemüht war, die erhitzten Gemüter mit Tee und Keksen zu besänftigen.

Doch ihr Vater saß nicht wie gewöhnlich in seinem Sessel und feuerte den ersten gepfefferten Kommentar auf sie ab. Er saß im Lehnstuhl ihrer Mutter, gleich neben dem Kohleofen, mit einer Decke über den Knien und döste. Ihre Mutter steckte die Decke zärtlich um ihn fest.

»Seit dieser Herzgeschichte schläft er sehr viel.«

Britt sah ihre Mutter erstaunt an und entdeckte einen Schimmer von Schuld in ihren Augen. »Welche Herzgeschichte?«

»Er hatte einen leichten Herzanfall vor drei Wochen.«

»Mein Gott, Mum, warum hast du mir nichts davon gesagt? Ich wäre doch sofort hergekommen.«

»Ich weiß, Kätzchen, ich weiß. Aber wir wollten dir nicht unnötig Sorgen machen, wo du doch soviel zu tun hast. Und du weißt, wie dein Vater ist. Er macht nicht gern viel Aufhebens um sich.«

Britt starrte ihre Mutter ungläubig an. Ihr Vater hatte einen Herzanfall gehabt, und sie hatten *sie* nicht beunruhigen wollen. Was hatten sie eigentlich für ein Bild von ihr als Tochter?

Zum zweitenmal an diesem Tag wurde Britt mit der Möglichkeit des Todes konfrontiert, und es war ein Schock, der sie bis ins Mark traf. Unbewußt legte sie eine Hand auf ihren Bauch, wo ein neues Leben entstand. Und sie erkannte, daß sie sich völlig vom Schicksal der anderen Menschen isoliert hatte, selbst von dem ihrer Eltern – ihre Ängste, Schmerzen und Leiden gingen sie nichts an. Und nun schließlich wurde sie doch unmittelbar damit konfrontiert.

Behutsam beugte sie sich über ihren schlafenden Vater und küßte ihn auf den kahlen Schädel und mußte daran denken, wie sie als kleines Mädchen auf seinen Knien gesessen und ihn vergöttert hatte. In diesem Moment wünschte sie, die Dinge könnten wieder so einfach sein.

David überflog das Roomservice-Menü des morgigen Tages und war heilfroh, daß er nicht gezwungen war, zu verhungern oder einen bemitleidenswerten Versuch zu unternehmen, sich irgendwo ein Weihnachtsessen zu kaufen. Das Weihnachtsmenü im Grosvenor House war so gut wie in jedem Fünf-Sterne-Hotel. Wahrscheinlich war sogar ein Papphütchen mit auf dem Rollwagen und ein Knallbonbon.

Er nahm einen großen und die Sorgen betäubenden Schluck von seinem Scotch, langte nach der Fernbedienung und schaltete wahllos über die Sender. Er verfolgte die Nachrichten auf Sky News und überlegte, ob er in der Redaktion Bescheid sagen sollte, wo er zu erreichen war. Doch er verwarf den Gedanken. Weihnachten gab es keine wichtigen Nachrichten, die Leute warteten meist bis zum 27. Dezember, wenn die Redaktionen der Medien wieder besetzt waren, ehe sie ihre Entführungen und Massenmorde begingen oder Bombenanschläge und Invasionen durchführten. Die Chancen, daß seine Anwesenheit erforderlich war, standen eins zu hundert. Er beschloß, das Risiko einzugehen.

»Wann dürfen wir endlich die Geschenke aufmachen, Mum?«

Es war zehn Uhr morgens am ersten Weihnachtstag, und Liz fragte sich, wie lange sie die Bescherung noch hinauszögern konnte. Sonst hatten sie das Ritual des Wartens mindestens bis elf vollzogen, dann hatte David die Geschenke verteilt, und sie hatten noch ausreichend Zeit für ein Glas Pimms und einen forschen Spaziergang vor dem Mittagessen gehabt. Aber wieso, um alles auf der Welt, sollten sie dieses Weihnachten unbedingt daran festhalten?«

»Okay, Jamie. Ich bin in einer Sekunde unten. Bescherung ist in zehn Minuten!«

Liz schloß den letzten Knopf von Daisys Kleidchen und trat zurück, um sie anzusehen. Das Schottenkarokleid mit dem weißen Matrosenkragen stand ihr so gut, und Daisy hatte ihr sogar gestattet, einen roten Reifen, passend zu Weihnachten, in die blonden Locken zu stecken. Als Liz sie hochhob, mußte sie wieder daran denken, daß David nicht mal so viel Anstand besessen hatte, zurückzurufen und Jamie sich an dem Abend, der der schönste im Jahr hätte werden sollen, Heiligabend, in den Schlaf geweint hatte.

David wachte allein in dem zwei mal zwei Meter Bett auf und sah sich im Spiegel unter der Decke; doch selbst der Gedanke, daß Logan ihn genau im richtigen Winkel dort hatte anbringen lassen, um sich in Action sehen zu können, besserte seine Laune nicht. Gott sei Dank hatte er diese alberne Satinbettwäsche gegen brauchbare Baumwollbettwäsche auswechseln können, die er unten im Kleiderschrank gefunden hatte.

Als er sich entschlossen hatte hierherzukommen, hatte er nicht geahnt, wie es sein würde, drei Tage ganz allein zu verbringen, vor allem nicht diese drei Tage, und er sah sich schließlich gezwungen, sich einzugestehen, wie furchtbar einsam er war. Darauf gab es nur eine Antwort. Er mußte noch einmal versuchen, mit Liz und den Kindern zu sprechen.

Er versuchte es noch einmal mit Liz' Mutter und ließ es zwanzigmal läuten, bevor er einsah, daß es offensichtlich zwecklos war. Sie konnte nicht dort sein. Vielleicht waren sie in ein Hotel gegangen. Und dann fiel ihm Ginny ein. Ginny würde wissen, wo sie waren. Vielleicht war Liz sogar bei ihr.

Er fühlte sich schon besser, als er Ginnys Nummer suchte. Hatte er sie überhaupt. Ah, da stand sie ja.

Ginny nahm sofort ab, und aus den Geräuschen im Hintergrund schloß er, daß sie gerade in der Küche sein mußte. Einen kurzen Moment lang stellte er sich die einladende, warme, duftende Küche vor und hoffte plötzlich und ganz unlogisch, Ginny würde ihn zum Fest einladen.

»Hallo, Ginny, ich bin's, David.« Er beeilte sich, weiterzureden, um ihr keine Chance zu geben, ihre Überraschung auszudrücken. »Sag mal, Liz ist nicht zufällig bei euch, oder?«

»Liz? Nein. Ist sie denn nicht in Crossways? Sie sind gestern gegen sechs hier aufgebrochen, und sie wollte auf direktem Wege dorthin.«

Auf der anderen Seite entstand eine Stille, während David diese Nachricht verdaute. Dann war sie also gar nicht weggefahren, und er hatte sie nur um eine halbe Stunde verpaßt!

Als Ginny keine Antwort bekam, wurde sie langsam nervös. »David, es ist doch alles in Ordnung, oder? Sie hatte doch keinen Unfall oder so etwas?«

»Nein, nein. Ich schätze, sie hocken gemütlich vor dem Kamin und packen Geschenke aus.« Ginny glaubte, eine Spur von Bitterkeit in seinem Ton zu hören. »Ich wäre nur nie darauf gekommen, sie zu Hause anzurufen«, murmelte er. »Danke, Ginny. Ich werde sie gleich anrufen.«

Als Ginny eingehängt hatte, plagte sie kurz der Zweifel, ob sie das Richtige getan hatte. Aber an einem Anruf war schließlich nichts Schlimmes. Vielleicht würde es sogar helfen. Immerhin konnte jeder, der Augen im Kopf hatte, sehen, daß die beiden sich noch liebten.

»Sieh mal, Mum! Donatello!« jubelte Jamie über das heißersehnte Geschenk und gab seiner Oma einen dicken Kuß. »Danke, Gran. Michelangelo und Raphael habe ich schon. Ach ja, und Leonardo auch. Donatello ist suuuper!«

Eleanor schüttelte lächelnd den Kopf. »Jamie, weißt du eigentlich, daß Michelangelo, Raphael und Leonardo die wahrscheinlich größten Künstler aller Zeiten sind?«

Jamie schenkte seiner Großmutter einen geduldigen und verständnisvollen Blick. »Aber, Granny, die sind doch nicht echt, die sind aus Plastik. Die können doch keine richtigen Bilder malen.«

Liz mußte sich das Lachen verkneifen und war insgeheim froh, daß Daisy noch mit Kuscheltieren und Spieluhren zufrieden war.

Während Daisy ihre Geschenke ignorierte und sich dem bunten Geschenkpapier widmete, beeilte sich Jamie, seine

Päckchen auszupacken. Ginny hatte einen Pullover mit Tiermotiven für ihn gestrickt, und dann war da auch noch das Fahrrad, das Liz gekauft hatte.

»Super, Mum, das ist echt toll!«

Aber sie wußte, daß er es kaum erwarten konnte, das riesige, längliche Paket zu öffnen. Es war das Geschenk, das er sich am meisten gewünscht hatte, und sie hatte es bis zuletzt aufgespart und tat so, als käme es von David. Wenn er sich nicht mal die Mühe machte anzurufen, würde er wohl kaum mit Geschenken aufwarten.

Es war das MantaForce-Raumschiff, das Jamie gegenüber Britt erwähnte hatte.

»Okay, Jamie. Und das hier ist von deinem Daddy.«

»O Mum ...« Jamie riß das Papier auf, seine Augen leuchteten vor Aufregung. »Sogar die Raketenbasis ist dabei! Woher wußte er, daß ich es mir gewünscht habe?« Jamie fing an, die roten und schwarzen Soldaten auszupacken. »Ich weiß, er hat es bestimmt gehört, wie ich es der Lady, die mit war, gesagt habe.«

Liz wich dem Blick ihrer Mutter aus.

Jamie sah mit plötzlichem Mißtrauen zu ihr auf. »Wann hat Daddy es denn hergebracht?«

Liz mußte schnell schalten. »Als er mit euch unterwegs war. Er hatte es hinten im Kofferraum versteckt.«

Jamie ließ die Soldaten liegen und fixierte sie mit zusammengekniffenen Augen und einem Blick, in dem sich das schmerzliche Gefühl, belogen worden zu sein, spiegelte. Und das ausgerechnet von ihr, dem einzigen Menschen, dem er glaubte, vertrauen zu können.

»Das stimmt nicht. Der Kofferraum war leer. Da war nur der Karton mit den Windeln drin, den die Lady gekauft hat.«

Liz blutete das Herz, als sie seine belegte Stimme hörte und sah, wie er die Tränen wegblinzelte. Die ganze Freude und Aufregung war von seinem Gesicht verschwunden.

»Es ist überhaupt nicht von Dad«, beschuldigte er sie, »es ist von *dir!*«

Er schob das Geschenk von sich, über das er sich eben noch so sehr gefreut hatte, und lief schluchzend aus dem Zimmer, während Liz hilflos zusah und nicht wußte, wie sie seinen Schmerz lindern sollte.

Ihre Mutter nahm ihre Hand und drückte sie, und Liz war dankbar über die tröstende Geste. »Ist es wirklich von dir?«

»Sicher. David hat sich ja noch nicht mal die Mühe gemacht anzurufen. Seine eigenen Kinder! Wahrscheinlich denkt er an nichts anderes mehr als an dieses verdammte Baby!«

»Welches Baby?«

Liz hätte sich ohrfeigen können. Aus Gründen des Respektes vor sich selbst hatte sie nicht gewollt, daß ihre Mutter von dem Baby erfuhr. Irgendwie erschien der Betrug dadurch so endgültig, unbestreitbar und erniedrigend.

Ihre Mutter breitete die Arme aus. »O Lizzie, mein armer Schatz.«

Da ihre Mutter jetzt das letzte gutgehütete Geheimnis kannte, warf sie sich in ihre Arme und weinte, bis Daisy, die bislang von dem Strom der Emotionen um sie herum unberührt schien, in ihr Schluchzen mit einfiel.

Das Läuten des Telefons kam so überraschend, daß Daisy und Liz gleichzeitig aufhörten zu weinen. Liz fischte nach einem Taschentuch und schniefte: »Gehst du bitte ran, Mum? Ist wahrscheinlich Ginny.«

Aber es war nicht Ginny.

»Hallo, Eleanor. Ich bin's, David. Kann ich bitte Liz sprechen?

Liz schüttelte panisch den Kopf.

Aber David ließ sich nicht so leicht abwimmeln. Er hatte nicht erwartet, daß sie freundlich und zuvorkommend reagierte. »Könnte ich dann bitte Jamie sprechen?«

»Tja, auch das ist leider nicht möglich.« Liz wunderte sich, daß David von Eleanors Stimme noch keine Frostbeulen bekommen hatte. »Er ist in seinem Zimmer. Ich fürchte, er ist momentan nicht besonders gut gelaunt.«

Liz stellte sich David mit Britt in irgendeinem Nobelhotel

vor, wie er sich zwang, noch schnell einen Anruf bei seiner Ex-Familie zu starten, damit er sich dann mit ruhigem Gewissen und nach getaner Pflicht dem Weihnachtsmenü widmen konnte. Der Gedanke machte sie wütender als je zuvor in ihrem Leben.

Sie sprang auf und riß ihrer Mutter den Hörer aus der Hand.

»Hallo, David. Hier spricht Liz. Würdest du gern den Grund dafür erfahren, warum dein fünf Jahre alter Sohn in seinem Zimmer ist und sich das Herz aus der Brust weint? Weil er von seinem Vater kein Weihnachtsgeschenk bekommen hat und weil er mich durchschaut hat, als ich behauptet habe, eins sei von dir. So, ich hoffe, du hast ebenso schöne Weihnachten wie wir hier! Auf Wiedersehen, David! Und *tausend* Dank!«

Und nur für den Fall, daß er noch einmal versuchen sollte, sie anzurufen, zog sie den Stecker aus der Wand.

David starrte blaß vor Wut den Hörer an. Sein Bild von Liz war das einer warmen, verständnisvollen Frau, nicht das der harten Hexe, die ihn soeben zusammengestaucht hatte, ohne ihm die Gelegenheit zu geben, etwas zu seiner Verteidigung vorzubringen. Wie er es auch anfing, er schien immer genau das Falsche zu tun.

Er schenkte sich einen großen Whisky ein und fragte sich zum erstenmal, ob Liz sich verändert haben könnte und ob er vielleicht in den letzten Wochen einem Bild nachgetrauert hatte, das mit der wirklichen Liz nicht mehr übereinstimmte.

Mit seinem feingeschliffenen Sinn für Ungerechtigkeit kam es ihm natürlich nicht in den Sinn, daß Liz sich verändert haben könnte, weil er ihr, und viel schlimmer noch, den Kindern, weh getan hatte, und daß die Vorstellung, sie würde ihn mit offenen Armen empfangen, wenn er zu ihr zurückging, vielleicht etwas unrealistisch war. Ihm blieb auch verschlossen, daß er ihr Vertrauen, wenn überhaupt, nicht mit großen Gesten oder Taktik wiedererlangen würde, sondern nur mit Verständnis und Geduld.

Während er trübsinnig in sein Glas starrte, wußte er nur

eines: daß er Liz noch liebte, und sein Instinkt sagte ihm, daß das auch für sie galt. Was also konnte schon zwischen ihnen stehen, das zwei erwachsene Menschen nicht aus dem Weg räumen konnten?

Überzeugt, daß der Boden unter ihnen fest und das Gras auf der anderen Seite grüner war, beschloß er, es noch auf einen letzten Versuch ankommen zu lassen.

Als das ständige Besetztzeichen ihm sagte, daß sie den Hörer von der Gabel genommen hatte, um nicht mit ihm sprechen zu müssen, beschloß er, daß es im Moment nur noch eines gab, was er tun konnte. Er würde sich jetzt gehörig vollaufen lassen.

23

Britt hatte immer die segensreiche – für sie nützliche, für andere sehr irritierende – Fähigkeit besessen, von einer Minute zur anderen einschlafen zu können, doch an diesem Abend wollte ihr das einfach nicht gelingen.

Das Haus, das Zimmer, alles kam ihr so winzig vor verglichen mit den weitläufigen hellen Räumen ihrer eigenen Wohnung, und das Bettzeug fühlte sich rauh und unbehaglich an. Wie die Prinzessin auf der Erbse brachte sie es nicht fertig, in diesen kratzigen Laken Schlaf zu finden.

Und wenn sie die Augen schloß, war sie wieder auf der Autobahn, nur daß diesmal der Fahrer den Wagen nicht unter Kontrolle bekam, sondern wie ein durchgedrehter Kreisel von der Fahrbahn schleuderte, die Böschung herunterschoß und gegen einen Mast prallte.

Gegen halb sieben wachte Britt schweißgebadet auf. Eine schlimmere Nacht hatte sie noch nie verbracht. Als sie versuchte, sich aufzusetzen, mußte sie würgen. Die morgendliche Übelkeit stellte sich wieder ein, und sie eilte ins Bad.

Doch als sie sich über die Toilette beugte, war die Übelkeit vorüber. Sie zitterte in der ungewohnten Kälte und verwünschte ihre Eltern, weil sie keine Zentralheizung hatten. Ihr

Atem bildete kleine Wölkchen, meine Güte, und wenn sie sich vor den Spiegel stellte, beschlug der so schnell, daß sie gar nicht erkennen konnte, ob sie so elend aussah, wie sie sich fühlte.

Für einen kurzen Moment kehrten die Erinnerungen zurück. Wie bitter kalt dieses Haus stets gewesen war in ihrer Kindheit.

In Yorkshire gab es ein Mittel gegen jede Art von Problem, und das war eine Tasse Tee; so beschloß Britt, in die Küche zu gehen und sich einen Tee aufzubrühen. Doch als sie die Treppe herunterkam und das schmächtige Bäumchen sah, an dem kleine rote Lämpchen blinkten wie die Neonreklame eines billigen Motels in einem noch billigeren Hollywoodstreifen, fiel ihr ein, daß es der erste Weihnachtsfeiertag war, und sie sah ihre Mutter, die bereits auf war und in ihrem alten Nylonmorgenmantel vor dem Ofen kniete und Feuer machte.

»Guten Morgen, mein Liebes, gut geschlafen?«

Britt war drauf und dran, ihr zu beichten, daß sie die schlimmste Nacht ihres Lebens hinter sich hatte, doch dann besann sie sich eines Besseren und antwortete lächelnd: »Ja, Mum, sehr gut.«

Als Britt sie im Morgenmantel vor dem Ofen knien sah, hatte sie das Gefühl, nicht in dieses winzige kleinbürgerliche Nest zu gehören.

Ihre Eltern waren immer der Überzeugung gewesen, daß Wissen Macht bedeutet und daß dies für Mädchen ebenso gilt wie für Jungen; und so hatten sie sich jeden Penny vom Mund abgespart, um ihr die bestmögliche Ausbildung bieten zu können. Mit ihrer Ermutigung hatte sie es schließlich bis zur Universität in Oxford gebracht. Und mit jedem Semester und jedem neuen Erfolg hatte sie sich mehr und mehr von ihnen entfremdet, bis sie nichts mehr mit ihnen gemeinsam hatte.

Und während sie in der Küche saß und an ihrem Tee nippte, erwachte eine weitere Erinnerung in ihr, die sie tief im Innern begraben hatte, doch selbst zwölf Jahre hatten nichts daran ändern können, daß sie sich schrecklich für das schämte, was sie damals getan hatte.

Es war am Tag der Verleihung der Abschlußzeugnisse in

Oxford gewesen, für die Eltern der große Augenblick, der all ihren Opfern einen Sinn zu geben schien.

Aber sie hatte ihre Eltern darum betrogen, weil sie sich ihrer geschämt hatte. Die Vorstellung, wie ihr Vater in seinem schlecht sitzenden Anzug und ihre Mutter mit einem geborgten Hochzeitshut unbeholfen unter reichen Geschäftsleuten und den angesehenen Eltern ihrer neuen Freunde umhertapsten, war für die inzwischen elegante und anspruchsvolle Britt einfach unerträglich gewesen. Und so hatte sie sie angelogen und behauptet, sie würde an der Abschlußzeremonie gar nicht teilnehmen und wolle sich ihr Zeugnis per Post zuschicken lassen.

Selbstverständlich hatte sie daran teilgenommen. Und wenn ihre Eltern je die Wahrheit herausgefunden hatten, dann hatten sie es in all den Jahren mit keinem Wort erwähnt. Doch als Britt an diesem Morgen auf den leeren Kaminsims schaute, wo das Abschlußfoto ihrer einzigen Tochter stehen sollte, schämte sie sich so sehr, daß sie den Blick abwenden mußte.

Ihre Mutter lächelte matt Britt zu, die auf der Lehne des unbequemen Sofas saß, in einem Wildseidenkimono, der wahrscheinlich mehr gekostet hatte als die gesamte Einrichtung dieses Drei-Zimmer-Häuschens.

»Warm genug, Liebes? In einer Minute bin ich soweit mit dem Feuer.«

Britt beobachtete fasziniert, wie ihre Mutter alte Ausgaben des *Daily Mirror* zu kleinen Briketts faltete, Zweige und Kohle darüberschichtete, sich dann zurücksetzte, ein Streichholz an das Papier hielt und in das knisternde und zischende Feuer schaute. Zum erstenmal begriff sie, daß ihre Mutter und ihr Vater mit ihrem Leben zufrieden waren, ungeachtet dessen, wie sie darüber denken mochte, und daß sie sich geborgen und sicher fühlten in ihren täglichen Ritualen und starken Überzeugungen. Während *sie,* die doch so leidenschaftlich für die Individualität eintrat, deren Credo lautete, man könne alles erreichen, wenn man es nur ernsthaft genug versuchte, und es nur einen Mensch gab, der einem wirklich half, nämlich man selbst, nun schwanger und allein war.

Zum zweitenmal, seit sie London verlassen hatte, fühlte sich Britt verletzlich und einsam, und sie spürte, daß ihre Eltern sie gar nicht brauchten. Sie hatten sich schon lange damit abgefunden, kaum noch etwas von ihrer unnahbaren und hochmütigen Tochter zu erwarten. Britt war es, die ihre Eltern brauchte. Aber sie wußte auch, daß es ihr in diesem Haus, in dem Gefühle niemals gezeigt und diskutiert wurden, unmöglich war, ihnen das zu sagen.

Sie ließ sich von der Sofalehne gleiten, kniete sich neben ihre Mutter und starrte ebenfalls ins Feuer. Schließlich fand sie Worte.

»Mum, wenn du das nächstemal Feuer machst, zeigst du mir dann, wie es geht?«

Ihre Mutter warf ihr einen überraschten Blick zu. »Sicher, Liebes.« Sie lächelte verlegen. »Weißt du eigentlich, daß dies das erstemal ist, daß du mich bittest, dir etwas zu zeigen?«

Sie sah ihre Tochter an und fragte sich, ob sie damit zu weit gegangen war, ob Britt jetzt vielleicht eingeschnappt war. Aber sie erwiderte das Lächeln.

»Da kannst du mal sehen, wie dumm ich war. O Mum ...«

Und zum Erstaunen ihrer Mutter schlang Britt die Arme mit tränenüberströmtem Gesicht um sie, als wäre sie wieder ihr kleines Mädchen.

»O Mum, es tut mir so leid – so furchtbar leid ...«

Ihre Mutter war verblüfft. »Was tut dir leid, Liebes?«

Britt ergriff die Hand ihrer Mutter, die ganz schwarz von Kohlenstaub war, und preßte sie an ihre Wange. »Daß ich so bin, wie ich bin. Daß ich so eine Enttäuschung für euch bin ...«

Ihre Mutter sah, wie sich ein dünnes schwarzes Rinnsal auf Britts Wange bildete, dort, wo sich die Tränen mit dem Kohlenstaub mischten, und sie legte den Arm um ihre Tochter und fühlte sich zum erstenmal, seit Britt klein gewesen war, wieder wie eine richtige Mutter und ahnte, daß ihr dieser Moment für immer im Gedächtnis bleiben würde.

»Britt, kleine Britt. Du bist keine Enttäuschung für uns.« Ihre Tränen mischten sich mit Britts. »Wir lieben dich doch.«

Während sie und ihre Mutter sich wortlos umarmten, lernte Britt die oberste Lektion der Familie – daß man geliebt wird, ob man es nun verdient hat oder nicht.

Und dann sah sie ihren Vater, der in seinem altmodisch gestreiften Pyjama in der Tür stand und ihnen zusah. Er lächelte, und der graue, müde Ausdruck auf seinem Gesicht war verschwunden.

»Hallo, Mädels. Geht doch nichts über ein paar Tränen am Weihnachtsmorgen, was? Sagt mal, wie wär's mit einer schönen Tasse Tee?«

David wälzte und wand sich auf dem riesigen Bett und beschloß, einfach zu sterben. Sein Kopf hämmerte, sein Mund war völlig ausgedörrt, und er hatte leichten Schüttelfrost. Er schleppte sich ins Bad, durchwühlte die Schränkchen dort und betete, daß Logan auch manchmal an so etwas wie einem Kater litt.

Doch Logan schien alles im Leben tun zu können, ohne wie all die anderen Sterblichen den Preis dafür zahlen zu müssen. Es gab kein Alka Seltzer und keine Kopfschmerztabletten.

Wenn er den morgigen Tag noch erleben wollte, was gar nicht so sicher zu sein schien, würde er wohl oder übel rausgehen und sich ein Gegengift gegen seinen akuten Kater besorgen müssen. Da er vergessen hatte, Zahnpasta zu kaufen, schrubbte er sich die Zähne mit Seife und gurgelte mit Eau Sauvage, doch es half nichts, er stank noch immer wie eine Alkoholleiche, und wenn er sich nicht rasierte, würde man ihn glatt für einen Penner halten.

Umständlich zog er sich an, streifte seinen Kaschmirmantel über, verstaute die beiden leeren Whiskyflaschen in seinem Aktenkoffer und machte sich auf die Suche nach einem Abfalleimer und einer Apotheke. Zweihundert Meter weiter fiel ihm ein, daß heute der zweite Weihnachtsfeiertag war und wohl kaum eine Apotheke geöffnet hatte. Noch immer mit den beiden leeren Flaschen im Aktenkoffer betrat er das Hilton, geleitet von seiner Überzeugung, daß es in einem Hotel, das das

Leben, die Freiheit und das Streben nach ein bißchen Spaß im Leben respektierte, doch sicher ein Mittel gegen einen Kater zu kaufen gab.

Er lag richtig. Und mit einer Papiertüte, in der sich Paracetamol, Alka Seltzer und Dextropur, um seinen Blutzucker wieder auf Trab zu bringen, befanden, steuerte er die Bar an, um sich einen großen Fernet Branca zu gönnen.

Auf halbem Weg durch die Lobby erblickte er einen Kiosk und hielt instinktiv darauf zu, um sich die neueste Ausgabe der *Daily News* zu kaufen. Verblüfft und verärgert mußte er feststellen, daß sie ausverkauft zu sein schien. Doch dann entdeckte er noch ein allerletztes Exemplar hinter der *Daily Mail.*

So sah er erst, als er die Zeitung in der Hand hielt, daß die komplette Titelseite mit riesigen Fotos gepflastert war, gräßlich vergrößert, aber deutlich genug, um einen völlig ausgezehrten Mann in einem Krankenhausbett zu erkennen – daneben stand die Ankündigung, daß mehr davon im Innenteil zu finden sei. David begriff, daß Jim Johnson in tadellosem Timing ausgerechnet an Weihnachten seinen monatelangen Kampf gegen den tödlichen AIDS-Virus verloren hatte.

»Sieh mal an. Was verschafft uns denn die Ehre?« lästerte Logan Greene mit gefährlichem Unterton, als er am nächsten Morgen in der Redaktion erschien und David kampflustig auf der Kante seines riesigen Schreibtisches hockend vorfand.

»Wo steckt denn der gute Mick?« Davids Blick war wach und scharf wie der eines Jagdvogels und zeigte erstaunlich wenig Spuren der Exzesse der vergangenen Tage. »Holt der gerade Anzüge für den Boß aus der Reinigung?«

Logan grinste. »Ich habe ihn gebeten, etwas für mich zu erledigen.« Logan setzte sich. »Eine kleine Marktumfrage. Weil ich nämlich gestern festgestellt habe, daß die *News* am Kiosk in unserer Gegend bereits um zehn Uhr ausverkauft war, und ich würde gern wissen, ob das überall so war.« Er sah David in die Augen und wußte instinktiv, warum er hier war. »Nicht unbedingt eine fundierte Marktanalyse, aber doch aussagekräftig, oder? Stimmt nicht ganz mit deinem rührenden Glauben an das hohe moralische Bewußtsein unserer großartigen britischen Leserschaft überein, hab' ich recht?«

»Darum geht es nicht. Es war absolut geschmacklos.«

»Ach komm, David. Das hatten wir doch schon. Johnson ist tot, und damit sieht die Sache anders aus. Und da du nicht hier warst, um deinen Standpunkt zu verteidigen, habe ich die persönliche Einwilligung zur Veröffentlichung gegeben. Und *bingo*! Ausverkauft.«

David zuckte zusammen. Rechtfertigte der Tod tatsächlich die Veröffentlichung dieser demütigenden und erniedrigenden Aufnahmen von Jim Johnson und seinem Siechtum? Nicht, wenn es nach ihm ging. Die Familie des Mannes hielt noch immer an der Version fest, es sei Krebs gewesen, aber mit diesen Bildern an jedem Kiosk war das wohl schwerlich weiter aufrechtzuhalten.

»Wir haben sogar versucht, dich zu erreichen, aber Britt behauptete, nicht zu wissen, wo du steckst.«

»Wußte sie auch nicht. Niemand hat gewußt, wo ich war.«

Logan musterte ihn neugierig. »David, falls du eine Midlifecrisis hast, ist das deine Sache. Aber bitte laß das Blatt nicht darunter leiden.« Sein Tonfall war leise und freundlich, ganz der liebe Onkel, der gute Ratschläge erteilt.

Aber David hörte gar nicht zu. Er dachte daran, daß er Liz vor sechs Monaten genau dasselbe vorgeworfen hatte, weil sich ihre Werte verändert hatten und sie versuchte, sich danach zu richten. Und jetzt, leider zu spät, begriff er, was sie verteidigt hatte. Jetzt erkannte er ganz klar, daß es auf einen selbst abfärbt, wenn man für Arschlöcher wie Conrad oder Logan arbeitete, und daß man in dem Moment erledigt war, in dem man bereit war, die eigenen Werte nach ihren auszurichten.

Einen kurzen Augenblick dachte er daran, Logan zu überzeugen, daß Zeitungen Mitgefühl beweisen müßten. Aber das wäre dasselbe gewesen, als würde man einen Geparden zum Vegetarier bekehren wollen.

Als David aufschaute, bemerkte er, daß Logan ihn musterte,

und sein Instinkt, ebenso wie die Erfahrung aus jahrelanger Zusammenarbeit, warnten ihn, vorsichtig zu sein. Und plötzlich begriff David, warum Mick Norman nicht dabei war. Logan wollte unter vier Augen mit ihm reden, weil er vorhatte, ihn rauszuschmeißen. Er wollte ihn aus dem Weg haben, um noch einem dieser Lackaffen mit dem moralischen Empfinden eines Immobilienmaklers Platz zu schaffen. Das einzige, was ihn daran überraschte, war, daß er es nicht hatte kommen sehen.

»Nun gut.« David war erstaunt, wie kalt ihn das ließ. »Ich bin sicher, ich finde draußen jemanden, der Verwendung für einen ausgebrannten Fünfunddreißigjährigen hat.«

»Das würde ich sehr bedauern.«

David musterte Logans Miene. Der Mann war ein derart verschlagener Bastard ... worauf wollte er jetzt wieder hinaus?

»Und warum das, Logan?«

»Weil ich dir gerade einen Job anbieten wollte.«

»Als was? Stellvertretender Bildredakteur bei der Bäckerblume?«

Logan grinste nervtötend. »Als Chefredakteur meines neusten Babys.«

David kniff die Augen zusammen. »Soll das ein Witz sein? Den Job hat Norman doch schon.«

»Das stimmt, aber in den letzten Monaten habe ich reichlich Gelegenheit gehabt, den jungen Mann näher kennenzulernen.« Logan stand auf und ging um den Tisch auf Davids Seite. »Er bringt es nicht. Sicher, er hat Talent, aber er führt sich auf wie ein verdammter Cockerspaniel, der orientierungslos Jagd auf Beute macht. Mick ist okay, wenn es darum geht, die Leckerbissen einzusammeln, aber ich brauche jemanden mit Erfahrung und dem Riecher, das gottverdammte Gewehr auszurichten. Meine Güte, ich stecke mehr als zehn Millionen in dieses Blatt, und das ist erst der Anfang. Ich brauche jemanden, der weiß, worum es geht.«

Für einen kurzen Augenblick war David begeistert. Die *News* hatte es bereits fünf Jahre gegeben, als er der Redaktion beigetreten war, und er hatte sich immer gewünscht, ein Blatt von Anfang an hochzuziehen. Das barg zwar ein großes Risiko, aber wenn man es richtig anstellte, gab es nichts Befriedigenderes. Und es war ein königliches Vergnügen, es diesem Arschloch Mick Norman zu zeigen, diesem Wunderkind, das glaubte, mit neunundzwanzig bereits alles übers Zeitung-Machen zu wissen. Seit Monaten betrachteten Logans Untergebene Norman als die neue Nummer eins. Es war ihm nicht entgangen, daß sie sich immer häufiger an ihn gewandt hatten, während sie ihm, David, mehr und mehr die kalte Schulter zeigten.

Und nun bot ihm Logan wieder den Thron an.

Während Logan selbstsicher auf Davids Antwort wartete, schaute er auf die gestrige Ausgabe der *News*, die noch immer neben ihm auf dem Schreibtisch lag, und die Wut, die Logan so geschickt besänftigt hatte, kochte wieder in ihm hoch, nur diesmal stärker als zuvor. Letzten Endes war es Logans, und nur Logans Entscheidung gewesen, die Fotos zu veröffentlichen. Und wenn David glaubte, Logan würde ihm beim neuen Blatt freie Hand lassen, dann war er naiv.

David war immer seinem Instinkt gefolgt. »Tut mir leid, Logan, aber ich bin nicht interessiert an dem Angebot. Meiner Meinung nach taugt dieses neue Blatt nichts. Und das ist kaum die ideale Einstellung für einen Chefredakteur. Ich sage nein.«

Logan legte die Füße auf den Schreibtisch. Er war es gewöhnt, zu erreichen, was er wollte. Einen Korb zu kriegen, stand nicht auf der Liste der Dinge, deren er sich rühmte. »Vielleicht bleibt dir aber gar nichts anderes übrig, als anzunehmen.«

»O doch.« David grinste. Logan beobachtete ihn aufmerksam. »Weißt du, Logan, ich habe auch keine Lust mehr auf die *News*. Also kann ich ab sofort tun und lassen, was ich will.« Er stand auf und hielt Logan die Hand hin. »Mach's gut. Logan. Viel Glück.«

Logan sah ihm nach. Dieses Spielchen kannte er schon – ein beliebter Auftritt von Chefredakteuren, um mehr Geld, mehr Einfluß, größere Freiheiten und einen neuen BMW zu kriegen. Er war sicher, daß David in einer Stunde zurück sein würde.

Aber er irrte sich.

David stand in dem Büro, von dem aus er während der vergangenen vier Jahre das Blatt geleitet hatte, und sah sich um. Es überraschte ihn, daß es kaum Dinge gab, die er mitnehmen wollte. Er mußte lachen, als er daran dachte, wie Liz' Büros immer ausgesehen hatten, mit all dem persönlichen Krimskrams: überall Fotos von Freunden und der Familie; Cartoons und frische Blumen.

David dagegen hatte keine große Mühe, seine paar Kleinigkeiten einzupacken. Es gab auch kaum etwas, was er mitnehmen wollte. Sein Preis als »Journalist des Jahres« aus seinen Bradford-Tagen und zwei, drei andere Auszeichnungen, für die die meisten anderen Chefredakteure wohl zu einem Mord bereit gewesen wären, eine Zeichnung, die Johnno, der Karikaturist des Blattes, von ihm angefertigt hatte, und die ihn an seinem ersten Arbeitstag zeigte, in kurzen Hosen und mit einem Schulranzen und Käppi. Und dann war da noch der kostbarste Besitz: eine gerahmte Fotografie von Jamie und Daisy.

Einen Moment lang saß er da und fragte sich, was er tun würde, wenn er das Gebäude verließ. Er wußte, daß er schon morgen einen neuen Job haben könnte, aber für wen wollte er eigentlich arbeiten? Die Boulevardblätter machten sich gerade gegenseitig fertig, und für eines der vornehmeren Blätter hatte er nie arbeiten wollen.

Und während er über seine mögliche Zukunft grübelte, klingelte zum letztenmal das Telefon. In der Annahme, es könne nur Logan sein, antwortete er barsch. Doch es war nicht Logan. Es war Suzan, die junge und vielversprechende Journalistin.

»Hallo, David, ich hab's gerade gehört und wollte Ihnen nur sagen, daß uns allen hier elend zumute ist.« David wußte sehr wohl, daß es unmöglich war, bei einer Zeitung etwas lange geheimzuhalten, trotzdem war er verblüfft, wie schnell sich die Nachricht verbreitet hatte. »Ich spreche für alle in der Redaktion, wenn ich sage, daß wir Sie und das, was Sie für die Zeitung getan haben, bewundert haben. Na ja, um es ganz unverblümt zu sagen, wir haben eine Scheißangst. Ist Ihr Entschluß wirklich endgültig?«

»Ich fürchte, ja.«

Suzan schien unschlüssig, was sie als nächstes sagen sollte. Schließlich fügte sie schüchtern hinzu: »Ich wollte nur, daß Sie wissen, wieviel Spaß es mir gemacht hat, für Sie zu arbeiten, und ich wollte Sie fragen, ob Sie mir Bescheid sagen, falls Sie bei Ihrem nächsten Job eine gute Journalistin brauchen können...« Sie hielt inne. »Weil... na ja, ich habe noch nie für einen Chef gearbeitet, den ich so sehr respektiert habe.«

Die unverhohlene Bewunderung in ihrem Ton war fast zuviel für David. Mit einemmal spürte er, wie sich die Gefühle in ihm Bahn brachen. Journalismus war sein Leben, und er haßte den Gedanken, vielleicht alles weggeworfen zu haben.

»Danke, Suzan. Ihr Anruf bedeutet mir sehr viel. Ich werde Sie ganz bestimmt wissen lassen, was ich als nächstes in Angriff nehme. Auf Wiedersehen.«

Als er aufgelegt hatte, blieben seine Gedanken noch einen Moment bei Suzan. Sie war die einzige unter den jungen Mitarbeitern gewesen, die Journalismus so begriff und betrieb, wie auch er ihn verstand und liebte. Sie hatte beim *Newcastle Journal* angefangen und später beim *Northern Star* gearbeitet. Vielleicht lebte der Journalismus tatsächlich noch.

Während er seine Sachen in der Aktentasche verstaute, hielt er das Foto von Jamie und Daisy eine Weile in der Hand und betrachtete es. Schließlich strich er Jamie mit dem Finger übers Haar. Er war immer noch wütend auf Liz, aber er wußte, daß er an einem Wendepunkt in seinem Leben angelangt war.

Er würde noch einmal zu ihr fahren, gleich heute nachmittag, und einen letzten Versuch der Versöhnung unternehmen.

Auf den letzten Kilometern jedoch ließ ihn sein Optimismus im Stich. Bis jetzt hatte ihn das Adrenalin vorangetrieben und das Verlangen, Liz zu sagen, daß er sich in so vielen Punkten geirrt und sie recht gehabt hatte.

Und wieder einmal wurde ihm bewußt, wie sehr er ihre

Bestätigung brauchte und wie sehr er sich danach sehnte, daß sie ihm sagte, wie richtig es gewesen war, daß er heute aus diesem Gebäude hinausmarschiert war. Aber vor allem wollte er ihre Anerkennung dafür, wie sehr er sich verändert hatte.

Als Liz das unerwartete Knirschen von Reifen auf Kies vor ihrem Haus hörte, ging sie zum Fenster. Sie wollte mit Mel in einer Stunde zum Schlußverkauf nach Brighton. Und ihre Mutter konnte es nicht sein, die hatte Jamie und Daisy schon vor geraumer Zeit abgeholt.

Ihr wurde ganz flau im Magen, als sie erkannte, daß es David war. David, der bald wieder Vater werden würde. War er etwa deshalb hergekommen? Um ihr schonend das beizubringen, was bereits in halb London Tischgespräch war?

Er war aus dem Wagen ausgestiegen und auf dem Weg zum Haus, als sie die Tür öffnete und sich an den Rahmen lehnte, fest entschlossen, ihm gar nicht erst die Gelegenheit zu einer Beichte zu geben.

»Hallo, David. Wie ich höre, sind Glückwünsche angebracht.« Sie lächelte über seinen überraschten Gesichtsausdruck.

Seine Kündigung konnte sie nicht meinen – er hatte ihr doch noch gar nichts davon erzählt. Und *so* schnell konnte sich Klatsch nun auch wieder nicht verbreiten, oder?«

»Glückwünsche wozu?«

»Zu dem Baby natürlich. Britts und dein Baby.« Sie zwang sich, die Abneigung, darüber zu sprechen, zu überwinden. »Es kommt also im Sommer?«

David zuckte zusammen. Die Ereignisse des Vormittags hatten alles andere aus seinem Bewußtsein verdrängt, und er hatte Britt und das Baby völlig vergessen. Aber es lag nicht nur daran. Seit Britt ihrer Freundin anvertraut hatte, das ganze kaltblütig geplant zu haben, und daß die Leidenschaft, die sie geteilt hatten, nur Mittel zum Zweck gewesen war, war für ihn das Baby nur noch Britts Baby.

Aber Liz würde ihm das nicht abnehmen, und sie würde auch

nicht verstehen, warum er Britt verlassen hatte. Sie würde immer denken, daß er egoistisch gehandelt hatte, aber er mußte wenigstens versuchen, es zu erklären.

»Wußtest du nicht, daß Britt und ich nicht mehr zusammen sind? Ich habe mich kurz vor Weihnachten von ihr getrennt.«

Er suchte nach Anzeichen des Wohlwollens auf ihrem Gesicht, doch es gab keine. Sie stand völlig ungerührt da und knöpfte sich den Mantel zu. Sie bat ihn nicht mal herein.

»Warum, um alles in der Welt?«

»Weil ich es nicht mehr ertragen habe. Britt wollte das Baby doch gar nicht. Im Gegenteil, für sie ist es nur ein hinderliches Muß gewesen. Sie wollte verhindern, daß ich zu dir zurückgehe, das ist alles.«

Falls David sich irgendeine Reaktion auf diese Neuigkeit erwartet hatte, wurde er enttäuscht.

»Armes kleines Baby. Ich kann mir Britt in der Rolle der alleinerziehenden Mutter nicht so recht vorstellen. Wie geht es ihr?«

David wirkte peinlich berührt. »Weiß ich nicht. Ich habe sie seitdem nicht mehr gesehen. Ich bin an dem Tag, als ich ging, mit den Geschenken für Jamie und Daisy hergekommen, aber ihr wart nicht hier.«

»Wir waren da«, berichtigte Liz ihn kühl. Sie wußte nicht, was sie von dieser neuen Wendung der Dinge halten sollte.

»Das weiß ich jetzt auch.« Die Bitterkeit in Davids Ton war unüberhörbar. »Aber damals dachte ich, daß ihr weggefahren seid.«

»Du mußt nicht lügen, David, nur weil du vergessen hast, deinen Kindern etwas zu Weihnachten zu schenken.«

David fuhr sie wütend an: »Ich lüge nicht! Soll ich dir die verdammten Kassenbons zeigen, damit du es glaubst?«

»Okay, dann bist du eben mit einer ganzen Wagenladung Geschenken hier aufgekreuzt, nachdem du deine schwangere Freundin verlassen hast – und wo bist du dann bitte über Weihnachten gewesen?«

»In Logan Greens' Apartement. Ich habe einen Satz Schlüssel dafür. Ich brauchte etwas Zeit, um über mein Leben nachzudenken.«

»Und zu welchem Schluß bist du gekommen?« Liz bemühte sich, möglichst gleichgültig zu klingen.

»Ich bin zu dem Schluß gekommen, daß Britt und ich trotz des Babys nie glücklich werden würden. Und *ich* kann ohne dich und die Kinder nicht glücklich sein.«

Liz wurde immer wütender, je länger sie ihm zuhörte. Vor Weihnachten wäre sie vielleicht bereit gewesen, diesen Schmus zu glauben. Und dann hatte sie erfahren müssen, daß Britt ein Baby erwartete und daß halb London bereits darüber Bescheid wußte! Und nun, da er gefordert war, wollte er husch-husch zurück zu Frauchen.

»Da haben wir aber Glück gehabt, wie?«

Als er den Sarkasmus in ihrem Ton hörte, wurde David ebenso wütend wie sie. »Ich merke schon, das hier führt zu gar nichts...«

»Stimmt. Und weißt du auch, was das Problem mit dir ist, David? Du glaubst, du könntest den Schmerz und das Leid einfach wegwischen, nur weil *du* dich entschieden hast, uns wiederhaben zu wollen. Aber so geht das nicht. Das Baby existiert trotzdem noch. Und der Schmerz, den du mir zugefügt hast, ist auch noch da. Tut mir leid, David, aber das ist nun mal die Wahrheit: Ich vertraue dir nicht mehr.«

David kämpfte innerlich gegen den heißen, blinden Zorn. Am liebsten hätte er Liz gepackt und geschüttelt, aber als er schließlich sprach, klang seine Stimme ruhig und ausdruckslos.

»Dann sollten wir vielleicht über die Scheidung nachdenken.«

Diese Wendung des Gesprächs erwischte Liz völlig kalt, aber sie sollte verdammt sein, wenn sie sich etwas anmerken ließ.

David musterte sie eindringlich. Aber ihre Miene verriet weder Überraschung noch Bedauern. Und als sie ihm schließlich antwortete, hatte ihr Ton beinahe etwas Herausforderndes.

»Gute Idee. Wenn wir die Formalitäten gleichzeitig mit dem Hausverkauf einleiten, räumen uns die Anwälte bestimmt Rabatt ein.«

Als David die Wagentür seines Mercedes zuschlug, konnte er sich kaum noch beherrschen, so sehr hatte sie ihn in Rage gebracht. Sie hatte ihm nicht mal die Chance gelassen, ihr alles zu erklären. Statt dessen hatte sie kurzerhand entschieden, daß er ein egoistischer Scheißkerl war, der vor der Verantwortung davonlief. Sie spielte sich auf wie eine Richterin. Schuldzuspruch. Keine Gnade. Fall erledigt.

Erst als er durch die Ortschaft raste, die er vielleicht nie wiedersehen würde, wurde ihm bewußt, daß er Liz in der Erregung des Moments gar nicht erzählt hatte, daß er nicht mehr für die *Daily News* arbeitete.

»Ach komm, Liz, mach mit! Ich wollte das schon immer mal tun!« Mel hakte sich bei Liz unter und schob sie in Richtung Palace Pier. »Los komm! Heutzutage gehen alle in London zu Wahrsagern!«

Liz überlegte einen Moment. Sie war nicht hundertprozentig sicher, ob sie ausgerechnet jetzt in die Zukunft schauen wollte. Und seit ungefähr einer Stunde träumte sie davon, sich eher bei einem sehr großen, sehr kalten und vorzugsweise alkoholischen Getränk zu erholen.

Andererseits konnte sie eine Aufmunterung nach der bitteren Auseinandersetzung mit David gut gebrauchen. Sie hatte gehofft, daß ein Einkaufsbummel helfen würde, aber sie waren den ganzen Nachmittag durch die Kaufhäuser gestreift, ohne daß Liz etwas gefunden hatte, was ihr wirklich gefiel. Mel dagegen hatte sich einen schulterfreien Kaschmirpullover zugelegt, ein extrem kurzes schwarzes Kleid und einen Pulli, der so tief ausgeschnitten war, daß Liz sich ausmalen konnte, wie jeder, der Mel in diesem Teil auf einer Party begegnete, versucht sein würde, da mal hineinzufassen. Liz jedoch war fest entschlossen gewesen, nicht noch einen Fehler zu begehen, und hatte nichts gekauft. Entsprechend unbefriedigend war der Bummel für sie ausgefallen, und sie war über den vergeudeten Tag nicht minder deprimiert, als sie es gewesen wäre, wenn sie sich eine sündhaft teure Katastrophe zugelegt hätte.

Und jetzt wollte Mel auch noch zu einer Wahrsagerin gehen.

»Also ehrlich, Mel, das ist doch echter Blödsinn. Wahrsagerinnen, das sind doch alles nur alte Weiber, die sich als Zigeunerinnen zurechtmachen, einem 'nen Zehner abknöpfen und dann vorhersagen, daß man reich und glücklich wird und lange lebt.«

Doch Mel ließ nicht locker. »Das war mal. Heutzutage sind das richtige Profis. Mehr so was wie Psychiater. Nur, daß du die Sitzung auf Band aufnehmen und die Kassette mitnehmen darfst. Komm schon, ich lade dich ein!«

Eher widerwillig ließ sich Liz von Mel zum Pier ziehen. Der Wind zerrte an ihrem Mantel und hätte Mel beinahe die vielen Einkaufstüten aus der Hand gerissen. Es war bitterkalt, aber die Luft machte herrlich munter.

Liz erwartete eine dunkle Höhle und eine Madame Arcati im Zigeunerlook mit Ohrringen und einer Zigarette im Mundwinkel. Um so überraschter war sie beim Anblick von Susannah Smith und ihren Räumlichkeiten. Es waren eher Büroräume. Mel hatte recht gehabt – der luftige, hellerleuchtete kleine Raum mit seinem schlichten Teppich, den Lederarmstühlen und dem hellen Holztisch hätten ebenso gut ein Wartezimmer eines Zahnarztes sein können.

Auf Liz wirkte das alles sonderbar beunruhigend. Über eine Madame Arcati konnte sie Witzchen machen, doch Susannah Smith gab ihr das Gefühl, als sei sie wegen eines Abstrichs oder einer Eheberatung hier. Und wenn sie eines von beidem gewollt hätte, dachte Liz verärgert, dann wäre sie zu jemandem gegangen, der etwas davon verstand.

Doch die größte Überraschung war Susannah Smith selbst. Sie war groß und blond, kaum älter als siebenundzwanzig, mit dem Charme einer Stewardeß und mit einem neutralen Akzent, der nichts über ihre Herkunft verriet, was stets hieß, daß die betreffende Person Unterricht in Sprechtechnik genommen hatte, um eine niedrige Herkunft zu verbergen.

Sie trug ein Tweedkostüm, wie es in Boutiquen mit Freizeitbekleidung für die aufstrebende Geschäftsfrau, die sich einen aristokratischen Touch geben will, verkauft wurde.

Liz war enttäuscht, nirgendwo eine Kristallkugel entdecken zu können. Als sie sich umsah, mußte sie ein Kichern unterdrücken. Auf einem Regal neben dem Fenster lag ein dicker, ledergebundener Terminkalender. Und daneben ein schnurloses Telefon. Eines versprach die Zukunft auf jeden Fall: gute Geschäfte.

»Bieten sie auch Beratungen per Fax an?« fragte sie Susannah und empfing dafür Mels Ellenbogen in die Rippen.

»Keine schlechte Idee.« Susannah lächelte sie ungerührt an. »Ich werde mal darüber nachdenken. Wer möchte zuerst?«

»Sie«, sagte Mel.

»Sie«, sagte Liz.

Auch das war offensichtlich nichts Neues für Susannah. »Sie können sich in Ruhe beraten, während ich mich vorbereite.«

Schließlich, nach einigem Hickhack, gab Mel nach.

Susannah schaltete den Kassettenrecorder ein, und Liz lehnte sich zurück und grinste innerlich. Sie konnte es kaum erwarten, Ginny davon zu erzählen.

Susannah warf einen Blick auf ihre schmale goldene Uhr und ergriff dann Mels Hand, während Liz auf den nun folgenden Spaß wartete.

Ohne Zweifel waren als erstes ein paar Vermutungen, die auf jeden zutrafen, an der Reihe, damit sich Mel in sicheren Händen wähnte.

»Sie sind sechsunddreißig. Single. Sie leben in London. Sie haben einen hochdotierten Job. Sie lieben Ihre Arbeit, aber im Augenblick genügt sie Ihnen nicht mehr.«

Mel starrte sie mit offenem Mund an, aber Liz war noch nicht überzeugt. Man nehme eine Frau in den Dreißigern, ohne Ehering und mit Mels Outfit, und schwupps, schon bestanden gute Aussichten, daß die Beschreibung zutraf.

»Wir gehen in Ihre Kindheit zurück. Sie hatten anfänglich eine sehr glückliche Kindheit. Sie und Ihre Schwester spielten viel zusammen.«

Liz lächelte in sich hinein. Mel hatte keine Schwester. Genau, wie sie gedacht hatte, alles blanker Hokuspokus. Sie spürte eine Art Erleichterung, daß sich die Sache so schnell als Farce entpuppt hatte. Jetzt konnte sie es wirklich genießen. Sie stieß Mel unauffällig an, aber Mel fixierte Susannahs Gesicht und reagierte überhaupt nicht.

»Sie haben meistens am Wasser gespielt?«

»Ja«, bestätigte Mel leise.

»Bis zu dem Unfall.«

Guter Gott, wovon plapperte diese Frau?

»Ja.«

»Nach dem Unfall hat sich Ihr Vater sehr verändert. Er ging oft aus. Ihre Mutter war unglücklich. Es war kein so glückliches Zuhause mehr.«

Liz fröstelte trotz der Wärme in dem Raum. Es irritierte sie, daß ein so zynischer und abgebrühter Mensch wie Mel diesen ganzen Quatsch mit der Hellseherei glauben sollte. Woran lag es nur, daß selbst die rationalsten Menschen unbedingt glauben wollten, daß das Leben über ihren Zugriff hinausging? Sie versuchte, der Sitzung eine unbeschwertere Note zu verleihen.

»Was ist mit der Gegenwart? Gibt es einen Mann in ihrem Leben?«

Susannah sah Mel an und hob fragend eine Augenbraue: »Wollen Sie, daß wir mit dem Heute weitermachen?«

»Ja.« Mel war erleichtert. »Ja, bitte, wenn Sie nichts dagegen haben.« Sie bemühte sich, Liz' Beispiel zu folgen und die Sitzung etwas aufzulockern. »Wird es einen Mann in meinem Leben geben?«

Susannah wirkte mißbilligend. »Er ist bereits da, und Sie wissen das. Er ist schon da.«

»Was ist das für ein Mann?« Mel versuchte sich daran zu erinnern, daß sie Journalistin war und mit beiden Füßen fest auf dem Boden stand. Sie sollte versuchen, die Frau herauszufordern, statt jeden ihrer Sätze zu schlucken.

»Er ist ein freier Geist«, verkündete Susannah. »Ein Mann, der sich nicht von Konventionen fesseln läßt.«

»Ist er ein guter Mann?« fragte Mel hoffnungsvoll, in Gedanken an all die Bastarde, auf die sie in der Vergangenheit hereingefallen war.

»Er wird Sie niemals schlagen, und er ist auch nicht untreu, wenn Sie das meinen, aber er wird immer tun, was er will, und das kann mindestens ebenso schmerzlich sein.«

Liz spürte, wie sie langsam ungeduldig wurde. Das war doch alles dummes Geschwätz. Bislang hatte sie Mel nicht ein konkretes Merkmal dieses *Freigeistes* geschildert.

»Die Beschreibung erscheint mir doch sehr vage, wenn Sie entschuldigen«, unterbrach sie. »Könnten Sie nicht ein wenig konkreter werden? Ich meine, hat der Mann nicht vielleicht ein unverwechselbares Charakteristikum?«

Liz mußte an Mels Prahlereien von Garth denken, an die Einzelheiten seiner körperlichen Vorzüge. Jetzt mußte Susannah Smith zeigen, was sie drauf hatte.

Unbeeindruckt von Liz' abfälligem Tom dachte Susannah einen Moment nach. »Er trägt einen Pferdeschwanz.«

Liz lachte und stieß Mel dabei vor Vergnügen in die Rippen.

Aber Mel blieb todernst. »Werden wir wieder zusammenkommen?« fragte sie hoffnungsvoll.

»Vielleicht. Nicht, wenn Sie ihn unter Druck setzen. Momentan läuft er vor Ihnen davon. Je mehr sie ihn jagen, desto schneller wird er laufen. Sie müssen ihn in Ruhe lassen.«

»Aber wie kann ich das?« jammerte Mel. »Wenn ich das tue, sehe ich ihn nie wieder.«

»Er ist ein Freigeist, denken Sie immer daran. Er läßt sich nicht einfangen. Er selbst muß entscheiden können.«

»Aber wird er sich für mich entscheiden?«

»Das hängt von Ihnen ab.«

Der kleine altmodische Wecker, der in dieser High-Tech-Umgebung so merkwürdig fehl am Platze wirkte, klingelte dezent. Susannah öffnete die Augen und ließ Mels Hand los. Sie lächelte höflich und erhob sich. Im selben Moment fing das schnurlose Telefon an zu läuten.

»Würden Sie mich bitte einen Moment entschuldigen?« Sie nahm das Telefon und zog sich in den angrenzenden Raum zurück. Liz hatte den bestimmten Eindruck, absichtlich allein gelassen worden zu sein.

»Puuuh, das war für den Anfang ein ganz schöner Haufen Bockmist, was? Vor allem das mit deiner Schwester, du hast doch gar keine.«

»Doch, habe ich.«

»Du hast sie nie erwähnt!«

»Wir verstehen uns nicht sehr gut.«

»Und das mit dem Pferdeschwanz? Erzähl mir nicht, Garth hat wirklich einen.«

Mel wandte sich mit einem verklärten Lächeln Liz zu. »Aber ja, habe ich dir das nicht gesagt?«

Liz verspürte ein Kribbeln. Das Ganze entpuppte sich nicht ganz als der Spaß, den sie sich davon versprochen hatte.

Es klickte hinter ihnen, und sie sah sich nervös um. Susannah war zurück. Sie lächelte Liz mit nur einem Hauch von Frost unter dem perfekten Make-up an. Liz hatte das ungute Gefühl, daß Susannah ihr gleich alles andere als die Zukunft vorhersagen würde.

»So«, sagte Susannah, setzte sich an den Tisch und nahm Liz' Hand. »Nun zu Ihnen.«

24

David jagte viel zu schnell durch die Kurven der Landstraße und versuchte auf diese Weise seine Wut abzureagieren. Wenn Liz die Beherrschung verloren, mit Sachen nach ihm geschmissen oder ihn angeschrien hätte, dann wäre er damit fertiggeworden. Er hätte zurückgeschrien, und irgendwann hätten sie sich wieder beruhigen können. Doch mit diesem bitteren Sarkasmus kam er nicht klar, ebensowenig wie mit dem Verdacht, daß sie mehr Groll gegen ihn hegte, als sie ihm eingestanden hatte.

Als er eine ältere Dame in einem uralten Morris Minor in einer unübersichtlichen Kurve überholte, war er sich des Risikos bewußt, doch es war genau das, was er wollte. Er war halb durch die Kurve, als er das Knattern eines herannahenden Traktors vernahm. Im Bruchteil einer Sekunde mußte er sich entscheiden, ob er abbremsen sollte.

Eine große Woge des Fatalismus ergriff ihn, und er, der doch stets und unumstößlich an die freie Willensentscheidung glaubte, ergab sich gleichgültig in sein Schicksal.

Um Haaresbreite schlitterte der Traktor an ihm vorbei, und als er in den Rückspiegel schaute, sah er, daß sich die alte Dame bekreuzigte, weil er noch einmal davongekommen war.

Susannah schloß die Augen.

»Sie hatten ebenfalls eine glückliche Kindheit. Sie lebten auf dem Land. Auf einem Gut mit Pferden und Hühnern.«

Liz spürte ein unbehagliches Kribbeln aufsteigen. Sie war mit Pferden aufgewachsen.

»Ihr Vater hat Sie schon mit fünf reiten lassen. Sie sind heruntergefallen, wollten aber gleich wieder aufsteigen – er war sehr stolz auf Sie.«

Die Erinnerung war so tief verschüttet, daß sie einige Sekunden brauchte, um sie auszugraben. Aber es stimmte.

»Er war sehr stolz auf Sie damals«, wiederholte Susannah sanft, »und er ist auch jetzt noch sehr stolz auf Sie.«

Liz blickte auf. Ihr Vater war seit zehn Jahren tot! Für einen Moment glaubte sie, einen zusätzlichen Druck durch Susannahs Hand zu spüren, aber Susannah sagte nichts. Liz dachte an ihren Vater, den sie so sehr geliebt hatte, und wurde von einem plötzlichen Gefühl des Friedens durchströmt.

Susannah fuhr fort: »Sie haben große Veränderungen in Ihrem Leben bewirkt. Sie fühlten sich wie ein Schmetterling in einem eisernen Käfig, und Sie sind ausgebrochen. Es hat Sie viel Kraft gekostet. Aber es hat Ihnen nicht das Glück gebracht, das Sie sich davon erhofft hatten. Sie werden noch weitere Veränderungen durchmachen. Aber am Ende werden Sie glücklich sein.«

Als sie Susannah zuhörte, begriff Liz schließlich, warum Mel heute hatte hierherkommen wollen. Die Aussicht auf Glück nach so schmerzlichen Auseinandersetzungen war derart tröstlich, daß sie fast bereit war, alle Rationalität beiseite zu lassen und einfach zu glauben. Man *wollte* es glauben. Und sie sah ein, daß es nicht zwangsläufig bedeutete, daß man sich in sein Schicksal ergab, sondern daß man um so heftiger gewillt war, für dieses vorausgesagte Glück zu kämpfen.

Als sie sich der Wucht ihrer Gefühle bewußt wurde, war sie bestrebt, das Thema zu wechseln.

»Wie sieht es in punkto Liebesleben aus? Wartet auf mich etwa auch ein Freigeist mit Pferdeschwanz?«

Susannah ignorierte die spitze Bemerkung. Statt dessen rieb sie Liz' Hand sanft in ihrer, als wollte sie blockierte Energien freisetzen. »Sie werden von zwei Männern geliebt, und beide werden Ihnen weh tun.«

»Na, super«, sagte Mel. »Der eine davon ist nicht schwer zu erraten.«

»Aber Sie sind stark, eine Kämpfernatur.« Sie hielt inne, fuhr Liz mit dem Finger über die Handfläche, als wollte sie sichergehen, keine Überraschungen übersehen zu haben. »Einer der beiden Männer steht an einem Wendepunkt in seinem Leben. Er bewegt sich entweder auf Sie zu oder von Ihnen fort.« Sie hielt inne. »Nein, er bewegt sich von Ihnen fort.« Sie schlug die Augen auf und sah Liz mit besorgtem Blick an. »Sind Sie sicher, daß Sie das wollen?«

»Es ist Humbug, Mel. Es war ganz lustig, aber mehr auch nicht.«

Der eisige Wind machte Liz' Kopf klar, und ihre gewohnte Skepsis kehrte zurück.

»Und was ist mit der Geschichte von dir und deinem Vater, und mit Garths Pferdeschwanz?«

»Irgendeine Form von Gedankenlesen, das ist alles.« Liz zog den Mantel fest zu, als sie die ersten Schneeflocken dieses Winters auf dem Gesicht spürte. »Vielleicht kann sie tatsächlich Gedanken lesen, aber es ist unmöglich, absolut unmöglich, daß sie in die Zukunft sehen kann.«

Zehn Minuten später verließ David den Standstreifen vor der Abzweigung und betätigte den linken Blinker seines Mercedes. Es gab nichts, was ihn in London hielt, und er verspürte eine plötzliche Sehnsucht, mal wieder Yorkshire zu sehen. Er wollte nicht zum Haus seiner Eltern – dazu war er noch nicht bereit –, aber er wollte die Gegend seiner Kindheit wiedersehen. Er würde sich Wanderstiefel besorgen und eine Karte, vielleicht sogar ein einfaches kleines Zelt und einen Schlafsack. Morgen früh konnte er sich dann den Sonnenaufgang oben in Nidderdale Edge anschauen.

Und während er das Gaspedal durchtrat, verspürte er das überwältigende Gefühl, daß im Süden seine Vergangenheit und seine Zukunft in der Freiheit und rauhen Ursprünglichkeit des Nordens lag.

Auf der Heimfahrt legte Liz die Kassette mit »The Lark Ascending« ein, um sich zu entspannen. Es war absolut albern, sich den Unsinn dieser Yuppie-Wahrsagerin zu Herzen zu nehmen.

David stand an keinem Wendepunkt in seinem Leben. In diesem Augenblick war er in London und saß wie üblich an seinem Schreibtisch. Es bedurfte schon mehr als eines Streits mit ihr, um ihn aus Logan Greenes Klauen zu reißen und ihn daran zu hindern, noch weiter die Karriereleiter hinaufzuklettern.

Schließlich erreichte Liz Seamington Home. Überrascht stellte sie fest, daß der kleine Laden im Ort noch geöffnet hatte, und weil ihr einfiel, daß sie keine Milch mehr zu Hause hatten, hielt sie an, um noch schnell welche zu kaufen. Doch dann mußte sie feststellen, daß sie ihre Geldbörse im Auto vergessen hatte. Ehe sie losrannte, kramte sie noch einmal in den Taschen ihres Mantels, denn hin und wieder fand sich da etwas Kleingeld, und einmal war es sogar ein Fünfer gewesen. Sie spürte etwas Knisterndes zwischen den Fingern und zog es verwundert hervor.

Im hellen Neonlicht der schmalen Tiefkühltruhe sah sie, daß es das kleine Stück geriffeltes Geschenkband war, das sie vor Weihnachten gefunden und eingesteckt hatte. Sie wollte es gerade wegwerfen, als sie plötzlich innehielt, weil es sie wie ein Schlag traf, als sie erkannte, was dieses Band bedeutete. Sie hatte es vor Weihnachten unter dem Vordach gefunden. Genau dort, wo David angeblich die Geschenke abgelegt hatte.

Mit einemmal sah sie David vor sich, wie er aus London kam, mit einem Kofferraum voller Geschenke und in Gedanken bei ihr und den Kindern. Hatte er also doch die Wahrheit gesagt! Und sie hatte ihn angeschrien und einen Lügner geschimpft. Und am ersten Weihnachtsfeiertag, als er allein in Logan Greenes Appartement gewesen war und angerufen hatte, hatte sie ihm vorgeworfen, Jamie das Weihnachtsfest verdorben zu haben.

Sie versprach, die Milch beim nächstenmal zu bezahlen, und hetzte hinaus zum Wagen, schnappte sich ihre Geldbörse und rannte durch die frostkalte Nacht zur alten roten Telefonzelle am anderen Ende des Ortes.

Sie legte etliche Zehn-Pence-Stücke auf den Apparat. Niemand konnte vorhersagen, wie lange es dauern würde, sich zu entschuldigen.

Sie war überrascht, daß man sie direkt durchstellte, als sie die Chefredaktion verlangte. Andererseits – es war bereits nach sechs, und seine Sekretärin hatte vielleicht schon Feierabend gemacht. Sechs-, siebenmal läutete es, ehe sich eine schroffe Männerstimme meldete, die sie sofort als Berts erkannte.

»Bert? Sie sind das? Hatten Sie ein schönes Weihnachtsfest? Bert –« Sie mußte sehr laut sprechen, da es in der Leitung knisterte. »Sagen Sie, ist David vielleicht da? Ich störe ihn ungern, aber ich muß ihn unbedingt sprechen.«

»David?«

Sie fand es ungewöhnlich, daß Bert so erstaunt klang, als hätte sie nicht ihren Ehemann verlangt, sondern den Papst oder Mick Jagger persönlich.

»Ja, David. Mein Mann.«

»Aber David ist nicht mehr hier.«

»Ist er nach Hause gefahren?«

»Das weiß ich nicht. Er kam gestern vorbei, um sich mit Logan zu treffen. Er hat seine sofortige Kündigung bekanntgegeben, und seitdem hat ihn von uns keiner mehr gesehen.«

Liz fühlte, wie ihr Herz einen Schlag aussetzte, um dann so laut zu pochen, daß es ihr in den Ohren dröhnte. David war also, gleich nachdem er bei der *Daily News* gekündigt hatte, zu ihr gefahren. Und statt ihn zu fragen, was los war, hatte sie mit ihm gestritten.

Als sie zurückkam, fand sie das Haus leer vor. Das Teeservice und die Utensilien standen auf einem weißen Spitzentuch auf dem Pinientisch. Ihre Mutter mochte es, wenn alles ordentlich arrangiert war. Wahrscheinlich hatte sie die Kinder mit zu sich genommen.

David war verschwunden, und niemand wußte, wohin. Bei Britt meldete sich nur der Anrufbeantworter.

Wo mochte David stecken? Für ein paar Wochen auf Urlaub irgendwo im Ausland? Nein, dazu war David zu ruhelos.

Sie versuchte es zum drittenmal in ihrem Haus in Holland Park, aber auch da meldete sich niemand. Für einen Moment mußte sie an Mel und ihre endlosen Versuche, Garth zu erreichen, denken. Aber das hier war etwas anderes. Sie war nicht hinter David her. Sie wollte sich einfach nur bei ihm entschuldigen und ihm sagen, daß sie ihm unrecht getan hatte. Das war alles.

Plötzlich fiel ihr ein, wo er sich verkrochen haben könnte.

»Hallo, Betty. Hier spricht Liz.«

Sie legte eine Pause ein, damit ihre Schwiegermutter die

Überraschung, zum erstenmal seit einem halben Jahr etwas von ihr zu hören, verdauen konnte. Während sie auf eine Antwort wartete, stellte sie sich Betty in ihrem aufgeräumten kleinen Zuhause vor. Der Höhepunkt in Bettys bisherigem Leben war der Moment gewesen, als sie den Mothers-Union-Preis für die sauberste Küche in Kettley gewann.

»Liz? Das ist aber eine Überraschung«, und zwar keine erfreuliche, sagte ihr Tonfall. Liz spürte einen Anflug von Schuld. Sie hätte wirklich einmal anrufen können, seit sie und David sich getrennt hatten. Immerhin waren Betty und Bill die Großeltern ihrer Kinder. Auf der anderen Seite wußte sie, daß Betty mit Sicherheit sofort ihr und ihrer Karriere die Schuld an der Trennung gegeben hätte, und das hätte Liz nicht ertragen können.

»Betty, ich möchte nur wissen, ob sich David in letzter Zeit bei euch gemeldet hat.«

Und sofort verteidigte Betty ihren Sohn: »Du weißt ja, daß er sehr beschäftigt ist. Er hat nicht sehr viel Zeit. Wenn er könnte, würde er viel öfter kommen, sagt er immer. Warum fragst du?«

Liz spielte kurz mit dem Gedanken, ihr die Wahrheit zu sagen. Aber David war Bettys ganzer Stolz, der erfolgreiche Sohn, für den sich die viele Mühe ausgezahlt hatte. Und wenn der Preis, den sie dafür bezahlen mußten, der war, daß sie ihn kaum zu sehen bekamen, so war Betty gerne bereit, ihn zu zahlen. Liz hatte nicht die Absicht, die schöne Seifenblase zerplatzen zu lassen, indem sie ihnen sagte, daß ihr ganzer Stolz seinen Job hingeschmissen, seine schwangere Geliebte und die Familie sitzengelassen und das Weite gesucht hatte.

Wenn er wollte, daß sie es wußten, würde er es ihnen zweifellos selbst sagen.

»Kannst du ihn nicht bei der Zeitung erreichen?« Liz konnte hören, daß Betty es eilig hatte, wieder in ihre blankgeputzte Küche zurückzukommen.

»Nein, da ist er momentan nicht. Er hat sich freigenommen. Wenn er bei euch auftaucht, sagst du ihm bitte, er möchte sich bei mir melden?«

»Wieso sollte er bei uns auftauchen?« fragte Betty mißtrauisch. »Ist ja noch nie passiert, daß er Neujahr nach Hause kommt...«

Und wer konnte ihm deswegen einen Vorwurf machen? fragte Liz sich insgeheim, während sie sich verabschiedete. Sie fühlte sich schon nach einem fünfminütigen Telefonat mit Betty schlecht. Was mußten da achtzehn Jahre bei David angerichtet haben?

Bei all der Aufregung über Davids Kündigung hatte sie völlig vergessen, daß heute Silvester war. Sie, die so viel Wert auf Feiertage, Festivitäten und Riten legte. Liz merkte, daß sie am Silvesterabend auf keinen Fall allein sein wollte.

Auf gut Glück wählte sie Ginnys Nummer und lächelte erleichtert, als sie Ginnys helle warme Stimme am anderen Ende hörte, die ihr nach Bettys quengligem Tonfall wie der Atem des Lebens vorkam.

»Ich wollte fragen...« Als sie ihre alte Freundin tatsächlich am Telefon hatte, war sich Liz plötzlich nicht mehr sicher, ob sie mit ihrer Bitte nicht ihre Pläne durchkreuzte.

»Du wolltest was fragen?«

Liz platzte heraus: »Ich wollte fragen, ob ihr heute abend zu mir rüberkommen und mit mir feiern wollt. Ihr könnt gern hier bei mir schlafen, dann braucht ihr euch keine Sorgen wegen der Rückfahrt zu machen.«

»Ich als Chauffeur...« Gavin hatte Ginny offensichtlich den Hörer aus der Hand genommen, »würde mal sagen: wir nehmen deine Einladung liebend gern an.«

»Bist du glücklich, Liebes?«

Noch vor drei Tagen, ehe sie zu Besuch gekommen war, hätte sich Britt niemals vorstellen können, daß ihr Vater ihr ernsthaft eine solche Frage stellen würde.

Sie hatte ein »Aber ja, Daddy« auf der Zunge, mit dem sie das Gespräch wieder in sichere Bahnen gelenkt hätte. Doch statt dessen schaute sie ihn an und überlegte einen Moment, was sie darauf antworten sollte.

Er saß am Kamin, noch immer im Pyjama und mit einer Decke über dem Schoß, sein Gesicht war so grau wie Asche, die ihre Mutter heute morgen so sorgfältig aus dem Ofen gekehrt hatte. Doch am auffälligsten war, daß er seine ganze Garstigkeit verloren hatte. Es war, als hätte er sie zusammen mit seiner Kleidung abgestreift und feinsäuberlich gefaltet auf dem Stuhl neben seinem Bett abgelegt. Ihn so zu erleben beunruhigte sie mehr, als sie es sich jemals hatte vorstellen können. Denn es bedeutete, daß es ihm viel, viel schlechter ging, als er es sich anmerken ließ.

Sie nahm seine Hand. »Ob ich glücklich bin?« Sie überlegte lange. »Nein Daddy, eigentlich nicht.«

»Trotz allem, was du erreicht hast? Trotz der Firma, die so gut läuft und allem?«

»Vielleicht ist das nicht genug.«

Sie spürte, wie der Druck seiner Hand zunahm. »Hmm. Ich bin froh, daß du das endlich eingesehen hast, Liebes.«

Britt zögerte einen Moment. Sie verspürte das dringende Bedürfnis, ihm von ihrer Schwangerschaft zu erzählen, obwohl sie befürchtete, diese neugefundene Nähe damit zu zerstören. Aber mit irgend jemandem mußte sie sprechen. Ihr blieb nichts übrig, als das Risiko einzugehen.

Sie hob das Kinn und erwiderte seinen Blick. »Dad, ich erwarte ein Baby.«

Sie sah, wie sich seine Miene für einen Augenblick verhärtete. Und sie wußte, daß er unwillkürlich an all die Opfer dachte, die sie für sie erbracht hatten, um ihr einen besseren Start ins Leben zu ermöglichen; damit es ihr einmal besser erging als den Mädchen hier, die sich mit siebzehn schwängern ließen und auf ewig festsaßen.

Schließlich sagte er etwas. »Ein Baby? Hmm. Na ja, das haut mich um!«

Mit großer Erleichterung erkannte sie an seinem Gesicht, daß er nicht vorhatte, den strengen Vater zu spielen, der ihr verbot, jemals wieder einen Fuß über seine Schwelle zu setzen. Im Gegenteil – offensichtlich betrachtete er das, was sie ihm eröffnet hatte, als Geschenk. Das Geschenk des Lebens im Angesicht des Todes. Er breitete die Arme aus und drückte Britt an sich.

»Ein Baby, he?« Er tätschelte ihr zärtlich die Wange. »Und freust du dich, Liebes?«

Britt lächelte. »Ja, Dad, sehr.« Und zu ihrem eigenen Erstaunen merkte sie, daß sie es aufrichtig meinte.

»Ein Enkel? Und gerade noch rechtzeitig.«

»O Dad, sag so was nicht!« Er fühlte sich tief getroffen, als er die Angst in ihrer Stimme hörte. »Du wirst sehen, es wird dir bald wieder besser gehen.«

»Vielleicht. Aber nun sag, wann ist es denn so weit?«

»Im August.«

»Und wirst du... ehm... ich meine, du und der Vater...«

»Heiraten? Nein, Dad. Um die Wahrheit zu sagen, wir sind nicht mehr zusammen.«

Ihr Vater sah sie konsterniert an.

»Mach dir keine Sorgen, Dad. Es wird alles gut werden. Ich weiß es einfach.« Sie wich seinem Blick aus, nahm ihren ganzen Mut zusammen, um noch tiefer in den gefährlichen Strudel der Wahrheit einzutauchen. »Dad, ich möchte dich um einen Rat bitten. Also, stell dir vor, eine Frau hat eine Freundin und verliebt sich in ihren Mann, und der verläßt sie dann, um eine Weile mit der Frau zusammenzuleben. Aber dann trennen sie sich wieder, und die Frau bekommt auch noch den ehemaligen Job der Freundin angeboten. Der Job ist einfach phantastisch, eine einmalige Gelegenheit. Einen besseren Job kannst du beim Fernsehen kaum kriegen...« Sie hielt inne, wurde sich plötzlich der Absurdität bewußt, ihren moralisch integren, bodenständigen Vater in eine so verkorkste Situation einzuweihen. »Na ja, wie würdest du dich entscheiden?«

»Würde diese Freundin es der Frau dann übelnehmen, wenn sie ihren Job annehmen würde?«

»Ja, ich glaube schon.«

»Dann, denke ich, sollte sie sich sagen, daß sie ihr schon genug angetan hat.«

Britt schmunzelte. Sie hatte gewußt, daß er das sagen würde. Und es war exakt das, wozu sie sich bereits entschieden hatte.

»Wißt ihr eigentlich, daß Britt schwanger ist?« Liz reichte Gavin und Ginny einen Drink.

Ginny sah geschockt aus. »Von David?«

Liz nickte.

»O Lizzie, wie schrecklich!«

Gavin legte den Arm um sie. »Arme Liz. Dieser Bastard.«

»Und jetzt hat er sie sitzenlassen.«

»Mein Gott.«

»Also doch ein Happy-End?« scherzte Gavin. Er hatte Britt noch nie ausstehen können.

»Für Britt wohl kaum.« Liz ließ sich auf dem Sofa nieder.

»Ach, jetzt hör aber auf!« Der Gedanke, daß jemand – und ganz besonders Liz – Mitleid mit Britt haben könnte, machte Gavin regelrecht wütend. »Um Britt brauchst du dir weiß Gott keine Sorgen zu machen. Wenn sie rausfindet, daß es von Calvin Klein nichts für Babys gibt, läßt sie es wahrscheinlich sowieso abtreiben.«

Liz konnte sich ein Kichern nicht verkneifen. Ihr war es ebensowenig möglich, sich Britt als Mutter vorstellen. Für einen Moment ließ sich Liz von ihrer Phantasie treiben und sah das arme kleine Würmchen im schwarzweißen Strampler, passend zu Britts Wohnzimmertapete, herumkrabbeln. Und dann kam ihr zum erstenmal der Gedanke, daß Britt das Baby vielleicht gar nicht mehr zur Welt bringen würde, nun, da David sie verlassen hatte.

Britt saß in eine Decke gewickelt auf dem unbequemen Sofa im Wohnzimmer ihrer Eltern. Draußen war es bitter kalt, und ihre Eltern waren bereits zu Bett gegangen, da ihr Vater noch zu schwach war, um bis Mitternacht aufzubleiben und sich im Fernsehen anzuschauen, wie Big Ben das neue Jahr einläutete.

Britt umklammerte einen Becher Tee und schaute sich das katastrophale Fernsehprogramm an.

Britt hatte schon oft gedacht, daß Silvester nur erfunden worden war, um die Singles und Einsamen zu quälen. Wenn man diese Nacht allein verbrachte, kam man sich irgendwie wie der letzte Dreck vor. Selbst wenn man überhaupt keine Lust hatte, auf eine Party zu gehen, wenn man arbeiten oder einfach nur *allein* sein wollte, krochen diese verlogene Ausgelassenheit und die sinnlosen, angeblich guten Vorsätze unter der Tür durch, und man war deprimiert.

Doch das war Britt heute nacht trotz allem nicht. Zum erstenmal, solange sie zurückdenken konnte, war sie glücklich und fühlte sich geborgen. Ihr Vater würde wieder gesund werden, nun, da er wußte, daß er etwas hatte, wofür es lohnte zu leben. Und morgen würde sie Conrad Marks anrufen und sein Angebot endgültig ablehnen. Einen Moment lang genoß sie dieses ungewohnte Gefühl ihrer Selbstlosigkeit.

Und das Beste von allem – sie drückte das Kissen, das sie vor ihren Bauch hielt – war ihr Baby.

Von nun an würde sie nie, niemals mehr allein sein.

Liz saß im Kinderzimmer am Fenster und schaute auf die vom Mondlicht erleuchtete Landschaft. Jeden Moment würde die Turmglocke der kleinen Kapelle das neue Jahr einläuten; dann würde sie hinuntergehen, um mit Ginny und Gavin ›Auld Lang Syne‹ zu singen, und dieses Jahr, das schlimmste, das sie je erlebt hatte, würde vorüber sein.

Sie öffnete das Fenster einen Spalt, damit nicht zuviel Kälte hereinkam und die Kinder aufweckte, und schüttete einige Tropfen des Glenfiddich, den Gavin mitgebracht hatte, auf die Erde vor dem Haus. Eine Art Trankopfer an die uralten Götter dieses Ortes, damit sie ihr Frieden bescheren mochten.

In diesem Augenblick schien es ihr, als sei es an der Zeit, zu akzeptieren, daß die Liebe zwischen David und ihr erloschen war und daß sie ein neues Kapitel in ihrem Leben beginnen mußte.

Als sie aufstand, hörte sie die Glocken der Kirche in Seamington, die das neue Jahr begrüßten, wie sie es seit Jahrhunderten taten. Doch heute schienen sie nur für sie zu läuten, als wollten sie sie auffordern, noch einmal von vorn zu beginnen, ohne zurückzublicken.

Und sie wußte, daß es noch etwas gab, was sie sich eingestehen mußte. Es war, wie Mel gesagt hatte. Sie würde nie ein Naturmütterchen werden. Sie liebte ihre Kinder, aber sie brauchte es ebenso, wenigstens von Zeit zu Zeit aus dem Haus zu kommen. Niemals wieder würde sie ihre Karriere wichtiger nehmen als ihre Kinder, aber es war an der Zeit, sich der Tatsache zu stellen, daß sie arbeiten wollte.

Britt lag in dem schmalen Bett, in dem sie schon als Teenager geschlafen hatte, und lauschte den Glocken der Vereinten Reformierten Kirche von Rothwell, die das alte Jahr verabschiedeten und das neue begrüßten.

Draußen war es still und dunkel. Keine betrunkenen Feiernden. Und es gab keine Küßchen auf die Wange und kein ›Darling!‹-Gekreische, wie es auf den Parties in London üblich war. In Acacia Gardens schauten sich die Menschen Big Ben an und gingen dann zu Bett.

Heute nacht hielt Britt sie nicht für beschränkt oder humorlos. Es waren nur ganz gewöhnliche Menschen, die ein ruhiges Leben lebten wie ihre Mum und ihr Dad. Mit offenen Augen lag sie in ihrem kleinen Zimmer, das von einer Straßenlaterne vor dem Haus erleuchtet wurde, und ihr wurde bewußt, daß sie zum erstenmal, seit sie von zu Hause ausgezogen war, hier ihre Koffer ausgepackt und ihre Sachen im Zimmer verteilt hatte, als wäre es tatsächlich ihr eigenes. Lächelnd drehte sie sich zur Seite und kuschelte sich unter die Decken. Heute nacht empfand sie einen wundervollen Frieden mit der Welt.

Um fünf Uhr früh, lange bevor die ersten schmutzigen Strahlen Lichts am Himmel erschienen, spürte Britt den Schmerz.

Im Halbschlaf drehte sie sich auf die Seite, drückte sich ein Kissen an den Bauch. Wahrscheinlich Blähungen, die Strafe für zuviel Weihnachtsessen.

Doch dann kam es wieder, diesmal stärker, eine Welle von Schmerz und Übelkeit; und sie schlug die Augen auf, ihre Handflächen waren schweißnaß, und sie flehte, daß sie sich irrte, daß alles nur ein böser Traum war.

Aber es war kein Traum. Als sie sich streckte und flach auf den Rücken legte, so, wie sie gelesen hatte, daß man es tun sollte, verspürte sie erneut den Schmerz, und dann durchtränkte das Blut in einem unaufhaltsamen Rinnsal das makellose Weiß ihres Seidenpyjamas und der Laken.

Sie wollte nach ihrer Mutter rufen, damit sie den Arzt holte, aber sie wußte, daß es zu spät war. Ihr konnte jetzt niemand mehr helfen. Sie hatte das Baby bereits verloren.

25

»Was hältst du eigentlich davon, bei WomanPower einzusteigen?«

Ginny hielt den Atem an und traute sich nicht, Liz in die Augen zu sehen. Ihr war klar, daß WomanPower wahrscheinlich einige Nummern zu klein war für eine Frau mit Liz' Fähigkeiten.

»Wir können dir natürlich kein Vermögen zahlen, aber du könntest dir deine Arbeit einteilen und hättest genug Zeit für die Kinder. Du wärst natürlich keine Angestellte. Ich möchte dich gern als meine Partnerin haben.«

Liz schaute sich um und dachte darüber nach. Eigentlich hatte sie gar nicht beabsichtigt, schon so bald wieder einen Job anzunehmen, und im Grunde war sie sich noch gar nicht darüber im klaren, welcher Art die neue Arbeitsstelle sein sollte.

Vielleicht hier und da ein wenig Beratertätigkeit in der TV-Branche, wo sie an einem Tag so viel verdienen konnte, wie die meisten Menschen in einer Woche. Doch als sie sich in Ginnys kleinem Büro im Zentrum des hübschen und friedlichen Städtchen Lewes umschaute, verspürte sie eine Welle der Abscheu bei der Vorstellung, wieder in die Welt des Fernsehens zurückzukehren. Mit einemmal wurde sogar die Vorstellung, in die Stadt zu fahren, zu schrecklich, um es in Erwägung zu ziehen.

Es rührte sie tief, daß Ginny ihr angeboten hatte, ihre Partnerin in ihrer eignen Firma zu werden. Und sie brauchte gar kein Vermögen als Gehalt. Das Wohnen in ihrem hypothekenfreien Landhaus hatte sich als außergewöhnlich billig erwiesen im Vergleich zu ihrem aufwendigen Londoner Lebensstil, und sie hatte alles so eingerichtet, daß sie gut über die Runden kommen würden, wenn sie eine Einnahmequelle hatte.

»An wieviel hast du denn gedacht?«

Liebe Güte! Die Summe, die Ginny nannte, hätte man ja nicht mal der Toilettenfrau bei Metro zugemutet. Aber dies hier war ja auch nicht Metro. Gottlob nicht. Dies war WomanPower, eine Geschäftsidee, an die sie geglaubt hatte, seit Ginny zum erstenmal davon erzählt hatte. Und auch wenn kein multinationaler Konzern daraus werden würde, so würde es dennoch faszinierend sein, all die Frauen kennenzulernen, die wie sie wieder arbeiten und dennoch Zeit für ihre Kinder haben wollten.

Als Ginny Liz' Miene musterte, wußte sie, daß sie es verpatzt hatte. Es war ausgeschlossen, daß Liz für so wenig Geld bei WomanPower einstieg. Wenn sie wollte, würde sie glatt zehnmal soviel und mehr verdienen können.

Liz holte tief Luft und faßte einen Entschluß. Sie hatte immer auf ihre Intuition vertraut. Sie ließ sich vom antiken Schreibtisch gleiten, bürstete sich den Staub von ihrem Kostüm, verschloß ihre Handtasche und ging zur Tür.

Ginny versuchte, ihre Enttäuschung hinter einem Lächeln zu verbergen. »Laß gut sein, Lizzie. Sei nicht sauer. War nur so eine Idee von mir.«

Liz legte ihrer besten Freundin den Arm um die Schultern und drückte sie. »Ich fange an, sobald ich jemanden gefunden habe, der sich um die Kinder kümmert.«

Ginny starrte sie mit offenem Mund an.

»Ich freue mich auf eine neue Herausforderung.« Liz lachte.

»O Liz.« Ginny schlang die Arme um ihre Freundin. »Die findest du hier ganz sicher!«

Liz lächelte über die Freude ihrer Freundin, ohne zu ahnen, wie recht sie mit ihrem Satz hatte.

Britt lag regungslos in ihrem Bett und starrte an die Zimmerdecke. Sie fühlte sich, als hätte jemand sie aufgespießt.

Der Arzt war gekommen, rotwangig, und hatte mit belegter Stimme bestätigt, daß sie einen Abgang gehabt hatte. *Natürlich hatte ich einen Abgang*, hätte sie am liebsten geschrien und ihm den blutgetränkten Pyjama ins Gesicht geschmissen – aber was hätte es gebracht? Jetzt war alles vorbei.

Alles was sie nun verspürte, war eine schleichende Taubheit, eine Lethargie, die nicht einmal einen Funken Wut zuließ, als er sie fragte, ob sie alleinstehend sei, und sie dann tätschelte und meinte, dann sei es doch wohl das beste für alle, nicht wahr? In Rothwell war es noch immer ein gesellschaftlicher Makel, wenn man ein Kind bekam, ohne verheiratet zu sein.

Sie fühlte sich so einsam wie nie zuvor. Sie wußte, daß ihre Eltern sie liebten und alles in ihrer Macht Stehende tun würden, um ihren Schmerz zu lindern. Aber da gab es nichts, was irgend jemand tun konnte.

Innerhalb weniger Wochen hatte das Baby eine Tür in ihr geöffnet. Eine Tür zur Liebe, Freude, Nähe und Schmerz. Und zu ihrem Entsetzen mußte Britt feststellen, daß sie diese Tür nun nicht mehr schließen konnte. Sie konnte sich nicht einreden, daß es egal war, daß sie doch ihre Karriere, ihr Appartment und ihr wohlgeordnetes Leben hatte.

Als sie sich mit dem Gesicht zur Wand drehte, um sowohl den Arzt als auch ihre Mutter auszuschließen, kam es Britt in den Sinn, daß es eine weitere Wahrheit gab, der sie sich noch nicht gestellt hatte. Daß nämlich der Verlust ihres Babys eine Art Bestrafung sein könnte. Sie hatte eine perfekte Ehe ruiniert, hatte Jamie und Daisy ihren Vater und Liz den Mann genommen. Sie hatte ihre beste Freundin betrogen, und das war nun die Strafe.

Was geschehen war, war geschehen. Aber vielleicht war es noch nicht zu spät, etwas wiedergutzumachen. Gleich heute könnte sie damit anfangen, indem sie Conrad anrief und den angebotenen Job ausschlug.

Sie drehte sich wieder um, lächelte müde und bat ihre Mutter um eine Tasse Tee.

»Und welche Fortschritte macht deine Suche nach der perfekten Haushaltshilfe?« fragte Ginny hoffnungsvoll. Sie zählte schon die Tage, bis Liz endlich anfangen konnte.

»Es ist fürchterlich. Fünf Antworten auf die Annonce, und nicht eine von denen spricht Englisch! Eine ehemalige israelische Armeeangehörige, ein Fotomodell und drei, die klingen, als wären sie Kandidatinnen für die Miss World!« Entrüstet warf Liz die Ausgabe von *The Lady* beiseite.

Ginny fühlte Panik aufsteigen. Wenn Liz niemanden für die Kinder finden konnte, würde sie nicht zu WomanPower kommen.

Doch dann fiel ihr etwas ein. »Warte mal... von wem hat deine Nachbarin Ruby gestern noch gesprochen? Richtig... Die Tochter des Wirtes vom ›Plough and Furrow‹. Die geht aufs Haushaltscollege und sucht einen Job.«

»Hört sich vielversprechend an.« Liz schloß die Augen und stellte sich glückliche Kinder vor und einen Kühlschrank voller Shepherds Pie. »Und wie heißt sie?«

»Ich glaube, Minty.«

Liz griff zum Telefon. »Hallo? Ist da das ›Plough and Furrow‹? Könnte ich bitte Minty sprechen?«

»Was soll das heißen, Sie wollen den Job nicht?«

Conrad hatte noch zufrieden gegrinst, als seine Sekretärin ihm mitgeteilt hatte, daß Britt Williams in der Leitung sei. Okay, sie hatte ihn eine Woche warten lassen, aber das bewunderte er. Und nun, wenige Tage vor dem Meeting mit dem gesamten Vorstand, wollte ihm die blöde Kuh weismachen, daß sie den Job nicht wollte!

Conrad sprang auf und wanderte auf dem dicken schwarzen Teppich auf und ab. Die Schlampe wollte wahrscheinlich mehr Geld rausschinden. Er konnte sie sich gut vorstellen, wie sie in diesem Moment in ihrem Killer-Kostüm hinter ihrem breiten Schreibtisch saß und glaubte, sie hätte *ihn* an der Angel.

»Sagen Sie, Britt, was soll das? Wollen Sie mehr Geld? Dann sagen Sie es. Aber erzählen Sie mir nicht diesen Scheiß, daß Sie den Job nicht wollen.«

Britt hätte am liebsten gelacht. Sie saß im Flur des Hauses ihrer Eltern, noch immer im Nachthemd und mit flauschigen Hausschuhen an den Füßen. Die innere Leere der letzten Tage war nun einer großen, fast meditativen Ruhe gewichen, die selbst den normalsten Dingen eine Unwirklichkeit verlieh und Conrad wie jemanden aus einem Dick & Doof-Streifen wirken ließ.

»Ich bin nicht interessiert an dem Job, Conrad.«

Conrad überlegte einen Moment. Über die Jahre hatte er eine todsichere Taktik entwickelt, die aus einem Teil Charme und zwei Teilen Druck bestand. Bis jetzt hatte das immer gewirkt. Heute sagte ihm sein Instinkt, das mit dem Charme sein zu lassen und gleich Druck anzuwenden.

»Hören Sie, Britt, wir hatten eine Abmachung.«

»Unsinn! Sie haben gesagt, ich solle darüber nachdenken, und Ihre Sekretärin hat mich gebeten, mir einen Termin für das Treffen vorzumerken, das war alles.«

»Ja, und zwar mit dem gesamten verdammten Vorstand von Metro! Übermorgen!«

»Sorry, Conrad, aber ich habe kein Interesse.«

»Dann sehe ich mich leider genötigt, jeden in der Branche wissen zu lassen, daß man sich nicht auf Sie verlassen kann«, entgegnete Conrad seidenweich. »Daß Sie Ihr Wort nicht einhalten. Das ist ein übles Image in diesem Geschäft, Britt. Und ganz besonders für eine Frau.«

»Wollen Sie mir etwa drohen, Conrad?«

Als er anfing zu begreifen, daß dies zu nichts führte und Britt tatsächlich meinen könnte, was sie sagte, wurde er furchtbar wütend. Und wenn Conrad wütend wurde, dann brauchte er jemanden, dem er die Schuld in die Schuhe schieben konnte. Er hatte da auch schon die geeignete Person: diese verdammte Liz Ward.

Natürlich! Daran hatte sie gedreht. Als Britt sein Büro an Weihnachten verließ, hätte sie einen Mord begangen für diesen Job. Er hatte es ihr an den Augen abgelesen. Doch dann mußte Liz sich Britt vorgenommen haben; wahrscheinlich hatte sie die Daumenschrauben angelegt, daß sie ihre Freundschaft verriet. Und das blöde Weib war weich geworden.

»In Ordnung, Britt, was auch immer Liz Ward Ihnen gesagt haben mag – vergessen Sie es! Sie wollten letzte Woche diesen Job, und Sie wollen ihn noch immer.«

»Falsch. Ich wollte ihn, aber jetzt will ich ihn nicht mehr.«

›Und Sie machen mir doch nicht weis, daß es absolut nichts mit Liz Ward zu tun hat?«

»Das habe ich nicht gesagt, Conrad. Aber ich kann Ihnen versichern, daß ich das Angebot Liz gegenüber mit keinem Wort erwähnt habe, und sie hat mich auch ganz sicher nicht dazu überredet abzulehnen.«

»Warum, zum Teufel, lehnen Sie dann ab?«

»Weil ich den Job nicht will. Und vielleicht...« Sie hielt inne beim Gedanken an das Gespräch mit ihrem Vater. »Vielleicht liegt es daran, daß ich bereits mehr von Liz habe, als gut für mich ist.«

Als sie sich Conrads Miene ausmalte und vermutete, daß ihm nun die Argumente ausgegangen waren, mußte sie lachen. »Nehmen Sie es nicht so schwer, Conrad. Es ist doch nur Fernsehen!«

Und zu ihrer eigenen Überraschung wurde ihr klar, daß sie es auch so meinte.

Conrad wanderte wütend im Zimmer auf und ab. Er hatte Claudia den Job kommissarisch übertragen, und nun erwartete sie natürlich, daß er die Vereinbarung bestätigte. Aber das hatte er nicht vor. Er wäre verdammt, wenn er noch länger unter Claudias Fuchtel bleiben würde, nur weil die Muskeln in ihrem Schlitz die einer Hochleistungssportlerin waren und sie besser blasen konnte als jede andere Frau in London. Er hatte sogar schon Alpträume, in denen er schweißüberströmt vor zwei riesigen fleischigen Lippen davonrannte.

Ihm schwebte eine ganz andere Lösung vor. Hätte er freie Hand, würde er Claudia ohnehin vor die Tür setzen, aber sie war an einigen seiner eher einfallsreichen Busineß-Arrangements beteiligt. Und so hatte er den Entschluß gefaßt, Claudia die Treppe hinaufzutreten. Er wollte ihr eine unsinnige Position mit einem klangvollen Namen, aber ohne jegliche Befugnisse geben. Aber jetzt hatte sich Liz Ward in die Sache eingemischt und alles verdorben, nur weil sie neidisch war. Blieb nur eine Lösung – er würde dafür sorgen müssen, daß sie ihre Freundin dazu brachte, ihre Meinung zu ändern, sonst hatte er Claudia für alle Ewigkeit am Hals.

Britts Mutter lauschte an der Badezimmertür, bis sie das sanfte Plätschern von Wasser hörte und wußte, daß ihre Tochter in der Wanne lag. Britt liebte ausgiebiges Baden, also würden ihr mindestens zwanzig Minuten bleiben.

Dann schlich sie auf leisen Sohlen zu Britts Zimmer. Die Tür ließ sich ohne jedes Geräusch öffnen, und sie huschte ins Zimmer. Wie angewurzelt verharrte sie und schaute sich um. Solange sie zurückdenken konnte, war Britts Zimmer stets makellos und aufgeräumt gewesen.

Das Zimmer, das sie nun betrat, erinnerte nicht im mindesten an Britts Kinderzimmer: aus den Koffern ergossen sich Pullover, Röcke, Schmuck und Make-up waren über den Schminktisch verstreut, Strümpfe baumelten aus den Schubladen; und dort in der Ecke des Raumes türmte sich ein Häuflein mit schmutziger Wäsche.

Wie eine Einbrecherin kam sie sich vor, wie eine Mutter, die das Siegel des Tagebuches ihrer Tochter öffnet und jegliche Warnung FINGER WEG! PRIVAT! außer acht läßt, wühlte sie hastig in Britts Handtasche.

Sie haßte, was sie tat. Doch die Liebe rechtfertigte ihr Tun, und sie wußte, daß etwas im Leben ihrer Tochter entsetzlich schieflief.

Mary Williams war eine einfühlsame Frau, und sie hatte es sich nicht erlaubt, sich der Flut der Bitterkeit auszuliefern, die sie empfunden hatte, als Britt die Fehlgeburt erlitten hatte. Es schien in der Tat unnötig grausam, daß jetzt, da sie zum erstenmal seit dreißig Jahren gelernt hatten, mit ihrer sonst so abweisenden Tochter zurechtzukommen, ihr Baby verloren hatte.

Und nun dieses seltsame Verhalten. Einen Moment ausgelassen und glücklich, im nächsten schweigsam und in sich gekehrt. Seit ihrer Hochzeit hatte Mary jedes Geheimnis mit ihrem Mann geteilt. Doch dieses nicht. Nicht ihre Sorge um die Gesundheit ihrer Tochter. Das behielt sie für sich und suchte nach einem Menschen, der es besser ertragen konnte, wenn sie ihre Ängste offenbarte. Eine Freundin. Eine von Britts Freundinnen, die sie warnen und bitten konnte, sie im Auge zu behalten und ihr wenn nötig zu helfen.

Schließlich fand sie, wonach sie gesucht hatte – das Adreßbuch ihrer Tochter. Sie steckte es unter ihre geblümte Schürze und brachte es in ihr eigenes Schlafzimmer.

Es war ein ledergebundenes und schweres Buch mit Hunderten von Namen, Adressen und Telefonnummern. Als sie es durchblätterte auf der Suche nach einem ihr vertrauten Namen, bedauerte sie ihre Tochter. Sie selbst und Ted mochten nicht viele Namen in ihrem Adreßbüchlein haben, aber jeder einzelne bedeutete ihnen etwas. Dagegen schienen so viele von Britts Eintragungen das zu sein, was sie ›Kontakte‹ nannte. Namen und dahinter in Klammern die Bezeichnungen von Firmen, Geschäfte, Händler, Ärzte, Zahnärzte, Fitneßstudio und Squash-Club. Aber was war mit ihren Freundinnen?

Schließlich fand sie doch noch drei – Ginny, Mel und Liz.

Sie erinnerte sich, diese Namen dann und wann in Gesprächen gehört zu haben. Kennengelernt hatte sie allerdings nur Liz, als sie einmal für einen Tag nach London gekommen war und sich mit Britt und ihrer Freundin im Café getroffen hatte.

Liz war damals sehr nett und freundlich gewesen und hatte die Fragen gestellt, die eigentlich von Britt erwartet wurden – wie es daheim und in der Familie stünde und wie ihr London gefiele.

Da standen zwei Telefonnummern – eine in London, die durchgestrichen war, und eine andere mit dem Vermerk ›Landhaus‹. Schon etwas erleichterter schrieb sie beide Nummern auf einen Zettel und ging dann auf Zehenspitzen zurück zum Zimmer ihrer Tochter, um das Adreßbuch wieder in die Handtasche zu stecken.

Wenigstens hatte Britt eine gute Freundin, die – da war sie ganz sicher – sich bestimmt um sie kümmern würde, wenn sie hörte, was geschehen war.

»Wiedersehen, Mum. Mach's gut, Dad.« Britt warf ihren Mantel in den Porsche und stieg ein, bemüht, den Schmerz in ihren Augen nicht zu beachten. Sie wußte, daß sie hören wollten, daß es ihr gutging und alles in Ordnung war. Doch sie konnte nicht darüber reden und war nicht einmal in der Lage, sie zu umarmen oder ihnen auch nur die Hand zu geben. Es war, als hätte der Verlust ihres Babys erneut die Kluft zwischen ihnen aufgerissen.

Ihr blieb nur eine Lösung, nämlich ihren Besuch abzubrechen und nach London und in die Anonymität zurückzukehren, wo sie sich in ihrer vertrauten Umgebung ihrem Schmerz hingeben konnte.

»Bleib noch, Liebes. Nur ein paar Tage noch.«

Sie sah die Besorgnis, die ihrem Vater ins Gesicht geschrieben stand, als er die Hand ausstreckte, und sie wollte darauf antworten. Aber sie zuckte zusammen, und er zog die Hand in einer flüchtigen Geste der Niederlage zurück.

»O Britt, Liebes«, flüsterte er und schaute zur Seite; ein großer Mann, gebeugt, aber stolz trotz seiner vielen Jahre harter Arbeit im Bergwerk, wischte sich eine Träne aus dem Auge. Sie hatte ihn nie weinen sehen. »Wenn doch nur ich es gewesen wäre, und nicht das Baby.«

Die Liebe in seiner Stimme war ihr Verderben. Sie öffnete die Wagentür und stieg aus.

»O Dad. Sag nicht so etwas. Dich gibt es doch nur einmal. Ein Baby kann ich doch wieder kriegen.«

»Tja, stimmt. Dann aber mal los, was?«

Sie wandte den Blick ab, weil sie nicht hören wollte, was er ihr damit sagen wollte – nämlich, daß ihm nicht mehr viel Zeit blieb und daß er das vielleicht nicht mehr erlebte.

»Ich liebe dich, Dad,«

»Und ich liebe dich, Schatz. Nun sieh zu, daß du in deine Lasterhöhle kommst!«

Britt lächelte und stieg in den Wagen.

Während die beiden Kinder verdächtig leise unten spielten, zog sich Liz in die Ruhe der Abgeschiedenheit ihres Schlafzimmers zurück; sie nahm ein marineblaues Nadelstreifen-Kostüm aus dem Kleiderschrank, befand dann aber, daß es zu unnahbar wirkte. Was sie brauchte, war ein hübsches Tweedkostüm, wie Susannah Smith es getragen hatte.

Sie setzte sich und dachte über das nach, was die Wahrsagerin ihr prophezeit hatte. Sie hatte gesagt, Liz würde noch weitere Veränderungen erleben, und jetzt war sie dabei, wieder zu arbeiten. Sie hatte außerdem gesagt, zwei Männer würden sie lieben, und zwei Männer würden ihr weh tun. Wie Mel ganz richtig bemerkt hatte – unschwer zu erraten, wer der erste war. Aber sie wollte jetzt nicht an David denken. David gehörte der Vergangenheit an. Aber was war mit dem zweiten geheimnisvollen Mann? Seit sie hierher nach Sussex gezogen war, hatte sie kaum einen Mann unter Siebzig kennengelernt. Und das letzte, was sie jetzt brauchte, war ein Mann, der sie verletzte.

Als das Telefon nur Sekunden später klingelte, erwartete sie fast, eine männliche Stimme am anderen Ende der Leitung zu hören. Doch es war die einer Frau. Eine schüchterne, stockende Stimme aus dem ländlichen Norden, die ganz danach klang, als hätte sich die Frau zu diesem Anruf durchringen müssen.

»Hallo? Spreche ich mit Liz?«

»Ja, mit der sprechen Sie.«

»Hier ist Mary Williams, Britt Williams' Mutter.«

Britts Mutter! Es war ein fast befremdlicher Gedanke, daß Britt eine Mutter und einen Vater hatte. Und dann fiel ihr ein, daß sie sie vor vier oder fünf Jahren persönlich kennengelernt hatte. Eine nette, adrette, leicht verblühte Dame vom Lande in einem unbequemen Kostüm mit geblümtem Hut und einem Ausdruck ständiger Verblüffung, daß sie tatsächlich diese elegante, gerissene junge Frau zur Welt gebracht haben sollte, die es mehr als offensichtlich langweilte, auch nur fünf Minuten mit ihr zusammenzusein.

Und Liz erinnerte sich, wie leid ihr diese Frau getan hatte, als ihre Tochter deutlich zum Ausdruck gebracht hatte, wie sehr sie sich für sie schämte.

»Ich möchte Sie wirklich nicht stören, aber ich muß Sie um einen Gefallen bitten.«

Liz wurde zornig – diese Frau hatte vor, sie darum zu bitten, etwas für Britt zu tun!

»Es geht um meine Tochter.« Sie nahm Liz' Schweigen gar nicht wahr und fuhr fort: »Ich nehme an, Sie wissen von dem Baby?«

»O ja.« Liz bemerkte die Schärfe in ihrem eigenen Tonfall und versuchte gar nicht, sich zurückzuhalten. Wollte sie jetzt etwa Glückwünsche? Wie schön für Sie, Großmutti zu werden!

Britts Mutter senkte die Stimme ein wenig, als würde sie das Gespräch in einer Kirche führen. »Sie hat es leider verloren.«

»Verloren?« Für einen Moment verstand Liz nicht.

»Ja. Sie hatte einen Abgang. Um ein Haar hätte sie einen Verkehrsunfall auf der Autobahn gehabt und sich selber dabei umgebracht. Der Doktor meint, daß es ein verspäteter Schock war.«

Also hatte Britt das Baby verloren. Liz verspürte gleichermaßen eine Woge des Schuldgefühls wie der Befriedigung.

»Wie geht es ihr?«

»Deshalb rufe ich ja an. Schlecht geht es ihr, fürchte ich. Manchmal scheint sie wohlauf zu sein, ganz munter und sorglos, aber dann fällt sie in eine trübe Stimmung, redet stundenlang kein einziges Wort und ist völlig verschlossen. Ich mache mir Sorgen, was sie anfängt, ganz allein in ihrer riesigen Wohnung. Ich habe mich gefragt, ob...«

Liz wartete. Sie konnte Mary Williams' stockender Stimme anhören, wie leicht es ihr fiel, anderen einen Gefallen zu tun, wie schwer jedoch, jemanden um Hilfe zu bitten.

»... ob Sie nicht vielleicht hin und wieder nach ihr sehen könnten. Ich kenne keine ihrer anderen Freundinnen und habe mich daran erinnert, wie nett Sie waren. Meinen Sie, daß es Ihnen möglich wäre?«

Für einen Moment empfand Liz nichts als blinde, brennende Wut. Wie konnte diese Frau es *wagen*, ausgerechnet sie zu bitten, nach Britt zu schauen?

Doch dann wußte sie, warum. Britt hatte ihr nicht gesagt, wer der Vater war.

Sie spielte mit dem Gedanken, es ihr jetzt anzuvertrauen. Aber in Mrs. Williams' Kreisen wurde eine Frau nicht vom Ehemann ihrer besten Freundin schwanger, und Liz wußte, daß es ihr das Herz brechen würde.

»Es tut mir leid, Mrs. Williams, aber ich wohne gar nicht mehr in London.«

»Oh.« Das war offensichtlich nicht die Antwort, auf die sie gehofft hatte. Liz konnte ihr die Enttäuschung anhören und gab nach.

»Ich könnte aber Mel, eine gemeinsame Freundin, fragen, ob sie sie anruft, wenn Sie das möchten.«

»O ja, wenn es Ihnen nicht zu große Umstände macht.«

Sie wußte, daß Mrs. Williams jetzt enttäuscht von ihr war, aber dieser Gefallen mußte ausreichen. Außerdem – ganz gleich, was Britts Mutter auch annahm, so wie Liz Britt kannte, saß die in diesem Moment ganz sicher zu Hause, lackierte sich die Nägel und dachte über ihre Karriere nach.

Britt schloß die Wohnungstür auf und trat in den sonnendurchfluteten Eingangsflur. Sie hatte erwartet, über einen Stapel alter Zeitungen steigen zu müssen, die sie vergessen hatte abzubestellen, und einen kniehohen Berg an Post, Werbesendungen, Rechnungen und verspäteten Weihnachtskarten von hoffnungsvollen Geschäftsmännern vorzufinden. Statt dessen war die Post fein säuberlich aufgestapelt, und die Zeitungen lagen geordnet unter dem Bambustischchen im Flur; darauf stand ein leuchtend roter Weihnachtsstern, ein Geschenk ihrer Putzfrau, die augenscheinlich heute vormittag hier gewesen war. Natürlich, es war Dienstag. Britt hatte daheim bei den Eltern jegliches Gefühl für die Zeit verloren.

Eingetopfte Weihnachtssterne hatte sie immer verabscheut, doch der Anblick dieses Exemplars ließ sie in Tränen ausbrechen. Vor einer Woche noch hätte sie dieses Geschenk als vulgär empfunden, aber jetzt war sie gerührt.

Sie hob ihren Koffer aufs Bett und schlenderte langsam durch die Wohnung; die Sonne des späten Nachmittags flutete durch die riesigen Fenster, ergriff jedes Körnchen Staub und verwandelte es zu Gold. Dieses Licht war der Grund, warum sie sich damals so in diese Wohnung verliebt hatte. Sie wanderte von Zimmer zu Zimmer, nahm vertraute Gegenstände in die Hand, rückte Kissen gerade und strich über den rauhen Bezug ihrer schneeweißen Couch. Sie hatte sich so davor gefürchtet, hier nichts als Einsamkeit und Leere vorzufinden. Doch zu ihrer großen Erleichterung hatte sie beim Betreten der Wohnung das Gefühl gehabt, wieder in ihr eigenes Leben zu schlüpfen.

Es wurde allmählich dunkel, und die Heizung war noch ausgestellt; fröstelnd stand Britt auf, um sie einzuschalten. Aber im selben Moment überlegte sie es sich anders, kniete sich auf den Teppich vor dem riesigen Kamin und legte die alten Zeitungen, wie sie es bei ihrer Mutter gelernt hatte, sorgsam zum Feuermachen in den Kamin. Schließlich entzündete sie ein Streichholz und wartete darauf, daß die Flammen in der einbrechenden Dunkelheit aufloderten. Sie war zu Hause.

Als das Feuer emporzüngelte, sah Britt, daß sich der Schein der Flammen im Kamingitter widerspiegelte und in einem silbernen Objekt auf einem nahen kleinen Tisch. Sie stand auf, um zu sehen, was genau das war, und entdeckte, daß es sich um Davids silbern eingerahmtes Foto von Jamie und Daisy handelte.

Als sie es betrachtete, wußte sie, daß es noch etwas gab, was sie tun mußte, ehe sie ihr altes Leben wieder aufnehmen konnte, und daß es, wenn sie es nicht tat, keine Chance für sie gäbe, jemals Frieden oder Glück zu finden.

Aus einem Impuls heraus ging sie zurück in den Flur, nahm ihren Mantel, ihre Tasche und die Autoschlüssel und verließ eilig die Wohnung.

Zweifel kamen Britt erst, als sie die lange Autoschlange müder und gereizter Pendler, die an nichts anderes mehr denken konnten als an Abendbrot und Fernsehen, hinter sich gelassen hatte und zum Tanken abgebogen war. Was, so fragte sie sich, wenn Liz gar nicht mit ihr reden wollte? Oder wenn sich die Angelegenheit zu einer häßlichen Szene entwickelte, die bei Britt nur noch größere Narben hinterließ? Weshalb auch sollte es Liz etwas ausmachen, daß sie, Britt, ihr Baby, Davids Baby verloren hatte? Wahrscheinlich würde sie nur lachen, wenn sie es hörte, und sagen, daß es ihr recht geschähe.

So in Gedanken versunken, hörte sie nicht das Klicken, das anzeigte, daß der Tank voll war, und das Benzin begann am Wagen herunterzulaufen. Als sie es entdeckte, zog sie so hastig den Tankstutzen heraus, daß ihr das Benzin über die Schuhe schwappte. Fluchend bückte sie sich, um es abzuwischen. Dabei sah sie, daß ihre Hand verschmiert war. Am Rande der Hysterie rieb sie sich die Hand am Mantel ab und hinterließ dabei einen langen Streifen schwarzer Schmiere, nur Zentimeter von der Tasche entfernt.

Vielleicht zehn Sekunden stand sie so da, den Tankstutzen noch immer in der Hand, und ignorierte das wütende Hupen eines jungen Mannes in einem Escort XR3i hinter ihr in der Schlange.

Sie würde zu Liz fahren. Sie mußte es tun. Sie konnte nicht einfach morgen in ihr Büro gehen und so tun, als sei nichts gewesen. Sie mußte sich entschuldigen, ob Liz ihre Entschuldigung annahm oder nicht.

Zum erstenmal schaute sie nicht in den Spiegel, als sie an die Kasse ging, und widmete ihre Aufmerksamkeit statt dessen den Souvenirs und kleinen Geschenken, die in einem Regal angeboten wurden: Kuschelhäschen mit ›Hab mich lieb‹-Ansteckern, eine Auswahl glibbergrüner Monster, Kartenspiele, Musikkassetten mit Rockband und vertrocknende Blumen.

Sie entschied sich für das letzte Exemplar eines schaurigen Teddybären, ein Disney-T-Shirt und einen Strauß Crysanthemen und reichte dem Kassierer ihre Kreditkarte.

Liz war gerade auf Zehenspitzen aus Jamies Zimmer geschlichen und hatte behutsam die Tür geschlossen, als sie das Klingeln an der Haustür hörte und verärgerte seufzte. Sie hatte sich auf eine ruhige Stunde vor dem Fernseher und eine schnelle Pasta gefreut. Wer das nur wieder war? Wahrscheinlich Ruby von nebenan, der wieder mal die Zigaretten ausgegangen waren und die nun kam, um Liz bitten, ob sie ihr nicht schnell eine Packung aus dem Pub holen könnte, während sie selbst mit ihren arthritischen Beinen vor dem Fernseher warten und solange auf die Kinder aufpassen würde.

Da sie im ersten Stock war, als es klingelte, schob sie den Vorhang des oberen Fensters zur Seite und schaute lächelnd hinaus. Doch das Lächeln verging ihr, als sie sah, wer dort unten vor der Haustür stand.

Es war nicht Ruby – sondern Britt.

Auch wenn es schwerfiel zu glauben, daß es wirklich Britt war. Ihr Gesicht war ölverschmiert, ungeschminkt und blaß. Vom ebenfalls vollgeschmierten Mantel baumelte der Gürtel lose herab, als hätte er während der Fahrt aus der Tür gehangen. Ihr blondes Haar war unfrisiert und ungewaschen, und Liz erkannte erstaunt die dunklen Stellen an den Haarwurzeln. Dabei war doch Britt stets so stolz darauf gewesen, eine echte Blondine mit skandinavischen Ahnen zu sein. Dann sah Liz den schäbigen Teddy und die verwelkten Blumen und wußte im selben Moment, weshalb Britt gekommen war. Sie wollte um Vergebung bitten. Sie wollte ihr weismachen, daß es nicht ihre Schuld gewesen war. Daß sie niemals vorgehabt hatte, Liz' Ehe zu ruinieren.

Und Liz verspürte eine derart übermächtige Wut, daß sie sich abwenden und an die Wand lehnen mußte, um nicht den Halt zu verlieren. Wieder sah sie das Restaurant vor ihrem geistigen Auge, wo sie die beiden zum erstenmal zusammen ertappt hatte, und spürte erneut die Erniedrigung, daß sie von zwei Menschen betrogen worden war, die sie geliebt und denen sie vertraut hatte. Sie würde niemals vergeben können. Nichts davon konnte ungeschehen gemacht werden.

Die Sekunden verstrichen, und sie hörte, wie Britt erneut klingelte, und sah, daß sie jetzt genau zu ihrem Fenster hinaufschaute. In ihrem Blick schwang so viel Hilflosigkeit und Schmerz, daß Liz nicht länger hinsehen konnte.

In diesem Moment wurde ihr klar, daß nicht sie es war, die alles verloren hatte, sondern Britt. Sie selbst mochte David verloren haben, aber sie hatte noch immer Jamie und Daisy, und sie hatte Frieden und ein neues Leben gefunden. Und außerdem noch WomanPower. Britt hatte nichts mehr. Sie hatte geliebt und den Preis für diese Liebe mit ihrem Chic, ihrem Stolz und ihrer Fähigkeit, sich vom Schmerz anderer Menschen fernzuhalten, bezahlt.

Liz stand im Dunkeln am Fenster, ihr Atem ging so schnell, als wäre sie gerannt. Sie hatte das Gefühl, als wüßte Britt genau, daß sie daheim war. Doch Britt drehte sich um und ging gebeugt, wie unter Schmerzen, zurück zu ihrem Auto.

Für den Bruchteil einer Sekunde verspürte Liz die irrationale Versuchung, ihr nachzulaufen. Aber sie blieb wie angewurzelt stehen, zwischen Mitleid und Wut zerrissen, bis unten das Telefon klingelte.

»Conrad *Marks?*« fragte Liz ungläubig und versuchte, sich ihre Überraschung gegenüber der Sekretärin nicht anmerken zu lassen. »Conrad Marks möchte *mich* sprechen?«

Und dann war Conrad in der Leitung, seidenweich, aber drohend wie üblich.

»Liz, meine Liebe, wie lebt sich's auf dem Lande? Es hat mir ja so leid getan, als ich das von Ihnen und David hörte.«

Sicher, dachte Liz. Sie konnte sich gut vorstellen, wie Claudia es ihm präsentiert hatte. Arme Lizzie, da schmeißt sie alles hin, um Hausmutti zu werden, und ihr Göttergatte beschließt, von daheim auszuziehen!

»Was kann ich für Sie tun, Conrad? Ich bin nämlich sehr beschäftigt im Moment.«

»Aber klar doch. Eine Frau hat immer was im Haus zu tun. Windeln waschen. Babys baden. Marmelade einkochen. Sie haben sicher ein aufreibendes Leben, Liz.«

»Heutzutage wäscht man Windeln nicht mehr, Conrad. Man wirft sie weg«, konterte Liz. Was, zum Teufel, konnte er nur von ihr wollen? »Oder sehen Sie sich die Werbung in Ihrem eigenen Programm etwa nicht an? Weshalb rufen Sie an, Conrad.«

»Es geht um Ihre Freundin Britt.«

»Was ist mit ihr?« fragte Liz vorsichtig. Sie hatte nicht vor, zuzugeben, daß Britt in diesem Augenblick vor ihrer Haustür stand und aussah wie Lady Macbeth.

»Sie haben sie unter Druck gesetzt, Lizzie.«

»Ach, und warum sollte ich so etwas tun, Conrad?«

»Weil Sie nicht wollen, daß sie Programmchefin von Metro TV wird.«

»Ich wußte gar nicht, daß Sie ihr das angeboten haben.«

Claudia sollte also gegen ein noch ruchloseres Modell ausgewechselt werden.

»Tja, das habe ich aber vor. Weihnachten habe ich mit ihr darüber gesprochen, und eigentlich war es abgemachte Sache.«

»Aber dann hat sie es sich anders überlegt?«

»Das wissen Sie doch.«

»Und Sie glauben, daß ich dahinterstecke?«

»Und ob.« Conrad wurde wütend. In einer Viertelstunde würde er zu einer Premiere aufbrechen, und bis dahin mußte er

Liz dazu bringen, mit Britt zu reden. Wenn die erst wieder bei Vernunft war, konnte die Vorstandssitzung wie geplant über die Bühne gehen, und er würde sich daranmachen können, Claudia abzuservieren.

»Ich habe keine Ahnung, mit was für einem Scheiß Sie ihr gekommen sind, Loyalität und Freundschaft und so weiter, aber letzte Woche rief sie an und schlug das Angebot aus. Und da ich annahm, daß es ihr nur um bessere Konditionen dabei ging, habe ich sogar noch etwas draufgelegt. Ich habe ihr ein Angebot gemacht, das sie einfach nicht ablehnen konnte, aber sie *hat* es abgelehnt. Und Sie wollen mir allen Ernstes weismachen, daß Sie nichts damit zu tun haben?«

»Was haben Sie ihr denn angeboten?«

Conrad wägte die Situation ab. Wenn er jetzt die Wahrheit sagte, war Liz sehr wahrscheinlich stocksauer, daß er Britt einen besseren Deal als ihr damals angeboten hatte.

»Ein bißchen mehr Geld, ein bißchen höhere Anteile.«

Was hieß, wie Liz sehr wohl wußte, daß es eine Menge mehr Geld und sehr viel höhere Anteile gewesen sein mußten. Aber warum nur hatte Britt ein solches Angebot ausgeschlagen? Conrad hatte recht. So etwas lehnte man nicht einfach ab. Plötzlich fiel ihr der Anruf von Britts Mutter ein, und mit einemmal paßte alles zusammen.

»Sie liegen völlig falsch, Conrad. Britt hat den Job nicht meinetwegen ausgeschlagen.«

»Wir kommen Sie darauf?«

»Weil das uneigennützig gewesen wäre, und so etwas hat Britt in ihrem ganzen Leben noch nicht getan.«

»Und weshalb hat sie es *dann* getan? Ein besseres Angebot bekommt sie niemals und nirgends.«

»Ich glaube, ich kenne den wahren Grund.«

»Kommen Sie, Liz, lassen Sie dieses Drumrum und sagen Sie's.«

Einen Moment lang zögerte Liz; sollte sie es ihm wirklich sagen? Doch sie verspürte keine besondere Loyalität gegenüber Britt. Warum also nicht?

»Britt hatte letzte Woche eine Fehlgeburt.«

»Eine *Fehlgeburt?*« Conrads Ton war fast zum Lachen, so geschockt hörte er sich an. »Sie meinen, sie war *schwanger*, als ich ihr den Job angeboten habe?«

»Da haben Sie noch mal Schwein gehabt, Conrad. Stellen Sie sich mal vor, Sie hätten ihr Mutterschaftsurlaub geben müssen.«

Liz konnte Conrads entsetztem Schweigen entnehmen, daß er in Zukunft ausschließlich Männer anheuern würde.

»Machen Sie's gut, Conrad. Viel Glück bei der Jagd.«

Liz wollte auflegen, aber Conrad war noch nicht fertig.

»Liz. Eine Frage noch, ehe Sie auflegen.«

Sie konnte buchstäblich hören, wie er grinste, und wußte aus eigener Erfahrung, daß er in solchen Augenblicken am tödlichsten war. »Warum hat Britt mir gesagt, daß sie bereits mehr von Ihnen hat, als gut ist?«

Konnte es sein, daß Britt den heißbegehrten Job ausgeschlagen hatte, weil sie etwas wiedergutmachen wollte? Liz sprang aus dem Sessel und lief zur Haustür, um das Licht draußen einzuschalten; sie blieb nicht einmal stehen, um sich den Mantel vom Haken zu nehmen, sondern lief die Auffahrt hinunter. Die grelle Außenbeleuchtung zerriß den Nebel vor dem Haus bis hinunter zur Straße. Es war niemand mehr zu sehen.

Neben Rubys Mülltonne lagen ein Strauß Chrysanthemen und ein Stoffteddy.

26

Liz stand auf der Straße und bürstete den Schmutz aus dem roten Jäckchen des Teddybären. Als sie auf das aufgenähte Lächeln des Bären hinunterschaute, wußte sie mit einemmal, daß Conrads Motive zum erstenmal echt gewesen waren. Er wollte sie schlicht und einfach verletzen.

Den Teddybär im Arm begann sie, langsam den Gartenweg

zum Haus zurückzugehen, als sie vom Schweinwerferlicht eines Autos erfaßt wurde. Erstaunt sah sie, daß es ein roter Porsche war. Britt mußte falsch abgebogen und die Palmers Lane hinaufgefahren sein, die direkt an einem Bauernhof endete.

Dieses Mal zögerte Liz nicht. Noch immer den Bären haltend lief sie dem Wagen entgegen und rief »Britt, Britt!« Und dann wurde ihr klar, daß sie nicht wußte, was sie als nächstes sagen sollte. Britts Gesicht war noch immer eine Maske des Schmerzes. Liz hielt den albernen Teddybären hoch. »Danke für den Teddy. Daisy wird begeistert sein.« Wieder zögerte sie. »Willst du nicht auf ein Glas mit reinkommen?«

Britt hielt mitten auf der Straße an und sprang aus dem Wagen, das Haar klebte an ihrer Stirn, die Augen waren rot und geschwollen.

»Es tut mir leid, Liz, ich kann dir gar nicht sagen, wie mir dieses ganze schreckliche Durcheinander leid tut.«

Und Liz begriff zum erstenmal etwas, was sie vorher nicht gewußt hatte: Daß man jemandem, der alles verloren hat, leicht vergeben kann.

»O Britt, das mit deinem Baby tut *mir* leid. Du glaubst es vielleicht nicht, aber ich meine es wirklich so.«

Britt sah ihre Freundin an und stellte mit Erstaunen fest, daß es Liz ernst war. Doch gleichzeitig erkannte sie, wie sehr das Baby Liz verletzt hätte, ungeachtet, wie großmütig sie sich jetzt gab.

»Ich weiß.« Sie streckte Liz die Hand entgegen. »Aber vielleicht war es besser so.«

Einen Augenblick lang hielten sie einander, und Britt hatte zum erstenmal seit Wochen wieder inneren Frieden.

Es war ein frostiger Januarmorgen; David stand vor dem Postgebäude der kleinen Ortschaft Blackshaw Head, rieb sich die kalten Hände und blies hinein. Dabei machte ihm die Kälte gar nichts aus; eigentlich war es genau das Wetter, das er am liebsten mochte. Ein klarer, endloser Himmel, winterlich blau und wolkenlos, und die aufsteigende Sonne warf um diese Tageszeit lange Schatten. Ein Wintermorgen wie im Bilderbuch, dachte er und atmete tief die frische Landluft ein.

Als er sich umsah, stellte er erstaunt fest, daß keine Menschenseele zu sehen war im ganzen Dörfchen. Was war mit den Bauern, die doch angeblich mit den Hühnern aufstanden und dann die hungrigen Schäfchen mit Heu fütterten, die er oben auf den Hügeln dichtaneinandergedrängt, um sich gegenseitig zu wärmen, hatte stehen sehen?

Offenbar waren alle noch im Bett, den dicken Volvo im Hof geparkt und mit noch dickerem Konto auf der Bank.

Grinsend fragte sich David, was er eigentlich erwartet hatte. Eine apfelbäckige Bauersfrau mit einem Korb voller Eier, die ihn in ihre behagliche Küche einlud, wo es nach gebackenem Brot duftete? Er konzentrierte sich auf die Landkarte. Höchstens fünf Meilen waren Seldon Bridge und ein Frühstück entfernt. Er faltete die Karte wieder zusammen und verstaute sie im Plastiktäschchen, das er um den Hals trug, dann zog er den Reißverschluß seines K-Vay zu und machte sich auf den Weg.

Der ansteigende Weg verlief im Zickzack durch Wald und riesige graue Felsen bis nach Heptonstall Village. Dort oben angekommen, spürte er seinen Hunger und die Müdigkeit, und er war überzeugt, daß sein Rucksack mittlerweile doppelt so schwer war wie zu Beginn des Marsches; und so war er heilfroh, daß er am Fuße des steilen Pflasterweges, der mit schimmerndem Rauhreif überzogen war, aber gottlob zu beiden Seiten von einem Geländer gesäumt wurde, das Städtchen Seldon Bridge sehen konnte.

Trotz des gefährlichen, weil gefrorenen Weges legte David einen Schritt zu, weil er bereits schmecken konnte, was dort unten in einem Café auf ihn wartete – den Schinken und die Spiegeleier, das getoastete Brot und den Black Pudding. Und während er den Weg hinunterrutschte, fühlte er sich, als sei er in die Freiheit entlassen. Vielleicht kamen ihm noch Bedenken, daß er seinen Job hingeschmissen hatte, aber im Moment bereute er gar nichts.

Trotz der morgendlichen Kälte öffnete Liz das Verdeck ihres Wagens, um die blasse Wintersonne hereinzulassen, und schaltete das Autoradio ein.

Es war ihr erster Arbeitstag bei WomanPower, und sie war selbst überrascht, wie aufgeregt sie war. Sie drehte die Musik lauter und trat, obgleich sie normalerweise eher bedächtig fuhr, das Gaspedal nach unten.

Du bist genauso wie eine von diesen jungen Angebern, sagte sie sich selbst, cooler Haarschnitt, coole Sonnenbrille, plärrende Stereoanlage. Aber sie genoß es. Sie warf den Kopf in den Nacken und lachte, so daß sich die zerknitterten »Oh-mein-Gott-schon-wieder-Montag«-Fahrer in den anderen Wagen den Hals nach ihr verrenkten und sie ansahen, als wäre sie komplett verrückt.

Doch sie war nicht verrückt. Sie war eine Frau in den Dreißigern, die ihre Kinder liebte, aber auch herausgefunden hatte, daß sie etwas anderes ebensosehr brauchte für ihr Leben; und nun war sie auf dem Weg zur Arbeit. Und während sie die Straße entlangfuhr, hatte Liz das überwältigende Gefühl, daß heute *wirklich* der erste Tag vom Rest ihres Lebens war. Sie brauchte keine Wahrsagerin, um zu wissen, daß dieses Mal alles bestens klappen würde.

David saß vor einem Becher Tee, fühlte sich seit Tagen zum erstenmal herrlich warm und satt und schaute auf den Stapel Zeitungen, der vor ihm auf dem Tisch des Cafés ausgebreitet lag. Es war zehn Uhr, und er hatte das Café ganz für sich allein, denn die Arbeiter der Frühschicht hatten ihr Frühstück schon lange hinter sich, und bis zu ihrer Elf-Uhr-Pause war es noch eine Stunde hin.

Die Zeitungen hatte er aus zwei Gründen gekauft. Zum einen, weil er süchtig nach Nachrichten war, und zweitens, weil er sich entscheiden wollte, ob er Lust hatte, für eine von ihnen zu arbeiten.

Bescheidenheit ist keine der Tugenden, die den Chefredakteur einer Tageszeitung charakterisieren, und David kannte seinen Marktwert. Bei Greene Communications würde er keine Stelle mehr bekommen, aber sie waren nicht die einzige Verlagsgruppe in London. Selbst der Umstand, daß Logan sicher verbreiten ließ, daß er, David nicht gegangen, sondern gefeuert worden sei, machte da nichts aus.

Aber wollte er wirklich zurückgehen und für einen anderen Pressemogul arbeiten, der ebenso wie Logan gar keinen echten Chefredakteur haben wollte, sondern einen Untergebenen?

David warf die Ausgabe der *Daily News* angewidert zur Seite und suchte in seiner Tasche nach Geld, um das Frühstück zu bezahlen, doch da fiel ihm ein, daß er sein letztes Bargeld für die Zeitungen ausgegeben hatte.

Dann würde er eben zahlen, wenn er bei der Bank gewesen war. Er lächelte, als er sich die Szene ausmalte, wie es gewesen wäre, wenn er jetzt im Ritz oder Savoy gefrühstückt und seine Kreditkarten vergessen hätte. Hier war das Leben sehr viel umkomplizierter.

Er marschierte schnurstracks zum Geldautomaten an der Nat West Bank und gab seine Geheimzahl ein. Hundert Pfund sprangen ihm liebenswürdigerweise entgegen. Damit würde er hier zwei Wochen auskommen – in London keinen Tag.

Auf dem Weg zurück zum Café fiel ihm eine Werbung für das Lokalblatt ins Auge, und er schaute beim Kiosk vorbei, um sich eine Ausgabe zu kaufen. Dort lag er, der *Selden Bridge Star*. Als er sich eine Ausgabe nahm, bekam er Fetzen einer Unterhaltung mit, die ihn kurz verharren ließen, während eine absurde, verrückte Idee anfing, die ersten zarten Umrisse anzunehmen.

»Willkommen bei WomanPower!« Ginny fegte mit ihrem Lederhandschuh den Staub von einem der uralten Schreibtische und deutete mit einer ausladenden Geste in das winzige unbeeindruckende Büro.

Liz erwiderte das Lächeln und bemühte sich, so gut es ging, die abblätternden Tapeten, die eingedellten grauen Ablageschränke mit den Schubladen, die nicht mehr richtig schlossen, und die Schreibtische, die nach dritter oder vierter Hand aussahen, zu ignorieren. Mit ein wenig frischer Farbe und schlichten schwarzen Tischen würde es schon ganz anders aussehen.

Liz hatte klare Vorstellungen, wie ein Büro aussehen sollte. Sie war der unumstößlichen Ansicht, daß man eine angenehme Atmosphäre schaffen mußte, wenn man gute Arbeit und vollen Einsatz erwartete. Und das mußte gar nicht sonderlich teuer sein. Rauhfasertapete und ein Anstrich, Auslegware, vielleicht Reste von einer Messe, hier und da ein Poster. Frische Blumen würden sie sich nicht leisten können, aber heutzutage führten die guten Geschenkartikelshops bereits so hübsche importierte Lilien und Tulpen aus Plastik in tollen Farben, die manchmal origineller waren als echte.

Liz sah sich um und überschlug im Kopf, wieviel es kosten würde, dieses schäbige und eher deprimierende Büro in ein freundliches umzuwandeln, das eine positive Ausstrahlung auf die zukünftige Klientel haben würde. Wenn Gavin das Tapezieren übernahm, könnten sie mit fünfhundert Pfund hinkommen. Und die Investition würde sich allemal lohnen.

»Du willst doch, um Himmels willen, unsere Kunden nicht in dieser Bruchbude empfangen? Die sehen sich einmal um und rennen gleich wieder rückwärts raus.«

Ginny wirkte beschämt und wußte keine Antwort darauf, sondern wechselte lieber gleich das Thema.

»Ach Liz, das ist übrigens Kim, unser Mädchen für alles.«

Liz musterte ihr Gegenüber von oben bis unten. Kim war fett und ziemlich unansehnlich, und zu allem Überfluß trug sie einen Mini, von dem ihre beste Freundin ihr hätte abraten sollen. Sie strahlte eine Mischung aus Apathie und – wenn man sie erst einmal wach gerüttelt hatte – völliger Hilflosigkeit aus.

Liz dachte, daß bei Kim die Bezeichnung »Mädchen für alles« wahrscheinlich bedeutete, daß sie für alles völlig ungeeignet war.

»Also ...« Liz verteilte ein wenig den Staub auf ihrem Tisch und stellte dann die Aktentasche ab. »Dann wollen wir mal. Kim, würden Sie mir bitte die aktuelle Kundenliste und die Gewinn-und-Verlust-Aufstellung von WomanPower geben?«

Als Kim über den ersten Schock hinweg war, wackelte sie zu einem der Regale, beugte sich vor und zeigte dabei mindestens so viel Bein wie eine Miss-World-Anwärterin, nur, daß sie dabei auch den Blick auf einen verwaschenen weißgrauen Slip freigab. Liz mußte wegschauen.

»Tut mir leid, ich kann die Unterlagen nicht finden«, verkündete das Mädchen wenig überraschend.

Liz wandte sich zu Ginny, bemüht, nicht zu verärgert zu klingen. »Ginny, hast du vielleicht noch eine Kopie der Kundenliste in deiner Schreibtischschublade?«

Ginny erwiderte den Blick, errötete dabei allerdings. »Ähh, die Kundenliste? Was genau meinst du denn damit?«

Liz gab sich alle Mühe, ruhig zu bleiben. Schließlich hatte Ginny keinerlei Geschäftserfahrungen. »Die Liste der Firmen, denen du Arbeitskräfte vermittelst«, erklärte sie geduldig.

Ginny kam zu ihr und setzte sich auf die Tischkante. »Wir führen keine.«

»Aber wie haltet ihr euch dann auf dem laufenden mit eurer Klientel und ihren Wünschen?« Sie sah sich um. »Ihr braucht unbedingt einen Computer, der wäre für diese Zwecke optimal. Karteikarten habt ihr doch aber wenigstens, oder?«

Ginny wirkte nervös. »Ich konnte mir bis jetzt alles merken.«

»Ginny, das ist doch Wahnsinn! Und du behältst wirklich alles? Du mußt ja ein Supergedächtnis haben!«

»Na ja, soviel ist es ja nicht.«

»Wie meinst du das?«

Ginny holte tief Luft. »Weil wir bisher lediglich ein paar Dutzend Frauen vermittelt haben, und davon waren die meisten nur auf Probe.«

Liz starrte sie sprachlos an. Sie mußte sich verhört haben. »Aber ihr arbeitet doch schon seit zwei Monaten!«

»Ich weiß. Es ließ sich eben etwas langsam an.« Ginny lächelte zuversichtlich. »Aber jetzt, wo wir dich haben, wird es bestimmt bergauf gehen.«

Liz schloß die Augen und versuchte, Kims schlabbrige Schenkel und Ginnys fatalen Optimismus zu vergessen.

Worauf hatte sie sich nur eingelassen?

»Hast du das vom *Star* gehört?« Der Verkäufer tauchte hinter einem Mount Everest unverkaufter Zeitungen auf und beugte sich dann über den Tresen, um seinem Kunden einen besonderen Leckerbissen des neusten Klatsches zu bieten. »Werden den Laden dichtmachen müssen, wenn sie keinen Käufer finden. Und alles nur wegen diesem kostenlosen Mist. Hat ihnen die ganzen Leser geklaut.«

Der Kunde atmete scharf ein und bekundete zischend seine Mißbilligung. »Ohne den *Star* wird hier nichts mehr so sein wie früher. Das Blatt gab's doch schon, als ich noch ein Knirps war.«

»Über hundert Jahre.«

»Wieviel wollen die denn dafür?«

»Mal sehen, hier. In dem von letzter Woche steht's drin.« Er blätterte die Zeitung durch. »Da. Eine Dreiviertelmillion. Na ja, davon gehen die bestimmt noch runter.« Der Verkäufer grinste seinen Kunden an. »Na, Stan, wie wär's, bietest du mit?«

Die beiden Männer wollten sich schieflachen.

»Entschuldigen Sie«, unterbrach David sie und zeigte auf die Bekanntmachung. Sein Verstand raste. »Brauchen Sie die noch?«

»Nö.« Der Verkäufer gab ihm die Seite.

»Taugt die Zeitung was?«

»Früher mal. War mal eine der besten. Vor zehn Jahren hat sie hier noch jeder gelesen. Jetzt kriegen die Leute den *Messenger* umsonst, und die meisten scheren sich nicht drum, was aus dem *Star* wird.« Er sah David zum erstenmal an. »Haben Sie Interesse, Sir?«

David lächelte. »Kann schon sein.« Mit dem neugierigen Blick der beiden im Rücken kämpfte er sich den Weg zwischen den Zeitschriften und Magazinen zum Ausgang frei.

Nicht aufregen, sagte sich Liz im stillen, als sie auf das komplette Desaster ihres ersten Tages blickte. Sie hatte sich so sehr darauf gefreut. Und was hatte sie vorgefunden? Eine Ginny, die zwar großartig darin war, Frauen davon zu überzeugen, sich von WomanPower vermitteln zu lassen, die aber weder ein System noch irgendeine Organisation im Büro hatte – und so gut wie keine Kunden. WomanPower war nach zwei Monaten des Bestehens noch immer das, was es gewesen war, als Ginny ihnen zu erstenmal davon erzählt hatte: eine prima Idee – auf dem Papier.

Um WomanPower zu realisieren, hatte sich Ginny fünfzigtausend Pfund von der Bank geliehen. Aber der Mensch bei der Bank hatte ihr das Geld nicht bereitgestellt, weil er ein gutes Herz hatte oder weil er der Ansicht gewesen wäre, daß Frauen, die wieder ins Berufsleben zurückwollten, eine gute Sache waren und ermutigt werden sollten. Er hatte Ginny den Kredit eingeräumt, weil sie die oberste Regel gebrochen hatte, die man Liz während des Wirtschaftswissenschaftsstudium gelehrt hatte. Sie hatte ihr eigenes Haus als Sicherheit gegeben, diesen warmen und einladenden Hafen der Liebe und Gastfreundschaft.

Und wenn Liz es nicht verdammt schnell schaffte, die Finanzlage von WomanPower in Ordnung zu bringen, würde Ginny ihr Haus endgültig verlieren.

Die große Verantwortung, die Liz sich da unwissentlich aufgebürdet hatte, verursachte ihr körperliches Unbehagen. Der Tag war so scheußlich gewesen, daß sie insgeheim schon fast damit rechnete, ihre Kinder mit tränenüberströmten Gesichtern auf der Türschwelle warten zu sehen.

Doch die Haustür war geschlossen, und als Liz erschöpft und angeschlagen auf das Haus zuging, vernahm sie lautes Lachen und Quietschen. Minty war offenbar ein Volltreffer.

David saß im Café vor seinem zweiten Becher Tee und schenkte der mütterlichen Bedienung, die ihn mit Kuchen und Keksen verwöhnte, ein Lächeln.

Während er seinen Tee austrank stellte er einige Berechnungen und Zahlenspielereien auf der Rückseite eines Umschlags an, den ihm die freundliche Bedienung überlassen hatte. Dann nahm er die Ausgabe der *Financial Times* und schlug die Seiten mit den Börsennotierungen auf.

Wenn er den Mercedes verkaufen würde und all seine Anteile an Greene Communications könnte er es fast aus eigener Kraft schaffen. Gut, er würde vielleicht noch an die Zwanzigtausend brauchen, aber da hatte er drei Möglichkeiten: er könnte sich das Geld entweder bei der Bank leihen oder seine Pensionsanteile zu Bargeld machen, und als drittes blieb die Möglichkeit, das Haus in London zu verkaufen.

Er stellte den Tee ab und starrte in den Raum. *Das Haus in London verkaufen.* Bis jetzt hatte er sich der unausweichlichen Logik nicht stellen wollen, sich von ihrem ehemaligen Zuhause zu trennen, aber nun, da er nicht mehr für Greene Communications arbeitete, war es der reinste Irrsinn, es nicht zu verkaufen, allein schon deshalb, um die monatlichen Raten zu sparen. Wenn er noch die geringste Hoffnung hätte, daß er und Liz wieder zusammenkommen könnten, lägen die Dinge anders. Doch diese Hoffnung gab es nicht. Daran hatte Liz keinen Zweifel gelassen.

Als er sich an den beißenden Sarkasmus in ihrem Ton erinnerte, verspürte er den vertrauten Zorn, und das Gefühl der Verbitterung begann wieder an ihm zu nagen, doch er wischte diese Gedanken entschlossen beiseite. Das gehörte alles der Vergangenheit an.

Die Zukunft war hier. In Selden Bridge.

Er mußte Liz schreiben und sie fragen, ob sie dem Verkauf zustimmte. Doch zuerst mußte er jemanden finden, der ihr diese verdammten Weihnachtsgeschenke brachte.

Liz sah sich im renovierten und neu eingerichteten Büro um; und auch wenn sie nicht gerade in Hochstimmung war, so doch zumindest um einiges beschwingter. Ein Wochenende harter Arbeit mit Pinsel und Farbe und ein paar Hunderter für eine dezente Einrichtung hatten die Räume, wie sie es sich vorgestellt hatte, von Grund auf verwandelt.

Und gottlob hatten sie der fürchterlichen Kim den Laufpaß

gegeben und durch die achtzehnjährige Dawn ersetzt, die zwar keinerlei Qualifikationen hatte, aber eine aufgeweckte Persönlichkeit mitbrachte und die Bereitschaft zu lernen, und sie war so dankbar für diese Chance, daß sie abends erst ging, wenn alle anderen das Büro verließen, für den Fall, sie könnte sich noch nützlich machen.

Das Büro wirkte jetzt richtig smart mit dem dezenten minzfarbenen Anstrich, den schwarzen Büromöbeln und roten Aktenablagen und Schreibtischutensilien. An diesem Morgen war Dawn mit der absoluten Krönung des Ganzen erschienen – zwei riesigen abstrakten Ölgemälden ihres Bruders, einem liebenswert-schrägen Kunststudenten. Wenn man nicht zu genau hinsah, konnte man meinen, sich in einer trendy Werbeagentur in Covent Garden zu befinden.

Doch so begeistert Liz auch war, sie wußte, daß alles, was sie bis jetzt erreicht hatten, noch nichts an ihren größten Problemen änderte. Auf dem Weg zur Arbeit heute morgen war sie hart mit sich ins Gericht gegangen und hatte befunden, daß sie drei Monate Zeit hatte, um die Sache ins Laufen zu bringen.

»Okay.« Liz schlug mit der Faust auf ihren neuen Schreibtisch. »Wenden wir uns dem Geschäft zu.« Sie hatte die letzten drei Tage damit verbracht, alles zu lesen, was sie über Zeitarbeitagenturen in die Finger kriegen konnte, hatte die Jobangebote in den Zeitungen studiert und so lange durch die Schaufenster ihrer Konkurrenten spioniert, daß sie schon befürchtete, von der Polizei angesprochen zu werden. Es war Zeit, die Zähne zu zeigen.

»Wir werden zur Abwechslung mal ein wenig Unternehmergeist entwickeln!« Ginny wirkte verblüfft. »Ich habe mich dazu entschlossen, mir von Ross Slater einige Tips geben zu lassen, wie man eine Zeitarbeitagentur aufzieht.«

»Von Ross Slater? Das ist doch der Millionär, dem World of Work gehört! Nie im Leben gibt der einem Konkurrenten Tips!«

Liz grinste. »Aber einer Reporterin schon.«

Auf Ginnys Miene spiegelte sich blankes Entsetzen. »Aber das ist Betrug!«

»Na ja, etwas übertrieben ausgedrückt. Aber es lohnt sich. Für das, was Ross Slater mir in einer halben Stunde vermitteln kann, brauche ich sonst ein ganzes Jahr, um es mir anzueignen.« Sie fing an zu kichern. »Ich sage ihm natürlich nicht, wer ich wirklich bin. Außerdem, wenn das Interview gut wird, druckt es Bert bei der *News* bestimmt.«

»Wird er sich nicht über dich erkundigen?«

»Glaub' ich nicht. Erfolgreiche Männer können sehr eitel sein, wenn es um Interviews geht. Ich muß das Risiko eben eingehen. Mehr als rauswerfen kann er mich schließlich nicht.«

Bevor Ginny weitere Einwände erheben konnte, griff Liz nach dem Telefonhörer und wählte.

»Hallo? Ist dort das Büro von Mr. Slater? Mein Name ist Susannah Smith von der *Daily News*. Ich arbeite an einer Serie über Englands erfolgreichste Unternehmer und würde sehr gern Mr. Slater dafür interviewen.«

»Mrs. . . . äh . . . Smith, worauf soll dieses Interview abzielen?«

Liz nahm einen Schluck Kaffee aus der dunkelgrünen französischen Tasse und gab sich alle Mühe, sich nicht aus der Fassung bringen zu lassen von dem Mann, der ihr gegenübersaß. Er war Mitte Vierzig, trug ein Polohemd und einen leichten Anzug, und das, obwohl es Februar war; er sah fit und braungebrannt aus, als wäre er gerade aus dem Urlaub in der Karibik zurückgekehrt. Und er hatte noch immer eine kleine Andeutung von Cockney-Akzent. Doch trotz seines Charmes fand sie Ross Slater unerwartet beunruhigend.

Sie hatte schon zu viele reiche Männer kennengelernt, und sie wußte nur zu gut, daß man ein Bastard sein mußte, wenn man nach ganz oben wollte, aber dieser Ross Slater hatte etwas derartig Anziehendes und gleichzeitig Gefährliches an sich, daß sie in seiner Gegenwart förmlich dahinschmolz. Sie fragte sich insgeheim, ob es wirklich so klug gewesen war, ihn zu belügen und einen falschen Namen anzugeben.

Doch dann hob sie das Kinn und erwiderte seinen Blick. Sie dachte fest daran, daß Ginnys Haus auf dem Spiel stand, wenn sie es nicht schaffen sollte, WomanPower zu retten. »Ich würde das ganze gern unter dem Aspekt ›Tips für Jungunternehmer‹ aufziehen.«

»Mm-hmm, verstehe.« Er wirkte skeptisch.

»Tatsache ist doch, daß jeder denkt, er könnte mit ein bißchen Glück auch ein Ross Slater werden. Ich will ihnen zeigen, daß man Geschick braucht, um erfolgreich zu sein, und daß man seines Glückes Schmied sein muß.« Sie lächelte ihn an, und er erwiderte das Lächeln und schien sich zu entspannen. »Also, wie haben Sie damals mit World of Work angefangen?«

»Mit einem um zweitausend Pfund überzogenen Konto und in einem mottenzerfressenen Büro im ödesten Vorort Londons.«

Liz' Herz schlug schneller. Wenn er es geschaft hatte, aus einer derartig schlechten Ausgangsposition Englands erfolgreichste Agentur aufzuziehen, dann würde WomanPower auch erfolgreich werden.

»Und wie groß ist Ihr Unternehmen jetzt?«

»Insgesamt sind es einhundert Zweigstellen, und wir sind in jeder größeren Stadt in England vertreten.«

Liz beschloß aufs Ganze zu gehen. »Nun«, fragte sie munter, »was also würden sie einem Neuling im Busineß raten?«

Ross Slater überlegte einen Moment.

»Zunächst: Finden Sie heraus, wie Ihre potentielle Klientel aussieht und wie die Nachfrage auf dem Markt ist. Es ist unsinnig zu versuchen, hundert Schweißer zu vermitteln, wenn gerade nur Programmierer gebraucht werden. Zweitens, spionieren Sie die Konkurrenz aus, und stehlen Sie ihnen die Kunden...«

»Wie soll das gehen?«

»Aber, Miss Smith, ein bißchen mehr Phantasie, bitte. Arbeiten Sie für die Konkurrenz.«

Liz war baff. Darauf war sie noch gar nicht gekommen.

»Drittens: Gehen Sie sicher, daß Ihre Leute *gut* sind. Daß sie auch imstande sind zu leisten, was sie versprechen.«

Darauf folgte ein kurzes Schweigen. Liz hob den Blick von ihren Notizen und stellte fest, daß Ross Slater den schmalen weißen Streifen an ihrem Finger betrachtete, dort, wo sie früher ihren Ehering getragen hatte.

»Ist das alles?« Sie bedeckte die Hand mit der anderen.

»Noch nicht ganz. Der letzte und wichtigste Punkt ist: Schaffen Sie Kontakte. Warten Sie nicht auf Ihre Kundschaft, die wird immer zu der Firma gehen, von der sie bereits gehört hat.« Er erhob sich und machte Liz damit unmißverständlich klar, daß dieses Interview beendet war. Es hatte exakt zwanzig Minuten gedauert.

»Eine letzte Frage noch.« Liz war selbst erstaunt, wie dreist sie sein konnte. »Was würden Sie von der Idee einer Agentur halten, die sich auf die Vermittlung von Teilzeitkräften spezialisiert?«

Er musterte sie neugierig. »Warum fragen Sie?«

Liz setzte ein bescheidenes Lächeln auf. »Na ja, ich denke, daß das eine gute Idee wäre, weil es so viele qualifizierte Frauen gibt, die wieder in den Beruf zurück wollen.«

»Tut mir leid, das sehe ich nicht. Viel zu speziell.«

Er mußte sich irren. Er hatte sich nur noch nicht mit der Möglichkeit beschäftigt, das war schon alles. Sie *wußte*, daß WomanPower erfolgreich sein würde.

Liz war in Gedanken noch ganz dabei, sich für WomanPower Mut zuzusprechen, und hatte überhaupt nicht bemerkt, daß er bereits zur Tür gegangen war, um sie hinauszubitten.

»Auf Wiedersehen, Mrs. Ward.« Ein Lächeln umspielte seine Mundwinkel, als er ihr die Tür aufhielt. »Und viel Glück mit Ihrer Agentur.«

»Hallo, Suzan? David Ward am Apparat.«

»David! Wie geht es Ihnen?« Suzan legte die Füße auf den Schreibtisch im überfüllten Nachrichtenbüro und bemühte sich, möglichst beiläufig zu klingen. »Was treiben Sie denn so?«

David grinste. Bislang war noch nichts entschieden, aber er hatte sich beim *Seldon Bridge Star* umgeschaut, und ihm hatte gefallen, was er gesehen hatte. Er hatte mit einem überholten Maschinenpark und einer ebenso antiquierten Belegschaft gerechnet, die sich weigern würde, auch nur die Büroklammern zu erneuern, und war angenehm überrascht worden. Aber noch stand der Deal in den Sternen, und er hatte nicht vor, ihn durch Branchenklatsch in Gefahr zu bringen. Außerdem würden die alten Hasen bei der *News* sowieso denken, daß er den Verstand verloren hatte. Für die hörte die Welt hinter Wembley auf.

»Mir geht es gut. Sehr gut.« Er fragte sich, ob Suzan ihn vielleicht auch für verrückt hielt. »Ich habe zu meinen Wurzeln zurückgefunden. Es ist erstaunlich, was ein paar Tage in der frischen Luft von Yorkshire bewirken können. Ich fühle mich wie neugeboren.«

Suzan lächelte. Er klang auch so. »Was kann ich für Sie tun?«

Es war David peinlich, Suzan um diesen Gefallen zu bitten, aber ihm fiel niemand anderes ein. »Könnten Sie eventuell meinen Lieben in Sussex ein Paket mit Geschenken vorbeibringen? Es ist eine wunderschöne Strecke dort raus.« Er deutete die darauffolgende Stille als Absage. »Aber Sie haben bestimmt alle Hände voll zu tun. Wissen Sie was? Ich bitte einfach jemand anderen darum ...«

»Nein, nein! Ich erledige das gern für Sie.» Suzan wunderte sich, warum sie sich instinktiv dagegen sträubte, Davids Frau und Kinder kennenzulernen. »Wo soll ich die Geschenke abholen?«

»Die liegen in meinem Haus in Holland Park. Ich schicke Ihnen die Schlüssel zusammen mit der Adresse. Und schon mal tausend Dank ...«

Als er aufgelegt hatte, malte er sich die Freude auf Jamies kleinem Gesicht aus, wenn er das Ghostbuster Proton Pack auspackte, und er war erleichtert, daß er endlich eine Lösung für das Problem gefunden hatte, das ihn schon so lange plagte.

Auf den Gedanken, was Liz empfinden mußte, wenn plötzlich eine hübsche junge Frau mit einem ganzen Berg an Geschenken für Jamie und Daisy im Arm auf ihrer Türschwelle auftauchte, kam er überhaupt nicht.

»Er hat mich auflaufen lassen! Ich bin schon halb aus diesem verdammten Büro, da spricht er mich plötzlich mit Mrs. Ward an! Ich wäre fast gestorben!«

Auch wenn Liz sich jetzt kichernd in Ginnys Arme warf, ihr lief es noch immer heiß und kalt den Rücken herunter, wenn sie daran dachte, daß Ross Slater die ganze Zeit gewußt hatte, wer sie wirklich war.

»Wie hat er das nur rausgefunden?«

»Schätze, er hat bei der *News* angerufen und dann ein bißchen herumspionieren lassen.«

»Warum hat er dich trotzdem empfangen?«

»Gott, Ginny, ich weiß es doch auch nicht! Vielleicht hat es ihm Spaß gemacht. Vielleicht wollte er seine Multimillionärs-Muskeln ein bißchen spielen lassen. Vielleicht wollte er mich ärgern. Er hat es versucht, weißt du, hat behauptet, WomanPower würde nicht funktionieren. Trotzdem hat er mir ein paar äußerst brauchbare Tips gesteckt, die ich jetzt sofort in die Tat umsetzen werde.«

Sie vergaß Ross Slater, zückte ihr Notizbuch und schlug es auf. »Okay, Ginny, du wirst dir bei ›Nine to Five‹ einen Job besorgen und ihre Kontakte klauen. Dawn wird unsere mickrige Liste der Bewerberinnen durchgehen und die Damen auf ihre Fähigkeiten hin überprüfen. Und ich werde auf Kundenfang gehen.«

»Das wünsche ich Ihnen auch, blöde Kuh!«

Liz knallte den Hörer auf die Gabel und ließ die Anspannung von zwei fruchtlosen und frustrierenden Tagen raus, die sie mit herrischen Chefsekretärinnen am Telefon zugebracht hatte, die offensichtlich der Ansicht waren, ihr einen großen Gefallen getan zu haben, weil sie überhaupt ans Telefon gegangen waren, und die ihr bekundeten, sie könne jetzt *unmöglich* mit dem Personalchef sprechen.

Nach zwei Tagen hatte sich Liz geschworen, nie mehr rüde zu reagieren, wenn irgendein armer Versicherungsvertreter von sich aus anrief.

Daran gewöhnt, daß das Zauberwort »Fernsehen« alle Türen öffnete, konnte Liz kaum fassen, wie schwierig es für Normalsterbliche war, jemanden in leitender Funktion zu sprechen. Den Personalchef irgendeiner mickrigen Firma ans Telefon zu kriegen, war schwieriger, als eine Audienz im Buckingham-Palast zu bekommen.

Liz überflog die lange Liste der Telefonnummern, die sie noch anrufen mußte, und lehnte sich auf ihrem nagelneuen Drehstuhl zurück. Sie mußte der Wahrheit ins Auge sehen – so funktionierte es nicht. Sie mußten etwas anderes ausprobieren.

Wenn sie doch nur jemanden hätte, auf den sie sich berufen könnte, irgendein Name, oder wenn sie die Person, die sie anrief, schon einmal kurz kennengelernt hätte, dann sähe vieles anders aus. Es war ja schön und gut, wenn ein Ross Slater riet, man solle Kontakte in der Umgegend herstellen, aber wie, zum Teufel, sollte man das anstellen?

»Ich weiß was! Warum geben wir nicht eine Party? Ein riesiges Fest, zu dem wir jeden einzelnen Personalchef einladen, der uns einfällt.« Ginny war gerade erst von ihrer einwöchigen Spionage bei ›Nine to Five‹ zurück, voller Energie und mit jeder Menge geklauten Ideen, und sie war offensichtlich zu jeder Schandtat bereit.

Liz dachte kurz darüber nach und fand, daß die Idee gar nicht mal so schlecht war. Schließlich wäre alles besser, als sich weiterhin von arroganten Weibern am Telefon abwimmeln zu lassen. Wenigstens würden sie ihr Foto in der örtlichen Zeitung haben, und sie könnten daraus Kapital schlagen, wenn sie auf derselben Seite eine Anzeige schalteten und ihre Dienste anpriesen. Auf die eigene bescheidene Weise hätte es WomanPower dann geschafft. Doch um all diese Ausgaben zu rechtfertigen, mußten sie absolut sicher sein können, daß die Zeitung eine Story über sie brachte.

»Ich weiß«, Ginny sprang auf und hob ihren Rock an. »Engagiere ein Model. Setz sie hinter eine Schreibmaschine, und laß sie genug Bein zeigen für die Kamera. Du weißt schon. Diese stinklangweilige, abgedroschene Sexy-Masche. Sie *können* gar nicht anders als darauf anzuspringen.«

»Ginny –« Liz stand ebenfalls auf und umarmte sie – »du bist vielleicht nicht gerade eine Bilderbuch-Feministin, aber du bist absolut göttlich!«

Als sie schließlich ihre Sachen packte, um heimzufahren, verließ Liz allmählich der Mut. Sie hatten ausgerechnet, was das alles kosten würde – und wenn es nicht den ersehnten Erfolg brachte? Dann wären zighundert Pfund aus dem Fenster geschmissen.

Andererseits mußten sie etwas unternehmen.

Doch dann verbannte sie jeglichen Gedanken an WomanPower und fuhr heim. Gottlob hatte sie morgen ihren freien Tag, und sie würde mit den Kindern einen Spaziergang unternehmen können.

»Mum! Mum! Iiie, du bist aber kalt!«

Sie war kaum in der Tür, als Jamie an der lachenden Minty vorbei auf sie zustürmte, sich in ihre Arme katapultierte und sie in seiner überschwenglichen Freude dabei beinahe umriß.

»Hallo, mein Schatz. Hattest du einen schönen Tag?«

»Einen Supertag! Wir waren bei Burger King, und Daisy und ich haben ein Whopper und Cola bekommen. Später haben wir da noch Superman mit Auto geschenkt gekriegt!«

Erledigt nach ihrem undankbaren Tag, schlüpfte Liz aus ihrem Mantel, hängte ihn an den Pfosten des Geländers und fragte sich, warum sie sich die Mühe gemacht hatte, mit ihren Kindern aus London aufs Land zu ziehen, wenn sie immer noch vom Burger King schwärmten.

Sie schnappte sich den Stapel Post von heute, bedankte sich bei Minty und ließ sich aufs Sofa fallen, mit Jamie auf einem Knie und Daisy auf dem anderen.

»Ich aufmachen! Ich aufmachen!« forderte Daisy und grabschte nach den Briefen; Liz gab ihr einen Brief von der

Bank. Den konnte sie ruhig zerreißen. Wie üblich war alles nur Werbung und Rechnungen – bis auf einen Brief, der in Seldon Bridge aufgegeben worden war.

Sie erhob sich vorsichtig vom Sofa und steckte ein Disney-Video in den Rekorder, auch wenn ihr schlechtes Gewissen sie mahnte, daß sie aus Büchern über Kindererziehung wissen müßte, daß man nie, niemals Videos als Babysitter einsetzen sollte. Sie benutzte trotzdem das Video als Babysitter, ging in die Küche und setzte sich an den Holztisch.

Mit leicht zitternder Hand öffnete sie den Brief. Er war kurz. David hatte vor, sich in einem Ort namens Seldon Bridge niederzulassen, und fragte, ob es nicht an der Zeit sei, das Haus in London zu verkaufen, nun, da ohnehin keiner von ihnen beiden gedachte, darin zu wohnen.

Sie legte den Brief beiseite. Der Vorschlag war vernünftig, und es überraschte sie nur, daß er ihn nicht schon früher gemacht hatte. Doch warum diese plötzliche Eile? Vielleicht wegen des Geldes, da er seinen Job bei Logan hingeschmissen hatte; doch sie konnte sich nicht helfen; irgend etwas sagte ihr, daß noch mehr dahintersteckte, etwas, was er ihr nicht sagen wollte.

Sie stand auf und lehnte sich an den Aga, in der Hoffnung, die behagliche Wärme würde ihr plötzliches Frösteln vertreiben. Und als sie so dastand, hatte sie das seltsame Gefühl, daß sich gerade eine Tür schloß und sie auf der falschen Seite stand.

Sie war derart in Gedanken versunken, daß sie das leise, fast zögerliche Klopfen an der Haustür gar nicht hörte und erst reagierte, als Jamie mit vor Aufregung leuchtendem Gesicht in die Küche kam.

»Mum! Mum! Da ist eine Frau an der Tür mit ganz vielen Geschenken, und sie sagt, daß die für mich und Daisy sind – von Dad!«

Im ersten Moment nahm Liz an, daß Jamie Britt meinte, doch dann wurde ihr klar, daß Britt wohl die Allerletzte wäre, die mit Geschenken von David hier aufkreuzen würde. Brennend vor Neugier folgte sie Jamie ins Wohnzimmer.

27

Am Kamin stand, in einem mit Pelz besetzten Lederparka und noch immer mit den Geschenken in der Hand, eine der attraktivsten jungen Frauen, die Liz je gesehen hatte. Ihr Teint war winterurlaubsgebräunt, sie wirkte rank und schlank wie ein Model, selbst in ihren flachen Schuhen, und in ihrem dunklen, kurzen Haar glitzerten Schneeflocken. Ihre riesigen braunen Augen funkelten von der bitteren Kälte draußen.

»Hallo, ich bin Suzan. David hat mich gebeten, das hier abzugeben. Ich hoffe, ich komme nicht ungelegen.«

Jamie eilte herbei und nahm ihr die Geschenke ab, und während sich die junge Frau herunterbeugte, musterte Liz sie eingehender. Neben ihrer strahlenden athletischen Schönheit stachen noch zwei weitere Dinge hervor. Zum einen, wie jung sie war – Liz schätzte sie auf höchstens einundzwanzig – und ihr Tonfall, als sie von David sprach. Dieses Mädchen war eindeutig verliebt in ihn.

David setzte seine Unterschrift auf die drei Ausfertigungen des Vertrages und schüttelte dann dem Geschäftsführer von *Star Newspaper* und dessen Anwalt die Hand.

Alles war erstaunlich glatt über die Bühne gegangen. Nachdem er den Bericht des Marktforschungsinstituts bekommen hatte, das in seinem Auftrag das Wachstumspotential des Blattes beurteilen sollte, sich die Räumlichkeiten angesehen und ein zweites Mal mit der Belegschaft gesprochen hatte, hatte er sich eingehend mit den Bilanzen des Verlages befaßt. Er mußte nicht lange überlegen. Und nun, da es besiegelt war, wußte er nicht, ob er eher aufgeregt war oder eine Heidenangst hatte. Er war nun der Eigentümer einer Zeitung!

Als die Furcht verklang und die Begeisterung siegte, hatte er das dringende Verlangen, mit jemandem darüber zu reden. Liz. Sie würde seine Gefühle verstehen.

Lächelnd griff er zum Telefon.

»Liz? Liz, ich bin's David. Hast du meinen Brief bekommen? Liz, ich habe gute Neuigkeiten, und ich wollte, daß du sie als erste erfährst.«

Liz umklammerte krampfhaft den Hörer. Er brauchte gar nicht weiterzureden. Sie wußte bereits alles. Er hatte sich verliebt. Deshalb hatte er es so eilig mit dem Hausverkauf. Sie hatte es in dem Moment gewußt, als Suzan ihr Haus betreten hatte.

»Liz, ich habe eine Zeitung gekauft! Den *Seldon Bridge Star*. Es ist ein kleines Blatt, aber man kann was draus machen, und ich bin mein eigener Herr! Keinen Logan mehr, der mir im Nacken sitzt! Liz? Sag doch was ...«

Liz saß schweigend da. Das war doch nicht alles. Hob er sich den zweiten Teil etwa so lange auf, bis sie sich wieder zufällig im Restaurant trafen?

»Und wie gefällt es deiner neuen Flamme in – wie sagtest du noch gleich, heißt das Kaff? Seldon Bridge?« Sie hörte selbst, wie verbittert sie klang, wie eine sarkastische, sitzengelassene Ehefrau. Wie konnte er es wagen, seine kleine Lolita mit Geschenken für die Kinder vorbeizuschicken? »Auf mich wirkte sie eher wie ein Mädchen aus der Großstadt. Geht man in ihrem Alter nicht lieber ins Stringfellows?«

Am anderen Ende herrschte verblüfftes Schweigen. Worauf, zum Teufel, wollte Liz hinaus? Doch plötzlich begriff David, so albern es auch war, und fing an zu lachen.

»Du meinst doch nicht etwa Suzan? Mein Gott, sie ist doch nicht meine *Flamme*. Sie ist bloß eine Freundin, eine Kollegin von der *News*.«

Liz ahnte, daß es besser war, nichts mehr zu sagen, aber sie konnte sich nicht zurückhalten. Sie wollte ihn treffen, es ihm heimzahlen. »Ach, und weiß *sie* das auch? Sie ist bis über beide Ohren in dich verschossen, verdammt. Zweifelsohne ein Vaterkomplex. Bestimmt hat sie zuerst mit ihrem Tutor gevögelt, dann mit ihrem Boß und jetzt mit dir.«

O Scheiße. Warum sagte sie so etwas? Wahrscheinlich, weil Suzan so jung und hübsch war und ausgerechnet im falschen

Moment aufgetaucht war, als sie sich wegen WomanPower den Kopf zerbrochen und sich fett und wie eine Versagerin gefühlt hatte.

»Liz, wovon *redest* du?« Sie konnte hören, wie kalt seine Stimme jetzt klang, jeglicher Enthusiasmus war erloschen, und sie wünschte inständig, sie könnte das Gesagte zurücknehmen. Aber dazu war es zu spät. »Das ist absolut lächerlich. Suzan ist eine Kollegin und Bekannte von mir, mehr nicht. Vielleicht ist es besser, wenn wir das Gespräch jetzt beenden, wenn du so denkst. Ich werde meinem Anwalt mitteilen, daß er sich mit dir wegen des Hausverkaufs in Verbindung setzen soll...«

Seinen Anwalt! Sie brauchten doch keine Anwälte. Sie waren zivilisierte Menschen. »David, es tut mir leid. Ich...«

Doch er hatte bereits eingehängt. Sie hatte sich absolut daneben benommen. Er war offensichtlich nicht in Suzan verliebt, das hörte sie an seinem Ton. Sie hatte das Ganze in den falschen Hals gekriegt. Und jetzt hatte sie ihm einen Floh ins Ohr gesetzt, und er würde stundenlang darüber nachdenken und sich fragen, ob sie recht hatte.

Liz saß im frostigen Dunkel des Flurs, legte den Hörer auf und wiederholte im Kopf das Gespräch, Wort für Wort. Sie konnte den Enthusiasmus in seiner Stimme wieder hören, als er ihr vom Kauf der Zeitung berichtete, und sie hatte keinen Ton dazu gesagt, ihm nicht mal gratuliert. Sie hatte ihn lediglich angegiftet wie eine eifersüchtige Ehefrau.

Sie mußte sich bei ihm entschuldigen und ihm wenigstens Glück wünschen. Sie langte nach dem Hörer, stockte dann aber frustriert mitten in der Bewegung. Vor lauter Zorn und Eifersucht hatte sie völlig vergessen, ihn nach seiner Telefonnummer zu fragen.

Noch immer wegen Liz' Reaktion schäumend, lief David durch die naß-glänzenden grauen Straßen von Seldon Bridge und wunderte sich über die Bauweise der Häuser. Doppeldecker nannte man sie um die Jahrhundertwende. Doch für David sah es eher so aus, als würden mehrere Häuser den Hang hinauf übereinanderstehen. Es war höchst erstaunlich, daß sie sich dort hielten und nicht einfach alle ins Tal hinunterrutschten.

Das Echo seiner eigenen Schritte hallte ihm in den Ohren, und er wurde sich bewußt, daß er hier keine Menschenseele kannte. Aber er zerbrach sich nicht den Kopf deswegen. Wenn er die Zeitung übernahm, würde es schon ganz anders aussehen. Er sah, daß in einem Pub an der Ecke Licht brannte, ging hinein und bestellte sich ein Bier. Links neben der Bar hing ein Münztelefon, und aus einem Impuls heraus rief er bei der *Daily News* an. Sie würde sicher nicht mehr in der Redaktion sein. Es war schon viel zu spät.

Es läutete sechs- oder siebenmal, und er wollte gerade auflegen, als jemand abnahm.

»Nachrichtenredaktion?«

Sie war es. Sie klang beschäftigt, als hätte er sie mitten in einem wichtigen Artikel gestört.

»Sie machen ja Überstunden...«

»David!« Er konnte hören, wie sie sich freute, und sogleich hob sich auch seine Laune. »Ach, Sie wissen doch, wie das ist. Ich sitze mal wieder an einer Story, die kurz vor dem Abschluß ist.«

Ja, und ob er wußte, wie das war! Er konnte sich noch sehr gut an dieses Kribbeln erinnern und hoffte, es selbst bald wieder zu verspüren. »Ich wollte mich noch mal bedanken, außerdem habe ich tolle Neuigkeiten.«

»Erzählen Sie...«

»Ich bin seit kurzem Eigentümer einer Zeitung. Des *Seldon Bridge Star!*«

»David! Das ist ja großartig!« Die Begeisterung und der Enthusiasmus in ihrem Ton waren erfrischend. »Das ist ja verrückt! Ihre ganz eigene Zeitung! Werden Sie sie selbst leiten oder irgendeinem bedauernswerten Menschen sagen, wie man es macht?«

Genau darüber hatte sich David auch schon den ganzen Tag den Kopf zerbrochen. Plötzlich wußte er die Antwort.

»Ich werde sie selbst leiten. Jedenfalls am Anfang.«

»David, das ist einfach toll, wirklich super!« Sie hielt kurz inne und bemühte sich dann, möglichst lässig zu klingen, als sie hinzufügte: »Ich schätze, Sie haben keinen Bedarf für eine Spitzenkraft im Frauenressort?«

»Sieh mal, da drüben, das ist Peter Glenning!« zischte Ginny Liz ins Ohr, während sie am Eingang einen Geschäftsmann nach dem anderen händeschüttelnd begrüßten. »Der Chef von Glenningtree, dem größten Arbeitgeber im Südosten. Meine Güte, wir können uns *wirklich* geehrt fühlen.«

»Der hat bestimmt von deinen Krabbenbällchen gehört«, zischte Liz zurück.

Ginny gluckste. Tagelang war sie wie ein verrückt gewordener Besen durch die Gegend gefegt und hatte jeden verfügbaren Ofen in East Sussex in Beschlag genommen, um Hunderte ihrer Satay-Häppchen mit feurigen Chili- und würzigen Erdnußsoßen zu produzieren, dazu Babyquiches, Minipizzas und ihre berühmten, auf der Zunge zergehenden Krabbenbällchen.

Die Resonanz auf ihre hundertfünfzig verschickten Einladungen hatte ihnen die Sprache verschlagen, denn sie hatten mit dem üblichen Besuch eines Londoner PR-Ereignisses gerechnet, zu dem höchstens ein Viertel der Eingeladenen erschien, während sich die Hälfte überhaupt nicht meldete oder zeigte und das andere Viertel entweder zu spät antanzte oder angetrunken in Begleitung von jemandem, den sie gerade im Pub getroffen hatten.

Statt dessen hatten beinahe alle die Einladung angenommen und ließen sich auch tatsächlich blicken.

Liz schaute über das Meer grauer Anzüge, nur hin und wieder unterbrochen von der wagemutigen Ausnahme eines Sportjacketts oder eines bügelfreien Nylonhemdes. Mein Gott, war das eine biedere Versammlung. Bestimmt hieß die Hälfte von ihnen Brian und verbrachte die Wochenenden im eigenen Wohnwagen.

Alle, bis auf einen.

In ein Gespräch mit Peter Glenning vertieft war jemand, der

aussah, als habe er sich auf die falsche Party verirrt. Mitte Dreißig, groß und gebräunt, mit glänzendem braunen und ein wenig zu langem Haar und fesselnden grünen Augen – ein Mann, der so unglaublich attraktiv war, daß Liz fast vergaß, was sie eigentlich hatte sagen wollen.

Doch es war nicht der maßgeschneiderte, mit Violett gefleckte Tweedanzug oder das blaue Hemd und die Gucci-Halbschuhe, die sie am meisten beeindruckten, sondern seine ungewöhnliche Ausstrahlung.

Als er schließlich bemerkte, daß sie ihn ansah, drehte er sich ganz leicht in ihre Richtung. Und ihr wurde klar, woran er sie erinnerte.

Und dann lächelte er. Es war ein so provozierendes und wissendes Lächeln, daß Liz ihren Irrtum sofort erkannte. Er erinnerte sie nicht an einen Medici oder Borgia, sondern an einen gefallenen Engel.

Ach komm, konnte sie fast Mel sagen hören, laß doch diesen Schmus. Du stehst nur auf den Burschen.

Und wie üblich hätte Mel recht damit.

Als Ginny sie fünf Minuten später darauf aufmerksam machte, daß es langsam Zeit für ihre Ansprache war, beugte sich Liz vor und flüsterte ihr ins Ohr: »Wer ist das da drüben?« Sie deutete so dezent wie möglich in Richtung der beiden Männer.

»Der?« Ginny folgte Liz' Blick. »Das habe ich dir doch schon gesagt. Peter Glenning, Boß von Glenningtree Enterprises.«

»Der doch nicht, Ginny! Du weißt genau, wen ich meine!«

»Ach *der* –« Ginny verzog vielsagend die Mundwinkel. »Du meinst diesen unglaublich sexy Typen, den besten, den du je außerhalb von *Playgirl* zu sehen bekommen hast? Warum hast du das nicht gleich gesagt?«

»Wer ist das?«

»Ich habe keinen blassen Schimmer.« Ginny grinste verschlagen. »Aber ich werde es mit Sicherheit rauskriegen.«

Eine der Lektionen, die sie von Conrad gelernt hatte, war die, daß man die Ansprache auf einer Party so kurz wie nur möglich halten sollte. Sie hatte einmal selbst miterlebt, wie der Vorstandssprecher von Metro TV vor eingeladenen Journalisten eine Lobeshymne auf die Wunder dieses Senders gehalten hatte, die so lang und öde war, daß sich alle aus dem Staub machten und sowohl ihn als auch den Sender verrissen. Sie würde nicht denselben Fehler begehen.

Nach einer nur fünfminütigen prägnanten Darstellung der Dienste von WomanPower und einem überraschend gelungenen Witz beendete Liz ihre Ansprache unter aufrichtigem Applaus. Sie bat die Anwesenden, ihre Telefonnummer oder ihren Namen zwecks Kontakten zu hinterlassen und das Geschäftliche zu vergessen, damit sie das Essen genießen könnten.

Liz schaute sich um und fragte sich, ob ihre Vorstellung nicht auch so kurz ausgefallen war, weil sie den Mann im blauen Anzug beeindrucken und so schnell wie möglich zu ihm durchdringen wollte.

Wenn dem so war, dann hatte sie Pech gehabt. So beiläufig wie möglich schaute sie sich im Raum um, konnte ihn aber nirgends entdecken. Zu ihrem Erstaunen war sie tief enttäuscht.

Sie huschte diskret Richtung Tür, warf einen Blick auf das Clippboard und sah nach, ob er, wie erbeten, seinen Namen und eine Kontaktadresse hinterlassen hatte. Doch bis jetzt waren da erst drei Namen. Der des Personalchefs der Kent Sussex Brick Company, ferner Peter Glenning und als dritter der des Leiters des Personalbüros der London Rubber Company.

»Appetit auf Satay?« Ginny war wieder an ihrer Seite aufgetaucht. »Sind schön heiß und scharf.«

»Danke, Ginny, aber im Moment ist mir nicht nach Heißem oder Scharfem.«

»Tatsächlich?« Ginny reichte ihr einen Spieß und folgte ihrem Blick zu dem Platz, an dem vor kurzem noch der geheimnisvolle Fremde gestanden hatte. »Sollte ich mich wirklich so geirrt haben?«

»Meine Güte, seht euch diesen Dreck an!«

Sie hatten aus Kostengründen beschlossen, auf Personal bei ihrem Empfang zu verzichten und sich für Pappteller und Becher entschieden. Das bedeutete hundert Pfund Ersparnis, allerdings auch, daß sie das Aufräumen selbst übernehmen mußten.

Während sie die ausgekratzten Pastetenschälchen einsammelten und in den Resten der Drinks nach Kippen fischten, kamen Liz erste Zweifel, ob sie nicht am falschen Ende gespart hatten.

»So eine Schande!« fluchte Dawn, die ihnen bis zum Schluß treu zur Seite stand. »Sehen Sie sich das an, was für eine Verschwendung!«

Dawn hielt ein Tablett mit Blaubeer-Käsekuchen in die Höhe, auf dem nur noch ein Stück übriggeblieben war. Erst als Liz genauer hinsah, entdeckte sie den Zigarrenstummel in der Mitte des Kuchens.

»Wer macht denn bloß so was mit einem noch absolut tadellosen Stück Käsekuchen?« fragte Dawn und steckte den Finger tief in den aschefreien Teil.

Ginny und Liz sahen einander an und dachten dasselbe. »Peter Glenning.«

Liz bückte sich und fischte unter dem Tisch nach der einzigen Flasche Wein, die den Ansturm der hundertfünfzig durstigen Unternehmer überlebt hatte, und öffnete sie.

»Ich finde, es ist an der Zeit, daß der gute Peter Glenning lernt, daß es so etwas wie ein kostenloses Mittagessen nicht gibt.«

»Absolut richtig.« Ginny gönnte sich einen großen Schluck vom Sauvignon. »Zeigen wir's den Bastarden!« Sie erhob das Glas und stieß mit Liz an. »Auf WomanPower! Die halbe Frau ist der beste Mann für den Job!«

»Weißt du was, Ginny?« Liz erwiderte ihr Lächeln. »Ich denke, du hast soeben einen Slogan für uns gefunden.«

»Okay, nun zu Ihnen, Mr. Glenning«, verkündete Ginny kampflustig und kramte in ihrer Aktentasche. »Wo ist das

Funktelefon? Er hat genug Zeit zum Verdauen gehabt.« Sie blätterte in ihrem schmalen Notizbuch, hämmerte die Nummer in die Tasten und hielt das Telefon ans Ohr.

»Hier spricht Virginia Walker von WomanPower. Mr. Glenning, bitte.«

Sie hielten alle drei den Atem an, bis sich schließlich die überraschend freundliche Stimme von Mr. Glennings Sekretärin wieder am anderen Ende meldete.

»Mr. Glenning läßt ausrichten, daß er momentan leider sehr beschäftigt ist, aber er schlägt Ihnen einen Termin für nächsten Donnerstag um drei Uhr vor, wenn es Ihnen paßt.«

Liz schnappte sich den Hörer. »Sicher«, antwortete sie ruhig und schwang dabei die freie Hand zu einer Rocky-Siegesfaust, »das würde uns sehr gut passen.«

»Hast du schon das Foto in der Zeitung gesehen?« Ginny mußte nichts weiter sagen; ihr Ausdruck verriet, daß ihre Experimente auf dem Felde der PR alles andere als erfolgreich gewesen waren.

Derart vorgewarnt, nahm sich Liz den *East Sussex Clarion*.

Über drei Spalten prangte das Foto mit dem tippenden Model, das sie eigens für diese Aufnahme angeheuert hatten. Liz fragte sich, wie das Girl es geschafft hatte, so viel von ihrem Dekolleté zu zeigen, daß man darin versinken konnte, und gleichzeitig so viel Bein zu präsentieren, daß man ihren schwarzen gefransten Slip sehen konnte. Kein Wunder, daß die Aufnahme auf der Titelseite gelandet war.

»Du liebe Güte, sie sieht aus wie eine Nutte!«

»Genau« – Ginny kicherte – »und obendrein wie eine ziemlich billige.«

»Sind schon irgendwelche Anrufe gekommen?«

»Nur von einem, der seinen Namen nicht genannt hat und ihre Telefonnummer wollte.«

»Gott. Ich hoffe, das törnt die potentiellen Kunden nicht ab.«

»Eher an. Wir könnten ja WomanPower vergessen und einen Begleitservice aufziehen ...«

»Keine schlechte Idee.« Liz bemühte sich, locker zu klingen, aber sie dachte daran, daß die Dinge nicht gut für sie standen. Sie hatte gehofft, die Party würde den notwendigen Durchbruch bringen, aber zu ihrem Entsetzen hatten lediglich zwölf der etwa hundertfünfzig Gäste ihren Namen hinterlassen. Einer davon arbeitete für Peter Glenning.

Ihr Magen krampfte sich vor Anspannung zusammen, als sie an das Treffen mit Glenning am kommenden Donnerstag dachte. Der Termin gewann an Wichtigkeit, besonders nach diesem Foto-Fiasko. Was hatte Ross Slater doch gleich noch gesagt? Man muß auf die Kunden zugehen. Man muß herausfinden, wo ihr Bedarf liegt, noch ehe sie es selbst wissen.

Sie griff sich ihren Mantel und ging zur Tür.

»Wo willst du hin?«

»Nach London. Ins Companies House, wenn du's genau wissen willst. Ich bin schließlich nicht umsonst eine Ex-Journalistin. Ich beabsichtige, heute abend mehr über Glenningtree zu wissen als Glenning selbst.«

»Na, dann Waidmanns Heil!« Ginny nahm den Hörer und wählte die nächste Nummer auf ihrer Liste an. Sie blickte noch einmal schmunzelnd auf. »Liz?«

»Mmmh?«

»Hoffen wir, daß er nicht den *East Sussex Clarion* abonniert hat.«

»Guten Tag. Mrs. Ward, nicht wahr?«

Peter Glenning grinste wölfisch und fügte seinem Doppelkinn damit ein drittes hinzu, das jedesmal gefährlich wabbelte, wenn er an der daumendicken Zigarre nuckelte, die zwischen seinen fleischigen Lippen klemmte. »Und Sie sind...?«

»Das ist meine Partnerin Virginia Walker. Wir leiten die Agentur gemeinsam.«

Mit einer für einen derart fetten Mann überraschenden Grazie schob er für Ginny einen Stuhl heran und zog sich dann hinter seinen wuchtigen Mahagonitisch zurück.

»Macht es Ihnen etwas aus, wenn ich mein Jackett ablege? Es

ist furchtbar stickig hier drinnen.« Glenning streifte das Jackett seines grauen Flanellanzugs ab. Da es nicht besonders stickig im Zimmer war, nahm Liz an, daß er damit eine Atmosphäre unbehaglicher Kameraderie schaffen wollte. Er trug rote Hosenträger über dem Hemd und dunkle Schweißflecken unter den Achseln. Plötzlich roch es nach Schweiß. Peter Glenning gehörte offensichtlich zu jener Sorte Mann, die den Gebrauch von Deos für weibisch hielt.

»Also, meine Damen, was kann ich für Sie tun?«

Liz mußte gegen eine aufsteigende Übelkeit ankämpfen, hervorgerufen durch die Mischung aus Schweißgeruch, Zigarrenqualm und dem Wissen, daß so viel, so lächerlich viel von diesem Treffen abhing.

»Nun, Mr. Glenning, ich hoffe, wir können etwas für *Sie* tun.« Sie betete, daß wenigstens ihr Lächeln zuversichtlich wirkte. »Ich habe mich über Glenningtree ein wenig schlau gemacht, und dabei bin ich auf das ein oder andere gestoßen, wie –«

»Bitte«, Glenning unterbrach sie mitten im Satz, das gleiche Grinsen wie zuvor im Gesicht, »nennen Sie mich doch Peter.« Er beugte sich vor und richtete seine Aufmerksamkeit auf sie. »Wo waren wir gleich stehengeblieben?«

Und prompt hatte Liz, wie beabsichtigt, den Faden verloren. Verdammt, ja, wo *war* sie stehengeblieben?

Als die Pause zu lang wurde, kam Ginny ihr zur Hilfe: »Du warst bei deinen Erkundigungen über Glenningtree.«

»Ach ja. Ich bin zu der Ansicht gelangt, daß WomanPower Ihnen in vieler Hinsicht nützlich sein könnte.«

»Dann überraschen Sie mich mal...«

Bildete sie es sich ein, oder lag da ein Hauch von Sarkasmus in seinem Ton?

»Fangen wir bei Ihrer Versicherungsabteilung an. Mir ist aufgefallen, daß dort hauptsächlich Frauen arbeiten und daß eine hohe Fluktuation bei der Belegschaft besteht. Ich habe mich umgehört und dabei erfahren, daß viele Mütter nur schlecht mit der Arbeitszeit zurechtkommen. Deshalb habe ich mir erlaubt, eine Alternativmöglichkeit auszuarbeiten, mit der sie Ihre Angestellten mit Sicherheit länger halten können, weil sie viel zufriedener sein werden.«

»Das haben Sie tatsächlich getan?« Jetzt war der Sarkasmus ganz offen.

Liz beschloß, es zu ignorieren. »Ferner ist mir aufgefallen, daß Sie keine Frauen im höheren Management beschäftigen, obwohl diese zu neunzig Prozent die Belegschaft stellen, und ich habe mich gefragt, welche Ursachen das haben könnte.« Liz achtete darauf, nicht aggressiv oder kritisierend zu klingen. »Ich bin zu dem Schluß gekommen, daß Sie vielleicht keine qualifizierten weiblichen Mitarbeiter gefunden haben, und möchte Ihnen vorschlagen, sich mit uns in Kontakt zu setzen, sollten Sie wieder einmal eine Stelle in den höheren Positionen besetzen wollen. Wir könnten Ihnen einige Bewerbungsmappen zukommen lassen, wir haben da mehrere hochqualifizierte Kandidatinnen. Von der Buchhalterin bis zur Management-Beraterin ist alles vertreten –«

»Mrs. Ward«, unterbrach Peter Glenning sie, und Liz fiel auf, daß er im Ton von sarkastisch auf unverschämt geschwenkt war. »Es gibt bei mir in der Führungsetage keine Frauen, weil Frauen unzuverlässig sind. Sie heiraten. Sie kriegen Kinder. Die Kinder kriegen Bauchweh, und die einstmals so coole Managerin rennt alle zwei Stunden nach Hause.«

O Gott, dachte Liz, bitte nicht diese uralten Kamellen. Warum sahen Arbeitgeber nie die Tugenden, sondern ewig nur die Mängel bei berufstätigen Müttern?

»Mit dem größten Respekt, Mr. Glenning, aber berufstätige Mütter rennen *nicht* alle zwei Stunden nach Hause.« Insgeheim hoffte Liz, daß Glenning nie auf Conrad traf. »Und wenn sie sich tatsächlich einmal im Notfall eine halbe Stunde freinehmen sollten, holen sie sie nach.« Sie blieb ruhig und freundlich, obwohl sie ihm am liebsten eine geklebt hätte. »Eigentlich trifft das genaue Gegenteil zu. Berufstätige Mütter sind eine exzellente Investition. Keine überzogenen Mittagspausen, kein Tratschen am Telefon, keine Drinks nach der Arbeit und keine

Romanzen im Büro, die sie davon ablenken könnten, für Sie Geld hereinzuschaffen. Berufstätige Mütter erledigen ihre Arbeit mit dem Blick fest auf den Schreibtisch geheftet.«

Glenning sagte nichts, aber sie konnte an seinem Gesicht ablesen, daß er nicht überzeugt war. »Und Sie sind also der Meinung, ich sollte mir durch WomanPower ein paar Spitzenfrauen für mein Management vermitteln lassen, ja?«

Liz nickte. Vielleicht war es doch nicht so hoffnungslos, wie sie dachte.

Peter Glenning langte unter den Tisch, um etwas aufzuheben. »Und werden die dann auch so aussehen, Mrs. Ward?«

Großer Gott, er hielt ein Exemplar des *East Sussex Clarion* in der Hand.

Er blickte auf das provozierende Foto und dann wieder zu Liz. »Tut mir leid, Mrs. Ward, aber ich war schon immer der Ansicht, daß der beste Platz für eine Frau das Schlafzimmer ist und nicht das Vorstandszimmer. Wenn Sie mich jetzt bitte entschuldigen würden, ich habe noch einen Termin.«

»Wie war das mit den berufstätigen Müttern, die nie nach der Arbeit trinken?« Ginny schenkte ihnen den Rest aus der Flasche ein und legte dann den Arm um Liz. »Was für ein Bastard! Hast du bemerkt, wie er dich angestiert hat, als er diesen Mist abgelassen hat, daß Frauen ins Schlafzimmer gehören? Er hat es genossen! Ich dachte schon, dem geht einer ab.«

»O Gott, Ginny! Ich hab's vermasselt! Dabei war es so wichtig für uns, einen Auftrag von dem Mistkerl zu ergattern. Und ich vergesse, was ich sagen will, und stehe da wie eine komplette Idiotin!«

»Nein, das stimmt nicht. Du warst großartig. Ganz cool und selbstbewußt. Er war einfach nicht interessiert. Du hättest ihm genausogut aus dem Telefonbuch vorlesen können, es war ihm egal! Er hat mit uns gespielt! Er wollte überhaupt nicht, daß wir ihm jemanden vermitteln. Er kann Frauen einfach nicht ausstehen. Punkt. Und erfolgreiche Frauen schon gar nicht.«

»Das gilt ebenso für all die anderen Herren der Schöpfung.

Wir haben bis jetzt kaum mehr als eine Handvoll Frauen vermittelt!«

»Ich weiß, es braucht eben seine Zeit.«

»Zeit! Wir *haben* aber keine mehr!«

Du solltest lieber schon mal anfangen, die Umzugskartons zu packen, wenn sich nicht bald etwas tut, wollte sie sagen. Aber sie sagte es nicht. Es gab keinen Grund zur Panik. Sie hatte sich selbst drei Monate gegeben, und davon waren noch zwei übrig. Das war nicht viel, aber es würde reichen müssen.

Alles, was sie brauchten, war ein Wunder. Liz starrte auf den Boden des Glases. Ein kleines Wunder würde schon reichen, wenn es nur bald passierte.

Liz wachte auf und streckte sich. Sie türmte die Kissen am Kopfende des breiten Bettes auf und lehnte sich dagegen. So konnte sie am besten ihren liebsten Ausblick genießen. Über den Obstgarten hinweg bis zum im Dunst liegenden Meer am Horizont. Eine Tasse Tee wäre jetzt göttlich, aber wenn sie jetzt aufstand und hinunterging, würde Daisy oder Jamie ihre Schritte auf der Treppe hören, und ihr herrlich friedlicher Moment wäre für immer verloren.

Sie verspürte leichte Schuldgefühle, weil sie es so sehr genoß, allein zu sein, aber verdammt, sie hatte heute ihren freien Tag, und sie würde ihn mit den Kindern verbringen. Wunderbar! Die einzige Entscheidung, die sie heute fällen mußte, war, welchen Jogginganzug sie anziehen und wo sie zum Tee einkehren sollte. Und ihr wurde mit einemmal und sehr überraschend klar, daß sie dem Umstand, wieder zu arbeiten, etwas Unerwartetes und unglaublich Kostbares verdankte: das Gefühl, Urlaub zu haben, wenn sie nicht bei WomanPower war.

Zehn Minuten später schälte sie sich aus den Laken, schlüpfte in die rosafarbene Jogginghose mit passendem Oberteil, fischte nach den Turnschuhen und ging leise die Treppe hinunter. Sie würde ihnen ein ganz besonderes Frühstück zubereiten. Heute war Jamies Tag, er hatte ausgesucht, was sie unternehmen wollten.

Als sie Brot, Eier und den Ahornsirup für seinen Lieblingstoast zusammenrührte, klingelte das Telefon. Überrascht sah sie auf ihre Armbanduhr. Halb neun. Sie nahm den Hörer ab, klemmte ihn sich unters Kinn und hob mit der anderen Hand die Bratpfanne vom Herd. Die schwere Pfanne war viel heißer, als sie angenommen hatte, und sie ließ sie mit einem Schrei auf den Kachelboden fallen.

»Scheiße!« fluchte sie, als sie an ihrem Fuß abprallte.

»Ganz ruhig«, befahl eine amüsierte Stimme. »Ich rufe in fünf Minuten noch einmal an.«

Sie stieg über die auf dem Boden liegende Pfanne und setzte sich. Eine der Kacheln war zu Bruch gegangen; Monate hatte sie darauf gewartet, solche in exakter Form und Farbe von gebranntem Provencal-Ziegel zu bekommen, und sie würde nicht zu ersetzen sein.

Diese Stimme. Sie hatte sie nie zuvor gehört, und doch hatte sie sofort gewußt, zu wem sie gehörte. Er hatte keinen Namen genannt, aber das war nicht nötig gewesen.

Sie wagte nicht, ihre Kaffeetasse anzuheben, aus Angst, sie könnte sie mit ihren zittrigen Fingern auch noch fallen lassen, und wartete auf das Klingeln des Telefons.

28

»Fluchen Sie immer zur Begrüßung am Telefon, oder ist halb neun einfach nur zu früh für Sie?«

»Nein, mir ist nur die Pfanne auf den Fuß gefallen und hat auch noch eine meiner Lieblingskacheln beschädigt.«

»Diese Wirkung habe ich jedesmal auf Frauen.«

Sie lachte. Bei den meisten anderen Männern hätte die Bemerkung eingebildet oder abgedroschen geklungen, doch er hatte sie genau mit der richtigen Prise Selbstironie gewürzt.

»Entschuldigen Sie, ich habe mich noch gar nicht vorgestellt. Nick Winters. Ich war neulich bei Ihrem Empfang.«

Liz verzichtete darauf, preiszugeben, daß sie genau wußte, wer er war, und sich nur allzugut an seine Augenfarbe, an sein Lächeln und sogar an das Muster seines Tweedanzugs erinnerte.

Statt dessen bemühte sie sich, ruhig zu klingen, und betete, daß er nicht von zwei kreischenden Kindern niedergebrüllt werden würde, bevor er gesagt hatte, weshalb er sie anrief.

»Was kann ich für Sie tun, Mr. Winters?«

»Es geht um Peter Glenning. Ich habe gehört, daß er Ihnen gestern das Leben ziemlich schwer gemacht hat.«

»Das kann man so sagen, ja.«

»Der gute Peter. Gegen ihn ist Ebenezer Scrooge der reinste Freund der Arbeiter.«

»Ist Glenning ein Freund von Ihnen?« Sie versuchte, ihre Verblüffung nicht zu sehr durchklingen zu lassen, doch sie konnte sich diesen lässigen Nick Winters einfach nicht zusammen mit Peter Glenning vorstellen.

»Nein, nur ein Bekannter. Aber ich habe ein paar Informationen über ihn, die Ihnen nützlich sein könnten.«

»Wie geheimnisvoll! Läßt er sich mit der Rute züchtigen oder treibt er es mit kleinen Jungs?«

Er lachte, und Liz atmete erleichtert auf. Sie haßte Männer ohne Sinn für Humor.

»Nein, nichts annähernd so Ausgefallenes. Trotzdem möchte ich nicht am Telefon darüber reden. Könnten Sie zu mir ins Büro kommen, damit wir uns unterhalten?«

Ja, hätte sie am liebsten gesagt. Jetzt? Sofort? Doch dann erinnerte sie sich, daß heute Jamies Tag war und daß er sich die ganze Woche darauf gefreut hatte. Sie selbst hatte die Regel eingeführt: drei Tage Arbeit, und der Rest der Woche gehörte Jamie und Daisy.

»Würde Ihnen Montag passen?«

»Sicher.« Sie war geschmeichelt, als sie seine leise Enttäuschung hörte. »Mein Büro ist im alten Pfarrhaus in Firle. Ich leite von hier aus eine Agentur für Ferienhäuser. Sie können uns nicht verpassen. Ist neun Uhr zu früh für Sie?«

»Nein, neun ist perfekt. Bis Montag also.«

Als sie aufgelegt hatte, fragte sie sich, wen er wohl mit ›uns‹ gemeint haben könnte, und hoffte inständig, keine Ehefrau. Wie auch immer, sie würde es bald herausfinden.

Ohne sich die Mühe zu machen, die beschädigte Kachel zu inspizieren, die ihr normalerweise den ganzen Tag verdorben hätte, hob sie die Pfanne auf und summte dabei vergnügt vor sich hin. Dann suchte sie einen Holzlöffel und schlug damit gegen die Pfanne, um Jamie und Daisy zum Frühstück zu rufen.

Mit einem Freudenschrei, weil er den ganzen Tag mit ihr zusammen verbringen würde, stürmte Jamie mit großen Sätzen die Treppe herunter, das Haar wild zerzaust, und warf sich in ihre Arme.

Sie hob ihn hoch und drehte sich lachend mit ihm im Kreis

Um acht Uhr siebenundfünfzig hielt Liz vor dem alten Pfarrhaus und sah sich staunend um. Es war schlicht und einfach eines der hübschesten Häuser, die sie je gesehen hatte. Im Sussex-Stil gebaut, mit Feuersteinfront und einem tief herunterreichenden Dach mit Goldziegeln, ein imposantes Haus mit atemberaubenden Ausmaßen in einem weitläufigen prächtigen Garten. Die Geschäfte von Dream Cottages liefen augenscheinlich gut.

Und als sie die Türglocke betätigte, wurde Liz klar, wie versessen sie darauf war, das Haus auch von innen zu sehen, nicht nur, um herauszufinden, ob es eine Mrs. Winters gab, sondern auch um mehr über diesen Mann in Erfahrung zu bringen.

Liz stellte erstaunt fest, daß Nick Winters ihr persönlich öffnete; er trug Jeans und ein Poloshirt, dessen Knöpfe geöffnet waren und mehrere Zentimeter brauner Haut freigaben.

Sie stellte ihren Aktenkoffer neben einen Marmortisch mit goldenen Löwenklauen ab und sah sich um. Es war einfach überwältigend. »Was für ein wunderschönes Haus!«

»Danke.« Da war es wieder, das neckende Lächeln. »Darf ich Ihnen eine Tasse Kaffe anbieten?«

»Ja, bitte.« Liz spürte, daß sie wahrscheinlich dasselbe geantwortet hätte, wenn er ihr vorgeschlagen hätte, seine Briefmarkensammlung anzusehen. »Sehr gern.«

Sie folgte ihm ins Wohnzimmer und sagte sich, daß es nichts Alberneres geben konnte als eine Frau, die vergessen hatte, wie sich der Körper eines Mannes anfühlte, und irrtümlich angenommen hatte, sie würde es gar nicht vermissen.

Es war ein weitläufiger Raum mit drei wandhohen Fenstern, von denen eines zum Garten führte. Die Sonne strömte herein und fiel auf verblichene Chintzsofas. Ein alter Labrador döste vor dem Kamin. Überall standen abgegriffene Antiquitäten, die die Atmosphäre eines geschmackvoll eingerichteten Landhauses vervollkommneten. Nick Winters war eindeutig vielschichtiger, als er auf den ersten Blick aussah. Es sei denn, jemand anders war für die Einrichtung verantwortlich. Aber wer? Seine Frau natürlich.

Doch obgleich überall frische Blumen standen, konnte sie nirgends die Spuren der Hand einer Frau erkennen. Keinerlei Zeitschriften oder Urlaubslektüre, mit denen sich eine Frau so gern aufs Sofa zurückzog. Keine Andenken, keinerlei Schnickschnack. Der Raum war gemütlich und doch eigenartig anonym. Vielleicht vertraute er so sehr auf seine Physis, daß Nick es nicht für nötig befand, jemanden mit seiner häuslichen Umgebung zu beeindrucken.

Sie war fast froh, als er sich entschuldigte, um sich um den Kaffee zu kümmern. Das gab ihr die Gelegenheit, sich noch ein wenig umzuschauen. Wenn doch nur Mel jetzt hier wäre. Mel konnte in einem Raum voller Männer den einzigen Junggesellen mit verbundenen Augen erschnüffeln.

Liz suchte auf dem Kaminsims nach Hochzeitsfotos oder niedlichen Schnappschüssen von Kindern. Doch dort stand nichts dergleichen. Nur ein einzelnes in einem Studio aufgenommenes Schwarz-Weiß-Porträt, wohl aus den Fünfzigern, einer sehr eleganten Frau in einem Hartnell-Kleid. Seine Mutter?

In diesem Moment kam er zurück, mit leeren Händen. Es gab also eine Haushälterin.

»Sagen Sie, wo findet hier eigentlich das profane Busineß

statt?« fragte Liz fasziniert. Bislang hatte sie keinerlei Anzeichen von Arbeit gefunden, und sie konnte sich kaum vorstellen, daß die hierfür notwendigen Finanzen in einer Abstellkammer des Hauses erwirtschaftet wurden.

»In der Scheune dort hinten.« Er deutete auf eine ausgebaute Scheune, deren Seitenfront vollständig verglast war. Dahinter befanden sich mehrere Reihen von Schreibtischen, an denen Frauen vor Computerterminals saßen.

»Guter Gott!« Liz war von dem Anblick erschlagen. »Wie viele Angestellte haben Sie denn?«

»Um die vierzig.«

Kein Wunder, daß er so prunkvoll residieren konnte. Die Vermietung von Cottages mußte ein noch lukrativeres Geschäft sein, als sie angenommen hatte.

Zwei Minuten später klopfte es an die Tür, und eine mütterlich wirkende Frau in einer blauen Nylonschürze erschien mit einem Tablett mit Kaffee und selbstgebackenen Keksen, offensichtlich die Haushälterin.

Er schenkte ihnen Kaffee ein und reichte Liz den Teller mit den noch warmen Keksen. Sie rang mit ihrer Selbstbeherrschung und verlor.

»Gut.« Wieder dieses provozierende Lächeln. »Ich mag Frauen, die zugreifen.« Er nippte an seinem Kaffee und beugte sich dann hinunter, um den Labrador hinter dem Ohr zu kraulen. »Besonders, wenn ich mit einer Frau zum Essen ausgehe. Ich kann es nicht ausstehen, wenn sie das teuerste Menü auf der Karte bestellt, um es dann stehenzulassen.«

Liz war sprachlos. Der Mann hatte Nerven!

In ihrer Entrüstung vergaß sie irgendwie, daß sie die letzte halbe Stunde damit verbracht hatte, zu überlegen, wie sie ihn ins Bett kriegen konnte. Doch noch ehe ihr eine tödliche Erwiderung einfiel, wechselte er abrupt das Thema und wurde ganz der forsche und geschäftsmäßige Entrepreneur.

»Und nun lassen Sie uns zu Peter Glenning kommen. Ich bin im Besitz einer Information, die äußerst interessant für Sie sein könnte.«

Liz war zwar verärgert, aber mindestens so neugierig. »Und worum geht es?«

»Peter Glenning befindet sich mitten im Prozeß einer bislang geheimgehaltenen und sehr delikaten Übernahme, die ihn entweder zu einem sehr reichen Mann macht oder ruiniert. Um die Sache durchzuziehen, braucht er dringend einen Finanzberater, der ihm das Händchen hält und die Bedingungen für ihn aushandelt.«

»Und? Er hat doch ganz sicher einen Finanzberater.«

»Schon, aber er weiß noch nicht, daß dieser Finanzberater ihn sehr bald verlassen wird.«

»Wenn das alles so geheim ist, woher wissen Sie es dann?«

»Weil –« Nick hielt einen Moment inne und grinste, »weil der gute Mann zu meiner Firma wechseln wird.«

Plötzlich begriff Liz. »Und somit den armen Mister Glenning in einer prekären Situation im Regen und ohne Finanzberater dastehen läßt.«

»Exakt. Und er wird gezwungen sein, sich sehr schnell und sehr diskret jemand neuen zu suchen. Eine Anzeige in der *Financial Times* kommt wohl kaum in Frage. Sie und WomanPower hätten nicht vielleicht jemanden an der Hand, Mrs. Ward?«

Jetzt mußte Liz lächeln. Zufällig hätte sie da jemanden, eine Frau, die bestens geeignet wäre. Vorausgesetzt, sie könnte Peter Glenning nicht nur dazu bringen, eine Frau einzustellen, sondern überdies lediglich halbtags. Sie würde alles an Geschick aufbieten müssen, um das zu erreichen. Plötzlich spürte sie einen Adrenalinstoß. Sie mußte es schaffen. Wenn nicht, dann konnte sie sich ebensogut gleich von WomanPower verabschieden und sich nach einer neuen Bleibe für Ginny umschauen.

Aber da war noch etwas, was sie Nick Winters fragen mußte. »Warum erzählen Sie mir das alles? Ich nehme doch an, daß das höchstvertraulich ist.«

»Das ist es tatsächlich. Nun, Mrs. Ward, man könnte sagen aus zweierlei Gründen. Zum einen halte ich Peter Glenning für ein aufgeblasenes Arschloch, das noch viel von Frauen lernen kann.«

»Und zum anderen?«

»Zum anderen...« er hielt inne und schenkte ihr ein derart unverschämtes Lächeln, daß sie fast hörbar nach Luft schnappte, »kann ich mir nichts Aufregenderes vorstellen, als jemanden wie Sie in meiner Schuld zu wissen.«

Liz war sich bewußt, daß sie eigentlich wütend sein sollte. Nick Winters benahm sich unglaublich. Doch zu ihrem Entsetzen merkte sie, daß sie es nicht war. Sie genoß jede Sekunde. Sie erhob sich auf ihre zitternden Beine und bemühte sich, möglichst geschäftlich zu wirken, als sie Nick zum Abschied die Hand reichte.

»Auf Wiedersehen, Mrs. Ward. Ich hoffe, wir werden uns noch öfter begegnen.«

»Auf Wiedersehen, Mr. Winters.« Er drückte ihre Hand einen Augenblick zu lange, und Liz verspürte einen plötzlichen und verheerenden Schauer der Erregung. Zum erstenmal sah sie ihm direkt in die Augen. Was, wenn er diese Taktik bei jeder Frau in Sussex anwandte? »Das hoffe ich auch.«

Gerade als Nick die Vordertür öffnete, kam ein grauhaariger Mann in einer roten Kaschmirstrickjacke und einer weißen alten Seglerhose aus der Tür zur Scheune.

Nick wandte sich ihm lächelnd zu. »Henry, darf ich vorstellen? Elizabeth Ward, Jungunternehmerin in Lewes. Henry Carlisle, mein Geschäftspartner. Henry wohnt im Dower Haus, Sie kommen auf Ihrem Weg daran vorbei.«

Liz musterte den älteren Herrn neugierig. Nick Winters erwähnte zum erstenmal einen Geschäftspartner.

»Henry erledigt die ganze Arbeit«, begann Nick.

»Damit Nick frei ist, die Kunden zu umgarnen«, unterbrach ihn sein Partner lächelnd.

Jede Wette, daß er das tut, dachte Liz und wurde augenblicklich nüchtern. So groß die Versuchung auch sein mochte, sie sagte sich, daß sie es auf keinen Fall zulassen durfte, Nick Winters' offensichtlichem Charme zu erliegen.

»Auf Wiedersehen, Mr. Winters.«

»Bitte, nennen Sie mich doch Nick. Haben Sie nicht etwas vergessen?«

Automatisch sah sie zu ihrem Aktenkoffer, aber den hatte sie in der Hand.

»Nein, ich glaube nicht.«

»Ich dachte, Sie wollten sich noch ein bißchen bei Dream Cottages umschauen.«

Aber Liz wußte, daß sie für heute genug von Nick Winters' überwältigendem Charme genossen hatte.

»Danke, Mr. Wint... Nick. Aber ich muß mich jetzt leider auf den Weg machen. Ein dringender Termin.«

»Dann vielleicht ein andermal. Und viel Glück bei Peter Glenning.«

Liz lächelte, kam sich aber plötzlich undankbar vor, denn ohne Zweifel konnte sie durch seinen Hinweis den so dringend benötigten Durchbruch haben. »Vielen Dank.«

»Ich rufe mal an und frage, wie es gelaufen ist.«

Liz wußte, daß er das tun würde, als sie zu ihrem Wagen ging. Und diese Gewißheit löste gemischte Gefühle in ihr aus. Er war der attraktivste Mann, dem sie seit Jahren begegnet war. Und dennoch hatte Nick Winters etwas an sich, was ihr, auch wenn sie es nicht genau benennen konnte, nicht geheuer war.

»Nun, Mrs. Ward, was kann ich diesmal für Sie tun?« Peter Glenning blickte ostentativ auf seine Armbanduhr. »Ich habe in fünfzehn Minuten meinen nächsten Termin. Und ich möchte Ihnen sagen, daß ich nur eingewilligt habe, Sie zu sehen, weil meine Sekretärin mir sagte, daß Sie seit zwei Stunden ihr Büro belagern. Es wäre mir sehr unangenehm, eine Szene zu provozieren, aber Sie müssen wirklich gleich gehen.«

»In Ordnung.« Liz wollte sich von ihm nicht so leicht einschüchtern lassen. »Länger als fünfzehn Minuten werde ich nicht brauchen.«

Sie öffnete forsch ihren Aktenkoffer und setzte sich. »Ich möchte, daß Sie einen Blick auf diese Bewerbung werfen.«

»Liebe Mrs. Ward, das hatten wir doch alles schon besprochen. Ich brauche niemanden von Ihrem Personal.«

»Diese Frau ist etwas Besonderes. Ihr Name ist Helen Stevens, und sie war bis vor kurzem im Vorstand von First Intercontinentals Acquisitions & Mergers Division. Die haben sie per Headhunter von North American Life geholt, eines der, wie Ihnen sicher geläufig ist, erfolgreichsten Versicherungsunternehmen der Welt. Helen hat First Int. durch zwei große Übernahmen gesteuert und die Profite der Bank in weniger als drei Jahren um sieben Millionen Dollar erhöht.«

Sie reichte ihm die Unterlagen. Glenning sah verblüfft aus. »Faszinierend. Aber was hat das alles mit mir zu tun?«

»Helen möchte gern bei Ihnen als Finanzberaterin tätig sein.«

Glennings Miene verriet, daß er nicht glauben konnte, was er gerade gehört hatte.

Liz entschloß sich, aufs Ganze zu gehen, bevor sie den Mut verlor. »Wieviel bringt der Job?«

»Dreißig Riesen.« Glenning wunderte sich über sich selbst, daß er ihr die Information so bereitwillig preisgab.

Liz verzog das Gesicht. »Sie hat achtzig bekommen bei First Int. Aber nun gut, immerhin ist es eine Dreitagewoche . . .«

Peter Glennings Ungläubigkeit wandelte sich zu einem sarkastischen Lachen. »Sie wollen mir vorschlagen, dieser Dame dreißigtausend Pfund pro Jahr für einen Halbtagsjob als meine Finanzberaterin zu zahlen?«

»Natürlich zusätzlich der üblichen Vergütungen. Private Krankenversicherung, Firmenwagen, sechs Wochen Urlaub und freie Lebensversicherung. Vergeben Sie Anteile?«

»Mrs. Ward, haben Sie jetzt völlig den Verstand verloren? Ich *habe* bereits einen Finanzberater.«

Liz zeigte ein gewinnendes Lächeln. »Nun, Mr. Glenning, ich fürchte, den haben Sie nicht. Ihr Finanzberater ist nämlich dabei, seine Kündigung einzureichen. Und *ausgerechnet* jetzt. Gerade, wo Sie Southern Life Insurance übernehmen wollen . . .«

Peter Glenning spuckte seinen Zigarrenstummel aus, und Liz bemerkte mit Genugtuung, daß seine Nase die Farbe einer überreifen Tomate angenommen hatte und die Venen an seinen Schläfen sichtbar pulsierten. »Soll das vielleicht einer Ihrer albernen Bluffs sein?«

»Ganz sicher nicht, Warum fragen Sie ihn nicht selbst?«

Glenning drückte ohne ein weiteres Wort den Knopf der Gegensprechanlage. »Veronica, holen Sie mir Jack Goldstone. Sagen Sie ihm, ich will ihn sehen, und zwar *sofort.*«

Für zwei oder drei Minuten war die Anspannung unerträglich, und Liz versuchte, Glenning nicht anzusehen, während sie warteten, bis ein selbstbewußt wirkender junger Mann Anfang Dreißig eintrat. »Sie wollten mich sprechen, Mr. Glenning?«

»In der Tat, Jack.« Glennings Augen verengten sich zu zwei kleinen wutsprühenden Schlitzen. »Mir ist soeben ganz bösartiger Klatsch zu Ohren gekommen. Man sagt, Sie beabsichtigen, uns zu verlassen, und ich wollte Ihnen die Gelegenheit geben, dieses häßliche Gerücht höchstpersönlich aus der Welt zu räumen.«

»Ähem.« Erleichtert sah Liz, daß Goldstone zwar überrascht, aber nicht bestürzt aussah. »Nun ja, ich hatte soeben die Absicht, Ihre Sekretärin um einen Termin für heute nachmittag zu bitten, um es Ihnen selbst zu sagen...«

Liz dachte, Glenning würde auf der Stelle platzen. Die roten, pochenden Adern in seinem Gesicht färbten sich langsam violett. Liz hoffte, daß er kein Herzinfarktkandidat war, dann wäre das Ganze umsonst gewesen.

Glenning ließ sich schwer in den Sessel fallen. »In diesem Fall räumen Sie sofort Ihren Tisch. Jim von der Security wird Sie in einer halben Stunde aus dem Gebäude begleiten.«

Liz wartete etwa dreißig Sekunden, ehe sie ihm ein zweites Mal die Bewerbung reichte. »Würden sie jetzt vielleicht noch einmal einen Blick hineinwerfen? Das beste wäre, wenn sie am Montag anfangen würde. Sie könnten behaupten, der Wechsel wäre von Anfang an geplant gewesen. Mit ihrer Berufserfahrung würde niemand daran zweifeln. Wenn Sie sich anders entscheiden, müssen Sie sehen, wie Sie allein da rauskommen. Es wäre ein gefundenes Fressen für die lokale Presse...« Liz lächelte.

»Mrs. Ward, wollen Sie mir etwa drohen?«

»Aber, Mr. Glenning, das würde ich doch niemals wagen...«

»Doch Mrs. Ward, das würden Sie. Wann kann ich diese Dame sprechen?«

Liz bemühte sich, ein Grinsen zu unterdrücken, um ihn nicht noch mehr zu beleidigen. »Oh, sie wartet ganz zufällig unten auf dem Parkplatz.«

»Auf WomanPower! Eine halbe Frau ist noch immer der beste Mann für den Job!« Der Korken schoß mit solcher Wucht aus der Champagnerflasche, daß das Meisterwerk von Dawns Bruder, hinter ihnen an der Wand, arg in Mitleidenschaft gezogen wurde, doch niemand scherte sich darum. Peter Glenning hatte eingewilligt, Helen Stevens für drei Monate auf Probe einzustellen, und WomanPower war schließlich auf dem Weg.

Dawn tanzte auf einem Stapel ausgebreiteter Blätter Cancan, und Ginny jonglierte mit zwei Staublappen, während sie gemeinsam überlegten, wieviel sie Glenning für die Vermittlung berechnen sollten. Es sah nicht danach aus, als sollte an diesem Nachmittag noch groß gearbeitet werden, aber es war sowieso schon vier Uhr, und jetzt, da der große Augenblick gekommen war, konnten sie sich endlich gegenseitig eingestehen, wie sehr sie ihn herbeigesehnt hatten.

Inmitten dieses Chaos' klingelte das Telefon, und Liz hob ab. Als sie erkannte, wer es war, errötete sie leicht, ohne es zu merken, drehte sich um und hielt sich das andere Ohr zu, um überhaupt etwas verstehen zu können.

»Hallo, hier spricht Nick Winters.« Als müßte er es tatsächlich noch sagen. »Ich habe gerade die guten Neuigkeiten erfahren und dachte, daß wir es bei einem gemeinsamen Abendessen feiern könnten.«

Zu ihrer Überraschung spürte Liz, daß sie zögerte. Sie begriff, daß ihr ihre heftige Reaktion auf ihn angst machte. Was, wenn sie zusammen essen gingen und danach ins Bett und sie ihn dann nie wiedersehen würde? Sie war zu alt, um wie ein Teenager zu Hause zu hocken und zu warten, bis *er* sich meldete. Ihr Leben war in Ordnung, ohne das Risiko, wieder verletzt zu werden. Und Nick war eindeutig ein raffinierter Kerl.

»Nick, es tut mir leid, aber ich bin heute wirklich ziemlich erschöpft und...«

Sie hielt einen Moment inne, weil Ginny ihr einen großen Zettel reichte, auf dem eine mit Filzstift geschriebene Nachricht stand: »SAG JA, ODER ICH ERSCHIEßE DEINE KINDER!«

»Was ich sagen wollte«, fuhr sie fort, als Ginny sich wieder zurückzog, »heute ist es wirklich ungünstig, aber morgen würde ich sehr gern mit Ihnen essen gehen. Einverstanden?«

Als Liz lächelnd den Hörer auflegte unter dem Applaus von Ginny und Dawn, wurde ihr bewußt, daß heute der erste Tag seit fünf Monaten war, an dem sie kein einziges Mal an David gedacht hatte.

Als Liz das rote Seidenkleid ausschüttelte, für das sie sich entschieden hatte, sagte sie sich, daß sie endlich aufhören mußte, sich Gedanken zu machen. Vielleicht war Nick genau das, was sie jetzt brauchte.

Doch dann wurde ihr zum erstenmal so richtig klar, wie sehr die Tatsache, David verloren zu haben, ihr Gefühl, attraktiv und begehrenswert zu sein, erschüttert hatte. Damals hatte sie versucht, sich einzureden, daß die Affäre mit Britt eine Konsequenz ihres verrückten Lebenstils war, doch tief in ihrem Herzen hatte sie gewußt, daß noch mehr dahintersteckte. Es konnte kein reiner Zufall sein, daß Britt schlanker, blonder und smarter war als sie. Die nackte Wahrheit war: David hatte sie nach zwölf gemeinsamen Jahren wegen einer attraktiveren Frau verlassen.

Und nun fand jemand *sie* begehrenswert. Und er war einer der tollsten Männer, denen sie je begegnet war. Höchste Zeit zuzulassen, daß jemand ihr das Selbstwertgefühl wiedergab.

Für einen Moment hielt sie inne und versuchte, sich zu entscheiden, welche Unterwäsche sie anziehen sollte: aufreizend oder zweckmäßig? Lächelnd nahm sie den elfenbeinfarbenen Seidenslip, den sie nie getragen hatte, und hielt ihn an die Wange. Obwohl es kühl war im Zimmer, fühlte sich die Seide warm an und duftete leicht nach Lavendel. Irgendwie war das eine seltsam erotische Mischung, die sinnliche Seide und der etwas ladyhafte Duft.

Noch immer lächelnd schlüpfte sie hinein. Doch als sie sich im Wandspiegel ansah, war alle Begeisterung verschwunden. In ihren Augen sah die Frau im Spiegel einfach lächerlich aus. Eine sechsundreißigjährige zweifache Mutter, die dringend einige Pfunde loswerden mußte, in einem Seidenslip, der eindeutig zu knapp saß.

Sie entschied sich für ihre üblichen aus Baumwolle. Sie haßte es, sich Sorgen darum machen zu müssen, ob ihre Oberschenkel schwabbelig waren oder ihre Pölsterchen zu offensichtlich. Das hatte sie mit achtzehn getan, und damals war es schon grausam gewesen.

Und plötzlich erkannte sie die Wahrheit. Sie hatte den Mut verloren. Zwölf Jahre lang war sie einem einzigen Mann treu gewesen, und allein schon der Gedanke an Sex mit einem anderen, besonders einem so hübschen wie Nick Winters, erschien weniger ein antörnendes Abenteuer zu sein, sondern vielmehr etwas Furchteinflößendes. Er war bestimmt ranke und schlanke Zwanzigjährige gewöhnt mit einer Haut wie Seide und einem knackigen Po.

Sie vergaß all ihre Zweifel, als sie versuchte, ihre letzte Strumpfhose anzuziehen. Sie entschied sich für einen schlichten weißen Bh, nahm das Seidenkleid und zog es sich über den Kopf; fehlten nur noch die hochhackigen Schuhe und etwas roter Lippenstift. Dann sah sie sich erneut im Spiegel an.

Die leuchtendrote Seide umschmeichelte ihre Kurven und betonte ihre schmale Hüfte und ihre wohlgeformten Brüste. Sie verdeckte aber auch ihr Bäuchlein und ihre etwas fülligen Oberschenkel. Sie lächelte. War das nicht egal? Und ob!

Und während sie dastand und auf das Läuten an der Haustür wartete, mußte sie an die Kehrseite der Medaille denken. An die köstliche Nervosität. Die Aufregung der ersten Verabredung, bei der alles möglich war. Sie nahm das alles zu ernst. Wenn sie nicht mit ihm ins Bett gehen wollte, konnte er sie wohl kaum dazu zwingen. Letzten Endes hing alles von ihr ab. Sie würde eben nur aufpassen müssen.

Und als sie an Nicks herausfordernde grüne Augen und seinen weichen sonnengebräunten Teint dachte, hoffte sie, daß ihr das nicht zu schwerfallen würde.

Als es schließlich an der Tür läutete, lief sie sofort die Treppe hinunter, ehe Jamie aus dem Bett stieg und nachschauen konnte, wer zu Besuch kam.

Was sie brauchte, war ein wenig Spaß und Vergnügen. Und Nick Winters war genau der Mann, der das versprach.

29

»Ich nehme an, Sie sind geschieden, Mrs. Ward?«

Sie saßen an einem Tisch beim Fenster, von dem aus man auf den Bach hinausblickte. Das Restaurant lag keine drei Meilen von ihrem Haus entfernt, und doch war sie bisher noch nie hier gewesen. Aber zum Dinner auszugehen gehörte auch nicht unbedingt zu ihrem Alltag.

Sie hob das Weinglas an die Lippen. Nick hielt offensichtlich nichts davon, lange um den heißen Brei herumzureden. Aber in gewisser Weise gefiel ihr seine Direktheit. Irgendwie machte es die Sache leichter.

»Nein, noch nicht.«

Er wirkte überrascht. »Warum nicht?«

Einen Moment lang spielte sie mit dem Gedanken, von Britt zu erzählen, aber das hätte sich zu sehr nach der armen betrogenen Ehefrau angehört, die dankbar nach jedem Knochen schnappte, den man ihr zuwarf.

»David ist in den Norden gezogen. Und da keiner von uns beiden anderweitig involviert ist, war es bislang noch nicht akut.«

Sie erinnerte sich daran, wie Suzan, beladen mit Davids Geschenken, in ihr Wohnzimmer gestiefelt war, und fragte sich, ob es tatsächlich die Wahrheit war. Auch wenn die beiden zu dem Zeitpunkt noch kein Liebespaar gewesen waren, vielleicht waren sie es jetzt. Wieso, um alles in der Welt, mußte sie ausgerechnet jetzt an *David* denken, obwohl sie mit dem attraktivsten Mann zusammensaß, der ihr seit Jahren begegnet war?

»Aber Sie haben nicht die Absicht, wieder zusammenzukommen.« Ihr fiel auf, daß er es mehr als Feststellung und nicht als Frage formuliert hatte.

»Nein, ganz sicher nicht.«

»Gut.« Er stieß mit ihr an. »Ich weiß immer gern, wo ich stehe.«

»Und wo stehen Sie?« Sie war überrascht, wie unverblümt sie dies fragte. Direktheit war offensichtlich ansteckend.

Seine grünen Augen hielten sie einen Moment gefangen. Ihr Schimmer erinnerte Liz an Halbedelsteine, ihren Lieblingsschmuck. Diamanten und Smaragde waren etwas für alte, reiche Damen. Opale, Türkise und Mondsteine hatten mit dem wirklichen Leben zu tun.

»Auf der Schwelle zu etwas ganz Besonderem, hoffe ich. Und Sie?«

Fast hätte sie gelacht und gesagt: Das erzählen Sie bestimmt jedem Mädchen! Doch irgend etwas hielt sie davon ab, und sie erwiderte sein Lächeln, erkannte den Ernst des Moments, spürte aber auch, daß sich alles viel zu schnell entwickelte.

»Ich sondiere ganz gern das Terrain, bevor ich mich entscheide.«

»Wie romantisch.« Er lachte, stützte den Ellbogen auf und das Kinn in die Hand. »Ich für meinen Teil war schon immer gut in Geographie und erkenne sofort, wann ich mein Amerika gefunden habe.«

Liz stockte der Atem.

Spielte er absichtlich auf ihr Lieblingsgedicht an, John Donnes erotisches Meisterwerk, oder war es reiner Zufall, daß seine Bemerkung wie ein Zitat daraus klang?

Es mußte ein Zufall sein. Nichts an Nick Winters deutete darauf hin, daß er sich auch nur im mindesten mit Poesie auskannte. Er sah aus, als würde er seine Zeit auf dem Sportplatz verbringen, und nicht in der Bibliothek. Sie schaute auf und sah, daß sein Blick auf ihr ruhte und darauf wartete, daß sie ihn erwiderte.

Und plötzlich lächelte er. Ein breites, unwiderstehliches Lächeln, das augenblicklich die Spannung des Moments vertrieb.

Liz erwiderte sein Lächeln. Wie albern von ihr, soviel in diese Unterhaltung hineinzudeuten. Nick war attraktiv und charmant, aber er war kein Intellektueller.

Nick erhob sein Glas. »Auf John Donne«, sagte er als Toast und lächelte ihr zu, als könnte er ihre Gedanken lesen. »Auf den größten englischen Poeten.«

Für Liz war das alles ein Wunder. Sie fühlte sich, als sei sie wieder am Leben. Nick Winters war so anders als die Männer, die sie kannte. Sie war mit einer Lebensregel aufgewachsen – Traue niemals einem Mann, der zu gut aussieht oder zu gut gekleidet ist –, und Nick war der lebende Beweis, wie falsch diese Voreingenommenheit war.

Nie zuvor hatte sie sich mit einem Mann derart ungezwungen unterhalten können – er schien unerschöpfliches Interesse an ihr zu haben und wollte alles wissen, ihren ganzen Lebenslauf vom Tag ihrer Geburt an, bis ins kleinste Detail. Nach so vielen Jahren mit Davids starken Überzeugungen und tiefen Leidenschaften konnte sie es kaum glauben, daß sie einen Mann kennengelernt hatte, der so zurückhaltend war in seinem Urteil. Sie versuchte, an etwas zu denken, das ihn schockieren oder das er sogar ablehnen würde, doch es gelang ihr nicht. Leben und leben lassen, lautete Nicks Philosophie. Er nahm die Menschen einfach so, wie sie waren. Besonders Frauen.

Und daß er *die* oft nahm, da machte sich Liz keinerlei Illusionen. Wohin sie auch gingen, warfen sich ihm die Frauen an den Hals. Und doch hatte er es zu ihrem Erstaunen akzeptiert, als sie die härteste Entscheidung traf, an die sie sich erinnern konnte, und sich an ihrem ersten Abend weigerte, mit ihm ins Bett zu gehen. Er reagierte nicht nur erstaunlich gelassen, sondern unternahm auch keinerlei Versuch, sie doch noch zu überreden.

Auf eine irrationale Weise war sie deswegen fast beleidigt gewesen. Doch dann wurde ihr klar, wie dankbar sie ihm sein mußte, daß er es ihr überlassen hatte, das Tempo zu bestimmen. Nach einer so schmerzlichen Erfahrung, die noch frisch war in der Erinnerung, wagte sie es nicht, ihr Urteilsvermögen durch Sex zu trüben, besonders nicht durch die Art Sex, die Nick ihr vermutlich bieten würde. Sie wußte, wenn sie mit ihm in diesen tiefen und dunklen Teich sprang, dann würde sie niemals wieder auftauchen wollen. Und deshalb mußte sie erst wissen, woran sie bei ihm war, ehe sie auch nur einen Fuß auf das Sprungbrett setzte.

Sie würde spüren, wann der richtige Moment gekommen war.

Und so lachten sie und tollten mit fast kindlichem Vergnügen herum, statt miteinander ins Bett zu gehen. Und Nick dachte sich romantische Überraschungen aus, schickte ihr einzelne rote Rosen und entführte sie zum Frühstück am Strand mit einem Geschenkkorb und Champagner, und hin und wieder fand sie eine kleine Überraschung irgendwo im Haus, die er dort versteckt hatte, damit sie an ihn dachte. Er war der romantischste Mann, den sie je kennengelernt hatte. Und nach einigen Wochen fragte sie sich, wie sie ohne seine Gesellschaft und seine Aufmerksamkeiten hatte leben können.

Sie brauchte Mel nicht, um ihr zu sagen, daß sie dabei war, sich zu verlieben.

»Also, erzähl schon! Der Mann scheint ja das reinste Wundermittel zu sein, so gut wie du aussiehst!«

Mel musterte ihre Freundin belustigt. Es war Anfang Mai, und sie saßen im Garten. England genoß eine verfrühte Hitzewelle, Liz hatte das Planschbecken aufgestellt, und Daisy quietschte darin vor Vergnügen, während Jamie sie mit der Wasserpistole naß spritzte.

Mel fand, daß Liz so gut aussah wie noch nie. Ihr Haar war gewachsen und fiel ihr über die Schultern, sie war gebräunt, hatte Sommersprossen und trug keinen BH unter dem khakifarbenen Seidentop mit Spaghettiträgern. Sie sah einfach sensationell aus, als hätte sie jemand wachgeküßt. Und Mel konnte nicht erwarten zu erfahren, wer der Mann war, dem sie das verdankte. Einen Moment dachte sie an Garth und fragte sich unwillkürlich, ob das gleiche mit ihr passiert wäre, wenn sie zusammengeblieben wären. Bislang hatte sie den Rat der Hellseherin befolgt und davon abgesehen, ihm weiter nachzujagen. Aber bislang hatte sich leider auch nichts geändert. Sie seufzte.

»Also fang schon an, verrate es Tante Mel. Wie lautet sein Geheimnis? Reibt er dich mit Mandelöl ein und schändet dich dann so lange, bis du glaubst, den Verstand zu verlieren? Ist er der beste Liebhaber, den du je hattest?«

Liz errötete. Mel würde die Wahrheit viel schockierender finden.

»Na ja, eigentlich, äh...«

»Äh, was? Äh, ja, oder äh, nein?«

»Ich weiß es nicht. Wir haben noch nicht miteinander geschlafen.«

Zum erstenmal seit Monaten hatte es Mel die Sprache verschlagen. Dann wiederholte sie leise, als wollte sie sich selbst von der Richtigkeit des Gehörten vergewissern: »Ihr habt noch nicht miteinander geschlafen? Warum nicht, um alles in der Welt?«

»Ich schätze, nach David hatte ich einfach nicht den Mut. Ich wollte mir Zeit lassen. Ich wollte nicht, daß mir oder Jamie und Daisy weh getan wird. Ich wollte erst ganz sicher sein.«

Langsam sickerte die Wahrheit bei Mel durch. »Du meinst, du siehst so phantastisch aus, ohne Sex gehabt zu haben?« Sie kniff die Zellulite an ihrem Oberschenkel. »Vielleicht ist es das, was ich falsch mache.«

Liz grinste und beugte sich vor. Sie spürte die wärmende Sonne auf ihren bloßen Schultern. »Es liegt nicht nur an Nick. Sicher, er trägt seinen Teil dazu bei, aber es ist alles zusammen. Die Kinder haben sich eingelebt, WomanPower läßt sich ganz gut an, ich liebe das Landleben, ich fühle mich glücklich. Zum erstenmal seit Jahren bin ich wirklich glücklich.«

»Und wenn ich das vielleicht noch fragen dürfte, Aschenputtel, wie, bitte, lautet die Zauberformel, die dich vom reichen zum bescheidenen Mädchen verwandelt hat, daß du sogar glücklich bist, ohne das Prunkstück des Prinzen zu genießen?«

»Die ist eigentlich ganz einfach. Oder vielleicht gerade deshalb kompliziert. Ich fühle mich nicht mehr *getrieben*, zu arbeiten, das ist alles. Okay, gar nicht zu arbeiten, war ein Fehler. Ich fühlte mich in der Falle und ließ es irgendwann an den Kindern aus. Jetzt widme ich die eine Hälfte der Woche WomanPower und die andere den Kindern. Es funktioniert phantastisch! Die Arbeit ist Teil meines Lebens, frißt mich aber nicht auf.«

Als Mel hörte, wie glücklich Liz klang, umarmte sie sie spontan. Das schaffte nur Liz, glücklich zu klingen, ohne selbstgefällig zu wirken. Dieser Nick mußte wirklich ein Wahnsinnstyp sein.

Mel beobachtete ihre Freundin, wie sie sich herunterbeugte und Daisy auf ihr Knie hob, und fragte sich, ob dies wirklich dieselbe gestreßte, ausgelaugte Person war, die sie kaum ein Jahr zuvor gewesen war. Nun war Liz ruhig und entspannt und hübscher als je zuvor. Und sie war kein Dummchen deswegen geworden. Sie half dabei, eine Firma aufzubauen.

Mel dachte an ihre anderen Freundinnen, allesamt Karriere-Frauen, besessen und getrieben oder erschöpft und voller Schuldgefühle, und überlegte nicht zum erstenmal, ob Liz nicht vielleicht doch recht hatte.

Und dann mußte sie, ganz unerwartet, an Britt denken. Ihr

war zu Ohren gekommen, daß Britt Männern ganz abgeschworen hatte und sich in ihre Arbeit stürzte, um über den Verlust ihres Babys hinwegzukommen. Arme Britt. Ein weiblicher Workalholic, wie er im Buche stand.

»Ich war am Wochenende bei meiner Freundin Liz Ward, ihr wißt schon, die ihre Karriere fürs Dasein als Mutti hat sausen lassen, und ich glaube, sie hat gar nicht so unrecht gehabt.«

Mel schaute zu den zwanzig *Femina*-Redakteurinnen, die sich für die wöchentliche Redaktionssitzung zusammengefunden hatten. Ihr war klar, daß man sie für das, was sie sagte, auf dem Scheiterhaufen verbrennen würde, aber sie hatte sich schon immer gern als die heilige Johanna gesehen.

Und trotzdem wich sie Olivias Blick aus. Sie wollte nicht, daß die Milch in ihrem Kaffee gerann, bevor sie die Chance hatte, ihn zu trinken.

»Also, ehe es euch allen gleich hochkommt, hört mir bitte einen Moment zu. Liz sagt etwas ganz Neues. Sie sagt nicht, daß alle Frauen wieder an den Herd sollen. Ihrer Meinung nach ist das, was Frauen brauchen, ein gesundes Gleichgewicht, nicht Karriere um jeden Preis. Und wenn ich uns so angucke, liegt sie damit vielleicht gar nicht so falsch!«

Sie wandte sich an die Kollegin zu ihrer Rechten. »Warum hast du dir niemals Kinder angeschafft, Marie? Aus Angst, daß du es dann nicht mehr bis ganz oben auf der Leiter schaffst? Und wann kriegst du deine mal zu sehen, Jane? Wie viele verschiedene Kindermädchen hat Jack schon gehabt, Elaine? Neun, zehn? Alles, was ich sagen will, ist: Können wir wirklich so sicher sein, daß dies das Gelbe vom Ei ist?«

Mel hatte auf dem ganzen Rückweg von Liz über etwas nachgedacht, und jetzt war der Zeitpunkt gekommen, es auszusprechen.

»Ich finde, *Femina* sollte das gesamte Septemberheft diesem einen Thema widmen. Das gibt eine großartige Coverstory – ERFOLG: FRAUEN RECHNEN AB. Vielleicht zu negativ. Wie wär's mit: BALANCE: DAS STICHWORT FÜR DIE NEUNZI-

GER. Na, super, oder? Hey, wir könnten eine Umfrage starten und herausfinden, was Frauen *wirklich* wollen. Das würde wie eine Bombe einschlagen!«

Mitgerissen von ihrem Enthusiasmus war Mel entgangen, daß alle zum Kopfende des Konferenztisches sahen.

Dort saß Olivia, ohne jede Regung. Mel hatte soeben zwei der grundlegenden Gesetze von *Femina* gebrochen. Sie hatte die Philosophie des Blattes in Frage gestellt, und sie hatte sich über die Gründerin der Zeitschrift hinweggesetzt. Auch wenn manche ihrer Meinung sein mochten, so wagte niemand, das auszusprechen.

Für den Bruchteil einer Sekunde herrschte völliges Schweigen. Und dann fing am entgegengesetzten hinteren Ende des Tisches jemand an zu klatschen. Nach und nach fielen andere in diesen Applaus ein, erst eine Redakteurin, dann eine zweite, bis alle rund um den Tisch applaudierten.

Mel beugte sich vor, um zu sehen, wer angefangen hatte.

Ihr blieb das Herz stehen, und sie vergaß sogar, daß diese Beifallsbekundung aus der Runde womöglich das Ende ihrer Karriere bei *Femina* besiegelt hatte. Denn am anderen Ende des Tisches saß, in ausgebeulten Jeans und einem aprikotfarbenen T-Shirt, herzlich und ermutigend lächelnd – Garth.

Es war so heiß draußen, daß Liz beschloß, ein Picknick auf dem Rasen zu machen. Daisy tollte ausgelassen mit Nick auf der Decke herum, nur Jamie blieb wie üblich auf Distanz. Für einen Moment beobachtete Liz ihn besorgt. Er mochte Nick nicht, aber das war auch verständlich. Trotz ihrer Versuche, es behutsam anzugehen, sah er in Nick noch immer einen Eindringling, der seinen Vater ersetzen sollte.

Aber war er das? Liz war klar, daß sie unbewußt damit begonnen hatte, Nick als Ehemann ins Auge zu fassen. Es war so lustig, mit ihm zusammen zu sein, er war der unkomplizierteste Mann, den sie jemals kennengelernt hatte. Nichts schien je seinen Charme zu trüben. Und doch fragte sie sich manchmal, mit einem vagen Gefühl der Unbehaglichkeit, ob das vielleicht daher kam, daß er nichts wirklich ernst nahm, nicht einmal seine Geschäfte. Er schien all die Plackerei und die Entscheidungen Henry zu überlassen, während er sich den wirklich wichtigen Dingen im Leben widmete, wie etwa der Frage, wohin man zum Essen ausgehen sollte.

Manchmal fragte sie sich, wie Henry damit zurechtkam. Aber Henry war einfach ein Schatz. Daß sie ihn durch Nick kennengelernt hatte, zählte zu den erfreulichsten Nebeneffekten. Zuvorkommend, verläßlich, warmherzig war er, und obendrein behandelte er die Kinder stets, als wären es seine eigenen Enkel. Es war eine Schande, daß er nie geheiratet und selbst keine Kinder hatte.

Als sie den Picknickkorb auspackte, wurde sie sich plötzlich ihrer verrückten Situation bewußt. Sie war dabei, den ganzen Gemüseladen zu kaufen, ohne vorher von den Früchten probiert zu haben.

Sie betrachtete Nicks schlanken gebräunten Körper, das dunkle Haar, das ihm in die außergewöhnlich grünen Augen fiel. Mit einemmal war sie nicht mehr hungrig, nicht auf Essen zumindest. Und sie sah, daß er sie beobachtete, obwohl er mit Daisy spielte, und daß er ihre Gedanken lesen konnte.

Als Daisy aufsprang und zu Jamie lief, lächelte er sie an, im Wissen, daß der Moment schließlich gekommen war.

»Warum kommst du nicht am Samstag zu mir?« fragte er beiläufig. »Ich werde etwas für dich kochen.« Er hielt inne und wurde plötzlich ernst. »Und du könntest die Nacht über bleiben.«

Er beugte sich zu ihr vor, wissend, daß sie es nicht wollte, daß er sie vor den Kindern küßte, und sah ihr mit einem derart herausfordernden Blick in die Augen, daß sie deutlich ein brennendes Verlangen verspürte.

Und so war es, als Sekunden später das Telefon im Haus klingelte, eine Erleichterung für sie, dieser schier unerträglichen Spannung entkommen zu können. Doch dieses Gefühl der Erleichterung währte nur so lange, bis sie hörte, wer am anderen Ende der Leitung war.

»Hallo Liz, ich bin's, David. Wir haben ein Angebot für das Haus bekommen. Hast du 'ne Sekunde Zeit, um darüber zu sprechen?«

Liz versuchte, ihre Gedanken zu sammeln. Ausgerechnet jetzt Davids Stimme zu hören, brachte sie so durcheinander, daß sie einen Moment brauchte, um zu sich zu kommen.

»Hallo, David. Ja, sicher.« Sie wußte nicht, ob die Geste beabsichtigt war oder nicht, aber Nick war ihr in das kühle Dunkel des Flurs gefolgt, hatte sich neben sie gesetzt und fing an ganz sanft ihre freie Hand zu streicheln. Sie war verblüfft, daß eine so harmlose Geste so sinnlich sein konnte. Die Innenseiten ihrer Finger fingen an zu prickeln, während sie – vergeblich – versuchte, sich auf Davids Worte zu konzentrieren.

»Liz! Liz? Ist alles in Ordnung?«

Doch dann, mit dreihundert Meilen Distanz zwischen ihnen, dämmerte es David. Natürlich, sie hatte jemanden bei sich. Sie klang, als hätten sie sich gerade geliebt. Er sah auf die Uhr. Mittag. Vielleicht waren sie noch gar nicht aufgestanden.

Und obwohl ihm klar war, daß sie jedes Recht hatte, einen Geliebten zu haben, verspürte er einen derart bohrenden Stich der Eifersucht, daß er sie am liebsten angeschrien hätte. Er war verletzt, weil sie so atemlos und erregt klang. Mit ihm hatte sie nie so . . .

Und ohne genauer nachzudenken, fiel ihm plötzlich ein, wie er ihr die Laune verderben konnte. »Habe ich dir übrigens schon erzählt, daß ich Suzan Brown einen Job bei mir angeboten habe?«

»Nein, David, das hast du noch nicht.« Als er hörte, wie ihre Stimme härter wurde und die verträumte Note verlor, verspürte er eine Mischung aus Genugtuung und Scham. Warum hatte er das gesagt? Er hatte Suzan überhaupt nicht gebeten zu kommen, obwohl sie sofort dazu bereit wäre, wie er sehr wohl wußte.

»Ich hoffe, ihr werdet glücklich zusammen.« Liz knallte den Hörer auf, und David blieb mit einem kleinen selbstgefälligen Grinsen am Telefon sitzen.

Liz streckte sich in der heißen Badewanne aus und dachte über den bevorstehenden Abend nach. Es war ein äußerst sonderbares Gefühl, daß es heute nacht passieren würde.

So mußte sich damals, als es noch keinen vorehelichen Sex gab, eine schüchterne Braut gefühlt haben, als sie auf ihre Hochzeitsnacht wartete, die ihr zeigen würde, ob Sex ein Fluch oder ein Segen war.

In dieser Hinsicht hegte sie keinerlei Zweifel, aber sie war dennoch nervös wie vor der ersten Nacht. Was, wenn das lange Warten die ganze Sache über Gebühr aufgeblasen hatte und es eine Pleite und nicht das erwartete große Fest der Leidenschaft wurde? Dann wäre es allein ihre Schuld, weil sie es solange herausgezögert hatte, statt schon vor Monaten das zu tun, was sie beide wollten.

Sie durfte einfach nicht daran denken und mußte sich ganz normal benehmen. Sie stieg aus der Wanne und wickelte sich in ein großes warmes Badetuch.

Lächelnd kickte sie den weißen Baumwollslip in Richtung Wäschekorb und nahm den elfenbeinfarbenen Seiden-BH und Slip, die beide über der Tür hingen. Heute würde sie beides anziehen.

Sie langte nach dem Flakon mit Rive Gauche und tupfte sich etwas von dem Parfüm auf die Handgelenke, hinter die Ohren und auf den Hals. Dann fiel ihr Coco Chanels Ratschlag ein, daß man das Parfüm an den Stellen auftragen sollte, wo man geküßt werden möchte, und so tupfte sie noch etwas zwischen die Schenkel.

Nervös nahm sie das grüne Taftkleid vom Bügel und zog es über. Selbst ihrem skeptischen Blick hielt es stand. Sie strich es glatt, stieg dann in ihre grünen Schuhe und versuchte, sich zusammenzureißen. Sie war in dem Moment zum Aufbruch fertig, als es klingelte. Ihre Mutter war für die Nacht rübergekommen, und Liz hatte Nick gebeten, sie erst abzuholen, wenn die Kinder schon schliefen.

Als sie sich umdrehte, sah sie allerdings, daß Jamie dastand und sie beobachtete.

»Warum siehst du so...« Er war so verwirrt, daß ihm nicht das passende Wort einfiel.

»Schön aus?« beendete Liz für ihn die Frage.

»Nein, so komisch«, berichtigte Jamie sie. »Du siehst nicht schön aus.«

Sie schwang wütend und enttäuscht herum, und dann erkannte sie, daß er es absichtlich gesagt hatte. Er spürte, daß etwas geschehen würde, was ihr Leben veränderte. Und damit auch seines. Und deshalb wollte er ihr weh tun.

Sie beugte sich zu ihm und umarmte ihn.

Als würde er ihre Befürchtungen ahnen, hielt Nick die Stimmung den ganzen Abend locker und lustig. Er war ein exzellenter Koch und bereitete ohne große Mühen einen in heißem Walnußöl geschwenkten Salat und eine federleichte Hummer-Mousse zu, während er mit Liz in der weitläufigen Küche plauderte und sie ein Glas Weißwein trank und versuchte, sich auf das Gespräch zu konzentrieren.

Nach dem Essen machten sie es sich auf den beiden einander gegenüberstehenden Sofas im Wohnzimmer bequem, tranken frisch aufgebrühten Kaffee und hörten etwas Musik, aber noch immer machte Nick keinen Versuch, Liz zu berühren.

Als sie diskret auf die Uhr schaute, frage sie sich, ob er es sich vielleicht anders überlegt hatte.

Gerade als sie anfing, sich in ihrem Taftkleid und den Seidenhöschen lächerlich zu fühlen, kam er zu ihr und setzte sich neben sie. Zärtlich nahm er ihre Hand und küßte ihr Handgelenk. Dann trafen sich ihre Blicke. Gott, wie sie ihn begehrte!

»Nun, Mrs. Ward, wollen wir nach oben gehen?«

Sie nahm sein Gesicht in ihre Hände und küßte ihn.

»Ich dachte schon, du fragst nie.«

30

Liz lag auf dem mit Holzschnitzereien verzierten Bett und betrachtete Nick voller Verlangen; er hatte ihre Sachen einfach auf den Fußboden fallen lassen, nachdem er sie ihr abgestreift hatte, und war nun dabei, sich ebenfalls auszuziehen.

Vom ersten Augenblick an, seit sie ihn zum erstenmal auf der Party von WomanPower gesehen hatte, sehnte Liz diesen Moment herbei, und nun, da es soweit war, war sie froh, daß sie bis heute gewartet hatten. Vor drei Monaten wäre es nur Sex gewesen. Guter, befriedigender, erfüllender Sex wahrscheinlich. Und dennoch wären sie Fremde geblieben, und ihre Beziehung hätte sich wahrscheinlich nicht weiterentwickelt. Doch nun würden sie morgen als Liebespaar und Freunde aufwachen.

Nick kroch lächelnd zu ihr ins Bett und streichelte sie zärtlich; seine Hand strich sanft über die Kurven ihres Körpers.

Sich plötzlich ihrer selbst wieder bewußt, wollte sie sich das Laken über ihren Bauch ziehen, in dem zwei Kinder herangereift waren und der weder nach zwei Wochen noch nach zwei Jahren die alte Elastizität wiederhatte.

»Nicht.« Er zog das Laken weg und legte seine Hand auf ihren Bauch, während er mit der anderen ihre vollen Brüste liebkoste. »Ich liebe deinen Körper. Ich will ihn sehen, wie er ist.«

Und dann sprach er nicht mehr, und sie schwieg ebenfalls. Er trieb sie in eine Woge der Leidenschaft, die über sie hinwegspülte und sie alles vergessen ließ.

Als er seine Finger sanft in sie gleiten ließ, den Kopf nach vorn beugte und an ihrem winzigen Punkt der Lust leckte, stöhnte sie und schloß die Augen; alles um sie herum war ausgelöscht, bis auf dieses wilde Zentrum der Lust, und sie spürte wieder einmal, wie nahe Lust und Schmerz beieinander liegen konnten.

Und dann glaubte sie, es nicht mehr ertragen zu können, und

ein Orgasmus nach dem anderen erschütterte sie, bis sie den Schweiß zwischen ihren Brüsten spürte und sie völlig außer Atem war. Irgendwie wußte er, daß nun der richtige Augenblick gekommen war, und sie verspürte eine unerwartete Erleichterung, als sie seine Stöße willkommen hieß.

Erst als es vorüber war und sie ineinander verschlungen auf dem Bett lagen, merkte sie, daß er ein Kondom benutzt hatte.

Und sie sagte sich, daß es nur vernünftig war in so unsicheren Zeiten wie heutzutage, und schaffte es fast, wenn auch nicht ganz, das leichte Gefühl der Kränkung zu unterdrücken.

»Guten Morgen, Mrs. Ward. Beantworten Sie mir eine Frage. Womit kann ich Sie glücklich machen?« Liz schlug die Augen auf und sah Nick in einem japanischen Kimono, er hielt eine Tasse Tee für sie in der Hand und lächelte.

Sie erwiderte das Lächeln und nahm ihm die Tasse ab. »Was ist das für Tee? Lapsang Souchong oder British Rail?«

»British Rail, leider.«

»Dann hast du mich bereits glücklich gemacht.«

»Mal im Ernst, was würde dich wirklich glücklich machen?«

Liz war erstaunt. Noch nie zuvor war ihr ein Mann begegnet, der *sie* glücklich machen wollte. Die meisten Männer erwarteten, daß die Frauen sie glücklich machten, und gingen davon aus, daß das gleichzeitig auch ihr Glück bedeutete.

»Laß mich überlegen.«

Sie nahm seine Hand und hielt sie an ihre Wange. Sie ließ sich einen Moment Zeit mit der Antwort. »Ich wünsche mir ein Leben, in dem ich genug arbeite, um geistig nicht zu verdörren; in dem genug Platz ist für meine Kinder, für Spaß, für Sex, gutes Essen und Liebe. Vor allem Liebe. Und für Gartenarbeit. Ich bin sehr stolz auf meine Rosen. Schätze, das sind die ersten Anzeichen des Alterns.«

»Hört sich nicht nach Unbescheidenheit an.« Er nahm ihre Hand und küßte sie.

»Tatsächlich? Und warum ist es dann so verdammt schwer, es zu erreichen?«

»Ist es doch gar nicht, jetzt, wo du mich hast.«

Dann nahm er ihr den Tee aus der Hand und küßte sie so heftig, daß sie alles um sich herum vergaß.

»Ginny, hast du eine Sekunde Zeit?« Liz spähte aus ihrem Büro, als Ginny eine junge Frau verabschiedete, die sich von WomanPower vermitteln lassen wollte.

Liz lächelte. Ginny hatte einfach ein gutes Händchen für die Bewerberinnen, bei ihr fühlten sie sich gleich heimisch, und sie konnte sofort einschätzen, ob sie zu dick auftrugen oder das eigene Talent zu wenig schätzten. Vielleicht lag es daran, daß Ginny ihre verborgenen Talente selbst erst bei der Arbeit im Büro entdeckt hatte. Liz schmunzelte. Es war wundervoll, zu sehen, wie sehr Ginny die Arbeit liebte und wie gut sie war. Und sie hatten eine Arbeitsteilung gefunden, die ihnen beiden entsprach. Ginny mit ihrer offenen Herzlichkeit rekrutierte die Frauen, während Liz mit ihren geschäftlichen Fähigkeiten mit den Arbeitgebern Kontakte aufnahm und neue Geschäftsbeziehungen knüpfte. Hin und wieder sehnte sich Liz schon nach der Art Kreativität, wie sie sie bei der Programmgestaltung erlebt hatte, aber man konnte eben nicht alles haben im Leben.

Ginny kam herein, und Liz schloß die Tür. »Ich dachte, du würdest das hier gern sehen.« Sie deutete auf ein Dokument auf dem Schreibtisch.

»Was ist das?«

»Die erste Ratenzahlung auf das Bankdarlehen. Ich werde sie heute einreichen.«

Ginny schloß die Augen. »Gott, bin ich erleichtert.«

Liz nahm sie am Arm. »Da wäre noch etwas, was dich interessieren könnte.«

Liz führte die überraschte Ginny aus dem Büro auf die Straße. Direkt zwischen Boots, dem Drogeriemarkt und Woolworth lag ein geräumiger Elektroladen.

»Du hast mich doch immer gedrängt, daß wir uns vergrößern, oder? Der Laden wird in einem Monat frei. Der Makler hat heute morgen angerufen. Wie findest du's?«

»Phantastisch. Aber können wir uns das überhaupt leisten?«

»Ja, Ginny, können wir. Unsere Agentur läuft so gut, daß wir eigentlich sogar eine Filiale in Brighton eröffnen könnten.«

Als sie zu WomanPower zurückkamen, fanden sie Nick am Empfang, eine Flasche Champagner auf dem Tisch und fünfzehn Bewerberinnen mit gefüllten Gläsern vor.

Liz schüttelte lächelnd den Kopf. Seit jener Nacht vor einem Monat kam er mindestens zweimal, oft dreimal täglich zu ihr ins Büro und hatte sich zudem angewöhnt, endlose Telefonate mit ihr zu führen, bei denen er ihr beteuerte, wie sehr er sie liebte. Es war wundervoll, aber auch anstrengend.

»Was feiern wir denn heute?«

»Die Tatsache, daß ich gekommen bin, um dich zum Essen zu entführen.«

»O Nick, es tut mir leid, aber ich habe bereits einem Arbeitsessen bei Brandon's Chemicals Personalleitung zugesagt. Ich kann da unmöglich so kurzfristig wieder absagen.«

Nick verzog trotzig das Gesicht. »Aber das sind bestimmt verknöcherte alte Langweiler«, versuchte er sie zu becircen. »Mit mir wirst du viel mehr Spaß haben.«

Sie hörte unterdrücktes Gekicher von den Bewerberinnen.

»Da hast du mit Sicherheit recht, aber leider haben sie zuerst gefragt.« Sie wünschte, sie würde sich nicht so oberlehrerhaft anhören. Doch ihr war aufgefallen, daß viele Menschen Nick gegenüber diesen Ton annahmen. Liz schob ihn sanft vom Tisch. »Es ist eine ziemlich wichtige Besprechung. Bislang haben sie sich gesperrt, Frauen einzustellen, aber jetzt beginnt ihre Haltung zu bröckeln. Durch uns.«

Er wandte sich Dawn zu. »Kommen Sie mit, Dawnie? Es wäre doch jammerschade, die Reservierung sausen zu lassen.«

Dawn warf Liz einen verunsicherten Blick zu.

»Gehen Sie ruhig mit«, sagte Liz ein wenig verärgert. »Er hat ganz recht. Sie werden bestimmt mehr Spaß haben als ich.«

Als Liz gegen vier Uhr wieder ins Büro kam, war sie äußerst zufrieden mit sich, denn Brandons' Personalchef war wesentlich kooperativer gewesen, als sie gehofft hatte. Dawn war noch immer nicht zurück, und die Nachrichten der Anrufer stapelten sich. Liz konnte nicht leugnen, daß sie irritiert war. Eigentlich sollte es ihr egal sein, was der Rest der Belegschaft dachte, aber sie spürte, wie die Blicke der anderen automatisch von ihr zu der Uhr an der Wand wanderten. Verdammter Nick!

Die Verspätung war so untypisch für Dawn, daß Liz um halb fünf anfing, sich Sorgen zu machen, und beschloß, bei Nick anzurufen. Es überraschte sie nicht wirklich, als Henry statt seiner antwortete.

»Hallo, Henry, ist Nick nicht da?«

»Nein, noch nicht.«

»Ist er immer noch beim Essen?«

»Wer weiß das schon, meine Teure. Sie kennen doch Nick. Er kommt und geht, wie es ihm gefällt.«

»Haben Sie nicht manchmal Mordgelüste, Henry? Ich meine, wenn Ginny sich tagtäglich für vier Stunden zum Essen abmelden würde – ich weiß nicht, ob ich das so einfach hinnehmen würde.«

»Ich habe mich daran gewöhnt.« Henrys Ton zeugte von Geduld und langer Leidenserfahrung.

»Und warum lassen Sie sich das gefallen, Henry?«

»Warum lassen *Sie* es sich gefallen?«

Die Frage erwischte Liz kalt. Ihr war bislang nicht bewußt gewesen, daß sie sich etwas *gefallen* ließ. Bislang hatte der Spaß mit Nick die kleinen Unstimmigkeiten so weit überwogen, daß es ihr nichts ausmachte, einen halben Tag auf ihre Sekretärin zu verzichten. Sie brauchte einen Moment, ehe ihr klarwurde, was er damit meinte.

»Wie gut glauben Sie Nick zu kennen, Liz?«

»Ziemlich gut, denke ich.«

»Dann müssen Sie sich Lektion Nummer eins zu Herzen nehmen: Nick macht, was er will.«

Aus Henrys Ton erkannte sie, daß er an verpaßte Verabredungen, gebrochene Versprechungen und unzählige Unzuverläßlichkeiten dachte. Sie begriff, daß er sie schonend warnen wollte.

»Erwarten Sie nie von den Menschen, daß sie sich mehr ändern, als es in ihrer Natur liegt, das sagt schon Noël Coward.«

Liz lächelte. Es war ein guter Rat. Plötzlich wurde sie sich bewußt, woran diese Unterhaltung sie erinnerte. An ein Gespräch zwischen zwei Erwachsenen über ein ungezogenes Kind.

»Liz! Liz!« rief Ginny ihr zu, als sie schließlich eingehängt hatte. »Da ist jemand von der *Daily Mail* am Apparat! Sie wollen einen Artikel über WomanPower bringen!«

Es war erstaunlich, wie schnell WomanPower innerhalb nur weniger Monate gewachsen war. Und nun die Krönung – die Medien hatten Interesse an ihnen.

Sehr gelassen, so als würde sie jeden Tag mit großen Zeitungen sprechen, beantwortete sie den Anruf. »Hallo, Liz Ward am Apparat. Wann würde es Ihnen passen? Nächste Woche? Fein. Dann sehen wir uns am Donnerstag.«

Sehr vorsichtig, so als sei er aus Glas, legte Liz den Hörer auf. Dann ließ sie einen markerschütternden Siegesschrei los. Im selben Moment schwang die Tür hinter ihr auf und Dawn kam herein, sehr verlegen und sehr betrunken.

Mel kam aus ihrer Sitzung mit der Moderedakteurin und fühlte sich wie ein nasser Pudel. Diese Frau war einfach unglaublich blöd. Wie alle Fashion-Freaks hatte sie statt Grips die Preisnachlässe bei Browns im Hirn. Sie schüttelte angewidert den Kopf und bemerkte dann die Haftnotiz, die auf dem Monitor ihres Computers auf sie wartete. OLIVIA WÜNSCHT GEMEINSAMEN LUNCH. UM EINS. IM RITZ.

Wie typisch für Olivia. Kein *Bitte*, kein *Danke*, sondern Forderungen. Wie spät war es jetzt? Viertel nach zwölf. Du lieber Himmel, da blieb nicht mehr viel Zeit. Sie rief ihre Sekretärin an und sagte sämtliche Termine ab. Dann öffnete sie ihren Aktenschrank und holte eine kleine Flasche Remy Martin hervor und zwei große blaue Tragetaschen.

Nach einem großen Schluck Cognac machte sie sich ans Werk.

Als Olivia, gertenschlank wie ein Windhund und in einem Chanel-Kostüm, das teuer raschelte, als wäre es mit Fünf-Pfund-Noten abgesetzt, in das Restaurant im Ritz rauschte, saß Mel dank ihrem Freund Louis, dem Maître, bereits am besten Tisch des Lokals, mit Blick auf den St.-James-Park.

»Melanie, Darling, hallo!« Olivia lächelte so zuckersüß, daß Mel glaubte, sich sogleich in das exquisite Blumenarrangement übergeben zu müssen.

»Hast du schon gewählt?«

Mel war in der Überzeugung erzogen worden, daß die Wahl des Menüs nichts mir Vorlieben, sondern lediglich damit zu tun hatte, wo man sich selbst auf der sozialen Skala einordnete. Nimm das Teuerste, was die Karte zu bieten hat, und du wirkst gierig, nimm das Billigste, und du wirkst genauso billig. Das ungeschriebene Gesetz in der Oberschicht lautete: Wähle stets aus der Mitte.

Zum Teufel damit! Sie suchte auf der Karte nach dem teuersten Menü, das es gab.

Olivias Blick meidend, wandte sie sich direkt an den Ober: »Danke, Louis. Ich nehme den Hummer und dazu Kaviar.«

Ein unterdrücktes Husten ließ darauf schließen, daß Olivia sich leicht am Champagner verschluckt hatte.

Der Ober wandte sich ihr zu. »Und Sie, Madame?«

»Ich verzichte heute auf die Vorspeise, Louis. Eine kleine gegrillte Seezunge. Keine Butter, wie immer.«

Der Ober verschwand.

»Verrate mir ein Geheimnis, Olivia, hast du wirklich *überhaupt* kein Laster?«

Olivia beugte sich verschwörerisch zu ihr herüber. War das der Augenblick, ihr zu gestehen, daß sie lesbisch, eine Kokserin und kaufsüchtig war?

»Um ehrlich zu sein« – Olivia senkte die Stimme und sah sich um –, »bei Diätkeksen kann ich einfach nicht widerstehen.«

»Du machst Witze.«

»Nein.« Olivia klang, als verrate sie ein Staatsgeheimnis. »Die haben pro Stück nur achtzehn Kalorien, das macht dreihundertachtzig Kalorien bei einer ganzen Schachtel.«

Mel war sprachlos. Konnte man, selbst wenn man Olivia war, eine ganze Schachtel Diätkekse essen? Konnte man das *wollen*? Schließlich hatte ein Marsriegel auch nicht mehr als dreihundertachzig Kalorien.

Mel schaute auf ihre Armbanduhr. Es war Viertel nach eins, und sie nahm an, daß Olivia das eigentliche Thema nicht vor zwei Uhr ansprechen würde. Solche Essen folgten einem unumstößlichen Muster, das man nur auf eigene Gefahr abänderte. Zuerst ein Aperitif und etwas Tratsch, wer auf dem aufsteigenden und wer auf dem absteigenden Ast war. Dann das Hauptgericht und Mineralwasser, während man sich zwar über das Geschäft unterhielt, aber nur sehr allgemein. Kein Dessert – natürlich nicht. Zum Abschluß ein Espresso oder für den Diät-Verachter ein Cappuccino. Erst dann konnte man sein Filofax zücken und loslegen.

Präzise um drei Minuten nach zwei stellte Olivia die Tasse Kaffee beiseite. »Nun, Melanie, ich denke, wir müssen uns einmal unterhalten. Ich habe dich die letzten Wochen beobachtet. Ahnst du, auf welchen Gedanken ich dabei gekommen bin?«

»Darauf, daß ich eine hervorragende Redakteurin bin und daß du mich unbedingt befördern mußt?«

Olivia ignorierte das. »Daß du nicht mehr wirklich an *Femina* glaubst, Melanie.«

Mel überlegte, ob sie den Vorwurf abstreiten sollte. Aber es stimmte. Sie hatte an eine *Femina* geglaubt, die es auch einmal wagte, die eigene Philosophie in Frage zu stellen, nicht an eine, die sich weigerte, die Realität, die einem ins Gesicht geschleudert wurde, zu erkennen, und die weiterhin predigte, daß Arbeit allein Frauen glücklich machte.

Zu Mels Entsetzen ergriff Olivia ihre Hand. Sie fühlte sich kühl und glatt an wie kostbarer polierter Stein. »Mel, meine

Liebe, ich weiß, das muß jetzt ein Schock für dich sein, aber ich finde, du solltest gehen, bevor die Dinge häßlich werden. Schließlich wollen wir doch nicht, daß Blut fließt, oder? Besonders nicht deines, nach allem, was *Femina* dir zu verdanken hat.«

Olivia langte in ihre Handtasche und reichte Mel einen Umschlag. »Zwei Jahresgehälter. Allerdings sind gewisse Bedingungen daran geknüpft.«

Mel fragte sich, was Olivia so viel wert sein konnte.

»Du darfst unter keinen Umständen der Presse gegenüber deine verrückten Ideen erwähnen.«

Gott, es schien sie ja wirklich schlimm zu treffen. Hundert Riesen allein dafür, daß sie über das, was auf der Hand lag, schwieg.

Aber Olivia war noch nicht fertig. »Und, du mußt sofort gehen. Du brauchst nicht zurück ins Büro zu kommen, ich werde dir deine Sachen später schicken lassen.«

Mel nahm den Umschlag und erhob sich.

Sie wollte verdammt sein, Olivia einfach so davonkommen zu lassen.

»Bemüh dich nicht, Olivia.« Sie langte unter den Tisch und zog die beiden riesigen Tragetaschen hervor. »Ich habe dir den Ärger bereits erspart.«

»Hey! Radio Brighton will ein Interview mit mir machen!«

»Ginny, das ist toll!« Liz lächelte über Ginny, die sich nicht ganz entschließen konnte, ob sie nun stolz oder nervös sein sollte. »Ich hoffe nur, daß wir mit der Zusatzbelastung klarkommen.«

Liz schaute sich in ihrem neuen Büro um, im Herzen von Lewes, zwischen Woolworth und dem Boots Drogeriemarkt, und war wieder einmal verwundert, wie schnell WomanPower wuchs.

Um sie herum piepten die Computer, während die acht neuen Angestellten in Frage kommende Bewerberinnen aufnahmen und sie Unternehmen vermittelten, die Personal suchten.

Dawn hatte sich zu einer brillanten Büromanagerin rausgemacht und den Umzug reibungslos über die Bühne gebracht. Sie hatte sogar die Telefongesellschaft dazu überredet, ihnen schnellstmöglich neue Anschlüsse zur Verfügung zu stellen. Und seit jenem Mittagessen mit Nick arbeitete sie noch härter und länger als zuvor.

Doch die wahre Offenbarung der letzten Monate war zweifellos Ginny. Sie hatte endgültig ihre Talente als Geschäftsfrau entdeckt, die jahrelang unter Haushalt und Versorgen der Kinder begraben gewesen waren. Liz fiel auf, daß Ginnys Outfit mit jeder Woche schärfer, ihre Verhaltensweise taffer und ihre Terminkalender immer dichtgedrängter wurden.

Doch da gab es noch etwas, was Liz auffiel, und das gab ihr zu denken: Ginny sprach kaum noch von Amy, Ben und Gavin.

»Hallo Liz, ich bin's, Mel.«

Liz setzte sich auf. Mel rief sie nie tagsüber an. Und, war es Einbildung, oder sprach Mel wirklich so undeutlich?

»Was ist los, Mel? Du klingst ja wie Peter O'Toole an einem schlechten Tag.«

»Ich komme gerade von einem Essen mit Olivia.«

»Und das war so furchtbar?«

»Wie man's nimmt. Sie hat hunderttausend auf den Tisch gelegt.«

»Wofür, um Himmels willen?«

»Für meinen Job.«

»O Mel, sie hat dich gefeuert? Du Arme!«

»Liz, Darling, das müßtest du aber nun wirklich besser wissen. Heutzutage feuert man seine Untergebenen nicht mehr, man läßt sie gehen.«

»Du bist also gegangen worden?«

»Ach, Lizzie«, jammerte Mel, »*Femina* war mein Leben!«

»Warum kommst du nicht für ein paar Tage zu mir, damit ich dich überzeugen kann, daß es im Leben mehr gibt als Arbeit?«

»Hast recht. Abgemacht. Und jetzt entschuldige mich bitte, ich muß mir nämlich noch ein paar Flaschen Weißwein besorgen, die ich mir heute nacht zu Gemüte führen will.«

»Dann besorg dir am besten auch gleich Alka Seltzer.«

»O Gott, Lizzie, du bist so schrecklich *vernünftig*. Man kann doch nicht schon im voraus Alka Seltzer kaufen, das verdirbt doch den ganzen Spaß an der Sache.«

Liz verabschiedete sich und legte auf. Ihr war soeben eine brillante Idee gekommen.

Mel hatte gerade die zweite Flasche ausgetrunken, als es an der Tür klingelte; wie angewurzelt saß sie da. All ihre Freundinnen und Bekannten waren zu beschäftigt, um einfach so vorbeizuschauen. Für einen spontanen Besuch war nicht genug Platz in ihren Terminkalendern, besonders jetzt nicht, da sie keine wichtige Position mehr hatte.

Argwöhnisch stemmte sie sich hoch und schwankte über den Flur zur Wohnungstür. Bei ihrem Glück war das ein Gauner, der Wind von ihrer Abfindung bekommen hatte und sie nun umbringen und ausrauben wollte. Sie schaute durch den Türspion.

Du liebe Güte! Es war Garth! Mit einem Schlag war sie stocknüchtern und huschte zum Flurspiegel. Sie war vom Ritz schnurstracks in ihre Wohnung gefahren, hatte Büro-Outfit und Make-up abgelegt, danach ein heißes Bad genommen und sich die Haare gewaschen. Es war, als wollte sie buchstäblich alles loswerden, was auch nur irgendwie an *Femina* und Olivia erinnerte. Dann war sie in ihre ältesten Jeans geschlüpft und hatte sich zwei Flaschen Wein und eine Familienpackung Marsriegel gegönnt. Und weil sie dazu auch noch ausgiebig Tränen vergossen hatte, sah sie nun entsprechend aus; wenn sie ehrlich war, mußte sie sagen, daß sie noch nie schlimmer ausgesehen hatte. Was sollte sie denn jetzt bloß tun?

Vielleicht würde er ja wieder verschwinden, wenn sie sich nicht rührte.

Aber Garth hatte eindeutig nicht die Absicht zu verschwinden. Zehn Minuten später stand er noch immer vor der Tür, den Ellenbogen auf die Klingel gestützt, und er rief durch den Briefschlitz: »Ich habe eine Nachricht von Olivia!«

Zögernd öffnete Mel die Tür einen Spalt, die Kette noch

immer in der Verriegelung, und versuchte, so wenig wie möglich von sich blicken zu lassen. »Und was ist das für eine Nachricht von Olivia?«

»Sie meinte, daß du jetzt einen kraftvollen jungen Mann gebrauchen kannst, der deine Sorgen vertreibt und dir den Nacken massiert.«

»Unsinn! Wenn Olivia junge kraftvolle Männer kennen würde, würde sie die selbst vernaschen!«

»Und? Willst du?«

»Will ich *was*?«

»Daß dir ein kraftvoller junger Mann den Nacken massiert?«

Sie starrte durch den Türspalt auf Garths Brust. Sie mußte an seine muskulösen Schenkel denken und an das Gefühl seines Körpers auf ihrem. Sie öffnete die Tür und lehnte sich dagegen.

»Ist das alles, was du zu bieten hast?« Sie zog ihn an sich und begann lächelnd seine Knöpfe zu öffnen.

Hör auf zu grinsen, schalt sich Mel. Du siehst aus wie ein Dorfdepp! Doch als sie am nächsten Morgen im Bett lag und Garths Gesicht musterte, spürte sie, wie ihr ein weiteres unverschämt zufriedenes Grinsen übers Gesicht huschte. Er war wunderschön! Und er war überhaupt kein Scheißkerl. Er hatte sich einfach nur gejagt gefühlt, und er brachte es nicht über sich, seinen Boß zu bumsen. So einfach war das. Und wenn nicht, dann war Mel entschlossen, es dennoch zu glauben.

Plötzlich klingelte das Telefon und störte Mels Tagtraum, der gerade irgendwo zwischen Heiratsantrag und Traumhochzeit in Weiß war.

»Hallo, Mel, ich bin's, Liz. Ich weiß, es hört sich verrückt an und kommt ziemlich plötzlich, aber Ginny und ich haben überlegt, ob du nicht vielleicht Lust hättest, bei WomanPower einzusteigen? Wir wachsen so schnell, daß wir eine gute PR brauchen, und wer wäre da geeigneter als du? Wir könnten dir gut ein Scheibchen von der Action abschneiden, wenn du willst. Was meinst du?«

Mel war sprachlos. »Ich? Ich soll aufs Land ziehen? Wo es

keine Salz-Beef-Sandwiches gibt, noch nicht mal türkische Restaurants, die durchgehend geöffnet haben?«

»Mel, wann warst du zum letztenmal beim Türken mitten in der Nacht essen?«

»Weiß ich nicht. Aber darum geht es doch nicht. Wenn mir um drei Uhr morgens nach einem gemischten Salat ist, kann ich einen kriegen. Ich bin eine Stadtpflanze, ich finde Müll, Handtaschendiebe und leere Taxis, die an mir vorbeirauschen, tröstlich. Ich würde nicht klarkommen mit der Stille und dem Frieden – und ohne MacDonalds.«

»Ich schon«, fiel ihr Garth ins Wort. Er war aufgewacht und bedeckte ihren Arm mit Küssen. »Ich finde, das ist eine tolle Idee.«

Sie blickte überrascht auf Garth hinunter. Sie hatte gar nicht gemerkt, daß er schon wach war.

»Ich bin auf dem Land großgeworden«, fügte er hinzu. »In Suffolk.«

»Du? Veräppel mich nicht!« Sie deckte die Muschel mit der freien Hand zu. »Ich habe dich doch letzte Woche bei Harrods in der Toy-Boy-Abteilung persönlich bestellt.«

Aus Rache fing er an sie zu kitzeln.

Während Liz noch immer auf eine Antwort wartete, hörte sie das Kichern und eine männliche Stimme im Hintergrund ein Lied singen, in dem es um die Vorzüge des Landlebens ging. Und sie wußte, daß die Welt für Mel schon wieder viel rosiger aussah.

Als die erste Ausgabe des neuen *Selden Bridge Star* aus der Druckmaschine kam, verspürte David ein Hochgefühl wie schon seit Jahren nicht mehr. Als Eigentümer und Herausgeber hatte er völlige Freiheit, was den Inhalt des Blattes betraf, und niemand würde sich einmischen oder ihn zwingen können, eine geschmacklose Titelstory zu bringen. Es war ein kleines Blatt, aber ihm haftete der betörende und kräftige Geschmack der Freiheit an.

Er mußte an die gestrige Redaktionssitzung denken. Einige

der jungen Journalisten hatten verdammt gute Ideen gehabt, der junge Nachrichtenredakteur war Feuer und Flamme gewesen, so daß David ihn hatte bremsen müssen. Da gab es nur ein Problem. Die Seite für die Frau. Sie wurde von einer netten, aber sehr alten Dame redaktionell betreut, deren Ansichten und Ideen, was Frauen interessieren könnte, ungefähr auf dem Stand von 1934 waren. Die Lösung lag klar auf der Hand. Doch jedesmal, wenn er zum Telefon griff, um Suzan Brown anzurufen und ihr den Job anzubieten, hielt ihn etwas davon ab.

Er hatte Liz gesagt, Suzan würde für ihn arbeiten, dabei hatte er sie in Wahrheit noch nicht einmal gefragt. Und er konnte nicht sagen, warum. Ob es einfach nur Stolz war und er es nicht ertragen konnte, daß Liz letztlich recht haben könnte, oder seine eigenen Zweifel, ob es richtig war, sich mit einem so jungen Ding wie Suzan einzulassen? Vielleicht aber lag es auch an einer verrückten Loyalität gegenüber Liz.

Lächerlich. Plötzlich mußte er daran denken, wie sie bei ihrem letzten Telefonat geklungen hatte. Verträumt und erregt, und er griff zum Telefon und wählte die Nummer der *Daily News*.

»Aber, Liz, wir wären doch verrückt, keine Zweigstelle in London zu eröffnen! Vielleicht noch nicht gleich, aber in einem halben Jahr.« Ginny sprang hinter ihrem Schreibtisch auf und fing an, das Zimmer zu durchschreiten. »Es ist der nächste logische Schritt. Wenn wir keine Filiale in London haben, werden wir niemals mit Nine to Five oder World of Work konkurrieren können.«

Liz sah von dem Bericht, den sie gerade studierte, auf. Besorgnis spiegelte sich in ihren Augen. »Ginny, wir *wollten* doch gar nicht mit denen konkurrieren. Ich dachte, die Idee hinter WomanPower war die gewesen, es im kleinen Rahmen aufzuziehen, damit dir und mir trotzdem noch Zeit für die Kinder bleibt.«

»Du hast recht, schätze ich. Aber WomanPower hat ein so großes Potential, es wäre doch kriminell, es einfach zu verschwenden.«

Liz seufzte. Ihr war klar, was Ginny meinte. WomanPower

hatte sich zu einem größeren Erfolg gemausert, als sie beide je geahnt hätten. Und jetzt lauerte im Hintergrund erneut ein Job, der ihr ganzes Leben einnehmen würde, wenn sie es zuließ.

Das Problem war nur: Sie selbst kannte den Preis für den Erfolg nur zu gut, Ginny hingegen nicht. Ginny hatte noch immer den Enthusiasmus der kürzlich Konvertierten. Und Liz hatte vollstes Verständnis dafür. Es mußte ein unglaublich gutes Gefühl sein, plötzlich die eigenen Talente zu entdecken und zu sehen, daß man mehr sein kann als nur Ehefrau und Mutter. Deshalb brachte Liz es nicht fertig, Ginny zu bremsen.

Sie sah auf die Uhr. Halb sieben. Sie würde nicht rechtzeitig zu Hause sein, um die Kinder ins Bett zu bringen.

»Komm, Ginny, ich fahr' dich nach Hause.«

»Danke, aber ich will noch ein paar Unterlagen durchsehen.«

»Ginny, komm jetzt, oder ich nehme dein Funktelefon mit.«

»Okay, okay.« Ginny erwiderte ihr Grinsen. »Hast mich ja überzeugt.«

Doch worauf Liz nicht gefaßt war, war das Bild, das sich ihnen bot, als sie Ginny eine halbe Stunde später vor dem Haus absetzte. Inzwischen war es kalt und dunstig geworden, das Haus lag im Dunkel, und drinnen war es bitterkalt. Ginny spürte Liz' Überraschung, eilte vor und begann hastig, Feuer zu machen.

Doch der schlimmste Schock war die Küche. Die Kälte schien sogar durch den Bohlenboden zu kriechen, und Liz fing automatisch an, von einem Fuß auf den anderen zu treten, um sich warm zu halten.

»Mist«, entschuldigte sich Ginny, »ich habe wohl vergessen, den Ofen durchzurütteln.«

»Wo sind denn die Kinder?«

»Welcher Tag ist heute?«

»Dienstag.«

»Dann hat sie heute die Kinderfrau von der Schule mit zu sich genommen, und Gavin holt sie nachher auf dem Weg von der Arbeit ab.« Sie kramte im Gefrierfach nach einer Fertig-

Quiche und schob sie in die Mikrowelle. »Ich bin mittwochs und freitags dran. Möchtest du etwas trinken?«

Liz zögerte einen Sekundenbruchteil. Vielleicht sollte sie noch bleiben und versuchen, Ginny zu überreden, die Arbeit etwas langsamer anzugehen.

Doch wieso sollte sie? Es war Ginnys Leben, nicht ihres. Und Ginny würde es wahrscheinlich als Gipfel der Heuchelei empfinden, wenn ausgerechnet sie sich einmischte. »Nein, danke. Ich muß nach Hause, bin selbst spät dran.«

Sie nahm ihre Tasche, die auf einem der Küchenstühle stand, und ging zur Tür. Sie freute sich schon auf ihr Zuhause, wo es warm war, Minty gerade die Kinder badete und zwei kleine Pyjamas über dem Aga hingen.

Plötzlich wurde sie sich vollends bewußt, was der Erfolg von WomanPower Ginny bereits jetzt kostete. Ihr Zuhause, einst ein Ort der Wärme und Liebe, war nun ein Haus wie jedes andere. Und Liz wußte, daß etwas unermeßlich Wertvolles verlorengegangen war und daß sie mit Ginny darüber reden mußte, ehe es zu spät war.

Aber wie konnte sie? Sie, die ihre Kinder manchmal wochenlang kaum gesehen hatte? Die so sicher gewesen war, daß einer Frau das Recht zustand, alles zu haben. Sie mußte achtgeben und jetzt die richtigen Worte finden.

»Ginny«, begann sie behutsam, stellte die Tasche wieder ab und versuchte, möglichst locker zu klingen. Sie ahnte, wie allergisch Ginny reagieren würde. »Findest du nicht, daß du es mit WomanPower ein wenig übertreibst? Du bist ja mehr im Büro als hier ...«

Sie überlegte, wie sie es ihr sagen sollte, ohne selbstgerecht zu klingen.

Doch das Problem erledigte sich von selbst, da Gavin mit Ben und Amy hereinkam.

Er warf einen Blick auf die Silberschachtel in Ginnys Hand. »O nein«, beschwerte er sich betrübt, »doch nicht schon wieder Quiche!«

»Also, was denken Sie?«

David hatte Suzan durch die Redaktion geführt und ihr die erste Ausgabe gezeigt.

Sie ließ sich mit dem Durchsehen ein paar Minuten Zeit. Dann blickte sie auf und sagte lächelnd: »Das Blatt hat großes Potential!«

David lachte. »Sie wollen sagen, es ist provinzieller Bockmist!«

Suzan sah ihm nur zögernd in die Augen: Sie wollte weder sehen, wie die Begeisterung in seinem Gesicht wich, noch sich selber eingestehen, daß sie ihren Entschluß längst bedauerte.

»Na ja, mit der *News* ist es kaum zu vergleichen.«

»Gott sei gedankt, wenigstens so viel. Natürlich ist es Mist, Suzan. Die Belegschaft hier hat jahrelang ein Provinzblättchen produziert, und plötzlich kommt jemand daher und verlangt Engagement, Frische und Mut. In Anbetracht der Umstände haben sie nicht mal schlecht gearbeitet. Aber in drei Monaten wird man das Blatt nicht mehr wiedererkennen. Und daran werden Sie mindestens ebenso großen Anteil haben wie ich.«

»Okay.« Sie lächelte erleichtert, daß er noch immer der David war, den sie kannte. Und daß er nicht, wie man sich im The Stab, der Stammkneipe der *Daily-News*-Redaktion erzählte, den Verstand verloren hatte.

Zum Glück hatte Suzan nichts von dem anderen Gerücht mitbekommen, das über sie und David kursierte. Nämlich, daß nur ein möglicher Grund dafür in Frage kommen konnte, warum sie ihm in das verdammte Kuhkaff nachgelaufen war. Und der stellvertretende Chefredakteur hatte sogar eine Wette eröffnet, wie lange es dauern würde, bis es passierte.

Suzan stellte die Tasche auf ihrem neuen Schreibtisch ab und lächelte David zu. »Dann wollen wir mal.«

Er erwiderte das Lächeln. Er kannte Suzan gut genug, um zu wissen, was ihr gerade durch den Kopf ging. Sie dachte, daß sie einen schrecklichen Fehler begangen hatte, aber trotzdem versuchen würde, das Beste aus der Situation zu machen. Das war es, was er am meisten an ihr mochte. Ihre Entschlossenheit.

Und als sie zum Telefon griff, um ihren ersten Anruf als neue Redakteurin für den *Selden Bridge Star* zu tätigen, wurde ihm schlagartig klar, an wen sie ihn erinnerte. An Liz. Sie hatte denselben Mumm, dieselbe Entschiedenheit, die Dinge ins Positive zu kehren. Selbst die Kurve ihres Nackens und die Art, wie sie den Kopf hielt, ließ ihn an Liz denken.

Plötzlich ärgerte sich David über sich selbst und wandte sich abrupt um. Er mußte Liz wirklich endgültig aus dem Kopf kriegen. Als er wieder aufschaute, bemerkte er, daß Suzan ihn ansah, und er lächelte. Sie war wirklich ein bildhübsches Mädchen.

»Hallo, Ginny.« Liz setzte sich am nächsten Morgen auf die Kante des Schreibtisches und lächelte entschuldigend auf Ginny herab. »Hör zu, es tut mir leid wegen gestern abend. Warum gehen wir nicht zusammen essen und besprechen, wie wir die Arbeitssituation für uns alle etwas leichter gestalten können?«

Ginny schenkte ihr einen kühlen Blick. »Nein danke, Liz, ich habe heute keine Zeit.« Ihr Ton ließ darauf schließen, daß sie nie Zeit haben würde, egal, wann Liz fragte.

Liz nahm ihre Aktenmappe und ging in ihr Büro. Drinnen lehnte sie sich gegen die Tür, schloß die Augen und hoffte wider besseres Wissen, daß WomanPower Ginny und sie nicht die Freundschaft kosten würde.

Draußen schien es plötzlich irgendwelchen Ärger zu geben. Doch wohl nicht ein unzufriedener Kunde? Vielleicht ein Penner, der von der Straße hereinmarschiert war? Sie vergaß Ginny und öffnete die Tür einen Spalt breit.

Gavin stand mitten im Büro, Ben an der einen und Amy an der anderen Hand. Liz hatte ihn noch nie so wütend gesehen.

»Mein Gott, Ginny, was ist nur los mit dir? Ben hatte heute seinen Termin für die Asthma-Untersuchung im Krankenhaus. Wir haben Monate darauf warten müsssen, und jetzt ruft mich das Krankenhaus an, um zu fragen, wo wir bleiben.«

Ginny wirkte betroffen. »Tut mir leid, ich habe es völlig verschwitzt.«

»So wie du es letzte Woche einfach verschwitzt hast, die beiden von der Kinderfrau abzuholen? Liebe Güte, Ginny, wir sehen dich ja kaum noch. Zählen wir denn gar nicht mehr?

»Um Himmels willen, Gavin, sei doch nicht albern! Wieso kannst *du* dich nicht ausnahmsweise mal um die Arzttermine kümmern? Warum muß *ich* immer alles erledigen?«

Ben, der sonst so tapfer und erwachsen war, brach beim ungewohnten Anblick seiner sich vor allen Leuten streitenden Eltern in Tränen aus, und die kleine Amy tat es ihm nach.

Zum erstenmal schien Ginny zu begreifen, wo sie überhaupt war und was gerade geschah. Sie drückte Amy an sich und strich ihr über den Kopf. »Nicht weinen, Schatz, es ist alles in Ordnung.«

Dann sah sie Liz, die an der Tür lehnte, und nun schien sie endlich zu begreifen, was Liz ihr versucht hatte zu sagen. »O Lizzie!« Sie lief zu ihr, und Liz nahm sowohl Ginny als auch Amy in die Arme, selber fast zu Tränen gerührt. »Nichts ist in Ordnung, stimmt's? Was sollen wir nur tun.«

»Ich weiß nicht, Ginny, aber wir werden uns schon was ausdenken.«

Und als sie das sagte, wußte sie, daß sie eine Lösung finden würden. WomanPower war eine brillante Idee. Doch es war zu einem Monster geworden, das sie mit Haut und Haaren und mitsamt ihren Familien verschlingen würde, wenn sie nicht etwas dagegen unternahmen.

»Auf jeden Fall brauchen wir mehr Leute. Häuptlinge und Indianer.« Liz hatte die ganze Nacht gegrübelt, was sie mit WomanPower machen sollten.

«Und wer soll das sein?«

»Mel, zum Beispiel. Ich habe schon mit ihr gesprochen, und sie denkt ernsthaft darüber nach.«

Ginny war skeptisch. »Mel würde doch nie aus London wegziehen. Sie braucht den Rummel.«

»Das war vor Garth.«

»Und wer ist dieser Garth?«

»Ich habe ihn noch nicht kennengelernt, aber laut Mel ist es die *große* Liebe. Und Garth will unbedingt wieder aufs Land.«

»O mein Gott, erzählt mir nicht, er ist einer von diesen Sloane-Ranger-Typen mit ihren schicken grünen Gummistiefeln und Jeeps, die hier herumkurven und den Naturburschen markieren.«

»Nein, glaub' ich nicht. Was ich von Mel gehört habe, ist er eher der Typ Texas-Ranger.«

»Na ja, das ist immerhin was, vermute ich.«

»Aber Mel allein reicht nicht.« Liz kaute nachdenklich auf ihrem Stift. »Wir bräuchten noch einen Berater, jemanden, der eine eigene Firma gehabt hat und uns sagen kann, ob WomanPower zu den Bedingungen, die wir uns gesetzt haben, funktionieren kann. Ehrlich gesagt...« Liz sah einen Moment auf ihre Hände, »hätte ich da schon jemanden im Auge.«

»Und wen?«

»Britt.«

Ginnys Kopf schnellte überrascht hoch. »Britt?« quiekte sie.

»Ja, Britt«, wiederholte Liz entschlossen. »Du weißt doch noch, die große Blonde, mit der mein Mann durchgebrannt ist...«

»Okay, ich mach' es, aber nur unter zwei Bedingungen.« Britt saß Liz an dem runden Tisch gegenüber, an dem alle wichtigen Besprechungen von WomanPower stattfanden.

Liz fühlte, wie ihr ein Stein vom Herzen fiel. Britt würde Klarheit schaffen. Sie war die beste Geschäftsfrau, die Liz kannte. Und es schien ihr wieder viel besser zu gehen. Offensichtlich hatte sie sich nach der Fehlgeburt in die Arbeit gestürzt, um zu vergessen. Sie war wieder ganz die alte Britt, nur viel, viel netter.

»Und die lauten?«

»Erstens: Ich bekomme komplette Einsicht in eure Finanzen, bis hin zum letzten Penny, bis zu den Ausgaben für Büroklammern. Und zweitens...« Sie zögerte einen Moment.

»Zweitens?«

»Zweitens erwarte ich, daß ihr mich nicht haßt, wenn ihr euch von mir ein paar bittere Wahrheiten anhören müßt.«

»Genau das brauchen wir.«

Britt starrte in ihren Kaffee. »Liz, da gibt es noch etwas, was ich dir sagen wollte. Danke, daß du mich gefragt hast.«

»Danke, daß du zugesagt hast.«

Ihre Blicke trafen sich für eine Sekunde und besiegelten das Vertrauen, das wieder zwischen ihnen aufkeimte.

Als Liz ging, um die Bücher zu holen, die Britt benötigte, steckte Ginny den Kopf zur Tür herein.

»Hallo, Britt, wann fängst du an?«

»Montag.«

»Wie wär's mit Sonntag? Komm doch zum Essen. Gavin und ich haben eine kleine Feier geplant. Wir sehen es als eine Art Neuanfang für unsere Ehe. Beginn um zwölf. Genug Essen für eine ganze Armee und danach ein Nickerchen im Lehnstuhl mit der Sonntagszeitung auf dem Schoß.«

»Vielen Dank, Ginny, das hört sich wirklich verlockend an, aber ich bin leider schon verabredet.«

»Wie schade...« Ginny senkte die Stimme zu einem Flüstern. »Du verpaßt nämlich Mr. Perfekt. Liz bringt ihn endlich mit, um ihn ganz offiziell vorzustellen.«

»Wenn das so ist«, flüsterte Britt grinsend zurück, »lasse ich natürlich alles andere sausen und komme. So, wie Liz aussieht, kann ich es kaum erwarten, ihn kennenzulernen.«

Am Sonntag hatte das Wetter ein Einsehen, und es war ein wundervoller Frühsommertag; schon morgens schien die Sonne am strahlendblauen Himmel.

Ginnys Gäste verteilten sich im Garten, während die Kinder durch den Obstgarten tollten.

Britt beobachtete Liz und staunte, wie sehr sie sich in den letzten Monaten verändert hatte. Nun, da die Sorge um WomanPower mit auf Britts Schultern verteilt war, zumindest für ein oder zwei Wochen, strahlte sie vor Glück.

Diskret hielt Britt Ausschau nach dem Mann, der das bewirkt

hatte. Sie kannte die anwesenden Gäste, bis auf einen, der sich angeregt mit Gavin unterhielt. Es war ein hoch aufgeschossener, attraktiver Mann mit ungewöhnlich grünen Augen und so dezent teuer gekleidet, daß er aussah wie aus einer Werbeanzeige entstiegen.

Wieso hatte sie bei Nick Winters nur so ein ungutes Gefühl? Er war umwerfend und reich, und er machte Liz glücklich. Aber warum hatte ihn noch kein cleveres Girl vor den Altar gezerrt.

Plötzlich spürte sie, wie sie sanft in seine Richtung geschoben wurde. Liz stand hinter ihr.

»Nick, du mußt unbedingt Britt kennenlernen.«

Plötzlich sahen die ungewöhnlich grünen Augen Britt an. Und dann lächelte Nick. Aber es war nicht das freundliche, herausfordernde Lächeln, das sie an David so geliebt hatte. Ihr kam es vielmehr kalkuliert charmant vor, als wäre dieser Charme weniger eine natürliche Eigenschaft als vielmehr ein nützliches Mittel zum Zweck.

Nick wandte sich einem älteren Herrn in einer teuren Kaschmirstrickjacke zu, der neben ihm stand.

»Darf ich Ihnen meinen Geschäftspartner vorstellen, Henry Carlisle?«

Britt schenkte dem älteren Herrn ein Lächeln, besah sich seine manikürten Fingernägel und makellos blankgeputzten Schuhe und spürte die müde Geduld, die er an sich hatte. Und mit einemmal paßten sehr viele Dinge für sie zusammen.

»Na, wie findest du Mr. Perfekt?«

Mel war so begierig, Britts Urteil zu hören, daß sie ganz vergessen hatte, daß sie eigentlich nie wieder ein Wort mit ihr wechseln wollte. Sie ließ sich auf die Sessellehne plumpsen und vergoß dabei beinahe ihren Drink.

Britt sah in den Garten, wo Liz und Nick über etwas lachten. Die Sonne tauchte sie in ihren Glanz. Ein goldenes Paar.

»Er scheint Liz wirklich glücklich zu machen.«

»Ja.« Mel nippte an ihrem Weißwein und beobachtete die beiden über den Rand des Glases. Ein kaum auszumachender

Unterton lag in ihrer Stimme, als sie sagte: »Ja, das tut er, nicht wahr?«

»Übrigens« – Britt lächelte Mel aufrichtig erfreut an – »Glückwunsch. Ich habe gehört, du steigst bei WomanPower ein.«

»Ja, verrückt, nicht wahr? Ich werde die PR übernehmen und aushelfen, wo es nötig ist. Ich kann nicht sagen, wie lange ich es aushalten werde – ich bin eine ziemliche Stadtratte. Aber Garth ist total begeistert von der Idee.«

Britt versuchte vergeblich, sich Garth mit seinem Pferdeschwanz in Knickerbockern und einem Gewehr über der Schulter auszumalen. Wenn das stimmte, was Mel über seine Ausstattung erzählte, dann würde er über sein Ding stolpern.

Mel sprang auf, als ihr wieder einfiel, daß sie ja versprochen hatte, eine Platte Canapés herumzureichen. Wenn Ginny die Küche verlassen hatte für ein Leben als erfolgreiche Geschäftsfrau, dann hatte sie sich heute ganz eindeutig reingewaschen. Mel mußte sich schon arg zusammenreißen, um nicht von allem auf der Platte zu naschen, als sie damit hinaus in den Garten ging.

Als sie sich dann doch einen kleinen Happen gönnte, schaute sie sich kauend und mit schlechtem Gewissen um. Aber es saß niemand mehr von den Gästen im Wohnzimmer. Die Sonne hatte sie alle nach draußen gelockt, und Mel folgte ihnen.

Doch zwei Schritte vor der Verandatür hielt sie plötzlich inne. Draußen stand Nick, und er war allein. Liz mußte aus ihrem Sessel aufgestanden sein, um sich einen Drink zu holen, und Nick schaute ihr mit einem so leidenschaftlichen Blick nach, daß Mel wie angewurzelt dastand und ihn anstarrte.

Glückliche Liz! Vor Neid seufzend, trat Mel mit der Platte in der Hand auf die Veranda. Doch Liz war nirgends zu sehen. Und dann stellte Mel mit einem kleinen Anflug von Angst fest, daß nur noch eine einzige Person auf der Terrasse saß. Nicks Blick hatte nicht Liz gegolten – sondern Garth.

31

Liz erwachte und sah sich verträumt um – die Sonne drang durch die Vorhänge in Nicks Schlafzimmer und tauchte die Eichenvertäfelung in Gold. Sie streckte die Hand aus, um das Holz zu berühren. Es fühlte sich warm an, obwohl es ein kühler Morgen war.

Sie liebte es, hier in diesem wunderschönen Haus aufzuwachen, mit den knarrenden Böden und sonnendurchfluteten stuckverzierten Räumen. Gewöhnlich fuhr sie abends heim, damit Jamie und Daisy sie nicht vermißten, aber heute war Sonntag, und die Kinder waren bei Ginny.

Sie rollte sich zur Seite, um Nick mit einem Kuß zu wecken, doch das Bett war leer. Plötzlich verspürte sie eine seltsame Panik. Nick war gegangen, verschwunden, er hatte sie ohne ein Wort allein gelassen. Und mit einemmal wurde ihr klar, wie sehr er ihr fehlen würde, wenn er es wirklich täte. Er mochte sie ja manchmal mit seiner Sprunghaftigkeit zum Wahnsinn treiben, aber das, so lernte sie mit der Zeit, war typisch für Nick.

Dann hörte sie ihn die Treppe heraufkommen. Ein paar Sekunden später schwang die Tür auf, und er stand da, mit einem weißgedeckten Frühstückstablett und einer Rose.

Als sie den Duft von Kaffee und frischen Croissants schnupperte, mußte sie lächeln. Sie stopfte sich Kissen in den Rücken. Ein weiterer perfekter Morgen. Es war erstaunlich, wieviel Mühe er investierte, um sicherzugehen, daß alles perfekt war.

Nach dem Frühstück blickte sie auf die Uhr und sah ihn voller Zuneigung an. »Ich muß jetzt nach Hause.«

Nick lächelte. Es war ein charmantes Lächeln, an der Grenze zur Selbstgefälligkeit, aber eben gerade darunter. »Mmh-mmh, du fährst nicht nach Hause.«

»Warum nicht? Ich muß Jamie und Daisy abholen.«

»Nein, mußt du nicht, sie bleiben bei Ginny.«

Seine trotzige Miene trieb sie zum Wahnsinn.

»Was soll denn das heißen?«

Als er sich auf die Bettkante setzte, konnte er die Überraschung unmöglich noch länger für sich behalten. »Das soll heißen, daß wir beide ein verlängertes Wochenende haben.«

Liz verschluckte sich beinahe an ihrem Kaffee. »Aber ich habe überhaupt nichts zum Anziehen dabei.«

»Hast du wohl...« Er langte unters Bett und zog einen Koffer hervor. »Ginny hat alles gepackt.«

Liz schlug die Hände vors Gesicht. Sie konnte es kaum fassen. Eines mußte man Nick lassen, mit ihm war das Leben nie langweilig oder berechenbar.

»Und wohin fahren wir?«

Jetzt war die Selbstgefälligkeit in seinem Ton unverkennbar, und doch gewinnend, äußerst gewinnend. »Das ist ein Geheimnis.«

Liz sah aus dem Seitenfenster auf die vorbeifliegende Landschaft und räkelte sich behaglich auf ihrem Sitz. Sie fuhren Richtung Ostküste. Wunderbar! Sie liebte die Küste von Suffolk. So wild und einsam mit den endlosen menschenleeren Stränden und diesem einzigartigen Licht, das schon so viele Maler inspiriert hatte. Eine Unendlichkeit weit von ihrem gemütlichen Sussex entfernt.

Fast zwei Stunden später bog Nick kurz vor Woodsbridge nach links auf eine schmale Landstraße ab und fuhr kurz darauf auf eine versteckt liegende Auffahrt, die an einem atemberaubenden Tudor-Herrenhaus endete. Es war ein perfekt restauriertes Gebäude mit sechs Giebeln, von oben bis unten mit Efeu bewachsen und mit hohen Schornsteinen. Ein diskretes Schild verriet, wo sie waren – im »Seckford Hall Country House Hotel«.

Doch so außergewöhnlich das Gebäude selbst auch war – die Ähnlichkeit mit einem anderen Haus nahm Liz den Atem. Es erinnerte, wenn es auch größer und imposanter war, ihrem Elternhaus, Five Gates Farm.

»O Nick, das ist ja unglaublich...«

»Ich wußte, daß es dir gefällt.« Er strich ihr übers Haar.

»Warte, bis du das Zimmer siehst. Ich hoffe nur, die Broschüre hat nicht zuviel versprochen.«

»Zimmer sieben, Sir?« Der Hotelmanager lächelte. »Das Tudorzimmer, unser schönstes.« Und dann führte er sie durch die weitläufige Halle, wo die anderen Gäste ihren Nachmittagstee einnahmen, vorbei an einem Aquarium mit lebenden Hummern, die am selben Tag im nahen Aldeburgh gefangen worden waren, und schließlich die Holztreppe hinauf zu ihrem Zimmer.

Er öffnete ihnen die Tür und trat stolz zur Seite. Liz schnappte nach Luft. Mitten im Zimmer stand als absolutes Prunkstück das größte Bett, das sie je gesehen hatte.

»Es ist das älteste Möbelstück im ganzen Haus«, erklärte der Manager strahlend. »Aus dem Jahre 1587. Es ist so groß, daß es bisher niemandem gelungen ist, es aus dem Gebäude zu tragen.« Er senkte ehrfürchtig die Stimme und fügte leiser hinzu: »Ich durfte Queen Elizabeth in Seckford Hall bewirten, wissen Sie, und sie nächtigte in diesem Bett.«

Liz konnte es nicht fassen.

»O Nick, das ist umwerfend!« Sie fiel ihm um den Hals, während sich der Manager dezent zurückzog. »Das schaffst nur du, ein Bett zu finden, in dem wirklich die Königin geschlafen hat.«

Liz lehnte sich aus dem rautenförmigen Fenster und schaute auf die schier endlosen Rasenflächen und den kleinen See. Am Ufer saßen einige Gäste, die sich dort, unter einem großen Walnußbaum, einen frühen Aperitif gönnten.

»Was für ein wunderschönes Haus. Was glaubst du, wie alt ist es wohl? Fünfzehntes Jahrhundert? Sieh dir diese Verzierungen auf den Ziegeln an...«

Nick ließ sie den Satz nicht beenden. Er drehte Liz sanft zu sich herum, lehnte sie gegen das Fenster und bedeckte sie mit Küssen, bis sie alles Interesse an der Tudorarchitektur vergessen hatte. Als sie ihm die Arme um den Hals schlang, hob er sie hoch und trug sie zu dem riesigen Bett.

»Und *nun*, Mylady...«

Er lächelte verführerisch und begann sie auszuziehen. Es war perfekt. Das Bett, das Hotel. Und jetzt das.

»Komm, du Schlafmütze, mach dich hübsch. Zeit für den Cocktail vor dem Abendessen.« Nick gab ihr einen Klaps auf den Allerwertesten. »Ich habe uns Hummer bestellt.«

Liz wachte auf; sie lag noch immer auf dem Teppich, allerdings unter einer Decke, die Nick im geräumigen Kleiderschrank gefunden haben mußte. Sie blickte auf die Uhr. Halb acht! Wo waren die letzten zwei Stunden geblieben? Und sie hatte noch nicht mal ausgepackt.

»Gib mir fünf Minuten. Ich möchte nur kurz duschen. Geh ruhig schon nach unten und nimm einen Drink.«

Er küßte sie auf die Schulter und schlüpte leise aus der Tür.

Liz sprang auf, eilte unter die Dusche und spürte, wie das heiße Wasser sie im Handumdrehen neu belebte. Sie hoffte nur, daß Ginny die richtige Kleidung für sie eingepackt hatte.

Gottlob, da war ihr Schwarzes – *und* schwarze Stockings und Pumps. Und Ginny, sie sei gesegnet, hatte sogar an einen Spitzen-BH und Höschen gedacht. Noch etwas Parfüm, und sie war fertig – keine fünf Minuten hatte es gedauert.

So glücklich wie schon seit Wochen nicht mehr – WomanPower und all die damit verbundenen Gedanken waren weit, weit weg – ging sie die Treppe hinunter, um sich mit Nick im Großen Saal zu treffen. Auf halbem Weg blieb sie stehen, um sich einen der Wasserspeier näher zu besehen. Plötzlich horchte sie überrascht auf. Sie vernahm laute Stimmen dort unten. Jemand schien sich über etwas zu beschweren.

Als sie auf dem unteren Treppenabsatz ankam, erkannte sie zu ihrem Entsetzen, daß es Nicks Stimme war. Er stritt sich mit einem jungen Kellner, der noch so unerfahren aussah, daß Liz annahm, daß er eine Urlaubsvertretung war.

»Es tut mir leid, Sir, wirklich, sehr leid. Aber es war ein Versehen. Der Hummer war leider schon vor Ihrer Ankunft vergeben.«

»Das ist eine Unverschämtheit. Sie haben mir gesagt, ich

kann den Hummer ordern. Also werde ich darauf bestehen!« Nick sprach so laut, daß sich sämtliche Gäste in der Lobby zu ihm umwandten. Gott, sie haßte Szenen. Wie, um alles in der Welt, konnte sie ihn nur beruhigen?

»Es tut mir schrecklich leid, Sir.« Liz sah, wie sich der Kellner unbehaglich umsah; offensichtlich fürchtete er, der Manager könnte jeden Moment auftauchen. »Vielleicht darf ich Ihnen statt dessen Châteaubriand Bearnaise anbieten? Es ist die Spezialität unseres Kochs.«

»Ich will kein verdammtes Steak. Ich will Hummer!«

Liz war verblüfft. Nick führte sich auf wie Jamie. »Nick. Nick, Darling, ich liebe Châteaubriand!«

»Mag sein, ich aber nicht. Außerdem habe ich schon den Wein gewählt, und der paßt unmöglich zu Steak!«

Zu ihrem Entsetzen schrie Nick jetzt sogar. Sie griff ihn fest am Arm. »Wollen wir uns nicht ansehen, was die Speisekarte im Großen Saal zu bieten hat?« Sie glaubte, daß ihn ein Glas Sherry am Kamin besänftigen würde.

Aber da irrte sie. »Ich will die verdammte Karte nicht sehen. Ich möchte den Manager sprechen.«

Der junge Kellner sah aus, als würde er gleich vor Nick auf die Knie fallen und ihn anflehen, doch das Steak zu nehmen.

Liz verlor langsam die Geduld. »Nick, um Himmels willen, es ist doch nur ein Abendessen. Ich bin sicher, daß zig andere Köstlichkeiten auf der Karte stehen.«

Doch Nick weigerte sich nachzugeben. »Darum geht es nicht! Zweihundert Pfund für das Zimmer, und der Service ist mieser als im Bahnhofsrestaurant...«

»Entschuldigen Sie bitte...« Liz drehte sich um und sah sich einem älteren amerikanischen Paar gegenüber. «Dürfen wir Ihnen unseren Hummer anbieten? Wir kommen aus Maine, und für uns ist Hummer so etwas wie Eintopf. Wir essen ihn praktisch jeden Tag.«

Die mütterlich wirkende Dame lächelte. »Wir werden das Roastbeef probieren. Wennn wir schon einmal in England sind...« Liz errötete bis unter die Wurzeln ihres braunen

Haarschopfs. »Das ist wirklich sehr nett von Ihnen, vielen, vielen Dank. Aber das können wir unmöglich annehmen…«

Noch ehe sie den Satz beenden konnte, drehte sich Nick strahlend zu ihnen um. »Das ist wirklich sehr zuvorkommend von Ihnen.« Er schenkte ihnen sein entwaffnendstes Lächeln. »Sehen Sie, ich habe bereits eine Flasche Entre Deux Mers bestellt, und der paßt nun einmal ganz und gar nicht zu Steak.«

Ohne ein weiteres Wort des Dankes und offensichtlich bemüht, sich nicht in ein längeres Gespräch mit den betagten amerikanischen Herrschaften verwickeln zu lassen, führte er Liz in den Speisesaal. Liz wußte, daß sie ihr Essen nach diesem Vorfall ohnehin unmöglich genießen konnte.

»Alberne alte Trottel«, flüsterte Nick ihr zu. »Wahrscheinlich trinken sie Coca Cola zu ihrem Essen.«

Liz wagte es nicht, sich umzuschauen und herauszufinden, ob die beiden diese Bemerkung mitbekommen hatten.

Später am Abend, nach einem hervorragenden, aber schrecklich angespannten Essen – Muscheln St. Jaques und Aldeburgh-Hummer in Butter –, zeigte sich Nick zu Liz' endloser Erleichterung dem amerikanischen Paar gegenüber erkenntlich, ließ ihnen eine Flasche Champagner an den Tisch bringen und lud sie dann ein, sich ihnen zum Kaffee im Großen Saal anzuschließen. Dort, vor dem Kamin, bei Kaffee und Likör, betörte er die beiden mit seinem Charme und unterhielt sie mit urkomischen Geschichten aus dem Leben der englischen oberen Zehntausend; und selbst Liz war erstaunt, als er dem Paar zum Abschied seine Visitenkarte überreichte.

In Selden Bridge waren David und die wichtigsten Redakteure noch spät im Büro und legten letzte Hand an eine Sonderausgabe des *Star*, damit sie in Druck gehen konnte. David sah sich im hell erleuchteten Raum mit den Computern, Melaminständern für den Klebeumbruch und dem dicken Teppich um. Es war angenehm, hier zu arbeiten, so ganz anders als die Redaktionen, bei denen er einst angefangen hatte.

David sah das erste frisch aus der Druckpresse stammende Exemplar durch und stellte wieder einmal zufrieden fest, wie sehr sich die Seite für die Frau in den wenigen Wochen, seit Suzan in der Redaktion war, herausgemacht hatte. Es war eine der beliebtesten Rubriken des Blattes geworden, was die Zahl an Zuschriften von Leserinnen bewies; und sie schien sogar noch neue Leser anzuziehen, also spielte David mit dem Gedanken, dem Ressort mehr Platz in der Zeitung einzuräumen.

Suzan war ein echtes Talent. Ein begeisterungsfähiges Energiebündel, immer bereit, die Ärmel hochzukrempeln, und mit ihrem Schreibstil konnte sie es noch sehr weit bringen. David wunderte sich noch immer, daß sie sein Angebot angenommen hatte. Samstag abend um zehn Uhr in der Redaktion eines kleinen Provinzblättchens zu hocken – tat sie das wirklich seinetwegen?

Er lächelte, als er sah, wie sie ihren Kram in ihren Rucksack packte. Notizbuch, Ordner, Stifte und das zerfledderte Adreßbuch, ohne das sie nirgendwohin ging. Sie schlüpfte in ihren übergroßen Armeemantel, den sie zu ihrem kurzen Rock und ihren für sie typischen Doc-Martens-Stiefeln trug, und erwiderte sein Lächeln.

»Kommen Sie, David«, forderte sie ihn auf, als die letzten Journalisten dabei waren, das Büro zu verlassen. »Die Pubs haben noch eine Stunde auf. Lassen Sie uns ein Bier trinken gehen. Wir haben's uns verdient.«

Um halb zehn am nächsten Morgen, nach einer Nacht wundervoller Liebe, gerade als Liz sich, noch immer ganz verträumt, fragte, ob sie das Frühstück verpaßt hatten, klopfte es an der Tür; und ein Kellner, gottlob ein anderer als der am Abend zuvor, brachte ein Tablett herein und stellte es diskret auf dem Tisch beim Fenster ab und zog sich dann wieder zurück.

Liz griff nach ihrem seidenen Morgenmantel; dabei entdeckte sie im Körbchen mit dem Gebäck das kleine schwarze Lederetui.

»Mach es ruhig auf«, rief Nick.

In der kleinen Schachtel befand sich ein unglaublich schöner Ring. Ein großer Diamant, eingefaßt von mehreren kleinen, in Form einer Blüte.

»O Nick, der ist wunderschön.«

Er nahm den Ring und steckte ihn ihr an den Finger. »Mrs. Ward, wollen Sie mich heiraten?«

Wieder einmal war Liz verblüfft über sein Gespür für den richtigen Moment. Nick hatte den Beruf verfehlt, er hätte Regisseur werden sollen. Nur daß die Hauptdarstellerin das falsche Skript hatte.

»Liebend gerne. Aber ich muß leider erst noch Mr. Ward fragen.«

Es war als Scherz gemeint, aber als sie seinen verletzten Blick sah, wußte sie, daß es ein Fehler gewesen war. Wie hatte sie nur so etwas Dummes sagen können?

Für einen Moment dachte sie über seinen Antrag nach. Es war ein großer Schritt. Und Nick konnte ebenso aufbrausend wie wundervoll sein. Aber er hatte ihr das Gefühl gegeben, wieder am Leben zu sein. Sie hatte es mit jemanden versucht, der leidenschaftlich und ernst war, und es hatte nicht geklappt. Nick dagegen war ein Genußmensch, jemand, der seinen Spaß haben wollte und anderen Spaß bereitete, und er machte ihr Leben zu einem romantischen und unberechenbaren Abenteuer. Es gab schlechtere Gründe, jemanden zu heiraten.

»Ja, Mr. Winters, ich will.«

Als sie sich der Schlange von Wochenendurlaubern auf dem Heimweg anschlossen, machte sich Liz Gedanken, wie sie Jamie und Daisy die Neuigkeit beibringen sollte. Daisy war ganz vernarrt in Nick, aber Jamie vermißte noch immer seinen Vater. Sie mußte es noch so lange für sich behalten, bis David einer Scheidung zugestimmt hatte. Sie würde den Ring nur heute nachmittag noch tragen und ihn dann wieder abnehmen.

David. Wie würde er die Neuigkeit aufnehmen?

»Komm doch noch auf eine Tasse Tee mit rein. Ich will noch nicht, daß unser wunderschönes Wochenende schon zu Ende ist«, bat Nick.

Im Haus standen frische Blumen in den Vasen, und ein Feuer knisterte im Wohnzimmer, wo sie sich für den Tee niedergelassen hatten. Die Haushälterin war offensichtlich Gold wert, hoffentlich bleibt sie, wenn wir verheiratet sind, dachte Liz.

Als die Haushälterin hereinkam, wurde sie von Henry begleitet. »Henry!« Nick stand auf und begrüßte ihn mit einem Lächeln. »Setz dich zu uns.«

Etwas zögerlich, wie Liz fand, nahm Henry neben ihr auf dem Sofa Platz. »Wie war euer Wochenende?«

»Phantastisch«, antwortete Nick begeistert. »Wir haben uns verlobt. Liz, zeig doch Henry den Ring.«

Liz lächelte und blickte auf den Ring hinunter, der in allen Regenbogenfarben im Schein des Feuers funkelte, als sie die Hand ausstreckte, damit Henry ihn bewundern konnte. Deshalb sah sie auch nicht den tiefen Schmerz auf Henrys Gesicht, als er sich vorbeugte und den Ring betrachtete.

»Was sagst du dazu, Henry?« Nick reichte Henry eine volle Tasse Tee. »Willst du uns nicht gratulieren?«

32

»Verlobt? Du hast dich gestern verlobt?« Mel bemühte sich, nicht ganz so schockiert zu klingen, wie sie war.

Liz lächelte die drei Freundinnen verlegen an und stellte das kleine schwarze Etui auf den runden Konferenztisch im Büro. Der große Diamant funkelte auf seinem blauen Samtkissen.

»Wow! Schätze, den hat er nicht aus dem Versandhauskatalog!« Ginny hob ihn hoch, hielt ihn ins Licht und bewunderte die blitzende Kostbarkeit. »O Lizzie, das ist ja wundervoll!« Sie nahm ihre Freundin in den Arm. »Ich freue mich so für dich! Du verdienst einen guten Mann!«

Liz blickte von dem Ring zu Mel und Britt.

»Und ihr zwei, wollt ihr mir etwa nicht gratulieren?«

Die beiden wechselten automatisch einen Blick, und für einen Moment herrschte Schweigen.

»Mag sein, daß ich altmodisch bin, aber *hast* du nicht schon einen Ehemann?« fragte Mel.

»Nur in der Theorie. Außerdem will David die Scheidung ja auch.«

»Tatsächlich?« Mel sah skeptisch aus. »Auf mich macht er eigentlich eher den Eindruck, als wäre ihm eine tränenreiche Wiedervereinigung lieber.«

»Quatsch. Der vergnügt sich mit seinem kleinen Teeniemädel in Snelden Bridge.«

»*Selden* Bridge«, berichtige Mel. »Und sie ist kein Teeniemädel. Soweit ich weiß, vergnügen sie sich auch nicht zusammen. Sie ist Redakteurin bei ihm.«

»Hast du sie schon einmal gesehen? Und wieso, bitte, sollte sie ihre so brillante Karriere für ein läppisches Provinzblatt hinschmeißen, wenn sie nicht in ihn verliebt ist?«

»Liz, Liz. Höre ich da etwa so etwas wie Eifersucht.«

»Ganz sicher nicht. Ich freue mich für ihn.«

»Tust du das? Dann hoffe ich, er freut sich auch für dich. Hast du's ihm denn schon erzählt?«

Liz nahm eine Mappe und schob sie auf dem Tisch herum. »Nein, noch nicht.«

»Na, das solltest du aber vielleicht tun, bevor dein Richard Gere losschießt und die Hochzeitsreise plant.«

»Ich muß sagen, ich bin wirklich froh, daß ich es euch erzählt habe...«

Mel zuckte mit den Achseln und rang sich schließlich doch noch zu einem Lächeln durch. »Ich wünsche dir alles Gute, Lizzie. Ich hoffe, du wirst glücklich mit ihm.« Mel hätte gern etwas mehr Begeisterung an den Tag gelegt. Schließlich wünschte sie sich wirklich, ihre Freundin glücklich zu sehen.

»Und wie steht's mit dir, Britt? Willst du mir auch einen Vortrag halten?«

»Natürlich nicht«, antwortete Britt leise. »Es ist eine wunderbare Nachricht.« Liz spürte, daß Britt möglichst rasch das Thema wechseln wollte. »Hochzeitspläne zu schmieden bedeutet wesentlich mehr Spaß, das weiß ich«, begann sie, öffnete ihren Aktenkoffer und zog eine sperrige Mappe heraus, »aber ich bin sicher, ihr würdet gern wissen, wie es in Zukunft mit WomanPower weitergeht.«

Liz steckte den Ring wieder in das Etui und ließ es ärgerlich zuschnappen. Sie würde den Teufel tun und sich von dieser lauwarmen Reaktion ihre Freude verderben lassen. Die waren doch nur eifersüchtig. Das Glück anderer war immer beunruhigend. Es führte einem die eigene Lebenssituation vor Augen, und häufig gefiel einem nicht, was man da sah.

Sie steckte das Etui wieder ein und schenkte ihren Freundinnen ein mitleidiges Lächeln.

»Um es ganz ungeschminkt zu sagen: Ihr müßt euch entscheiden, ob ihr die Firma leiten oder nur davon profitieren wollt.«

Britt hatte diese Besprechung gefürchtet, weil sie wußte, daß den anderen das, was sie zu sagen hatte, nicht gefallen würde. Doch sie mußten es sich anhören, ob sie wollten oder nicht.

»Auf der Plusseite steht: WomanPower ist eine großartige Geschäftsidee und ein voller Erfolg. Ihr könntet mega sein.« Sie hatte die ungeteilte Aufmerksamkeit. »Für jeden anderen Unternehmer würde das wie Musik in den Ohren klingen. Aber WomanPower hat eben nicht nur mit Geschäft zu tun, ihr wollt es halbtags und quasi als Hobby betreiben.«

Britt erhob sich. Sie war es gewöhnt, harte Fakten ebenso harten Geschäftsmännern beizubringen, nicht ihren Freundinnen.

»Tut mir leid, aber ihr müßt euch entscheiden. Ich habe das Konzept von WomanPower von allen Seiten durchleuchtet und bin immer zu dem gleichen Schluß gelangt: Entweder ihr steigt ganztags ein, und zwar beide, oder ihr sucht euch jemanden für das Management.«

»Aber wir haben schon jemanden für das Management, nämlich Liz.«

»Stimmt, eine Managerin, die sich soeben verlobt hat, gern verlängerte Wochenenden macht und etwas von ihren Kindern haben will.« Britt zuckte mit den Achseln, um die Wucht ihrer Worte etwas zu mildern.

»Was willst du damit sagen?« Liz wurde langsam wütend. »Das ich meinen Job nicht ernst nehme? Als ich zu WomanPower kam, gab es nicht einmal Kunden! Ginny war drauf und dran, ihr Haus zu verlieren, mein Gott...«

Britt stützte sich auf die Stuhllehne. »Ich wußte, daß es so kommen würde. Du hast mich geholt, damit ich euch sage, wie es wirklich aussieht, und jetzt verabscheust du mich dafür. Liz, ich habe nicht gesagt, daß du deinen Job nicht gut machst. Aber WomanPower wird zu groß. Und ich fürchte, eine der Regeln im Busineß lautet – Stillstand ist gleich Tod. Ihr müßt expandieren, oder ihr geht unter.«

»Warum?« fragt Ginny. »Warum müssen wir expandieren? Warum können wir nicht einfach so weitermachen und die Arbeit in den beiden Filialen unter uns aufteilen?«

»Warum bist du von früh bis spät im Büro? Und warum quillt dein Terminkalender über? Weil ihr zu groß geworden seid!« Britt langte neben sich und hob zwei Aktenordner hoch. »Wißt ihr, was hier drin ist? Unbeantwortete Zuschriften! Und gestern war ich dabei, wie eine eurer Angestellten bei einem Telefonat mit einem Kunden den Hörer aufgeknallt hat. Und wißt ihr auch warum? Weil noch vier andere in der Leitung warteten. Das arme Ding hat sich die Haare gerauft! Ihr könnt unmöglich so weitermachen. Es tut mir leid, das sagen zu müssen, aber ihr seid das Opfer eures eigenen Erfolgs.«

Liz sah Britt in die Augen. »Du willst uns damit also sagen, daß wir nur eine Wahl haben – wenn wir uns niemanden suchen, der die Firma leitet, werden wir untergehen?«

Britt war froh, daß Liz sich endlich den Tatsachen stellte. »Genau das will ich.«

»Aber wer sollte das sein? Was ist, wenn wir uns für die

falsche Person entscheiden? Für jemanden, der WomanPower lediglich als eine Firma wie jede andere betrachtet und dem nicht bewußt ist, was es uns bedeutet?«

»Dann müßt ihr eben die richtige Person finden.«

Liz stand auf und ging zum Fenster. Im Grunde hatte sie nichts anders erwartet. »Vielleicht ist das nicht der ideale Zeitpunkt«, sagte Mel, die als die Neue die ganze Sitzung über geschwiegen hatte, »aber ich hoffe, ihr habt dabei nicht vergessen, daß wir der gemeinsamen PR-Tour mit dem Arbeitsamt zugesagt haben.«

»O mein Gott! Das habe ich tatsächlich total vergessen!« Liz wandte sich wieder den anderen zu. »Britt meint, das Geschäft wächst uns über den Kopf, dabei haben wir es selbst so gewollt.«

»Wir müssen eben absagen!« schlug Ginny matt vor.

»Nein, auf keinen Fall. Schließlich seid ihr von einer Behörde eingeladen worden. Eine Absage würde einen sehr schlechten Eindruck machen.« Britt kaute nachdenklich auf ihrem Stift. »Wißt ihr, es gibt noch eine andere Möglichkeit.«

Mel seufzte erleichtert auf. Sie hatte schon befürchtet, als komplette Idiotin dazustehen, wenn sie sämtliche Termine mit dem Arbeitsamt absagen müßte.

»Und die wäre?«

»Ihr kennt doch Ross Slater, oder?«

»Ist das nicht der Boß von World of Work? Der, bei dem Liz sich eingeschlichen hat, um ihn angeblich zu interviewen?« fragte Ginny verwirrt.

»Was ist mit dem?« Liz war die Erinnerung peinlich.

»Gerüchten zufolge will er euch ein Angebot machen.«

»Was denn für dein Angebot?«

»Schwer zu sagen, aber mein Informant in London hat mir gesteckt, daß er euch schon seit Wochen ausschnüffeln läßt. Offensichtlich ist er der Ansicht, daß sich WomanPower in seinem Portfolio sehr gut machen würde.«

»Und was heißt das?« fragte Ginny.

»Das heißt«, Britt verschränkte die Arme und lehnte sich auf ihrem Stuhl zurück, »daß ihr WomanPower verkaufen könntet und stinkreich werdet.«

»Aber das ist ja phantastisch! Es wäre doch die Lösung für eure Probleme, oder nicht? Ihr verkauft an Slater und werdet reich, ohne arbeiten zu müssen!« Nick strahlte und drückte Liz' Hand. »Wir könnten uns eine Yacht kaufen und eine Kreuzfahrt im Mittelmeer machen! Ich finde es ideal!«

Liz blickte über den perfekt dekorierten Tisch des perfekten Restaurants in sein perfektes Gesicht. Für Nick war immer alles so einfach. Loyalität, Schuldgefühl oder Skrupel, für Nick gab es solche Probleme nicht. Er entschied sich immer für den einfachsten Weg und den, der am meisten Spaß brachte. Normalerweise liebte sie seine Sorglosigkeit. Doch heute abend machte er sie wütend damit.

»Ach, Nick, du verstehst das nicht! Ich *liebe* WomanPower. Ich glaube daran! Es ist einmalig! Wir sind die einzigen, die Frauen mit Kindern helfen, einen anständigen Job zu finden. Und wir haben Firmen gefunden, die sogar angemessene Löhne zahlen! WomanPower hat es im Alleingang geschafft, Teilzeitarbeit akzeptabel zu machen.«

Liz nippte an ihrem Wein und erkannte mit einem plötzlichen Gefühl der Niedergeschlagenheit, daß er sie wirklich nicht verstand. Und wieviel Eis würden sie erst bei Ross Slater brechen müssen? Würde er ihre Vorstellung als reine Sentimentalitäten abtun, als untaugliche Geschäftsmethoden? Sie konnte sich nicht vorstellen, daß ausgerechnet er mit vollem Einsatz für Teilzeitjobs für berufstätige Mütter kämpfen würde. »Ich weiß nicht, ob ich Ross Slater vertrauen kann, was WomanPower betrifft.«

Nick schaute von der Speisekarte auf, erstaunt über Liz' Leidenschaftlichkeit. »Dann verkauft eben nicht. Es zwingt euch ja niemand.« Er konzentrierte sich wieder auf die Speisekarte, so als würde sie über eine Shoppingliste sprechen. »Außerdem hat er euch ja auch noch gar kein Angebot gemacht.« Als er spürte, wie verstimmt sie war, ergriff er ihre Hand. »Ich dagegen schon. Sag, wann wirst du mit deinem Noch-Gatten wegen der Scheidung sprechen?«

Liz wirkte schuldbewußt. »Nächste Woche bin ich auf PR-Tour, Mel hat das abgemacht. Es geht darum, wie man Frauen wieder in die Arbeitswelt eingliedert, sehr bieder und sehr gut fürs Image. In London fangen wir an, und dann geht's über Land. Bei dieser Gelegenheit wollte ich einen Abstecher nach Selden Bridge machen und mit David reden.«

»Großartige Idee. Dann können wir es auch Jamie und Daisy endlich sagen.«

»Ja«, antwortet Liz, aber sie hatte Zweifel. Das war etwas, worauf sie sich nicht gerade freute. Aber zuallererst mußte sie die Dinge mit David klären.

»Also, was steht noch alles an außer den Schäferhundprüfungen und dem Gummistiefel-Weitwurfwettbewerb für Jungbauern?« David blickte in die Runde der jungen beflissenen Gesichter bei der wöchentlichen Redaktionssitzung. Er wußte, daß sie sich noch nicht ganz an seinen schrägen Humor gewöhnt hatten und dazu neigten, ihn beim Wort zu nehmen.

Der Nachrichtenredakteur blickte auf seine getippten Notizen. »Da wäre noch die Elterndemo der Prittley Junior School. Die Kinder werden ständig nach Hause geschickt, weil es nicht genügend Lehrer gibt.«

»Recht haben sie. Kein Wunder, daß die Kinder heutzutage Schwierigkeiten haben, die Speisekarte bei MacDonalds zu lesen. Und was noch?«

»Die jährlichen Tarifverhandlungen stehen bevor, und die Müllmänner drohen mit Streik.«

»Und das soll neu sein? Trotzdem behalten wir die Sache im Auge. Die Leser interessieren sich immer für Müll. Kommt, Leute, das soll schon alles gewesen sein? Ich weiß, das hier ist nicht die *Sun*, aber ich kann einfach nicht glauben, daß sämtliche Bürger von Seldon Bridge nie in der Nase popeln und jeden morgen brav zur Kirche gehen. Wie wär's mit ein bißchen Korruption? Keine schmutzigen Deals im Rathaus?«

Ein junger Reporter am anderen Ende des Tisches hob die Hand wie in der Schule. Er sah nicht älter als siebzehn aus.

»Ich bin da an einer interessanten Story dran, David. Haben Sie schon einmal von Mercury Developments gehört?«

»Sind das nicht diese Spekulantentypen, die alte Gebäude aufkaufen und Weinbars und Restaurants draus machen?«

»Richtig. Die sind ins Gerede gekommen, als sie in Liverpool keine Abrißgenehmigung für ein altes Jutelager gekriegt haben und es daraufhin ganz zufällig abgebrannt ist.«

»Und was ist dann passiert? Sagen Sie es nicht ... wie durch ein Wunder haben die dann plötzlich eine Bauerlaubnis bekommen?«

»Wieder richtig. Also, Mercury zeigt Interesse an der alten Mühle am Kanal, sie wollen eine Weinbar draus machen und – lachen Sie nicht – einen Yachthafen bauen. Vor zwei Monaten haben sie Bescheid bekommen, daß sie die Bauerlaubnis nur kriegen, wenn sie einen Block Sozialwohnungen in die Planung einbeziehen.«

»Und, haben sie zugestimmt?«

»Nein, sie sagten, es wäre ökonomisch unrentabel.«

»Mit anderen Worten, es bringt ihnen keinen neuen Porsche ein.«

»Genau. Jedenfalls ist gestern abend auf dem Gelände ein Feuer ausgebrochen. Zum Glück hat ein Nachtwächter den Brand bemerkt und rechtzeitig die Feuerwehr gerufen, so daß nur geringer Schaden entstanden ist.«

»Verdammt!« Selbst nach fünfzehn Jahren in seinem Beruf als Journalist packte David auch jetzt noch das vertraute Gefühl der Spannung. »Und Sie denken, daß die Burschen bei Mercury Developments jetzt nach einem Hintern suchen, in den sie treten können?«

Der Reporter nickte.

»Okay.« David sprang auf, fing an, im Raum herumzulaufen, und stellte sich im Geiste bereits den Aufmacher vor. »Das nenne ich eine gute Story.«

Er wandte sich an die Runde. »Steht noch etwas auf dem

Plan, oder können wir loslegen und diesen Spekulanten auf den Zahn fühlen?« David suchte in seiner Begeisterung bereits seine Unterlagen zusammen.

»Eine Sekunde bitte noch. Wir haben noch nicht über die Frauenseite geredet.«

David wirkte verlegen. »Tut mir leid, Suzan. Stimmt, das haben wir noch nicht. Gibt es etwas Bestimmtes, worüber wir sprechen sollten?«

»Ja, gibt es tatsächlich. Ich brauche eine Extraseite.«

»Wozu? Prinzessin Diana hat doch nicht etwa eine Stippvisite im frostigen Norden vor?«

»Wenn dem so wäre, säße ich bereits im Zug. Nein, es geht um Wichtigeres als die Reisen der Königsfamilie. Ich habe eine Doppelseite über das Thema Frauen und Arbeit geplant.«

»Und warum jetzt? Warum in Selden Bridge?«

»Weil ich damit an eine Konferenz über Frauen und Arbeit, kommende Woche in Leeds, anknüpfen will.«

»Und was ist das für eine Konferenz?« Aus irgendeinem Grund war Suzan mit den Details sehr zurückhaltend.

»Ach, eben eine Konferenz über Frauen und Arbeit. Scheint ganz interessant zu werden.«

»Und wer ist der Veranstalter?«

»Das Arbeitsamt«.

Der Nachrichtenredakteur blickte lächelnd auf. Er warf eine Pressemitteilung in Davids Richtung und ergänzte: »Gemeinsam mit einem Privatunternehmen namens WomanPower.«

David hatte das Gefühl, einen Schlag in die Magengrube erhalten zu haben. Er hatte geglaubt, hier auf seinem eigenen Territorium zu sein und weit weg von Liz. Er las die Pressemitteilung. Sie würde sogar persönlich als Rednerin auftreten. Als er aufsah, bemerkte er, daß Suzan ihn musterte.

»Ich würde gern hinfahren«, sagte sie.

»Nicht nötig.« David wich ihrem Blick aus und suchte seine Unterlagen zusammen. »Ich werde fahren. Ich muß nächste Woche sowieso nach Leeds und kann dann da vorbeischauen.«

Er erhob sich, schloß die Sitzung und stürmte aus dem Gebäude.

Suzan stand einen Moment nachdenklich da, dann eilte sie durch die offene Nachrichtenredaktion zu Davids gläserner Büroparzelle.

Vor Davids Büro saß, wie eine schlecht gekleidete Löwin, seine mütterliche Sekretärin.

»Ruth, welche Termine hat David für Donnerstag?«

Die ältere Dame beäugte Suzans lange Beine, die von ihrem Rock kaum bedeckt wurden, und die barbarischen Ohrringe und witterte etwas. Seit Suzans erstem Tag in der Redaktion war ihr Aufzug immer ausgefallener geworden, und Ruth vermutete ganz richtig, daß sie sich nur um Davids willen solche Mühe gab. Und so sehr sie auch die freundliche Forschheit des Mädchens mochte, so sehr lehnte sie dieses offensichtliche Bemühen um David ab. Suzan war viel zu jung für ihn. Sie sollte lieber mit einem der jungen Journalisten zusammen sein. Und außerdem, auch wenn David nie von einer Ehefrau gesprochen hatte, war Ruth das silbern eingerahmte Foto seiner Kinder aufgefallen, das auf seinem Schreibtisch stand, und das sagte ja wohl genug.

Vorsichtig hielt sie eine Hand über die Eintragungen im Terminkalender. »Warum wollen Sie das wissen?«

Suzan lächelte. »Ich muß einen Termin bestätigen, und er meinte, er würde an diesem Tag in Leeds sein.«

Ruth wirkte verblüfft. »Dann wird das wohl auch so sein. Es ist sicher das beste, wenn Sie später noch einmal kommen. Ich werde ihn fragen.«

Suzan lächelte lieb. »Ist nicht nötig, Ruth. Das Ganze ist nicht so wichtig.« Und sie drehte sich um, zog ihren Rock so weit herunter, daß er soeben noch dezent war, und marschierte davon.

Kaum war Suzan gegangen, schaute Ruth auf den Terminkalender. David hatte keine Termine in Leeds. Ruth war stolz darauf, als äußerst diskret zu gelten, aber sie fragte sich schon ernsthaft, was ihr Chef im Schilde führte.

Liz drehte die Wasserhähne in ihrem Bad auf und zog sich rasch aus. So oft sie auch auf Reisen war, ihr war der Spaß an Hotels noch immer nicht vergangen.

In ein paar Minuten würde sie in ein herrliches heißes Bad steigen und den Streß der letzten Tage abstreifen und abseifen können. Wenn sie vorher geahnt hätte, was alles auf sie zukommen würde, hätte sie dieser wochenlangen Tortur niemals zugestimmt, ganz egal, ob es gut für ihr Image war oder nicht. Aber »rein zufällig« hatte Mel vergessen zu erwähnen, daß sie, Liz, acht Interviews pro Tag geben *und* die abendlichen Veranstaltungen leiten würde. Dies war erst Birmingham, und sie war schon fast völlig am Ende.

Das Schlimmste bei der ganzen Geschichte jedoch war, daß sie sich reichlich heuchlerisch vorkam, den Frauen zu erzählen, daß es absolut in Ordnung sei, wieder arbeiten zu gehen.

Gerade, als sie in die Wanne steigen wollte, mußte sie an David denken und daran, daß sie Nick fest versprochen hatte, sich mit David zu treffen. Zehnmal und öfter hatte sie sich vorgenommen, ihn anzurufen, aber doch jedesmal einen Grund gefunden, es nicht zu tun. Übermorgen würden sie in Leeds sein, nur eine Autostunde von Seldon Bridge entfernt. Sie konnte es nicht länger hinausschieben.

Sie ließ sich auf den breiten weichen Diwan fallen. Ach, jetzt einfach liegenbleiben und einschlafen! Sie zwang sich, zum Telefon zu greifen und Davids Nummer zu wählen.

Es hatte gerade am anderen Ende der Leitung zum erstenmal geläutet, als es an ihrer Zimmertür klopfte und Mel hereinkam. »Toll, daß du da bist! Lizzie, mein Engel, meinst du, du könntest vor dem Abendessen noch ein letztes klitzekleines nettes Interview einschieben? Dauert auch nur fünf Minuten, versprochen!«

»Aber, Mel, ich sitze hier im Bademantel.«

»Macht doch nichts.« Noch ehe Liz weitere Einwände erheben konnte, hatte sich Mel schon jemandem zugewandt, der vor der Zimmertür wartete. »Okay, Jungs, könnt reinkommen. Aber nur fünf Minuten, nicht vergessen!«

Liz zog entsetzt ihren Bademantel fest zu.

Mel ließ sich neben ihr nieder. »Mach dir keine Mühe wegen deines Outfits...« Sie drückte Liz aufmunternd den Arm. »Ist doch sowieso nur fürs Radio!«

David saß hinter einer Säule und beobachtete Liz auf der kleinen Bühne. Etwa zweihundert Personen hatten sich in dem Saal eingefunden, die meisten von ihnen Frauen, dazu an die zwanzig Presseleute. Neben der Bühne blinkte eine Fernsehkamera, aber Liz schien sich dadurch nicht aus der Fassung bringen zu lassen.

Sie sah wundervoll aus. Sie trug auch zu diesem Anlaß ein Kostüm, aber nicht mehr ein so männliches Modell wie früher, sondern eines, das mehr zu ihr paßte, dazu eine helle Seidenbluse mit einem Spitzenkragen.

Trotz des ganzen Rummels wirkte sie entspannt, antwortete mit einem Lächeln auf schwierige Fragen, scherzte mit Reportern und vertrat ihre Sache ohne jede Aggression. Wie hatte er nur jemals darauf kommen können, daß sie sich, nur weil sie ein anderes Leben führen wollte, in eine Frau, die so wie seine Mutter war, verwandeln würde?

Was immer Liz auch tat, sie würde stets sie selbst sein. Und nun leitete sie WomanPower, ein äußerst erfolgreiches Unternehmen, und kümmerte sich weiterhin um Jamie und Daisy. Noch immer schmerzte es David, wenn er an die beiden dachte. Liz hatte also letztlich ihren Traum wahr gemacht. Und darin kam er, David, nicht vor.

Er hatte sogar gehört, daß sie mit einem anderen Mann zusammen war. Einem schmierigen, reichen Geschäftstypen, der aussah wie ein Polo-Spieler. Strahlte sie deshalb so? Ihre Augen funkelten, und selbst ihr Teint leuchtete.

Die Wahrheit war – sie war glücklich.

Er verspürte einen solchen Schmerz, daß er seine Pressemitteilung zusammenknüllte. Er war so unglaublich dumm gewesen. Er hatte gewollt, daß sie beide das Superpaar abgaben, und er hatte sich nie die Frage gestellt, welche Auswirkung das auf sie oder die Kinder haben würde. Er hatte Macht und Erfolg gewollt, und er hatte Sex gewollt, weil es ihm bewies, wie mächtig er war. Und als er schließlich die Wahrheit erkannt hatte, war es zu spät gewesen. Ironischerweise mußte er jetzt erkennen, daß sie beide mehr gemeinsam hatten als jemals zuvor in ihrer Ehe.

Mein Gott, wie hatte er nur ein solches Chaos in seinem Leben verursachen können? Und nun war da Suzan. Warum hatte er sie nach Seldon Bridge gelotst? Weil er wußte, daß sie verliebt in ihn war, und er diese Bestätigung brauchte? Weil er sich geschmeichelt fühlte, daß sich eine so junge und bildhübsche Frau in ihn verliebte? Britt hatte ihm Bestätigung gegeben, und er hatte feststellen müssen, daß das allein nicht ausreichte.

Aber Suzan war nicht Britt. Sie war enthusiastisch und nett und rührend. Und sie liebte ihn. Vielleicht wäre es das beste, wenn er mit ihr zusammenleben würde.

David vernahm ringsum das Rascheln von Papier, das ihm sagte, daß die Veranstaltung beendet war. Er mußte schleunigst raus, ehe Liz ihn noch entdeckte. Es hatte keinen Sinn, hier noch länger rumzuschleichen. Sie wollte ihn nicht zurückhaben. Sie führte jetzt ein neues Leben. Und das tat er auch.

Er schlug den Kragen seines Mantels hoch und stahl sich klammheimlich aus der hintersten Reihe Richtung Ausgang. Gerade, als er die Drehtür erreichte, verspürte er die überwältigende Versuchung, noch einmal hineinzugehen, um sie ein letztes Mal zu sehen.

Doch er widerstand dem Impuls. Statt dessen legte er eine Hand auf den Griff der Drehtür, als er plötzlich eine vertraute Stimme, klar und deutlich, in seinem Rücken vernahm.

»Hallo, Fremder. Willst du dich etwa aus dem Staub machen, ohne wenigstens hallo zu sagen?«

Er fuhr erschrocken herum.

Gegen eine hölzerne Säule gelehnt und mit einer diebischen Freude in den Augen angesichts seiner Verlegenheit, stand Mel.

33

»Wie geht es Jamie und Daisy?«

David steuerte den Wagen durch den dichten Verkehr in Leeds: Liz saß neben ihm auf dem Beifahrersitz. Für die anderen Autofahrer mußten sie wie jedes gewöhnliche Ehepaar auf dem Weg vom Supermarkt nach Hause aussehen, dachte David bitter. Nur daß sie es nicht waren.

»Gut.«

»Ich vermisse sie jeden Tag.«

»Tust du das?«

»Ich habe schon überlegt, ob sie nicht mal herkommen könnten, jetzt, wo ich mich niedergelassen habe.«

Niedergelassen? Mit wem? Das Bild von Suzan tauchte vor Liz' innerem Auge auf, und das Bild schärfte ihre Antwort wie ein Stein das Messer.

»Sie sind noch zu klein, um zu verreisen.«

»Ich würde sie abholen.«

»Es ist zu weit. Ich glaube nicht, daß es gut wäre.«

»Liz, das ist unfair.«

»Nein, das finde ich nicht. Aber gut, wir sprechen später noch mal darüber.« Sie versuchte der Situation die plötzliche Anspannung zu nehmen, als sie durch den prasselnden Regen, der völlig unvorbereitet gekommen war, in Richtung Autobahn abbogen. »Und wie ist das Leben so beim *Selden Bridge Star*?«

»Großartig. Es ist nicht die Fleet Street, aber genau das gefällt mir ja so.« Er lächelte – ob sie das wohl verstand?

Liz musterte ihn neugierig. »Warum hast du mir damals nichts davon gesagt, daß du die *News* verlassen hast?«

»Ich dachte, es würde dich nicht interessieren.« Er hielt den Blick auf die Straße gerichtet, aber Liz hörte die Verbitterung in seinem Ton.

»Natürlich interessiert es mich. Warum bist du eigentlich gegangen?«

»Ach, du weißt schon, das übliche Klischee. Mann in den

mittleren Jahre verliert seine Familie und besinnt sich plötzlich auf traditionelle Werte. Er beschließt, nicht mehr in der Privatsphäre anderer rumzuschnüffeln. Sucht nach dem Guten im Menschen. Na ja, nicht gerade eine hilfreiche Einstellung, um ein Boulevardblatt zu leiten.«

»Und, *hast* du irgendwelche traditionellen Werte gefunden?« David entging nicht, wie überrascht Liz klang.

»Tja, ich schätze, das muß ich wohl, sonst wäre ich nicht hier. Ich sehne mich anscheinend nach etwas Solidem und Respektablem.« Er lachte etwas bemüht, als er sich der Tiefe seiner Antwort bewußt wurde. »Am Geld kann's jedenfalls nicht liegen.«

Liz beobachtete ihn, während er durch den Feierabendverkehr fuhr. Er wirkte jünger und frischer. Es tat ihm gut, den harten Bedingungen der Fleet Street entkommen zu sein. Vielleicht lag es auch nur daran, daß er nicht mehr ganz so viele Abende bei Geschäftsessen verbrachte. Was es auch war, es stand ihm gut.

Einen kurzen Moment trafen sich ihre Blicke, dann sah er, verlegen, weg. »Reden wir nicht so viel über mich. Wie geht es dir? Du siehst phantastisch aus, und WomanPower ist ein Riesenerfolg, oder?«

»Ja.«

»Dann hast du also erreicht, wovon du immer geträumt hast. Eine Balance zwischen Arbeit und Kindern.«

»Ach, Blödsinn!«

David sah sie überrascht an und fuhr dabei zu nahe auf das Fahrzeug vor ihnen auf. Instinktiv griff Liz nach der Gangschaltung und berührte dabei seine Hand. Er zuckte zurück, und sie nahm die Hand wieder weg, erschrocken über seine heftige Reaktion.

»Wieso Blödsinn?«

»Weil WomanPower in einem katastrophalen Zustand ist. Britt sagt, entweder wir steigen ganztags ein, oder wir müssen uns eine Geschäftsführerin suchen, die es tut.«

Sie merkte, daß er ihr gar nicht zugehört hatte.

»Britt sagt...«, murmelte er leise vor sich hin. »Ich wußte gar nicht, daß ihr wieder Freundinnen seid. Wie geht es ihr?«

»So lala. Ich glaube, sie hat sich nie wirklich ganz von der Fehlgeburt erholt.«

David geriet fast von der Straße ab. Ohne in den Rückspiegel zu schauen, bog er in eine Parkbucht ein.

»O mein Gott.« Er ließ den Kopf sinken, bis die Stirn das Lenkrad berührte. »Sie hat mir nichts davon gesagt, daß sie das Baby verloren hat...«

Liz spürte, wie die Redaktion zum Leben erwachte, als sie an den Glastüren des *Selden Bridge Star* vorbeigingen. Derselbe Effekt wie bei der *Daily News*. Davids Anwesenheit war der Funke, der die Redaktion brennen ließ.

Füße wurden hastig von den Tischen genommen, Kaffeebecher in den Abfall geworfen, Anrufe, die den ganzen Morgen aufgeschoben worden waren, erledigt und die *Sporting Live* schnell in der Schublade verstaut.

Während sie ihm in sein Büro folgte, wunderte sie sich wieder einmal, wie er es schaffte, gleichzeitig acht Fragen zu beantworten und dabei scheinbar noch das komplizierte Seitenlayout bis hin zum kleinsten Absatz im Kopf zu haben.

Die Wände seines Büros waren mit Titelseiten seines Blattes gepflastert, als würde es sich dabei um Ausgaben der *Daily Mail* oder der *Sun* handeln. Wie schon bei der *News* hatte David auch hier seinen eigenen Computer, auf dem er bis zur letzten Sekunde vor Redaktionsschluß – zur Verzweiflung seiner Mitarbeiter – die Schlagzeilen ändern konnte.

Auf seinem Schreibtisch stand der einzige persönliche Besitz: das Foto von Jamie und Daisy im Silberrahmen. Liz nahm es in die Hand und lächelte. Es war erstaunlich, wie sehr sie sich in der kurzen Zeit verändert hatten.

»Und«, begann David und ließ sich in den schwarzen Ledersessel sinken, den man ihm anläßlich seiner Beförderung zum Chefredakteur bei der *News* geschenkt hatte, »wie ich gehört habe, bist du vielleicht schon bald eine sehr reiche Frau.«

Liz sah ihn verblüfft an. Woher wußte er, daß sie Nick heiraten würde? Sie hatte noch kein Wort darüber gesagt.

»Werdet ihr Ross Slaters Angebot annehmen, oder nicht?«

Liebe Güte! Slater hatte noch nicht einmal offiziell ein Angebot abgegeben, und David wußte bereits davon. »Ich weiß nicht. Was meinst du denn dazu?«

»Das hängt davon ab, wie schnell du reich werden möchtest.« Er nahm den Briefbeschwerer und ließ ihn von einer Hand in die andere fallen. »Und davon, wieviel WomanPower dir bedeutet.«

»Eine Menge. Wir haben WomanPower schließlich aus dem Nichts aufgebaut. Es ist nicht *irgendeine* Firma für uns, David, es ist etwas Einmaliges.«

»Warum denkst du dann überhaupt eine Sekunde darüber nach, an einen Hai wie Slater zu verkaufen?«

»Weil wir gezwungen sind, etwas zu unternehmen. Wir schaffen es einfach nicht mehr allein. WomanPower ist zu groß geworden. Ich arbeite schon jetzt mehr, als ich wollte, und Ginny hat es beinahe die Ehe gekostet.« Liz stand auf, ging zum Fenster und sah auf die trübe graue Landschaft. »Britt meint, wenn Slater uns aufkauft, behält er uns wahrscheinlich als Direktorinnen auf Teilzeit. Das klingt natürlich alles ziemlich verlockend. WomanPower würde ein Profimanagement bekommen, und wir könnten trotzdem mitbestimmen. Es wäre die ideale Lösung.«

David knallte den Briefbeschwerer auf den Tisch.

»Offensichtlich kennst du Ross Slater nicht. Er ist Geschäftsmann, Lizzie, kein Sozialarbeiter. Er wird den Teufel tun und sich von euch etwas sagen lassen, von wegen Gleitzeit und Urlaub zu den Schulferien für eure Damen, egal, was er euch jetzt vielleicht verspricht.«

»Dann scheinst du Ross Slater ja ziemlich gut zu kennen.«

David stand auf und stützte sich auf die Sessellehne. »Tue ich auch. Als ich noch ein junger Reporter in Bradford war, kam ein alter Mann zu mir. Er hatte vierzig Jahre lang sein Unternehmen aufgebaut und dann an Ross Slater verkauft. Er wollte eigentlich gar nicht so dringend verkaufen, aber Slater hat ihn überredet, ihm einen Sitz im Vorstand versprochen, ihm gesagt, er würde seinen Rat brauchen, seine Erfahrung sei *unbezahlbar.*« David lachte bitter und schloß für einen Moment bei der Erinnerung die Augen. »Nach einem halben Jahr hatten sie ihn aus dem Unternehmen geekelt. Damals kam er zu mir. Aber es gab nichts, was ich für ihn tun konnte. Ich versuchte Slater auf den Zahn zu fühlen, stellte ihm ein paar peinliche Fragen, doch damit hatte es sich auch schon. Es war alles absolut legal. Dem alten Mann hat es das Herz gebrochen. Ein paar Jahre später starb er.«

Liz beugte sich vor, bewegt von Davids Zorn. Nach all den seichten Plaudereien mit Nick kam ihr dieses Gespräch vor wie der Genuß gesalzener Butter nach Monaten Margarinediät. »Du mochtest den alten Mann, nicht wahr?«

David zuckte mit den Achseln. »Ja, ich mochte ihn. Ein prächtiger alter Bursche. Mit einem scharfen Verstand. Hat mir sogar ein paar Aktien vermacht. Ich hab' sie noch irgendwo. Als er starb, war er ein paar Millionen schwer, trotzdem konnte er keinen Penny davon genießen.«

Liz widerstand dem Impuls, erneut seine Hand zu berühren. Er hatte so zornig geklungen, als er die Geschichte des alten Mannes erzählte, ganz wie der alte David. Der David, den sie geheiratet hatte.

Als hätte er gespürt, wie sie innerlich nachgab, ging er um den Tisch, setzte sich ihr gegenüber und senkte den Blick. »Liz, es tut mir leid. Es tut mir so leid wegen Britt und dem Baby. Und am meisten tut mir leid, daß ich dich und die Kinder so enttäuscht habe. Ich muß euch sehr weh getan haben. Gott, ich habe es so oft bereut...«

Sie hörte die Ergriffenheit in seinem Ton. Es war das erstemal, daß er sich direkt entschuldigte, und Liz sah ihm in die Augen und spürte, daß er es ernst meinte. Sie gab nach und ergriff seine Hand.

Dann spürte Liz, daß sie durch die gläserne Trennwand beobachtet wurden, und hatte das merkwürdige Gefühl, daß die

Person dort draußen sie wie ein menschlicher Geigerzähler auf die Intensität ihrer Intimität abtastete.

Sekunden später schwang die Tür auf, und das Mädchen, das die Geschenke für die Kinder vorbeigebracht hatte, platzte ins Zimmer.

Sie trug ein schwarzes hautenges Kleid, riesige Pfeilspitzohrringe, blickdichte schwarze Strümpfe und Stiefel. Sie sah ungewöhnlich, rebellisch und ungeheuer sexy aus. Ihr bloßer Anblick gab Liz das Gefühl, alt zu sein.

»Entschuldigen Sie die Störung. Dave, der Rechtsanwalt ist in der Leitung, es geht um die Mercury-Geschichte. Die schäumen ...« Sie warf Liz einen mitleidigen Blick zu, der besagen sollte, daß sie nie Teil dieser spannenden, aufregenden Zeitungswelt mit Headlines und Verleumdungsklagen sein würde. Liz zwang sich zu einem Lächeln.

Dave. Sie hatte ihn in den ganzen zwölf Jahren ihres Zusammenlebens nicht einmal Dave genannt. Und diese vier Buchstaben schienen sie aus seinem neuen Leben mehr auszugrenzen als jede räumliche Distanz oder sämtliche neuen Abenteuer, bei denen sie keine Rolle spielte.

Und dann bemerkte sie Suzans unverhohlen bewundernden Blick und wie David ihn mit einem gönnerhaften Lächeln quittierte. So sah es also aus. Hatte sie doch recht gehabt.

»Würden Sie uns bitte noch eine Sekunde entschuldigen, Suzan?« sagte Liz, führte die junge Frau aus dem Raum und schloß die Tür. »Ich werde die kostbare Zeit ihres Chefs nicht mehr allzulange in Anspruch nehmen.«

Sie wandte sich wieder David zu, der nach seinen Notizen gesucht hatte, aber mitten in der Bewegung erschrocken inne hielt.

»Eines noch, dann bin ich auch schon wieder weg, David.« Liz langte nach ihrem Mantel und zog ihn über. »Habe ich dir eigentlich schon gesagt, daß ich die Scheidung möchte?«

»Liz, Gott sei Dank! Du kommst gerade noch rechtzeitig. Der Zug geht in zwanzig Minuten.«

Benommen wandte sich Liz vom mit rotem Samt ausgeschlagenen Tresen an der Rezeption ab, der besser in ein Bordell in New Orleans gepaßt hätte, und zu Mel um, die bereits reisefertig und im Mantel inmitten eines riesigen Berges Gepäck stand. Liz sah, daß auch ihre Koffer darunter waren.

»Wieso hast du schon gepackt? Ich dachte, wir hätten heute nachmittag noch einen Termin.«

»Hatten wir.« Mel kramte in ihrer Tasche nach dem Zimmerschlüssel und übergab ihn dem Portier. »Ich habe ihn abgesagt. Und den Termin in Newcastle auch. Wir fahren nach Hause.«

Plötzlich wurde Liz von einer unheimlichen Ahnung überkommen. »Es ist doch nichts mit den Kindern, oder? Was ist passiert, ein Unfall?« Mit kristallener Klarheit kam ihr der Nachmittag, an dem Jamie angefahren wurde, wieder ins Gedächtnis. Damals hatte sie sich vorgenommen, immer für die Kinder dazusein. Und wo war sie jetzt? In diesem lausigen Leeds, dreihundert Meilen weit weg!

»Ruhig Blut, mit den Kindern ist alles in Ordnung.« Mel führte sie hinaus und rollte dabei mit den Augen. Mütterliche Schuldgefühle. Gute Güte, wer brauchte so etwas? Liz verreiste für ein paar Tage, und schon strafte der Himmel sie für ihren ungeheuerlichen Egoismus! »Es ist keine Katastrophe passiert, es sei denn, du willst ein offizielles Übernahmeangebot von Ross Slater so nennen.«

Mels Worte waren wie eine kalte Dusche. Es war also passiert. Es war tatsächlich passiert.

Liz war froh, nach Hause zu kommen. Heim zu Jamie und Daisy. Heim zu Nick.

Einen Moment lang dachte sie an David und daran, daß sie es sich nicht hatte verkneifen können, ihm ins Gesicht zu schauen, als er die Glastür seines Büros geschlossen hatte. Was hatte sie denn erwartet? Einen flehenden Blick? Einen allerletzten Versuch, sie zurückzuholen und davon zu überzeugen, es sich anders zu überlegen?

Statt dessen war seine Miene leer und ausdruckslos gewesen. Und ihr war aufgefallen, daß Suzan ihn nicht aus den Augen gelassen hatte. Suzan war zu schlau, als daß sie jetzt schon triumphiert hätte. Sie wußte, daß die Schlacht noch nicht gewonnen war. Aber bald. Sie war ein cleveres Mädchen und würde ihn wahrscheinlich zu einer Hochzeit in Weiß überreden.

Sie mußte aufhören, darüber nachzudenken. David war Vergangenheit. Nick war die Zukunft. Sie stand auf und bahnte sich den Weg durch das überfüllte Zugabteil zum Bistrowaggon. WomanPower konnte sich noch keine Erste-Klasse-Tickets leisten – noch nicht.

Hinter der Theke stand ein Barkeeper, der aussah, als würde er mehr von den kleinen Fläschchen Haig und Gordons konsumieren als verkaufen. Er schwankte dem Schlingern des Zuges entgegen und verteilte mit einem fettigen Tuch den Schmutz auf einem Glas.

»Was darf's sein, Miss?«

Liz schenkte ihm für das »Miss« ein Lächeln und zeigte auf die Champagner-Piccolos. Wahrscheinlich kosteten sie die Hölle und waren lauwarm, aber sie wollte mit irgend etwas auf diesen Wendepunkt in ihrem Leben anstoßen. Sie würde sich scheiden lassen.

»Alle, die sie haben.«

Er reichte ihr sieben Piccolos. »Kleine Party, was?«

»Kann man so sagen.«

Die Piccolos waren überraschend kühl, und der Barmann übertraf sich selbst und förderte einen Eiskübel und ein verstaubtes Päckchen Erdnüsse zutage.

Als Liz die Tür zu ihrem Abteil öffnete, stellte sie den Sektkübel und die Gläser auf den Tisch und öffnete die erste Flasche.

»Was feiern wir? Nein, sag's mir nicht! Ihr seid wieder zusammen? Ich wußte, daß die zweiten Flitterwochen anstehen, wenn ihr euch mal fünf Minuten in Ruhe unterhaltet...« Dies war natürlich reine Spekulation, aber Mel hoffte, daß sie recht damit hatte.

Liz schenkte ein und reichte Mel ein Glas.

»Wir trinken auf meine Scheidung.«

»Dann hat David eingewilligt?« Mel bemühte sich, erfreut zu klingen. Der Typ war wahnsinnig. Jeder konnte sehen, daß er Liz noch immer liebte.

»Noch nicht. Aber er wird.«

»Und, soll ich dir gratulieren?«

»Natürlich.«

»Ach ja? Und warum heulst du dann?«

Auf dem Parkplatz hinter dem Bahnhof in Lewes stand Mels roter BMW mit dem Autotelefon und mobilem Fax.

»Eines der Dinge, die mir am Landleben gefallen«, sagte Mel in einem Ton, der keine Zweifel ließ, daß die Liste der Dinge, die ihr nicht gefielen, weit umfangreicher war, »ist, daß die Leute Respekt vor den Autos haben. Jedenfalls werden einem nicht gleich die Reifen geklaut, wenn man mal kurz anhält, um zu telefonieren.«

Liz hörte ihr gar nicht zu. Sie war in Gedanken bei Nick und stellte sich sein Gesicht vor, wenn sie ihm sagte, daß David in die Scheidung einwilligen würde. Ihr wurde bewußt, wie sehr sie ihn vermißte. Manchmal ärgerte es sie, daß er nichts ernst zu nehmen schien, doch heute abend war sein sanfter Zynismus genau das, was sie brauchte.

Sie könnte nach Hause zu Jamie und Daisy fahren, aber sie schliefen sicher schon, und außerdem war Nick der Mensch, nach dem sie sich jetzt am meisten sehnte. Sie brauchte ihn, damit er sie festhielt, sie liebte und die Trübsal verjagte, die sie befallen hatte, seit der letzte Nagel in den Sarg ihrer Ehe getrieben worden war. Sie wollte nicht mehr denken, nur noch fühlen. Sie wollte sich gehenlassen und geliebt und verstanden werden.

Kurz vor Seamington wandte sie sich Mel zu und sagte, bemüht, die Erregung in ihrem Ton zu verbergen: »Mel, ich will noch nicht gleich nach Hause. Kannst du mich bei Nick absetzen? Ich will ihn überraschen.«

Es lag Mel auf der Zunge zu sagen, daß nicht jeder Überraschungen mochte und daß Nick vielleicht dazugehörte, doch sie hörte die Vorfreude in Liz' Stimme und schwieg. Worüber machte sie sich Gedanken? Es war nur ein Blick gewesen, mehr nicht. Und wahrscheinlich hatte sie es sich sogar nur eingebildet. Trotzdem fröstelte sie in der kühlen Abendluft.

»Warum schaust du nicht erst bei Jamie und Daisy rein und rufst kurz bei ihm an, ob er überhaupt da ist?«

Liz lachte. »Aber das ist doch Unsinn. Jamie und Daisy schlafen bestimmt schon, und wir kommen praktisch an seiner Haustür vorbei.« Sie musterte ihre Freundin neugierig. »Du kannst Nick nicht gut leiden, stimmt's.«

»Ich will ihn ja nicht heiraten.«

»Darum geht es nicht. Warum magst du ihn nicht?«

»Um Himmels willen, ich habe doch gar nichts gesagt. Sei doch nicht so empfindlich.«

Mel hatte recht. Sie war tatsächlich empfindlich, wenn es um Nick ging. Sie bemühte sich, möglichst neutral zu klingen. »Nun sag doch mal – was genau gefällt dir nicht an ihm?«

Mel gab nach. Sie konnte zwar schlecht die Wahrheit sagen, nämlich daß sie ihn eingebildet, egoistisch und oberflächlich fand, aber sie konnte zumindest versuchen, einen leisen Zweifel zu säen. Sie überlegte einen Augenblick, wie sie ihr Mißtrauen gegenüber Nick auf den Punkt bringen konnte. »Ich kann ihn mir einfach nicht mit Eigelb auf der Krawatte vorstellen.«

»Wer will schon einen Mann mit Eigelb auf der Krawatte? Du doch als Allerletzte.«

»Du weißt schon, was ich meine.«

Liz wußte es leider zu gut. »Und David kannst du dir so vorstellen?«

»Um ehrlich zu sein, ja. Ich dachte nicht, daß ich das je sagen würde, aber es stimmt.«

Sie näherten sich der Abfahrt nach Firle. Nicks Haus war weniger als eine Viertelmeile entfernt. Sollte sie zu ihm gehen? Blöde Mel, beinahe hätte sie es geschafft, es ihr auszureden. Jetzt oder nie.

»Du kannst mich hier rauslassen. Im Wohnzimmer brennt Licht, also muß er zu Hause sein.« Sie stieg aus und beugte sich zum offenen Fenster hinunter. »Fahr ruhig schon. Nick kann mich nachher heimfahren.«

Liz wartete, bis Mel gewendet hatte, und ging dann die Auffahrt hinauf. Der Duft von Geißblatt lag in der Luft, sogar noch schwerer und süßer als am Tag.

Als sie den knirschenden Kies unter ihren Füßen spürte, blieb sie einen Augenblick in der rabenschwarzen Nacht stehen und atmete tief ein. Sie fühlte den Herbst. Bald würden die ersten Blätter fallen.

In ein paar Monaten, höchstens einem Jahr, würde sie hier leben und Rosen für ihre Blumenarrangements pflücken. Sie lächelte.

Als sie am Vordereingang ankam und überlegte, ob sie klingeln sollte, beschloß sie, daß es viel lustiger wäre, sich durch die Hintertür zu stehlen und Nick zu überraschen. Die Küchentür war bestimmt wie immer unverschlossen.

Es war dunkel in der Küche, aber aufgeräumt.

Offensichtlich hatte die Haushälterin heute abend frei. Doch die Lampen im Flur brannten, und ihr fiel auf, daß eine der Birnen kaputt war, der einzige Makel in einer perfekten Szenerie. Aber genau wie der kleine Pickel im Gesicht einer sonst makellosen Frau hob es die Schönheit nur hervor.

Sie überquerte den Flur, der dicke persische Läufer dämpfte ihre Schritte. Bläuliches Licht schimmerte unter der Tür zum Wohnzimmer hindurch, wahrscheinlich lief der Fernseher.

Als sie die Hand auf den Türknauf legte, hörte sie Stimmen und hielt einen Moment inne, um zu hören, zu wem sie gehörten, ehe sie hineinging.

Sie drückte den Griff herunter.

Später sollte sie sich fragen, wie anders ihr Leben verlaufen wäre, wenn sie an diesem Abend nach Hause gefahren wäre. Sie öffnete lächelnd die Tür.

34

Einen Moment blieb Liz wie angewurzelt in der Tür stehen.

Was sich ihr bot, war eigentlich ein völlig harmloser Anblick, und trotzdem sagte ihr Instinkt, daß es alles andere als harmlos war.

Nick lag mit dem Gesicht nach unten auf dem Sofa. Neben ihm, auf dem Läufer vor dem Kamin, kniete Henry und massierte ihn.

Die beiden hatten Liz nicht bemerkt, und als sie Nicks lustvolles Stöhnen hörte, während Henry die Verspannungen aus seinem Nacken knetete, traf es sie unvermittelt, wie erotisch eine Massage sein konnte.

Nick hatte die Augen geschlossen, und auf seinem Gesicht spiegelte sich ein Ausdruck tiefer Zufriedenheit wider. Ab und an seufzte er leise vor Schmerz oder Wohlbehagen auf. Wie typisch für Nick, daß es ihn nicht scherte, wer ihm das Gefühl der Lust verschaffte, und er sich einfach entspannen und genießen konnte.

Als sich Liz schließlich rührte, erkannte sie kaum ihre eigene Stimme wieder, so als stünde sie neben sich.

»Wenn das nicht ein rührender Anblick ist. Der alte treue Freund massiert dem jungen Herrn die Schmerzen und das Leid fort. Aber du hast ja auch ein wirklich anstrengendes Leben, nicht wahr, Nick?«

Henry sprang erschrocken auf und stieß dabei eine Tasse Tee um. Er sah so schuldbewußt aus, als hätte Liz sie zusammen in einer öffentlichen Toilette ertappt.

Nick dagegen richtete sich mit athletischer Anmut auf und klopfte auf den freien Platz neben sich. »Liz, Liebling, ich hatte dich noch gar nicht zurückerwartet.«

»Offensichtlich nicht.«

Nick ignorierte ihren spitzen Ton. Aber vielleicht, dachte sie bitter, bemerkte er ihn auch gar nicht.

»Ich hatte gräßliche Kopfschmerzen, da hat Henry mir eine

Massage angeboten. Habe ich dir eigentlich schon erzählt, daß er heilende Hände hat?« Er setzte sein gewinnendstes Lächeln auf. »Die Leute kommen von weit her zu ihm...«

»Du kannst dir die Mühe sparen, Nick. Deine Erklärungen interessieren mich nicht.«

»Liz...« klang es flehentlich, doch von Henry, nicht von Nick. »Es ist nicht so, wie du denkst.«

»Und was denke ich, Henry?«

Henry schaute weg und zuckte mit den Achseln. Er kam ihr unendlich bemitleidenswert vor, wie ein alter Hund, der ausgedient hat und jetzt unter dem Tisch nach Krümeln von Zuneigung und Leidenschaft bettelte, die Nick ihm gnädig zuwarf. Und jetzt verstand sie auch, weshalb Nick neulich, als sie sich verlobt hatten, so unbedingt noch herkommen wollte, um Henry den Ring zu zeigen. Armer Henry.

Doch Nick gegenüber empfand sie lediglich ein Gefühl unendlicher Leere.

Als sie sein provokantes lockeres Grinsen und sein Achselzucken sah, als hätte sie ihn bei irgendeinem geringfügigen *faux pas* ertappt, erkannte sie zum erstenmal, wie er wirklich war.

Er war wie ein Kind, daran gewöhnt, alles zu bekommen, *weil* er ein Kind war; ein großgewordenes Kind, das begriffen hatte, im Besitz einer mächtigen Waffe zu sein – seiner Sexualität.

Einen kurzen Moment fragte sie sich, ob Nick und Henry ein Liebespaar gewesen waren oder es noch waren. Aber gleich darauf wußte sie, daß das nicht mehr wichtig war. Sie konnte Nick nicht heiraten.

Sie hatte zwei Kinder, und sie wollte kein drittes.

Betäubt vor Entsetzen wandte sie sich zum Gehen um. Nick griff nach ihrer Hand, um sie zurückzuhalten, aber sie schüttelte ihn ab. Sie wußte, daß er sie auf seine Art liebte. Doch heute abend hatte sie erkannt, daß das nicht genug war.

Liz ging ganz ruhig aus dem Zimmer und öffnete die Eingangstür. Dann, als die Realität dessen, was sie gesehen hatte, sie mit voller Wucht traf, ließ sie die Tür einfach weit offenstehen und lief den Schotterweg zur Straße hinunter. Sie wollte so schnell wie möglich von hier fortkommen, die Lungen mit frischer Luft füllen und den kühlen Wind auf dem erhitzten Gesicht spüren.

Plötzlich fiel ihr ein, daß sie nicht mit dem Wagen da war. Es war kurz vor Mitternacht, und sie war zwei Meilen von der nächsten Telefonzelle und noch weiter von zu Hause entfernt.

Aber das zählte nicht. Nichts zählte, außer diesem Gefühl, beschmutzt worden zu sein. Sie hatte keine Angst, als sie auf der Landstraße ins Dunkle stolperte. Ein Vergewaltiger hätte aus den Büschen springen können, und sie hätte nur gelacht. Sie war unberührbar. Niemand würde sie mehr verletzen können, als sie bereits verletzt worden war.

»Du hast es gewußt! Du hast es die ganze Zeit gewußt und mir nichts gesagt!«

Britt hörte den Schmerz in Liz' Stimme, als sie am nächsten Morgen, abseits von den anderen, vor Ross Slaters Büro standen.

»Ich wußte gar nichts, Liz. Ich habe es vermutet, mehr nicht. Ich hätte mich auch irren können.«

»Aber du hast dich nicht geirrt, nicht wahr? Ach, Britt, was soll ich denn nur machen...«

»Du wirst ihn vergessen. Du hast Jamie und Daisy. Du hast ein wundervolles Zuhause. Und ab heute mittag bist du wahrscheinlich reich!« Sie ergriff Liz' Hand. »Außerdem ist er nur ein Mann.« Sie lächelte trocken. »Und was bedeuten die schon?«

Liz erwiderte das Lächeln. Sie wußten beide, ob es ihnen gefiel oder nicht, daß die Männer für sie eine viel zu große Rolle spielten.

Britt hatte recht. Sie hatte die Kinder, ihr Zuhause und WomanPower. Letzte Nacht war ihre Entscheidung endgültig gefallen. Sie wollte nicht zu den reichen Müßiggängern gehören. Sie hatte an anderen erlebt, was es hieß, ziellos von der Tennisstunde zum Friseur, zum Innenarchitekten zu schwirren, die

Minuten bis sechs Uhr und den ersten Gin Tonic zu zählen. Sie hatte nicht vor, an Slater zu verkaufen, egal wie hoch sein Gebot war, denn sie brauchte WomanPower jetzt dringender denn je.

Während sie mit den anderen in Ross Slaters elegantem Hauptquartier wartete, versuchte sie die vergangene Nacht aus dem Kopf zu streichen und sich auf die bevorstehende Besprechung zu konzentrieren. Die anderen verließen sich schließlich auf sie, und sie mußte dringend dieses Gefühl der Verbitterung abschütteln.

Punkt zehn Uhr erschien Slaters Sekretärin. Sie geleitete sie nicht in Slaters Büro, wo Liz schon einmal gewesen war, sondern ins Vorzimmer. Offensichtlich rollte er den roten Teppich für sie aus.

Eigentlich hatte sie Mahagoniefurnier und altenglische Jagdmotive erwartet und war überrascht, statt dessen einen stilvollen, mit viel Geschmack eingerichteten Saal mit Terracotta und ägyptischen Säulen vorzufinden.

Auf dem kleinen Tisch an der Wand standen fünf Tassen. Sie waren zu viert. Sie selbst, Ginny, Mel und Britt als ihre Beraterin. Offensichtlich brauchte Slater keine Berater. Er war der Typ Mann, der allein entschied, was er wollte, und es sich auch im Alleingang holte.

Die Sekretärin war soeben mit Einschenken fertig, als Slater eintraf – cool und charmant wie immer, im maßgeschneiderten Anzug. Lediglich der riesige Diamant, der ihnen von seinem schweren goldenen Siegelring zublinkte, und die ganz leicht gedämpft gesprochenen Vokale deuteten darauf hin, daß sein Background eher East End denn Eton war.

Entspannt und ruhig nahm er Platz. Er fühlte sich wohl in dieser Umgebung. Und Liz erkannte, warum er sie hergebeten hatte, statt zu ihnen zu kommen. Er wollte ihnen seine Macht demonstrieren und seinen Sinn für guten Geschmack, er wollte ihnen zeigen, daß er sich nicht hinter einem Firmenschild verbarg, sondern ein Mann mit Visionen war.

Und als sie ihn mit den übrigen Teilnehmerinnen der Runde

bekannt machte, konnte sie sehen, daß seine Taktik bereits funktionierte. Die anderen musterten ihn fasziniert und warteten auf seinen ersten Schritt.

Als er sicher sein konnte, daß alle Blicke auf ihn gerichtet waren, lehnte er sich in seinem Ledersessel zurück und eröffnete die Partie.

»Wie Sie wissen, möchte ich WomanPower erwerben, und ich möchte Ihnen gern erklären, warum Sie an mich verkaufen sollten.« Er lächelte entwaffnend. »WomanPower ist sehr erfolgreich. Die Publicity, die Ihnen zukommt, ist nicht mit Geld zu bezahlen. Sie sind die Lieblinge der Medien. Sogar die Regierung sucht Sie um Rat und Kooperation auf. Sie *sind*, was sie verkaufen. Aber Sie schlagen kein Kapital daraus.« Er sah sie an. »Und meine Nachforschungen haben ergeben, daß Sie es so wollen. Sie wollen klein bleiben, damit Ihnen außer der Arbeit auch noch ein Privatleben bleibt.«

Aha. Er hatte seine Hausaufgaben offensichtlich gemacht. Wer konnte ihm so etwas verraten haben? Dawn, ihre Büroleiterin, vielleicht nach ein paar Drinks und Komplimenten? Eine von ihnen? – Unmöglich. Abgesehen von Liz kannte ihn niemand.

»Es wird Sie überraschen zu hören, daß ich sehr viel Verständnis für diese Haltung habe.«

O ja, dachte Liz, ausgerechnet er, ein Mann, der sieben Tage in der Woche arbeitete, dessen drei Ehen gescheitert waren und der in einem netten warmen Hubschrauber wohnte ...

»Aber ich fürchte, die Realität sieht anders aus. Ihre Kunden sehen nicht ein, daß die Arbeit liegenbleibt, weil Sie die Kinder von der Schule abholen wollen.« Liz bemerkte, daß sein Ton schärfer geworden war. »Manche Ihrer Kunden werden bereits unruhig. Man munkelt sogar von Ineffizienz. Unbearbeitete Briefe. Unbearbeitete Anrufe.«

Liz warf Britt einen Blick zu. Er sagte genau das gleiche wie sie. Es hätte ihre Ansprache sein können.

Eine Welle der Panik ergriff sie. Britt hatte ihm doch nicht etwa die Informationen gesteckt? Sie war die erste, die von seinem Angebot erfahren hatte. Gut möglich, daß sie eine fette Provision kassierte, wenn der Deal über die Bühne gegangen war. Doch dann mußte sie daran denken, wie Britt an jenem Abend zumute gewesen war, als sie zu ihr gekommen war, und welchen Schmerz sie in ihren Augen gesehen hatte. Nein, Britt würde sie nicht verraten, jetzt nicht mehr.

Sie sah ihre Freundin wiederholt an, aber Britt lauschte mit unbewegter Miene Ross Slaters Worten.

»Wenn Sie so weitermachen, gebe ich Ihnen noch ganze sechs Monate.«

Jetzt trafen sich die Blicke der beiden Frauen wie ein Echo seiner Prognose. Sechs Monate!

»WomanPower wird wie ein Kartenhaus zusammenfallen. Sie müssen sofort handeln und auf dem aufbauen, was Sie erreicht haben! Jetzt ist die Zeit für flexible Arbeitszeit gekommen! Und nicht nur für Frauen. Jeder sehnt sich nach mehr Ausgeglichenheit in seinem Leben. Die Menschen haben sich in den Achtzigern eine Überdosis an Arbeit verabreicht. Siebzig Stunden, achtzig – wofür? Für Geld – aber zu Lasten ihres Privatlebens.«

Er erhob sich und begann auf und ab zu gehen. »Wenn Sie sich mit World of Work zusammenschließen, bringe ich Sie in die Geschäftszentren im ganzen Land! Bedenken Sie, wie vielen Menschen Sie helfen könnten!«

Keiner von ihnen entging der Enthusiasmus in seiner Stimme, seine Begierde, die Idee in die Hände zu bekommen und ihr Potential auszuschöpfen, und es klang ansteckend und berauschend. Liz fühlte sich unwillkürlich mitgerissen.

Vielleicht hatte er recht. Vielleicht konnte WomanPower in den Zentren des Business mehr erreichen. Für einen Augenblick spürte sie das Verlangen, WomanPower so berühmt wie Brook Street Bureau oder den Body Shop zu sehen. Vielleicht sollten sie doch verkaufen.

Ross Slater hielt inne und stützte sich auf seine Sessellehne.

»Ich weiß, was Sie denken. WomanPower ist unser Baby, und dieser Typ, dieser Selfmade-Millionär, schert sich in Wirklichkeit einen Dreck darum, für den ist es doch nur ein weiterer Baustein in seinem Imperium. Er will es uns wegnehmen. Aber glauben Sie mir, ich schere mich sehr wohl darum. Ich denke, WomanPower ist einmalig, und ich möchte unbedingt, daß es die persönliche Note behält, daß die Frau weiterhin das Gefühl hat, hier ist sie gut aufgehoben.« Liz spürte, daß er gleich die Trumpfkarte aus dem Ärmel ziehen würde. »Und dabei möchte ich Sie beileibe nicht ausschließen. Ich möchte, daß Sie beide, Ginny und Liz, als Direktorinnen in Teilzeit bei uns bleiben. Ich habe schon zu oft miterleben müssen, wie Firmen, die ihren Ideegebern und Schöpfern abgekauft wurden, bald darauf scheiterten. Ich *brauche* Sie. Ich will WomanPower, weil ich sehe, was wir gemeinsam erreichen können!«

Einen Sekundenbruchteil glaubte Liz, in seinen Worten ein Echo hören zu können. »Ihre Erfahrungswerte kann man nicht kaufen.« Dasselbe hatte er damals dem alten Mann gesagt.

Aber auf das, was als nächstes kam, war sie nicht vorbereitet.

»Ich habe sehr großes Interesse an WomanPower.« Er hielt inne, sah jeder von ihnen in die Augen, um seinen Worten die nötige Wirkung zu verleihen. »Und ich bin bereit, zwei Millionen Pfund dafür zu bezahlen.«

Liz schnappte nach Luft. Zwei Millionen! Und ihr gehörte fast die Hälfte davon! Sie versuchte, den Gedanken an Swimmingpools und Kreuzfahrten beiseite zu schieben und sich auf Slaters Worte zu konzentrieren.

Es war eine perfekte Vorstellung gewesen. Er hatte an alles gedacht. Es war, wie Liz mit einem leichten Schaudern bemerkte, ein Angebot, das man nicht so einfach ausschlug.

Liz zog den Reißverschluß ihrer Aktenmappe zu und spürte, daß Slater sie beobachtete. In diesem Moment erkannte sie, daß er die Situation sehr wohl durchschaute. Daß er in ihr, nicht in den anderen, seine Widersacherin hatte.

Er näherte sich ihr mit einem Lächeln. Ihr wurde schlagartig bewußt, warum ihr sein stählerner Charme schon beim letztenmal so unangenehm gewesen war. Er war der Typ Mann, der sämtliche Entscheidungen für eine Frau traf – erst bestimmte er, was du zum Dinner bestellst, dann über dein ganzes Leben. Bestimmt gab es Frauen, denen das gefiel, aber sie gehörte nicht dazu.

Als sie sich anschickte, den Raum zu verlassen, hielt er sie zurück und wartete, bis sich die anderen außer Hörweite befanden.

»Ach, Mrs. Ward, gehe ich recht in der Annahme, daß Sie mit dem Journalisten David Ward verheiratet waren?«

»Ich bin noch mit ihm verheiratet«, korrigierte sie ihn. Sie fragte sich, worauf er hinauswollte.

»Ich verstehe. Aber Sie leben getrennt, nicht wahr? Ihr Mann kann ein sehr hartnäckiger Bursche sei.« Sie hörte die versteckte Verärgerung in seinem Ton.

»Das müssen gute Journalisten wohl sein.«

»Vielleicht. Leider habe ich nicht sonderlich viel übrig für Journalisten. Nun, in meinem Fall hat er sich jedenfalls geirrt. Er hat einem traurigen alten Mann Glauben geschenkt, der einen unberechtigten Groll gegen mich hegte.«

Liz überlegte, ob sie durchscheinen lassen sollte, wieviel sie über diese Sache wußte. »Und dieser Groll hat nicht zufällig seinen Grund darin gehabt, daß Sie ihn aus dem Vorstand seines vormals eigenen Unternehmens bugsiert haben?«

Slater lachte. »Das ist doch absurd. Ich habe das damals schon Ihrem Mann gesagt – der alte Bursche war nicht mehr ganz beisammen. Sein Gedächtnis spielte nicht mehr mit. Er *konnte* seine Position im Vorstand nicht mehr ausfüllen.«

Liz erinnerte sich an David Beschreibung des alten Mannes. »Mit einem scharfen Verstand«, hatten seine Worte gelautet.

Ross Slater rückte näher zu ihr und senkte die Stimme. »Ich hoffe, Mrs. Ward – oder möchten Sie, daß ich Susannah Smith zu Ihnen sage? –, wir gehen einmal zusammen essen, wenn dies alles vorbei ist.« Er hielt ihr die Tür auf. »Mir gefällt Ihr Stil.«

Während sie hinausging, dachte sie an Davids Ausdruck, als er ihr die Geschichte von dem alten Mann erzählt hatte. Es war der alte David gewesen, der aus ihm gesprochen hatte, zornig und leidenschaftlich.

Und sie wußte, wessen Version sie glaubte. Sie hoffte nur, die anderen auch davon überzeugen zu können.

»Wow! Was für ein Angebot! Er hat an alles gedacht!«

Mel nahm den Hefter mit dem offiziellen Übernahmeangebot in die Hand und blätterte ihn durch.

»Ein Traum wird wahr! WomanPower in allen Geschäftszentren!« begeisterte sich Ginny. »Direktorinnen zu Teilzeitbedingungen! Zwei Millionen Scheinchen! Gavin braucht nicht mehr zu pendeln und kann zu Hause arbeiten! Wir müssen das Haus nicht verkaufen!«

Als sie Ginnys Erleichterung hörte, wurde Liz ganz flau im Magen, und ihr liefen kalte Schauer über den Rücken. Sie war gezwungen, den Part der Spielverderberin zu übernehmen. Ihre Freundinnen sahen Ross Slater als ihren Retter. Als weißen Ritter, der all ihre Probleme lösen und sie mit Geld überschütten würde und auf dessen starke Männerhand Verlaß war.

Wie, zum Teufel, sollte sie sie überzeugen, daß Slater kein Retter, sondern eine giftige Natter war?

»O ja, er hat an alles gedacht«, schaltete sich Liz ein. »Aber wird er sein Wort auch halten? Ross Slater ist ein Entrepreneur, ein Solo-Artist. *Er* trifft die Entscheidungen. Er hatte ja nicht einmal einen Berater zur Seite. Jeder andere wäre mit einem ganzen Troß von Finanzexperten und Personalchefs erschienen. Aber er kommt allein. Warum? Weil er seinem Instinkt folgt, deshalb. Er hört nur auf sich selbst. Also wird er auch nicht auf uns hören! Wenn wir ihm in die Quere kommen, wird er uns abschütteln und tun, was *er* will. Er ist so demokratisch wie Attila der Hunne!«

Liz wußte, daß sie eine Seifenblase zerplatzen ließ, aber es mußte sein, bevor sie WomanPower an Slater verkauften und dann zusehen mußten, wie er alles, wofür es stand, auseinandernahm.

Ginnys Lächeln verebbte, als sie sich zu ihr umwandte. »Und

warum hat er uns dann die Posten als Direktorinnen angeboten? Das mußte er schließlich nicht.« Liz konnte sehen, daß Mel nicht überzeugt war.

»Weil er will, daß wir verkaufen! Und dazu sind wir natürlich viel eher bereit, wenn wir weiterhin beteiligt werden.«

»Meinst du nicht, daß du ein wenig überreagierst?« fragte Britt vorsichtig. »Er ist nicht Conrad. Unter ihm hätte WomanPower eine phantastische Zukunft. Er ist ein brillanter Geschäftsmann und wirklich begeistert von WomanPower. Daran hat sein Ton keinen Zweifel gelassen.«

Liz fiel es wesentlich schwerer, Britts ruhigen Einwand zu ignorieren als Ginnys Zorn.

»Das stimmt schon, aber wovon ist er begeister? Von unserem Image, das ist alles. Ihr glaubt doch nicht ernsthaft, daß er sich um unsere Bewerberinnen kümmern wird und darum, daß sie einen guten Job kriegen? Den Teufel wird er tun!«

»Aber irgend etwas *müssen* wir unternehmen, Liz«, erinnerte Britt sie leise. »Selbst wenn ihr nicht verkauft, braucht ihr einen Manager, der ganztags einsteigt. Und ausgebootet könnt ihr auch so jederzeit werden, ohne dabei reich zu werden.«

Liz wand sich. Britt hatte recht. Aber es mußte doch einen sympathischeren Menschen geben, der WomanPower für sie leiten konnte ... Plötzlich kam ihr eine Idee, die derart nahelag, daß sie sich fragte, warum sie nicht eher darauf gekommen war.

»Britt, *du* würdest nicht bei WomanPower einsteigen wollen, oder«

Britt lächelte gerührt. »Tut mir leid, Liz, aber ich habe meine eigene Firma.«

Liz sah zu Mel. »Und was ist mit dir, Mel?«

Mel war verlegen. »Ich würde schon, aber Garth und ich spielen gerade mit dem Gedanken, eine eigene Zeitschrift aufzuziehen.«

Als Liz sich an Ginny wandte, wußte sie bereits, daß es keinen Sinn hatte zu fragen. »Ginny, was ist mit dir?«

»Ach komm, Liz. Du hast selbst gesagt, daß es nur eine Firma ist, als meine Ehe zu zerbrechen drohte.«

Liz lächelte trocken.

Ginny erwiderte unsicher ihr Lächeln. »Wie siehst du es denn, Liz, jetzt, ähh...« Sie brach mitten im Satz ab, zu verlegen, um weiterzusprechen.

»Jetzt, da ich keine Beziehung mehr habe, meinst du?«

Sie wußte, was sie alle dachten. Sie glaubten, daß sie *ihnen* ein Opfer abverlangen wollte, zu dem sie selbst nicht bereit war. Und sie hielten *sie* für die ideale Besetzung. Besonders jetzt, da sie Nick verlassen hatte.

Ihr wurde klar, daß sie die Schlacht verloren hatte. Wenn sie sich nicht bereit erklärte, WomanPower selbst zu leiten, konnte sie kaum von ihnen erwarten, nicht an jemanden zu verkaufen, der ihnen die Bürde abnahm.

Ihr blieb nur noch eine Chance, sie von ihrem Vorhaben abzubringen, und sie nutzte sie.

»Als ich in Leeds war, habe ich mich mit David getroffen.«

»Und?« Ginny hatte bereits von der kleinen Feier anläßlich der Entscheidung zur Scheidung gehört.

»Er hat mir eine Geschichte über Ross Slater erzählt. Er hat einem alten Mann die Firma abgekauft, die dessen Lebenswerk gewesen war. Der alte Mann wollte nicht verkaufen, aber Slater hat ihn dazu überredet. Und wie ihr selbst gemerkt habt, kann er äußerst überzeugend sein. Wollt ihr wissen, wie die Sache ausgegangen ist?«

Liz spürte, daß die anderen sie ängstlich beobachteten, als könnte sie der goldenen Gans den Kopf abschlagen.

»Er bot dem alten Mann einen Sitz im Vorstand an. Sagte ihm, er wäre ja verrückt, das Unternehmen ohne die kreative Kraft dahinter einzukaufen – dasselbe, was er uns gesagt hat. Und später, als sich der Alte ihm entgegenstellte, hat er ihn aus dem Vorstand vertrieben.« Sie legte eine kurze Pause ein. Die darauffolgende Stille sagte ihr, daß sie die anderen wenigstens zum Nachdenken bewegt hatte. »Er starb ein Jahr später. Mit viel Geld auf der Bank, von dem er absolut nichts hatte.«

Ginny wirkte trotzig. Für sie stand am meisten auf dem Spiel. »Vielleicht war der Alte doch nicht mehr fit.«

»David sagte, er sei äußerst vital gewesen.«

»Ich wußte gar nicht, daß David so viel Ahnung von Psychologie hat.«

Liz ignorierte die Bemerkung. »Ich glaube nicht, daß er unfähig war. Ross Slater wollte ihn loswerden. Wenn wir verkaufen, wird Slater WomanPower zerstören, und wenn wir versuchen sollten, ihn daran zu hindern, wird er auch uns abschütteln«

»Ich schließe daraus, daß du gegen einen Verkauf bist«, stellte Britt leise fest.

»Ja, ich bin gegen einen Verkauf.«

Britt wandte sich den anderen beiden zu. »Ihr haltet die übrigen Anteile. Was wollt ihr tun? Ross Slaters Angebot annehmen oder ihm sagen, daß er sich zum Teufel scheren soll?«

35

»Ich verstehe überhaupt nicht, was es da noch zu diskutieren gibt. Natürlich sollten wir das Angebot annehmen. Es ist die perfekte Lösung.«

Ginny sah verständnislos in die Runde ihrer Freundinnen. Für sie war es einfach. Sie brauchten jemanden, der WomanPower leitete, Ross Sater wollte das tun und machte sie gleichzeitig noch zu einer reichen Frauen.

»Wenn der Punkt der ist, daß wir Angst um unser Mitspracherecht haben, warum verlangen wir dann nicht, daß es im Vertrag festgeschrieben wird?«

»Natürlich können wir das verlangen, aber er wird sich nicht darauf einlassen. Er wird sagen, wir sollen ihm vertrauen.«

»Und warum sollten wir das nicht?«

»Weil er der böse alte Onkel mit den Süßigkeiten in der Tasche ist. Wenn er nicht etwas Hinterhältiges damit im Sinn hätte, würde er sie uns nicht anbieten.«

Britt wandte sich an Mel, die ungewöhnlich still war und sich aufs Zuhören beschränkte. »Was meinst du, Mel. Dir gehören immerhin zehn Prozent. Verkaufen oder nicht?«

»O Gott, ich weiß es nicht! Einerseits ist das Angebot perfekt, wie Ginny sagt. Aber dieser Ross Slater hat etwas – ich kann nicht mal genau sagen, was – doch, jetzt weiß ich's!«

Alle Augenpaare waren auf sie gerichtet, in Erwartung gleich das ausschlaggebende Argument gegen den Deal zu hören. »Er trägt Wildlederschuhe, und mein Dad hat immer gesagt: Traue keinem Mann, der Schuhe aus Wildleder trägt!«

»Du liebe Güte, Mel«, fauchte Ginny, »als nächstes erzählst du uns wahrscheinlich noch, daß seine Augen zu eng zusammenstehen.«

»Jetzt, wo du es sagst – stimmt. Und dieser Händedruck! Ich hatte Arnold Schwarzenegger erwartet und kriege statt dessen Woody Allen!«

»Danke, Dr. Freud!« Ginny konnte ihren Ärger kaum verbergen. »Hat vielleicht jemand auch mal was Intelligentes dazu zu sagen? Britt, wie siehst du die Sache?«

Britt rückte ihre Unterlagen zurecht. Sie wußte sehr gut, wieviel Gewicht ihre Meinung hatte. Überall lauerten Untiefen, die jeden Moment Freundschaft und Loyalität verschlingen konnten.

Schließlich hob sie den Blick. »Ich denke, ich habe nicht das Recht, etwas dazu zu sagen. Ich stehe euch gern aus Freundschaft beratend zur Seite. Aber ich halte keine Anteile. Euch dreien gehört die Firma, nicht mir. Deshalb passe ich.«

Sie versuchte es mit einem kleinen neutralen Lächeln, doch Liz vereitelte dieses Ausweichmanöver. »O komm, Britt! Das ist doch reiner Blödsinn nach dem, was wir zusammen durchgemacht haben. Ich will die Wahrheit hören!« Sie hielt Britts Blick gnadenlos fest und gestattete ihr einen Rückzieher einfach nicht. »Das *verdiene* ich. Und von dir mehr als von jedem anderen.«

Britt betrachtete ihre Hände. Sie waren erstaunlich kräftig für eine so zierliche Person, und sie bemerkte, daß der Lack auf einem der Nägel abblätterte. Was, zum Teufel, sollte sie nur sagen? Der Mensch, den sie am meisten mit der Wahrheit verletzen würde, war Liz. Und ausgerechnet Liz wollte sie auf gar keinen Fall noch einmal weh tun.

»Hör mal, Britt. Ich bin ein großes Mädchen, ich kann die Wahrheit vertragen.«

Britt sah ihr direkt in die Augen.

»Es tut mit leid, Liz, ihr werdet nie wieder ein Angebot wie dieses bekommen. Ich denke, ihr solltet verkaufen.«

»Was ist mit dir, Mel?« Vielleicht war wenigstens Mel mit ihren völlig irrationalen Vorurteilen auf ihrer Seite. Zwei Verbündete im Kampf gegen die unbarmherzigen Gesetze des Busineß.

Mel ergriff Liz' Hand. »Tut mir leid, Lizzie, aber ich bin derselben Meinung wie Britt.«

Plötzlich fühlte sich Liz furchtbar alt und müde, als wäre sie zerbrechlich und hätte die Zeiten, in denen sie gekämpft hatte, lange hinter sich gelassen. Sie stand auf und beugte sich vor, um ihre Aktenmappe aufzunehmen – eine Aktenmappe, die sie nicht mehr brauchen würde.

Erst hatte sie David verloren, dann Nick und jetzt WomanPower. Sie hatte in der Liebe verloren und bei der Arbeit, und jetzt würde sie mit ihren Freundinnen brechen, die diese furchtbaren Verluste überhaupt erträglich gemacht hatten. Sie sah jede von ihnen noch einmal an, als wolle sie sich ihr Bild vor einer langen Reise einprägen.

»Dann wünsche ich euch viel Glück. Ich hoffe, ihr müßt nicht zu bald erfahren, daß Ross Slater ein Killer ist. Haltet euch den Rücken frei. Wenn ihr Rat braucht, fragt David. Er kennt Slater besser als ich.«

Liz ging langsam in Richtung Tür. Abgänge gehörten für sie zur Tagesordnung. Doch Mel war schneller und versuchte Liz aufzuhalten.

»Lizzie, geh nicht...«

Liz schüttelte den Kopf und ging weiter. Es gab nichts mehr zu sagen. Sie wollte kein Teil von WomanPower sein, wenn es Ross Slaters Firma war. Sie wollte nur noch eines – nach Hause.

Die Auffahrt zum Haus hinauflaufen und ihr Gesicht an Jamies Wange drücken und Daisys weiche Haut küssen. Sie waren alles, was sie hatte. Sie schaute auf die Uhr. In einer halben Stunde würde sie bei ihnen sein. Sie zog ihren Mantel an und ging hinaus zum Parkplatz; wenn sie sich nicht mehr umblickte, würde sie es schaffen, die Tränen zurückzuhalten.

Und so bekam sie nicht mit, wie Britt ihr Filofax aus dem Aktenkoffer holte und Davids Telefonnummer suchte.

Liz ließ Lewes hinter sich und bog in Richtung Seamington ab. Erst jetzt fiel ihr auf, wie schön das Wetter war. Die reinste Ironie, so wie sie sich fühlte. Die Sonne schien, der Himmel war klar und blau, die Blätter rot und golden. Schwärme von Schwalben hockten auf den Telegraphenleitungen und warteten darauf, vor dem Frost nach Süden zu fliegen. Es war ein wunderbarer Anblick ringsum. So sehr hatten Nick und WomanPower sie beschäftigt, daß sie gar nicht bemerkt hatte, wie sich die Natur für den Abschied in den Winterschlaf in Schale geworfen hatte.

Das Haus war still, aber nicht leer – ihr Zuhause wartete nur darauf, wieder zum Leben zu erwachen, wenn Jamie und Daisy zur Tür hereinstürmten und es wieder in Beschlag nahmen.

Langsam schlenderte sie durch die Küche und legte in der erholsamen Stille allmählich den Streß und den Schmerz ab.

Liz setzte den Teekessel auf. Auf dem Küchentisch stand ein noch warmer Apfelkuchen, der aussah wie aus dem Bilderbuch. Minty mußte ihn gebacken haben. Es war ein Kuchen, wie sie selbst ihn immer hatte backen wollen, leicht und goldbraun, die Kanten hübsch abgerundet und mit einer Blume aus Teig in der Mitte. Dazu war sie nie gekommen.

Warum nur war es so schwierig, die Frau zu sein, die sie gern sein wollte? Früher hatte eine Frau gar nicht die Wahl gehabt, nun standen ihr alle Wege offfen. Aber irgendwie machte die Möglichkeit der Wahl es einem schwerer, glücklich zu sein. Es schien, als ließe sich keine Tür öffnen, ohne daß eine andere zugeschlagen wurde. Wer dem Erfolg nachjagte, büßte diese kleinen, häuslichen Freuden ein, die Frauen seit Jahrhunderten Befriedigung gegeben hatten: ein Zuhause zu schaffen, das voller Liebe und einladend war; zu sehen, wie die Kinder größer wurden; Freunde einzuladen und zu bewirten; Zeit für eine Plausch am Gartentor zu haben. Doch zu Hause zu bleiben, die Kinder großzuziehen und Kuchen zu backen gab einem das nagende Gefühl, etwas anderes zu versäumen.

Und sie hatte geglaubt, diesmal dicht dran zu sein, alles miteinander zu vereinen. Ein Leben in Balance. Plötzlich tauchte das Bild vor ihrem Auge auf, zersetzend und ätzend wie Säure auf dem Lack eines nagelneuen Autos, wie Nick auf dem Sofa gelegen hatte. Und zum erstenmal, seit sie an jenem Abend die Tür geöffnet hatte, ließ sie ihren Tränen freien Lauf.

Dann hörte sie den Kies knirschen, und Jamie rannte herein, und Daisy folgte ihm. Minty steckte den Kopf zur Tür herein, sah Liz' Tränen und zog sich dann leise zurück, um die Jacken im Flur aufzuhängen.

»Mummy, Mummy, warum weinst du?« wollte Jamie wissen, und ihr Herz floß über, als sie die Liebe in seiner Stimme hörte.

Sie drehte sich zu ihm und schloß ihn in die Arme. »Weil ihr mir so sehr gefehlt habt!«

Er tätschelte sie sanft. »Aber jetzt sind wir doch da. Jetzt kannst du wieder aufhören.«

»Ja.« Sie lächelte ihn unter Tränen an.

»Mußt nicht mehr weinen«, beteuerte Jamie.

»Ich auch kuscheln! Ich *auch*!« Daisy war wütend, weil sie noch keinen Kuß abbekommen hatte.

Liz nahm Daisy auf den Arm, und für einen Moment sah sie in Davids Gesicht, so sehr ähnelte Daisy ihm. Und Liz fragte sich, wie wohl alles gekommen wäre, wenn die Dinge zwischen ihnen anders verlaufen wären.

Doch dann vertrieb sie die Gedanken an David und schnitt für jeden ein viel zu großes Stück Apfelkuchen ab. Sie setzten sich alle um den runden Tisch und aßen den Kuchen mit den Fingern. Und während Jamie in allen Einzelheiten berichtete, was er an diesem Vormittag in der Vorschule gemacht und erlebt hatte, hatte Liz nach und nach das Gefühl, daß der heutige Tag doch keine so große Katastrophe war, wie es zunächst den Anschein gehabt hatte.

Sie war im Garten und schnitt Blumen, als das Telefon klingelte. Für einen Moment überlegte sie, ob sie es einfach ignorieren sollte. Sie wollte jetzt mit niemandem sprechen.

Aber der Anrufer, wer auch immer es sein mochte, war hartnäckig, und nach dem zehnten Klingeln gab Liz schließlich nach. Seufzend ließ sie die Gartenschere fallen; wahrscheinlich würde es genau dann aufhören zu klingeln, wenn sie die Gummistiefel ausgezogen hatte.

Sie fragte sich, ob es Mel oder Ginny sein könnte. Aber es war inzwischen zehn Tage her, seit sie bei WomanPower ausgestiegen war, und keine der beiden hatte sich in dieser Zeit bei ihr gemeldet. Warum also sollten sie jetzt anrufen?

»Hallo Liz, Mark Rowley hier. Ich melde mich als Berater des Vorstandsvorsitzenden von Metro TV. Wir haben so was wie eine kleine Krise hier. Ich weiß nicht, ob Sie schon gehört haben, daß Conrad Marks gefeuert wurde. Nächste Woche wird sowieso jeder in der Branche Bescheid wissen, also plaudere ich damit kein großes Geheimnis aus.«

»Weshalb?« Liz ließ sich in den Sessel auf dem Flur fallen. »Ich meine, was hat Conrad denn verbrochen?«

Einen kurzen Moment stellte sie sich vor, daß man ihn mit Claudia auf dem Konferenztisch *in flagranti* erwischt hatte. Nur daß man dafür in der Fernsehbranche nicht gefeuert, sondern eher befördert wurde.

»Er hat ein bißchen was von dem Panther Deal Fond in die eigene Tasche abgezweigt. Tatsächlich war es über eine halbe Million Pfund.«

»Mein Gott! Und wie hat man bei Panther reagiert?«

»Bisher ziemlich gefaßt. Sie wollen das Geld natürlich wiederhaben. Und sie wollen jemanden an der Spitze von Metro sehen, dem sie vertrauen können, oder sie ziehen die restliche

Summe auch zurück.« Er hielt inne. »Liz, Sir Derek hat mich gebeten, Sie zu fragen, ob Sie in den nächsten Tagen vielleicht für ein Gespräch nach London kommen könnten...«

Liz hielt den Atem an. Sie mochte seit fast einem Jahr in der Provinz leben, aber sie wußte noch sehr gut, daß »für ein Gespräch vorbeikommen« bedeutete, daß man ihr ihren alten Job wieder anbieten würde – und zwar mit Sahnehäubchen.

»Hallo David, hier spricht Mel.« Sie lachte nervös. David legte sofort den Bericht aus der Hand, in den er bis eben vertieft gewesen war. So unsicher hatte er Mel noch nie erlebt.

Sie fluchte innerlich, weil man sie auserkoren hatte, David anzurufen, aber Ginny hatte sich blankweg geweigert, und Britt, deren Idee es gewesen war, konnte sich nicht überwinden, mit ihm zu sprechen. Also saß sie jetzt an diesem grauen Donnerstag am Telefon.

»Mel, schön von dir zu hören. Wie gefällt dir das Landleben?«

»Furchtbar. Ich kann nicht einschlafen, weil es hier so still ist, und es gibt im Umkreis von fünfzehn Meilen kein einziges passables Geschäft.«

»Arme Mel. Ich konnte mir dich nie so richtig im grünen Barbour und mit Gummistiefeln in einer Dorfkneipe vorstellen. Ich wette, du sehnst dich danach, es im Groucho Club mal wieder so richtig krachen zu lassen, stimmt's?«

»Wette gewonnen. Obwohl ich eine Weinbar in Lewes entdeckt habe, in der man einen ganz anständigen Tequila Slammer kriegt. Drei davon, und du weißt nicht mehr, ob du in Sussex oder Swaziland bist.«

David lachte. »Also, womit verdiene ich die Ehre dieses Anrufs? Ich nehme nicht an, daß du dich als freie Mitarbeiterin anbieten willst?«

»Darling, das kannst du dir gar nicht leisten!« kicherte sie. »Nein, es geht um WomanPower. Ross Slater hat uns ein Angebot unterbreitet, dem wir alle nur sehr schwer widerstehen können.« Sie legte eine Pause ein. »Jedenfalls alle bis auf Liz. Liz wollte auf keinen Fall verkaufen, also ist sie ausgestiegen.«

»Aber WomanPower bedeutete ihr doch so viel?«

»Ja, aber nicht, wenn Ross Slater der Besitzer ist.« Mel klang enttäuscht. »Sie hat uns gesagt, wir könnten uns an dich wenden, wenn wir Rat bräuchten. Sie sagte, daß du vor ein paar Jahren mit Slater aneinandergeraten bist.« Ihr Stimme hellte sich etwas auf. »Und da haben wir uns gedacht, daß du ihm ein bißchen auf den Zahn fühlen könntest, was er seitdem so getrieben hat.«

David lächelte. Er dachte an Liz. Dann hatte sie also seinen Rat angenommen. Auch wenn er bis über beide Ohren in Arbeit steckte, für diesen Gefallen nahm er sich gern Zeit.

»Sicher, Mel. Nichts lieber als das. Ich kann das meiste von hier erledigen. Wann soll ich anfangen?«

Liz stand vor dem in Schwarzweiß gehaltenen postmodernen Tempel der Gottheit Fernsehen, in dem die Studios von Metro TV untergebracht waren, und zögerte einen Moment. Auch wenn sie letztlich triumphierend zurückkehrte, verspürte sie eine unerwartete Nervosität. Ihre Zeit hier war so spannungsgeladen gewesen, und sie hatte so viele Niederlagen und so viele Siege hier erlebt. Aber zu ihrer eigenen Überraschung mußte sie sich zwingen hineinzugehen.

Sie holte noch einmal tief Luft, dann setzte sie die Drehtür in Bewegung und betrat das Gebäude. Sie hatte das eigenartige Gefühl, in die Vergangenheit zurückzukehren – eine Vergangenheit, die sie doch eigentlich schon überwunden und abgehakt hatte.

Doch als sie sich beim Empfang in einem der tiefen Sessel niederließ, fiel ihr auf, daß sich etwas verändert hatte. Zuerst konnte sie nicht benennen, was genau es war. Die junge, ihr unbekannte Frau am Empfang schenkte ihr ein freundliches Lächeln. Ebenso die Männer von der Sicherheit an ihrem gegenüberliegenden Tresen. Das war es. Die Stimmung war eine andere. Ohne Conrad, der mit einem Messer in der Hand hinter ihrem Rücken lauerte, waren die Menschen bei Metro entspannt und freundlich.

»Mrs. Ward, ich bin die persönliche Assistentin des Vorstandsvorsitzenden. Wenn Sie mir bitte folgen würden...«

Liz nahm ihre Aktenmappe, und als sie aufschaute, sah sie in das lächelnde Gesicht ihrer ehemaligen Sekretärin Viv.

»Viv, wie geht es Ihnen?« Sie sprang auf und schlang die Arme um das Mädchen. »Assistentin des Chefs? Nicht schlecht. Ich wette, er muß sich nicht Ihre Strümpfe ausleihen, oder doch?«

Viv kicherte. »Bisher nicht. Wie geht es Ihnen? Ist das nicht verrückt?«

»Wem sagen Sie das! Werden die mir gleich anbieten, was ich vermute?«

»Aber Mrs. Ward! Sie sprechen mit der persönlichen Assistentin des Vorstandsvorsitzenden. Meine Lippen sind versiegelt. Wissen Sie nicht mehr, daß ich die verschwiegenste Sekretärin war, die Sie je hatten? Und da erwarten Sie, daß ich eine derart vertrauliche Information ausplaudere?«

Liz erhob sich, und Viv beugte sich vor, um ihr die Aktenmappe abzunehmen. »Natürlich werden Sie!« zischte sie Liz ins Ohr. »Warum sollten die Sie wohl sonst von Sussex hier antanzen lassen?«

Liz spürte, wie ihre Knie langsam weich wurden, als sie Viv in den Fahrstuhl und Sir Dereks luxuriöses Büro im vierten Stock folgte. Als sie den Raum betrat, sprangen Sir Derek und Mark Rowley sofort auf. Sie spürte die Spannung, die in der Luft lag, und das machte sie ein wenig ruhiger. Die beiden waren also genauso nervös.

»Liz, meine Liebe, wie geht es Ihnen? Danke, daß Sie gekommen sind.«

Er wies ihr einen Platz auf dem schwarzen Ledersofa zu. Sie erinnerte sich, daß Conrad hier immer gesessen hatte.

»Hallo, Liz, schön Sie zu sehen.« Mark Rowley gab ihr verlegen die Hand und setzte sich in den Sessel neben ihr. Sir Derek nahm am anderen Ende des Sofas Platz. Sie lächelten einander an, bemüht um den richtigen Moment, um zum Geschäftlichen überzuwechseln.

»Nun, meine Liebe, ich nehme an, Sie können sich denken, weshalb wir Sie hergebeten haben.«

»Ich glaube es zumindest.«

Sag bloß nicht zuviel, nachher bieten sie dir einen Job als Büroklammerverwalterin an.

»Wie Mark sicher schon erwähnt hat, mußte Conrad uns unter etwas peinlichen Umständen verlassen. Und Claudia Jones ist mit ihm zusammen gegangen.«

Liz lächelte. Claudia hatte ihrem Geliebten also beigestanden. Vielleicht hatte sie sich in ihr geirrt. Oder Claudia hatte ebenfalls die rotlackierten Finger in der Kasse gehabt.

»Jedenfalls brauchen wir jemanden mit einer untadeligen Reputation *und* höchsten Qualifikationen. Jemanden, dem die Autoritäten im Busineß und bei der Stadt vertrauen, vor allem natürlich Panther, damit sie ihre Gelder nicht zurückziehen. Denn dann wäre die Kacke wirklich am Dampfen.«

Liz warf Sir Derek einen überaschten Blick zu. Wenn er sich solcher Ausdrücke bediente, mußte er wirklich unter Druck stehen.

»Dann würde sicherlich eine Untersuchung angeordnet werden und Gott weiß, was dabei zutage kommt.« Er war aschfahl, »Conrad hielt sich anscheinend für Gott und glaubte, daß die spießigen Gesetze der Sterblichen für ihn nicht gelten.« Er nahm einen kleinen Lackuntersetzer vom Tisch und begann ihn in seinen Händen zu drehen. »Wir haben uns nach jemand Gescheitem umgeschaut, und Panthers Managing Director hat Sie vorgeschlagen.«

Liz lächelte. Dann hatte sie bei Panther offensichtlich gute Karten.

»Also, Liz, wir von Metro hätten Sie gern wieder bei uns. Dreijahresvertrag. Natürlich eine Gehaltsanhebung – sagen wir um fünfzig Prozent – plus Anteile von zehntausend Aktien an Metro und die normalen Vergütungen, Firmenwagen, Krankenversicherung etc.«

Liz rechnete das blitzschnell im Kopf aus. Sir Derek bot ihr einen Vertrag an, der sie so reich machen würde wie Ross

Slater, nur daß dies ein echter Job wäre. Sie fühlte, wie ihr Herz klopfte. Sie könnte doch noch die Serie über die Obdachlosen realisieren! Sie könnte Metro TV zum besten Sender auf der Insel machen! Oder etwa nicht? Sie spürte, wie ihre momentane Begeisterung nachließ. Wer würde der neue Geschäftsführer werden? Ein weiterer Conrad, der die Budgets zusammenstrich, wenn sie nur mal eben auf die Toilette ging?

»Das Angebot ist sehr schmeichelhaft, Sir Derek. Aber um ehrlich zu sein, die finanzielle Seite ist nicht ausschlaggebend für mich.«

Sir Derek lächelte. »Und was ist für Sie ausschlaggebend?«

Sie sah ihm in die Augen und zwang sich, hart zu sein. Sie brauchte diesen Job nicht. Sie wußte nur zu gut, welche Opfer er erforderte. Es gab keinen Grund, sich überreden zu lassen, nur weil sie sich geschmeichelt fühlte.

»Kontrolle. Die Entscheidungsvollmacht über Inhalt wie auch über das Budget der Programme.«

Sie hielt den Atem an, wohl wissend, daß sie etwas verlangte, worauf sich kein neu dazukommender Geschäftsführer einlassen würde.

»Darin sehe ich kein Problem.«

Sie starrte ihn mit offenem Mund an.

»Wir haben diesen Punkt im Vorstand ausgiebig diskutiert und sind zu dem Schluß gelangt, daß die Spannungen zwischen Ihnen und Conrad unvermeidlich waren. Deshalb haben wir uns entschieden, Ihnen nicht nur die Position der Programmleitung, sondern auch der Geschäftsführung anzubieten.« Er lächelte. »Nicht umsonst sind die Vergütungen derart großzügig.«

Liz bemühte sich, cool zu bleiben, und scheiterte.

»Programmleitung *und* Geschäftsführung!« entfuhr es ihr. Er bot ihr den Job an, von dem sie immer geträumt hatte. Sie würde die Sendungen realisieren können, die sie wollte! Sie wäre *tatsächlich* die mächtigste Frau in der Branche! Und Conrad würde platzen, wenn er davon hörte!

Sir Derek lächelte noch immer in Erwartung ihrer Antwort.

Liz saß starr da, ihre Hand zuckte.

»Nun, Sir Derek, ich *bin* beeindruckt.« Sie wußte, daß sie sie brauchten. Und sie konnte sie mit ihrer Antwort ruhig etwas warten lassen. »Ich nehme doch an, daß sie mir vierundzwanzig Stunden einräumen, um mir Ihr Angebot in aller Ruhe durch den Kopf gehen zu lassen?«

36

»Also, wenn ich an eurer Stelle wäre ...« David sah von Mel zu Britt und Ginny, um keinen Zweifel daran zu lassen, wie ernst es ihm mit dieser Warnung war, »würde ich es mir dreimal überlegen, ehe ich mich mit Ross Slater einließe.«

Es hatte seiner gesamten Überzeugungskraft, plus ein oder zwei sanfter Drohungen bedurft, diese Informationen aus Ross Slaters Ex-Geschäftspartner herauszuquetschen, und David bezweifelte, daß er sich für irgend jemand anderen diese Mühe gemacht hätte. Doch er hatte es für Liz getan. Er konnte den Gedanken einfach nicht ertragen, daß sie die Firma, in die sie so viel Herz und Arbeit gesteckt hatte, an einen Bastard wie Slater verlieren sollte.

Natürlich, das mußte er zugeben, war der Bericht, der ihnen vorlag, tatsächlich eine fesselnde Lektüre. Slaters Partner hatte in schillernden Details beschrieben, wie Slater seine Deals durchzog. Und eines kam dabei ganz deutlich heraus. Ross Slater war Weltmeister im »Hart-am-Wind-Segeln«.

»Jesus«, murmelte Mel und blätterte so ungeduldig, als wäre es ein Kriminalroman, zum Ende des Hefters. »Kein Wunder, daß dieser Bursche Erfolg hat. Das ist ein echter Gauner.«

»Nun ja, er ist jedenfalls ziemlich einfallsreich, wenn es darum geht, eine Übernahme durchzuziehen«, pflichtete David bei. »Aber jede Wette, daß er behaupten würde, nie jemandem geschadet zu haben.«

»Pah!« Ginny warf ihren Hefter auf den Tisch. »Und was ist

mit all den Leuten, die ihre Ersparnisse verloren haben, als er mit den Aktien jongliert hat, um Nine to Five auszubooten?«

»Auch da würde er behaupten, lediglich den Behörden Schaden zugefügt zu haben.«

»Nur, daß diese Behörden für die Renten der Leute zuständig sind«, schnappte Ginny.

»Darf ich daraus entnehmen, daß ihr nach der Lektüre dieses zwingenden Dokumentes nicht mehr ganz so versessen darauf seid, an Slater zu verkaufen?«

»Worauf du wetten kannst!« Mel schob den Hefter angewidert von sich. »Ich würde meine Anteile eher dem Finanzamt vermachen als diesem miesen Typen, der alte Frauen betrügt!«

»Ich bezweifle, daß Slater sein Geschäftsgebaren so umschreiben würde, aber – bitte. Und du, Ginny? Du hältst neben Liz die meisten Anteile. Willst du noch verkaufen?«

Ginny erhob sich. »Soweit es mich betrifft, ist der Deal gestorben. Wir müssen eine andere Lösung für unser Problem finden.«

Schließlich wandte sich David an Britt. Sie beide hatten sich während der ganzen Zeit nicht einmal angesehen. Aber früher oder später würde er ihr ins Gesicht sehen müssen.

»Was meinst du, Britt?«

Britt hob langsam den Blick von den Unterlagen vor sich und versuchte, ganz ruhig zu klingen. Es war ihre Idee gewesen, David herzubitten, aber die letzte halbe Stunde war die schlimmste Zeit ihres Lebens gewesen.

»Ich meine, daß Liz von Anfang an recht gehabt hat. Ross Slater ist ein schmieriger Betrüger.« Sie lächelte schwach. »Von der schlimmsten Sorte.«

David erwiderte ihr Lächeln. Sie beide wußten, daß es von nun an nur besser werden konnte.

»Dann ist es also beschlossene Sache«, resümierte David. »Wir sagen Slater, er kann sich zum Teufel scheren.« Er dachte einen Moment an Slaters Reaktion. »Hättet ihr vielleicht etwas dagegen, wenn ich das übernehme?« Ein verschlagenes Grinsen überzog sein Gesicht, als er seine Unterlagen im Aktenkoffer verstaute. »Ich wüßte nämlich nicht, was mir mehr Spaß machen würde!«

Bevor sie alle verschwanden, stellte Ginny ihre Aktenmappe noch einmal ab und wandte sich den anderen zu. »Natürlich sind wir noch nicht aus dem Schneider, wenn wir Slaters Angebot ablehnen. Unser Problem ist damit nicht gelöst. Wir brauchen nach wie vor jemanden, der WomanPower leitet.«

David konnte spüren, wie das berechtigte Gefühl des Zornes einer allgemeinen Deprimiertheit wich.

»Wie wär's mit einem Drink drüben im Saracen's Head?« Sie konnten eine kleine Aufmunterung gebrauchen. »Ein Whisky Mac muntert euch bestimmt wieder auf.«

Bei dem Gedanken, daß irgend jemand guten alten Whisky mit Gingerwein verdünnen könnte, wurden in Mel alte Instinkte wach. »Nur über meine Leiche. Ein doppelter Wodka schon eher.« Sie zog sich ihren Mantel an. »Besser noch die ganze Flasche.«

Britt hatte eine Idee. Es war verrückt und unwahrscheinlich, aber einen Versuch wert. Es kostete sie große Überwindung, es überhaupt vorzuschlagen, aber wenn es klappte, war es *die* Lösung. Es könnte vielleicht sogar Liz zurückbringen.

»Es gäbe da noch eine Variante, die wir bisher noch nicht bedacht haben.«

Die anderen blieben stehen; Britt klang so aufgeregt, daß sie neugierig wurden.

»Ich habe überlegt, ob – natürlich nur theoretisch – *du* schon einmal darüber nachgedacht hast, Managing Director bei WomanPower zu werden, David!«

David wußte nicht, was er sagen sollte. »Aber ich habe doch keinerlei Erfahrungen in dieser Branche!«

»Die hatten Liz und ich vor einem Jahr auch nicht«, konterte Ginny.

David sah verblüfft in die Runde; die Andeutung eines Lächelns umspielte seine Augenwinkel. »Und wie, glaubt ihr, würde Liz darauf reagieren?«

Mel zwinkerte Britt verschwörerisch zu.

»Keine Ahnung, David. Aber da gibt es nur eine Möglichkeit, das herauszufinden, oder?«

Wie benommen überquerte Liz die Straße vor dem Gebäude von Metro und ging weiter Richtung Uferpromenade. Sie mußte jetzt nachdenken, an den Fluß war sie früher immer gegangen, wenn sie bei Metro vor schwierigen Entscheidungen gestanden hatte.

Als der kalte Wind ihr die Farbe ins Gesicht zurückbrachte, spürte sie, wie ihr Puls hochschnellte und sie im Innern aufschrie wie die Seemöwen, die über ihr segelten.

Sie wollten sie wieder haben! Sie wußten genau, wie sehr ihr daran gelegen war, Zeit für ihre Kinder zu haben, und dennoch wollten sie, daß sie zurückkam! Sie hielten sie nicht, wie Conrad es getan hatte, für eine ständig nörgelnde Frau, die eigentlich an den Herd gehörte. Sie waren der Meinung, daß sie integer war und verdammt gut in ihrem Job!

Im Grunde war Sir Dereks Botschaft noch eindeutiger gewesen: Metro *brauchte* sie. Es war ein unglaubliches Gefühl nach der schrecklichen Leere, in die sie nach ihrem Ausstieg bei WomanPower gefallen war. Ihre Firma *und* ihre Freundinnen zu verlieren hatte ihr weher getan, als sie sich eingestehen wollte. Und nicht eine von ihnen hatte sich die Mühe gemacht und bei ihr angerufen oder gesagt: »Unsere Freundschaft ist doch mehr wert als das alles. Die dürfen wir deswegen doch nicht kaputtgehen lassen. Du bedeutest uns mehr als die Firma.«

Aber nun hätte sie etwas anderes, wofür es lohnte zu kämpfen. Und vielleicht könnte sie den Umstand, daß Metro sie brauchte, nutzen, um mehr Zeit für sich und die Kinder zu fordern.

Sie lehnte sich an die Brüstung und starrte auf den grauen Fluß. Aber was war mit ihrem Leben in Seamington? Ihren Träumen vom Leben auf dem Land?

Sie sah eine Bank hinter sich und setzte sich zu einem Mann, der in eine Zeitung vertieft war. Himmel, sie hatte schon seit

Tagen keinen Blick mehr in die Zeitung geworfen. Und jetzt wurde ihr klar, wie sehr sie in diesem letzten Jahr von allem abgeschnitten gewesen war. Sie hatte weder Zeitung gelesen noch die Nachrichten im Fernsehen verfolgt, weil die schlimmen Meldungen sie so sehr deprimierten. Sie war drauf und dran, wie die Frauen zu werden, die sie immer verachtet hatte.

Es war an der Zeit, der Wahrheit ins Gesicht zu sehen. Es war alles nur ein schöner Traum gewesen. Sie war nichts weiter als eine Großstadtpflanze, die sich danach gesehnt hatte, in grünen Gummistiefeln durch den Garten zu laufen, aber nicht mal daran dachte, Öl in den Aga zu füllen. Warum gab sie es nicht endlich zu? Der Traum vom Landleben war ausgeträumt. Er war an jenem Abend gestorben, als sie überraschend bei Nick aufgetaucht war.

Die ganze Sache war eine einzige Pleite. Sie war eine schreckliche Mutter, eine miserable Hausfrau und kam mit allem nicht so zurecht, wie sie es sich eingebildet hatte.

Vielleicht war es Zeit für eine Veränderung. Wenn es eines gab, was sie im vergangenen Jahr gelernt hatte, dann, daß das Leben keine sanft fortlaufende Geschichte war mit einem Anfang, einem Mittelteil und einem Ende. Sondern eine Folge von einzelnen Kapiteln, so manches davon überraschend anders als erwartet, jedes anders als das davor, und selbst die Reihenfolge war nicht zwingend vorgeschrieben. In diesem Augenblick hatte sie das untrügliche Gefühl, daß ein neues und nicht vorhergesehenes Kapitel für sie begann.

Sie stand auf, schob ihr Haar aus dem Gesicht, um den frischen Wind zu spüren. Sie würde den Job annehmen. Aber sie würde es ihnen nicht jetzt gleich sagen. Sie wollte sie noch etwas zappeln lassen. Auf diese Weise konnte sie ihre Position weiter festigen.

Als Liz zwei Stunden später von der Hauptstraße auf die schmale Landstraße Richtung Seamington bog, stellte sie enttäuscht fest, daß sie nicht die übliche Erleichterung und das vertraute Gefühl der Vorfreude empfand. Und diese Erkenntnis traf sie wie ein frisch geschliffenes Messer ins Herz. Gerade heute brauchte sie die alles heilende Atmosphäre dieses Ortes, dieses Gefühl zeitlosen Friedens, das stets den Rummel um Macht und Erfolg in die richtigen Relationen setzte. Doch statt dessen nagte der Zweifel an ihr. Wenn sie den Job annahm, traf sie dann wirklich die richtige Entscheidung? Oder machte sie sich nur etwas vor, weil sie ihn so unbedingt haben wollte?

Würde ein Akzeptieren des Angebots ein Verrat sein an allem, was sie im letzten Jahr erreicht hatte? Würde das bedeuten, den Traum des Gleichgewichts zwischen Beruf und Familie für alle Zeit aufzugeben?

Als sie den Wagen abstellte und den Weg zum Haus hinaufging, sah sie erstaunt, daß die Haustür offenstand. Das träge Herbstlicht warf seine langen Schatten in den Eingangsflur. Eine große Vase mit duftenden weißen Chrysanthemen stand im Wohnzimmer, und sie sah, daß die Schiebetüren zum Garten ebenfalls offen waren. Zwei Paar Schuhe standen daneben. Minty hatte den Kindern sicher die Stiefel angezogen und war mit ihnen in den Garten gegangen.

Als Liz den Aktenkoffer abstellte, beschloß sie, hinaufzugehen und sich umzuziehen. Vielleicht würde sie ihre Unsicherheit zusammen mit ihrem City-Outfit abstreifen können, aber mitten auf der Treppe blieb sie stehen und lauschte. Sie hörte Jamie im Garten lachen, so glücklich und ausgelassen wie schon seit Monaten nicht mehr. Für einen Moment stand sie einfach nur da und ließ dieses Lachen auf sich wirken. Und im selben Moment wußte sie, daß sie Jamie und Daisy jetzt sofort sehen mußte.

Sie lief in ihren reichlich ungeeigneten Stöckelschuhen über den Rasen zum Obstgarten und verschnaufte kurz hinter einem der Apfelbäume. Sie sah auf und stand wie erstarrt da. Mitten im Obstgarten saßen Jamie und Daisy, eingepackt in Mantel und Schal, auf einer Decke und aßen Äpfel und Kekse. Aber nicht Minty war mit ihnen zusammen, sondern David.

Liz rührte sich nicht. Der Schmerz, ihn so unerwartet hier zu sehen, war fast zuviel für sie. Von diesem Anblick hatte sie so oft geträumt. Ihre Familie, ausgelassen lachend, zusammen auf einer Decke. Nur, daß sie nun kein Teil dieses Bildes war und es zerstören würde, wenn sie zu ihnen ging.

Durch die Zweige musterte sie Davids Gesicht, und sie sah einen Blick voll Sehnsucht und Liebe für Jamie und Daisy, der ihr im Herzen weh tat. Warum konnten sich Erwachsene nicht so lieben, wie sie ihre Kinder liebten? Dann wären die Scheidungsgerichte verwaist und die Familien vereint und glücklich.

Sie beobachtete die drei eingehend, so als wollte sie sich dieses Bild ins Gedächtnis brennen, um es nie mehr zu vergessen. Sie nahm an, daß er gekommen war, um die Dinge wegen der Scheidung zu besprechen, aber das war ihr egal. Für einen Moment wenigstens sah sie ihre Familie so, wie sie sie in Erinnerung behalten wollte.

Dann riß sie sich zusammen, trat hinter dem Apfelbaum hervor und ging zu ihnen. Ihr fiel auf, daß Suzan nirgends zu sehen war. Vielleicht war sie in der Küche, machte Tee oder packte die Bestechungs-Geschenke für Jamie und Daisy aus.

Jamie bemerkte Liz als erster. »Mummy! Mummy! Daddy ist da!«

Daisy rappelte sich auf und klammerte sich an Liz' Bein, wobei sie sie beinahe umwarf. »Mummy! Daddy ist da, Daisy besuchen!«

Liz nahm sie auf den Arm; es beruhigte sie, Daisys kleinen Körper zu spüren.

»Hallo, David. Was führt dich zu uns?«

Er antwortete nicht gleich, sondern sah sie an, wie sie in ihrem strengen Kostüm und den zehn Zentimeter hohen Absätzen auf dem Rasen stand.

»Und, hast du den Job gekriegt«, spottete er, ohne dabei gemein zu klingen.

Liz mußte lächeln. Der übliche Spruch, wenn man heutzutage irgendwo im Business-Outfit erschien.

»Ja, ich habe den Job.«

Sie glaubte, Enttäuschung in seinem Blick aufflackern zu sehen, doch da hatte sie sich wohl geirrt.

»Und was für ein Job ist es?«

»Programmchefin und Geschäftsführerin von Metro TV.«

David pfiff. »Was ist mit Conrad?«

»Hat sich mit den Fingern in der Kasse erwischen lassen. Claudia ist auch weg.«

Jamie sah sie entsetzt an. »Gehen wir wieder nach London, Mummy?«

Sie ließ Daisy herunter und strich Jamie über den Kopf. Sie sah David nicht an und antwortete auch nicht. Sie wollte Zeit gewinnen.

»Hast du angenommen?« David klang zu bemüht gleichgültig.

»Ich habe mir bis morgen Bedenkzeit erbeten.«

»Das ist ein phantastischer Job. Willst du ihn?«

»Natürlich *will* ich ihn. Wie sollte ich nicht? Ohne Conrad könnte ich aus Metro wirklich etwas machen. Aber ganz so einfach ist es nicht.«

Liz blickte sich um. Noch immer kein Anzeichen von Suzan, es sei denn, sie wartete im Wagen. Vielleicht hatte David aber auch begriffen, daß man nicht mit dem neuen Küken vor den Augen der Mutterhenne flirtete.

Daisy, eifersüchtig, daß Jamie die ganze Aufmerksamkeit bekam, kuschelte sich an David, und seine Züge wurden weich. Liz mußte daran denken, wie sie als kleines Baby oft auf Davids Arm eingeschlafen war. Die Erinnerung war zu schmerzlich, und Liz zwang sich, nicht mehr daran zu denken.

»Weißt du schon, daß WomanPower Slaters Angebot ausgeschlagen hat?« fragte David.

Und plötzlich war sie hellwach. »Warum? Sie waren doch so scharf darauf.«

»Letzte Woche rief Mel mich an und bat mich, über Slater Erkundigungen einzuholen. Natürlich folgte ich der Bitte nur zu gern. Ich bekam einen seiner Ex-Geschäftspartner zu fassen und holte einiges an Informationen über Slaters Methoden aus ihm heraus.« Er mußte in Gedanken daran grinsen. »Und da haben sie den Mut verloren und sind ausgestiegen.«

Jetzt lächelte Liz ebenfalls. Sie hatten ihren Rat also beherzigt. Wenigstens würde WomanPower nicht zerstört werden.

»Und jetzt fährst du wieder zurück?«

»Ja, ich wollte aber vorher noch Jamie und Daisy sehen.«

Danach folgte ein bedrückendes Schweigen, das anscheinend keiner von beiden zu brechen vermochte. Liz stellte sich vor, daß Suzan in ihrem Minikleid auf ihn wartete.

Doch David unternahm keinerlei Anstalten zu gehen. Schließlich war es Jamie, der das Schweigen brach.

»Fahr nicht, Daddy. Bleib doch bei uns.«

Liz sah weg, weil sie jetzt schon wußte, wie enttäuscht er über Davids Antwort sein würde. Doch David kniete sich hin, strich Jamie übers Haar und sah zu ihr auf.

»Deine Freundinnen haben mir eine interessante Frage gestellt...«

»Tatsächlich? Und die lautete?«

»Sie haben mich gefragt, ob ich mir – rein theoretisch natürlich – vorstellen könnte, als Managing Director bei WomanPower einzusteigen.«

Liz spürte, wie ihr Herz schneller schlug, und sie biß sich unbewußt auf die Lippe. David wäre die ideale Besetzung für den Job, aber er würde nie seine geliebte Zeitung aufgeben, um eine Agentur zu leiten. Jetzt war es an ihr, die entscheidende Frage zu stellen.

»Und, könntest du es?«

»Ich weiß nicht«, antwortete er zögernd. »Ich war in den letzten Monaten ziemlich zufrieden.« Er hielt inne. »Und die Zeitung steht kurz vor dem Durchbruch.«

Zu ihrer Überraschung spürte Liz einen Stich der Enttäuschung.

Ihre Blicke trafen sich. »Komm doch mit mir, Liz. Du könntest mit mir zusammen an der Zeitung arbeiten! Es wäre wie früher, als wir uns kennengelernt haben!«

Einen kurzen Augenblick ließ sie sich von seiner Begeisterung anstecken. Doch dann fiel ihr Suzan wieder ein. Und was war mit dem Angebot von Metro?

»Ich kann nicht, David. Jetzt, wo wir uns hier eingelebt haben.« Sie stockte. »Und außerdem habe ich das Angebot von Metro.«

Er wandte den Blick ab, als würde er sich zu einer schmerzlichen Entscheidung durchringen. Und als er Liz wieder ansah, glaubte sie einen Schimmer der vertrauten Intensität zu erkennen, die sie einmal so an ihm geliebt hatte.

»Dann sehe ich nur noch eine Lösung.« Seine Stimme klang stahlhart. »Ich werde die Zeitung aufgeben und bei WomanPower einsteigen. Unter zwei Bedingungen.«

Liz's Herz schlug so schnell, daß es beinahe weh tat.

»Und die wären?«

»Erstens: Du lehnst das Angebot von Metro ab, und wir leiten WomanPower gemeinsam.« Er sah auf Jamie herunter. »Natürlich als Teilzeitjob, und in den Schulferien nehmen wir uns frei.«

Liz drückte Daisy fest an sich, um nicht den Halt zu verlieren. David wäre perfekt für WomanPower, aber würden sie auch zusammenarbeiten können? Oder würden sie sich, und alle anderen damit auch, in den Wahnsinn treiben?

Sie antwortete nicht gleich. Sie wußte nicht, worauf er eigentlich hinauswollte. Wollte er eine rein geschäftliche Beziehung, oder führte sein Vorschlag darüber hinaus?

»Und wie lautet die zweite Bedingung?«

»Daß ich hier wohne.« Sein Blick hielt ihren, er zwang sie, ihn anzuschauen. »Ich möchte zu euch zurückkommen, Liz. Ich möchte bei euch sein, bei meiner Familie. Ihr bedeutetet mir mehr als alles andere auf der Welt. Sogar mehr als die Zeitung.«

Sie sah ihm in die Augen. Konnte das gutgehen? Wenn sie es noch einmal versuchten und diesesmal dabei immer zusammen sein würden, Tag und Nacht? Es wäre sicherlich eine Alternative zu früher, als sie sich kaum zu sehen bekamen. Und sie mußte sich eingestehen, daß sie ihn falsch eingeschätzt hatte. Jetzt erst wurde ihr klar, wie groß sein Schmerz war, und daran war sie nicht ganz unschuldig.

»Sag ja, Lizzie! Ich weiß, daß wir glücklich werden können.

Wir haben jetzt so viel mehr gemeinsam als damals in London! Und zusammen könnten wir WomanPower wirklich groß machen!«

Sie lächelte über seinen Enthusiasmus. Er schaffte es immer, andere zu begeistern, und diesesmal steckte er sie damit an. Vielleicht hatte er recht. Vielleicht war wirklich *alles* möglich. Vielleicht könnten sie später, wenn die Kinder groß waren, sogar eine eigene Zeitung starten! Der *East Sussex Clarion* würde kaum eine Konkurrenz sein.

Und dann hörte sie die leise, aber ernste Stimme der Vernunft. Hatte er sich wirklich geändert? Wollte er wirklich ein ruhiges, normales Leben mit den kleinen Freuden, die eine Familie, ein Zuhause bieten kann, oder brauchte er Macht, Einfluß und Erfolg? Und würde sie ihm je wieder mit dem Vertrauen begegnen können wie früher?

Sie sah Jamies flehenden Blick. Er war vor kurzem sechs geworden und verstand schon so viel. Viel zuviel. Sie wandte sich David zu, und in seinem Blick lag nichts Flehentliches. Das war nicht seine Art. Doch sie erkannte die Liebe in seinen Augen, und nicht nur für Jamie und Daisy – auch für sie.

Vielleicht änderten sich Menschen gar nicht. Vielleicht lernte man sie und sich selbst nur besser verstehen. Wahrscheinlich war das auch gut so. Es gab keine Ehe mit lebenslanger Garantie. In den vergangenen Monaten war ihr Traum so nahe gerückt und dann wieder fortgetrieben. Und jetzt kam David und bot ihr einen – neuen Traum an, mit sich als Teil davon.

Dann sah sie plötzlich das Bild von David vor sich, scharf und klar, wie er im Licht endloser Sommerabende im Garten saß, die Kinder zu seinen Füßen. Und sie wußte, daß sie sich das im Grunde ihres Herzens immer gewünscht hatte. WomanPower, David, die Kinder, alles zusammen an diesem wunderschönen Ort. Das würde wirklich bedeuten, *alles* zu haben. Sie nahm seine Hand. David zog Liz an sich und drückte sie ganz fest. Als sich ihre Wangen berührten, spürte sie seine Tränen auf ihrer Haut. Und während sie so zusammenstanden, fühlten sie, wie sich Jamies kleine Ärmchen um ihre Beine schlangen.